传世名著典藏丛书

精华

世说新语

[南朝宋] 刘义庆 著
卢嘉锡 编译

江苏凤凰美术出版社
全国百佳图书出版单位

图书在版编目（CIP）数据

世说新语精华/（南朝宋）刘义庆著；卢嘉锡编译
. -- 南京：江苏凤凰美术出版社, 2018.7
（传世名著典藏丛书）
ISBN 978-7-5580-3719-1

Ⅰ.①世… Ⅱ.①刘…②卢… Ⅲ.①笔记小说—中国—南朝时代②《世说新语》—译文 Ⅳ.①I242.1

中国版本图书馆CIP数据核字（2017）第329581号

责任编辑　曹昌虹
封面设计　格林文化
责任监印　唐　虎

书　　名	世说新语精华
著　　者	刘义庆
编　　译	卢嘉锡
出版发行	江苏凤凰美术出版社（南京市中央路165号　邮编：210009）
	北京凤凰千高原文化传播有限公司
出版社网址	http://www.jsmscbs.com.cn
印　　刷	天津兴湘印务有限公司
开　　本	710mm×1000mm　1/16
印　　张	30.5
版　　次	2018年7月第1版　2018年7月第1次印刷
标准书号	ISBN 978-7-5580-3719-1
定　　价	70.00元

营销部电话　010-64215835-801

江苏凤凰美术出版社图书凡印装错误可向承印厂调换　电话：010-64215835-801

序　言

　　上下五千年悠久而漫长的历史，积淀了中华民族独具魅力且博大精深的文化。中华文化是中华民族无数古圣先贤、风流人物、仁人志士对自然、人生、社会的思索、探求与总结，而且一路下来，薪火相传，因时损益。它不仅是中华民族智慧的凝结，更是我们道德规范、价值取向、行为准则的集中再现。千百年来，中华文化已经融入每一位中华儿女的血液，铸成了我们民族的品格，书写了辉煌灿烂的历史。中华文化与西方世界的文明并峙鼎立，成为人类文明的一个不可或缺的组成部分。凡此，我们称之曰"国学"，其目的在于与非中华文化相区分。中华民族之所以历经磨难而不衰，其重要一点是它有着源于由国学而产生的民族向心力和人文精神的根骨。可以说，中华民族之所以是中华民族，主要原因之一乃是其有异于其他民族的传统文化！

　　概而言之，国学包括经史子集、十家九流。它以先秦经典及诸子之学为根基，涵盖两汉经学、魏晋玄学、隋唐佛学、宋明理学和同时期的汉赋、六朝骈文、唐宋诗词、元曲与明清小说并历代史学等一套特有而完整的文化、学术体系。观其构成，足见国学之广博与深厚。可以这么说，国学是华夏文明之根，中华儿女之魂。

　　从大的方面来讲，一个没有自己文化的国家，可能会成为一个大国甚至富国，但绝对不会成为一个强国；也许它会强盛一时，但绝不能永远屹立于世界强国之林！而一个国家若想健康持续地发展，则必然有其凝聚民众的国民精神，且这种国民精神也必然是在自身漫长的历史发展中由本国人民创造形成的。中华民族的伟大复兴，中华巨龙的跃起腾飞，离不开国学的滋养。从小处而言，继承与发扬国学对每一个中华儿女来说同样举足轻重，迫在眉睫。国学之用，在于"无用"之"大用"。一个人的成功很大程度上取决于他的思维方式，而一个人思维能力的成熟程度亦绝非先天注定，它是在一定的文化氛围中形成的。国学作为涵盖经、史、子、集的庞大知识思想体系，恰好能为我们提供一种氛围、一个平台。潜心于国学的学习，人们就会发现其中蕴含的无法穷尽的智慧，并从中领略到恒久的治世之道与管理之智，也可以体悟到超脱的人生哲学与立身之术。在现今社会，崇尚国学，学习国学，更是提高个人道德水准和建构正确价值观念的重要途径。

近年来，国学热正在我们身边悄然兴起，令人欣慰。更可喜的是，很多家长开始对孩子进行国学启蒙教育，希望孩子奠定扎实的国学根基，以此帮助他们树立正确的道德观和价值观。欣喜之余，我们同时也对中国现今的文化断层现象充满了担忧。从"国学热"这个词汇本身也能看出，正是因为一定时期国学教育的缺失，才会有国学热潮的再现。我们注意到，现今的青少年对好莱坞大片趋之若鹜时却不知道屈原、司马迁为何许人；新世纪的大学生能考出令人咋舌的托福高分，但却看不懂简单的文言文。这些现象一再折射出一个信号：当今社会人群的国学知识十分匮乏。在西方大搞强势文化和学术壁垒的同时，国人偏离自己的民族文化越来越远。弘扬经典国学教育，重拾中华传统文化，这样的需求已迫在眉睫。

本套"传世名著典藏"丛书的问世，也正是为弘扬国学传统文化而添砖加瓦并略尽绵薄之力。本人作为一名大学教师，从事中国文化史籍的教学与研究工作多年，对国学文化及国学教育亦可谓体悟深刻。为了完成此丛书，我们从搜集整理到评点注译，历时数载，花费了很多的心血。这套丛书集传统文化于一体，涵盖了读者应知必知的国学经典。更重要的是，丛书尽量把晦涩的传统文化知识予以通俗化、现实化的演绎，并以大量精彩案例解析深刻的文化内核，力图使国学的现实意义更易彰显，使读者阅读起来能轻松愉悦、饶有趣味。虽然整套书尚存瑕疵，但仍可以负责任地说，我们是怀着对祖国传统文化的深厚感情和治学者应有的严谨态度来完成该丛书的。希望读者能感受到我们的良苦用心。

王琪

2017年7月

前　言

　　《世说新语》是南北朝时期(420—581)的一部记述魏晋人物言谈轶事的笔记小说。原为8卷，今本作3卷，全书按内容分类编辑，分德行、言语、政事、文学、方正、雅量、识鉴、赏誉等36门，主要记述了从东汉后期到晋宋期间一些名流人士的言谈、行事，较多地反映了当时士族的思想、生活和放诞的风气以及他们之间的逸事。而且书中所记录的都是历史上真实的人物，但书中他们的言论或故事有一部分出自民间的传闻，也无从查实，所以就不一定都符合历史事实。这样的描写有助于读者了解当时士人所处的时代状况及政治社会环境，更让我们明确的看到了魏晋所谓"名士"的风貌。

　　在魏晋南北朝的"志人"逸事小说中，《世说新语》因其广泛丰富的内容含量和纯熟精美的语言艺术，被推为当之无愧的佼佼者，也确立了它在中国古代小说史上承前启后、不可忽视的地位。该书是在选录魏晋诸家史书以及郭澄之的《郭子》等文人笔记的基础上编写而成的。它通过记载魏晋时期士族阶层的琐闻轶事，再现了汉末至南朝宋初两百多年的社会政治、军事、思想、文化、社会风尚以及文人的精神风貌和才情，对中国文学、审美时尚、思想文化特别是对士人的精神产生过极为深远的影响。

　　刘义庆(403—444)，字季伯，彭城(今江苏徐州)人，南朝宋文学家。宋武帝刘裕之弟长沙王刘道怜的儿子，13岁时被封为南郡公，后来过继给刘道规，袭封临川王。赠任荆州刺史等官职，主政8年，政绩颇佳。后任江州刺史，到任一年，因同情贬官王义康而触怒文帝，责调回京，改任南京州刺史、都督和开府仪同三司。不久，以病告退，元嘉

21年死于建康(今南京)。但是刘义庆自幼才华出众,爱好文辞,广招文学人才,当时著名诗人鲍照就曾投身其门下。他招集文人学士著书立说。由于刘义庆的组织和重视,《世说新语》终于得以诞生,他的这一创举为中国古代小说揭开了序幕,也奠定了他在中国文学史上的地位。《世说新语》原名《世说》,唐代称《世说新书》或《世说新语》,后者成为本书专名大约在北宋。《世说新语》一书刚刚撰成,刘义庆就因病离开扬州,回到京城不久便英年早逝,宋文帝赠其谥号为"康王"。

《世说新语》一经问世,便被世人争相传诵,在一千五百多年的时间里,推崇它的文人学士层出不穷。宋朝的高似孙在其《伟略》中说它"极为精绝",元朝的刘应登说它"清微简远,居然玄胜","临川善述,更自高简有法"。明朝的胡应麟更是非常推崇它,说:"读是语言,晋人面目气韵,恍忽生动;而简约玄澹,真致不穷,古今绝唱也。"到了现代,鲁迅称它为"志人小说"的代表作,并说:"记言则玄远冷峻,记行则高简瑰奇。"当代的易中天先生也称赞道:"魏晋是品评人物风气最甚的时代。一部《世说新语》几乎就是一部古代的《品人录》。那时的批评家多半以一种诗性的智慧来看待人物,因此痴迷沉醉,一往情深。这种对优秀人物的倾心仰慕,乃是所谓魏晋风度中最感人的部分。"

《世说新语》是中国古代小说的萌芽,其简洁隽永的传神描写为后世众多仿效者难以企及。此书不仅在文学史上有重要意义,并且记载的大多是真人真事,历来也受史学界的重视。研究魏晋时期思想的人士甚至包括研究中国文化的学者,几乎没有不读此书的。该书对后世影响极大,《世说新语》颇似当今的微型小说,"麻雀虽小,五脏俱全",它是中国小说的雏形,是魏晋风度的审美产物,所记虽是片言只语,但内容非常丰富,广泛地反映了这一时期士族阶层的生活方式、精神面貌及其清谈放诞的风气。这部书对后世笔记小说的发展有着深远的影响,在古小说中自成一体。书中不少故事,或成为后世戏曲小说的素材，或成为后世诗文常用的典故，在中国文学史上具有重要地位。

　　本书选录了《世说新语》中广泛流传的大部分著名篇章。整书内容分为原文、译文、注释、评析以及历代评点五部分，结合魏晋时期的历史背景和时代风尚，全面深入地解读了人物的个性、品行、语言等众多方面的特征。译文则大多直译，同时结合意译。注释则主要偏重于历史背景、人名、地名、官名，以及较难表达的词语等。评析部分，以简短有力的文字，或对原文内容及背景知识进行介绍或提要，或就其思想内容进行阐释，或结合当下现实生活加以发挥，力求在清晰隽永的话语中还原先哲的博大和深刻，给其心灵注入鲜活的生命力，从而指导人们如何更好地生活。历代评点是历代学者对《世说新语》一书内容所做出的评点，以便读者参考，这样也可以更好的帮助读者了解魏晋的民风和时代特点。本书版式新颖，设计精美，配以许多古朴生动的图片，一改以往古典著作的沉闷风格，雅趣中更有轻松、蕴藉之感。

　　在本书的编写过程中，编著者注入了些许新的认识和感悟，但更多的还是参考了他人的一些著作，在这里，向这些著作的作者和编著者表示衷心的感谢。由于学识水平所限，可能存在这样或那样的缺点和不足，敬请广大读者批评指正。

目 录

褒赏篇

德行第一 /2

言语第二 /11

政事第三 /23

文学第四 /29

方正第五 /58

雅量第六 /93

识鉴第七 /120

赏誉第八 /138

品藻第九 /173

规箴第十 /210

捷悟第十一 /227

夙慧第十二 /233

豪爽第十三 /239

容止第十四 /248

自新第十五 /267

企羡第十六 /270

伤逝第十七 /275

栖逸第十八 /286

贤媛第十九 /297

术解第二十 /317

巧艺第二十一 /323

贬斥篇

崇礼第二十二 /332

任诞第二十三 /337

简傲第二十四 /364

排调第二十五 /373

轻诋第二十六 /402

假谲第二十七 /413

黜免第二十八 /425

俭啬第二十九 /431

汰侈第三十 /437

忿狷第三十一 /444

谗险第三十二 /450

尤悔第三十三 /454

纰漏第三十四 /462

惑溺第三十五 /465

仇隙第三十六 /471

褒赏篇

陈仲举言为士则，行为世范，登车揽辔，有澄清天下之志。为豫章太守，至，便问徐孺子所在，欲先看之。主簿曰：『群情欲府君先入廨。』陈曰：『武王式商容之闾，席不暇暖。吾之礼贤，有何不可！』

德行第一

【题解】

本门主要反映两方面的内容。一是赞扬儒家的传统美德,二是反映了魏晋时期独有的道德观念。本门所涉及的与传统礼教乖违的行为,表现出当时士人的品行心态及追求个性解放的精神。

陈蕃尊重贤才

【原文】

陈仲举言为士则①,行为世范,登车揽辔②,有澄清天下之志。为豫章太守③,至,便问徐孺子所在④,欲先看之。主簿曰⑤:"群情欲府君先入廨⑥。"陈曰:"武王式商容之闾⑦,席不暇暖。吾之礼贤,有何不可!"

【译文】

陈蕃的言谈是读书人的榜样,行为举止是世人的典范,他开始做官后,便有革新政治的志向。他担任豫章太守时,一到郡,便打听徐稚的住处,想要先去拜访他。主簿告诉他说:"大家都希望您先进入官署。"陈仲举说:"周武王得到天下后,连垫席都还没坐暖,就马上去商容居住过的里巷致敬。我以礼敬贤人为先,有什么不可以呢?"

【注释】

①陈仲举:即陈蕃,字仲举,东汉时官至太傅,后因与大将军窦武合谋杀宦官未成,被害。②登车揽辔(pèi):古代受任的官员通常是乘车去赴职,在此表示陈蕃初始为官。揽辔:拿过缰绳。③豫章:汉时郡名,今江西南昌。太守:郡长官,负责一郡的行政事务。④徐孺子:即徐稚,字孺子,终身隐居不仕。陈蕃在豫章时,不接待宾客,只为徐稚特设一榻,徐稚坐过走后,就挂起不用。可见陈对徐之礼遇敬重。⑤主簿:中央机构或地方官府属官,掌管文书簿籍。魏晋时期,为将帅重臣的幕僚长,地位甚重。⑥府君:对太守的尊称。廨(xiè):官署,官吏办公及居住的地方。多见用于汉朝。⑦武王:指周武王姬发,不满商纣王残暴统治而率领天下诸侯伐纣灭商,建立周朝。式:通"轼",车厢前部扶手的横木,这里表示扶着轼。古人乘车俯身扶轼表示尊敬之意。商容:商代贤人,因直谏被纣王废黜。

【评析】

周武王"式商容之闾"的典故出自《古文尚书·武城篇》。周武王秉承的是"得民心者得天下"，而陈蕃则以武王为榜样，他也是怀着革新政治、澄清天下的志向去做官，因为他知道贤人是群众的民意代表，访贤举能，才能显出一个领导者的亲民态度。而且作为人民的父母官需要人民的爱戴与拥护，需要贤达人士的辅佐。于是陈蕃在刚刚赴任，还没有进入府署前，就想先向隐居的徐稺表示慰问，也向别人明示自己尊重贤才的心意以及以天下为己任的豁达、伟岸的胸襟。再往后，陈蕃对徐稺也一直彬彬有礼，并仿效周武王为徐稺设置了一个坐榻，等徐稺走后就把坐榻给挂起来。

【历代评点】

刘辰翁云："有志性命者，尚无暇拭涕，其视天下，又不啻一室矣。"又云："此可名酒干矣。鸡酒颇简，斗米何多，万里裹粮，此恐不易。"

钟惺云："无此一段便是作人愤愤。"（《三注钞·世说新语注钞》）又云："作守令胸中无主，不能作下贤事。"

杨慎云："蕃亦痴矣，为郡守，采一郡之风谣，为宰相，以天下为耳目。若闭阁悬榻，乃干木、泄柳所为，岂郡守、宰相之事乎？宦官之事，宜其及矣。"

周乘仰慕黄宪

【原文】

周子居常云①："吾时月不见黄叔度②，则鄙吝之心已复生矣③。"

【译文】

周乘常说："我只要几个月没与黄宪见面，心胸狭窄浅薄之心就已经产生了。"

【注释】

①周子居：即周乘，字子居，东汉人，官至泰山太守。②时月：几个月。黄叔度：即黄宪，字叔度，汝南慎扬人。出身寒族，因有德行，受到当时名流推重。③鄙吝：心胸狭窄浅薄。

【评析】

黄宪出身寒微，却有着和颜回一样高尚的道德与品行。黄宪和周乘两人只是有些日子不见，但却会让周乘意识到自己"鄙吝之心已复生矣"。这是因为黄宪让周乘和他在一起的时候有一种如沐春风的感觉，让他进入到一种和别人在一起时从不曾感受到的崇高境界，让他的精神境界与自身价值得到提升。其实这也从另一个方面见证了黄宪对别人所产生的影响，然则道德堕落的人是意识不到什么"鄙吝之心"的。而黄宪到底具有什么样的能力呢？这是一种"独善其身"的力量。就是以一种平和的姿态，有如和风细雨，慢慢地把他的善，以及高尚的道德、品行渗入人心，教化并感染身边的人。

【历代评点】

钟惺云："世上惟少所服者能虚心。"

袁中道云:"女人亦轻薄。"(《舌华录》卷九《浇语》)

黄宪器量难测

【原文】

郭林宗至汝南①,造袁奉高②,车不停轨,鸾不辍轭③,诣黄叔度④,乃弥日信宿⑤。人问其故,林宗曰:"叔度汪汪如万顷之陂⑥。澄之不清,扰之不浊,其器深广⑦,难测量也。"

【译文】

郭泰到汝南去拜访袁阆时,见面的时间很短。但他去造访黄宪时,却住了两晚。别人问他这是什么缘故?郭泰说:"黄宪的学识风范及人品如万顷湖泊那样宽大,无法去把它澄清,也无法把它搅浑,他的度量又深又广,很难测量啊。"

【注释】

①郭林宗:即郭泰,字林宗,太原介休人,幼年父母双亡。东汉末太学生领袖,博学有德,善处世事和品评人物。死时,蔡邕为其作碑铭:"吾为人作铭,未尝不有惭容,唯于郭有道碑颂无愧耳。"后周武帝废除天下碑铭时,特保留郭泰之碑。可见郭泰德行高洁,为世所重之一斑。汝南:郡名,所在今河南平舆北。②袁奉高:即袁阆(láng),字奉高,汝南慎阳人,东汉时官至太尉掾。③"车不"二句:指车子不停下,这里形容下车见面的时间极短。轨,车轮的轴头,这里指车轮。停轨:停车。鸾,通"銮",车上的金属铃,装在轭首或车辕头的横木上,铃内有弹丸,车行则摇动作响。也代指车。轭(è):架在拉车牲口脖子上的曲木。④黄叔度:即上文说的黄宪。⑤弥日:整日。信宿:住宿两晚。⑥陂(bēi):湖泊。汪汪:水域深广充盈的样子,这里是说黄叔度的学识风范。⑦器:器识,这里指度量。

【评析】

郭泰分别去拜访袁阆和黄宪,他的言、行中虽没有正面拿袁阆和黄宪作比较,但是不难看出,袁阆也是贤达之士,也有着高深的造诣,是值得郭泰去造访的,但是把袁阆和黄宪两个人放在一起的话,显而易见,袁阆的造诣远没有黄宪深厚,而且黄宪的人品、学识都胜袁阆一筹。所以才值得郭泰在黄宪那住了"两个晚上"。因为,即使他无法揣摩出黄宪高深的思想和道义,还可以从黄宪那学到很多的东西,同时,也表现出郭泰对黄宪的敬佩程度。

【历代评点】

钟惺云:"当时文士有品如此。"又云:"此语殊难为人,使得其文者存没索然。"

凌濛初云:"按交叔度者袁阆,字奉高耳。独《世说》以奉高为袁宏,后又有袁彦伯亦名宏。"

王世懋云:"叔度直是难窥,究竟雅量第一。"

刘辰翁云:"不浊易见,不清难知,故是能言。"又云:"本语云:奉高'清而易挹',四字有味,不宜去。"

陈谌设喻答客问

【原文】

客有问陈季方①:"足下家君太丘有何功德②,而荷天下重名③?"季方曰:"吾家君譬如桂树生泰山之阿④,上有万仞之高⑤,下有不测之深;上为甘露所沾,下为渊泉所润。当斯之时,桂树焉知泰山之高、渊泉之深?不知有功德与无也!"

【译文】

有客人问陈谌:"令尊太丘有哪些功业与品德,而能在天下享有崇高的声望?"陈谌说:"我父亲就好比生长在泰山一角的桂树,上面有万丈高峰,下面有不可测的深渊;上受雨露的沾浸,下受深泉的滋润。在这个时候,桂树怎么能知道泰山有多高,深泉有多深呢?不知道这样是有功德还是没有功德!"

【注释】

①陈季方:即陈谌(chén),陈寔的第六个儿子。②太丘:即陈寔,字仲弓,颍川许县(今河南许昌东)人。曾任太丘长,故称陈太丘。③家君:对他人称自己的父亲,这里在前面加上敬词则尊称别人的父亲。④阿:弯曲的地方,这里指山的角落。⑤仞:长度单位,八尺(一说七尺)为一仞。

【评析】

陈谌知道对方是不怀好意,想要挑衅自己,于是采取迂回曲折的方式。他把自己的父亲巧喻为泰山一角的桂树,上面有千万丈高,下面有深不可测的渊源;上受雨露的沾浸,下受深泉的滋润。在这种情况下,桂树怎么能知道泰山有多高,源泉有多深呢?借它的寓意巧妙的应答了对方的问话,让对方无话可说。从他的回答可以看出陈谌的思维之精密,反应之灵敏。而从他回答的话语中,一方面表明了儿子无权去议论父亲的功德成败的儒家伦理观念,另一方面表现的则是父亲亲民敬君的为官之道,同时,也把父亲的高大形象和高深修养表现出来了。

【历代评点】

刘辰翁云:"意是耳,觉此语为烦。"

黄辉云:"'譬如'四语浑古。"

余嘉锡云:"魏晋诸名士不独善谈名理,即造次之间,发言吐词,莫不风流蕴藉,文采斐然,盖自后汉已然矣。"

难兄难弟

【原文】

陈元方子长文，有英才，与季方子孝先各论其父功德①，争之不能决，咨于太丘。太丘曰："元方难为兄，季方难为弟②。"

【译文】

陈元方的儿子长文，有出众的才能，和叔叔季方的儿子孝先，各自夸耀自己父亲的功业道德，彼此争执，却仍没办法得出一个结论，便去请教祖父太丘。太丘说："元方卓尔不群，做哥哥很难啊；季方俊异出众，做弟弟也很难啊。"

【注释】

①孝先：即陈忠，字孝先，陈谌的儿子。②"元方"二句：意思是元方季方兄弟二人论排行有长幼之别，论功德则很难分出高下。

【评析】

陈寔为官清廉，家里也很穷，连仆役也请不起，有一次应宰府召见，他的大儿子元方亲自拉车，二儿子季方就在后面挑行李。到了宰府，主人给他们设宴，当时在场的有八大名士，其中一个给他们开门打帘，一个行酒，其他的就给他们布菜。而且当时的豫州城墙上都画着他们父子三个的画像。可见当时的陈家父子的声誉与名望之高。有一次，陈家的子弟们为了父辈们的功德争执不休，难分高下，争来争去也没有结果，于是请祖父陈寔裁决，陈寔说了句："元方难为兄，季方难为弟。"意思就是元方季方的功德都很高，难以分出上下。这就是成语"难兄难弟"的由来。人们原本用来称赞兄弟的才能与德行都好，难分高下，但现在也有用于形容因某种原因而同样陷入困难境地的人。

【历代评点】

刘辰翁云："家翁语。"

凌濛初云："注语更可思。"

严复云："此记者述太丘语意耳。古无父字其子之事。"

袁中道云："此处极难转语，非慧口不能。"（《舌华录》卷一《慧语》）

刘盼遂云："注云：'一作元方难为弟，季方难为兄。'案：一本是也。"

荀巨伯与友重义

【原文】

荀巨伯远看友人疾①，值胡贼攻郡②，友人语巨伯曰："吾今死矣，子可去③！"巨伯曰："远来相视，子令吾去，败义以求

【译文】

汉朝荀巨伯远道去探望朋友的病，当时正好遇到外族敌寇攻打朋友所在那个郡，朋友对着巨伯说："我都是要死的人了，

生,岂荀巨伯所行邪？"贼既至,谓巨伯曰:"大军至,一郡尽空,汝何男子④,而敢独止？"巨伯曰:"友人有疾,不忍委之,宁以我身代友人命。"贼相谓曰:"我辈无义之人,而入有义之国！"遂班军而还,一郡并获全。

你还是离开这里吧！"荀巨伯说:"我那么远来看你,你却叫我离开,败坏道德去求得生存,怎么会是我荀巨伯的作风？"敌寇到了,问荀巨伯:"大军到了,整个郡城的人都跑光了,你是什么样的人,竟敢一个人留下来？"荀巨伯说:"朋友有病,不忍心让他一个人留在这里,我情愿代他受死。"敌寇说:"我们这些不讲道义的人,却侵入这有道义的国度！"于是撤军返回,整个郡城因而保全。

【注释】

①荀巨伯:东汉桓帝时人,生平不详。②胡:古代对北方和西方各少数民族的泛称,东汉时常指匈奴、乌桓、鲜卑等。贼:对敌人的蔑称。③子:对对方的尊称。④汝:你,略带轻贱、狎(xiá)昵意味。

【评析】

荀巨伯不肯"败义以求生","宁以我身代友人命",在生命攸关的时候,他完全有机会去逃生,但他为了能照顾生病的朋友,却能不顾个人安危,毫不犹豫的决定和朋友一起面对,在生死一线的时候毅然决然毫不退缩,甚至愿意拿自己的命去换朋友的命,而他的这种精神最终也使得敌寇望而生敬,从而退兵,也因此而挽救了整个郡城。从中可见荀巨伯此人多么重情重义,他对于朋友间的感情看得很重,甚至能不在乎自己的生命,而舍生取义。这的确是相当之难能可贵。尤其在当代发展如此迅速的社会潮流之中,在人们开始淡化这种"情义"的时候,这种精神更加需要人们去学习,去发扬。或许会因为此种举动而让人们享有意想不到的收获。

【历代评点】

刘辰翁云:"巨伯固高,此贼亦入'德行'之选矣。"
王世懋云:"贼语亦佳。"
李贽云:"有友如此,此可以死。"又云:"千古一朋。"(《初谭集·师友·笃义》)

割席断义

【原文】

管宁、华歆共园中锄菜①,见地有片金,管挥锄与瓦石不异,华捉而掷去之②。又尝同席读书,有乘轩冕过门者③,宁读如

【译文】

管宁和华歆一起在园中锄菜,看见地上有一片金子,管宁依然挥动锄头,跟锄掉瓦块石头一样,华歆却先把它捡起来,然后才丢掉。又有一次,两人同坐在一张坐席上

故，歆废书出看④。宁割席分坐曰⑤："子非吾友也。"

读书，有达官贵人乘一辆豪华的车子从门前经过，管宁依旧安心读书，华歆却放下书本出去看。于是管宁便割断坐席，把座位分开说："你不是我的朋友。"

【注释】

①管宁：字幼安，北海朱虚人，春秋战国时齐相管仲之后。生性恬静。曾避居辽东三十余年，不愿做官。②捉：拿着；握着。③轩：古时前顶较高而有帷幕的车子，供大夫以上官员乘坐。冕：古时帝王及大夫以上的官员的礼帽。这里"轩冕"连用，是复词偏义，偏指"轩"，"冕"字无义。④废：停止。⑤坐：同"座"，座位。

【评析】

这里讲述的是管宁和华歆在对待片金和轩冕过门这两件事的不同做法。华歆因为看到了金子而表现出了一般世俗之人的举动，而管宁则表现出了一种淡泊、清高，视金银如瓦土的精神境界。同席读书，华歆禁不住嘈杂的影响，而管宁却能读书，不为世俗的诱惑所动，这样的差别导致了他们的割席断交。也同样验证了两人不同的志趣与抱负，最后华歆当了大官，而管宁则始终如一，甘于淡泊。真正的朋友，应该建立在共同的思想基础和奋斗目标上，通过不断的沟通了解才能有内在精神的默契与心灵的交流，只有表面上的亲热，他们内心是无法真正沟通和理解的，那样的话也就失去了做朋友的真正意义了。

【历代评点】

刘辰翁云："捉掷未害其真，强生优劣，其优劣不在此。"

李贽云："挥锄不必，捉掷亦诈，果内志于怀，故无所不可。吾未见其孰优孰劣也。"

凌濛初云："既捉而掷之，便是华歆一生小样子。"

华歆重诺胜王朗

【原文】

华歆、王朗俱乘船避难①，有一人欲依附，歆辄难之②。朗曰："幸尚宽，何为不可？"后贼追至，王欲舍所携人。歆曰："本所以疑③，正为此耳。既已纳其自

【译文】

华歆和王朗一起乘船逃难，有一个人想要搭他们的船，华歆马上就对这件事表示为难。王朗说："幸好船还很宽，有什么不可以呢？"后面的贼寇快追到了，王朗想抛弃刚才

托④,宁可以急相弃邪?"遂携拯如初。世以此定华、王之优劣。

搭船的人,华歆说:"刚才我之所以迟疑的缘故,正是因为怕出现这种情况,既然已接受他托身的请求,怎么可以因为情况危急而抛弃人家呢?"于是仍旧像当初救他那样。世人便由这件事判定出华歆、王朗的优劣。

【注释】

①难:这里指汉魏之交时社会动乱。难:认为……难。为难。③疑:迟疑,犹豫不决。④纳:接纳、接受。

【评析】

人们无法分辨出华歆和王朗谁优谁劣。那次因为乘船逃难的事件,则让二人的优劣暴露无遗。一开始王朗因为没有预料到事情的后续发展,没想到危险性会加大到危及自己的利益,所以就故作大方地让向他们求救的落难者上船,一旦开始危及自身的利益的时候他就自私地想到了抛弃刚救下的落难者,保全自己。暴露出了他的虚伪和背信弃义的那一面。而华歆则不讲大话,不随便答应别人,一旦答应了就一诺千金,负责到底。而世人也因此决出二人的优劣。所以我们应该摒弃王朗那种虚伪、不负责任的行为,多学习一下华歆的守信用,讲道义。

【历代评点】

刘辰翁云:"阅世而后知其难,赖有此语。"又云:"管胜华,华复胜王,人不可以无辨。"

钟惺云:"华歆一世虚名,惟此举差强人意。"

章太炎云:"汉、魏废兴之际,陈群所为,未若华歆之甚也。及魏受禅,群与歆皆有戚容,时人议群者犹曰'公惭卿,卿惭长',独于歆,魏、晋间皆颂美不容口。曹植亦不慊于其兄之夺汉者,然所作《辅臣论》,称歆'清素寡欲,聪敏特达,志存太虚,安心玄妙。处平则以和养德,遭变则以义断事'。然则歆之矫伪干誉,有非恒人所能测者矣。"(《蓟汉昌言》五)

余嘉锡云:"自后汉之末,以至六朝,士人往往饰容止、盛言谈,小廉曲谨,以邀声誉。逮至闻望既高,四方宗仰,虽卖国求荣,犹翕然以名德推之。华歆、王朗、陈群之徒,其作俑者也。观《吴志·孙策传》注引《献帝春秋》,朗对孙策诘问,自称降虏,稽颡乞命。《蜀志·许靖传》注引《魏略》,朗与靖书,自喜目睹圣主受终,如处唐虞之世。其顽钝无耻,亦已甚矣。特作恶不如歆之甚耳,此其优劣,无足深论也。"

章太炎又云:"歆之得誉,亦缘峤之《谱叙》,范书载歆勒兵收伏后事,本诸吴人所作《曹瞒传》,若峤所作《后汉书》,必不载也。"(《蓟汉昌言》五)

庾亮效仿孙叔敖

【原文】

庾公乘马有的卢①,或语令卖去。庾云:"卖之必有买者,即复害其主。宁可不安己而移于他人哉?昔孙叔敖杀两头蛇以为后人②,古之美谈,效之,不亦达乎?"

【译文】

庾亮驾车的马中有一匹的卢马,有人建议他把它卖了。庾公说:"我卖了就表示一定有人买它,也就是将害了它的新主人,怎么可以因为不利于自己而嫁祸别人呢?以前孙叔敖杀了双头蛇,为的是怕后人见到而遭到灾难,这件事成了古代的美谈,如果我能效仿他,不也做到了他的美德吗?"

【注释】

①庾公:庾亮,字符规,晋颍川鄢陵(今河南鄢陵西北)人,官历征西大将军、荆州刺史等职,死后追赠太尉,谥号文康。的卢:也作"的颅",一种白额的马,马口齿长相特别,传说骑他的人会遭遇不幸。②孙叔敖:姓孙叔,名敖,春秋战国时楚国人,曾任楚国令尹,辅佐楚庄王称霸诸侯。据贾谊《新书》记载,孙叔敖小时候看见一条两头蛇,当时认为见到这种怪蛇的人一定会死去,他为了避免后人再见到,就把蛇杀死后埋掉。

【评析】

春秋时期的楚国宰相孙叔敖为民除害杀死了两头蛇,自古以来便被世人所传诵,成为千古佳话。文中庾亮敬佩孙叔敖的做法,不把自己的恶马卖给别人,因为他考虑到买主买了这恶马必要担负困扰与灾祸,所以宁肯自己继续遭受这些烦恼也不愿意卖给别人,可见其心胸之坦荡。人们常说的一句话就是"己所不欲,勿施于人"。这是句很简单的话,可是要做起来却是一点都不简单。因为现在人们惯有的思维是,常常想当然地认为别人应该这么做,当买到不好的货或者接受一项不好的任务的时候,老是在埋怨别人。可是当自己"施之于人"的时候,就总是想不起来这句话,总是祈祷着,把好的留给自己,把那些坏东西坏事情全给别人吧。如果我们能想一下孙叔敖庾亮他们,也会生活得更心安理得一些。

【历代评点】

刘应登云:"凶马也,不利上。"

李贽云:"模仿孙叔敖,故虽达不达。"

陶珙云:"济玄德于厄渡,兴元规之达怀,的卢故是吉骑,马相岂足凭耶?"

李贽又云:"虽少年,心自不同。"(《初谭集·师友·少年》)

言语第二

【题解】

本门记载了魏晋士人的机智言辞。魏晋士人学识渊博,言语生动,加上受到清谈风气的影响,更使得他们的言谈显现出简约玄澹及清新俊逸的风格。

边让失次序

【原文】

边文礼见袁奉高①,失次序②。奉高曰:"昔尧聘许由③,面无怍色④,先生何为颠倒衣裳⑤?"文礼答曰:"明府初临⑥,尧德未彰,是以贱民颠倒衣裳耳!"

【译文】

边让去拜见袁奉高时,举止失措。袁奉高说:"从前尧请许由出来做官,许由脸上没有惭愧之色,先生为什么举止慌乱失措呢?"边让回答:"太守您新到任,大德还没有表现出来,所以我才举止失态的。"

【注释】

①边文礼:即边让,字文礼,东汉末陈留人,有才,神才挺拔。三国时给曹操当官,曾任九江太守。后被曹操所杀。袁奉高:即前面说的袁阆(láng),字奉高,官至太尉掾(yuàn)。②失次序:指举止失措。次序,顺序;条理。③尧:传说中的远古帝王,先封于陶,后封于唐,号陶唐氏或唐尧,被古人视为贤明之君。许由:传说中尧时的隐士,阳城槐里人,隐于箕山,尧想让位给他,不肯接受;又请他担任九州长,他认为是玷污了自己的耳朵,跑到水边去洗耳。古人视之为清隐不仕的高节之士。他死后,葬在箕山之巅,尧封他为箕山公神。人们世代祭祀他。④怍(zuò):羞愧;惭愧。⑤颠倒衣裳:语出《诗经·齐风·东方未明》:"东方未明,颠倒衣裳。"古人的衣与裳有别,衣是上衣,裳是下衣。这里的引用,意在嘲笑边文礼举止失措。⑥明府:高明的府君,是汉魏以来对郡太守的尊称。

【评析】

边让去拜见袁奉高的时候,可能是没有准备好,一时间显得匆忙又有点慌乱。袁奉高借故引出许由的故事,暗喻贤者不应该让自己举止失措并因此失礼。意在让边让难堪,但是边让很快就让自己镇定下来,既不能明着反驳袁奉高,但是又要不失自己的礼仪风度,给自己挽回面子,于是说这是"尧德未彰"的缘故才使得他如此,我们足可以看出他的反应之敏捷。他的机智和才能不得不令人佩服。面对不同的问题,在洽谈或商议中既要给对方留足面子,同时也要让自己在别人的眼里有不容侵犯、却又能友好相处的形象,就将大大地有益于我们的工作顺利与家庭和睦。

【历代评点】

余嘉锡云:"失次序谓举止失措,故下文云'颠倒衣裳'。"

刘应登云:"奉高见一士,乃以尧聘许由自比,亦非。"

刘辰翁云:"奉高如此,不足道。"又云:"又添一怪。"

袁中道云:"奉承语,非辩。"(《舌华录》卷八《辩语》)

徐稚设譬答问

【原文】

徐孺子年九岁①,尝月下戏②。人语之曰:"若令月中无物③,当极明邪④?"徐曰:"不然。譬如人眼中有瞳子,无此必不明。"

【译文】

徐稚九岁的时候,曾在月光下玩耍,有人对他说:"如果月亮中什么都没有,是不是会更亮呢?"徐孺子回答:"不是这样的。这就像人的眼中有瞳孔,没有它眼睛必定不能看清东西。"

【注释】

①徐孺子:即徐稚,字孺子。②戏:游戏,玩耍。③若令:假使;如果。④邪:通"耶"。

【评析】

人的眼睛要是没有瞳孔那肯定就是瞎的,哪还叫明呢?徐稚没有从正面回答提问者所提出来的问题,而是借助了某外物从侧面来告诉提问者。徐稚借此来说明月亮中如果无物则不明,很恰当地回答了提问者的问题。他把人的眼睛和月亮做了比较,也是暗喻别人,凡事物极必反,正像我们待人接物都要考虑到凡事不能要求过高,有些事情本身就是要留有一定的空间和余地。

【历代评点】

刘辰翁云:"此语极未易,正是充胜。"

袁中道云:"若以此入《辩语》,则无佳致矣。"(见《舌华录》卷一《慧语》。按:因《舌华录》有《辩语》一门,故云。)

孔融小时了了

【原文】

孔文举年十岁,随父到洛①。时李元礼有盛名,为司隶校尉②,诣门者皆俊才清称及中表亲戚乃通③。文举至门,谓吏曰:"我是李府君亲④。"既通,前坐。元礼问曰:"君与仆有何亲⑤?"对曰:"昔先君仲尼与君先人伯阳,有师资之尊⑥,是仆与君奕世为通好也⑦。"元礼及宾客莫不奇之。太中大夫陈炜后至⑧,人以其语语之。炜曰:"小时了了⑨,大未必佳!"文举曰:"想君小时,必当了了!"炜大踧踖⑩。

【译文】

孔文举十岁的时候,跟随父亲来到洛阳。当时李膺极有名望,担任司隶校尉。到他家登门拜访的人,只有才子名流和李家的近亲才被通报允许进门。孔融到了李家门口,对仆吏说:"我是李先生的亲戚。"仆吏通报后,孔融进去坐在前面。李膺问道:"你与我有什么亲戚关系?"孔融回答:"我的先人仲尼(孔丘)和你的祖先伯阳(老子)有师生之谊,所以我与您是世代通家之好呀!"李膺和宾客们都因为他的回答而感到惊讶。太中大夫陈炜后到,有人把孔融刚才的答话告诉他,陈炜不屑地说:"小时候聪明,大了不见得好。"孔融答道:"想必您小的时候,一定是很聪明!"陈炜顿时感到很尴尬。

【注释】

①孔文举:即孔融,字文举,东汉鲁国人,孔子二十世孙。孔融高祖父孔尚领钜鹿太守。孔融父孔宙官居泰山都尉。他自己曾任北海相、少府、太中大夫,史传记载:因融禁令被曹操斩杀。另有一说:孔融因讪谤孙权使节,被曹操斩杀。洛:东汉京都洛阳,故城在今河南洛阳东洛水北岸,也是西晋的京都。②李元礼:即李膺(yīng),字符礼。司隶校尉:官名,主管督察京师百官(太尉、司徒、司空除外)及所辖附近各郡。③中表:中表亲。父亲兄弟姐妹的儿女叫外表,母亲兄弟姐妹的儿女叫内表,互称中表。④李府君:李元礼曾任渔阳太守,所以称为李府君。⑤仆:古时男子对自己的谦称。⑥先君:先人,后辈称自己已故的祖先。仲尼:孔子,字仲尼。伯阳:老子,姓李,名耳,字伯阳。师资之尊:指礼敬对方为师的敬意。相传孔子曾经问礼于老子。⑦奕世:累世,世代。⑧太中大夫:官名,主管议论政事。陈炜,宋本作"陈韪(wěi)",《后汉书·孔融传》作"陈炜",《魏书》亦作"陈炜",今据改。⑨了了:聪慧、聪明伶俐。⑩踧踖(cù jí):尴尬、局促不安的样子。

【评析】

孔融还只十岁的时候就已经很聪明了,在面对大人们的考问时,他都能从容应答,毫无一般同龄孩童的羞涩和困顿。而且他的回答总是让在场的人都为之惊叹。一次他独自去造访名流李膺,年纪小小的孔融机智应对,让当时在座的人们都为之一惊,没想到一个刚满十岁的孩子却能回答得这么老练。而后来接着遭到陈韪的取笑,孔融沉着应对,他的回答不卑不亢,顿时竟让陈韪无地自容。这就是成语"小时了了,大未必佳"的出处。这也表明孔融虽然小小年纪,可他的智慧与反应速度真是让人叹服。而陈韪只能是自取其辱了。

【历代评点】

凌濛初云:"机锋太迅,大自佳,惟不免祸耳。"
钟惺云:"以膺重名,而有十岁小儿欲观其为人,岂不可畏?"

覆巢之下,焉有完卵

【原文】

孔融被收①,中外惶怖②。时融儿大者九岁,小者八岁。二儿故琢钉戏③,了无遽容④。融谓使者曰:"冀罪止于身⑤,二儿可得全不⑥?"儿徐进曰:"大人岂见覆巢之下⑦,复有完卵乎?"寻亦收至。

【译文】

孔融被捕,朝廷内外一片惶恐。当时孔融的儿子大的才九岁,小儿子才八岁,父亲被捕时两人还在玩琢钉游戏,完全没有惊恐之色。孔融对差役说:"希望所有惩罚只限于我一个人,两个孩子能否保全性命?"儿子从容上前说道:"父亲您难道见过捣翻了的鸟巢下面还有完好的鸟蛋吗?"不久逮捕两个孩子的差使也过来了。

【注释】

①收:逮捕,指孔融被曹操逮捕。 ②中外:朝廷内外。惶怖:恐惧害怕。 ③故:仍然、还。琢钉戏:一种儿童游戏,以掷钉琢地决胜负。先以小钉琢地,名为签,在签的所在为主。出界的就算输,彼此都没中的算输,中了但是碰到主签的也算输。 ④了无:全然没有。 ⑤不:同"否"。 ⑥罪止于身:惩罚只限于我一个人。 ⑦大人:对父母或父母辈的尊称。

【评析】

本文所述故事的背景是,曹操准备南征刘备和孙权的时候,孔融劝曹操不要南征,曹操没有听他的,孔融便在背后发了几句牢骚,这几句话却刚好传到和他向来不和的御史大夫耳里。于是他们就添油加醋地向曹操禀告,曹操大怒,下令处死孔融一家。而他的儿子那时候都不大,都只有几岁,孩子们知道衙役们不会放过自己。他们不慌不忙地对孔融说:"您见过捣翻的鸟巢下还能有完好的鸟蛋吗?"表现了他们从容不迫、坚贞不屈的高风亮节,让人想不到孔融两个孩子年纪虽小,却传承了他们父亲的气度和智慧。"覆巢之下,焉有完卵"的成语即出此。

【历代评点】

袁中道云:"丈夫凄语。"(《舌华录》卷一《慧语》)
刘辰翁云:"语自可伤。"
王世懋云:"此论甚正,可据。"

祢衡为鼓吏

【原文】

祢衡被魏武谪为鼓吏①，正月半试鼓②。衡扬枹为《渔阳参挝》③，渊渊有金石声④，四坐为之改容。孔融曰："祢衡罪同胥靡⑤，不能发明王之梦⑥。"魏武惭而赦之。

【译文】

祢衡被魏武帝曹操贬谪为鼓吏，正遇八月中会集宾客要检验鼓的音色，祢衡扬起鼓槌演奏《渔阳参挝》鼓曲，鼓声深沉凝重，有金石之声，在座的人都为之动容。孔融说："祢衡之罪，和殷时服刑的犯人傅说相同，可是没能使贤明的君主从梦中惊醒过来。"魏武帝听后很惭愧，就赦免了祢衡。

【注释】

①祢(mí)衡：字正平，东汉末平原人。与孔融为忘年交。孔融向曹操推荐他，但他恃才傲物，托病不往。惹怒了曹操于是令他为击鼓的鼓吏，想羞辱他，在八月的朝会，曹操让祢衡击鼓，他裸身立于曹操前，大骂曹操。曹操自取其辱，更加痛恨他。后祢衡被送给刘表，刘表又送给黄祖，最终被黄祖所杀。魏武：曹操，字孟德，小字阿瞒。在汉末军阀纷争中，先后翦除袁绍等割据势力，统一北方，任丞相、大将军，封魏王，后其子曹丕代汉自立，追赠他为武皇帝，庙号太祖，又称魏武帝。谪：贬官；降职。②月半试鼓：《文士传》记载此事说："后至八月朝会，大阅试鼓节。"试，测试。③枹(fú)：鼓槌。《渔阳参挝》：鼓曲名。曲名称渔阳，是借用了东汉彭宠在渔阳起兵反汉，最后兵败身死的故事；参挝，敲击鼓的调子、节拍。这里祢衡击此鼓乐，意在讽刺曹操。④渊渊：形容鼓声深沉凝重。金石声：钟、磬类乐器发出的声音。⑤胥(xū)靡：古代刑罚之名，相当于现在的从犯。服刑的囚犯。这里指傅说，商天子武丁把他从服劳役的囚徒中起用为相。⑥"不能"句：意思指鼓曲感动不了魏王曹操。明王，英明的君王，指曹操。

【评析】

祢衡是一个很有才能的人，只是生性怪癖，因为他总是认为世上没有足够让他去佩服的人，所以，他对待别人总是一副不以为然的态度，所以被曹操贬黜为一个打鼓的小卒。而他作的《渔阳参挝》确是"渊渊有金石声"，可以令"坐上宾客听之，莫不慷慨"。能让人感受到一种慷慨激昂的感觉，孔融借机会向曹操进言，想要给祢衡挽回局面。他所说的傅说的故事是，殷朝时天子武丁梦到天赐良才，于是在牢里发现了傅说，后来用为大臣，辅佐治理国家，殷朝于是开始兴盛。孔融讥讽曹操不能像殷高宗一样有求贤的想法。曹操肯定不会听不出来，所以孔融的话让他觉得羞愧难当，于是便赦免了祢衡。孔融很委婉地表明了自己的意思，在讥讽曹操的时候同时也挽救了祢衡。

【历代评点】

刘应登云："掺，所斩切。"

刘辰翁云："只如《世说》，自可增入。脱衣无害，但觉度者在前，极是辛苦。彼鼓吏易衣,岂必在前耶?"又云:"孔语仓卒为操掩羞,固当有此。"

钟惺云:"节次——可想。"

李贽云:"北海何如人手?"

钟会汗不敢出

【原文】

钟毓、钟会少有令誉①。年十三,魏文帝闻之,语其父钟繇曰②:"可令二子来。"于是敕见③。毓面有汗,帝曰:"卿面何以汗?"毓对曰:"战战惶惶,汗出如浆④。"复问会:"卿何以不汗?"对曰:"战战栗栗,汗不得出。"

【译文】

钟毓和钟会两兄弟,从少年时期就有美好的声誉。钟毓十三岁的时候,魏文帝听到了他们的名声,便告诉他们的父亲钟繇说:"可以叫你的两个儿子来见我。"于是令他们朝见文帝。朝见时,钟毓脸上冒有汗水,魏文帝就问:"你脸上为什么出汗呢?"钟毓回答说:"由于恐惧慌张,所以汗水像水浆一样冒出。"魏文帝又问钟会说:"你为什么不出汗呢?"钟会回答说:"由于恐惧战栗,所以汗水也不敢出。"

【注释】

①钟毓(yù):字稚叔,颍穿长社人,三国时魏国丞相钟繇长子,十四岁即任散骑侍郎,历任侍中、廷尉、都督荆州军事。钟会:字士季,钟毓的弟弟,聪明有才能,辅佐曹丕,此人颇居功自傲,历任镇西将军,官至司徒,后因谋反被杀。②钟繇(yáo):字元常,家贫好学,精通周易、老子,历任大理、相国等职。入魏后任廷尉、太傅。③敕:皇帝下命令。④浆:一种带有酸味的饮料,常用以代酒。这里的"浆"和"惶",下文的"出"和"栗",古代可以押韵。

【评析】

钟毓和钟会两兄弟面对魏文帝的提问,同一个问题,两个人不同的回答,表现出两个人不同的性格特征。钟毓对待魏文帝提出的问题是什么就说什么,确实是因为害怕所以就出汗了,没有什么说谎的情节,说明钟毓这个人比较中规中矩,不虚伪,不狡猾;而钟会则不同,虽然他明明没有出汗,但是如果说实话就显得对皇上没有敬意,聪明的他便说"是因为害怕,所以怕得连汗都不敢流出来了"。是在表明他比钟毓还害怕。而且他回答的话语又和钟毓回答的话是一个格式,一个说法,只是换了一个顺序,其实在场的人都知道这只是一句奉承的话,可是都会觉得这孩子够聪明,够机警而且又活泼。所以有的时候需要"反其道而行之",逆向思维,有时更有益于事物的发展。

【历代评点】

刘辰翁云:"可附'滑稽'。"

方苞云:"一汗,一不汗,说来俱有理。"

吴牛喘月

【原文】

满奋畏风①。在晋武帝坐②,北窗作琉璃屏风,实密似疏,奋有难色。帝笑之。奋答曰:"臣犹吴牛③,见月而喘。"

【译文】

满奋怕吹冷风。在晋武帝身旁侍坐,北面的窗前设有琉璃屏风,虽然很严密,看起来却是稀疏透风,满奋面有难色。晋武帝笑话他,满奋回答说:"我就好像吴地里的牛一样,一看到了月亮就吓得喘起来了。"

【注释】

①满奋:字武秋,西晋高平人,魏太尉宠爱的孙子,清雅有才识,曾任冀州刺史、尚书令、司隶校尉。②武帝:晋武帝司马炎。③吴牛:据《世说新语》原注:"今之水牛,唯生江淮间,故谓之'吴牛'也。南方多暑,而此牛畏热,见月疑是日,所以见月则喘。"

【评析】

满奋是晋武帝时的一位大臣,满奋不慎闹出了笑话,于是就不好意思地说,"臣好像吴地的牛一样,一看到月亮就吓得喘了起来"。便出现了成语"吴牛喘月",这个成语是说江淮一带,因为水牛很怕热,喜欢在水里,一看到太阳就浑身发热,喘个不停,但是它们分不清太阳和月亮,所以有的时候看到月亮也喘个不停。它比喻人遇到事情就过分的恐慌,从而失去判断能力,以至于发现一些似是而非的虚幻迹象也立刻不安起来。以告诫我们要正确的看待分析问题,不要盲目的担心。

【历代评点】

凌漆初云:"按满奋丰肥,肉溃肤裂。每至暑夏,辄膏汗流溢,见《异苑》。如此人乃云'畏风',不可晓。"

刘辰翁云:"谓其作劳过多,畏见月疑日,若见月而喘,直常语耳。"

王思任云:"是言开这蓄之端,不称翼翼。"

诸葛靓三思谏吴主

【原文】

诸葛靓在吴①,于朝堂大会②。孙皓问③:"卿字仲思,为何所思?"对曰:"在家思孝,事君思忠,朋友思信,如斯而已。"

【译文】

诸葛靓在吴国时,有一次于朝堂大会上,孙皓问他:"你的字是仲思,你思的是什么呢?"诸葛靓回答:"在家思的是孝敬父母,侍奉君主思的是忠诚,交友思的是诚信,如此而已。"

【注释】

①诸葛靓(jìng)：字仲思，三国时琅琊人，父亲诸葛诞起兵反司马氏，派他到吴国当人质，吴任用为右将军、大司马。吴亡，先到洛阳，后逃匿不出。 ②朝堂：国君和大臣聚会议事的地方。 ③孙皓：字符宗，孙权的孙子，吴国末代君主，荒淫残暴，不理政事，公元280年降晋，吴国灭亡。

【评析】

孙皓是吴国末代君主，荒淫残暴，对于朝廷政事一概不管。有一次在朝堂大会上，他刁难诸葛靓，问他"你的字是仲思，但是你思的是什么呢？"于是诸葛靓便借机说到，"在家思的是孝敬父母，侍奉君主的时候思的是忠诚，交朋友思的是诚信，就这样罢了。"也是从侧面去警示孙皓。多"思"，放到我们现在依然适用。

【历代评点】

刘辰翁云："与前'得一'，皆过本色。"

新亭对泣

【原文】

过江诸人，每至暇日，辄相要出新亭①，藉卉饮宴。周侯中坐而叹曰②："风景不殊，举目有山河之异！"皆相视流泪。唯王丞相愀然变色曰③："当共戮力王室，克复神州④，何至作楚囚相对泣邪⑤！"

【译文】

到江南来避难的一些人士，每逢天气晴朗的日子，都要互相邀请到新亭，坐在草地开筵饮酒。武城侯周顗在席间，喟然叹息说："江南风景跟中原没什么两样，只是眼前的山河起了变化！"在座的人都相互对看，流下了眼泪。只有王丞相忽然神色严肃地说："大家正应当同心协力，报效朝廷，收复中原，哪至于像被俘在晋国的楚囚那样，只知一味地相对悲泣而不图振作呢？"

【注释】

①新亭：三国时吴国修筑，也叫劳劳亭，故址在今江苏南京市南。 ②周侯：即周顗，封武城侯。 ③王丞相：王导，字茂弘，晋琅琊临沂(今属山东)人。愀然：脸色变化的样子。 ④神州：本泛指中国，这里指黄河流域一带的中原地区。 ⑤楚囚相对：春秋时，郑楚两国交战，有个楚人被晋国囚禁，其奏乐，还是用楚国的风格。比喻在国破家亡时含悲泣苦，束手无策。楚囚，春秋时楚国人钟仪被晋国俘虏，晋人称他为楚囚。

【评析】

东晋初期，很多名士都到江南来避难，总是相约在新亭聚会饮酒，每当聚在一起的时候，望着眼前的情景，就总是让他们感慨中原原来的面貌，暗叹中原的沦丧，相对叹息流泪。只有王丞相怒气豪迈,说:"应当共同合力效忠朝廷,最终光复祖国,怎么可以相对哭泣如同亡国奴一样!"新亭对泣或者新亭泪的典故便出自这里,比喻对亡国的悲恨及对国家的无限哀思。故事中显示出了王导英勇非凡的气概。

【历代评点】

凌濛初云:"'藉卉'二字颇妙,花茵祖此。"
刘辰翁云:"俯仰情至。"
袁中道云:"佳。"(《舌华录》卷九《凄语》)

坐中颜回

【原文】

谢仁祖年八岁①,谢豫章将送客②,尔时语已神悟,自参上流③。诸人咸共叹之曰:"年少④,一坐之颜回⑤。"仁祖曰:"坐无尼父⑥,焉别颜回⑦?"

【译文】

谢尚八岁的时候,父亲谢鲲带着他送客。此时谢尚已经是聪明颖悟,跻身于上流人才了。大家都在赞扬他,说道:"少年是座中的颜回呀。"谢尚答道:"座上没有孔子,怎么能区别出颜回呢?"

【注释】

①谢仁祖:即谢尚,字仁祖,晋陈郡(今河南太康)人,官至镇西将军、豫州刺史。②谢豫章:即谢鲲(kūn),字幼舆,谢尚的父亲,曾任豫章太守。将:带领。③自参上流:自己参与到上流人物之中。④年少:少年、年轻人。⑤一坐:所有在座的人。坐,同"座"。颜回:字子渊,春秋时鲁国人,孔子最得意的学生,在孔门中以德行著称。⑥尼父:孔子,因为字仲尼,所以尊称为尼父。父,对男子的美称。⑦别:判别,判定。

【评析】

谢尚很小的时候就很聪明了,父亲带着他去送客,在座的人都纷纷夸赞他说:"真是在座诸位里面的颜回啊。"谢尚回答道:"孔子不在,怎么能区别出颜回呢?"颜回是孔子最得意的一个弟子,以德行著称,自汉代起,颜回被列为七十二贤之首,有时祭孔时独以颜回配享,历代统治者不断追加谥号。众人把谢尚比作颜回,足以证明当时谢尚的声望之高。而谢尚却谦虚地说,只有孔子才能认可颜回。而孔子未在世,也就无法与颜回相论了。说明谢尚思维精密,谦虚有德。

【历代评点】

刘辰翁云:"启宠纳侮。"(按:宠,一作庞。)

哀感中年

【原文】

谢太傅语王右军曰①："中年伤于哀乐②，与亲友别，辄作数日恶③。"王曰："年在桑榆④，自然至此，正赖丝竹陶写⑤。恒恐儿辈觉损欣乐之趣⑥。"

【译文】

太傅谢安对右军将军王羲之说："人到中年便很容易感伤。每次我和亲友告别，就会难过好几天。"王羲之说："晚年光景，自然要这样，只好靠音乐来陶冶性情了，还总是担心子侄们伤害这种快乐情趣。"

【注释】

①谢太傅：即谢安。王右军：王羲之，字逸少，晋琅琊临沂(今属山东)人，东晋著名书法家，官历江州刺史、右军将军、会稽内史等职。②中年：指四十岁左右的年纪。伤于哀乐：为哀乐之事伤感。复词偏义，偏指"哀"，"乐"字无义。③恶：不舒服，难受。④桑榆：本指被落日余晖照射的桑树和榆树，转指夕阳、黄昏，这里用来指人的晚年。⑤丝竹陶写：陶冶情操于丝管弦以忘忧。⑥觉损：减少。

【评析】

"哀感中年"的成语就出自这里，是说人到了中年，对于亲戚朋友之间的离别总是或多或少的感觉到阵阵的哀伤，总是喜欢怀旧。这里是指谢安和王羲之一起在缅怀过去，然后共同发出慨叹。对过去表示一种近在咫尺却触手不及的无可奈何。那些美好的回忆只能在脑子里放电影一样地回放，却永远只是感受，而不可能再回去重演一遍。这就是自中年人之后所感受的悲哀，时间总是往前走，却无法倒回，所以我们能做的，就只能是珍惜我们现在所拥有的时光，抓紧时间做自己想做的事情，不要留下什么遗憾。等到认识到的时候再想补救，或许到时候已经什么都晚了，就只能怀着悲戚的心情去缅怀那些失去的。文中王羲之他们就只能静静地享受剩下的时光，还总是会担心孩子们会打扰到这种清修。

【历代评点】

刘辰翁云："自家潦倒，忧及儿辈，真钟情语也。此少有喻者。"

谢道韫咏雪

【原文】

谢太傅寒雪日内集①，与儿女讲论文义。俄而雪骤，公欣然曰："白雪纷纷何所似？"兄子胡儿曰②："撒盐

【译文】

一个寒冷的雪天里太傅谢安召集家人，跟子侄辈的人谈诗论文，忽然间，雪下大了，太傅兴致勃勃地问："这纷纷扬扬的大雪

空中差可拟③。"兄女曰④:"未若柳絮因风起。"公大笑乐。即公大兄无奕女⑤,左将军王凝之妻也⑥。

像什么?"他哥哥的儿子胡儿(谢朗)说:"就跟盐巴洒在空中一样。"哥哥的女儿谢道韫说:"不如比作风把柳絮吹得漫天飞舞。"太傅高兴地大笑。这个女子是太傅大哥谢无奕的女儿,左将军王凝之的妻子。

【注释】

①谢太傅:即谢安。②胡儿:即谢朗,字长度,小名胡儿,谢安次兄谢据的长子,官至东阳太守。③差:大略;差不多。④兄女:这里指谢韬(tāo)元,字道韫,谢安长兄谢奕的女儿,聪明而有才识,有诗文传世。⑤无奕:谢奕,字无奕。⑥王凝之:字叔平,王羲之第二子,曾任江州刺史、左军将军。

【评析】

东晋的谢氏家族是个赫赫有名的诗礼之家,为首的是谢太傅,即谢安。在这样的书香门第的大家族里,遇到雪天而没有办法出门,于是就开始讲课、作文。文章从头到尾就是以叙述的手法来写的,没有夹杂什么过多的评论方面的文字,但是一眼就能看得出来,谢朗咏雪,虽然比喻成撒盐在空中的动作,但是却没有什么意境,只是以物喻物罢了。而谢道韫的诗句却写出了大雪的特点,漫天纷飞,轻盈灵动,而且柳絮也暗含了春天到来的喜悦气氛,堪称"佳句"。最后一句点明了这个女子的身份,说:"这个女子是太傅大哥谢无奕的女儿,左将军王凝之的妻子。"别的人没有说明,唯独就说了这个女子谢道韫,意在赞扬谢道韫的才气高,让大家都认识一下。

【历代评点】

刘辰翁云:"有女子风致,愈觉撒盐之俗。"

李贽云:"真堪笑乐。"

余嘉锡云:"二句虽各有谓,而风调自以道韫为优。"

凌濛初云:"凝之愚昧如此,宁不使有心女子恨极天壤!"(按:此凌濛初用《贤媛》篇"天壤王郎"之典以评之。)

明镜不疲屡照

【原文】

孝武将讲《孝经》①,谢公兄弟与诸人私庭讲习②。车武子难苦问谢③,谓袁羊曰④:"不问则德音有遗⑤,多问则重劳二谢。"袁曰:"必无此嫌。"车曰:"何以知尔?"袁曰:"何尝见明镜疲于屡照,清流惮于惠风⑥?"

【译文】

孝武帝司马曜将要研讨《孝经》,谢安谢石兄弟和众人先在自己家学习。车胤不好意思多次的询问谢氏兄弟,就对袁羊说:"不问呢,怕遗漏了真知卓识;问多了呢又怕麻烦谢家兄弟。"袁羊说:"一定不会引起这种不满。"车胤说:"怎么知道是这样呢?"袁羊说:"你什么时候见过明亮的镜子因为屡屡照影而疲倦,清澈的流水会由于微风吹拂而感到害怕呢?"

【注释】

①讲:研习讨论。《孝经》:儒家经典之一,讲述孝道和孝治思想。②谢公兄弟:指谢安、谢石等人。私庭讲心:在私人宅邸讲习,预备。③车武子:即车胤,字武子,官至吏部尚书。难苦问:因数次问询而不好意思。惮:害怕、畏惧。④袁羊:袁乔,字彦升,小名羊,陈郡人,封西伯、益州刺史。这里的袁羊应是袁虎之误,袁虎(袁宏,小名虎),孝武讲经时袁羊已死。袁羊卒于永和年间,下迄孝武讲经,相距二十余年。⑤德音:善言,对别人言辞的敬称,这里敬称谢安兄弟的谈话。⑥惠风:和风。

【评析】

车胤本来是一个家境贫寒的学者,他这个人对于学习上的事情总是不知疲倦,而且见识广博,学富五车,后来官至吏部尚书。司马曜将要与大臣们研讨《孝经》,车胤有学术上的问题想请教谢安、谢石兄弟,可是又担心他们烦自己,不问又怕学识得不到更进一步的加深,拿不定主意。于是袁羊就婉转的借镜子和流水来告诉车胤,学识就像镜子不会因为被照多了而感到疲倦,因为那是它的本能,清澈的流水不会因为被风吹而害怕被吹散,吹混浊。因为它本身是清澈的,它本身就是一个整体。暗示学识本身就是一个精进的过程,要问才能懂,要学才能会,这才是学识的本能,这才是对学识最好的态度。袁羊的这个比喻既简单恰当,又让人能很快理解他所要传达的意思。

【历代评点】

刘应登云:"摘句者,摘其疑以问。"

刘应登又云:"二谢当对车言,不欲重烦之,似有歹谢意。袁故曰:何曾见明镜以屡照而疲,水之清者虽惠风扬,亦不能溷也。"

袁中道云:"善譬。"(《舌华录》卷一《慧语》)

政事第三

【题解】

本门记录当时居官任职者的政务事迹,文中讲述的是一些为官清廉,并且赢得民心的一些典型例子,反映出了任职者的道德观念及思想。

陈寔杀诈称母病者

【原文】

陈仲弓为太丘长①,时吏有诈称母病求假。事觉,收之,令吏杀焉②。主簿请付狱,考众奸③。仲弓曰:"欺君不忠,病母不孝。不忠不孝,其罪莫大。考求众奸,岂复过此?"

【注释】

①陈仲弓:即陈寔,字仲弓。②焉:代词,相当于"之"。③考众奸:拷问其他罪行。

【译文】

陈寔任太丘县令,当时有个小官吏谎称母亲有病请假。后来事情被发觉,于是陈寔逮捕了这个人,陈寔下令狱吏杀掉他。主簿请求将罪犯交给诉讼机关,查究他是否还有其他罪行,陈寔说:"欺骗君主是不忠,诅咒母亲生病是不孝,不忠不孝,还有比这罪更大的吗?审查别的罪行,难道还能超过这件事吗?"

【评析】

谎称母亲有病请假,其实在今天的工作、学习生活中可能这是少数人惯用的。听上去,或许觉得并没有太大的问题,毕竟只是一个谎言,对母亲不会有实质的伤害。但是在当时却让陈寔下达了杀掉他的命令,可见对陈寔来说,这个问题有多严重。可见陈寔这人当官确实是办事严谨,理政有方。

【历代评点】

凌濛初云:"恐亦未免矫枉。"

骨肉相残甚于盗杀财主

【原文】

陈仲弓为太丘长，有劫贼杀财主①，主者捕之②。未至发所③，道闻民有在草不起子者④，回车注治之。主簿曰："贼大，宜先按讨。"仲弓曰："盗杀财主，何如骨肉相残？"

【译文】

陈寔任太丘县令，有一个盗贼劫财杀人，主管官吏抓获了强盗。陈寔还没赶到案发现场，路上又听说有人生了孩子后遗弃的事，就掉转车头要去处理这件事。主簿说："盗贼的事大，应该先追查处理。"陈寔说："强盗杀物主，怎么能比得上骨肉相残呢？"

【注释】

①财主：财物的主人。②主者：主管治安的官。③发所：案发地点。④在草不起子：遗弃婴儿。在草：分娩。起：养育。

【评析】

生了孩子后遗弃，盗贼劫财杀人，两件事情同时发生了，陈寔想都没有想，掉过头就去查前一个事件，很明显，在陈寔的心里人情伦理道德更重要，这也就证明陈寔为父母官确实心里装的是百姓。

【历代评点】

刘应登云："谓生子不收育之。"

郎瑛云："今谚谓临产曰'坐草'。"

李详云："《淮南子·本经训》：'剔孕妇'，高诱注：'孕妇，妊身将就草之妇。'高诱去太丘时不远，在草、就草，皆谓汉季坐蓐俗称。"

余嘉锡云："仲弓、伟节，同时并有此事，何其相类之甚也？疑为陈氏子孙剽取旧闻，以为美谈，而临川误以为实。然观孝标之注，固已疑之矣。"

周公孔子异世而出

【原文】

陈元方年十一时①，候袁公②。袁公问曰："贤家君在太丘③，远近称之，何所履行④？"元方曰："老父在太丘，强者绥之以德⑤，弱者抚之以仁，恣其所安，久而益敬。"袁公曰："孤往者尝为邺令⑥，正行此事。不知卿家君法孤，孤法卿

【译文】

陈纪十一岁时，去拜访陈宏。陈宏问他："令尊在太丘县为官时，远近的人都赞扬他，他都做了些什么事啊？"陈纪说："家父在太丘时，对强者用德行去安抚；对弱者用仁慈去体恤，让他们安居乐业，时间长了，他们就越加尊敬他了。"陈宏说："我以前曾任邺县县令，做

父?"元方曰:"周公、孔子,异世而出,周旋动静⑦,万里如一。周公不师孔子,孔子亦不师周公。"

的也是这些事。不知是令尊学我,还是我学令尊?"陈纪答道:"周公和孔子,生在不同的年代,虽然相隔很远,为官和处世却是一样的。周公没有学习孔子,孔子也没有学习周公。"

【注释】

①陈元方:即陈纪,字符方,陈寔的儿子。②候:拜访。袁公:即袁宏。③贤家君:对对方父亲的尊称。④履行:实践,做。⑤绥(suí):安、安抚。⑥孤:古代侯王对自己的谦称,这里是袁宏的自称。这里陈、袁的交谈,后人考证为杜撰之说。邺:县名,治所在今河北临漳西南。⑦周旋:交往、应酬。动静:行为举止,这里指活跃社会和安定社会的做法。

【评析】

陈纪是陈寔的儿子,也继承了父亲的美德,是一个出类拔萃的人才,亦是从小就十分出色。一次他去拜访陈宏,陈宏也是一个朝廷官员,陈宏想用言语诱导他评论自己和他的父亲,这个问题很难回答,稍微不慎不仅颜面尽失,而且又会得罪陈宏。想是陈宏并非真正想知道是谁学了谁,而是有意为难陈纪。谁曾想小小的陈纪脱口而出:"周公和孔子是不同时代的人,为官及处世方式却一样可以理解,但是谁也不是谁的老师!"如此巧妙回答,既照顾了对方的尊严,又保存了自己的体面,落落大方,不损人也不损己,想袁公听了,定会暗暗点头称奇。

【历代评点】

刘应登云:"时元方尚小,仲弓必在,而称为'先父',不以为讳。"

刘辰翁云:"必无父在称'先父'之理,未可以年十一故意之如此。注书或误来者。"又云:"袁公语谬。"

王导晚年难得糊涂

【原文】

丞相末年①,略不复省事②,正封箓诺之③。自叹曰:"人言我愦愦④,后人当思此愦愦。"

【译文】

丞相王导晚年时,几乎不再处理政务,只是在文书上签字画押。他自己感叹道:"人们都说我糊涂,后人会怀念我这种糊涂的。"

【注释】

①丞相:即王导。②略:全、几乎完全。③封:封事,一种密封的奏章。箓:簿籍文书。诺:指在文书上批示或签名表示许可。封箓诺之:以签字画押示批阅完毕。④愦愦(kuì):糊涂、忙乱。

【评析】

王导平日性情谦和宽厚,孜孜不倦地为朝廷奉献自己的毕生的才能,为国事操劳,一生也是政绩突出,到了晚年,便不怎么去管理政务了,对于手上的文书也只是签字画押,别人说他糊涂,是为他一生心都在国事上,为之操劳,创下的功绩却又放手不管了,而国家也需要他去扶持。王导却说"后人会怀念我这种糊涂的",从一方面说,是人老了,生平都为国家忙碌去了,谁都想好好休息,好好安度晚年。另外,朝廷不管你有过多少功绩,最担心的还是你个人功绩显赫,是否你的威望权力会威胁到别人?培养新人,放手让有才者发挥他们的才能,给国家创造财富,为国家的发展做更多的贡献,这才是王导晚年的思想。

【历代评点】

朱铸禹云:"'策',《正韵》曰:'籍也'。此指言正封发册籍,导都无所可否,但画诺而已。"(按:犹今之官员但批"同意"二字。)

刘辰翁云:"当其时,或自有见,以为政事法则不可。"

袁中道云:"以无事补朝廷正此。"(《舌华录》卷三《冷语》)

陈寅恪云:"导自言'后人当思此愦愦',实有深意。江左之所以能立国历五朝之久,内安外攘者,即由于此。故若仅就斯言立论,导自可称为民族之大功臣,其子刊,亦得与东晋南朝三百年之世局同其兴废。岂偶然哉!"

李贽云:"遗爱何足道,正为江左立根基耳。"(《初谭集·君臣·贤相》)

何充埋头文书

【原文】

王、刘与深公共看何骠骑①,骠骑看文书不顾之。王谓何曰:"我今故与深公来相看,望卿摆拨常务②,应对共言③,那得方低头看此邪④?"何曰:"我不看此,卿等何以得存?"诸人以为佳。

【译文】

王濛、刘惔和竺法深一起去看望骠骑将军何充,何充正在看文件,也不理会他们。王濛对他说:"我今天特意和深公来探望你,希望你能先搁置下日常的工作,和咱们一起谈论玄理,哪还能埋头看这些东西呢?"何充回答:"我不看这个,你们这些人怎么能够生存呢?"大家都认为他说得好。

【注释】

①王、刘:即王濛、刘惔。王濛,字仲祖,曾任司徒左长史。刘惔,字真长,晋沛国相(今安徽濉溪西北)人。深公即竺法深,晋时高僧,善讲佛法。宋本作"林公",即支遁。但据程炎震《世说新语笺注》说,东晋康帝时(343—344在位),何充任骠骑将军辅佐国政,支遁尚未到京都;而何充却与深公来往密切,把他当作老师看待。因此林公应是深公之误,今据改。何骠骑:即何充。②摆拨:搁置,丢开。③共言:共同谈论。袁本作"玄言",疑有误。④方:还;仍然。

【评析】

王濛、刘惔和竺法深都是当时的名流,他们去看望何充,何充正忙于公务,没有理会他们；而王、刘之辈也是豁达之人，具有宽大的气度，明白何充的为人处世，并没有与他计较，反而认为他说的话在理，被他务实的态度所赞叹。何充是一个以公正廉洁著称于世的人。且其生性率直，直言不讳，不畏强权，素有"万夫之望"美称。他每每临朝议政，都是凛然正气，以国家大事为己任，受到当朝文武的敬重。并且备受王导等人的器重。

【历代评点】

《晋阳秋》曰：何充与王濛、刘惔好尚不同，由此见讥于当世。

王珣与张玄情好日隆

【原文】

王东亭与张冠军善①。王既作吴郡，人问小令曰②："东亭作郡，风政何似③？"答曰："不知治化何如，唯与张祖希情好日隆耳④。"

【译文】

东亭侯王珣和冠军将军张玄关系比较好。王珣担任吴郡太守后，人们问王珣的弟弟王珉："东亭担任郡太守，社会风气和政绩怎么样？"王珉回答："不知治理得如何？只知道他和张玄的交情一天比一天更深厚了。"

【注释】

①王东亭：即王珣。张冠军：张玄，字祖希。曾任冠军将军。②小令：指王珉，王珣的弟弟，曾接任王献之中书令职务。人们称二人为"大小王令"。③风政：教化政绩。④"不知……隆耳"：张玄当时才学名望都很高，王珉借言王珣和张玄的深厚交情，巧妙地赞美了王珣。治化，治绩教化。张祖希：即张玄。

【评析】

文中王珣弟弟的回答并没有从正面说明，而是从侧面去说的，说他和张玄的关系日益密切了，王珣为官以来素来清廉，不畏权势，且德才兼备，受民称颂；而张玄也是吴地名士中的优秀人物，不仅学识丰富，博古通今，还擅长工画，为当代名流所看重，况且他这个人平易近人。所以说王珣弟弟的回答说他们俩的关系好，第一个是说"近朱者赤，近墨者黑"，让别人放心。更重要的是说明当地安居乐业，百姓和睦，要不然王珣怎么还会有工夫去和朋友谈书论画增进友谊呢？

【历代评点】

王世懋云："此似非爱兄之言。"
黄辉云："答语安雅，有丈人风。"

李贽云:"此是一等治化。"

朱铸禹云:"考张玄为当时所重,与谢玄有'南北二玄'之称,王与之善即尊贤敬能,可见其风政。盖珉不欲显称其兄,故以此见意。王评未当,黄云安雅亦尚未澈,李评虽会此意,而语过简。"

殷仲堪居官不违操守

【原文】

殷仲堪当之荆州①,王东亭谓曰:"德以居全为称②,仁以不害物为名。方今宰牧华夏③,处杀戮之职,与本操将不乖乎④?"殷答曰:"皋陶造刑辟之制⑤,不为不贤;孔丘居司寇之任⑥,未为不仁。"

【译文】

殷仲堪要出任荆州刺史,东亭侯王珣问他:"品格完美称为德,不伤害他人叫作仁。如今你要掌管荆州,身处生杀予夺的高位,这恐怕违背了你原来的操守吧!"殷仲堪回答:"皋陶制定法律制度,没有人说他不贤;孔丘担任司寇之职,也没有人说他是不仁。"

【注释】

①殷仲堪:晋陈郡长平(今河南西华东北)人,曾任都督荆益宁三州军事、荆州刺史,后与桓玄相攻伐,兵败被杀。②居全:这里指具备完美的德行。称:称号;名称。③宰牧:管理、治理。华夏:本指我国中原地带,这里指东晋中部的荆州一带。④本操:一贯秉持的操守。将不:表示推测,意思偏向于肯定,相当于"莫非"、"大概"。⑤皋陶(gāo yáo):舜时的法官。刑辟:刑法。⑥司寇:春秋战国时掌管刑狱、纠察的官。孔子曾担任鲁国司寇。

【评析】

殷仲堪生性质朴,认为清贫是读书人的本分。而那时候却让他去担任荆州刺史,刺史一职在所在州郡的权力是最大的,经常也会涉及人命官司,以及官场的尔虞我诈。所以王珣问他,是否有违他原来质朴的本意,而殷仲堪拿历史上的人物做了个比方来突出他的志向,皋陶以正直闻名天下,被奉为中国司法鼻祖,所以殷仲堪说,皋陶被授权制定了法律制度,没有人说他因为这个不贤,而孔子去担任了司寇一职的高官,也没有人因此说他是不仁。他的意思就是说,那我去当这个荆州刺史也没有什么不妥。殷仲堪虽是质朴,却也有着一番宏图志向,期望能发挥所长,为国家多做贡献。

【历代评点】

《古史考》曰:庭坚号曰皋陶,舜谋臣也。舜举之于尧,尧令作士,主刑。

《家语》曰:孔子自鲁司空为大司寇,三日而诛乱法大夫少正卯。

文学第四

【题解】

本门在这里是指学术和文学两方面，其中三分之二的篇幅和学术有关。学术部分主要反映魏晋士人的清谈内容，包括儒学、佛学及名理学。而文学部分占了三分之一，主要在探讨文学内容与形式的关系，显然魏晋人士已开始注重文学理论与批评。

马融叹礼乐皆东

【原文】

郑玄在马融门下①，三年不得相见，高足弟子传授而已。尝算浑天不合②，诸弟子莫能解。或言玄能者，融召令算，一转便决。众咸骇服。及玄业成辞归，既而融有"礼乐皆东"之叹③。恐玄擅名而心忌焉④。玄亦疑有追，乃坐桥下，在水上据屐⑤。融果转式逐之⑥，告左右曰："玄在土下水上而据木，此必死矣。"遂罢追。玄竟以得免。

【注释】

①郑玄：字康成，东汉末高密（今属山东高密）人，著名经学家，遍注儒家经典，精通天文历算。马融：字季长，东汉著名经学家，右扶风茂陵人，才高博洽，学生常有千人，曾任校书郎中、南郡太守。②浑天：浑天仪，古代解释天体的一种学说，认为天地关系如蛋壳包着蛋黄，天的形状浑圆如弹丸，南北两极固定在天的两端，日月星辰绕南北极极轴而旋转。天文学家就根据这种观点去推算日月星辰的位置。这里指代天文历算。③"礼乐皆东"：礼和乐是儒家的重要课程。这里是赞郑玄已掌握了礼乐的精髓，随着他东归，东方就成了讲授礼乐的中心。④擅名：独享名望。⑤屐：木屐，木底有齿的鞋子。⑥转式：旋转

【译文】

郑玄在马融门下求学，过了三年都没有见到马融，只是由马融的高才弟子传授学问而已。马融曾用浑天仪测算天体位置，计算得不准确，弟子们也没有谁能准确测算。有人说郑玄可以解决这个难题，马融就找来郑玄，让他测算，郑玄一推算就得到了结果，大家都惊叹佩服。后来郑玄学业完成，辞别回家，马融随即慨叹礼和乐的中心都将要转移到东方去了，马融担忧郑玄名声超过自己，心里很嫉妒；郑玄也疑心他们会前来追杀，就坐在桥下，脚上穿着木屐踏在水面。马融果然转动栻盘占卜他的行踪，他对左右的人说："郑玄现在土下水上，而且脚踩木头，可见得他一定是死了。"于是就停止追赶。郑玄竟然因此脱身。

栻盘进行推演卜算,是一种占卜的方法。式,通"栻",用来占卜的器具,上圆下方,象征天地。

【评析】

文章讲述的是,在郑玄求学的时候,拜师在马融门下,马融博通今古文经籍,世称"通儒"。马融并没有亲自教授郑玄他们,只是让那些优秀又比较年长的弟子去教。有一次,郑玄推算出了一道连马融都没有解出来的难题,于是,马融担心郑玄的名声以后会超过自己,于是派人追杀郑玄,好在郑玄也精通术数之学,于是逃过一劫。郑玄自少年时就一心向学,确立了学习经学的志向,孜孜以求。他不尚虚荣,天性务实,年长一点了不但精通儒家经典,详熟古代典制,而且通晓谶纬方术之学。他潜心钻研经学,对我国大教育家孔子的思想进行了继承和进一步发展。而其教育方面的突出成就,又促进了其学说的传播,终得大行于世。总的来看,郑玄以其毕生精力注释儒家经典,是一位空前的经学大师。因此,郑玄在经学史上的地位和作用,都是十分重要的。

【历代评点】

袁枚云:"言融不能亲教,使高弟子传授之耳。然颜师古注《高祖本纪》曰:'凡乘传者,四马高足为置传;四马中足为驿传;四马下足为乘传。'高足二字,在汉时以之名马,《世说》以之称弟子,何也?"(见《随园诗话》卷一五)

刘应登云:"师友之懿如此,而谓融忌其能,使人追杀之,有此理否?玄又先疑其师追之,预坐桥下。融以其在土下水上,便以为死,皆谬乱之词。此一节当生于'礼乐皆东'一句。"

王世懋云:"注驳甚正。"

李贽云:"必是卢子幹逐之。"(按:此条亦收入《初谭集》卷十三《师友》篇《博物》目,条后李贽批云:"或出投刺门生,未可知也。或如神秀之徒慧明手!此必然是卢子幹,然卢植实非恶人。")

余嘉锡云:"观《语林》《异苑》之所载,知此说为晋、宋间人所盛传。然马融送别,执手殷勤,有礼乐皆东之叹,其爱而赞之如此,何至转瞬之间,便思杀害!苟非狂易丧心,恶有此事?裴启既不免矫诬,义庆亦失于轻信。孝标斥为委巷之言,不亦宜乎?"

服虔幸遇郑玄

【原文】

郑玄欲注《春秋传》①，尚未成，时行与服子慎遇②，宿客舍。先未相识，服在外车上与人说己注传意，玄听之良久，多与己同。玄就车与语曰："吾久欲注，尚未了③。听君向言④，多与我同，今当尽以所注与君。"遂为服氏注。

【注释】

①《春秋传》：《春秋左氏传》，即《左传》。②行：出行。服子慎：即服虔，字子慎，善解《春秋左氏传》，举孝廉，官历尚书郎、九江太守。③了：完结。④向言：刚才所说的。

【译文】

郑玄想要注释《左传》，还没有完成。这时有事到外地去，与服虔不期而遇，他们住在同一家旅店，刚开始两人并不认识对方。服虔在店外的车子上，和别人谈到自己注《左传》的想法。郑玄听了很长时间，他认为服虔的见解很多都与自己的相同。于是就走到车前对服虔说："我一直都想注《左传》，现在却还没有完成。听您刚才的话，很多都与我的相同。今天我应该将已经作的注全部送给你。"这就是服氏《左注》。

【评析】

郑玄对待学识的态度一丝不苟，精益求精。只要是有益于学识上面的事情他都乐意去求教，所以他在旅店外听见了服虔对于注《左传》的见解独到，而且和自己意气相投，便把自己未创作完的《左传》的注释送给了服虔。他能大度到把自己的精心所作都赠予他人，是因为他认为服虔有这个能力去编注它。

【历代评点】

李贽云："便是大贤心事。"（《初谭集·师友·六经子史》）

服虔匿名为雇工

【原文】

服虔既善春秋①，将为注，欲参考同异；闻崔烈集门生讲传②，遂匿姓名，为烈门人赁作食。每当至讲时，辄窃听户壁间③。既知不能逾己，稍共诸生叙其短长④。烈闻，不测何人。然素闻虔名，意疑之。明早往，及未寤⑤，便呼：

【译文】

服虔因擅长研究《春秋》，想要给它作注，他想参考一些不同的观点。他听说崔烈召集学生讲授《春秋》，于是就隐姓埋名，让崔烈的门徒雇用自己去煮饭。每当崔烈讲时，他就站在墙外偷听。感到崔烈所讲无法超越自己，就与崔烈的学生稍微探讨一下崔的得失。崔烈听说后，猜不出是什么人，可是一向听到过服虔的名声，于是就怀疑是他。第二天早晨，服虔还

"子慎！子慎！"虔不觉惊应，遂相与友善⑥。

【注释】

①善：擅长。《春秋》：《春秋》是鲁国一部编年体史书，这里指《春秋左氏传》。②崔烈：字威考，高阳安平人。汉灵帝时官至司徒、太尉，封阳平亭侯。门生：弟子、学生。下文的"门人"意。赁(lìn)：做雇工。③户壁间：门外。④共：介词，同，与。⑤寤：睡醒。⑥相与：相互，彼此。

在睡着的时候，崔烈就前去大声叫喊："子慎！子慎！"服虔被惊醒，不觉中应了声。从此，两人成为挚友。

【评析】

服虔为了给《春秋》作注，想要进一步进行研究，综合不同的观点和看法。而崔烈是个很有才华的人。服虔为了参考崔烈的意见，见识他的观点，于是隐姓埋名去崔烈讲堂当门徒，然后趁机偷听。而也因此服虔和崔烈成为好朋友，表现了服虔对学问的执著追求，大胆探索的精神，给后辈们起到了表率作用。

【历代评点】

凌濛初云："然明故智。"

钟会掷书嵇宅

【原文】

钟会撰《四本论》始毕①，甚欲使嵇公一见②。置怀中，既诣③，畏其难④，怀不敢出，于户外遥掷，便回急走。

【注释】

①钟会：字士季，颍川长社(今河南长葛东部)人。三国后期魏国名将，是太傅钟繇的小儿子。《四本论》：讨论才性同异的文章。四本指的是才性同、才性异、才性合、才性离。②嵇公：即嵇康。③既诣：各本有异文，宋本作"既定"，《太平御览》卷三百九十四作"既诣"，《续谈助》卷四引《小说》作"诣宅"。今依《太平御览》。④难：驳难、质难。

【译文】

钟会刚写完《四本论》，很想让嵇康看看，于是把稿子抱在怀中，主意已经打定，又怕嵇康刁难，一直将书揣在怀里不敢拿出来。后来就在门外很远的地方，把书扔了进去，然后转身跑了。

【评析】

嵇康是一位伟大的艺术大师，励志勤学，但是为人耿直，倍受人们关注。钟会对嵇康是既仰慕又畏惧的，他写了《四本论》，想要给嵇康看看，最后就在门外面很远的地方把书扔进嵇康家里跑了。可见时人对嵇康的畏重到了何种程度。

【历代评点】

刘辰翁云:"令人畏至此,那得不为所中?"

陈寅恪云:"《世说》此条所记钟士季畏嵇叔夜见难掷与疾走一事,未必尽为实录,即令真有其事,亦非仅由嵇公之理窟词锋,使士季震慑避走,不敢面谈。恐亦因士季此时别有企图,尚不欲以面争过激,遂至绝交之故欤?今考嵇、钟二人,虽为政治上之死敌,而表面仍相往还,终因丹丘俭举兵,士季竟劝司马氏杀害叔夜。《世说》记此一段逸事,非仅可供谈助,而论今古世变者,读书至此,亦未尝不为之太息也。"

何晏激赏王弼注《老子》

【原文】

何平叔注《老子》①,始成,诣王辅嗣②。见王注精奇,乃神伏,曰:"若斯人,可与论天人之际矣③!"因以所注为《道德二论》。

【译文】

何晏注释的《老子》刚刚完成,就去拜访王辅嗣,看到王辅嗣注释的《老子》更精湛非凡,于是佩服得五体投地,说:"这样的人,可以参与谈论天人之间的关系了。"于是就把自己的注释改为《道德二论》。

【注释】

①何平叔:即何晏,字平叔。《老子》:又称为《道德经》,分为道经和德经两部分,相传为春秋时老聃所著。②王辅嗣:即王弼,字辅嗣。③天人之际:天意和人事的关系。天道人伦的范畴。天人关系是中国古代哲学探讨的核心问题。

【评析】

文章讲述了何晏注释了《老子》,然后去和王辅嗣探讨,却发现王辅嗣的注释比自己的更加精湛,更深入,于是对王辅嗣佩服不已,还把自己注释的《老子》改成了《道德二论》,以示王辅嗣的著作更上一层,以此表示对王辅嗣的尊重。何晏的这种谦虚的学习态度很是值得我们学习。

【历代评点】

李贽云:"不曾见王注,亦不曾见《道德二论》,定可观也。"(《初潭集·师友·六经子史》)

王弼弱冠访裴徽

【原文】

王辅嗣弱冠诣裴徽①，徽问曰："夫无者②，诚万物之所资③，圣人莫肯致言④，而老子申之无已，何邪？"弼曰："圣人体无⑤，无又不可以训，故言必及有；老、庄未免于有，恒训其所不足。"

【译文】

在王辅嗣不满二十岁的时候去拜访裴徽，裴徽问他说："无，确实是万物凭借的根本，孔子没有对他发表意见，而老子却反复地论述它，这是为什么呢？"王辅嗣说："孔子体察到无，而无又是不可说的，所以说话的时候必会谈到有；老子、庄子不能超脱有，所以总是解释他们不足的无。"

【注释】

①裴徽(huī)：字文季，河东闻喜人，三国时魏国官至冀州刺史。善言玄理。②无：道家术语，和"有"相对。"无"和"有"是道家的两个哲学命题，"有"为万物之源，而"无"是"有"不可感知的精神本原。③资：凭借。也指核心元素。④圣人：具有极高智能和道德的人，这里指孔子。⑤体：本体，这里的意思是"认为……是本体"。

【评析】

王辅嗣在文中的回答既精辟老到又言简意赅，分析独到，显示出了他的学识水平。那时候王辅嗣还是个未满二十的青年，却有如此造诣，不得不令人佩服。

【历代评点】

刘辰翁云："看得又别。"
王世懋云："弼明老庄，此言似为退一舍，恐非本色。"
凌濛初云："皮肤语耳，未是妙理。"
李贽云："王弼胡说。"

裴徽善沟通义理

【原文】

傅嘏善言虚胜①，荀粲谈尚玄远②，每至共语，有争而不相喻。裴冀州释二家之义③，通彼我之怀，常使两情皆得，彼此俱畅④。

【译文】

傅嘏爱谈论一些无形、虚幻的美妙境界，荀粲擅长解说深奥悠远的老庄道学。二人在一起时往往争论不休，彼此无法理解。裴徽便解释双方的义理，使他们互相沟通，使双方融洽相处，大家彼此心情都很畅快。

【注释】

①傅嘏(jiǎ)：字兰硕，北地泥阳人，官历河南尹、尚书。②荀粲(càn)：字奉倩，颍川颍阴人，以儒术、议论等知名于世。③裴冀州：即裴徽。④畅：畅快，舒畅。

【评析】

傅嘏为人才干练达，有军政识见，好论人物国计，但是总爱谈论那些很虚幻的东西，让人遐想，而荀粲则擅长解说深远难懂的一些学术理念，不同的领域总会引来双方的争执，互不相让，都有点理解不了对方。于是裴徽总是会适时的站出来为他们做沟通，给他们调节，把双方的不同观点解释给对方，这样就能使三方都很愉快。裴徽这个人也是有相当的真知灼见。他的学习范围广，涉及各个方面的知识。所以三个人学识名流总是能很好地相处在一起，互相指出缺点，又能互相弥补不足，相见甚欢。

【历代评点】

[日]秦士铉云："虚无胜理也。"

朱铸禹云："虚胜玄远之谈，始于魏晋，至梁不绝。后梁时，王僧虔《诫子书》云：'设令袁中命汝言《易》，谢中书挑汝言《庄》，张吴兴叩汝言《老》。又才性四本，有无哀乐，皆言家口实也。'北齐颜之推《家训》：'《老》、《庄》、《周易》谓之玄云(当作三玄)。玄与虚同为清谭而实两派。大抵虚胜似禅家临济宗，玄远似曹洞宗。'"

李贽云："亦聪明，可与言也。"(《初潭集·师友·谈学》)

王衍奖掖后进

【原文】

诸葛厷年少不肯学问①，始与王夷甫谈，便已超诣。王叹曰："卿天才卓出，若复小加研寻②，一无所愧。"厷后看庄、老，更与王语，便足相抗衡。

【注释】

①诸葛厷：后人注言此为诸葛宏，生平不详。②小加：稍加。

【译文】

诸葛宏年轻的时候总是不肯用功学习，但是一开始与王夷甫(衍)谈论义理，就已经达到了相当高的境界。王衍感叹道："你有过人的天赋，倘若能够稍加用功钻研，则无论面对什么人都不会自愧不如。"后来诸葛宏阅读了《庄子》、《老子》，然后又去和王衍谈论，就足够和他不相上下了。

【评析】

王衍是个才华横溢的人,而且声誉名气很大,精通玄理,为当世人所倾慕,他的鼓励对诸葛宏起到了很大的作用。后来,诸葛宏凭他的天赋和努力让自己以后的水平甚至和王衍不相上下。所以说,一个人不努力将会一事无成;努力了,不一定成功,但是代表着有希望。

【历代评点】

王隐《晋书》曰:玄字茂远,琅琊人,魏雍州刺史绪之子。有逸才,仕至司空主簿。

卫玠年少好学

【原文】

卫玠总角时①,问乐令"梦"②,乐云"是想③。"卫曰:"形神所不接而梦,岂是想邪?"乐云:"因也。未尝梦乘车入鼠穴、捣齑啖铁杵,皆无想无因故也。"卫思"因",经日不得,遂成病。乐闻,故命驾为剖析之,卫即小差。乐叹曰:"此儿胸中当必无膏肓之疾④!"

【译文】

卫玠在童年时问乐广"梦"是怎么回事,乐广说:"是心里面所想的。"卫玠说:"形体并未接触、神思也从未想过的东西却梦见了,难道这是心有所思吗?"乐广说道:"那就是要有因由根据啊。你总该没有梦到过将车子驶进老鼠的洞穴,将捣菜的铁棍吃进肚子里吧。这都是因为你醒着的时候没有想过,于是也就没有形成梦的根据的缘故。"卫玠就去思考形成梦的"因由",总也想不出来,并因此生了病。乐广听说后,专门派人备好车马去为他分析解释,卫玠的病情顿时大有好转。乐广感叹道:"这个孩子心中应该没有解不开的结了。"

【注释】

①卫玠:即卫洗马。总角:指童年。古人未成年时将头发梳成双髻,状如角,故称总角。②乐令:乐广。③想:思念,即因醒时心想。④膏肓之疾:古代医学称心尖脂肪为"膏",心脏与隔膜之间为"肓",此处喻指不可思辨明晰的事理。

【评析】

卫玠5岁时就很有名,被人们视为神童。他很早就开始研究《老》、《庄》。成年后,便以善谈玄理而称著当时,其能言善辩超过了当时有名的玄理学家王澄、王玄、王济等人。他小小年纪就好学深思,为了解释成梦的原因,深入探究,以致病倒了。乐广知道他的禀性,只好为他进一步剖析,他的病才好起来。据载,因为卫玠擅长清谈,所以当时的人都愿意听他说一说,结果卫玠累坏了身体,直到病逝之前,他还与王敦或达旦微言,或谈语弥日,足见他析理至审。他死的时候才二十七岁。卫玠苦苦追求这些问题的答案,虽然不免走入迷途,但这种追求精神还是可贵的。从这些记载里还足以看出当时士大夫对清谈的迷恋,他们认为善谈名理就是博学多通的表现。

【历代评点】

刘应登云:"谓无此事,即无此梦。世无鼠穴客车、斖堪铁杵之事。"

袁中道云:"口角俊极。"(《舌华录》卷一《慧语》)

刘应登又云:"言其有疑必求剖释,不留以成疾。"

[日]秦士铉云:"喻卫善晓事,而无偏固之失。"

余嘉锡云:"乐令未闻学佛,又晋时禅学未兴,然此与禅家机锋,抑何神似?盖老、佛同源,其顿悟固有相类者也。"

宗白华云:"卫玠姿容极美,风度翩翩,而因思索玄理不得,竟至成病,这不是柏拉图所说的富有'爱智的热情'么?"

庾敳读《庄子》

【原文】

庾子嵩读庄子①,开卷一尺便放去,曰:"了不异人意②。"

【译文】

庾敳读《庄子》,刚展开一尺来长就又放下了,说道:"基本上与我的想法完全相同。"

【注释】

①庾子嵩(sōng):名敳,字子嵩,颍(yǐng)川人,恢廓有度量,自称为老子、庄子的徒弟。②了:完全,基本上。人:相当于"人家",此处用作第一人称代词"我"。

【评析】

庾敳准备读《庄子》一书,把它展开了,一想又还是收回去了。庾敳不读庄子,正反衬出读庄子的人之多,因为他的异类行为,就被记述下来。在当时不读老庄的人也因为说话像老庄而获得赞誉。

【历代评点】

刘辰翁云:"自是读《庄子》法。"

王世懋云:"此本无所晓而漫为大言者,使晓人得之,便当沉湎濡首。"

王思任云:"此或有矫时尚之意。"

[日]秦士铉云:"人意,我意也。"

客问乐广"旨不至"

【原文】

客问乐令"旨不至"者①，乐亦不复剖析文句，直以麈尾柄确几曰②："至不？"客曰："至。"乐因又举麈尾曰："若至者，那得③去？"于是客乃悟服。乐辞约而旨达，皆此类。

【注释】

①乐令：即乐广。"旨不至"：《庄子》中《天下篇》所涉及的逻辑问题"指不至，至不绝"。②确：通"榷(què)"，敲。③那得：怎么能。

【评析】

那个时候，老子、庄子的思想与做法已经影响了大多数人，深入到他们的内心了。而乐广就是一个崇尚者，他也把学说研究得相当透彻，他的举动与话语能做证明。

【历代评点】

刘辰翁云："此时诸道人乃未知此。此我辈禅也，在达摩前。"
王世懋云："此皆禅机转语。"又云："注名理甚精。"

【译文】

有客人去问乐令(广)"指不至，至不绝"的论题，乐广并没有急着去解释文句，只是用麈尾柄敲了敲几案，问道："到了吗？"客人说："到了。"于是乐广又举起麈尾，说道："如果说是到了，又怎能离开呢？"于是客人就领悟了所含的道理，而且表示信服。乐广此人说的不多，但是意思却非常明白，大都是这样的。

郭象剽窃向秀《庄子》注本

【原文】

初，注《庄子》者数十家，莫能究其旨要①。向秀于旧注外为解义②，妙析奇致，大畅玄风。唯《秋水》、《至乐》二篇未竟而秀卒。秀子幼，义遂零落④，然犹有别本。郭象者⑤，为人薄行⑥，有俊才。见秀义不传于世，遂窃以为己注。乃自注《秋水》、《至乐》二篇，又易《马

【译文】

当时，注释《庄子》的有几十家，但没有谁能探求出它的意旨要领。向秀在前人旧注之外重新解释《庄子》，分析精确玄妙，使玄学之风更为兴盛，只有《秋水》、《至乐》两篇的注释未完成，他就去世了。向秀的儿子这时还小，所以他的学说著作就此失传，但还有另外的抄本。郭象这个人，为人品性低下，但是才华出众，他看到向秀的著作没有在世上流传开，就剽窃来作为自己的注解，

蹄》一篇,其余众篇,或定点文句而已⑦。后秀义别本出,故今有向、郭二《庄》,其义一也。

另外又补注了《秋水》《至乐》两篇,改注《马蹄》一篇,其余诸篇,也只是改变一下文句而已。后来,向秀的其他抄本也刊出了,所以现今有向秀、郭象两种《庄子》的注本,但内容基本上是一样的。

【注释】

①究:探究出来,得到。②向秀:字子期,和嵇康等人相友爱,是"竹林七贤"之一。嵇康被害后,他开始出仕,曾任黄门侍郎、散骑常侍。③《秋水》:和下文《至乐》、《马蹄》均为《庄子》一书中的篇名。④义遂零落:向秀之学说随即失传。⑤郭象:字子玄,河南人,曾任黄门侍郎、太傅主簿。⑥薄行:不厚道。⑦定点:修改。

【评析】

当庄子的思想开始被人们认可,开始流行的时候,那些学术名流们就纷纷开始给《庄子》做注,可是却没有能探究出他的深意,分析到要点。向秀注释的《庄子》却精确玄妙,但是不久就去世了,他的学说也没有被流传下来。只是有未完成的抄本流传。而郭象也善于研究老庄,善清谈。他才华出众,但品行不好。他把向秀那些还没完成的别人认为失传的著作稍作改动,就又作出了补注。郭象的这种篡取他人的努力成果的行为被别人所唾弃。

【历代评点】

钟惺云:"此语却具妙义。"

李贽云:"向秀如此,似负嵇公。"(按:李贽《初谭集》以此条归入《师友》篇《六经子史》目,无此评语,惟有小字注云:"安见得?")

支道林剖析三乘教义

【原文】

三乘佛家滞义①,支道林分判,使三乘炳然②。诸人在下坐听,皆云可通。支下坐③,自共说,正当得两,入三便乱。今义弟子虽传,犹不尽得。

【译文】

佛教三乘的教义,文义艰深、不易理解,支道林进行解剖分析,使三乘的含义清楚。大家在下面坐着听,都说能够通晓明白。支道林离开讲坛,停止讲解。大家自己讨论,却只能解释到二乘,进入三乘就混乱了。现在的三乘教义,弟子们虽然能够得到传授,但仍没有彻底理解其义理。

【注释】

①三乘:《法华经》载:"三乘者:一曰声闻乘,二曰缘觉缘乘,三曰菩萨乘。"佛教用语,指声闻乘、缘觉乘和菩萨乘,是三种浅深不同、得道解脱的修行途径,三种途径就好比所乘的三种车子,

所以叫三乘。滞义:文义艰深,不易理解。②炳(bǐng)然:显明的样子。③下坐:离开,停止讲解。

【评析】

支道林本姓王,王氏家族世代奉佛,支道林受环境熏陶,自小对于佛理有所领悟。25岁时正式出家为僧,较深入地钻研和体会大乘佛学的奥义。年青的支道林初入京就被比成王弼、卫玠,可见他的天挺之资、卓拔学识,在当时已为名士所赞赏。支道林对佛理善于抓住精华,善于把握经典要义,提出有创见的观点,对于经文的词句却常常略其枝叶,脱落遗漏。所以在向弟子们讲解的时候无法让他们通晓明白,三乘的教义,只能解释到二乘。他自己对于佛法的修为很深,可是他的弟子们却无法达到他的境界,因为他们都无法参透那么高深的佛法。

【历代评点】

王世懋云:"意谓大乘与最上乘,总是一乘。故云正当得两,注似未喻。"
王世懋又云:"详林公意,岂以声闻、缘觉总之为一乘理耶?"
凌濛初云:"意惟支能三乘炳然,诸人则浑矣。敬美之解未是。'自共说'者,诸人共说也。"

刘惔妙解自然禀赋

【原文】

殷中军问①:"自然无心于禀受②,何以正善人少③,恶人多?"诸人莫有言者。刘尹答曰:"譬如泻水着地④,正自纵横流漫,略无正方圆者。"一时绝叹,以为名通⑤。

【译文】

中军将军殷浩问:"大自然并没有存心赋予人类不同的品行资质,为什么世上恰恰是好人少,坏人多?"众人没有谁能回答。丹阳尹刘惔回答说:"这好比把水倾泻于地,只是四处流淌漫延,并没有流成纯然是方形或圆形。"一时间大家都极为赞赏,认为是名言。

【注释】

①殷中军:即殷浩。②自然:天然,即道家认为生成万物的大自然。禀受:秉承,这里指人从大自然那里接受的品性资质。③正:总是。④泻:亦作"写"。⑤名通:精妙的解释。

【评析】

殷浩爱好《老子》和《易经》,他向大家提出了一个比较难以回答完全的问题,人们都不知道该如何作答。而刘惔却举例来说明了那个无法用语言去回答的问题。他把水比作了人,而好人则是具备了各种美好的德行、道义,这样才能称之为好人,可是如果水倾泻下来,自然很难按照一个方向流去,而是汇集到一起,所以便有了各种各样的缺点。他举的这个例子极其恰当，不但回答了提出的问题，也遵循了当时风行的老庄的思想。所以当时的人们都极其赞赏他的话，甚至把这个奉为名言。

【历代评点】

[日]秦士铉云："人之为恶皆出于有心，有为，而人生秉受之始，是自然无心也。"
李贽云："刘语极妙。"又云："此实语，非名通。"（《初谭集·师友·清言》）
秦士铉又云："按风之吹物，有万种不同之声，盖其物各自为其声也。"

康僧渊初过江

【原文】

康僧渊初过江①，未有知者，恒周旋市肆②，乞索以自营③。忽注殷渊源许④，值盛有宾客，殷使坐，粗与寒温⑤，遂及义理⑥。语言辞旨，曾无愧色，领略粗举⑦，一注参诣⑧。由是知之。

【译文】

康僧渊刚到江南时，没有人知道他，总是在集市上游逛，依靠乞讨来养活自己。一天，他突然前往殷渊源的住所处，当时正遇上有许多宾客在座，殷渊源让他坐下，和他稍稍寒暄几句，之后便探讨经义名理的学问。唐僧渊的言谈意旨，丝毫没有胆怯的样子，他将深刻领会的内容大略地阐释，却都直接进入高深的境界，由此大家开始知道他了。

【注释】

①康僧渊：本西域人，晋时高僧，生于长安，虽然长得像西域人，但说的是中国话。晋成帝时下过江南。②周旋：盘桓；游逛。市肆：市场；集市。③自营：自己谋生。④殷渊源：即殷浩。许：住所、处所。⑤寒温：寒暄。⑥义理：探讨经义名理的学问。⑦领略：领会。⑧参诣：达到高深的境界。

【评析】

康僧渊其人，很善于以俗书来述说经义，以性情来附会佛理，这样，他的佛法修为已经达到了一定境界。但是由于刚刚过江，当地没什么人认识他，再加上他当时也是贫困潦倒，所以人们更不知道他有什么才能，也没有人想要认识他。于是有一天，他就去殷渊源的住所拜访，正好当时的名流都聚集在那里谈论经义伦理，而这正是康僧渊所擅长的，他如鱼得水，滔滔不绝，还把各个重要的内容都作了精辟的阐述。他的学问达到非常高深的境界，从此他便广为人们所知了。

【历代评点】

朱铸禹云："参诣，谓谈理参义，至到深远也。"

官本是臭腐

【原文】

人有问殷中军："何以将得位而梦棺器①,将得财而梦矢秽②?"殷曰："官本是臭腐,所以将得而梦棺尸;财本是粪土,所以将得而梦秽污。"时人以为名通③。

【译文】

有人问中军将军殷浩："为什么要得到地位时会梦见棺材,要得到钱财时会梦见粪便呢?"殷浩答道："官职原本就是腐臭的,所以要得到的时候就会梦见棺材尸体;财物原本就是粪土,所以要得到的时候就会梦见污秽的东西。"当时人们认为这是至理名言。

【注释】

①得位:指获得官位、爵位、升迁。②矢秽:通"屎",屎尿等不洁净的东西。③名通:名言。

【评析】

殷浩爱好《周易》等著作,他具有清正廉洁的品质,是当时学者们的一个代表,尽管那个时候殷浩也是位高权重了,可是他还是认为官职是腐臭的,钱财如粪土。当然这就难免让人觉得他是在做作。他说的那句话虽然有点极端,也很武断,但也理所当然地被当时继承老庄思想的人们奉为至理名言了,而且事实证明也确实起到了传世的影响。"钱财如粪土"的典故也就是出自这里。

【历代评点】

王世懋云:"名言,名言。"

袁中道云:"微有腐意,终是慧语。"(《舌华录》卷一《慧语》)

李贽云:"既是臭腐之物,何以终日书空?"(《初谭集·师友·清言》)

谢安论《毛诗》佳句

【原文】

谢公因子弟集聚,问:"《毛诗》何句最佳①?"遏称曰②:"昔我往矣,杨柳依依;今我来思,雨雪霏霏③。"公曰:"吁谟定命,远猷辰告④。"谓此句偏有雅人深致⑤。

【译文】

谢安趁子侄们聚会的时候问:"《毛诗》里哪句最好?"侄子谢玄说:"'昔我往矣,杨柳依依;今我来思,雨雪霏霏。'"谢公说:"'吁谟定命,远猷辰告。'"他认为这一句最有高雅人士的深远志趣的意味。

【注释】

①《毛诗》：即《诗经》，是西周初年到春秋中叶的一部诗歌总集。今传《诗经》是由汉代毛亨所注，所以又称《毛诗》。②遏：谢玄小名遏。③"昔我……霏霏"：语出《诗经·小雅·采薇》，意思是，回想当初出征的时候，杨柳依依随风摆荡；如今回到家乡，大雪纷纷满天飘扬。思，语末助词。雨雪，下雪。④"吁(xū)谟(mó)定命，远猷辰告"：语出《诗经·大雅·抑》，意思是建国大计、长远国策一定要及时宣告。吁，大。谟，谋。定命，厘定治国之策。猷，谋略。辰，按时。指正月时，统治者布政于邦国都鄙。⑤偏：最；特别。

【评析】

谢安善清谈，精行书，好音乐。当时人把他比作王导，而又比王导博学潇洒，有"风流宰相，唯有谢安"之说。谢安的侄女谢道韫所推赏的四句出于《诗·大雅·荡之什·丞民》末章结尾，与上面谢安所欣赏的两句同属于《荡之什》，两诗都是周王朝两位老臣忧心王事的咏叹。谢安是有志于事功的人，关心天下安危，喜欢这类诗是可以理解的；谢道韫竟也喜欢这样的诗句，和她的叔父情操相同，这正表现了她性格中的男子气概那一方面。

【历代评点】

刘辰翁云："各情性所近，非谢公识量，此语为沓施，谁省？"

王夫之云："谢太傅于《毛诗》取'吁谟定命，远猷辰告'，以此八字如一串珠，将大臣经营国事之心曲，写出次第；故与'昔我往矣，杨柳依依；今我来思，雨雪霏霏'同一达情之妙。"（《姜斋诗话》卷下）

桓玄与殷仲堪辩论

【原文】

桓南郡与殷荆州共谈①，每相攻难②。年余后，但一两番。桓自叹才思转退③。殷云："此乃是君转解。"

【译文】

南郡公桓玄和荆州刺史殷仲堪一起谈论，每次都互相批驳辩论。一年后，两人辩论的次数少到只有一两次，桓玄感叹自己才思在逐渐衰退，殷仲堪说："这正是因为你逐渐感悟了呀。"

【注释】

①殷荆州：即殷仲堪。②攻难：批驳辩论。③转：渐渐、逐渐。

【历代评点】

王世懋云："不知所谈云何，后乃相攻杀。"

刘辰翁云："两语得反复之妙。"

余嘉锡云:"言彼此共谈既久,玄于己所言转能了解,故攻难渐少,非才退也。"
王世懋云:"以上以玄理论文学,文章另出一条,从魏始,盖一目中复分两目也。"
凌濛初云:"按《补》(指王世贞《世说新语补》)依时次溷列,便失作者之意。"
[日]秦士铉云:"意谓先是攻难,君之思尚有所未诣,今与我谈,不为攻难,自念才思退,乃是君才思转入于解处。"

曹植作《七步诗》

【原文】

文帝尝令东阿王七步作诗①,不成者行大法②。应声便为诗曰:"煮豆持作羹,漉菽以为汁。其在釜下然,豆在釜中泣;本自同根生,相煎何太急③?"帝深有惭色。

【译文】

魏文帝曹丕命令东阿王曹植在七步之内做出一首诗,做不出来就要将他处死。曹植随声就作成一首诗:"拿豆子料理汤羹,先把豆豉滤汁当作汤头,并将豆茎放在锅底生火,被烹煮的豆子在锅里哭泣说道:'本来就是同根生长,何苦急迫互相煎熬呢?'"魏文帝于是露出深自惭愧的脸色。

【注释】

①文帝:指三国时期魏文帝曹丕。东阿王:指曹植,字子建,曹丕的同母弟,曾封为东阿王,后进封陈王,死后谥为思,世称陈思王。早年曾以文才受父曹操宠爱,后备受曹丕父子猜忌,郁闷而死。②大法:指死刑。③"煮豆"六句:意思是,煮熟豆子做成羹,滤去豆瓣留下汁。豆茎在锅下燃烧,豆子在锅中哭泣;本来就是同根生长,相互煎熬为何这般迫急。羹:稠汤。漉(lù):过滤。菽:豆类。萁:豆茎。釜:锅。然:同"燃"。

【评析】

曹植是曹操的小儿子,从小就才华出众,年十岁余,便诵读诗、文、辞赋数十万言,出言为论,下笔成章很受到父亲的疼爱。曹操死后,他的哥哥曹丕当上了魏国的皇帝。曹丕是一个忌妒心很重的人,他担心弟弟会威胁自己的皇位,就想害死他。有一次,他命曹植在七步之内作诗一首,如做不到就将行以大法(处死),而曹植不等其话音落下,便应声而说出四句诗来,就是上面的这首脍炙人口的诗。因为限止在七步之中作成,故后人称之为《七步诗》。据说曹丕听了以后"深有惭色",不仅因为曹植在咏诗中体现了非凡的才华,具有出口成章的本领,使得文帝自觉不如,而且由于诗中以浅显生动的比喻说

明兄弟本为手足,不应互相猜忌与怨恨,晓之以大义,自然令文帝羞愧万分,无地自容。当然,此诗的风格与《曹植集》中的其他诗作不尽一致,因是急就而成,所以谈不上语言的锤炼和意象的精巧,只是以其贴切而生动的比喻,明白而深刻的寓意赢得了千百年来的读者的称赏。

【历代评点】

刘辰翁云:"'萁在釜下然,豆在釜中泣'十字自然,不待下句。妙,妙!"

李贽云:"览此诗,虽铁为肝,铁索为肠,亦软矣。"(《初谭集·兄弟下》)

李慈铭云:"案临川之意分此以上为学,此以下为文。然其所谓学者,清言、释、老而已。"

方苞云:"七步求章,煮豆燃萁,千古笑柄。魏文在九泉,得不愧死乎?"

乐广假文潘岳

【原文】

乐令善于清言,而不长于手笔①。将让②河南尹,请潘岳为表③。潘云:"可作耳,要当得君意④。"乐为述己所以为让,标位二百许语⑤,潘直取错综⑥,便成名笔。时人咸云:"若乐不假潘之文⑦,潘不取乐之旨⑧,则无以成斯矣⑨。"

【译文】

乐广非常善于清谈玄理,却并不擅长写文章。他想辞让河南尹的官职,请求潘岳替他写一道奏章。潘岳说:"写可以,但是我必须得了解你的意思。"于是乐广就叙述了自己辞让的原因,大概说了二百多句。潘岳按照乐广的意思纵横组织,就写成了名篇,当时的人们纷纷说道:"若乐广不借潘岳的文采,潘岳不按照乐广的思想,就不能写成这么好的文章了。"

【注释】

①手笔:撰写散文。②让:辞让。③潘岳:字安仁,以才颖著称,擅长属文,清绮绝世,官至黄门侍郎,为孙秀所害。表:上奏皇帝的书。④要当:必须,但要。⑤标位:列举、揭示、阐明。⑥错综:交错安排,组织整理。⑦文:文采。⑧旨:思想、主旨。⑨成斯:成就这个。斯:此,指"表"。

【评析】

乐广、潘岳在文学方面都是有相当的造诣,但是又各自有不足之处,乐广善于清谈、辞令,却不擅于写作,有巧妙的构思却无法让它成为名作,而潘岳却相反,能写好文章却往往没有好的才思。潘岳长于诗赋,与陆机齐名。只是他人品不佳,趋炎附势,成为贾谧"二十四友"之首。由于文名之盛,常为人捉刀,并根据乐广的意思代撰辞官文书,成为一代名篇,可见他的文才之富赡,也让他们各自的特点融合在一起,取彼之长,补己之短。

【历代评点】

刘盼遂云:"六朝以前通以有韵者为文,无韵者为笔。阮伯元《文笔对》言之(綦)[甚]详。笔亦称手笔。范晔《书》云:'手笔差易,文不拘韵故也。'"

《意赋》在有意无意之间

【原文】

庾子嵩作《意赋》成,从子文康见①,问曰:"若有意邪,非赋之所尽②;若无意邪?复何所赋?"答曰:"正在有意无意之间。"

【译文】

庾子嵩完成了《意赋》,侄子文康看了,问道:"如果有心意的话,不是一篇赋就能完全表达出来的;如果是没有心意的话,又何必写这篇赋呢?"庾子嵩回答说:"正是在有意无意之间。"

【注释】

①文康:即庾亮,谥号文康。从子:侄子。②邪:同"耶"。赋:本是诗歌的表现方法之一,特点是铺叙直陈,汉魏六朝时发展成为一种韵文文体,仍然具有叙事成分多于抒情成分的特点。下文的"赋"字作动词用,指写赋。

【评析】

东晋文章重写意,表现在文字上即倾向于言意之辨中的重意派,推崇超越形式的文艺境界。当然同时也不舍弃形象与形式,追求和体悟的是超于形象与形式的意境。文康的"赋不尽意"观点正是"言不尽意论"的翻版,而子嵩"有意无意之间"的回答则是对言、象尽意论的巧妙运用。

【历代评点】

王世贞云:"此是遁辞,料子嵩文,必不能佳,然有意无意之间,却是文章妙用。"
王世懋云:"此从《庄子》得来。"
李贽云:"庾公聪明。"(按:李贽《初谭集》以此条《师友》篇《著书》目,评语但云:聪明。)

阮孚论郭璞诗

【原文】

郭景纯诗云①:"林无静树②,川无停流。"阮孚云:"泓峥萧瑟③,实不可言。每读此文,辄觉神超形越。"

【译文】

郭璞的诗中写道:"林无静树,川无停流。"阮孚评价说:"这首诗描绘了水深山高,气象萧瑟的景象,真是妙不可言啊。每当读到它,就会有精神形体超凡脱俗的感觉。"

【注释】

①郭景纯：即郭璞，字景纯，河东闻喜人，博学多才，他的大部分诗集都传于世，王敦让他参军，后被王敦所杀。②林无静树，川无停流：林中没有静止不动的树，河中没有停止不流的水。③泓峥萧瑟：水深山高，比喻郭诗境界高妙。萧瑟：形容风吹动林木的声音。萧瑟、寂清。

【评析】

郭璞诗句所传达的意思，只可意会，"却不可言传"，但郭璞确实又借言传达了此"意"，致使阮孚"形超神越"。但是对于读者阮孚来说，他感动的不是语言，而是"形超神越"的境界。

【历代评点】

刘辰翁云："八字慨然，不必有所起，不必有所指。"
刘辰翁又云："'泓峥萧瑟'，乃不成语。"
王思任云："自是风波之感。"

谢安称庾阐屋下架屋

【原文】

庾仲初作《扬都赋》成①，以呈庾亮。亮以亲族之怀，大为其名价，云可三《二京》，四《三都》。于此人人竞写，都下纸为之贵②。谢太傅云③："不得尔。此是屋下架屋耳，事事拟学，而不免俭狭④。"

【译文】

庾阐写完《扬都赋》后，便拿给庾亮看。庾亮因为同宗的关系，极力对他加以赞扬："此赋可以和《二京赋》并列为'三京'，可以和《三都赋》并列为'四都'。"于是人人竞相抄写，京城的纸张因此涨价。太傅谢安说："不应该这样，这不过是屋下架屋而已，写文章处处都模仿，就免不了内容贫乏而眼界狭窄。"

【注释】

①庾仲初：即庾阐。②都下：京城，这里指东晋京都建康。③谢太傅：即谢安。④俭狭：贫乏，狭隘。

【评析】

《扬都赋》是庾阐模仿班固、张衡、左思诸赋所作的，描写扬州治所建康（今南京）的山川风貌、都市繁华等景象。庾亮出于同族兄弟的情分而大加赞赏为其鼓吹以抬高身价，称赞它是可跟《二京赋》鼎足而立、与《三都赋》并列为四，于是人人争相传抄，也出现了洛阳纸贵的情况。但是，谢安则一针见血地指出，这个赋有如"屋下架屋"。如果写文章处处都模仿别人，自然免不了内容贫乏，视野狭隘。可谓卓识。尽管谢安对《扬都赋》如此评价，事实上庾阐还是有一定的才华的，他在赶赴零陵经过长沙的时候创作过一篇《吊贾谊文》，便是一篇不错的寄慨抒怀名作。

【历代评点】

凌濛初云:"太傅阳秋,纸当减价。"

张懋辰云:"奔州删此亦宜。"(按:王世贞《世说新语补》将此条删去,故云。)

习凿齿史才不常

【原文】

习凿齿史才不常①,宣武甚器之②,未三十,便用为荆州治中。凿齿谢笺亦云:"不遇明公,荆州老从事耳!"后至都见简文③,返命,宣武问:"见相王何如?"答云:"一生不曾见此人。"从此忤旨④,出为衡阳郡,性理遂错。于病中犹作汉晋春秋,品评卓逸。

【译文】

习凿齿的史学才能卓著,桓温对他非常器重。还未满三十岁,习凿齿就被升为荆州治中。在他写给桓温的谢函中说道:"如果不是遇到你,我不过还是荆州的一个老从事罢了。"后来,他去建康见到简文帝司马昱。回来复命时桓温问他:"你见了简文帝,觉得怎么样?"他答道:"我生来还没有见过这样的人。"从这便违背了桓温的旨意,被降职到衡阳做太守,也因此而精神错乱。病中撰写了《汉晋春秋》一书,书中对历史人物和历史事件的评价独到,见解卓越。

【注释】

①习凿齿:此人为桓温幕僚。②宣武:即桓温。③简文:即东晋简文帝司马昱。文中相王,也是指简文帝。④忤旨:与圣旨有抵牾。

【评析】

习凿齿少有大志,发愤读书,博学多闻,以文章著称于世。桓温为大司马时,受桓温信任,处理机要。后与桓温意见不合,出任荥阳太守。又因为脚病,解职归襄阳。以后又曾叫他回朝廷修辑国史。后桓温企图称帝,习凿齿著《汉晋春秋》五十四卷。该书上起东汉光武帝刘秀,下迄西晋,记了近三百年的史事。他在叙述三国历史时,以蜀汉刘备为正统,魏曹操为篡逆,还认为晋司马氏虽受魏禅,应是继承汉祚,不应继魏,并由此认为若国统不正,不能昭示后世,以制桓温野心。此书见解独到,分析精辟,被后世传为佳作。

【历代评点】

刘辰翁云:"'不常',即非常。"

刘辰翁又云:"与奸雄语,正自难,然亦何至狂疾?"

五经鼓吹

【原文】

孙兴公云①:"《三都》、《二京》,五经鼓吹②。"

【译文】

孙绰说:"《三都赋》和《二京赋》都是经典之羽翼。"

【注释】

①孙兴公:即孙绰。②鼓吹:乐队演奏,这里是指宣传。五经鼓吹:为经典之羽翼。

【评析】

在中国古代文学价值观念中,政治伦理的价值取向不仅表现为对认识对象的政治伦理性的选择,还突出地表现为对待任何认识对象,都主要地以政治伦理的眼光加以审视,从而提取出政教伦理意义上的价值观念来。西晋时期的左思作《三都赋》,本有炫耀才识的隐在目的,他构思了十年,以写实的手法描绘山川景物民风民俗。左思有意将自己的赋当作博物的类书,认为它具有"多识鸟兽草木之名"的认识价值。然而,左思似乎并不甘心就在这个意义上论定自己作品的价值,孙绰在此处的评论是对《三都赋》与《二京赋》两篇作品认识价值的揭示。

【历代评点】

王世懋云:"(鼓吹)二字殊妙。"又云:"此正不得以'羽翼'解。"

[日]秦士铉云:"鼓吹犹丝竹管弦,是以《五经》为歌唱,五赋为八音也。故王以羽翼为误。"

张凭为母作诔

【原文】

谢太傅问主簿陆退①:"张凭何以作母诔②,而不作父诔?"退答曰:"故当是丈夫之德③,表于事行;妇人之美,非诔不显。"

【译文】

谢安问主簿陆退:"张凭为何只为母亲写诔文而不给父亲写?"陆退回答说:"大概是男人的德行,表现在其生平所做的事业和行为上;而妇道人家的美德,是在家相夫教子,不靠诔文,不写悼念的文章就显扬不出来。"

【注释】

①谢太傅:即谢安。陆退:字黎民,吴郡人,为谢安幕僚,官至光禄大夫。②张凭:此人被刘真长推荐为官。③丈夫:男子,男人。

【评析】

魏晋人所觉理所当然的事,正是体现女性的可悲之处。那个时候,女性的言行若是不能彰显或反衬男性的美德,不能发扬或广大男性所赞扬的美德,便得不到任何记录。即使有了记录,那些母亲的主体身份也转换成了儿子行孝之对象的客体身份。母亲的形象越是光大,其客体性就越容易偷转成伪主体性,身为母亲的自己可能深为自己的母亲身份而自得,而没有成为母亲的女性,可能也想让自己能成为这样一个孝儿的母亲。在这种满足和欲望中,掩盖了所感到满足的和所欲望得到的其实是伪装成主体的客体而已。

【历代评点】

《陆世普》曰:退字黎民,吴郡人。高祖凯,吴丞相。祖仰,吏部郎。父伊,州主簿。退仕至光禄大夫。

孙绰评潘、陆文章

【原文】

孙兴公云①:"潘文烂若披锦②,无处不善;陆文若排沙简金③,往往见宝。"

【译文】

孙绰说:"潘岳的文章就好像是披着华丽的锦缎,词采华艳,没有一处不是美的;陆机的文章就好比从沙中淘金,总是可以发现瑰宝。"

【注释】

①孙兴公:即孙绰。②潘文:潘岳的文章。潘岳:字安仁,荥阳中牟(今河南开封附近)人。晋惠帝时,一些文人名士趋附权臣贾谧(mì),有二十四友之目,"岳为其首"。赵王伦执政时,为孙秀所害。③陆文:陆机的文章。陆机:字士衡,吴郡(今江苏松江县附近)人。吴大司马陆抗之子,吴亡入洛,成为太康文坛最著名的作家,他的文风对当时有深刻的影响。简:选取。

【评析】

潘岳与陆机齐名,陆机的诗内容贫乏,无非是士大夫的一般感慨,却竭力追求词藻和对偶,结果流于堆砌呆板,繁冗乏力,他的文风对当时有深刻的影响。陆机的赋与文,虽然内容也不够深厚,但较有自己的感触和体会,成就比诗要高。陆机只有少数作品略为可取。也是当时形式主义诗风的代表人物。潘岳的诗与陆机一样缺乏深厚的内容,其艺术表现的特点之一是词采华艳,所以孙绰说"潘文烂若披锦";其次是铺叙过多,往往平缓繁冗而缺乏

含蓄。不过他的诗间有真挚的感情,比陆诗要高一筹。

【历代评点】

王世贞云:"然则陆之文病在多而芜也。余不以为然,陆病不在多,而在摹拟,寡自然之致。"

王世贞又云:"陆翩翩藻秀,颇见才致,无奈俳弱何?潘气力胜之,旨趣不足。"

袁中道云:"善喻。"(《舌华录》卷六《俊语》)

掷地有声

【原文】

孙兴公作《天台赋》成①,以示范荣期,云:"卿试掷地,要作金石声②。"范曰:"恐子之金石,非宫商中声③!"然每至佳句,辄云:"应是我辈语。"

【译文】

孙绰作《天台赋》完成后,拿给范荣期看,说:"你扔到地上试试看,一定会发出金石一般的铿锵之声。"范荣期说:"恐怕你所谓的金石之声,是不成曲调的金石声啊。"但每当读到优美的文句,就赞叹道:"的确是我们这个层次的人才能说的话啊!"

【注释】

①范荣期:即范启,字荣期,以才义显于世,官至黄门侍郎。②金石声:金石类乐器撞击之声,比喻辞赋音韵之美。③宫商:古代把音阶定为宫、商、角、徵、羽五级,叫作五音,五音配合而构成音乐。这里举宫商以代表五音。

【评析】

孙绰是东晋玄言诗的著名代表人物,自幼博学善文,文采冠绝一时,而范荣期以文才自负,把自己看成文章高手,以为孙绰不能构思佳句。所以挖苦孙绰。但是当读到"穷山海之瑰富,尽人神之壮丽"等句子,也就不由自主地赞叹起孙绰来,可见孙绰的文才也是让他折服的。这个故事流传开来以后,人们就用"掷地有声"来比喻文章的文辞优美,语言铿锵有力。

【历代评点】

《中兴书》云:"范启字荣期,慎阳人。父坚,护军。启以才义显于世,仕至黄门郎。"

安石碎金

【原文】

桓公见谢安石作简文谥议①,看竟,掷与坐上诸客曰:"此是安石碎金②。"

【译文】

桓温看到谢安作简文帝的谥议,看

完后，扔给当时在座的众多客人，并说道："这可是谢安的碎金啊。"

【注释】

①桓公：即桓温。谢安石：字安石，出自名门世家，神识沉敏，风宇条畅，善行书。少年就得到王羲之父亲、丞相王导的器重，担任了一些官职。与王羲之等人友善，隐居东山，拒绝朝廷招用，流连山水，到他弟弟谢万被废黜，他40岁，这才出来做吏部尚书等官职，把握朝政多年，直做到"都督十五州军事"，人们称呼他这是"东山再起"。简文：即东晋简文帝。②碎金：比喻篇幅短小的美文。

【评析】

谢安风流学养特为士人所矜重，能诗善文，才学华丽。在文学方面，也很有修养。大将军桓温早就关注过谢安的盛名，曾写简文帝谥议，文理深得，为朝廷所采纳。桓温阅后，递给在座其他人看，并说："这是安石碎金。"成了当时文坛佳话。

【历代评点】

刘辰翁云："此语无识。列之'文学'亦然。"

凌濛初云："何以便是碎金？"

孙绰评陆海潘江

【原文】

孙兴公云①："潘文浅而净②，陆文深而芜③。"

【译文】

孙绰说："潘岳的文章浅显纯净，陆机的文章虽然深刻，却很繁杂。"

【注释】

①孙兴公：即孙绰。②潘：指潘岳。③陆：指陆机。芜：芜杂。

【评析】

陆机和潘岳在当时被合称为"陆海潘江"。孙绰评说的是潘岳与陆机虽各有得失，亦无不无高下。陆机作诗力求古奥典雅，遣词造句讲究对偶，有时在一首诗中，常常大部分是对偶句，但诗中的对偶句往往前后表达的只是同一个意思，这也就带来芜杂的缺点，所以在评论陆机的诗时，评论家们一方面叹服其丰富的知识，驾驭语言的技巧，但同时也指出其作品辞累意复。潘岳没有陆机那般浓重的藻饰、整齐的句式；称其为"江"，主要是说其作品明净如江，感情悠长。他的作品也一样辞藻华美，但比之陆机显得清丽舒畅，抒情意味较浓。

【历代评点】

刘应登云:"此二语又自作'披锦'、'排沙'注脚。"

黄辉云:"二语亦当。"

余嘉锡云:"陆文固深于潘,然未见潘之果较陆为净也。此自兴公性分有限,故喜潘之浅耳。"

裴启作《语林》

【原文】

裴郎作《语林》①,始出,大为远近所传。时流年少,无不传写,各有一通。载王东亭作《经王公酒垆下赋》②,甚有才情。

【译文】

裴启撰写《语林》这本书,一经问世,便被远近人们争相传诵。当时的风流少年,无不传抄,人手一本。书中载有王珣所作的《经王公酒垆下赋》,非常有才华。

【注释】

①裴郎:即裴启,字荣期,河东人,裴稚之子。此人少有风姿才气,好论古今人物。撰语林数卷,号曰裴子。②王东亭:即王珣。

【评析】

裴启《语林》是一部汉魏以来迄于两晋的知名人物精彩应对的记录。魏晋时期,品评人物之风是其源源不竭的资料宝库。该书真实地反映了魏晋之际的时代特点和社会风貌,生动具体,意味隽永。在裴启笔下,人物惟妙惟肖,鲜活毕现,很好地把握住了那个时代的精神实质。同时,《语林》也紧贴现实,具有很高的史料价值,知识性、可读性都很强。《语林》虽遭封杀,但它却以另一种形式而永存,它里面一些重要内容和精彩条文在后来的许多书中一再被引用。

【历代评点】

刘辰翁云:"与黄公垆语不多争。"

凌濛初云:"范启字荣期,裴郎或亦名启,字荣期耳,以为名荣者因字而误也。"

孙绰评曹毗

【原文】

孙兴公道:"曹辅佐才如白地明

【译文】

孙绰评说曹毗的文才说好比白底子的明光

光锦①,裁为负版绔②,非无文采,酷无裁制③。"

锦,去裁做杂役们穿的裤子,并不是缺乏文采,而是可惜没有裁剪制作的巧匠。

【注释】

①曹辅佐:即曹毗(pí),字辅佐,东晋谯国(今安徽亳县)人。善词赋,曾著《扬都赋》。累官太学博士、尚书郎、光禄勋。白地明光锦:当时上品丝织物。②负版绔(kù):服役者穿的裤子。负版:给官府背文书簿籍的人。绔:裤子。③酷无:可惜没有。

【评析】

曹毗因仕途不得意,便致力于文学创作。他善写词赋,颇有文采,孙绰评说曹毗的文才繁冗拖沓,但并不是不可取,只是该取其精华,去其糟粕,他的诗确有繁芜之累,多为咏物之作,写景状物时有生动之句,曾作《扬州赋》流传于世。

【历代评点】

《论语》曰:"孔子式负版者。"

郑氏《注》曰:"版,谓邦国籍也。负之者,贱隶人也。"

倚马可待

【原文】

桓宣武北征①,袁虎时从②,被责免官。会须露布文,唤袁倚马前令作③。手不辍笔,俄得七纸,殊可观。东亭在侧④,极叹其才。袁虎云:"当令齿舌间得利。"

【译文】

桓温北伐,袁宏当时也随从出征,他因犯错而被责罚罢免官职。这时正好需要起草一份紧急檄文,于是就又把袁宏叫来,让他站在马前动笔。他奋笔疾书,手不停笔,一会儿工夫就写满了七张纸,非常可观。王珣在旁对其才气极力称赞。袁宏说:"应当让我在你的言辞中得到些好处。"

【注释】

①桓宣武:即桓温。②袁虎:即袁宏袁彦伯。③倚:站;立。④东亭:即王珣。

【评析】

袁宏文笔典雅,才思敏捷,深受桓温器重,使其专掌书记。桓温北伐的时候,认为中原失守,王衍罪责最大,袁宏则认为"运废有兴",王衍未必有过,为此得罪了桓温,"被责免官",说的就是这件事。袁宏文不加点,不久的功夫,竟在马背上写完了七张纸,令一旁的王珣叹为观止。"倚马可待"也就是出自于此,是说站在即将出发的战马前起草文件,可以等着完稿。现在人们多用来形容才思敏捷。

【历代评点】

刘应登云:"谓文须利口也。"

刘辰翁云:"谓露布流传,须剪裁浏亮可称颂。"

王世懋云:"按此语最深难解。言袁有此才,而官不利,徒得东亭叹赏,齿舌间得利而已,何益于事?"

王世懋云:"自古文人同恨。"

无名氏云:"王批固明,虽然,才学宁独以为官为利耶?正难得知己赏识耳。一言赞叹,重于九迁。袁是欣语,非愤语。言'当令'亦是自信语,非不足语。"(按:此条评语朱铸禹属之刘应登,然应登宋人,何以得见王批?故属之无名氏。)

袁宏赞陶侃

【原文】

袁宏始作《东征赋》①,都不道陶公②。胡奴诱之狭室中③,临以白刃,曰:"先公勋业如是!君作东征赋,云何相忽略?"宏窘蹙无计,便答:"我大道公④,何以云无?"有诵曰:"精金百炼,在割能断。功则治人,职思靖乱⑤。长沙之勋,为史所赞。"

【译文】

袁宏开始写《东征赋》,不写陶侃。陶范就把他骗进一间小屋里,把雪亮的刀子对准袁宏说:"先父有那么大的功绩,而你在写《东征赋》时为何把他忽略过去了呢?"袁宏窘迫为难,无法可想,就说:"我在极力称赞陶公,怎么说没有呢?"于是就朗诵道:"精金百炼,在割能断。功则治人,职思靖乱。长沙之勋,为史所赞。"

【注释】

①《东征赋》:赞颂江东英杰的赋,为世所重。②陶公:即陶侃。③胡奴:即陶范,陶侃之子,历任乌程令、光禄勋。④大道:极力称赞陶公。⑤功则治人,职思靖乱:担任官职,文能治国,武能平乱。

【评析】

东晋成立后,袁宏想用夸人来笼络人心,于是自发创作了一篇《东征赋》,歌颂晋国跨过长江以图建设新江东的事迹,并列举了过江名贤的功德。陶侃的儿子胡奴因为袁宏没有把他父亲写到赋里而耿耿于怀,有一次趁袁宏来访,就把他骗到屋里,忽然间掏出刀架在袁宏脖子上,逼问他为何在赋中不称赞自己的父亲——大功臣陶侃。袁宏当时吓得不轻,还好脑子反应快,马上背诵了一段:"精金百汰,在割能断,功以济时,职思静乱,长沙之勋,为史所赞。"胡奴将信将疑,才饶了他。

【历代评点】

《续晋阳秋》曰:宏为大司马记室参军,(复)[后]为《东征赋》,悉称过江诸名望。时桓温在南州,宏语众云:"我绝不及桓宣(武)[城]。"时伏滔在温府,与宏善,苦谏之,宏笑而不答。滔密以启温,温甚忿,以宏一时文宗,又闻此赋有声,不欲令人显问之。后游青山饮酌,既归,公命宏同载,众为危惧。行数里,问宏曰:"闻君作《东征赋》,多称先贤,何故不及家君?"宏答曰:"尊公称谓,自非下官所敢专,故未呈启,不敢显之耳。"温乃云:"君欲为何辞?"宏即答云:"风鉴散朗,或搜或引。身虽可亡,道不可陨。则宣(武)[城]之节,信为允也。"温泫然而止。二说不同,故详载焉。

顾恺之自评《筝赋》

【原文】

或问顾长康:"君《筝赋》何如嵇康《琴赋》①?"顾曰:"不赏者,作后出相遗②。深识者,亦以高奇见贵。"

【译文】

有人问顾恺之道:"你的《筝赋》同嵇康的《琴赋》相比怎样?"顾恺之答道:"不加赏识的人肯定是把他看作是比嵇康后出之作而不重视,有见识的人则会因其高超精妙而推崇它。"

【注释】

①或:有人。顾长康:即顾恺之。②作后出相遗:以后出之作而不重视。

【评析】

《筝赋》文为:"其为器也,则端方修直,天隆地平;华文素质,烂蔚波成。君子嘉其斌丽,知音伟其含清。馨虚中以扬德,正律度而仪形。良工成妙,轻缪璘彬。元漆缄响,庆云被身。"顾恺之是中国绘画史上最早、最卓越的理论家,也是中国绘画史上最早遗留下画迹的大画家。顾恺之沉醉于艺术文学,淡泊名利,他聪颖博学,擅长文辞。他所作的很多赋都流传与世,尽管很多已经失传了,但其中的精彩篇章,仍为后人所传诵,而且遗留到现在。从他的回答中可以看出,顾恺之对于诗,与赋一样自负。

【历代评点】

凌濛初云:"'后出相遗',人人然,古亦然,今亦然。"
钟惺云:"涉世如此四字(痴黠各半),便是妙用。"

殷仲文天才宏赡

【原文】

殷仲文天才宏赡①，而读书不甚广博，亮叹曰："若使殷仲文读书半袁豹②，才不减班固③。"

【译文】

殷仲文才华横溢，只是读书不多，傅亮叹息道："倘若殷仲文读的书能赶上袁豹的一半，那他的文才就不会在班固之下。"

【注释】

①殷仲文：此人为桓温侍中。②袁豹：字士蔚，陈郡人，官历太蔚长史、丹阳尹。③班固：字孟坚，右扶风人，善于研究经传。

【评析】

殷仲文气度风流，学识渊博，名声传遍海内。而傅亮却为他叹息，说明此人不脚踏实地，只知道哗众取宠，虽然有学识，有才能，但只是停留在表面，不求深入。倘若他能做到朴实无华，一步一个脚印，凭他的才气，他的成就自然可以像班固一样长盛不衰，永垂不朽。

【历代评点】

刘应登云："亮，庾亮。"

王世懋云："按'傅'字讹为'博'，以就上文，今改正为'傅'。"

凌濛初云："'傅'字从原本耳。敬荚说自是。"

李慈铭云："案《晋书·殷仲文传》作谢灵运语。此称亮者，不知何人。据注'亮别见'之文，疑上文博字当作傅字。谓傅亮也。此上当以广字读句。傅亮见卷中《识鉴篇》注，各本皆误。"

方正第五

【题解】

本门主要讲述的是个性刚直、不屈不挠亦不为外力屈服的一些名士们,以及他们所引发的一连串的故事,借此标榜着古代知识分子的美好品行,给后人以深深的激励。

陈寔与友期行

【原文】

陈太丘与友期行①,期日中。过中不至②,太丘舍去,去后乃至。元方时年七岁③,门外戏。客问元方:"尊君在不④?"答曰:"待君久不至,已去。"友人便怒曰:"非人哉!与人期行,相委而去。"元方曰:"君与家君期日中。日中不至,则是无信;对子骂父,则是无礼。"友人惭,下车引之⑤。元方入门不顾。

【译文】

陈寔和朋友约定好出游,定在中午时分,过了中午朋友却没有到,陈寔就先离开了。等他离开后,他的朋友才到。陈寔的儿子陈元方那时七岁,正在家门外玩耍。客人问他:"你父亲在吗?"陈元方回答说:"因为等了很久,您都没有来,已经先离开了。"客人便生气地说:"真不是人啊!和别人约好一起出行,却抛弃别人先离去。"陈元方说:"您与我父亲约定在中午见面,到了中午您却没有到,这就是没有信用;对着孩子骂他的父亲,这便是没有礼貌。"客人觉得惭愧,赶紧下车前来,想牵牵陈元方。陈元方连头也不回地走入家门,不再理他。

【注释】

①陈太丘:即陈寔,字仲弓。期行:约定好出游。②不:同"否"。③元方:陈纪,字符方,陈寔的儿子。④尊君:尊称对话人的父亲。⑤引:牵挽。

【评析】

作者借陈元方责备客人的话,从反面说明"信"和"礼"的重要性。陈元方小小年纪,说话行事镇静沉着,面对成年人的针锋相对,指出对方不但"无信",而且"无礼",义正而词严,逼得对方无言可答,并以拂袖进门表明自己的态度,七岁的时候就有如此见识,真叫人叹服。

【历代评点】

王世懋云:"小儿语,故自'方正'。"

宗承存松柏之志

【原文】

南阳宗世林①,与魏武同时②,而甚薄其为人,不与之交。及魏武作司空,总朝政,从容问宗曰:"可以交未?"答曰:"松柏之志犹存。"世林既以忤旨见疏,位不配德。文帝兄弟每造其门③,皆独拜床下④,其见礼如此。

【译文】

南阳宗世林和魏武帝曹操是同时代的人,宗世林很鄙夷曹操的为人,不愿和他来往。等曹操作了司空,总揽朝廷大权的时候,他不经意地对宗世林说:"现在我们可以结交为朋友了吗?"宗世林回答:"我仍然坚贞不移。"宗世林因为违背曹操的旨意遭疏远,职位与其威望不相符。但曹丕兄弟每次到他这里拜访时,都还是行弟子礼,在榻下跪拜。他是受到如此的礼遇。

【注释】

①南阳:郡名,治所在宛县(今河南南阳)。宗世林:即宗承,字世林,南洋安众人,以德行高尚受到世人敬重,官至直谏大夫。②魏武:即曹操。③文帝兄弟:指曹丕、曹植等。曹丕,字子桓,曹操次子。曹植,字子建,为曹丕的弟弟。④床:这里指坐具,相当于现在的榻。

【评析】

宗承因看不起曹操的为人,所以尽管曹操多次请求跟他做朋友也遭到拒绝,就是在曹操当了大官以后,宗成也仍然坚持他的"松柏之志",表现出了坚贞不屈的精神,也可看出宗承对曹操始终是抱有成见的,这让曹操很没有面子,于是就故意疏远排挤宗承,给他安排很低的官职,和他的才华德行都不相配。宗承知道曹操在报复他,却不以为意,尽管如此,曹操也不得不尊重宗承的人格。后来曹丕兄弟每次登门拜访,都是以晚辈的身份,在宗承的床前行拜见礼,表示出极大的尊重。

【历代评点】

李贽云:"此曹公意也。"(《初谭集·师友·交难》)

钟惺云:"此处人所难。"又云:"处高士正宜如此。"

余嘉锡云:"宗承少而薄操之为人,老乃食丕之禄,不愿为汉司空之友,顾甘为魏皇帝之臣。魏、晋人所谓方正者,大抵如此。东汉节义之风,其存焉者盖寡矣。"

陈群不忘前朝故主

【原文】

魏文帝受禅①,陈群有戚容。帝问曰:"朕应天受命,卿何以不乐?"群曰:"臣与华歆②服膺先朝③,今虽欣圣化,犹义形于色。"

【译文】

魏文帝曹丕接受禅让称帝,陈群脸上流露出愁苦悲哀的神色。文帝问他:"我顺应天命接受帝位,你有什么不高兴的?"陈群答道:"我与华歆都曾忠心耿耿地服侍前朝,如今虽然欣逢陛下圣明的教化,可是不忘前朝的正义之情还是免不了会流露于外。"

【注释】

①魏文帝:即曹丕。②华歆(xīn):即华子鱼。③先朝:东汉。

【评析】

陈群的祖父是陈寔,父亲陈纪,陈群从小接受他们高尚人格的熏陶,为人清尚有仪,雅好结友,有知人之明。华歆位极人臣,但他始终廉洁自奉。他们两个人同在前朝为官,后受曹操征召,仍然怀念故主。对前朝的留恋之情不自觉的表现出来。

【历代评点】

王世懋云:"华歆以虚名居首揆,陈群以心膂当新宠,犹为此大言,宁不为苟或地下所笑?览注稍知所以,临川以入'方正',不亦幸乎?"

凌濛初云:"所言正佞之尤。"

刘辰翁云:"'欣圣化'是何等语?'义形于色'不当自言。"

钟惺云:"老奸欺世,正在此四字见出。"(按:指"义形于色"四字。)

李慈铭云:"案陈群自比孔父,义形于色,可谓不识羞耻,颜孔厚矣!疑群尔时尚未能为此语。与其子泰对司马昭'但见其上'之言,皆出其子弟门生妄相附会。如华峤《谱叙》称其祖'歆以形色忤时',狗面人言,何足取信!"

洪迈云:"夫曹氏篡汉,忠臣义士之所宜痛心疾首,纵力不能讨,忍复仕其朝为公卿乎?歆、群为一世之贤,所立不过如是。盖自党锢祸起,天下贤士大夫如李膺、范滂之徒,屠戮殆尽,故所存者,如是而已!士风不竞,悲夫!"(《容斋随笔》卷十)

郭淮为妻请命

【原文】

郭淮作关中都督①,甚得民情,亦屡有战庸②。淮妻,太尉王凌之妹,坐凌事,当并诛,使者徼摄甚急。淮使戎装③,克日当发。州府文武及百姓劝淮举兵,淮不许。至期遣妻,百姓号泣追呼者数万人。行数十里,淮乃命左右追夫人还,于是文武奔驰,如徇身首之急。既至,淮与宣帝书曰:"五子哀恋,思念其母。其母既亡,五子若殒,亦复无淮。"宣帝乃表,特原淮妻④。

【译文】

郭淮担任关中都督时,深得民心,也屡立战功。他的妻子,是太尉王凌的妹妹,由于王凌犯罪而受到牵连,应该一同被处死。朝廷使者加紧追捕。郭淮就让夫人整理行装,按限定的日期出发。州府官员和百姓纷纷劝导郭淮起兵反抗,可郭淮不同意。到了规定的日子,便打发夫人动身上路。几百万百姓哭喊着追着。走了数十里后,郭淮才命令左右随从去把夫人追回来。于是百官赶忙跑去,就像救自己的性命。夫人被追回后,郭淮向司马懿上书道:"我的五个儿子苦苦地想念着他们的母亲,一旦他们的母亲死了,五个儿子也就完了;五个儿子完了,我也就不会存在了。"于是司马懿上表魏帝,将郭淮的夫人赦免了。

【注释】

①郭淮:字伯济,太原阳曲人,东汉建安中,官平原府丞。后入曹魏,官历雍州刺史,迁征西将军。淮在关中三十余年,功绩显著,赠大将军。②战庸:即战功。庸,即功劳。③戎装:整理行装。④特原:有意赦免。

【评析】

这位一向低调的将官为人处世可以说是深谋远虑。他常年驻军在外,屡立战功,很得民心。郭淮平素爱兵如子,群众基础极好,手下还真有劝他起兵反抗的,这位郭大将军非但不准,还让夫人整束行装,把头送去给他们砍掉,组织纪律性之强令人感叹。有的人说他完全可以拥兵造反。但王凌的失败是一个很好的例子,他如果那样做恐怕胜算不大,反倒可能身败名裂,到时候不但连自己都保不住,甚至会家破人亡,而他这样做既保住了妻子,又成全了自己忠臣的名节,是很理智的做法。

【历代评点】

刘辰翁云:"语甚感动,节次皆是。"

王世懋云:"《世语》简而尽,前后相应,叙事工拙见矣。"

凌濛初云:"'号泣追呼',言之过情,不足信。如注'流涕'、'扼腕',则有之耳。"

李贽云："此人能。"(《初谭集·夫妇·贤夫》)

夏侯玄临刑而色不变

【原文】

夏侯玄既被桎梏①，时钟毓为廷尉②，钟会先不与玄相知，因便狎之③。玄曰："虽复刑余之人，未敢闻命。"考掠初无一言④，临刑东市，颜色不异。

【译文】

夏侯玄被逮捕后，当时正值钟毓担任掌管刑狱的廷尉，钟会之前同夏侯玄没有来往，这时便借此机会戏弄夏侯玄。夏侯玄说："我虽然是服刑的人，也不能听命于你。"他受到严刑拷打，却始终没有说一句话。直到执行死刑时，都面不改色。

【注释】

①夏侯玄：字太初，谯(qiáo)国人，夏侯尚之子，风格高尚，官历护军、太常等要职，因曹操内部权力争斗被害。②钟毓：钟稚叔，钟会的哥哥。③狎(xiá)：戏弄。④考掠：施行拷打。

【评析】

身为将门之后的夏侯玄，自小就饱读经史，儒道兼修，有着极高的学术造诣，与当时比他大16岁的何晏齐名，为玄学领袖级人物。他在政治斗争的暴风骤雨下，也能坚守立场，处之泰然，心如止水地面对一切危险和困难。他不仅面对着权势，像宗世林面对曹操一样，他还面对着死亡，并且从容坚持着自己的"方正"品格。其实钟会也是个名士，也很有名气，但是他因为投靠司马氏，所以被夏侯玄鄙薄。"未敢闻命"，说的话很文雅，样子很谦虚，但是他立场坚定，态度严肃庄重，我们从这话里愈见其真切，如闻其声，如见其人。

【历代评点】

刘辰翁云："其狎之未必以故，非纳交比。"

杀贾充以谢天下

【原文】

高贵乡公薨①，内外喧哗。司马文王问侍中陈泰曰："何以静之②？"泰云："唯杀贾充以谢天下③。"文王曰："可复下此不？"对曰："但见其上，未见其下。"

【译文】

曹髦被杀后，朝廷内外议论纷纷。司马昭问侍中陈泰道："怎么才能使这种局面平静下来呢？"答道："只有把贾充杀了来向天下人谢罪。"司马昭说："再有没有别的办法？"陈泰说："只能用这个办法，没有别的办法了。"

【注释】

①高贵乡公：即三国曹魏末代君主曹髦(máo)，被司马昭篡位。曹丕的孙子。②陈泰：字玄伯。司空陈群之子。司马文王：即司马昭，司马懿之子。③贾充，当时为中护军，在曹髦反击司马昭事件中，指使手下刺伤曹髦。故司马昭杀贾充手下刺伤曹髦的成济以脱罪。

【评析】

魏帝曹髦不能忍受威权日渐消退，便亲自率领殿中宿卫、苍头、僮仆等，欲攻打司马昭。司马昭即命亲信贾充带兵杀掉曹髦及其随从。陈泰知道后，当即跑到现场，倒在地上，枕着曹髦的尸体号哭尽哀。不久，司马昭也来到现场，见此情景，便问陈泰："怎么才能平复这种局面呢？"陈泰曰："只有把贾充杀了来向天下人谢罪。"司马昭："你想想别的办法吧。"陈泰说："没有别的办法了。"后来因过于悲恸，当场吐血而死。为了挽回影响，司马昭只好把贾充手下杀死曹髦的成济杀了以开脱罪责。

【历代评点】

凌濛初云："如此儿，乃与父并列，熏莸同器。"
刘应登云："充，亲弑魏帝者。"
李贽云："老贼！"
刘辰翁云："真'方正'之目也，神志凛然。"
王世懋云："千载凛凛，群有惭德矣。"又云："《注》合数说，以实玄伯之正。"

和峤直言纳谏

【原文】

和峤为武帝所亲重①，语峤曰："东宫顷似更成进②，卿试往看。"还问何如。答曰："皇太子圣质如初。"

【注释】

①和峤：字长舆，汝南西平人，年少时以雅量著称，深为贾充所知。官历尚书、太子少傅。武帝：晋武帝司马炎。②成：通"诚"，确实，非常。"成进"即大有长进。

【译文】

和峤受到晋武帝的亲近和器重，他对和峤说："东宫太子近些日子好像比以前大有长进了，你可以去看一下。"看完返回后，武帝问："怎么样啊？"答道："皇太子的资质同以前没有两样。"

【评析】

和峤珍重自爱，有盛名于世，为政清简，深得百姓欢心。向皇帝谏言上策也是直言不讳，敢作敢为，并且能够切中要害。太傅从事中郎庾颢赞叹他："峤森森如千丈松,虽礠砢多节目,施之大厦,有栋梁之用。"贾充亦十分看重他,在武帝面前赞美他,向晋武帝推荐和峤。晋武帝根据群臣的推荐,将和峤调入朝中,任黄门侍郎,后迁升中书令,很受晋武帝器重。

【历代评点】

刘应登云:"'似更成进',谓太子近胜于前也。'圣质如初',谓无进处。"

[日]秦士铉云:"醇古,言其质纯朴也。信受,言其信奸人之言,为其所绐,无智也。"王世懋云:"苟颛亦未可保。"

[日]秦士铉又云:"《晋阳秋》乃孙盛所作。"

诸葛靓引吞炭漆身以明志

【原文】

诸葛靓后入晋①,除大司马②,召不起。以与晋室有仇,常背洛水而坐。与武帝有旧③,帝欲见之而无由,乃请诸葛妃呼靓。既来,帝就太妃间相见。礼毕,酒酣,帝曰:"卿故复忆竹马之好不④?"靓曰:"臣不能吞炭漆身⑤,今日复睹圣颜。"因涕泗百行。帝于是惭悔而出。

【译文】

诸葛靓在吴灭亡后去了晋朝,被晋武帝任命为大司马,但是他不去就任。原因是他与晋王室有着杀父之仇,他常背对洛水而坐。他同晋武帝司马炎有旧交情,武帝想见他却又想不出理由,于是就请叔母诸葛妃把诸葛靓叫来。诸葛靓来了以后,晋武帝就在叔母处同他见面。行过礼,酒喝得正畅快淋漓时,武帝说:"你还记得我们儿时的友谊吗?"诸葛靓说:"我没能像豫让那样吞炭漆身,为父报仇,现在又看到了皇上的尊颜。"说着泪流满面。武帝于是惭愧而又懊悔地出去了。

【注释】

①诸葛靓:原孙吴之臣,其父诸葛诞为晋所杀。②除:授任。③武帝:晋武帝司马炎。④竹马之好:儿时的情分友谊。⑤吞炭漆身:《史记·刺客列传》载,赵国时智伯的门客豫让为报知遇之恩,吞咽木炭,用漆涂身,毁容变音去刺杀杀害智伯的赵襄子,事败而死。诸葛靓以此典故来喻指为父报仇。

【评析】

晋王室对于诸葛靓来说,有着不共戴天的杀父之仇,所以经常背对洛水而坐,不愿意面向洛阳。晋武帝想要和诸葛靓重新回忆儿时的友情,诸葛靓则引出吞炭漆身的故事来表明自己的志气,令晋武帝感到惭愧悔恨。

【历代评点】

李贽云:"上有贤君,而后下有贤臣,唯贤知贤,亦未易遇也。然所谓

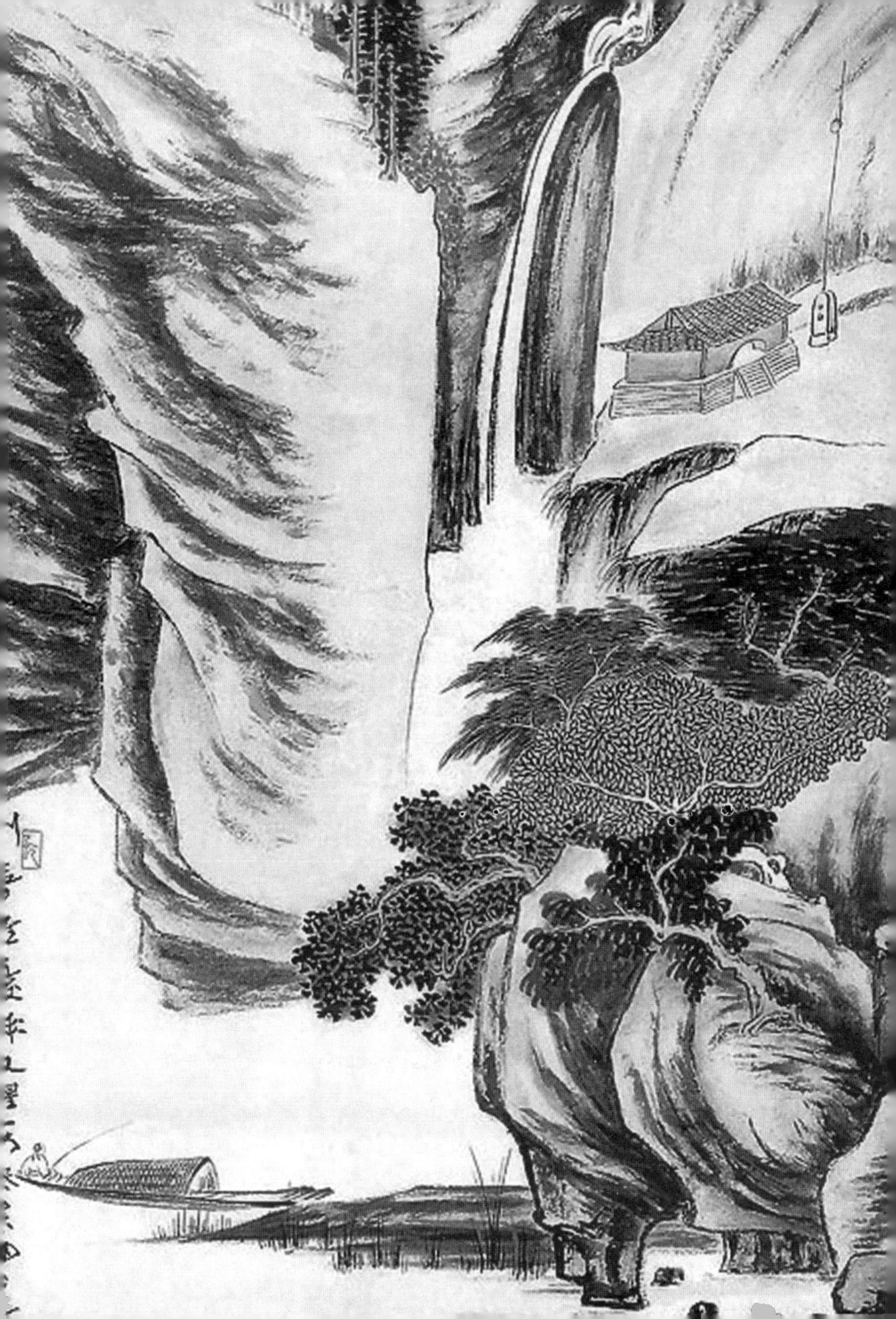

贤,亦即事、即时,稍有见识力量足称耳。若必皆如齐桓、仲父,安可得耶!"

王济巧讽晋武帝

【原文】

武帝语和峤曰:"我欲先痛骂王武子①,然后爵之。"峤曰:"武子俊爽,恐不可屈。"帝遂召武子,苦责之,因曰:"知愧不?"武子曰:"'尺布斗粟'之谣②,常为陛下耻之!他人能令疏亲,臣不能使亲亲,以此愧陛下③。"

【译文】

晋武帝司马炎对和峤说:"我要先痛骂王济一顿,然后再封他爵位。"和峤说:"王济才智超群,是俊迈豪爽之人,恐怕不能使他屈服。"武帝于是召来王济,狠狠地斥责他,随后说:"你知道有愧吗?"王济说:"民间流传'一尺布,尚可缝;一斗粟,尚可臼;兄弟二人,不能兼容'这样的歌谣,我常常为皇上感到羞耻!别人能让疏远的人亲近,我却不能使亲近的人更亲近,因此我很愧对陛下。"

【注释】

①武帝:晋武帝司马炎。王武子:即王济,字武子。晋武帝曾命同母弟齐王司马攸回到封国,王济多次劝谏,并派自己妻子常山公主等求情,想把齐王留在京都,因而触怒武帝,被降职为国子祭酒。②'尺布斗粟':喻指兄弟失和。据《史记·淮南衡山列传》记载,汉文帝的弟弟淮南厉王刘长因谋反罪被流放到蜀地,途中绝食而死。后来有民间歌谣唱道:"一尺布,尚可缝;一斗粟,尚可舂。兄弟二人,不能兼容。"意思是一尺布能缝成衣服共穿,一斗粟可舂出米来共吃,而天下之大,兄弟却不能兼容。王济引用这首民谣,意在讽刺晋武帝对待弟弟也像汉文帝对待弟弟一样不讲亲情。③"他人…愧陛下":这是讽刺晋武帝的话,意思是他人能使疏远的人变得亲近,我却未能使亲近的人变得更亲近,所以对您有愧。

【评析】

王济是晋武帝的女婿,和峤的妻弟,他文词俊茂,名于当世,与和峤及裴楷齐名。王济善于言辞,深得武帝宠幸。他晋升很快,并非因为他是武帝的女婿,而是因他的才干所致。王济虽然外似弘雅,但是内怀忌妒之心,并且常常出口伤人,此处借民间歌谣讽刺晋武帝,尚有值得称道之处。

【历代评点】

李贽云:"济谏留齐王,大是。"(《初谭集·君臣·诤臣》)
朱铸禹云:"'生哭'者,谓以生人为死人而哭之也。"

和峤专车

【原文】

晋武帝时，荀勖为中书监①，和峤为令。故事②，监、令由来共车。峤性雅正常疾勖谄谀③。后公车来，峤便登，正向前坐，不复容勖。勖方更觅车，然后得去。监、令各给车，自此始。

【注释】

①荀勖(xù)：字公曾，颍川颍阴人，为安阳令时，民生为其立祠颂德，累官侍中、中书监。②故事：惯例。③疾：痛恨。

【译文】

晋武帝的时候，荀勖任中书监，和峤任中书令。按惯例，中书监和中书令应该同坐一辆车。和峤性格典雅正直，常常看不惯荀勖的谄媚奉承。后来，官府的车来了，和峤便先上车，在前边的正中间坐下，再也容不下荀勖了。荀勖只好另找车，才得以去。从此，开始实行给中书监和中书令各派一辆公车。

【评析】

荀勖为中书监，晋朝中书监与中书令常同乘一车入朝，中书令和峤鄙视荀勖的为人，遂乘坐专车，与之抗衡，这就是"和峤专车"的典故。

【历代评点】

吴承仕云："登车正向前坐，此时已不立乘矣。"

王世懋云："此故是长舆方正，嘉之《纪》不得云'强抗'。"

山该恪守礼法

【原文】

山公大儿着短(巾合)①，车中倚。武帝欲见之②，山公不敢辞，问儿，儿不肯行。时论乃云胜山公。

【注释】

①山公：即山涛。山公大儿：即山该，字伯伦，山涛长子，有器识，官至左卫将军。着短(巾合)：戴短便帽。②武帝：即司马炎。

【译文】

山涛的大儿子头戴短便帽，倚坐在车中。晋武帝想见见他，山涛不敢推辞，问儿子，儿子不肯去。当时社会舆论认为他要胜过其父山涛。

【评析】

短便帽是曹操模拟古代的帽子裁制而成的，适合一般的非正式场合所戴，但是会给人一种不礼貌的感觉，认为不够庄重，所以山涛的儿子是不该去见武帝的，但是他能在皇帝的召见下不忘形,仍然礼仪为重。难怪当时的人们会认为他比山涛有胆色,不会畏惧强权。

【历代评点】

刘辰翁云:"直自愧其矮耳,不足言胜。"

向雄拒复君臣之好

【原文】

向雄为河内主簿①,有公事不及雄,而太守刘淮横怒②,遂与杖遣之。雄后为黄门郎③,刘为侍中,初不交言。武帝闻之,敕雄复君臣之好④,雄不得已,诣刘,再拜曰:"向受诏而来,而君臣之义绝,何如?"于是即去。武帝闻尚不和,乃怒问雄曰:"我令卿复君臣之好,何以犹绝?"雄曰:"古之君子⑤,进人以礼⑥,退人以礼;今之君子,进人若将加诸膝,退人若将坠诸渊。臣于刘河内,不为戎首⑦,亦已幸甚,安复为君臣之好?"武帝从之。

【译文】

向雄担任河内主簿,有件公事和向雄并无关联,太守刘淮却迁怒于他,并且对他杖责还辞退其官位。向雄后来作了黄门侍郎,刘淮作了侍中,二人从来不说一句话。晋武帝司马炎听说后,命令向雄恢复和刘淮的君臣情义。向雄不得已,就去刘淮那里,行再拜礼后说:"刚才受皇上之命到你这里,不过我们的君臣情义确实是断了,你看怎么办呢?"说完立刻就走了。晋武帝听说二人依旧不和,就怒斥向雄:"我命令你恢复君臣情义,为什么你们还是互不往来呢?"向雄说:"古代的君子用礼义引荐人,用礼义屏退人;现在引荐人如同把人放在膝盖上,屏退人如同把人推入深渊。刘毅不成为我的敌人,已经是很万幸的了,又怎么能恢复君臣之间的友好关系呢?"晋武帝只好随他去了。

【注释】

①向雄:字茂伯,河内人,官至黄门郎、护军将军。河内:郡名,治所在今河南沁阳。 ②刘淮:《晋书·向雄传》作"刘毅",现据其字"君平"推论,当以"刘淮"为是,宋本亦将"淮"误为"淮"。刘淮,字君平,沛国人,官历侍中、尚书仆射、司徒。 ③黄门郎:官名,即黄门侍郎,负责侍从皇帝,传达诏命。 ④君臣:指上下级,当时府王和属吏之间也称为君臣。 ⑤君子:这里指达官贵人。 ⑥进:指举荐,提拔。下文"退"则指撤职,降职。 ⑦戎首:指挑动事端的人。

【评析】

向雄在和刘淮结仇之后,多年不肯他重归于好,后来同朝为官,同在晋武帝司马炎朝中为官，司马炎知道他们俩的矛盾后，多番规劝向雄，但是却没有什么好结果。于是怒斥向雄，向雄便用自己的道理向晋武帝解释，并得到了晋武帝的谅解，默认了他的做法。这个小故事说的是向雄这个人做事总是喜欢按照自己的想法，而且不屈不挠，不轻易低头。

【历代评点】

刘应登云："谓非雄之罪，而太守杖之，故憾之之深也。"
王世懋云："注引为真，《晋书》遂两用之。"
刘辰翁云："憾而已，非'方正'之选。"

嵇绍拒操丝竹

【原文】

齐王冏为大司马①，辅政，嵇绍为侍中②，诣冏咨事。冏设宰会③，召葛旟董艾等共论时宜④。旟等白冏："嵇侍中善于丝竹，公可令操之。"遂送乐器。绍推却不受，冏曰："今日共为欢，卿何却邪？"绍曰："公协辅皇室，令作事可法。绍虽官卑，职备常伯。操丝比竹盖乐官之事，不可以先王法服为伶人之业。今逼高命⑤，不敢苟辞，当释冠冕，袭私服⑥，此绍之心也。"旟等不自得而退。

【译文】

齐王冏任大司马辅政。嵇绍担任侍中去齐王冏那里咨询公事。司马冏正在举行官员集会，召葛旟和董艾等人来共商国是。葛旟等人禀告司马冏说："嵇绍擅长乐器，可以让他弹奏一曲。"于是命人将乐器送上。嵇绍推辞而不肯演奏。司马冏说："今天大家欢聚在一起，你为何要拒绝呢？"嵇绍答道："您辅佐皇室，要求僚属办事要符合法度。我虽然官位低，可也是侍中。演奏乐器是乐官的事情，我不能穿着先王制定的官服去做乐工才做的事情。如今因为是您下的命令，我不敢随便推辞，但是那也得脱去官服，穿上便服，再遵命演奏，这就是我个人的想法。"葛旟等人讪讪而退。

【注释】

①齐王：即司马冏，字景治。赵王司马伦篡位，冏起义兵诛伦拜大司马。后居功不检点，被长沙王诛杀。②嵇绍：嵇康之子，忠义之士。③宰会：官员集会。④葛旟(yú)：字虚旟。⑤高命：尊贵的命令。⑥袭：穿着。

【评析】

本文记述了嵇绍为侍中，参加官吏的集会时不肯演奏乐器，认为穿着官服而去做乐工的事是不合礼法的。古代伶人的地位低下，所以嵇绍虽然擅长丝竹之音，但认为当众弹奏有失身份，为了维护自己的尊严，嵇绍便以身穿朝服为由加以拒绝，一番话义正词严，使得提出这个建议的葛旟等人自感无趣。

【历代评点】

王世懋云:"中散儿故自不凡。"

陆机反讽卢志

【原文】

卢志于众坐问陆士衡①:"陆逊、陆抗,是君何物②?"答曰:"如卿于卢毓、卢珽③。"士龙失色④。既出户,谓兄曰:"何至如此,彼容不相知也⑤。"士衡正色曰:"我父祖名播海内,宁有不知?鬼子敢尔⑥!"议者疑二陆优劣,谢公以此定之⑦。

【译文】

卢志在大庭广众之下问陆机:"陆逊、陆抗是你什么人?"陆士衡回答:"就像你和卢毓、卢珽的关系。"陆云听完惊慌得变了脸色。从屋里出来后,就对哥哥说:"你何必要这样做,他可能真的不了解我们的家世呢。"士衡严肃说道:"我们的父亲和祖父名扬四海,他难道会不知道,龟孙子竟敢如此无礼!"当时评论的人难分陆氏兄弟的优劣,谢安以此来判定他们的高下。

【注释】

①卢志:字子通,范阳人,尚书卢珽之子。曾任王长史、卫尉卿、尚书郎。陆士衡:即陆机,字士衡,西晋文学家。②陆逊:字伯言,三国时吴国人,陆机的祖父,曾任荆州牧,官至丞相。陆抗:字幼节,陆机的父亲,陆逊的儿子。曾任镇军大将军,官至大司马、荆州牧。这里卢志对陆机的祖父和父亲直呼其名,触犯了陆机的家讳,因而陆机也直呼卢志祖父和父亲之名作为报复,下文陆云惊慌失色的道理也在于此。③卢毓:字子家,三国时魏国人,卢志的祖父,入魏后曾任黄门侍郎、吏部尚书。卢珽:字子笏,卢志的父亲,曾任泰山太守,后为尚书。④士龙:即陆云,字士龙,陆机的弟弟,曾任清河内史、大将军右司马,世称"陆清河"。⑤容:或许。⑥鬼子:骂人的话。据《孔氏志怪》一书所记,卢志的先人和崔氏已死之女结婚而生卢温休,温休生卢植,卢植即卢志的曾祖。⑦谢公:谢安。

【评析】

作为南方人的领袖,陆氏兄弟为其乡里开拓仕途,理所应当。不过,他们自身入北后仕途也不顺畅。当时,京洛显贵凭借传统的意识,以华夏中心自居,又挟有战胜者的骄傲,以南人为"远人",斥之为"亡国之余"。除了个别有头脑的政治家外,在大多数北人看来,江南乃蛮荒化外之地,其习俗、风物皆稀奇怪诞,其人士皆愚陋可笑。在这一背景下,当时入洛南士多遭北人羞辱,而陆氏兄弟与北人交往最多,所受轻辱自然也最多。卢志,幽州人,大儒卢植之后,绝无可能不知陆氏人物,完全是借机羞辱对方。晋、六朝人极重避讳,卢志面问士衡祖、父之名,是为无礼。此虽生今世,亦所不许。揆当时人情,更不容忍受。所以,陆机反应强烈,予以反讥,但由此结下深仇,为后来卢志极力陷害陆氏兄弟埋下了祸根。

【历代评点】

袁中道云:"讥。"(《舌华录》卷八《颖语》)

[日]秦士铉云:"卢直斥陆祖父名讳,士衡乃亦举其祖父讳以报之,而士龙以如此针锋相对,虑失礼,故失色。"

凌濛初云:"士龙亦自雅量。"又云:"何以便劣?"

王世懋云:"士龙亦别有胜兄处。"

羊忱惧祸辞官

【原文】

羊忱性甚贞烈①,赵王伦为相国②,忱为太傅长史,乃版以参相国军事③。使者卒至,忱深惧豫祸④,不暇被马,于是帖骑而避⑤。使者追之,忱善射,矢左右发,使者不敢进,遂得免。

【译文】

羊忱性格特别刚烈忠直,赵王司马伦还在做相国时,羊忱任太傅长史。后来司马伦封羊忱做参相国军事。使者突然赶到,羊忱担心因接受司马伦的封官而受牵连,遭受祸患。因此他来不及套上马鞍,就急忙贴身骑马而逃。使者追赶他,他因其擅长骑射,左右开弓射向使者,使者因此不敢再追,羊忱才得以免任司马伦所授官职。

【注释】

①羊忱:字长和,泰山平阳人,官历太傅长史、扬州刺史,迁侍中。②赵王伦:即司马伦。③版:因王封官用版,称为"版官",此为授官之意。④豫祸:遭受祸患。⑤帖骑:贴身骑在马上。

【评析】

羊忱禀性刚烈,早在担任太傅长史的时候就知道赵王司马伦有谋逆篡位的野心,所以即使司马伦很看重他并想委以重任,他也不愿意接受任命。使者来宣布任命的时候,他连马鞍都来不及准备好,就跳上马躲避开了,甚至对着前来的使者放箭,使得他们不敢靠近自己,这才躲过了一劫。羊忱良好的贵族家庭出身培养了他的文化素养,为人耿直,敢作敢为。

【历代评点】

《文字志》曰:忱字长和,一名陶,泰山平阳人。世为冠族。父,车骑掾,忱历太傅长史、扬州刺史,迁侍中。永嘉五年,遭乱被害,年五十余。

庾子嵩以卿相称

【原文】

王太尉不与庾子嵩交①,庾卿之不置②。王曰:"君不得为尔。"庾曰:"卿自君我,我自卿卿;我自用我法,卿自用卿法。"

【译文】

太尉王衍不与庾子嵩交往,而庾子嵩却总是用"卿"来称呼他。王衍就说:"君不能这样称呼我。"庾子嵩说:"您自用'君'称呼我,我自用'卿'称呼您;我用我的方式,您用您的方式。"

【注释】

①王太尉:此处指王夷甫王衍。②卿之不置:总是用卿称王衍。

【评析】

庾子嵩因为出身外戚士族,当的官也没有什么实权。但他本性闲散,不受拘束,有点放荡不羁的意思。就为这些,太尉王衍并不十分看好他,也不是很愿意和他深交,但是他却并不在意,仍然我行我素。王衍不让他用"卿",而他却说,我用我的方式,您用您的方式,意思是互不干扰。王衍自然是无话了。他以颓唐放浪的姿态肯定了"自我",做到了自由潇洒。

【历代评点】

刘辰翁云:"似狎尔,非'方正'也。"
李贽云:"言语已非'方正'。"
袁中道云:"同王戎妻一语,用意不剿。"(《舌华录》卷三《谐语》)

阮宣子论鬼神

【原文】

阮宣子论鬼神有无者①,或以人死有鬼,宣子独以为无,曰:"今见鬼者云,着生时衣服②,若人死有鬼,衣服复有鬼邪?"

【译文】

阮宣子是这样论述鬼神是否存在的问题的。有人认为,人死后有鬼魂,阮宣子却认为没有鬼,他说:"现在自称见到鬼的人,说鬼穿着活着时的衣服,如果人死后有鬼,衣服也有鬼吗?"

【注释】

①论鬼神有无者:论述是否有鬼神。者:代词,这样的事。②着:穿戴。

【评析】

魏晋人物所表现出来的独特风骨是一种近似于道骨仙风的气度，这也成为古代独有的一种特色。就竹林七贤来说，大部分还是崇敬道家、鄙视儒家的，他们独特的审美观也是形成于道家清静无为的思想，从某种程度上来说也带动了魏晋名士们的风尚。自然狂放的姿态和忧伤的文字相结合，便是典型的魏晋审美观。

【历代评点】

刘应登云："此两则皆言阮不信鬼神，前谓若因社而树之，则其社亡；今因树而社之，则此树不在社又移他之矣。后谓若言所见之鬼者，死人之精神，则鬼所著衣服，亦死人衣服之精神耶？"

刘辰翁云："振古绝俗，得意之名言。"

王世懋云："此王充痴语，世以阮宣子论无鬼，故附会此说，注引《论衡》有意。"

诸葛恢嫁女

【原文】

诸葛恢大女儿适太尉庾亮儿①，次女适徐州刺史羊忱儿②。亮子被苏峻害，改适江彪。恢儿娶邓攸女③。于时谢尚书求其小女婚④，恢乃云："羊、邓是世婚，江家我顾伊⑤，庾家伊顾我，不能复与谢裒儿婚⑥。"及恢亡，遂婚。于是王右军往谢家看新妇⑦，犹有恢之遗法：威仪端详，容服光整。王叹曰："我在遣女裁得尔耳！"

【译文】

诸葛恢的大女儿嫁给了太尉庾亮的儿子庾会，二女儿嫁给了徐州刺史羊忱的儿子羊楷。庾亮的儿子被苏峻杀害后，诸葛恢的大女儿改嫁给江彪。诸葛恢的儿子诸葛衡娶了邓攸的女儿。这时，谢尚书请求诸葛恢的小女儿做自己的儿媳。诸葛恢说："羊、邓两家世代通婚，江家是由我来照顾他，庾家则是由他们来顾念我，不能再与谢家结亲了。"直到诸葛恢去世后，谢的儿子才同诸葛恢的小女儿成了亲。当时王羲之去谢家看新娘子，认为新娘身上还保留有诸葛恢的风范：仪容安详，举止端庄；容光焕发，服饰整洁。王羲之赞叹道："我活着，嫁女儿时也不过如此而已。"

【注释】

①诸葛恢：字道明，琅琊阳都人，诸葛靓之子，官至尚书令。庾亮儿：即庾亮的儿子庾会。②羊忱儿：即羊忱的儿子羊楷。③恢儿：即诸葛恢的儿子诸葛衡。④谢尚书：字幼儒，陈郡人，官历侍中、吏部尚书、吴国内史。⑤顾：看得上，照顾。⑥谢裒(póu)儿：即谢石。⑦王右军：即王羲之。

【评析】

诸葛恢这人一向因其家族兴望而气势凌人。他有三个女儿,嫁的都是高官,大女儿嫁给太尉庾亮的儿子,庾亮的儿子被苏峻杀害了,大女儿又改嫁江彪,江彪后来当过尚书仆射。二女儿嫁给徐州刺史羊忱的儿子。诸葛恢的儿子娶了当过尚书右仆射邓攸的女儿为妻。小女儿还没有嫁人。谢尚书上门给儿子求亲,但是诸葛恢这个老贵族看不起新贵族谢家,他毫不客气地回绝,但越是拒绝,谢家就越是想跟诸葛家搭线,还是念念不忘诸葛家的小女儿,于是等到诸葛恢死了以后,诸葛氏家道中落,谢石才娶到诸葛恢的小女儿。结婚时,王羲之到谢家去看新娘,看到新娘还保存着诸葛家的世家老礼法,容貌举止,端庄安详;风采服饰,华美整齐。真正大家闺秀气度,王羲之叹道:"我活着时嫁女儿,也仅仅能做到这样啊!"诸葛恢也没有料到小女儿嫁得最好。

一样兄弟,薄厚如此

【原文】

周叔治作晋陵太守①,周侯、仲智送别②,叔治以将别,涕泗不止。仲智恚之曰:"斯人乃妇女③,与人别,唯啼泣!"便舍去。周侯独留,与饮酒言话,临别流涕,抚其背曰:"奴好自爱④。"

【译文】

周谟做晋陵太守时,周伯仁和周嵩前去送别。周谟因为兄弟三人将要分开而泪流不止。周嵩生气地说:"你就像个妇人,与人离别时就只知道哭。"于是就丢下他走了。周伯仁单独留下来同他一起喝酒聊天。临别时拍了拍周谟的背说:"你自己多保重啊!"

【注释】

①周叔治:即周谟,字叔治,官至中护军。文中周侯所说的奴,也是说的他。②仲智:即周嵩,周叔治的兄长。③乃:动词,如,像。④奴:同"阿奴",尊对卑,或长对幼的爱称。

【评析】

周谟性格庸庸碌碌,他去做晋陵太守的时候,周伯仁和周嵩前来送别,周谟便因离别之情而流泪,恰好周嵩生性刚直,血气方刚,这两个人撞在一起正好是一刚一柔。周嵩极其讨厌周谟的性格,哪能容得下他流眼泪,于是在送别时还骂了他一顿,之后便甩手而去。

【历代评点】

刘辰翁云:"一样兄弟,厚薄如此。少年凌物,大有以此为方正。奇矫取名,取害心术,亦不得不辨。"

王世懋云:"仲智傲狠,伯仁友爱,正都无关'方正'。"

王思任云:"仲智戾气,何处著好兄好弟?"
李贽云:"兄弟。"
汪师韩云:"夫嵩谓谟为阿奴。顗谓嵩亦云阿奴,然则阿奴岂乏谟之小字哉?盖兄于弟亲爱之词也。"(《谈书录》)

周嵩疾恶如仇

【原文】

周伯仁为吏部尚书①,在省内夜疾危急,时刁玄亮为尚书令②,营救备亲好之至,良久小损。明旦,报仲智,仲智狼狈来③。始入户,刁下床对之大泣,说伯仁昨危急之状。仲智手批之④,刁为辟易于户侧。既前,都不问病,直云⑤:"君在中朝,与和长舆齐名,那与佞人刁协有情⑥"迳便出。

【译文】

周伯仁任吏部尚书,在尚书省中,夜里突然急病发作。当时刁协任尚书令,全力救护,表现得非常亲密友好。很长时间后,病情才稍微有所好转。第二天早晨,通知周嵩,周嵩匆忙赶到,刚一进门,刁协就离开坐榻,哭着诉说昨夜周伯仁病情危急的情景。周嵩挥手就要打,刁协赶忙退避到门边。周嵩走到周伯仁跟前,丝毫不问病情,只是说:"你朝中时同和长舆(峤)齐名,现在怎么同谄媚的奸佞小人刁协有交情呢?"说完后就径直走了。

【注释】

①周伯仁:被称为周侯。②刁玄亮:即刁协。③狼狈:匆忙。④手批之:推开。⑤直:只,只是。⑥佞人:奸佞小人。

【评析】

周嵩认为刁协性情刚愎,与刘隗狼狈为奸,媚上欺下,蓄田万顷,经商发财。所以把他归类为奸邪小人,于是见到周伯仁和刁协在一起,还如此亲密的时候,就怒火中烧,痛斥了周伯仁一顿,还欲打刁协,骂完之后竟然连病情也不问,就头也不回地走了,这也正是说明了周嵩这个人疾恶如仇,刚直不阿。

【历代评点】

刘应登云:"仲智如恚弟之泣别,责兄之容佞,其言似正,亦大不近人情矣。"
刘辰翁云:"斯人于伦好如此,尚足论名品邪?"
王世懋云:"此稍近方正,然得无过邪?"
李贽云:"亦可想见其人。"(《初谭集·兄弟下》)

何充直言斥王敦

【原文】

王含作庐江郡①，贪浊狼藉②。王敦护其兄，故于众坐称："家兄在郡定佳，庐江人士咸称之！"时何充为敦主簿③，在坐，正色曰："充即庐江人，所闻异于此！"敦默然。旁人为之反侧，充晏然，神意自若。

【译文】

王含任庐江郡太守的时候，贪婪昏庸，政事狼藉。弟弟王敦替他辩护，专门在大庭广众之下称颂道："我兄长在庐江郡一定有很好的业绩，庐江人都在称颂他。"当时何充担任王敦的主簿，也在座，他表情严肃地说："我就是庐江人，但是所听说的却跟你说的不一样。"王敦沉默不语。一旁的人都为何充感到不安，而何充却神情泰然。

【注释】

①王含：即王敦的哥哥。②贪浊狼藉：贪婪昏庸，政事狼藉。③何充：即何骠骑。

【评析】

这个事情是说何充直言不讳，王敦为了替哥哥辩护，在人多的地方故意"宣称"自己哥哥的德行。他认为没有人敢站出来揭露，没想到自己的主簿何充刚好在座，而且当众揭露了王含，文中写出众人都为何充担心，但不敢言语。体现出众人惧怕王敦兄弟的心理。而何充在揭露王敦后，依然坦然自若，表现出他不畏权势，敢于揭露上司的不法行为，表现了他平静宁和的姿态。

【历代评点】

凌濛初云："次道如此故可，何以不满拜相？"

伴君如伴虎

【原文】

明帝在西堂①，会诸公饮酒，未大醉，帝问："今名臣共集，何如尧、舜？"时周伯仁为仆射②，因厉声曰："今虽同人主，复那得等于圣治！"帝大怒，还内，作手诏满一黄纸，遂付廷尉令收③，因欲杀之。后数日，诏出周④，群臣往省之。周曰："近知当不死，罪不足至此。"

【译文】

晋明帝在西堂聚集群臣饮酒。喝到半醉时，明帝问："今天名臣共聚一堂，同尧、舜时相比怎么样？"周顗任仆射，他厉声说道："现今尽管都是人主，然而这又怎么可以等同于尧、舜的圣明之治呢？"明帝异常恼怒，回宫后便亲手写了满满一张诏书，交给廷尉，命他们逮捕周顗，准备将其杀掉。几天后，明帝又下诏将周顗释放，群臣前去看望他。周顗说："这几天我知道自己还不应当死，因为我的罪还不致如此。"

【注释】

①明帝：即东晋明帝。②周伯仁：即周顗(yǐ)。③收：逮捕收监。④出：赦免释放。

【评析】

周顗这个人是有话就说的，性情率直。可是他却率直得有点过分，不分什么场合，尽管当着明帝的面和群臣，他也直言顶撞明帝，这就无端惹祸上身，差点送命。古人云："伴君如伴虎"，多少大臣小心翼翼的侍奉还唯恐皇上不开心，他却在君臣其乐融融的时候说出大煞风景的话，一点不给明帝面子。从古往今，人们都喜欢直率的人，因为他不会阴险，不会给你耍手段。但直率需要看别人脸色，需要分场合讲话。尤其是对上级，一定要尊重他给足他面子，即使你提出反面的建议，也要在私下交流，给他留足了面子，于你于他都有利。可是周顗不明这个理。当大臣们去看望他时，他还说："这几天我就知道不应当被处死，我的罪还不至于此。"实在是有点顽固不化的味道。

【历代评点】

王世懋云："注是。或当作元帝。"

天下之志，唯惧王澄

【原文】

王大将军当下①，时咸谓无缘尔。伯仁曰："今主非尧、舜，何能无过②？且人臣安得称兵以向朝廷？处仲狼抗刚愎③，王平子何在④？"

【译文】

王大将军即将率兵顺江而下，当时大家纷纷议论没有理由这么做。周顗说："当今的皇帝不是尧、舜，怎么能没有过错呢？况且做臣子的，怎么可以用兵攻打朝廷呢？王敦这个人贪婪狂妄，目中无人，王澄现在在哪里呢？"

【注释】

①王大将军：即王敦。②周伯仁：即周顗。③狼抗：高傲，自高自大。刚愎：钝，笨重，形容贪婪狂妄。④王平子：即王澄。王平子素有盛名，他勇力过人，为王敦所惧，死于王敦之手。

【评析】

王敦素有雄才大略，长期隐藏下便有了篡逆之心，于是准备攻打建康，周顗大骂王敦，痛斥他的恶性，还把王澄摆了出来。他的意思是如果王澄在世，你王敦哪里敢起兵攻打朝廷？王敦有天下之志，却也有忌惮的人，那就是王澄。但是王澄却是死在他的手上。更加说明周顗这人不但生性直率，也是一个什么话都敢说，想到什么就说什么的人。

【历代评点】

刘辰翁云:"'咸',恐是人名。"(按:"咸",当作"皆、都"讲。)

凌濛初云:"刘本'王大将军当下',另是一则,近诸家本俱合,疑误。然王大将军二句,原自难解,故仍近本,复记此以俟知者。"

刘应登云:"王澄常抗王敦,为所害。此谓咸言敦未必至此。伯仁言其为人如此,必有此事,如杀王平子可见。"

王敦借罪莫须有

【原文】

王敦既下,住船石头①,欲有废明帝意②。宾客盈坐,敦知帝聪明,欲以不孝废之。每言帝不孝之状,而皆云:"温太真所说③。温尝为东宫率④,后为吾司马,甚悉之。"须臾,温来,敦便奋其威容,问温曰:"皇太子作人何似?"温曰:"小人无以测君子。"敦声色并厉,欲以威力使从己,乃重问温:"太子何以称佳?"温曰:"钩深致远⑤,盖非浅识所测。然以礼侍亲,可称为孝。"

【译文】

王敦起兵东下,将船停泊在石头城,企图废黜明帝的太子名分。当时宾客满座,王敦自知太子聪敏明慧,便想用不孝的罪名来将其废掉。每当讲太子不孝的情况,王敦总是说:"这是温峤说的。温峤曾担任东宫卫率,后来又在我的手下担任司马,对太子的情况非常熟悉。"不一会儿,温峤来了,王敦摆出他的威严的神色,问温峤:"皇太子为人怎么样?"温峤说:"小人没办法估量君子。"王敦声色俱厉,想以威胁来强迫温峤听从自己,就再次问道:"太子哪里好?"温峤答道:"他贤能聪明、才识广博精深,不是我们这种认识肤浅的人所能估量的。他完全遵从礼教来侍奉亲长,可以称得上是孝子。"

【注释】

①石头:石头城。②明帝:即东晋明帝。③温太真:即温峤。④率:卫率,官名,是太子属官,主管门卫。⑤钩深致远:指才识广博精深,贤能聪明。

【评析】

王敦有谋反的意思,想废黜明帝太子的名分,但是又师出无名,于是借温峤做挡箭牌,因为温峤和太子相处得最多,他说的话别人肯定就相信了。他原以为温峤会因为害怕自己的威严而听从于自己,所以就在宾客满座的时候想以"不孝"为莫须有罪名强加于太子,并假意向温峤求证皇太子的罪行。开始温峤则以君臣之礼而不谈及,但王敦则以暗示加威胁想逼温峤听命,但是没想到温峤并不接他的茬,一再逼问下温峤便按照自己实见实闻,实话实说,使劲夸赞了明帝一番。否定了王敦所谓的莫须有的罪名。表现了温峤勇于揭露事实,不怕顶撞权贵的可贵精神。

【历代评点】

王世懋云:"叙事如画。"

黄辉云:"盛德令言。"

李贽云:"太真真可。"(《初谭集·君臣·正臣》)

钟雅忘死守成帝

【原文】

苏峻既至石头①,百僚奔散,唯侍中钟雅独在帝侧②。或谓钟曰:"见可而进,知难而退,古之道也。君性亮直,必不容于寇雠,何不用随时之宜,而坐待其弊邪③?"钟曰:"国乱不能匡,君危不能济,而各逊遁以求免,吾惧董狐将执简而进矣④!"

【译文】

苏峻的叛军到达石头城,朝中官员纷纷落荒而逃,只有侍中钟雅一个人守着成帝。有人对钟雅说:"看到可行的事情就前进,知道困难就后退,这是自古以来的道理。你这么忠诚坦率的性格,肯定不被仇敌所容。为何不见机行事,反而在这里等死呢?"钟雅说:"国家混乱而不去匡救,皇上危难而不去保护,反而各自逃跑以求免祸,我恐怕古代的良吏董狐要拿着竹简来了。"

【注释】

①苏峻:字子高,长广掖人。有才学,举孝廉。后讨伐王敦有功,封公,官至阳太守。②钟雅:字彦胄。帝:东晋成帝。③弊:其他文献用"毙"。④董狐:中国古代正直的历史学家,曾在春秋时敢于冒死秉笔直书的良吏。

【评析】

晋灵公十四年(公元前607年)晋卿赵盾因避灵公迫害而出走,没有出境,他的族人赵穿把灵公给杀了。董狐认为责任在赵盾,所以在史书上写道:"赵盾弑其君。"钟雅不愿步赵盾的后尘,给后人留下骂名,所以在百官奔散的情况下,坚持侍奉在幼帝身边,最终遇难。

【历代评点】

李贽云:"庾亮可杀。"(《初谭集·君臣·强臣》)

李贽又云:"可惜戴头巾。"(《初谭集·君臣·忠臣》)

庾亮临去托钟雅

【原文】

庾公临去①,顾语钟后事,深以相委。钟曰:"栋折榱崩②,谁之责邪?"庾曰:"今日之事,不容复言,卿当期克复之效耳③!"钟曰:"想足下不愧荀林父耳④。"

【注释】

①庾公:即庾亮。临去:指苏峻之乱时百官奔散时候的事。②钟:即钟雅。栋折榱崩:梁柱折断,房子崩塌,喻指国家危难。榱(cuī):屋顶的椽子。③克复之效:指击败叛军,收复京都。④荀林父:春秋时晋国大臣。楚庄王围攻郑国,晋国派荀林父率师救郑国,结果大败。荀林父请晋侯处死自己,被士贞子劝止了。晋侯仍让他官复原职。到宣公十五年荀林父打败了赤狄,灭了潞国。可见荀林父是能打胜仗的。

【评析】

在国家危在旦夕的时候,庾亮身为国家的大臣,身上担负着救国的重任,但是这时候唯有出国求援,让别国派出救兵外也别无他法。于是他把国家的事情都嘱咐给钟雅,最后求援成功,京都解围。国家获救。庾亮请求外镇自效,出为平西将军,假节豫州刺史,镇守芜湖。不久,后将军郭默据守湓口反叛。庾亮上表请求亲征,成帝诏令以本官加征讨都督,率兵二万,会同太尉陶侃征讨。平了祸乱。庾亮也用事实证明了他确实不差。

【历代评点】

刘应登云:"亮因避苏峻也。"又云:"谓林父终以功赎败也。"

刘辰翁云:"靳之甚,非相期望也。"

凌濛初云:"按此钟因承上文,遂不言名字。《世说》原有断而不断之意,不得擅揉改。"

孔坦拂袖弃群臣

【原文】

苏子高事平①,王、庾诸公欲用孔廷尉为丹阳②。乱离之后,百姓凋弊。孔慨然曰:"昔肃祖临崩,诸君亲临御床,并蒙眷

【译文】

庾亮将要出逃的时候,回头嘱咐钟雅今后需要做的事情,将朝廷大事托付给他。钟雅说:"国家危在旦夕,这是谁的责任呢?"庾亮说:"现在的事情,不容许再多说了,你应当期待光复后的欢乐啊。"钟雅说:"想必您不会有愧于荀林父啊。"

【译文】

苏峻的叛乱平定后,王导和庾亮等大臣想任命孔坦做丹阳尹。因战乱不断,百姓颠沛流离,生活困苦。孔坦感慨地说:"之前肃祖(司马绍)临终时,你们几个亲临御床边,共同受到眷顾和赏识,也一起接受了遗诏。我孔坦

识,共奉遗诏。孔坦疏贱,不在顾命之列③。既有艰难,则以微臣为先,今犹俎上腐肉④,任人脍截耳!"于是拂衣而去,诸公亦止。

由于位卑才疏而不在顾命大臣之列。如今有了困难,却把我推到最前面。现在我就像是砧板上的烂肉,任人切割。"说罢拂袖而去,大臣们也就再也不提起任命的事了。

【注释】

①苏子高:即苏硕,苏峻的弟弟。曾占据石头城,后来被王导、庾亮等众人诛杀。②孔廷尉:即孔坦。③顾命:本来的意思多指帝王临终时候的遗诏,多指顾命大臣。④俎(zǔ):古代割肉所用的砧板。

【评析】

丹阳尹相当于一个京畿地方长官,可是孔坦为什么不愿意就任,反而拂袖而去?因为苏峻的叛乱即使已经被平定,但已祸乱苍生。因为在京畿地区,百姓颠沛流离,留下的祸患很多,而且还很棘手。而孔坦,如今一个要被他们授予高职的人,在司马绍临终时,在颁布遗诏,在各大臣享受眷顾和赏识的时候却没有想到他,倒是在要收拾烂摊子,去面对困难要解决棘手的问题的时候就想到了他,这显然有点没有真正把孔坦当作可推心置腹的人,而且多少有点摆弄人的意思,加上孔坦为人正直,根本就忍受不了别人这样呼之即来,挥之则去的指使他,于是便指责一番且拂袖而去。

【历代评点】

刘辰翁云:"小人语,岂识国家大体?见辱'方正'。"

李贽云:"太狠了,亦说得是也。"(《初谭集·君臣·铨选诸臣》)

王世懋云:"人臣避难,且怀夙憾,哪得为'方正'耶?注得之矣。"

陶侃知恩图报

【原文】

梅颐尝有惠于陶公①。后为豫章太守,有事,王丞相遣收之②。侃曰:"天子富于春秋③,万机自诸侯出④,王公既得录⑤,陶公何为不可放!"乃遣人于江口夺之。颐见陶公,拜,陶公止之。颐曰:"梅仲真膝,明日岂可复屈邪!"

【译文】

梅颐曾于陶侃有恩,后来梅颐担任豫章太守,因为犯事,丞相王导派人逮捕他。陶侃说:"天子年轻,国家的事情常由大臣做主,丞相王导既然能够逮捕梅颐,我陶侃怎么不能够放了他呢!"于是派人在江口将他夺下。梅颐见到陶侃,屈身行跪拜礼,陶侃阻止他,梅颐说:"我梅颐正直的双膝,日后难道还会再给别人下跪吗?"

【注释】

①梅颐：字仲真，汝南西平人。曾任豫章太守。时梅颐弟弟梅陶曾任王敦手下的咨议参军，王敦听信谗言想杀陶侃，梅陶劝阻，陶侃得免。这里说梅颐有惠于陶侃，当是误记。陶公：即陶侃。②王丞相：即王导。③富于春秋：年纪尚幼指年轻。④诸侯：这里指高级官员。⑤录：逮捕。

【评析】

陶侃的母亲对他的管教很严，这也使得陶侃从小就接受了良好教育，为官廉洁奉公，为人知恩图报，而且当官名声一向很好。因为梅颐早先于他有恩，在梅颐因为犯事受到丞相王导的逮捕并欲治罪的时候，陶侃没有畏惧丞相的位高权重，没有想到自己的后果，而站出来力保梅颐，并把他救回来，也让梅颐感动得下跪，并感慨"这双膝就为陶侃而跪了"，可见陶侃为报恩而做出了很多。这也显示出了陶侃重情讲义，敢作敢为的真性情。

【历代评点】

刘辰翁云："陶语殊横。"

王世懋云："王、陶二公当乱，后欺幼主，擅收擅夺，无一可记。梅既是陶私人，放免而拜，虽有是言，宁便足称'方正'？"

刘辰翁又云："其感激不轻，复自有佳处。"

何充不贪拥立之功

【原文】

何次道、庾季坚二人并为元辅①。成帝初崩，于时嗣君未定。何欲立嗣子，庾及朝议以外寇方强，嗣子冲幼，乃立康帝②。康帝登阼，会群臣，谓何曰："朕今所以承大业，为谁之议？"何答曰："陛下龙飞③，此是庾冰之功，非臣之力。于时用微臣之议，今不睹盛明之世。"帝有惭色。

【译文】

何充、庾冰二人同是成帝的宰相。成帝刚去世，当时还没有选定继承帝位的人选。何充想立皇太子，而庾冰和其他朝廷官员则认为目前外寇正是强大之时，皇太子年幼，因此立了康帝。康帝登基，会见群臣，他对何充说："我今天之所以能够登上帝位，是谁的提议呢？"何充回答道："陛下能够继承帝位，都是庾冰的功劳，而非我的力量。当时要是按照我的意见，就看不到现在这种昌盛的时代了。"康帝听后，脸上流露出惭愧的表情。

【注释】

①何次道:即何充。庾季坚:即庾冰,字季坚,太尉庾亮的弟弟,官历:车骑将军、江州刺史。元辅:首辅,即宰相。②康帝:帝讳岳,字世同,成帝同母的弟弟。③龙飞:比喻帝王登基。

【评析】

何充、庾冰同为宰相,当成帝去世,选立新君的时候,两人出现了意见不一致,最后还是庾考虑周到,所以意见占了上风。最后新君上任。他知道何充并没有拥护自己,于是想试探何充,就反问了他,一来想看他是否想要抢功,二来想要他难堪,而何充的回答不但没有丝毫抢功的意思,反倒把一切的功劳都推给了庾冰,而且面对皇帝指责了自己的不是,承认了自己的见识浅薄。这就使得皇帝有点无地自容了,本来是想为难他,没想到和何充一比竟显得自己多此一举并且心胸狭隘了。

【历代评点】

王世懋云:"《阳秋》义为安。"
李贽云:"王导知人。"(《初谭集·君臣·贤相》)

丞相试棋赞江彪

【原文】

江仆射年少①,王丞相呼与共棋。王手尝不如两道许②,而欲敌道戏③,试以观之。江不即下。王曰:"君何以不行?"江曰:"恐不得尔。"傍有客曰:"此年少戏乃不恶。"王徐举首曰:"此年少,非唯围棋见胜。"

【注释】

①江仆射:即江彪(bīn),字思玄,陈留人,博学多才,擅长下棋,在当时为高手。官历尚书左仆射、护军将军。②两道:两手棋。③敌道:平手棋。

【译文】

江彪年少时,王丞相将其叫来一起下棋。王丞相的棋原比江彪的差两道左右,却想与他对等下棋,试看他怎么样。江彪并没有马上动子。王丞相说:"你怎么不走呢?"江彪说道:"恐怕不能这样吧?"旁边就有客人说道:"这个年轻人的棋艺非常不错。"王丞相抬起头来说:"这个年轻人,不只是围棋胜出。"

【评析】

江彪的棋艺能让王丞相两个子左右,而王导却希望不要让,他要和江彪下分先棋,而江彪就是不愿意下分先棋。所以王丞相认为江彪在面对位高权重的人物时举棋自若,不阿谀奉承,而且很有主见。这让王丞相感到江彪这种个性的人将来肯定能有所作为,顿时感慨"这个年轻人,不只是围棋胜出"。言下之意就是说,这个小伙子在别的方面也一定能有所发展,有好的前途。

【历代评点】

朱铸禹云:"欲敌道戏,似如今所谓不让子对下。"
刘辰翁云:"丞相雅量,此年少不让,小伎自多,宜戒。"
王世懋云:"语蕴藉,似王公。"
李贽云:"言语。"

庾冰探病遭数落

【原文】

孔君平疾笃①,庾司空为会稽②,省之,相问讯甚至,为之流涕。庾既下床,孔慨然曰:"大丈夫将终,不问安国宁家之术,乃作儿女子相问!"庾闻,回谢之,请其话言。

【译文】

孔坦病重,庾冰当时正任会稽内史,他去探望孔坦,问候其病情,情真意切,并因孔坦病重而难过地流泪。庾冰离开坐榻后,孔坦感慨地说道:"大丈夫即将离开人世,不去问他治国安邦之道,却像个小儿女一样前来问候!"庾冰听到后,赶忙转身向他道歉,并请求孔坦说出临终教诲的话。

【注释】

①孔君平:即孔坦。②庾司空:即庾冰。

【评析】

孔坦为人正直,人生病的时候尤其是病重的时候总是会想得到别人的关怀,当庾冰心诚意实的去看望孔坦的时候,却遭到孔坦的数落,叱斥他做个男子汉大丈夫应该以事业为重,求宏图伟业,而不是学妇人之道。孔坦在病重的时候仍然不忘安邦治国,不忘为祖国培养人才,令庾冰感慨不已。于是立马醒悟,开始聆听孔坦的教诲。

【历代评点】

刘辰翁云:"此却非周嵩比。"
刘辰翁又云:"惜不见'话言'以下。"

桓温弹弓怒刘尹

【原文】

桓大司马诣刘尹①，卧不起。桓弯弹弹刘枕，丸迸碎床褥间。刘作色而起曰："使君如馨地②，宁可斗战求胜？"桓甚有恨容。

【注释】

①桓大司马：即桓温。刘尹：即刘惔，刘真长。②如馨地：像小孩子一样。

【译文】

桓温去拜访刘尹，刘尹躺在床上不起身。桓温就用弹弓来弹刘的枕头，结果弹丸破碎，散落在了床褥上。刘尹变了脸色，起身说道："使军居然像小孩子一样，难道这种情况也可以靠打仗来获胜吗？"桓温听后，脸上流露出恼怒的神色。

【评析】

桓温去拜访刘尹，出于朋友间的交情和他开了个玩笑，但是这却让刘尹大为生气，便训斥了桓温。刘尹的义正词严让桓温觉得羞愧难当，其实他也只是开个玩笑罢了，谁想到刘尹却把生活跟工作混为一谈，而且还斥责他，这一再的训斥也让桓温顿时大为震怒。其实这也就说明了刘尹的生活格调过于刻板，过于平整。他的个性过于刚正，严正规范。

【历代评点】

刘辰翁云："如怒，如笑。'如馨'即如此。"

王世懋云："当以'使君'为句，义自明。"

袁中道云："有含蓄。"（《舌华录》卷七《讥语》）

黄口小儿论深公

【原文】

后来年少，多有道深公者①。深公谓曰："黄吻年少②，勿为评论宿士③。昔尝与元明二帝、王庾二公周旋④。"

【译文】

后生少年们经常谈论竺法深。竺法深对他们说："你们这些黄口小儿，不要评论那些老成饱学之士。以前我曾经和元帝、明帝两位皇帝，王导、庾亮两位名公打过交道呢。"

【注释】

①深公：即竺法深。②黄吻：黄口小儿。③宿士：老成饱学之士。④周旋：交往。

【历代评点】

刘辰翁云:"此语可,第深公自道不可。"

王思任云:"自道不可,然以道恶少亦自可。"

刘辰翁又云:"狠语,见诮'方正'。"

过于克让亦无能

【原文】

王述转尚书令①,事行便拜。文度曰②:"故应让杜许。"蓝田云:"汝谓我堪此不?"文度曰:"何为不堪,但克让是美事③,恐不可阙。"蓝田慨然曰:"既云堪,何为复让?人言汝胜我,定不如我。"

【译文】

王蓝田任尚书令,一接到诏命就忙去赴任。他的儿子王坦之说:"本该谦让给杜、许二人。"王蓝田说:"你觉得我能胜任这个任务吗?"王坦之说:"当然能胜任了,不过谦让是美德,恐怕还是应该不要丢弃的。"王蓝田感慨地说:"既然可以胜任,为何还要谦让?别人都说你比我强,看来到底还是不如我。"

【注释】

①王述:即王蓝田。转:转升、升迁。②文度:即王坦之。③克让:谦让。

【评析】

王蓝田要去担任尚书令,他的儿子王坦之却认为做人该学会谦让才是一种美德,而王蓝田则叹息儿子的软弱,他认为不应该过度的谦让,过度的谦让会显得自己无能。让别人觉得自己没有能力胜任。王蓝田站在了一个勇敢的高度,敢为、自信。这就是他儿子王坦之无法超越的。同时,这也刺激了儿子去奋斗的意志。其实人们在自己的能力范围内如果有机会一展身手,就不要错过机会,勇敢挑战,勇于接受,去迎接自己的另一个高度。

【历代评点】

刘辰翁云:"乃盛德语。亦取其真耳。"

王世懋云:"注引《别传》以实述之'方正',真临川忠臣也。"

孙绰作《庾公诔》

【原文】

孙兴公作《庾公诔》①,文多托寄之辞②。既成,示庾道恩③,庾

【译文】

孙绰写《庾公诔》,文中很多话都寄托有深情厚谊。完成后,给庾亮的儿子庾羲看,庾羲看

见,慨然送还之,曰:"先君与君,自不至于此。"

完后感慨地将其送还,并说道:"先父同您的关系原本不至于像您在文中写的那样交情深厚。"

【注释】

①孙兴公:即孙绰。庾公:即庾亮。②托寄:托心寄喻。③庾道恩:即庾羲,字叔和,庾亮的第三个儿子,官历建威将军、吴国内史。

【评析】

庾亮去世后,孙绰借庾亮的名声写了一篇《庾公诔》,诔文中说自己和庾公的感情深厚,本想获得大家的赞誉,不曾想庾亮的儿子庾羲并不买他的账,而且直言不讳地说道"我父亲和您的关系并没有您在文中写的那么好啊",一句话否定。

【历代评点】

刘应登云:"恶其自托逸交。"

王世懋云:"孙多秽行,故累受此辱。"

刘简三缄其口

【原文】

刘简作桓宣武别驾①,后为东曹参军,颇以刚直见疏②。尝听讯③,简都无言。宣武问:"刘东曹何以不下意④?"答曰:"会不能用。"宣武亦无怪色。

【译文】

刘简担任桓温的别驾,后来又担任东曹参军,往往因为刚正率直而被疏远。有一次,刘简曾参加听桓温有关处理公文的意见,刘简一直都没有说话。桓温问:"刘东曹怎么不发表意见。"刘简答道:"终归是不会被采用的。"桓温对他也没有责怪之意。

【注释】

①刘简:字仲约,南阳人,官至大司马参军。②疏:疏远。③听讯:听候处理公文的意见。④下意:提出意见。

【评析】

桓温长期掌握大权,素有不臣之志,做为政治家都喜欢放狠话,所以他的部下们大都是敢怒不敢言的,都是采取服从的态度。所以在商讨的时候异议不会很多,但从刘简的回答"终归是不会被采用的"可以看出来此人生性率直,所以总是直言不讳的发表自己的不同看法,大家怕引来灾难,都疏远他。在众人面前,桓温对他问话,他却回答"终归是不会被采用的",完整的说来就是"反正最后意见也不会被采纳,那说了又有什么用呢?"他在众目睽睽之下用这样的口气说话,想在座的人都肯定是胆颤心惊的,但是刘简没有担心自己会气到桓温,或者一怒之下把他杀了,而直话直说了。相反的桓温却也没有责怪他的意思,可见桓温还是很器重他的。

【历代评点】

刘辰翁云:"谓我若言,君亦不用。'听讯'谓同坐问囚语。'都不白',不下意,如不著意。"

阮裕赴山陵

【原文】

阮光禄赴山陵①,至都,不注殷、刘许②,过事便还。诸人相与追之。阮亦知时流必当逐己,乃遄疾而去③,至方山不相及④。刘尹时为会稽,乃叹曰:"我入,当泊安石渚下耳⑤。不敢复近思旷傍。伊便能捉杖打人,不易。"

【译文】

阮裕参加成帝(司马衍)的丧礼,到京都后没有到殷浩和刘惔的处所,事情结束后就往回返。众人都一起去追赶他。阮裕也早就猜到这些当地名流会追赶自己,就急忙离开。这些人追到方山,还是没有追上。刘惔当时正谋求出任会稽太守,他叹息道:"我要是到会稽去,就只能去谢安的处所,而不敢靠近阮裕。不然他会举起木棒打人,肯定的。"

【注释】

①阮光禄:即阮裕。②许:同"所",表示住所。③遄(chuán)疾:急行而去、急忙离开。④相及:赶上他。相,表示动作偏向一方。⑤安石:即谢安。

【评析】

阮裕向来以爽快无私著称。刘惔自言自语警醒自己的话,也正是提醒自己去会稽任职也不要去阮裕那里,因为阮裕性情直爽,到时候肯定会拿着木棍来追打自己的,说明阮裕这个人是不会讲究什么情面的,到时候做出什么事来谁也不知道。

【历代评点】

刘辰翁云:"更无伦理。"

王世懋云:"安石渚,会稽地名。"

刘惔牵脚难桓温

【原文】

王、刘与桓公共至覆舟山看①。酒酣后,刘牵脚加桓公颈②。桓公甚不堪,举手拨去。既还,王长史语刘

【译文】

王濛、刘惔和桓温一同到覆舟山游览,喝够了酒后,刘惔抬起脚架在桓温的脖子上,桓温实在受不了了,就用手将刘惔的脚

曰:"伊讵可以形色加人不?"

【注释】

①王、刘:即王长史王濛、刘尹刘惔。②桓公:即桓温。

拨开。回来后,王濛对刘惔说道:"他难道可以给人凶横的脸色看吗?"

【评析】

桓温此人生性暴躁,刘惔喝醉酒了把脚放在桓温的脖子上,桓温自然是忍受不了他如此不堪的动作,便把他的脚拨下去,却引来了刘惔的不满。

【历代评点】

刘应登云:"薄温之词。"

刘辰翁云:"亦且不成语。"

韩康伯拄杖叹世风

【原文】

韩康伯病①,拄杖前庭消摇②。见诸谢皆富贵,轰隐交路③,叹曰:"此复何异王莽时④?"

【译文】

韩康伯生病,拄着拐杖在庭前散步,看见谢家人人富贵,车马仆从往来不断于大路上。他叹道:"这同王莽专权时有什么区别啊!"

【注释】

①康伯:即韩伯韩豫章。②消摇:同"逍遥",放松、悠闲自适的样子。③轰隐交路:车马、仆从往来于道路。④"此复何异王莽时?":《汉书》记载:"王莽宗族凡十侯、五大司马。"

【评析】

韩康伯不仅重视教化,道德修养等,而且重在道德实践的应对,且为人洁身自好。所以说,当看见谢家人一副高高在上的样子,对于表现出这样的道德修养的人不免叹息,于是就拿出了王莽跋扈专权的时候与之相比,开始痛斥,可见韩康伯有多么注重道德品行的修养。

【历代评点】

王世懋云:"是不平语。"

王思任云:"壮士居闲,易生忿叹。"

李贽云:"妒甚。"(《初谭集·师友·论人》)

桓温嫁女王坦之

【原文】

王文度为桓公长史时①,桓为儿求王女。王许咨蓝田②。既还,蓝田爱念文度,虽长大,犹抱着膝上。文度因言桓求己女婚。蓝田大怒,排文度下膝,曰:"恶见③,文度已复痴,畏桓温面?兵,那可嫁女与之④!"文度还报温云:"下官家中先得婚处。"桓公曰:"吾知矣,此尊府君不肯耳。"后桓女遂嫁文度儿。

【译文】

王坦之任桓温的长史,桓温就为儿子求娶王坦之的女儿。王坦之答应回家请示父亲王述。回到家里,王述因疼爱儿子的缘故,还是将已经长大成人的儿子抱起来放在膝上。王坦之就趁机将桓温求亲的事说给了父亲。王述听后勃然大怒,他把王坦之推下膝说:"真是太少见了!坦之竟然犯傻。害怕桓温的脸色吗?身为一个兵士,怎么能把女儿嫁给他们家呢?"王坦之只好回桓温道:"女儿早就有婆家了。"桓温听后说:"我知道了,这是你父亲不同意罢了。"后来,桓温的女儿最终嫁给了王坦之的儿子。

【注释】

①王文度:即王坦之。桓公:即桓温。②蓝田:即王述。③恶见:少见。恶,形容词,难。④那可:怎么能。

【评析】

王坦之在桓温手下当差,桓温想为儿子向王坦之家的女儿求亲,王坦之便回去征求父亲王述的意见,王述听后大发雷霆,怒斥儿子不该因为畏惧桓温而考虑去把自己的女儿嫁给长官的儿子。因为魏晋是个极重门第的社会,儿女之间的婚姻关系到两家的政治关系,门当户对是极其重要的。男家的门第可以高过女家,但女家的门第却不能高于男家,因为男尊女卑的原则不能颠倒。就连桓温这位独掌大权的人士想要求得王述的孙女作儿媳,仍遭到王述的大怒拒绝,他只好把自己的女儿嫁给了王述的孙子。

【历代评点】

王世懋云:"旧以'面兵'为句,再不可解。今始晓所以言文度痴儿,畏桓温面孔。渠,兵也,哪可嫁女于兵?"

凌濛初云:"按此当以'面兵那'为句,如'公是韩伯休那',乃不二价'。如'汝欲作沐德信那',俱是此法。言文度痴儿,畏桓面兵耶,可嫁女与之乎?若敬美说,亦是。然费解,又无此等文理。"(按:此凌氏误甚。)

李详云:"案《晋书·王述传》作'汝竟痴耶?讵可畏温面,而以女妻兵也'!语较《世说》为优。"

魏祚所以不长

【原文】

太极殿始成,王子敬时为谢公长史①,谢送版,使王题之,王有不平色,语信云:"可掷着门外。"谢后见王,曰:"题之上殿何若?昔魏朝韦诞诸人,亦自为也。"王曰:"魏祚所以不长。"谢以为名言。

【注释】

①王子敬:即王献之。谢公:即谢安。

【译文】

太极殿刚刚建成,王献之当时担任谢安的长史,谢安命人送匾去让王献之题写。王献之显露出不满的神情,对来人说:"可丢在门外。"谢后来又见到王献之,问道:"给正殿题的匾怎么样了?以前魏朝韦诞等名流,也都是自己这样做的。"王献之说:"这就是魏朝江山为什么不能长久的原因。"谢安认为这是一句名言。

【评析】

王献之本性潇洒,超然于世俗礼法之外。他在谢安处任职时,太极殿刚刚建成。谢安想让他写宫殿匾额,匾拿来了,王羲之却对送匾的人说,"把它扔在门外"。后来谢安问起这事,说到,"怎么样了?魏朝的韦诞那些名流们就都是自己给匾题字的啊"。王献之便说:"这也就是魏朝的江山为什么坐不稳的原因。"谢安反复一想他这话中的话,明白了他这话中所指话。于是也就不再相逼。在那时别人向王献之求要他的字画,也很少有能要得到的;即使权贵们威逼利诱他,也不管用,他就是不为所动。

【历代评点】

刘辰翁云:"谓薄待大臣也,然殿牌比之蘁芎,掷去,似为不可。"

钟惺云:"子猷(按:当作子敬)一段,气概声价,反显出谢公高雅。"

王世懋云:"注更委悉。"

人贵有自知之明

【原文】

王恭欲请江庐奴为长史①,晨诣诣江,江犹在帐中。王坐,不敢即言。良久乃得及。江不应,直唤人取酒,自饮一碗,又不与王。王且笑且言:"那得独饮?"江曰:"卿亦复须邪?"更使酌与

【译文】

王孝伯想请江顗做长史,早晨到江家去,江顗还在帐中。王孝伯坐下后不敢立即开口,好长时间才说明来意。江顗没有说什么,只是命人拿来酒。自己喝了一碗,也不请王孝伯喝。王孝伯就边笑边说:"怎么可以一个人喝酒呢?"江顗说:"你也

王。王饮酒毕,因得自解去。未出户,江叹曰:"人自量,固为难!"

要喝吗?"于是就命人给王斟酒。王孝伯喝完酒,就想出去上厕所,还没有走出门,江虭便感叹道:"一个人要吃喝,本来就是难为自己啊!"

【注释】

①王恭:即王孝伯。江卢奴:即江虭,字仲凯,济阳人,官历黄门侍郎、骠骑咨议。

【评析】

王孝伯想让江虭去做长史,去江虭家也迟迟才说出口,江虭没有理他,只是在那自顾自地喝酒,王孝伯边笑边凑过去一起喝,到喝完酒上厕所的时候,江虭便发出慨叹,"一个人要吃喝,本来就是难为自己",所以人贵在有自知之明。

【历代评点】

王世懋云:"此亦仅得'简傲'耳。"

王爽论兄

【原文】

孝武问王爽①:"卿何如卿兄?"王答曰:"风流秀出②,臣不如恭,忠孝亦何可以假人!③"

【译文】

晋孝武帝司马曜问王爽:"你和你哥哥王恭相比如何?"王爽回答:"风流与才华,我比不上王恭,若说起忠孝之德,又怎么可以让给别人!"

【注释】

①孝武:指晋孝武帝司马曜。王爽:他是王恭的弟弟,下文问的"卿兄"即指王恭。②风流:风采;神韵。③忠孝亦何可以假人:王爽说忠孝人伦,意思是在委婉说自己比哥哥强。假:借,让。

【评析】

王爽遇事谦让,但又不过分谦卑,在适当的谦虚下更加自信地赢取别人的尊重,他委婉的回答自己的风流才华比不上哥哥王恭,但是忠孝之德我肯定要胜过他,这样就更显示出他这个人的人格魅力了。而且古代的人都尊崇"百善孝为先"自己能做到忠孝之德,所以并没有输给哥哥,而且同时也赞扬了哥哥。其实人都需要这样,在人前不卑不亢,不骄傲也不过分谦卑。适时地给自己增加一份信心。这样也会使得自己在别人心中的地位得到提升。

【历代评点】

刘辰翁云:"善对。"

[日]秦士铉云:"'不假',言不让也,则'假'可作'让'解。"

雅量第六

【题解】

本门所指为风雅恢宏的度量,即遇事镇静自若,处之泰然,这里记载的即是士人豁达处事的事例。雅量是魏晋风度中的一种,因此常以此来品评人物,很受士人的重视。

顾雍丧子

【原文】

豫章太守顾劭①,是雍之子②。劭在郡卒,雍盛集僚属,自围棋。外启信至,而无儿书,虽神气不变,而心了其故。以爪掐掌,血流沾褥。宾客既散,方叹曰:"已无延陵之高③,岂可有丧明之责④?"于是豁情散哀,颜色自若。

【译文】

豫章太守顾劭,是顾雍的儿子。顾劭在任内去世时,顾雍正兴味盎然地召集大批部属们欢聚,而他自己正在下围棋。仆人禀告豫章的信使到了,却没有儿子的书信。虽然当时神情未变,但心里已经明白是怎么回事了。他的指甲掐进了手掌,血流出来,染到了衣服。宾客们散去后,顾雍才叹息道:"我虽然没有延陵季札失去儿子时那样地旷达,难道可以像子夏那样,因为丧子而哭瞎眼睛,招来众人的指责吗?"于是放宽胸怀,抒解心中的哀痛,神色坦然自若。

【注释】

①顾劭(shào):字孝则,三国时吴国人,年二十七起家为豫章太守。行善事来教化百姓。②雍:顾雍,字元叹,顾劭的父亲,三国时官历东吴尚书令,封阳遂乡侯,位至丞相,执政十九年。③延陵之高:春秋时吴国,延陵本为春秋时吴国贵族季札的封邑(在今江苏武进),这里代指季札。据《礼记》记载,季札在儿子死后埋葬时很平静地说:"骨肉重新回到土里是命里注定的。他的魂魄则到处都可以存在。"孔子评价他这种态度合于礼。顾雍用"延陵之高"来表示对丧子持坦然的态度。④丧明之责:丧明,指丧失视力。《礼记·檀弓》中说,子夏死了儿子后,把眼睛哭瞎了。曾子批评他的这种行为,子夏听后连连认错。这里用"丧明之责"来表示儿子死后因哀毁过度而受到责备。

【评析】

顾雍接到了儿子顾劭死去的消息,他内心感到阵痛,但在场的属下们正在愉快地下棋,为了不打扰属下们的雅兴,顾雍竟然忍着悲痛不发作,好不影响在场官员们的雅兴!

丧子之痛，该是何其悲伤，而他却能以季札丧子时候的超脱、子夏哭子失明等故事为借鉴，很快排除了哀痛之情，能有此气魄与内涵，真是让人望而生敬。在雍性平时顾格比较内敛，并不多说话，但是这并不影响他本身的修养，他心胸之广阔，气量之大让人敬佩。他总是态度温和，对待官场也从不贪名利，讲究公正无私，理直气和同时也善解人意。

【历代评点】

《江表传》曰："雍字元叹，曾就蔡伯(昔)[喈]，伯喈赏异之，以其名与之。"

《吴志》曰：雍累迁尚书令，封阳遂乡侯，拜侯还(弟)[第]，家人不知。为人不饮酒，寡言语。孙权尝曰："顾侯在坐，令人不乐。"位至丞相。

嵇康临刑奏《广陵散》

【原文】

嵇中散临刑东市①，神气不变。索琴弹之，奏《陵散》②。曲终，曰："袁孝尼尝请学此散③，吾靳固未与④，《广陵散》于今绝矣！"太学生三千人上书⑤，请以为师，不许。文王寻亦悔焉⑥。

【译文】

中散大夫嵇康押到东市被处决时，神色不变，向人要琴弹奏《广陵散》。演奏完说道："袁准曾经想跟我学弹此曲，我舍不得传授给他，如今《广陵散》将要成为绝响了！"当时有三千多太学生上书朝廷，请求拜嵇康为师，没有人获准。嵇康死后不久，晋文王司马昭也后悔了杀了嵇康。

【注释】

①嵇中散：即嵇康，字叔夜，三国时魏谯郡铚(今安徽宿州西南)人。②《广陵散》：琴曲名，又称《广陵止息》，是篇幅最长的琴曲之一。③袁孝尼：袁准，字孝尼，嵇康之好友。为人忠信正直，自甘淡泊。入晋后，官至给事中。④靳(jìn)固：吝惜；舍不得。⑤太学生：太学是我国古代的最高学府，其中的学生称为太学生。⑥文王：指晋文王司马昭。

【评析】

嵇康是一位伟大的艺术大师，为人耿直。在走向刑场时，三千多太学生上书朝廷，请求拜嵇康为师，希望能赦免嵇康的死罪。但这种"无理要求"当然不会被当权者接纳。这正是向社会昭示了嵇康的学术地位和人格魅力，而此刻嵇康所想的，不是他那神采飞扬的生命即将终止，却是一首美妙绝伦的音乐后继无人。面对成千上万前来

为他送行的人们,弹奏了最后的《广陵散》,铮铮的琴声,神秘的曲调,铺天盖地,飘进了每个人的心里。弹毕之后,嵇康从容引首就义,何其从容。

【历代评点】

李贽云:"会亦聪明,能言其罪。"(《初谭集·师友·知己》)

王世贞云:"每叹嵇生琴、夏侯色,令千古他人览之,犹为不堪,况其身乎?与陶征士《自祭》、《预挽》,皆超脱人累,默契禅宗,得蕴空解,证无生忍者。"

鲁迅云:"嵇康的见杀,是因为他的朋友吕安不孝,连及嵇康,罪案和曹操的杀孔融差不多。魏晋,是以孝治天下的,不孝,故不能不杀。为什么要以孝治天下呢?因为天位从禅让,即巧取豪夺而来,若主张以忠治天下,他们的立脚点便不稳,办事便棘手,立论也难了,以一定要以孝治天下。但倘只是实行不孝,其实那时倒不很要紧,嵇康的害处是在发议论;阮籍不同,不大说关于伦理上的话,所以结局也不同。"(《魏晋风度及文章与药及酒之关系》)

夏侯玄倚柱作书

【原文】

夏侯太初尝倚柱作书①,时大雨,霹雳破所倚柱②,衣服焦然,神色无变,书亦如故。宾客左右,皆跌荡不得住。

【注释】

①夏侯太初:即夏侯玄。②霹雳:闪电。

【译文】

夏侯玄曾经靠着柱子写字,当时正值大雨倾盆,雷电将他靠的柱子给劈开了,同时烧焦了他的衣服。可是他面不改色,依旧写字。宾客随从都吓得东倒西歪,站都站不稳了。

【评析】

本文讲的是夏侯玄因为靠着柱子学习的时候进入忘我的学习状态而被雷电劈开了柱子,烧焦衣服也浑然不知的事情。他少时博学,才华出众,尤其精通玄学,被誉为"四聪"之一,他和何晏等人开创魏晋玄学的先河,是早期的玄学领袖。既然能成为一派学术的领军人物,那付出的努力必定无可估量。夏侯玄的这种学习态度我们虽然不能照葫芦画瓢,但是其中的精神也足以让我们受用。

【历代评点】

王世懋云:"夏侯故雅量,然得无传之小过。"

刘应登云:"言太初无变色,众人莫不辟易。"

李贽云:"史胜质,无此理。"(《初谭集·师友·道学》。按:史胜质,疑当为"史之文胜质"。)

王戎年少睿智

【原文】

王戎七岁①，尝与诸小儿游。看道边李树多子折枝②，诸儿竞走取之，唯戎不动。人问之，答曰："树在道边而多子，此必苦李。"取之，信然。

【译文】

王戎七岁的时候，曾经同一些小孩子在一起玩儿。他们看到路边有一棵李树，上面结了很多果实把树枝都压弯了。小孩儿们争着去摘李子，只有王安丰不动。有人问他，他说："这树在路边，却还有那么多果实，说明这必是苦李。"拿来一尝，果然像他所说。

【注释】

①王戎：即王安丰，字濬冲。②多子折枝：因果实多而压折了枝条。

【评析】

王戎在七岁的时候就有神童之称。他对事物有着异乎寻常的悟性，看待事情知道要善于思考，看问题不要光看表面现象，还要透过现象看本质。王戎能能善于观察、推理，通过表面现象，看到事物的内在联系，说明他的逻辑推理能力很强。

【历代评点】

刘辰翁云："当入'夙惠'。"

王世懋云："此自是'夙惠'，何关'雅量'？"

王戎观虎

【原文】

魏明帝于宣武场上断虎爪牙①，纵百姓观之。王戎七岁，亦注看。虎承间攀栏而吼②，其声震地，观者无不辟易颠仆③，戎湛然不动④，了无恐色。

【译文】

魏明帝在宣武场上把老虎关到笼子里，让百姓观看。当时，七岁的王戎也去看。老虎抓着笼子的空隙攀上栅栏怒吼，声音撼天动地，观看的人都惊退跌倒，王戎却神情镇定，安然不动，毫无惊恐之色。

【注释】

①魏明帝：即曹魏明帝曹叡(ruì)。断虎爪牙：即把老虎关在笼子里。②承间：承着空隙。③辟易颠仆：神色慌乱躲避不迭以致跌倒。④湛然：深沉稳重的样子。

【评析】

小王戎在众人面前表现了他的处变不惊，令众人佩服。

【历代评点】

《竹林七贤论》曰:明帝自阁上望见,使人问戎姓名而异之。

裴楷被收

【原文】

裴叔则被收①,神气无变,举止自若。求纸笔作书②,书成,救者多,乃得免。后位仪同三司③。

【注释】

①裴叔:即裴楷。收:逮捕。②作书:写信。③仪同三司:散官名,位非三公但是待遇同等。

【译文】

裴楷被牵连逮捕,他面不改色,举止同往常一样自然。他索要纸笔写信。书信送出去后,很多人前来营救,因此得以免罪。后来官至仪同三司。

【评析】

裴楷生活在社会政治、文化大变革的时期,在文化冲突中,他能模棱两可,儒家道家兼修,两不误,在政治斗争中,他也暧昧中立,多方联姻。这样就使自己各不得罪。更难能可贵的是,在被迫卷入政治旋涡、锒铛入狱之后,他还能冷静从容,写书信求援。最后的事实也证明了裴楷的先见之明。裴楷的身上集中体现了一个成熟优雅的男人所应有的谨慎低调、冷静从容、勇敢坚决等优良品质。

【历代评点】

李贽云:"等救耳。"(《初谭集·师友·道学》)

王衍遇辱

【原文】

王夷甫尝属族人事①,经时未行。遇于一处饮燕②,因语之曰:"近属尊事,那得不行③?"族人大怒,便举樏掷其面。夷甫都无言,盥洗毕,牵王丞相臂④,与共载去。在车中照镜,语丞相曰:"汝看我眼光,乃出牛背上⑤。"

【译文】

王衍托族人办一件事,过了一段时间后还没有办完。一天两个人在宴会上相遇,王衍借机对这位族人说:"前些日子嘱托办的事情,怎么还没有办好呢?"族人听后大发雷霆,举起食盒子扔到王的脸上。王衍没有说一句话,盥洗完毕,他就拉着王丞相的手,一起坐车离开。在车上他照了照镜子,对王丞相说:"你看我的眼光就好像是从牛背上射出一样。"

【注释】

①王夷甫:即王衍。②饮燕:宴饮、宴会。③那得:怎么。④牵:拉、引。王丞相:即王导。⑤"汝看我眼光,乃出牛背上。":这里是说王衍风神英俊,不愿和族人计较。

【评析】

王衍风姿幽雅,人们都称他为"宁馨儿",他也因此而感到自负。正因为他自视甚高,对待别人时口气总会让人感觉有点趾高气扬,于是这就引起了族人的不满,还没答话就直接把饭盒扔到他脸上,而王衍经常对一些琐事都不去计较,认为这都是鸡毛蒜皮的事,不值得去计较,即使是挨打受辱,他也认为是小事。所以一句话也没有说,洗干净之后就和王导一同离开了,好像刚才的事情没有发生过一样。

【历代评点】

张懋辰云:"二语殊疏远。"

李贽云:"便是无量。"(《初谭集·师友·道学》)

朱铸禹云:"人怒则眼光沉滞,今眼光出牛背上,示'风神英俊'如常,视方才之事蔑如,不足介意也。"

裴遐雅量

【原文】

裴遐在周馥所①,馥设主人②。遐与人围棋,馥司马行酒③。遐正戏,不时为饮。司马恚,因曳遐坠地。遐还坐,举止如常,颜色不变,复戏如故。王夷甫问遐:"当时何得颜色不异?"答曰:"直是暗当故耳④!"

【译文】

裴遐在周馥家里,周馥以主人身份请客款待。裴遐和人下围棋,周馥手下的司马过来给他敬酒,裴遐正下着棋,没有及时喝酒,司马很生气,把裴遐扯倒在地。裴遐站起来后又回到座位上,举止和平时一样,脸色也没变,继续下棋。事后王衍问裴遐:"当时你怎么能做到面不改色的地步呢?"裴遐回答:"只是默默忍受罢了!"

【注释】

①裴遐(xiá):字叔道,即散骑郎。周馥:字祖宣,汝南人,曾代刘淮任镇东将军,以功封永宁伯。②设主人:作主人宴请。③行酒:依次劝酒。④暗当:默默承受。

【评析】

许多人都称赞裴遐是因为太过痴迷于下棋,才会全然不去计较那个劝酒司马的无礼行为。但实际上,正如后面裴遐自己所说:"我只是暗自忍受罢了。"显然,裴遐是为了不去破坏周馥家宴会友好的气氛,才会独自将这口气忍了下来。裴遐性格和善,能顾全大局,其实我们完全没有必要为了一些小事,去打乱自己开心的情绪,打破聚会友好的氛围。需要的时候,忍一忍,这样都能有个好心情,何乐而不为呢。

【历代评点】

刘辰翁云:"利、玄问谭峻所暗书,正合平声。"又云:"暗当似是俗语。今人说熟当,亦疑暗如谙,当上声。"

王世懋云:"暗当之解,似云默受。"

[日]秦士铉云:"暗当,暗合也,益谓本无意而漫相当也。"

以小人之心度君子之腹

【原文】

刘庆孙在太傅府①,于时人士多为所构②,唯庾子嵩纵心事外③,无迹可间。后以其性俭家富,说太傅令换千万④,冀其有吝,于此可乘。太傅于众坐中问庾,庾时颓然已醉⑤,帻堕几上⑥,以头就穿取,徐答云:"下官家故可有两娑千万⑦,随公所取。"于是乃服。后有人向庾道此,庾曰:"可谓以小人之虑,度君子之心。"

【译文】

刘舆在太傅府任长史时,很多有名望的人遭到他设计陷害,只有庾敳因为不关心政事而超然物外,没有什么事情去让刘舆离间。后来刘舆就以庾敳生性节俭,家中必定存有一笔钱为由,劝太傅司马越向庾敳借财千万,企望他会因吝惜而不借,这样就有了可乘之机。太傅在聚会时向庾敳提到这件事情,庾敳此时已喝得酩酊大醉,头巾落到几案上,他用头凑上去戴起来,缓缓地答道:"我家确实有两三千万,您随便拿去用吧。"刘舆这才服了。后来有人把这件事告诉庾敳,庾敳说:"这可以说是以小人之心,度君子之腹。"

【注释】

①刘庆孙:即刘舆,字庆孙,中山人,为人豪爽,爱结交朋友。曾任宰府尚书郎、颍川太守、东海王司马越长史。太傅:这里指司马越,字符超,高密王泰之长子。封东海王,历任中书令、司空、太傅。晋怀帝时,代表皇族势力专擅国政。②构:陷害。③庾子嵩:即庾敳(zhú),字子嵩,晋颍川鄢陵(今属河南)人。④换:借贷。⑤颓然:瘫下来的样子。⑥帻(zé):头巾,中空顶圆,形制如帽子。⑦娑:方言中的虚词,无意义。两娑千万:两千万钱。

【评析】

刘舆此人心胸狭窄,总是想设计去陷害别人,唯有庾敳没有空子给他钻。于是刘舆便怂恿太傅去庾敳处借钱,想到庾顗肯定会表现吝啬不肯借,然后找到可乘之机。可是当太傅借钱的时候，已经醉醺醺的庾敱仍然大方地答应了借钱的事情。最终刘舆没有得逞。庾敱正是自己为人旷达有雅量，所以才没有被小人陷害。后来庾敱才知道是刘舆设的计，于是就说，"这简直就是以小人之心，度君子之腹"。

【历代评点】

刘盼遂云："按：两娑千万者，两三千万也。娑以声借作三。娑、三双声，今北方多读三如沙，想当典午之世而已然矣。《世说》多录当日方言，此亦一斑。刘氏《助字辨略》云：'两娑千万，娑，语辞，犹言两个千万也。'按淇以娑为语辞，无征。《晋书·庾敱传》作'两千万'，盖不知古语而删。"

以闲畅定胜负

【原文】

祖士少好财①，阮遥集好屐②，并恒自经营。同是一累，而未判其得失。人有诣祖，见料视财物。客至，屏当未尽③，余两小簏，着背后，倾身障之④，意未能平。或有诣阮，见自吹火蜡屐，因叹曰："未知一生当着几量屐⑤！"神色闲畅。于是胜负始分。

【译文】

祖约擅长理财，阮孚喜好做鞋，各自经营了相当的时间。虽然同样是一种职业，但当时还无法分辨二人的优劣高下。有人到祖约家里拜访，看到他正在检点查看财物，还没来得把东西全部都完全遮盖起来，剩下两个小竹箱子，于是就把他藏在背后，侧身将其挡住，神色有些慌乱。有人去阮孚家里拜访，见他正亲自吹火给木屐上蜡，并感叹道："不知道我这一辈子能做几双屐鞋啊！"他的神色悠闲舒畅。于是二人的胜负有了结论。

【注释】

①祖士少：即祖约，字士少，祖狄之弟，范阳道人，官历平西将军、豫州刺史、镇守寿阳。与苏峻一同谋反失败，投石勒，后被石勒所杀。②阮遥集：即阮孚(fú)，字遥集，陈留人，官历侍中、吏部尚书、广州刺史等职。③屏当：同"摒挡"，料理，收拾。④障：遮挡。⑤量：量词，"双"的意思。

【评析】

祖约很富有，却活得很谨慎，生怕别人从哪冒出来夺去了他辛辛苦苦赚来的钱财，所以，他过得很小心，每天都心惊胆战的。而阮孚，以做屐鞋为生，只能赚点小钱过日子，养活自己，但是他从来都不担心自己的生计，不用担心钱没地方放，或许他还不知道他亲自做的鞋子是否有一天自己能穿上。但是他很豁达，他过得悠闲自在，活得很开心。

【历代评点】

刘辰翁云："胜负本不待此，写得祖士少惭怍杀人。"

陈梦槐云:"但拈阮蜡屐最韵,有士少比拟一段,反为饭中沙耳。"

王若虚云:"《晋史》载祖约好财事,其为人猥鄙可知。阮孚蜡屐之叹,虽若差胜,然何所见之晚耶?是区区者而未能忘怀,不知二子所以得天下重名者,果何事也?"又曰:"晋士以虚谈相高,自名而夸世者不可胜数。'将无同'三语有何难道?或者乃因而辟之。一生几量屐,妇人所知,而遂以决祖、阮之胜负,其风至此,天下苍生,安得不误哉?"(《滹南遗老集》二十八)

费衮云:"《晋史》书事,鄙陋可笑。如论阮孚好屐,祖约好财,同是累而未判得失。夫蜡屐固非雅事,然特嗜好之僻尔,岂可于贪财下俚者同日语哉?而作史者必待客见其料财物倾身障簏,意未能平,方以分胜负,此乃市井屠沽之所不若,何足以污史笔,尚足论胜负哉!许敬宗之徒,污下无识,东坡以为人奴,不为过也。"(《梁溪漫志》五)

钱穆云:"此皆足以见晋人之风格也。何以言之?夫好财之于好屐,自今言之,雅俗之判,若甚易辨,得失胜负,谓为难决;而时人不尔者,正见晋人性好批评,凡事求其真际,不肯以流俗习见为准,而必一切重新估定其价值也。而晋人估价之标准,则一本于自我之内心。故祖、阮之优劣,即定于其所以为自我者如何耳。士少见客至,屏当财物,畏为人见,意未能平,此其所以为劣耳。遥集见客至,蜡屐自若,神色闲畅,此其所以为优也。凡晋人之立身行已,接物应务,诠衡人物,进退道术者,其精神态度,亦胥视此矣。"(《国学概论·魏晋清谈》)

许璪、顾和俱作丞相从事

【原文】

许侍中、顾司空俱作丞相从事①,尔时已被遇,游宴集聚,略无不同。尝夜至丞相许戏②,二人欢极,丞相便命使入己帐眠。顾至晓回转,不得快孰。许上床便咍台大鼾③。丞相顾诸客曰:"此中亦难得眠处。"

【译文】

许璪和顾和都在丞相王导手下做从事,当时均已受到王导的赏识。但凡遇到游览宴饮,宾朋聚会,两人待遇没有丝毫的差异。有一次,在夜里到丞相那里去玩,二人都很尽兴,丞相就留他们睡在自己的床上。顾和翻来覆去,直到天亮都没有睡着,而许璪一上床就鼾声大作。丞相回头对客人们说:"这里也是难得安眠的地方。"

【注释】

①许侍中:即许璪,字思文,义兴阳羡人,官至吏部侍郎。顾司空:即顾和,字君孝,官至尚书令。②丞相:即王导。③咍(hāi)台:叠韵联绵词,睡觉鼾声。

【评析】

两个人的对比,简单,直白。都是受丞相的邀请留宿在丞相家,同样的境况,顾和翻来覆去折腾一晚上也没有睡着,他可能在担心着,会不会因为打呼噜而吵到熟睡的丞相,会不会弄脏了他的地方引得他不高兴,也或许是在想他自己的事情,而同样的情况下许璪倒床便入睡了,说不定还做了个美梦呢!第二天,二人的精神状态就可想而知了。何必搞得自己这么狼狈呢?人,有的时候或许想得简单一点会让自己活得更自在。

【历代评点】

刘辰翁云:"茂弘语谬。"
凌濛初云:"丞相自谓难得眠,司空安得不至晓回转?"

庾亮大儿举止雅重

【原文】

庾太尉风仪伟长①,不轻举止②,时人皆以为假③。亮有大儿数岁,雅重之质,便自如此,人知是天性。温太真尝隐幔怛之④,此儿神色恬然,乃徐跪曰:"君侯何以为此?"论者谓不减亮⑤。苏峻时遇害。或云:"见阿恭⑥,知元规非假。"

【译文】

庾亮风度仪表伟岸俊美,举止端庄稳重。世人认为他是装模作样。庾亮的大儿子才几岁,文雅庄重的气质就是那样,世人才感到这是天性使然。温峤有一次躲在帐幕后吓唬他,他神态安然,只是慢慢地跪下问道:"君侯为何要这么做?"人们认为这个小孩不会比他的父亲差。在苏峻之乱时遇害。又有人说:"见了阿恭,就知道庾亮并不是装模作样。"

【注释】

①庾太尉、元规:即庾亮。②不轻举止:举止不轻浮。③假:装模作样。④怛(dá):吓唬。⑤减:比……差。⑥阿恭:庾会小字。庾会,字会宗,晋太尉庾亮之长子。

【评析】

庾亮外貌俊朗,生性豁达。但是别人都认为他在那做样子的。后来大家看他的儿子也继承着和他父亲一样的气质,大家才慢慢开始相信。温峤便想试探一下庾亮的儿子,本来准备吓唬他的,但是没想到先被他识破了,他反过来问温峤,"您这是在做什么呢?"想想温峤当时肯定狼狈极了。后来还是证明了庾亮确实是名副其实的雅士。

【历代评点】

朱铸禹云:"意谓隐藏于帐幔之后以惊恐之也。"

不以物喜,不以己悲

【原文】

褚公于章安令迁太尉记室参军,名字已显而位微,人未多识。公东出,乘估客船,送故吏数人投钱唐亭住。尔时,吴兴沈充为县令①,当送客过浙江,客出,亭吏驱公移牛屋下。潮水至,沈令起彷徨,问:"牛屋下是何物人②?"吏云:"昨有一伧父来寄亭中③,有尊贵客,权移之。"令有酒色,有遥问:"伧父欲食饼不?姓何等?可共语。"褚因举手答曰:"河南褚季野④。"远近久承公名,令于是大遽⑤,不敢移公,便于牛屋下修刺诣公⑥,更宰杀为馔⑦,具于公前,鞭挞亭吏,欲以谢惭。公与之酌宴,言色无异,状如不觉。令送公至界。

【译文】

褚公由章安令升迁为太尉记室参军,虽然名声很大,但是官位却很卑微,认识他的人并不多。有一次,他乘商船到东边去,与为他送行的几位属吏投宿钱塘亭。这时吴兴沈充担任县令,正要送客过浙江。客人来后,亭吏便将褚公赶到牛棚里住。潮水涌来时,沈充到庭院间散步,问:"牛棚里是什么人?"亭吏说:"昨天有一个北方佬来钱塘亭投宿,由于贵客到来,暂且把移到了那里。"江充有些醉意,就远远地问道:"北方佬,你想吃饼吗?姓什么,可以一起聊聊。"褚公举手答道:"河南褚季野。"远近的人早就知道褚的大名,江充听后惊慌异常,又不敢移动他,就在牛棚下恭恭敬敬地将自己的名帖递上,来拜谒他,并杀鸡宰羊,设宴款待。同时在褚面前鞭打亭吏,以赔礼谢罪。褚与沈一起喝酒聊天,言语神色一如既往,好像什么事情都没有发生过。江充一直把他送到县界。

【注释】

①沈充:生平不详。 ②何物人:什么人。 ③伧父:北方佬。南北朝时南人蔑称北人为"伧人"。 ④褚(chǔ)季野:即褚裒。 ⑤遽(jù):惊慌。 ⑥刺:名帖。 ⑦馔(zhuàn):食物。

【评析】

这则故事描写东晋名士褚裒面对自身遭遇的变化,能够以平常心应对,喜怒不形于色的豁达与从容;也写出沈充的前倨后恭,反映了当时士大夫的雅量,以及有些人特别讲究等级地位的社会风气。东晋名士皆以喜怒不形于色为风雅的重要标准,正如这则故事中的褚裒既不因为亭吏让他住牛屋而怨恨生气,也不因县令沈充酒宴于他,而面露喜色。从客房到牛屋,再从牛屋到美酒佳肴的过程中,褚裒始终心态平和，表情如一，丝毫没有计较于待遇的变化，可谓做到了不以物喜，不以己悲。褚裒的雅量，不仅值得欣赏，更值得后人学习。

【历代评点】

王世懋云："(吴兴沈)非王敦客也。"

凌濛初云："刘(应登)本无'充'字，注云'未详'。沈名若'充'，则字士居，见《晋阳秋》，而后注复有之，不得云'未详'。"

王利器云："有'充'字是。沈充《晋书》有传，是王敦之党，《王敦传》云充吴兴人，刘孝标注以为'未详'，太不负责任了。"

陈梦槐云："予最喜此则。写一时雅流，宛至明悉。褚、沈俱有隽神远度，送客泊舟，既偶尔相值，问姓具馔，自欢然为乐。何处著'欲以谢惭，……状如不觉'数句。"

郗鉴选婿

【原文】

郗太傅在京口①，遣门生与王丞相书②，求女婿。丞相语郗信："君往东厢，任意选之。"门生归，白郗曰："王家诸郎亦皆可嘉，闻来觅婿，咸自矜持③，唯有一郎在东床上坦腹卧，如不闻。"郗公云："正此好！"访之，乃是逸少④，因嫁女与焉。

【译文】

太傅郗鉴在京口，他派门生给丞相王导送信，想在王家找个女婿。王导对郗鉴派来送信的人说："你到东厢房去随便选吧。"门客回去禀报郗鉴道："王家的几位男子都很好，听说您选女婿，个个庄重得有些拘谨，只有一个在东床上坦腹而卧，仿佛不知道这回事似的。"郗鉴说："正是这个好！"一去打听，原来是王羲之，于是就将女儿嫁给了他。

【注释】

①郗太傅：即郗鉴。曾兼徐州刺史，镇守京口。②门生：门客。③矜持：拘谨。④逸少：即王羲之，王导之侄。

【评析】

东晋时，王家和郗家都是大家族，社会地位很高，当时的太傅郗鉴觉得自己跟王家情谊深厚，又是同朝为官，刚好自己有一个掌上明珠的宝贝女儿，生得才貌双全，就想在王家选个女婿，结为亲家。丞相王导满口应承了，要他随便挑。郗府门生去挑的时候，见个个都齐齐整整，循规蹈矩，只有东床上有位公子，坦腹躺着，显得若无其事。门客如实给太傅禀告了，太傅立马就说，那个人就是我女婿了。后来叫过来一见，原来就是王羲之。郗鉴看到王羲之既豁达又文雅，没有任何矫饰做作的样子，便当场拍板把女儿嫁给他了。后来人们把女婿称为东床或令坦，就是出于这个故事。也就是人们常说的"东床快婿"的典故。

【历代评点】

王世懋云："晋人以使为信。"

陈梦槐云："'君往东厢任意'，语斯有坦腹之儿。"

刘辰翁云："晋人风致，著此故为第一。在古人中真不可无。"

李贽云："此婿好肚皮。"（《初谭集》卷一《夫妇·合婚》）

羊固摆宴

【原文】

过江初，拜官，舆饰供馔①。羊曼拜丹阳尹②，客来早者，并得佳设，日晏渐罄，不复及精，随客早晚，不问贵贱。羊固拜临海③，竟日皆美供，虽晚至，亦获盛馔。时论以固之丰华，不如曼之真率。

【译文】

晋室南渡之初，新任命的官员都要大摆宴席。羊曼被任命为丹阳尹时，来得早的客人都能吃到美味佳肴，天色渐晚，菜肴也逐渐被吃尽，精美食物已经没有。来客不分贵贱，只有早晚的不同。羊固担任临海太守时，一天到晚都供应美味佳肴。有人虽然来得晚，也可以吃到好的饭菜。当时舆论认为，羊固的丰盛华美比不上羊曼的真诚直率。

【注释】

①馔：摆宴。②羊曼：字延祖，泰山南城人，官丹阳尹，苏峻反叛时，被苏峻所杀。③羊固：字道安，太山人。

【评析】

晋室南渡之初，当时人们的生活水平并不高，但是同样是要宴请，羊固的酒席固然丰盛，但是给人感觉太过殷勤，未免会让人觉得做作，这样反让来客感到拘谨、不自然了，而且当时人们崇尚"简约"，所以羊曼的酒席虽然量有限，但却流露出主人"来得早的朋友有好酒，来得晚的朋友只有剩羹"的率真态度，这样便激发了来客们的热情。显然，这样坦率不做作的心态才是真正的待客之道，因为总是客随主便的，你主人放开了，客人才好放开，彼此的感情才能更好地沟通。所以自然为大多数人所称道。

【历代评点】

《曼别传》曰：曼字延祖，泰山南城人。父监，阳平太守。曼颓纵宏任，饮酒诞节，与陈留阮放等号兖州八达。累迁丹阳尹,为苏峻所害。

周谟以火攻周𫖮

【原文】

周仲智饮酒醉①,瞋目还面谓伯仁曰:"君才不如弟,而横得重名!"须臾,举蜡烛火掷伯仁。伯仁笑曰:"阿奴火攻②,固出下策耳!"

【译文】

周谟喝醉了酒,圆瞪双眼转过脸去对哥哥周𫖮说:"你的才华不如你的弟弟,却徒有盛名。"一会儿,举起燃着的蜡烛就投向周𫖮。周𫖮笑着说:"你拿火扔我,不过是出于下策罢了。"

【注释】

①周仲智:即周谟。②周伯仁:即周𫖮,又称周侯。阿奴:尊对卑或长对幼的爱称。火攻:出自《孙子兵法》:"火攻有五:一曰火人,二曰火积,三曰火车,四曰火军,五曰火队。凡军必知五火之变,故以火攻者,明也。"

【评析】

周谟嫉妒哥哥的声誉,那次喝醉酒了,便把心里埋藏的话说了出来,而周𫖮却笑着说,"你这样做只是下策"。并不与他做口舌之争。反倒是用激将法去激励他。理解包容别人,看淡得与失,不仅能因这份平和而获得宁静和从容,而且也是避免得罪小人保全自己的一种方法。人的一生,惹气动怒的事不计其数,倘若斤斤计较这些芝麻琐事,不仅无法达到自己的目标,反而可能招来无妄之灾。反过来说,只要有自己的原则,对于这些小事一笑置之,得饶人处且饶人,以闲适的心态,从容不迫地去面对,可能会避免很多麻烦。

【历代评点】

刘辰翁云:"仲智傲狠,故无别泪。"(按:"无别泪"云云,盖指《方正篇》26"周叔治作晋陵太守"条。)

周一良云:"'阿奴'疑当时俗语,犹言尔也,非必为仲智之小字。"

朱铸禹云:"以火攻,明照易于抵御,故曰下策。"

顾和扪虱而谈

【原文】

顾和始为扬州从事,月旦当朝①,未入顷停车州门外②。周侯诣丞相③,

【译文】

顾和刚担任扬州刺史的从事,每月的初一都要入衙聚会。在尚未入衙的片刻间历和车边,和觅虱,夷然不动。周既过,反还,指顾心曰:"此中何所有?"顾搏虱如故,徐应曰:"此中最是难测地④。"周侯既入,语丞相曰:"卿州吏中有一令仆才⑤。"

隙,将车停在门外。周顗来拜访丞相王导,经过顾和的车,顾和正在安闲自在地敞开胸襟捉虱子,没有理会周侯。周顗走过去,又返回,指着顾和的心说:"这里面有什么?"顾和依然捉虱子,缓慢地答道:"这里是最难揣测的地方。"周顗走进去后对王导说:"你的州吏中有一个优秀的人才可以担任尚书令、尚书仆射。"

【注释】

①月旦:农历每月初一。②未入顷:还未入衙的片刻间。③周侯:即周顗。④此中最是难测地:心中是最难猜测的地方,即人心难测。⑤令:优秀、出色。

【评析】

入衙聚会之前,丞相的门口聚集了许多达官贵人,但是顾和却坐在车上抓身上的虱子。周顗走过去看他,他却仍自顾自地抓虱子,并没有感到难为情。而且他面对周顗表现出来的自然之态以及心胸开阔得到周顗的大力赞赏,周顗也表现了他的心胸豁达与高深的修养。

【历代评点】

张懋辰云:"俱是名流。"

庾亮不动声色以安众

【原文】

庾太尉与苏峻战①,败,率左右十余人乘小船西奔,乱兵相剥掠,射,误中舵工,应弦而倒,举船上咸失色分散。亮不动容,徐曰:"此手那可使箸贼②!"众乃安。

【译文】

庾亮和苏峻作战,战败后带领十来个随从坐小船向西逃跑。乱兵抢夺财物,船上的人射了一支箭,却误中了舵工,舵工随箭倒下。全船人都被吓坏了,个个脸色苍白。庾亮却不动声色,他从容地说:"这样的射箭技术,怎么可能让他射击敌兵呢?"大家听后方安定下来。

【注释】

①庾太尉:即庾亮。②手:技艺,此处指射技。箸:即"着"。

【评析】

庾亮在遇到紧急情况的时候,表现出了他处变不惊、从容不迫的魄力和以稳定军心为大局的思想。

【历代评点】

刘辰翁云："谓此箭若著贼，则亦当应弦而倒矣。谬喜其射艺之工，以悦安之。"（按：观此评句式语气，似为刘应登云。）

刘辰翁云："当时直复难处，苟以悦安之矫情，见谓《雅量》，孰知其窘？"

胡三省云："言射不能杀贼反射杀舵公，自恨之辞。"（《资治通鉴》注）

朱铸禹云："似应解作：如此好手，若射中贼，亦当应弦而倒，言勿计此偶误而使著贼则毙贼必多，盖一时诡作反解，借以安众心耳。'那'，语助词，有赞叹意。'此手'，犹今俗说'这一手'。"

王劭、王荟共诣宣武

【原文】

王劭、王荟共诣宣武①，正值收庾希家②。荟不自安，遂巡欲去③；劭坚坐不动，俟收信还，得不定④，乃出。论者以劭为优。

【译文】

王劭、王荟一起去拜访宣武侯桓温，正好遇上桓温下令抓捕庾希一家。王荟坐立不安，徘徊不定地想离去。王劭却一直坚定地坐在那里，等抓捕的差役回来，知道自己没什么事了，才出来。人们以此判定王劭较为优秀。

【注释】

①王劭：字敬伦，小字大奴，王导第五子，官历尚书仆射、吴国内史。王荟：字敬文，小字小奴，王导的小儿子，官至镇军将军，死后追赠卫军。宣武：即桓温。②庾希：字始彦，曾任徐、兖二州刺史。庾家是外戚，有权势，遭到桓温的忌恨，庾希的两个弟弟被桓温设计杀死，后来庾希聚众起兵，事败被杀。③逡(qūn)巡：犹豫；徘徊。④得不定：得和不得成为定局。得，指捕获。

【评析】

王劭、王荟两个人去拜访桓温，刚好碰到其抓捕庾希一家。庾希是辅政大臣庾冰的长子，辅政大臣庾亮的侄子。桓温下令逮捕他，是要削弱颍川庾氏的实力，同时警示其他的大族。王荟见了则表现得坐立不安，焦虑烦躁，急着想要离开，表现出了他的胆怯与内心深重的危机感。相反，王劭对此就显得镇定自若，他用冷静的心理，从容的神情来暗示桓温，他无需害怕，因为这与他无关，并且这不足一惧。王劭在受威胁下所表现出的镇定自若，得到了一代枭雄桓温的刮目相看。也因为这次的表现，让他在别人的眼里就要比王荟优秀了。

【历代评点】

《劭荟别传》曰：劭字敬伦，丞相导第五子。清贵简素，研味玄赜。大司马桓温称为凤雏。累迁尚书仆射、吴国内史。荟字敬文，丞相最小子。有清誉，夷泰无竞，仕至镇军将军。

入幕之宾

【原文】

桓宣武与郗超议芟夷朝臣①,条牒既定②,其夜同宿。明晨起,呼谢安、王坦之入③,掷疏示之④。郗犹在帐内,谢都无言,王直掷还,云:"多。"宣武取笔欲除,郗不觉窃从帐中与宣武言⑤。谢含笑曰:"郗生可谓入幕宾也⑥。"

【译文】

宣武侯桓温和郗超商议朝廷大臣们的升迁绌降,上奏文书都拟定以后,当晚二人住在一起。第二天早晨起来,桓温就招呼谢安、王坦之进来,把文书稿扔给他们看,郗超这时还在帐里。谢安一言不发,王坦之又把奏疏扔还给桓温,说:"太多了。"桓温拿起笔来准备要删,郗超忍不住偷偷地在帐中和桓温说话,于是谢安笑着说道:"郗超真可说是入幕之宾了。"

【注释】

①桓宣武:即桓温。郗超:字嘉宾,一字景兴,晋高平金乡(今属山东)人,参与桓温废立晋帝,历任中书侍郎、司徒左长史,权势甚重。芟夷:升迁绌降。②条牒:分项陈述的文书。③王坦之:字文度,太原晋阳人。因官居北中郎将,故称王中郎。④疏:文书、文本。⑤不觉:禁不住。⑥"郗生"句:这里谢安采用了双关的修辞方式,说郗超既是幕府之宾,同时又是幕帐之宾,讽刺他在幕后出主意。生,儒生,读书人。幕宾,本是将军、大官幕府中的属官,也称幕僚,这里同时指帐幕中的宾客。

【评析】

当时桓温已经是权倾朝野,外人唯恐避之不及了。因为要对朝臣进行整顿撤换,而这个时候的王坦之手中已经没有军权了,再去就整顿朝臣的事情去和桓温讲道理或者争论,那自然无异于鸡蛋撞石头了,免不了一不小心惹怒桓温,给自己引来杀身之祸。而谢安就更会随机应变,他心里是觉得名单上人数太多了,但是他先是不发一言,没有去做那些无谓的口舌之争;只是刚好见到郗超在香帐里向桓温传话,他又不失时机的嘲讽了郗超,便趁势缓解了由于王坦之力争而带来的紧张气氛。不免让人大呼一口气,同时也为他的机智而赞叹。成语"入幕之宾"就是出自此处,现在的意思就是用来比喻亲信或参与机密要事的人。

【历代评点】

刘辰翁云:"古人常留此等与后人笑,今人则不然。"

谢安泛海

【原文】

谢太傅盘桓东山时①,与孙兴公诸人泛海戏。风起浪涌,孙、王诸人色并遽②,便唱使还③。太傅神情方王,吟啸不言。舟人以公貌闲意说④,犹去不止。既⑤风转急,浪猛,诸人皆喧动不坐。公徐云:"如此,将无归⑥!"众人即承响而回⑦。于是审其量,足以镇安朝野。

【译文】

谢安在东山隐居时,与孙绰等人一起出海游玩。这时,风起浪涌,孙绰和王羲之他们都神色惊慌,嚷着要回去。谢安却正有兴致,边吟诗边长啸,不说别的话。船工因谢安神色安定而意态适然,便继续前进不停。一会儿,风势更强,浪涛更猛,众人又都惊恐喧哗,不敢坐下,谢安这才缓慢地说:"如果都这样乱成一团,我们就回不去了。"众人于是应声坐回原处。由此事来审察谢安的度量,足以镇抚朝野,安定官民。

【注释】

①谢太傅:即谢安。②遽:惊慌。③唱:同"倡",提议。④意说:说,通"悦",意态适然。⑤既:既而,不久。⑥将无:莫非,还是。⑦承响:应声。

【评析】

在当时,只要是被人们称为俊杰的,必是有一定的心量气度。孙绰与王羲之在当时也是一代名士,被人们称颂,必定不是能被一般的小风小浪所能吓倒的。但是他们在一起,面对巨大的风浪所表现出来的不同反应,就更加突出了谢安的雅量,喜怒忧惧,不形于色,追求一种优雅从容的风度。谢安的处变不惊、沉着冷静、胸襟开阔、适可而止的处事方法是值得我们借鉴和学习的。他的心胸胆量,足以镇安朝野。也显示了他泰山崩于前而色不变的雅量。

【历代评点】

李贽云:"是。"(《初谭集·师友·道学》)

宗白华云:"英之极,即雄强之极。……淝水的大捷植根于谢安这美的人格和风度中。谢灵运泛海诗'溟涨无端倪,虚舟有超越',可以借来体会谢公此时的境界和胸襟。"

桓温欲诛谢安、王坦之

【原文】

桓公伏甲设馔①,广延朝士,因此欲诛谢安、王坦之②。王甚遽,问谢曰:"当作何计?"谢神意

【译文】

桓温埋伏好兵士,摆设宴席,大请朝廷中的官员,准备趁此机会将谢安和王坦之杀掉。王坦之非常担忧,他问谢安:"我们该怎么办

不变,谓文度曰:"晋阼存亡③,在此一行。"相与俱前。王之恐状,转见于色。谢之宽容愈表于貌④。望阶趋席,方作洛生咏,讽"浩浩洪流。"桓惮其旷远,乃趣解兵⑤。王、谢旧齐名,于此始判优劣⑥。

呢?"谢安神色镇定地对王坦之说:"晋朝天下的存亡,就看我俩此行了。"于是两人一同前往。王坦之脸上的恐惧神情越来越明显,谢安的神色却更加从容。谢安向着台阶迅速走向席位,并模仿洛阳书生吟咏的腔调,背诵"浩浩洪流"的诗句。桓温被谢安的旷达风度所震慑,便赶紧将伏兵撤走了。本来王坦之与谢安齐名,可是却由此事分别出了他俩气度胆识的高下。

【注释】

①桓公:即桓温。②王坦之:即王文度。③晋阼(zuò):晋朝的天下。④宽容:从容不迫。⑤趣:赶紧、急忙。⑥判:分别出。

【评析】

此时的桓温野心急剧膨胀,摆下鸿门宴想将王坦之和谢安杀掉,因为他们趁着桓温不在的时候扶持太子当了皇帝,这便让桓温怒火中烧。两个人也都知道此去是凶多吉少,王坦之显得既紧张又担忧,而相比之下谢安对桓温这样极度危险的人物,表现出了他的心胸气度,能从容地面对生死,不卑不屈,大有一副置生死于度外的慷慨。这样的气度,却也让张狂一时的枭雄桓温为之震惊,老道的桓温没料到昔日在自己府中做司马的谢安在这种关头依旧不改其旷达风度和自若本色,一下子被他镇住了。便撤出了伏兵。而当时齐名的王坦之与谢安,也在此次的表现中分出了高下。

【历代评点】

凌濛初云:"'洛生咏'何物,足解大阨?"

刘辰翁云:"桓自可笑人。"

钟惺云:"恶习可耻。"

钟惺又云:"'神姿举动,不异于常',全在此一番处置。"

李贽云:"谢固旷远,桓亦惜才。"又云:"达者皆言旷远解兵,痴人尽道清谈废事。"

(《初谭集·君臣·能臣》)

为性命而忍俄顷

【原文】

谢太傅与王文度共诣郗超①,日旰未得前②。王便欲去,谢曰:"不能为性命忍俄顷③?"

【注释】

①谢太傅:即谢安。王文度:即王坦之。
②旰(gàn):天晚。③俄顷:片刻、一会儿。

【译文】

谢安和王坦之一同去拜访郗超,天色很晚了都还没有被接见。王坦之便想离开,谢安说:"难道不能为了保全性命而忍一会吗?"

【评析】

郗超是桓温的谋士,并和桓温交情深厚,当时的桓温权倾朝野,为人心狠手辣,所以当时的人都害怕他们,并且郗超是一个和桓温一样狡诈、奸猾的家伙。郗超让谢安和王坦之在外面等候了很长的时间,王坦之急于离开,而谢安却劝说王坦之留下。忍一时之气则能长存,证明谢安有足够的器量,考虑到长远的利益。

【历代评点】

刘辰翁云:"与前泛海,各得自在。"(按:凌瀛初本作"合得自在"。)
王世懋云:"此意又异'雅量'。"

谢石出丑

【原文】

支道林还东①,时贤并送于征虏亭。蔡子叔前至②,坐近林公;谢万石后来③,坐小远④。蔡暂起,谢移就其处。蔡还,见谢在焉,因合褥举谢掷地,自复坐。谢冠帻倾脱,乃徐起,振衣就席,神意甚平,不觉嗔沮⑤。坐定,谓蔡曰:"卿奇人,殆坏我面。"蔡答曰:"我本不为卿面作计。"其后,二人俱不介意。

【译文】

支道林要回会稽去,当时的名流齐聚征虏亭为他送行。蔡系先到达,座位离林公很近;谢万石后来,就坐得稍远。蔡系暂时起身,谢就挪到他那里。蔡系回来后,看见谢坐在自己的座位上,就把谢连同坐垫一起举起来扔在地上,自己坐上去。谢的帽子和头巾都因此倾斜跌落,于是慢慢站起,整理好衣冠后重新入座,神情安定,也没有发怒或懊恼的样子。坐稳后,对蔡说:"你这个人真怪,差点就把我的脸碰伤了。"蔡系说:"我本来就没有替你的脸考虑。"后来二人对此事都没有介意。

【注释】

①支道林:即支遁。②蔡子叔:即蔡系(mì)。字子叔,济阳人,有文才,官至抚军长史。③谢万石:即谢石。④小远:稍远。⑤嗔(chēn)沮:懊恼而发怒。

【评析】

这一段讲述的是送别支道林的时候发生的一个小插曲。写的是支道林的朋友为他送行,谢万石因为来晚了不小心占了蔡系的座位,而蔡系的座位正好靠着支道林,蔡系回来看见了,把谢万石给掀地上去了。谢万石却并没有因此生气,气定神闲的起来坐稳后,又调侃蔡系,去缓和尴尬的局面。使关系转了个弯,不至于把关系都弄僵。因为他担心破坏了气氛,这是给支道林送行,不能因为这点小事坏了大家的兴致。他表现出来的大度也正说明他具有难得的修养与容忍的度量。

【历代评点】

刘辰翁云:"送一僧何至争近至此? 子叔小人,语更深狠。"
黄辉云:"较鸿门坐次,写更生色。"

郗超送米

【原文】

郗嘉宾钦崇释道安德问①,饷米千斛②,修书累纸,意寄殷勤。道安答直云:"损米③,愈觉有待之为烦④。"

【译文】

郗超钦佩道安和尚的道德学问,送他一千斛米,还写了一叠纸的长信,表达了诚恳的情意。道安只回复说:"感谢你赐米,但更觉得有所依靠是做人烦恼的来源。"

【注释】

①郗嘉宾:即郗超。释道安:东晋名僧,常山薄柳人,本姓卫,相貌丑陋却机智聪明。饱读经典,以博学闻名。②斛:容量单位,十斗为一斛。③损:客套话,等于说承蒙赐予。④有待:有所待;有所凭借。《庄子·逍遥游》认为,只有无所待,才能获得精神的真正自由。

【评析】

道安和尚在襄阳之后不仅受到了桓豁、朱序、郗超之流的达官贵人以及习凿齿这些豪富名士们的推崇、礼敬,而且还受到了东晋皇帝的礼遇。由此可以想到,道安受人敬重的程度。他为人很聪敏。从小就开始学佛,到年长一点的时候,就已经有很深的造诣了。道安从哲学理论高度及修正的角度对般若的性空、本无、真如、平等思想进行了论证。他既不靠幻术惑众,又不靠权势压人,而门徒数百人之所以能够"洋洋济济","自相尊敬",靠的全是道安本人道德学问的感化。

【历代评点】

刘辰翁云:"是道人语。"

谢安探望戴逵

【原文】

戴公从东出①,谢太傅往看之②。谢本轻戴,见,但与论琴书。戴既无吝色③,而谈琴书愈妙。谢悠然知其量④。

【注释】

①戴公:即戴逵,字安道,谯国人,擅长鼓琴、绘画、铸造和雕刻,曾被征为国子博士,未就职,后移居会稽剡县。东出:这里指从会稽往京都建康。②谢太傅:即谢安。③吝色:不乐意的神色。④悠然:超远闲适的样子。

【译文】

戴逵从东边来京都,谢安去探望他。谢安原本瞧不起戴逵,所以见面后,只和他谈论琴艺书法,戴逵不但没有丝毫不快的神色,反而谈得越来越精妙,谢安这才从他超远闲适的态度中,知道了他的度量。

【评析】

《晋书》列于隐逸传中,称戴逵:"性高洁,常以礼度自处,深以放达为非道。"戴逵是史上著名的雕塑家兼画家,不但能书善画,并能雕塑铸作,他曾以古制造丈六无量寿佛木像及菩萨像,"至于开敬,不足动心"。所以隐于帷中,密听大众的议论,不论褒贬,自会于心,以至于"精思三年,刻像乃成"。所以,他所表现出来的大气与豁然让名士谢安也为他的气度所折服。

【历代评点】

刘辰翁云:"甚善,我辈所不及。"

谢安与人围棋

【原文】

谢公与人围棋①,俄而谢玄淮上信至②,看书竟,默然无言,徐向局③。客问淮上利害④,答曰:"小儿辈大破贼。"意色举止,不异于常。

【译文】

谢公和人下围棋,不一会儿谢玄从淮上前线派来信使,谢安看完信后,沉默不语,然后又慢慢地接着下棋。客人们询问淮上战况的轻重缓急,谢安说:"孩子们大破了敌兵。"他说话的神情举止同平常没有丝毫的差别。

【注释】

①谢公：即谢安。②淮上：淮河上，因淝水为淮河上游的支流，故称淮上。这里是指淝水之战。③徐：慢慢。④利害：战况的轻重缓急。

【评析】

淝水之战是一场典型的以少对多的战争，也是关系东晋存亡的生死之战，当时谢安的侄子谢玄在淝水前线与前秦八十万大军对敌，国之兴亡，家之存绝，在此一举，他也不可能无动于衷。但是当胜利的消息传来的时候，谢安不动声色，依然专注面前的棋盘，于是不得不让人对他的气度感到钦佩。据史料记载，谢安回到屋里的时候，鞋子上的齿碰到门槛折断了，他也没有觉察到，可见其实他的内心还是非常激动的。但他却能在众人面前，在激动难忍的心态下保持好自己的风度、仪态。有着临大事却能有静气的超脱风度。

【历代评点】

刘辰翁云："只如此，本分，本分。"
凌濛初云："竟不言折屐齿。"
李贽云："要紧着数。"

王献之遇火

【原文】

王子猷、子敬曾俱坐一室①，上忽发火，子猷遽走避，不惶取屐；子敬神色恬然，徐唤左右，扶凭而出，不异平常。世以此定二王神宇。

【注释】

①王子猷、子敬：即王徽之、王献之。

【评析】

王徽之对他的弟弟王献之非常钦佩，王献之对哥哥也很敬重，两人感情非常深厚。都是当时的名流，王徽之性格豪迈不羁，不修边幅，善长真、草书，《宣和书谱》评价其"律以家法，在羲献间"就是说对家族书法的沿袭，在王羲之和王献之之间，当时与王献之齐名；王献之书学思想高超，有远见。他曾劝父亲改体，不过十五六岁。他的书学见解之深似乎与年龄不相称。而且本性潇洒,超然于世俗礼法之外,面对权臣时他也从不卑躬屈膝。不违背自己的准则却能拒权臣而扶社稷,这里表现了他在面对危急情况的时候表现出来的镇定与超然的态度。

【历代评点】

《续晋阳秋》曰:献之虽不修常贯,而容止不妄。

苻坚游魂近境

【原文】

苻坚游魂近境,谢太傅①谓子敬曰:"可将当轴②,了其此处。"

【译文】

苻坚来犯边境,谢安对王子敬说:"掌握实权的可心将领,即将在此被了结了。"

【注释】

①谢太傅:即谢安。王子敬:即王献之。可将:可人心意的将领。②当轴:掌握权力的重要人物。

【评析】

为了抵御前秦的进攻,谢安进行了积极的军事准备。他派谢玄镇守广陵,在南迁士族和民众之中选拔精壮组成了勇猛善战的"北府兵",并以刘牢之等为将领。他们进可攻,退可守,以逸待劳,在长江北岸紧紧守卫着京师大门。另外建立侨郡、侨州,平时务农以充军粮,闲时习武,组成了军事后备力量。这些人一部分守卫庄寨,一部分拱卫京城,在长江以南随时做好御敌准备,此外,桓冲在长江中游驻守,防止前秦从中线南下。这就形成了京师、广陵、夏口的掎角之势,谢安自己坐镇京师,遥控全局。正因为他事先已做了精心的部署,所以在后来战火燃起,情势危急的时候才能临危不惧、处变不惊。也正是这样,他把自己个性魅力中的名士风度与儒将气质完美地结合在了一起。

【历代评点】

刘辰翁云:"谓我在位时攻之,自任吞虏。"

朱铸禹云:"如刘所释,仍不甚晰,似谓可择有力者(当轴)为将,于近处消灭之。姑记此,以待宏博审释之。"

谢玄作客

【原文】

王僧弥、谢车骑共王小奴许集①。僧弥举酒劝谢云:"奉使君一觞。"谢曰:"可尔。"僧弥勃然起,作色曰:"汝故是吴兴溪中钓碣耳②!何敢诪张③!"谢徐抚掌而笑曰:"卫军,僧弥殊不肃省④,乃侵陵上国也⑤。"

【译文】

王珉和谢玄同在王荟家里作客。王珉举起酒杯向谢祝酒道:"敬使君一杯。"谢说:"理当这样。"王珉一听就生气地站起来,变了脸色说道:"你本不过是吴兴溪中的钓羯而已,怎么可以如此放肆!"谢慢慢地笑着鼓掌,并说道:"卫军(指王小奴),王珉太不自量了,居然敢侵犯大国诸侯。"

【注释】

①王僧弥:即王珉,王导之孙王珣的弟弟。谢车骑:即谢玄,谢安兄弟谢奕之子。王小奴:即王荟,小字小奴,王导的儿子,王珉的叔父。②钓碣(jié):便于垂钓的石头。谢玄,小名羯,爱好钓鱼。羯与碣音同,此为双关。③诪(zhōu)张:放肆,狂妄。④肃省:谨慎自醒。⑤侵陵:侵犯。

【评析】

王珣、王珉兄弟先后娶谢家女儿为妻,同为谢氏女婿。谢安先离散了王珣夫妻,随后又让谢女与王珉离婚,两族由此成仇。故而王珉无缘无故便开始大斥谢玄。谢玄是宰相谢安之侄,自幼聪慧过人,与表兄谢朗一起,都被谢安所器重。谢玄长大后,显示出经国才略,朝廷几次召用他,他都推辞不受。后来谢玄与王珣被大将军桓温召为掾吏,不久任征西将军桓豁的司马、领南郡相,监北征诸军事。谢玄有着大将之风,对于王僧弥的挑衅也只不过是一笑带过,缓和了当时尴尬的局面,也显示了他的胸襟。

【历代评点】

刘辰翁云:"语独无取。独钓碣可用。"

凌濛初云:"卫军或是呼小奴,岂即以僧弥小字为戏耶?"

[日]恩田仲任云:"诪张,与辀张同,犹言强梁也。"(《世说音释》)

余嘉锡云:"珉先斥玄小字,故玄以此报之,不必更论长幼也。然珉语近于丑诋,想见声色俱厉,而玄出之以游戏,固足称为雅量。"

王珣处变不惊

【原文】

王东亭为桓宣武主簿①,既承

【译文】

王珣做桓温主簿,既出身世家,又享有好的

藉②,有美誉,公甚欲其人地为一府之望③。初,见谢失仪④,而神色自若。坐上宾客即相贬笑⑤,公曰:"不然。观其情貌,必自不凡,吾当试之。"后因月朝阁下伏⑥,公于内走马直出突之,左右皆宕仆,而王不动。名价于是大重,咸云:"是公辅器也⑦。"

声誉,桓温非常希望以他的人品和门第能够在司马府中树立声望。当初,王珣在拜见、告辞时有失礼之处,却并不慌张,依然神情自若。座上有客人嘲笑他,桓公说:"不是这样。看其神情举止,必定不平常。我得试试他。"后来,在月初聚会的时候,王珣和同僚们一道拜伏在官署阁下,桓温骑着马从里面冲出来,两旁的人全都摇晃跌倒,只有王珣一动不动。于是王珣的名声身价倍增,人们都说:"这是辅国大臣的材料。"

【注释】

①王东亭:即王珣。桓宣武:即桓温。②承藉:出身世家。③一府之望:府里的表率。④失仪:乱了礼节。⑤相贬笑:嘲笑他。相,表示一方对另一方的动作。⑥月朝:每个月要办的公会。⑦公辅器:宰辅之器。

【评析】

王珣出身书法世家,是东晋著名书法家王导之孙,王洽之子,王羲之之侄。从小便在良好的环境里修身养性。气量与风度自然比一般人要胜一筹,尽管他在会客的时候稍有失礼,可他并不因此而显得窘迫、恐慌,而是气定神闲,桓温也并不以王珣失礼的小节而轻视他,经过他自己的亲自试验,也发现了他处变不惊与从容不迫的胆量,具有三公丞相的才干,可见古人对于人才的评价,首先看重的是他们本身的气质所在。

【历代评点】

朱铸禹云:"承藉,谓能继承、凭藉先人之业迹耳有美誉也。"

刘辰翁云:"何等试法?"

羊孚进食

【原文】

羊绥第二子孚,少有俊才,与谢益寿相好①。尝早往谢许,未食。俄而王齐、王睹来②。既先不相识,王向席有不说色③,欲使羊去。羊了不眄④。唯脚委几上,咏瞩自若。谢与王叙寒温数语毕,还与羊谈赏,

【译文】

羊绥的次子羊孚,年轻时非常有才气,与谢混(谢安的孙子)很要好。有一次早晨到谢混的住所那里,还没有吃饭。没多长时间,王熙和王爽也来了。原来他们彼此不认识,王氏兄弟坐在席位上脸色很难看,想让他走开。羊孚正眼都不看,只是将脚放在几

王方悟其奇,乃合共语。须臾食下,二王都不得餐,唯属羊不暇⑤。羊不大应对之,而盛进食,食毕便退。遂苦相留,羊义不住,直云:"向者不得从命,中国尚虚。"二王是孝伯两弟⑥。

案上,吟咏诗句,左顾右盼,悠然自得。谢混同二王寒暄了几句,便回身同羊孚谈论、赏析,这时王氏兄弟才发现了羊孚的不一般,便同他一起交谈。不久,饭食摆上来,王氏兄弟自己顾不上吃,只是不停地招呼羊孚进食。羊孚对他们爱答不理的,只顾大吃大喝,吃完后就走了。王氏兄弟苦苦挽留,羊孚还是执意要走,只说:"刚才没能遵命离开这里,只是由于腹中空虚。"王氏兄弟是孝伯(王恭)的两个弟弟。

【注释】

①谢益寿:即谢混。②王齐:王熙小名,字叔和,王恭弟,娶鄱阳公主,管太子洗马。王睹:即王爽,也是王恭的弟弟。③不说色:不愉快的表情。④眄(miǎn):斜视。⑤暇:空闲。⑥孝伯:即王恭。

【评析】

羊绥是当时名流之辈,对他的儿子羊孚也是教育有加。羊孚面对王氏兄弟这两个名门望族出身的公子,别人都期望能巴结上,而羊孚却对他们不屑一顾,照样怡然自得,这也源于他本身的博学多才,才德兼备的本事让他充满自信。从文中羊孚之所以能与风流绝代的谢混畅快对饮并谈笑风生,能把当代权臣都不放在眼中,且又能让他们对自己另眼相看,可得知其高谈阔论的水平。可见,只有时刻充实好自己的人,才能让自己在别人心目中占据高位。

【历代评点】

刘辰翁云:"写得直截可憎,又自如见,人情有此,传闻之秽,小说不厌。"

王世懋云:"此等语,亦伤'雅量'。"

余嘉锡云:"二王先欲羊去,羊已觉之,而置不与较。及二王前倨后恭,苦留共谈,羊乃云:'向者,君欲我去。不得从命者,直因腹内尚虚。今食已饱,便当径去耳。'云中国尚虚者,盖当时人常语,以腹心比中国,四肢比夷狄也。"

识鉴第七

【题解】

本门记载了对人物的认识和鉴别,也包括对事态发展的洞察。魏晋人士的识鉴虽然不再像东汉时作为进身仕途的依凭,但仍能影响一个人的名誉和地位。

乱世之英雄

【原文】

曹公少时见乔玄①,玄谓曰:"天下方乱,群雄虎争,拨而理之②,非君乎?然君实乱世之英雄,治世之奸贼。恨吾老矣,不见君富贵,当以子孙相累③。"

【译文】

曹操年轻时拜见乔玄,乔玄对他说:"现在天下正动乱不安,各路英雄如猛虎一般,群起争斗,能够治理乱世的,不就只有您吗?不过您是乱世的英雄,盛世中的奸贼。遗憾的是我老了,不能见到您荣华富贵的那一天,我就把子孙托付给您了。"

【注释】

①曹公:即曹操。乔玄:字公祖,东汉时期梁国睢阳人,官至尚书令。②拨:拔除、整治。③累:拖累、托付照料。

【评析】

起初,曹操地位很低的时候,没有人知道他。而乔玄此人一生波折,大风大浪,性格刚直急躁不顾大体,但是谦虚勤俭善待下级,曹操经常去拜访乔玄,乔玄见到他感到惊异。并且对他说:"如今天下将要战乱,能够安定天下的岂不是你吗?"曹操常常感叹乔玄是他的知己。后来曹操每次经过乔玄的坟墓,都感到凄怆并祭祀他。东汉末年各路英雄好汉并起,曹操最终脱颖而出,可以称得上是出类拔萃。但是人们对曹操的评价各不相同,乔玄"乱世之英雄,治世之奸贼"的话对后世的影响很大。

【历代评点】

汤用彤云:"英雄者,汉、魏间月旦人物所有名目之一也。天下大乱,拨乱反正,则需英雄。汉末豪俊并起,群欲平定天下,均以英雄自许。故王粲著有《汉末英雄传》。夫拨乱端仗英雄,故《后汉书》言许子将目曹操曰:'予清平之奸贼,乱世之英雄。'而孟德为之大悦。盖操素以创业自任也。"(《读人物志》)

钟惺云:"无'乱世奸雄'一语,绝不大笑。"又云:"魏武命世奸雄,频为名士所轻,如宗承、许邵辈,公亦无如之何,所以感激于乔玄之知敬也。"

裴潜评刘备

【原文】

曹公问裴潜曰:"卿昔与刘备共在荆州①,卿以备才如何?"潜曰:"使居中国,能乱人,不能为治;若乘边守险②,足为一方之主。"

【译文】

曹操问裴潜说:"你曾与刘备同在荆州共事,你认为刘备的才能如何?"裴潜说:"若让他据守中原,他就只能扰乱民心,却治理不好民众;若让他把守边塞,则他足以成为一方霸主。"

【注释】

①曹公:即曹操。裴潜:字文行,三国魏河东闻喜人,为人博雅有才。曾任曹操参丞相军事。入魏后为散骑常侍、尚书令等。共在荆州:指裴潜和刘备同在刘表处共事。②乘边:乘驭边疆。

【评析】

裴潜曾经在荆州避难,和刘备相处过一段时间,所以曹操才问他,裴潜的回答虽没有给刘备一个更高的评价,但也没有否定刘备,他作出的评价正好点出了后来的事实:刘备无力在中原发展,只好往西南方向发展,最后倒也成为了一方霸主,这也符合后来三分天下的局势,只是因为刘备在当时打着"恢复汉室"的旗号,其实是并没什么号召力的。在那个争权夺利的时代,胜利必将是属于新的创造者,天时、地利、人和的这些优势,刘备都不具备。在这种情况下,他的国家只有等待着被灭亡的局势,他也只能做到裴潜所说的"一方霸主"。

【历代评点】

刘辰翁云:"此语未有喻者。"

王世懋云:"此语似事后论人,不宜预知至此。"

李贽云:"此语无人会得。"(《初谭集·君臣·能言之臣》)

傅嘏评时贤

【原文】

何晏、邓扬、夏侯玄并求傅嘏交①，而嘏终不许。诸人乃因荀粲说合之②，谓嘏曰："夏侯太初一时之杰士，虚心于子，而卿意怀不可，交合则好成，不合则致隙。二贤若穆③，则国之休④，此蔺相如所以下廉颇也⑤。"傅曰："夏侯太初，志大心劳⑥，能合虚誉，诚所谓利口覆国之人⑦。何晏、邓扬有为而躁，博而寡要⑧，外好利而内无关钥⑨，贵同恶异，多言而妒前。多言多衅⑩，妒前无亲。以吾观之，此三贤者，皆败德之人耳！远之犹恐罹祸，况可亲之邪？"后皆如其言。

【译文】

何晏、邓扬、夏侯玄三个人都想和傅嘏结交，但傅嘏始终没有答应。三人就透过荀粲为他们说合，荀粲对傅嘏说："夏侯太初，是当代优秀的人才，虚心和你结交，而你却不和他交往。能够交好，就有了情谊，不能交好就会产生嫌隙。两位贤人如果能和睦相处，就是国家的幸福，这就是蔺相如情愿居于廉颇之下的原因。"傅嘏说："夏侯太初志向远大，心胸狭窄，用尽心机。这样的人只喜欢虚名，正是那种花言巧语颠覆国家的人。何晏、邓扬有所作为却很浮躁，学识广博却不专精，贪财好利，不知检点自己，只喜欢认同自己的人，厌恶观点不同的人，爱说话，嫉贤妒能。说话多破绽就多，爱嫉妒就没有人愿意亲近。依我看，这三个贤人，都是败坏道德的人而已，远离他们都还怕惹来灾祸，更何况去亲近他们呢？"后来事实果然如傅嘏所说的那样。

【注释】

①何晏：字平叔，南阳宛（今河南南阳）人，三国时玄学家。邓扬：字玄茂，三国时魏国南阳宛（今河南南阳）人，明帝时为中书郎，曾任颍川太守、侍中尚书，司马氏篡魏后，和曹爽、何晏等同时被杀。夏侯玄：字太初，三国时魏国人。傅嘏：字兰硕，三国时魏国人，正始中任尚书郎，后为黄门侍郎。司马懿招为从事中郎，迁河南尹，拜尚书。后进爵武乡亭侯、阳乡侯。②荀粲：字奉倩，三国时魏国人。③穆：和睦。④休：美善、吉庆。⑤"此蔺"句：据《史记·廉颇蔺相如列传》记载，赵国蔺相如原是宦者令缪贤的门客，后因完璧归赵和随赵王赴渑池之会而立功，拜为上卿，位在名将廉颇之上。廉颇不服气，想当众羞辱他。蔺相如以国家利益为重，不计个人得失，一再避让。廉颇得知后，肉袒负荆请罪。⑥心劳：用尽心机。⑦利口覆国：语出《论语·阳货》："恶利口之覆邦家者。"这里的意思是不切实际的能言善辩会使国家败亡。⑧寡要：缺少要领。⑨关钥：门闩，这里喻指检点约束。⑩衅：破绽；漏洞。

【评析】

傅嘏祖父傅睿，东汉时曾任代郡太守。他父亲傅充，官至黄门侍郎。傅嘏少年时受到良好教育，还没有成年的时候就声名卓然。傅嘏读书，好穷根究底，经常带着问题与人辩难讨论，因而颇有心得。这段所述写的事情涉及了曹魏和司马氏族

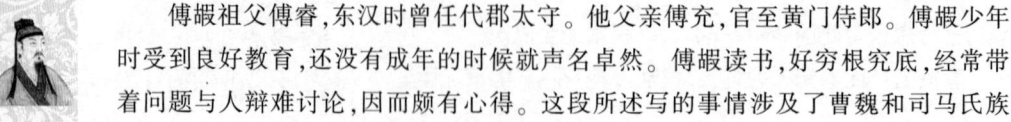

之间的权力斗争,文中何晏是曹操的养子,夏侯玄则是曹爽的表兄弟,在曹爽执政时他们两个人和邓飏一起都是曹爽的心腹,傅嘏则因为和何晏有矛盾,成为司马氏一党的人,而在杀曹爽的时候他也是积极参与,从傅嘏对三个人的评论中已显出了不满和敌意,后来三个人都被司马氏所杀害。傅嘏所预料的,也是当时政治斗争所产生的一个必然结果。

【历代评点】

刘辰翁云:"名言。"

王世懋云:"据此传,兰硕颇先识择交,故当动与福会,而别传乃云钟会年少,嘏以明智交会。交太初,不犹胜于交叛臣乎?"

山涛论兵法

【原文】

晋武帝讲武于宣武场①,帝欲偃武修文②,亲自临幸,悉召群臣。山公谓不宜尔③,因与诸尚书言孙、吴用兵本意④。遂究论,举坐无不咨嗟,皆曰:"山少傅乃天下名言。"后诸王骄汰⑤,轻遘祸难⑥,于是寇盗处处蚁合,郡国多以无备不能制服,遂渐炽盛,皆为公言。时人以谓山涛不学孙、吴,而暗与之理会⑦。王夷甫亦叹云⑧:"公暗与道合。"

【译文】

晋武帝司马炎在宣武场讲习军事,他想放松武备,施行文治。所以亲自驾到,并且召集所有大臣参加。山涛认为这样不妥,就和各位尚书谈论孙武、吴起用兵的本意,还进一步作了探讨,坐上的人无不交口称赞,都说:"山少傅所说的话真是至理名言。"后来,王侯们骄奢放纵,给国家造成祸害。各地的兵寇强盗也如同蚂蚁般纷纷聚合,因为多数郡国没有武备,不能加以制服,以至于他们逐渐壮大起来,一切都和山涛说的一样。当时人们认为,山涛虽然没有向孙子、吴起学习兵法,却无形中和他们的见解相通。王衍说:"山涛不知不觉中合乎用兵之道。"

【注释】

①晋武帝:司马炎。讲武:讲习武事。宣武场:操场名,在洛阳宣武观北面。②偃武修文:放松武备,施行文治。③山公:即山涛,字巨源,魏末晋初河内怀县(今南武涉西)人,"竹林七贤"之一,曾任吏部尚书、尚书右仆射、司徒。④孙、吴:指孙子、吴起。孙子是春秋时齐国的著名军事家,著有《孙子兵法》;吴起是战国时卫国的著名将领。二人都以善于用兵著称,所以后世多以孙、吴并称。⑤王:皇帝对同宗、臣僚所封的最高一级爵位,诸王都有自己的封国。骄汰:汰通"泰",骄横奢侈。⑥遘(gòu):遭到;遭遇。⑦理会:见解一致。⑧王夷甫:即王衍,字夷甫。

【评析】

山涛是晋代吏部尚书，为"竹林七贤"之一。虽居高官荣贵，却非常俭约。山涛好老庄学说，与嵇康、阮籍等交游，为人小心谨慎。当时晋武帝决定奉行休养生息，重文轻武的政策。他初衷虽好，但是在他即位后为了稳固自己的地位，大封宗室为王的做法却为以后的战争埋下了祸根。山涛没有学习兵法，却深谙兵法的个中深理，因此反对晋武帝的做法。山涛陈述道理，虽然当时在座者都感叹是天下名言，晋武帝也不否认，但是最终也没有采用。王侯们骄奢放纵，给国家造成祸害。各地的盗贼也纷纷聚合，郡国因为没有武备，不能加以制服，就逐渐壮大起来，酿成了连年的战乱，史称"八王之乱"。这也从侧面验证了山涛的担忧与预见。

【历代评点】

刘辰翁云："兵不当废，何在孙吴？"

李贽云："此公非清谈之杰乎？可废事也。"

王衍代父致辞

【原文】

王夷甫父乂①，为平北将军，有公事，使行人论，不得。时夷甫在京师，命驾见仆射羊祜、尚书山涛②。夷甫时总角，姿才秀异，叙致既快，事加有理，涛甚奇之。既退，看之不辍，乃叹曰："生儿不当如王夷甫邪？"羊祜曰："乱天下者，必此子也！"

【译文】

王衍的父亲王乂，担任平北将军，有公事，派使者去陈述，但没有合适的人选。当时王衍在京师，就乘车去见仆射羊祜和尚书山涛。当时王衍尚未成年，但容貌才华秀美出众。不仅说话爽快，而且叙事还很有条理，为此，山涛感到十分惊讶。王衍出去时，山涛还一直看着他，并叹息道："生儿子不就应该像王衍那样吗？"羊祜说："将来扰乱天下者，必定是此人！"

【注释】

①王夷甫：即王衍。②羊祜(hù)：即羊叔子。

【评析】

羊祜博学多才、善于写文、长于论辩而有盛名于世。他虽然年十二丧父，却在能说话的时候就开始被父亲教之以典范的文章，到了九岁，羊衙又向他传授《诗》、《书》，在严格的家学教育下，使他成为一代贤才。那时候的羊祜虽然年轻，但很有政治头脑。他评价王衍"将来乱天下的肯定是此人"。王衍外表清明俊秀，风姿安详文雅。但是他生活在那样一个动荡的年代里,国家需要的是具有治国才能的社稷之臣。而王衍本质上是一个文人,崇尚玄谈,讲究风度,以清谈名士出仕是当时的一种风尚,但同时也是一种悲剧。他的一生在出仕与入仕之间徘徊。身为臣子王衍品格并不高尚,为自己的安危而将国家大事抛之不顾。虽说西晋末年的局势并不是个人就能决定其胜负,但王衍在其中无疑起到了很大的消极作用。他便真成了羊祜所说的"祸国殃民"的人,被世人所不齿。

【历代评点】

刘辰翁云:"代父致辞。"

王世懋云:"羊公识更高于巨源。"

李贽云:"羊公退一步,是步步踏实地人也。夷甫狂者,安得便在轻重?"又云:"羊公取人亦太窄。"(《初谭集·师友·知人》)

王世懋又云:"别史云:'二王当国,羊公无德。'更佳。"(按:王世懋所谓别史当指《资治通鉴》。)

潘阳仲见王敦

【原文】

潘阳仲见王敦少时①,谓曰:"君蜂目已露②,但豺声未振耳③。必能食人,亦当为人所食。"

【译文】

潘阳仲见到王敦少年时的模样,对他说:"你已经流露出毒蜂一般的目光,只是说话尚未像豺声那样尖利罢了。你一定能够吃人,也将会被人吃掉。"

【注释】

①潘阳仲:即潘滔,字阳仲,乘阳人,太常潘尼从子,有文学才识。曾任洗马、河南尹。永嘉末年遇害。王敦:字处仲,小字阿黑,晋琅琊临沂(今属山东)人。②蜂目:比喻眼睛像毒蜂一样地突露。据《左传·文公元年》记载,楚成王将立商臣为太子,征求令尹子上的意见,子上认为商臣蜂目而豺声,是极为残忍的人,不可立为太子。后来就用蜂目豺声形容为人的残忍。③豺声:喻指说话像豺叫一样地尖利。振:这里指声音响起来。

【评析】

还在王敦年少的时候,潘阳仲在见了王敦后就预言了他有叛乱的野心,和将会失败的下场。到了东晋以后,琅琊王氏达到了政治巅峰,出现了"王与司马共天下"的局面。也因此,王敦才会心生异志。但是王敦的行为已与其家族利益相抵触。最终他的叛逆行为还是被镇压了下来,也没有落个好下场。那时候人们不再单凭外貌来判别一个人的内心,而是注意从平日的言行来分析了。

【历代评点】

王世懋云:"无容面斥之,注语是也。"

石勒使人读《汉书》

【原文】

石勒不知书①,使人读《汉书》②。闻郦食其劝立六国后③,刻印将授之,大惊曰:"此法当失,云何得遂有天下?"至留侯谏④,乃曰:"赖有此耳!"

【译文】

石勒不识字,叫人读《汉书》给他听,听到郦食其劝说刘邦立六国的后代为王侯,并刻好了大印准备授给他们的时候,石勒大惊,说:"这个办法不妥,这样怎么能得到天下?"等听到留侯张良阻止此事时,又说:"幸亏张良劝阻啊!"

【注释】

①石勒:字世龙,上党武乡人,匈奴后裔。曾聚众起义,于晋元帝太兴二年(公元319年)自称赵王,建立后赵政权,晋成帝咸和四年(公元329年)灭前赵,称帝后不久病死。②《汉书》:东汉班固撰(zhuàn),是记载西汉王朝主要事迹的史书。③郦食其:西汉人,刘邦的谋士,曾献计攻下陈留,被封为广野君。六国:指战国期间函谷以东的楚、齐、燕、韩、赵、魏六国。④留侯:即张良,字子房,曾在博浪沙椎击秦始皇未中,后率众归汉,是刘邦的重要谋士。汉朝建立,封为留侯。

【评析】

汉代开国谋臣张良,并非体魁雄伟、英气非凡的人物。他身居乱世,胸怀国亡家败的悲愤,投身于兵戎生涯,为刘邦击败项羽以及汉朝的建立立下了不可磨灭的功劳。官拜大司马之后,辞官归隐,是汉初三杰当中,唯一一位得善终的人。后人评价他为"运筹于帷幄之中,决胜于千里之外"。而石勒是从奴隶到皇帝整个世界历史上的唯一一人。石勒出身低微,早年饱经忧虑祸患。但是他富于军事才能,政治上也颇有识度,自比在刘邦(即汉高祖刘邦)、刘秀(即汉光武帝刘秀)之间,鄙视曹操(即魏武帝曹操)、司马懿欺负孤儿寡妇以取天下。唐朝诗人司空图有诗"石勒童年有战机,洛阳长啸倚门时。晋朝不是王夷甫,大智何由得预知。"

【历代评点】

凌濛初云:"异哉此虏!识乃在汉高上。"

张翰思莼羹鲈脍

【原文】

张季鹰齐王东曹掾①，在洛，见秋风起，因思吴中菰菜、莼羹、鲈鱼脍②，曰："人生贵得适意尔，何能羁宦数千里以要名爵③！"遂命驾便归。俄而齐王败，时人皆谓为见机④。

【译文】

张季鹰担任齐王司马冏的东曹属官，住在洛阳，见到秋风起了，就想到家乡吴地的菰菜、莼羹和鲈鱼脍，说道："人生贵在快活称心，怎么能为了功名，在数千里外做官来谋求名声爵位呢？"说完就让人备车回故乡了。不久，齐王失败，时人都觉得张季鹰有远见。

【注释】

①张季鹰：即张翰，字季鹰，晋吴郡吴（今江苏苏州）人，曾任大司马东曹掾，因思乡弃官归家。齐王：指司马冏。东曹掾：东曹中的属官。曹：官署中分科办事的机构。②菰(gū)菜、莼羹：宋本作"菰菜羹"，疑"羹"上有"莼"字。《晋书·张翰传》作"菰菜、莼羹"，今从《晋书》本。莼羹，用莼菜加调味料制成的稠汤。脍：切得很细的鱼肉。③羁宦：旅居外地做官。要：求；谋求。④见机：观察事物发展的细微倾向。

【评析】

张季鹰因秋风起时思念故乡的菰菜、莼羹和鲈鱼脍而弃官返乡，他淡泊名利、洒脱不羁的作风直追阮籍，所以当时的人们赞誉他为"江东步兵"。后来人们就以菰菜、莼羹和鲈鱼脍作为辞官归乡，或者乡国之思的典故。而且刚好当时张季鹰在齐王司马冏那任职，当时晋皇室诸王争夺中央朝权与相征战。齐王司马冏等八王参与，也就是历史上的"八王之乱"。而在此之前张季鹰因为思念故乡，便辞官归乡了，所以免受了当时的祸乱。人们都称他有先知。

【历代评点】

凌濛初云："羹脍故可思，然亦见败机耳。"

张懋辰云："予喜长公赞直为鲈鱼也，自贤为得翰意。"

钟惺云："名言。"

文廷式云："季鹰真可谓明智矣。当乱世，唯名为大忌。既有曰海之名而不知退，则虽善于防虑，亦无益也。季鹰、彦先皆吴之大族。彦先知退，仅而获免。季鹰则鸿飞冥冥，岂世所能测其浅深哉？陆氏兄弟不知此义，而干没不已，其沦胥以丧，非不幸也！"（《纯常子枝语》卷五）

王澄评王玄

【原文】

王平子素不知眉子①，曰："志大其量，终当死坞壁间②。"

【译文】

王澄一向不赏识侄子王玄，他说："王玄志向大，器量小，最终必定会死在战乱的小城堡中。"

【注释】

①王平子：即王澄，字平子，晋琅琊临沂(今属山东)人。眉子：即王玄，字眉子，王夷甫的儿子，王澄的侄儿，担任吴国内史时，为政苛急，大行威罚，后代理陈留太守，遭人袭击被害。②坞壁：防御敌军或寇盗的小城堡。

【评析】

王玄是王敦的儿子，王敦悖逆叛乱，他的儿子在他的教化下也没学什么好。于是王澄便说出这样的话，但是最后竟也应验了。

【历代评点】

王世懋云："言败可耳，何得定知死坞壁间？傅会多如此。"

[日]秦士铉云："坞壁盖谓阵营。《后汉书》'遣兵屯河内，冲要皆作坞壁'，是也。"

杨朗知人善用

【原文】

王大将军始下①，杨朗苦谏不从②，遂为王致力。乘中鸣云露车迳前③，曰："听下官鼓音，一进而捷。"王先把其手曰："事克④，当相用为荆州。"既而忘之，以为南郡。王败后，明帝收朗⑤，欲杀之。帝寻崩，得免。后兼三公⑥，署数十人为官属⑦。此诸人当时并无名，后皆被知遇⑧。于时称其知人。

【译文】

大将军王敦将要东下进攻建康时，杨朗极力劝阻，可是王敦不听从，杨朗只好尽心为王敦效力。他坐着中鸣云露车直奔王敦面前，说道："听我的鼓声，一次进攻就可获胜。"王敦握着他的手说："事情成功之后，我任命你来担任荆州刺史。"后来就忘了自己的承诺，只让他当了南郡太守。王敦失败后，晋明帝司马绍逮捕了杨朗，要杀掉他。不久明帝驾崩，杨朗得以赦免。后来杨朗位居三公，有几十人被他任命为属吏。这些人当时并没有名望，后来都受到朝廷赏识重用，因此当时人们赞扬他有识才之能。

【注释】

①王大将军：即王敦。②杨朗：字世彦，弘农人，有器识有才量。曾任南郡太守，官至雍州刺史。③中鸣云露车：即云车，又名楼车，车上有望楼可观察敌情，车中置鼓锣以指挥军队进退。④克：

成功。⑤明帝：即晋明帝司马绍。⑥兼三公：做三公曹郎,指尚书省中的三公曹尚书。按：三公曹尚书是西晋时的官职,东晋时已撤销,而杨朗是东晋人,不可能担任这一职务,此处应为误传。⑦署：任用；委任。⑧知遇：赏识；厚待。

【评析】

王敦决定起兵时,"位望殊为陵迟"的杨朗协助王敦叛乱,立下大功,王敦许愿让他做荆州刺史,而终授予他的是南郡太守。虽然王敦没有践诺,但杨朗大概也没有真的指望可以获得荆州刺史之位,因为他知道王敦是什么样的人,又或者南郡太守一官已经可以安抚他的不满,反正此后杨朗便成为王敦的心腹之一。晋明帝在平定王敦后,却没有把杨朗杀了,原因就是因为当时朝廷重人才,从而力保杨朗,他们从王敦的叛变发现了杨朗的才能,而杨朗最后也不负众望以其独特的眼光为国家挑选了一批又一批的人才。

【历代评点】

王隐《晋书》曰：朗有器识才量,善能当世。仕至雍州刺史。

周嵩评自家三兄弟

【原文】

周伯仁母冬至举酒赐三子曰："吾本谓度江托足无所,尔家有相①,尔等并罗列吾前,复何忧？"周嵩起,长跪而泣曰："不如阿母言②。伯仁为人志大而才短,名重而识暗③,好乘人之弊,此非自全之道；嵩性狼抗④,亦不容于世；唯阿奴碌碌,当在阿母目下耳。"

【译文】

周伯仁的母亲在冬至这一天赐酒给三个儿子,说："我本以为过江后无落脚之地,幸亏你们周家有福气,你们兄弟几人都在我身边,我也就没什么可忧虑的了。"周嵩起身恭敬地跪在母亲的膝前,流着泪说："并不像母亲所讲。大哥伯仁为人志向远大却才能不足,名声显赫却见识肤浅,且爱乘人之危,这并不是保全自己的方法。我自己性格刚烈,也为世所难容。只有小弟弟平庸,可以时常在母亲跟前罢了。"

【注释】

①度江：同"渡江"。有相：有荣华富贵之相或有福气之相。尔家有相：就是说周家有福气。②阿母：母亲。亲属称谓前加"阿",是汉魏六朝时的称谓习惯,带有亲昵的意味。③识暗：识见不明。④狼抗：刚烈。

【评析】

这里记叙的是一段关于周嵩和他母亲的对话,在他和母亲的谈话中客观地分析了他们兄弟三个的性格,也做出了正确的评判。

【历代评点】

刘辰翁云:"语甚可悲。"

陈梦槐云:"如读此则,不多其识鉴,而伤其语之悲。须溪看书,故别。"

凌濛初云:"自知不容于世,然犹手批玄亮、火攻伯仁。"(按:"手批玄亮"见《方正》篇。"火攻伯仁"见《雅量》篇。)

李贽云:"真自知之明,知兄之明也。"(《初谭集·兄弟下》)

方苞云:"络秀贤女也,也不能知其子,惟嵩能知之,果如所料。"

王含父子投王舒

【原文】

王大将军既亡①,王应欲投世儒②,世儒为江州;王含欲投王舒③,舒为荆州。含语应曰:"大将军平素与江州云何④,而汝欲归之?"应曰:"此乃所以宜往也。江州当人强盛时,能抗同异,此非常人所行。及睹衰厄,必兴愍恻⑤。荆州守文⑥,岂能作意表行事?"含不从,遂共投舒。舒果沉含父子于江。彬闻应当来,密具船以待之。竟不得来,深以为恨。

【译文】

王大将军败亡之后,他的嗣子王应想投奔王彬,王彬是江州刺史,王含想投奔王舒,王舒是荆州刺史。王含对王应说:"大将军以前与江州刺史的关系怎么样,你如今要去投靠他?"王应说道:"正是因为他们平时感情不好,因此才该去他那里的。江州王彬能够在别人强盛的情况下坚持己见,这不是一般人能够做得到的。当他知道别人面临危难,就必然会有怜悯恻隐之心,荆州王舒,性格保守,他怎么会做出让人感到意外的事情呢?"王含不听他的意见,于是两人一起去投奔王舒。王舒用船将王含父子沉入江底。王彬本来听说王应要来,就私下里准备等待他,可是最终王应都没有来,王彬因此深感遗憾。

【注释】

①王大将军:即王敦。②王应:字安期,王含的儿子,因王敦没有儿子便养他作子嗣。官武卫将军。世儒:即王彬,字世儒,琅琊人,雅正之士,跟周伯仁交好,官历侍中、江州刺史、左仆射等职。③王含:王敦的哥哥。王舒:字处明,琅琊人,文武双全。中宗用为北中郎将、荆州刺史、尚书仆射。后为会稽太守,讨伐苏峻叛乱有功,封彭泽侯,赠车骑大将军。④云何:怎么样。⑤愍(mǐn)恻:怜悯恻隐之心。⑥守文:性格保守,不为情感所困。

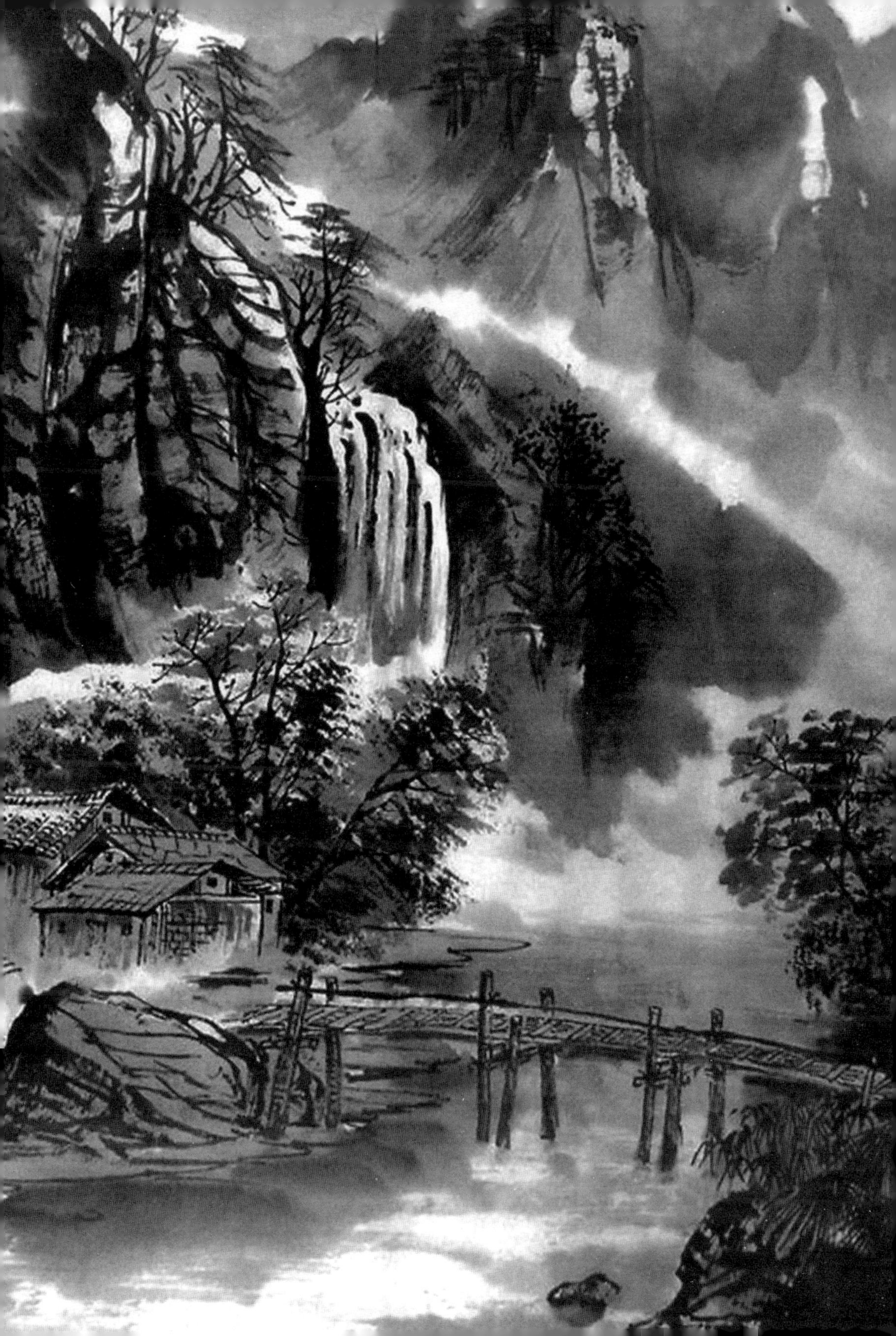

【评析】

王敦死后,他的部下们四处逃窜以求保命,他的嗣子王应和王敦的哥哥都商量着去投靠谁好。王应对王彬和王舒的性格特征非常了解,他认为王彬敢于直谏,这不是一般人能做到的,所以他看见别人衰败困厄的时候,必定生出恻隐之心,而王舒遵守成法,是不可能收留他们的。于是劝说王含而王含不听一心想要去投靠王舒,果然王含父子被王舒扔到长江。而被王应看好的王彬也确实如他所料是真心期待着他去的。

【历代评点】

刘辰翁云:"英贤独见,为鉴后来,龟不自灵,可伤可戒。江州未必不以灭亲自诿,不知舒后如何。"

胡三省云:"王应之见,犹能出乎寻常。此敦所以以之为后欤?能立同异,谓哭周须数敦罪及谏敦为逆也。"(《资治通鉴》九十三注)

李贽云:"嗟嗟,予安得世儒而投之!"(《初谭集·兄弟下》)

褚裒能知人而鉴

【原文】

武昌孟嘉作庾太尉州从事①,已知名。褚太傅有知人鉴②,罢豫章还③,过武昌,问庾曰:"闻孟从事佳,今在此不?"庾云:"试自求之。"褚眄睐良久④,指嘉曰:"此君小异,得无是乎⑤?"庾大笑曰:"然!"于时既叹褚之默识⑥,又欣嘉之见赏。

【译文】

武昌的孟嘉担任太尉庾亮的江州从事,当时他已经有名气了。太傅褚裒有鉴赏品评人物的才能,他被罢免豫章太守后,归途中路过武昌,他问庾亮:"听说孟从事这个人很不错,今天在这里吗?"庾亮说:"你自己找找看吧!"褚裒环视了良久,指着孟嘉说:"这个人有点与众不同,不会就是他吧?"庾亮大笑,说:"对啊。"此时他既赞褚裒的鉴识能力,又替孟嘉受到赏识而高兴。

【注释】

①武昌:郡名,治所在武昌(今湖北鄂城)。孟嘉:字万年,江夏鄳(méng)人,祖上移居武昌,庾亮兼任江州刺史时召为庐陵从事。后转官从事中郎,迁长史。庾太尉:即庾亮,字符规,晋颍川鄢陵人,官至征西大将军、荆州刺史,死后追赠太尉,谥号文康。②褚太傅:即褚裒(póu),字季野,晋河南阳翟(今河南禹县)人。曾任兖州刺史,封都乡亭侯,死后追赠侍中太傅。为人性格深沉持重,虽对别人不加褒贬,但心中是非分明。③"罢豫章"句:据《晋书·褚裒传》来推算,褚裒被免去豫章太守应在庾亮死后,因此下文所记识别孟嘉可能是在褚裒任豫章太守正月初一去谒见庾亮时的事。④眄(miǎn)睐:顾盼,左右环顾。⑤得无:表示推测,语气偏向于肯定,相当于"大概"、"恐怕"。⑥默识:暗自识别。

【评析】

　　孟嘉少年即负有才名。他品貌超群而风雅洒脱,他这种博雅平旷的形象为世人所赞赏,深得庾亮的器重。当时太傅褚裒与庾亮是好友,又刚好经过他们那里,便想一睹孟嘉的风采,庾亮便让他自己去找,褚裒环视四周认真观察,居然一点就中,可谓是慧眼识英雄。褚裒少年时就与清谈家杜乂齐名,被人称为"皮里阳秋",意思是虽然口头上不对人褒贬,但骨子里很能识人。

【历代评点】

　　王乾开云:"江州白眉,河南青眼,豪情契合,实为两难。"
　　凌濛初云:"既是异人,贞逢善鉴,安得不识?每阅此等,令人愈急知己。"
　　钟惺云:"此语盖轻之矣。"
　　钟惺又云:"问得唐突。"又云:"妙会。"

远离尘世

【原文】

　　王仲祖、谢仁祖、刘真长俱至丹阳墓所省殷扬州①,殊有确然之志②。既反③,王、谢相谓曰④:"渊源不起,当如苍生何?"深为忧叹。刘曰:"卿诸人真忧渊源不起邪?"

【译文】

　　王濛、谢仁祖、刘惔一起到丹阳墓地探望隐居的殷浩,殷浩表示了自己长期隐居的坚定信念。回来的路上,王和谢相互议论道:"殷渊源不出来做官,怎么向百姓交待啊?"深深地为此忧虑叹息。刘却说:"你们几位真的担心渊源不出来做官吗?"

【注释】

　　①王仲祖:即王濛。刘真长:即刘惔。殷扬州:即殷浩。②确然:坚定貌。确,"榷"的同音借字,表示坚硬。③反:返程后。④相谓:互相谈论。

【评析】

　　王濛、谢仁祖、刘惔和殷浩四个人都是以善于清谈相交。又同为会稽王所敬待甚至倚仗,这时候的殷浩还没有表现出要出仕的志向,而且他的决心极其坚决,跟谢安隐居东山以养名望走的是同一条路。王濛、谢仁祖见殷浩坚决不出仕,开始为社稷和百姓担忧,而刘惔却认定殷浩必将出山走上仕途,可见其对殷浩了解颇深。后来果不其然,殷浩不但当官了,而且还手握中枢大权。

【历代评点】

王世懋云:"真长能识殷浩驾驭桓温,岂可王、刘并称?"

凌濛初云:"真长口角,无处不可畏。"

刘惔慧眼识人

【原文】

小庾临终①,自表以子园客为代②。朝廷虑其不从命,未知所遣,乃共议用桓温。刘尹曰③:"使伊去,必能克定西楚,然恐不可复制④。"

【译文】

庾翼临终时上奏章推荐自己的儿子庾爰接替荆州刺史。朝廷担心庾爰不服从安排,找不到派去的人选,众人进行一番商讨后决定让桓温去。刘惔说:"派他去,肯定会使西楚稳定,可是恐怕今后再也无法控制他了。"

【注释】

①小庾:即庾翼。②园客:庾爰之的小名。庾爰之,字仲真,庾翼的第二个儿子。③刘尹:即刘惔刘真长。④复制:再能控制住。

【评析】

桓温身材雄伟、性格豪爽且有风度,熟悉他的人都认为他是孙权、司马懿一类的人。由于他的名气和才干,桓温得以娶成帝之女南康公主为妻,官拜驸马都尉,从此平步青云,开始了他的官宦生涯。当时庾氏兄弟在朝中掌权,桓温与两兄弟中的弟弟庾翼交往甚厚,这两位都是朝中的主战派,一直讨论要灭蜀、胡。庾翼也曾多次向成帝举荐桓温。这个时候,要派人去接替荆州刺史,大家商讨后推荐了桓温,但是刘惔凭着他的识人的能力便断言,"说要派他去,凭他的能力肯定是能稳定西楚,但是他便会借此掌握大权,到时候将无人能控制住他的势力了。"等到庾翼死后,皇室无人撑腰,以致桓温主权引发叛乱,使得当时局势动荡不安。应验了刘惔说的话。

【历代评点】

宋明帝《文章志》曰:翼表其子代任,朝廷畏惮之,议者欲以授桓温。时简文辅政,然之。刘惔曰:"温去必能定西楚,然恐不能复制。愿大王自镇上流,惔请为从军司马。"简文不许。温后果如惔所算也。

桓温将伐蜀

【原文】

桓公将伐蜀①,在事诸贤咸以李势在蜀既久②,承藉累叶③,且形据上流,三峡未易可克。唯刘尹云:"伊必能克蜀。观其蒲博④,不必得,则不为。"

【译文】

桓温即将讨伐蜀国,为官的贤达之人都认为李势在蜀国的时间已经很长了,继承先祖的基业也已经有好几代了,并且他们在地形上又控制了长江上游,三峡是不会轻而易举被攻破的。只有刘惔说:"桓温肯定能够将蜀地征服。我看过他赌博,没有绝对的把握他就不会出手。"

【注释】

①桓公:即桓温。②李势:字子仁,洛阳临渭人,巴西宕渠賨人,其先人李特因晋乱据蜀称霸。李势后受桓温讨伐,兵败。③承藉累叶:继承先祖遗业。叶,同"业"。④刘尹:刘惔刘真长。蒲博:赌博。

【评析】

成汉的皇帝李势承继祖业,从李特到他历经六世,而且又盘踞长江上游地带,想要去攻克他并不是什么简单的事情,所以朝中大臣颇有顾虑。只有刘惔了解桓温的性格,凡事没有把握就不会去做,桓温既然发兵,则必有攻克的把握。果然桓温出兵以少胜多,三战三胜,李势最后只有投降。

【历代评点】

凌漆初云:"如此料法,靡有不中。"

李贽云:"未尽然。"(《初谭集·君臣·将臣》)

与人同乐,亦与人同忧

【原文】

谢公在东山畜妓①,简文曰②:"安石必出。既与人同乐,亦不得不与人同忧。"

【译文】

谢安在东山养有歌舞女妓,简文帝司马昱说:"谢安一定会出仕,他既然能和人同乐,也就不得不和人同忧。"

【注释】

①谢公:即谢安,字安石。东山:谢安早年隐居的地方。当时他常和王羲之等人带着女妓出游。妓:表演音乐、歌舞的女侍。②简文:即晋简文帝司马昱,此时担任丞相。

【评析】

谢安是东晋的名臣,他的人品、为人都被当时世人所崇敬,最开始他隐于东山，一直没有意思要出仕做官。当朝的大臣们多次劝说他出仕未能让他动心，简文帝司马昱就说，"谢安一定会出来的，他能和人同乐就必定要与人同忧的"。当时王导去世，正值桓温开始执政。桓温是个有政治野心的人，很崇拜王敦，一心想谋取帝位。谢安为了天下的苍生，为了社稷的安危，而且当时也由于他弟弟谢万在一次作战中兵败被黜，谢安为了保持家族的地位，也为了顺应当时群众的呼声，于是决定出东山入仕。

【历代评点】

刘辰翁云："此语别见发微者也。与真长说殷浩同。"

李贽云："真率外见，故简文见其真；矫情为高，故真长识其假。"（按：李贽《初谭集·师友·论人》收此条，评语云："安石真率外见，故简文见其真；渊源矫情为高，故真长识其假。"可补此评之缺。）

郗超不以爱憎匿善

【原文】

郗超与谢玄不善①。苻坚将问晋鼎②，既已狼噬梁、岐③，又虎视淮阴矣。于时朝议遣玄北讨，人间颇有异同之论。唯超曰："是必济事。吾昔尝与共在桓宣武府④，见使才皆尽，虽履屐之间⑤亦得其任。以此推之，容必能立勋。"元功既举⑥，时人咸叹超之先觉，又重其不以爱憎匿善。

【译文】

郗超和谢玄的关系不好。苻坚将要攻取晋氏江山，早已攻取了梁州和岐山，然后又对淮水之南虎视眈眈。当时朝廷商议派谢玄率兵北伐，人们多数有不同意见。只有郗超说："谢玄肯定可以成功。我以前曾在桓温幕府与他共事，发现他用人可以尽其才。就是处理小事情都可以委任得当。从这些情形来推断，他一定可以建功立业。"谢玄胜利后，世人纷纷赞叹郗超的预见能力，同时又对他不因个人的爱憎而隐匿别人的长处的品德非常敬重。

【注释】

①郗超：即郗景山。②问晋鼎：攻取晋氏江山。传说夏朝铸九鼎，将其作为国宝，成为国家权力的象征。③狼噬：攻取。④桓宣武：即桓温。⑤履屐之间：比喻处理小事情。⑥元功：首功，大功。举：成，实现。

【评析】

郗超曾经因为自己的父亲郗愔在朝廷的官位比谢安低而感到愤愤不平，谢安同时也因为郗超的父亲不务政务而感到不满。因此，郗超和谢家的关系一直都不是很好，但是在遇到重要事情的时候，郗超并没有被个人感情左右，而是以国家大

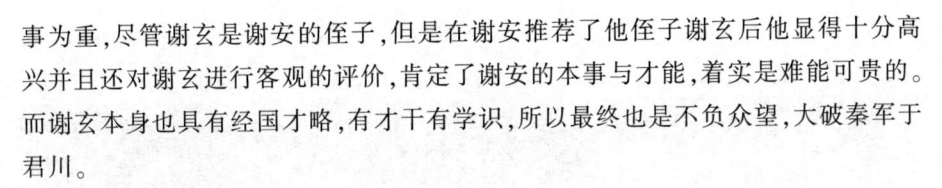

事为重，尽管谢玄是谢安的侄子，但是在谢安推荐了他侄子谢玄后他显得十分高兴并且还对谢玄进行客观的评价，肯定了谢安的本事与才能，着实是难能可贵的。而谢玄本身也具有经国才略，有才干有学识，所以最终也是不负众望，大破秦军于君川。

【历代评点】

王世懋云："正史坚姓从苻，即蒲之变也。此云当应符命，从竹非是。"又云："石虎时正姓蒲，不得云苻郎。"

李贽云："知人。"又云："安、玄、超俱妙。"（均见《初谭集·君臣·哲臣》）

物以类聚，人以群分

【原文】

王恭随父在会稽①，王大自都来拜墓②，恭暂注墓下看之。为人素善，遂十余日方还。父问恭："何故多日？"对曰："与阿大语，蝉连不得归③。"因语之曰："恐阿大非尔之友，终乖爱好④。"果如其言。

【译文】

王孝伯随同父亲住在会稽，王忱从京都来会稽扫墓，王孝伯到墓地去看他。两人素来友好，因此逗留了十多天才回去。父亲问王孝伯："怎么去了这么多天？"王恭说："与阿忱一说话，说起来没完没了，因此一连几天回不来。"父亲对他说道："恐怕阿忱不能成为你的朋友，你们最终会因为志趣爱好不同而分手。"后来果然如父亲所说。

【注释】

①王恭：即王孝伯。②王大：即王忱。③蝉连：一连几天。④乖：不同。

【评析】

王忱在少年时代显露出才气，很受亲友的推崇。那时候王恭也是被世人所赞誉，两个人都清操过人，而且都各负才华，因此两人相交甚好，王恭在当官后也是生活非常简朴、清廉，为官正直、敢言。而王忱却聪明善变。所以最后两人因为各自的品行志趣发展方向不同，而不再相交，这正如王恭父亲所说，最终分手。证明王孝伯的父亲看出了两个人早就存在的差异。

赏誉第八

【题解】

本门是对名士们做出的鉴赏和赞誉。和"识鉴"不同的是,它不包括对于事态发展的预见,而是从不同侧面单独对于人物品格、才华、风度去进行评论和赞誉。

陈蕃评周乘

【原文】

陈仲举尝叹曰①:"若周子居者②,真治国之器。譬诸宝剑,则世之干将③。"

【译文】

陈仲举曾赞叹地说:"像周子居这样的人,的确是治国的人才。如果用宝剑来比喻,就是世上的干将。"

【注释】

①陈仲举:即陈蕃(fān),字仲举。②周子居:即周乘,字子居。汝南安城人,天资聪颖。③干将:宝剑名。相传春秋时吴国干将和妻子莫邪为吴王阖闾铸成两剑,雄剑就叫干将,雌剑就叫莫邪。

【评析】

陈仲举是怀着革新政治、澄清天下的志向出仕的,他本着为民的态度,为官清廉、正直无私,赢得世人的极力赞赏。他的言行成为当时读书人的楷模,以他的眼光评价周子居,说他是治国的人才,是世上的干将。而周子居是一个地方长官,是一个品行端庄、励精图治,为人称道的好官,他为官时经常反省、检查自己的过失,总是拿自己的好友过失去比较自己的对错,以求达到提高修养、不断进步的目的。

【历代评点】

《汝南先贤传》曰:周乘字子居,汝南安城人。天姿聪明,高峙岳立,非陈仲举、黄叔度之俦则不交也。仲举尝叹曰:"周子居者,真治国之器也。"为太山太守,甚有惠政。

世人评李膺

【原文】

世目李元礼①:"谡谡如劲松下风②。"

【译文】

世人评价李元礼说:"清凛刚直,就像吹过劲松的大风。"

【注释】

①目:品评;评价。李元礼:即李膺,字符礼,东汉人,曾任司隶校尉。当时朝廷纲纪不振,他独持法度,名声很高。后因反对宦官专政,未成被杀。②谡谡(sù):形容风声疾速强劲。

【评析】

历史上的李元礼,懂得礼贤下士且为官清正廉明。他本身已经是个非常有才华的人,为官后为了增强国力,还不遗余力为朝廷搜罗人才。他为官清正冷峻,惩治阉人宦官贪污腐败手不留情。正是因为官清正冷峻,惩治阉人宦官贪污腐败手不留情,曾经还被一个贪官反咬一口而被罢官,后来陈蕃等很多当时非常有影响的高级官员反复上表为李元礼辨析冤情,不但要求把他放出来,还要求升他的官。终于李元礼被释,"复拜司隶校尉"。放出来了还是照样耿直威正,一如既往地追查官场里的贪污腐败现象,被誉为"天下楷模"。

【历代评点】

胡三省云:"目者,因其人之才品为之品题也。"

[日]秦士铉云:"《礼记》:'谡谡,起也。'谡谡,风起貌。一说,谡与肃通。"

[日]恩田仲任云:"飂(liù),音留,高风貌。一作高洁貌。"

公孙度评邴原

【原文】

公孙度目邴原①:"所谓云中白鹤,非燕雀之网所能罗也②。"

【译文】

公孙度评论邴原说:"他是人们所说的云中白鹤,不是用捕捉燕雀的罗网所能捉到的。"

【注释】

①公孙度:字叔济,东汉襄平人,曾任冀州刺史、辽东太守。邴原:字根矩,东汉东管朱虚人。曾官任五官中郎长史。避乱到辽东公孙度处,后想回乡里,公孙度不许,便设计离开。手下人要追赶,公孙度说,云中白鹤不是捉小鸟的网所能捕到的。②罗:网罗、局限住。

【评析】

这既是对邴原的褒扬,也是对公孙度善于誉人的褒扬。魏晋以后的人物品评有一个新的趋势,就是在预言性和政治、道德的评议外,增加了许多审美的成分,为已经享名的人、物用形象的语言、比喻象征的手法加以品题。公孙度以云中白鹤来评邴原,意在能更好地说明邴原的英雄气概以及伟大志向,邴原与管宁就以德行高尚齐名,州府辟命都不接受。黄巾之乱爆发,邴原带领家人到海上,住在郁洲山中。当时,孔融担任北海相,举荐邴原道德高尚。后来黄巾规模越发展越大,邴原避居辽东,与同郡的刘政都具有勇略雄气,名声重于一时。

【历代评点】

《魏书》曰:度字叔济,襄平人。累迁冀州刺史、辽东太守。

钟会评二童

【原文】

王浚冲、裴叔则二人①,总角诣钟士季②,须臾去,后客问钟曰:"向二童何如?"钟曰:"裴楷清通,王戎简要。后二十年,此二贤当为吏部尚书,冀尔时天下无滞才③。"

【译文】

王戎和裴楷在童年时去拜访钟会,没待多长时间就离开了。走后,客人问钟会:"刚才那两个孩子如何?"钟会说道:"裴楷清廉通达,王戎简约扼要。二十年后,这两位贤人将会做到礼部尚书。但愿到那时候,天下人才可以尽其用。"

【注释】

①王浚(xùn)冲:即王戎,王安丰。裴叔则:即裴楷。②钟士季:即钟会。③滞才:被凝滞的人才。

【评析】

钟会才华横溢,被人比作西汉谋士张良。而裴楷,少时聪悟有识,很早就以善谈《老子》《易经》而知名于世。他与当时善于清谈,以精辟的评论和识鉴闻名的王戎一齐去拜访了钟会,得到了钟会的大力赞扬。裴楷后来由大将钟会推荐,做了辅政的大将军司马昭的僚属,后升为尚书郎。司马炎即帝位后,他先后做过散骑侍郎、散骑常侍、河内太守,后入朝为屯骑校尉、右军将军、侍中。与山涛、和峤等人同为司马炎身边近臣。后来,他还参与了晋朝法律的制定,并且在朝臣中宣读。满朝文武都为裴楷的口才而叹服。在跟随晋武帝司马炎期间,裴楷能拾遗补缺,以朝廷大局为重,抑制权臣,悉心于西晋王朝的治化。而王戎,承袭父亲的贞陵亭侯爵位,历仕吏部黄门侍郎、散骑常侍、河东太守、荆州刺史,以事免。又迁豫州刺史,加建威将军。咸宁中伐吴,王戎遣军进攻武昌,吴江夏太守刘朗降。吴平后,进爵安丰县侯。

【评析】

《晋阳秋》曰：戎为儿童，钟会异之。

裴楷品评人物

【原文】

裴令公目夏侯太初①："肃肃如入廊庙中②，不修敬而人自敬。"一曰："如入宗庙，琅琅但见礼乐器③。""见钟士季，如观武库，森森但睹矛戟在前。见傅兰硕④，汪翔靡所不有⑤。见山巨源⑥，如登山临下，幽然深远⑦。"

【译文】

中书令裴楷品评夏侯玄说："见到他那严整的样子，就像进入朝廷一样，令人肃然起敬。自己不造作，却让人自然而然地敬重。"还有一种说法是："就像进了宗庙，看到的都是美妙的礼器乐器。""见到钟会，就像参观武器库，只看到矛戟之类的兵器。见到傅嘏，就像看到汪洋大海，感到深厚广博，无所不有。见到山涛，就像登上高山往下看，幽远深邃。"

【注释】

①裴令公：即裴楷。夏侯太初：夏侯玄，字太初。②肃肃：严整的样子。廊庙：本指殿下屋和太庙，是君臣议论政事的地方，这里指朝廷。③琅琅：形容玉石洁白华美。④傅兰硕：即傅嘏，字兰硕，三国时魏国人，官至尚书。⑤汪翔：宋本作"汪庮"，《晋书·裴楷传》作"汪翔"作恣意汪洋解。吴士鉴《斠注》："汪庮(sè)，为汪翔之伪文。"今依吴说。⑥山巨源：即山涛，字巨源。⑦幽然：深远的样子。

【评析】

当时的官僚文人都喜欢这样地互相吹捧，以自高声价。裴楷当时以极高的语言评价了夏侯玄、钟会、傅嘏、山涛。夏侯玄少时博学，才华出众，尤其精通玄学，被誉为"四聪"之一，他和何晏等人开创魏晋玄学的先河，是早期的玄学领袖。在政治上，他提出"审官择人"、"除重官"、"改服制"等制度，司马懿认为"皆大善"。钟会，年少的时候就聪明且受众人赏识，也是个有文的人，自己本身的才能也不错有广阔的学识，精通数般技艺。但是他也是个有野心的人。结交蜀将姜维，欲谋反魏，准备出其不意进军长安，再占洛阳，司马昭对此早有准备，率大军十万屯长安，并令中护军贾充领兵入斜谷。钟会知事泄，诈传郭太后遗诏，宣布讨伐司马昭，并把入蜀魏军将领扣押。魏军向钟

会进攻,钟会与姜维均被杀。山涛,虽居高官荣贵,却贞慎俭约,俸禄薪水,散于邻里,当时的人把这叫做"璞玉浑金"。武帝时任尚书之职,凡甄拔人物,各有题目,称"山公启事"。他好老庄学说,与嵇康、阮籍等交游。为人小心谨慎且风度怡然,肚量阔开。

【历代评点】

王世懋云:"据《晋史》作汪翔,盖汪字讹为江,翔音讹为庸也。然汪翔亦甚费解。"

刘辰翁云:"少得此人。"

璞玉浑金

【原文】

王戎目山巨源①:"如璞玉浑金②,人皆钦其宝③,莫知名其器④。"

【注释】

①王戎:即王安丰。山巨源:即山涛。②璞玉浑金:未经雕琢的玉和未经冶炼的金。比喻人质朴。③钦:看重。④名:称呼。器:器量、才识。

【译文】

王戎评山涛:"山涛就像未经琢磨的玉和未经冶炼的金一样。人们往往都欣赏玉和金光彩夺目的外表,而对未经琢磨的玉和未经冶炼的金,却不知道它们内在的高贵质地。"

【评析】

山涛出身贫寒,但是为人很有气量,他生性喜爱《老子》、《庄子》尽管他很有学识,但是常常刻意掩盖自己的锋芒,不显山露水,不被别人所知,不像别人一样故意卖弄以求身价倍增,他和当时的名流嵇康、阮籍等当时的名流们意气相投,便结为竹林贤士。为官以后也是清正廉洁,不搞裙带关系,踏踏实实,勤勤恳恳。什么事情总是亲力亲为,赢得人们的一致好评。后来王戎评价山涛的这句话也被人们认为是至理名言,"璞玉浑金"的成语就是出自他的这个评语中。

【历代评点】

李贽云:"可谓善赏。"(《初谭集·师友·推贤》)

钟惺云:"写出一绝妙吏部。"

山涛评阮咸

【原文】

山公举阮咸为吏部郎①,目曰:"清真寡欲②,万物不能移也③。"

【译文】

山涛推荐阮咸担任吏部郎,并评价阮咸道:"纯真淡雅,清心寡欲,没有什么能够改变他高洁的品格。"

【注释】

①山公：即山涛。阮咸：字仲容，陈留人，当时世人都认为他的行为很怪。官为散骑侍郎。②清真：清雅纯真。③移：使……移。作动词。

【评析】

阮咸性情放达，为人放诞，不拘礼法、狂浪不羁。尽管世人都笑他的荒诞，但是他从不被世俗所牵引，不为外界所扰。他才高八斗，且善弹琵琶。他所用的琵琶与后来从龟兹传来的曲项琵琶不同，唐时以他的名字为他所弹的乐器命名为"阮咸"，宋时简称"阮"。以人名来给乐器命名，中外音乐史上仅他一个。

【历代评点】

刘辰翁云："绝妙举词。"
李贽云："似卓老。"（见《初谭集·君臣·铨选诸臣》小字夹批。）
钟惺云："此一段总是推重巨源，毕竟从深默中来。"

庾敳品评和峤

【原文】

庾子嵩目和峤①："森森如千丈松②，虽磊砢有节目③，施之大厦，有栋梁之用。"

【译文】

庾子嵩品评和峤："有如茂盛的千丈松柏，虽然有节疤枝杈，但用来建造高楼，却能做栋梁的用处。"

【注释】

①庾子嵩：即庾敳，字子嵩。和峤：字长兴，晋汝南西平(今河南舞阳东南)人。武帝时任中书令，因母丧离职；惠帝即位，拜为太子少傅。他家境富有，却为人吝啬，因此受到世人讥讽。②森森：茂盛的样子。③磊砢(kē)：树木多节疤的样子。节目：树木分出枝杈的地方。

【评析】

和峤少年时代已很有才华。为政清廉，享盛名于朝野，深得百姓颂赞，他懂得珍重自爱，有盛名于世，袭父爵上蔡伯。累迁颍川太守。和峤在朝当职的时候能向皇帝谏言上策直言不讳，并且能够切中要害。但是和峤唯一的一个缺点就是一生吝啬异常，爱钱如命，杜预曾经认为他有钱癖。这就是庾敳评价他的"有如茂盛的千丈松柏，虽然有节疤枝杈"，也许是因为这一点，使峤最终留下了一个小小的污点。

【历代评点】

《晋诸公赞》曰：峤常慕其舅夏侯玄为人，故于朝士中峨然不群，时类传其风节。

王戎评王衍

【原文】

王戎云:"太尉神姿高彻①,如瑶林琼树②,自然是风尘外物③。"

【译文】

王戎说:"太尉王衍的仪态高迈豪爽,有如美玉般的宝树,天生就是超脱人间世俗之外的人物。"

【注释】

①太尉:指王衍,字夷甫。高彻:高迈豪爽。②瑶林琼树:传说仙境中美好洁净的玉树。③风尘:人间世俗。

【评析】

王衍出身于名门望族,外表清明俊秀,体态安详文雅。而且他才华横溢,聪明敏锐有如神人,精通玄理,专以谈论《老子》《庄子》为事。他本质上是一个文人,崇尚玄谈,讲究风度,然而,他生活在那样一个动荡的时代中,时代需要的是具有经世才能的人。王衍以清谈名士出仕正好是当时的一种风尚,自然就被大家赞誉为仙人一般了。

【历代评点】

《名士传》曰:夷甫天形奇特,明秀若神。

《八王故事》曰:石勒见夷甫,谓长史孔苌曰:"吾行天下多矣!未(宦)[尝]见如此人,当可活不?"苌曰:"彼晋三公,不为我用。"勒曰:"虽然,要不可加以锋刃也。"夜使推墙杀之。

王湛为王济叹服

【原文】

王汝南既除生服①,遂停墓所。兄子济每来拜墓②,略不过叔,叔亦不候。济脱时过,止寒温而已。后聊试问近事,答对甚有音辞,出济意外,济极惋愕;仍与语,转造精微。济先略无子侄之敬,既闻其言,不觉懔然③,心形俱肃。遂留共语,弥日累夜。济虽俊爽,自视缺然,乃喟然叹曰:"家有名士三十年而不知!"济去,叔送至门。济从骑有一

【译文】

王湛为母亲服丧三年,脱掉丧服后就在墓地居住。他的侄子每次来扫墓,都不去看叔叔,而叔叔也从不等他。王济偶然经过,不过寒暄几句而已。后来王济随意问了一些最近的事情,王湛回答得言辞华美、音调悦耳,出乎王济预料,令其大吃一惊。继续与他精谈,越谈越精深微妙。这之前王济对王湛完全没有子侄应有的恭敬,听他的言辞,王济敬畏之情顿生,身心肃穆。于是留下来一起谈论,一连好几天都是通宵达旦。王济虽然才华出众,性格豪放,但是还是认识到了自己的不足之处,他长

马绝难乘,少能骑者。济聊问叔:"好骑乘不?"曰:"亦好尔。"济又使骑难乘马,叔姿形既妙,回策如萦④,名骑无以过之。济益叹其难测,非复一事。既还,浑问济:"何以暂行累日?"济曰:"始得一叔。"浑问其故,济具叹述如此。浑曰:"何如我?"济曰:"济以上人。"武帝每见济,辄以湛调之⑤,曰:"卿家痴叔死未?"济常无以答。既而得叔,后武帝又问如前,济曰:"臣叔不痴。"称其实美。帝曰:"谁比?"济曰:"山涛以下,魏舒以上⑥。"于是显名,年二十八始宦。

叹了一口气说:"家里有位名士,三十年来却都不知道。"王济告辞时,叔叔将他送到门口。王济的随从中有一匹马,不好驾驭,很少有人能骑它。王济就顺便问叔叔道:"您喜欢骑马吗?"叔叔答道:"也喜欢啊!"王济就让叔叔去骑那匹烈马。发现叔叔跨上马背的姿势妙不可言。马鞭挥舞的从容不迫,即使是著名的骑手,都很难超越他。王济越发赞叹叔叔的高深莫测,其才能并非仅仅表现在某一个方面。回家后,父亲王浑问王济:"怎么去了这么久?"王济说:"我方才找到一位好叔叔。"父亲问他是什么意思,他就边赞叹边叙说自己的见闻。父亲又问:"跟我比如何?"王济说:"是在我之上的人物。"以往晋武帝每次见到王济,都会拿王湛跟他开玩笑,问他:"你家的那个傻叔叔死了吗?"王济往往不知怎么回答。重新认识了叔叔以后,当晋武帝又像往常那样问他时,王济便说:"我叔叔并不傻。"并极力称赞叔叔的各种美德。晋武帝问:"可以与谁相比呢?"王济说:"在山涛之下、魏舒之上。"王湛从此闻名于世,二十八岁开始做官。

【注释】

①王汝南:即王湛,字处冲,太原人。②兄子济:即前文王济王武子。③懔(lǐn)然:敬重的样子。④回策如萦:挥舞马鞭很从容的样子。⑤调:耍弄。⑥魏舒:字阳元,任城人,身长八尺二寸,不修常人近事。起初事后将军钟毓长史,后官历相国参军、侍中、司徒。

【评析】

王湛很有学识风范,也有度量,但是不喜欢多说话,以致当时的人们都以为他是个痴呆,连晋武帝都知道他们家有个"痴叔"。他的侄子王济先前也完全没有作为人家侄子该对长辈所有的敬意,等到和王湛随意交谈过后开始慢慢发现了王湛的才华,与之深谈,便不觉对王湛肃然起敬,看到王湛美妙精湛的骑术后,才醒悟,原来自己的叔叔是个高深莫测的名士,于是就向晋武帝推荐,而且对他做出了高度的评价。

【历代评点】

凌濛初云:"岂有如此名士三十年不知?不信不信。"又云:"当时何以每每重此(按:指骑马)。"

王世懋云:"不言如父,而言胜己,居然有王子敬意,然济实有胜父处。"

李贽云:"此人义重。"(《初谭集·君臣·貌臣》)

张懋辰云:"写事疏婉近情,几三百字,妙无逾此。"

钟惺云:"浚冲之痴,阳元之迟钝,便是从来名士深衷妙用。"又云:"观王武子见屈于其叔,可为今名士孟浪轻物之戒。"

不鸣不跃

【原文】

张华见褚陶①,语陆平原曰:"君兄弟龙跃云津②,顾彦先凤鸣朝阳③。谓东南之宝已尽,不意复见诸生。"陆曰:"公未睹不鸣不跃者耳!"

【译文】

张华见到褚陶后,告诉平原内史陆机说:"你们兄弟俩就像飞龙从天上银河跃出;顾容就像凤鸟迎着朝阳鸣叫。我本来以为东南的珍宝已经全在这里了,没想到现在又见到了褚先生。"陆机说:"那只是因为您没有看到不叫不跳的人罢了。"

【注释】

①张华:即张茂先。褚陶:字季雅,吴郡钱塘人,聪明绝顶,曾官居太守。②陆平原:即陆机。龙跃云津:像龙从天上银河跃出。比喻英才崛起。③顾彦先:即顾容。凤鸣朝阳:像凤鸟在早上鸣叫。比喻贤才遇时而起。

【评析】

这段写的是张华借着陆氏兄弟的名气,用他们的才气作铺垫介绍了另外一个东吴的人才褚陶。采用对话的形式,从侧面赞扬了吴国的人才,从陆机的回答"不叫不跳"的意思就是低调,意在说明人才辈出,只是没有全部被发现罢了。

【历代评点】

《褚氏家传》曰:陶字季雅,吴郡钱塘人,褚先生后也。陶聪惠绝伦,年三十,作《鸥鸟》、《水碓》二赋。

披云雾而睹青天

【原文】

卫伯玉为尚书令①,见乐广与中朝名士谈议,奇之曰:"自昔诸人没已来,常恐微言将绝②。今乃复闻斯言于君矣!"命子弟造之,曰:"此人,人之水镜也③,见之若披云雾睹青天④。"

【译文】

卫瓘担任尚书令时,看到乐广与西晋的名士谈论,感到非常出乎意料,他说:"自从过去那些名士去世以来,我总是担心玄学清谈会绝后,如今又从您这里听到了这种谈论。"于是他就命弟子去拜访乐广,并说:"此人就像清澈明亮照人的镜子,见到他就仿佛拨开云雾见青天一样。"

【注释】

①卫伯玉：即卫瓘，字伯玉，河东安邑人。曹魏明帝时，官历尚书郎、中书郎。高贵乡公时，官任散骑常侍。陈留王时拜侍中、廷尉卿，后为镇西将军、镇东将军等官。入晋官历征东将军、青州刺史、青州牧、幽州刺史、护乌桓校尉等职。后历官尚书令、司空等职。②微言：精深微妙的言辞。指玄学清谈。③水镜：像水一样清澈明亮的镜子。④披：拨开，分开。

【评析】

乐广从小家境贫寒，侨居在山阳。他不仅见识广阔，眼界深远，而且总是清心寡欲。不被世俗所烦扰。尤其善于清谈。裴楷等名士们经常和他谈论，也都自叹不如，卫瓘出身书法世家，擅长隶书、章草，师承张芝书法传统，自称得张芝之筋，风格流畅秀美。其章草笔画去掉波势，见出今草端倪。可以称之为文学一代的佼佼者。他称赞乐广为人有如清澈的镜子一般，总是能让人随之清心寡欲，有豁然开朗的感觉，在他身上能让人看到希望。

【历代评点】

李贽云："如此人，极宜慨赏。"

王懋云："徐干《中论》曰：'文王畋于渭水，遇太公钓，召而与之言，载之而归。文王之识也，灼然如驱云，霍然开雾而睹青天。'晋人盖引此以英乐广。"（《野客丛书》）

王衍兄弟互评

【原文】

王平子目太尉①："阿兄形似道②，而神锋太俊③。"太尉答曰："诚不如卿落落穆穆④。"

【译文】

王澄评价太尉王衍："哥哥的外表像是很有德行，只是锋芒太露。"太尉回答说："我的确不如你潇洒自然、豁然大度。"

【注释】

①王平子：即王澄，字平子。太尉：指王衍，王澄的哥哥。②道：有道；有德行。③神锋：精神气概。俊：突出。④落落穆穆：潇洒自然、豁然大度。

【评析】

王澄和王衍是亲兄弟，其家门是著名的琅琊王氏。出身于这样的名门望族，王衍外表清明俊秀，喜欢吟咏诗赋，清谈玄虚。而且他才华横溢，在那样一个注重清谈学说的年代里，不免就成了炙手可热的人物。声誉名气很大，为当世人所倾慕。所以平步青云直至担任宰相，但是王衍虽然身居显要职位，但是却不认真考虑国家的治理，他本质上是一个文人，崇尚的是玄谈，讲究风度，然而，却让他去当了宰相，动乱的时代需要的是具有经世才能的人。王衍以清谈名士出仕是当时的一种风尚，但同时也是一种悲剧。他弟弟王澄为人一生放荡不羁，不被世俗的礼节所牵制，而且生性自负，很少推崇别人却善于品评人物。正是如此，兄弟二人都互相给了对方中肯的品评。

【历代评点】

王世懋云："兄弟间品题略尽。"

竹林七贤各有俊才子

【原文】

林下诸贤，各有俊才子：籍子浑①，器量弘旷；康子绍②，清远雅正；涛子简③，疏通高素；咸子瞻④，虚夷有远志，瞻弟孚，爽朗多所遗；秀子纯、悌，并令淑有清流；戎子万子⑤，有大成之风，苗而不秀；唯伶子无闻⑥。凡此诸子，唯瞻为冠⑦，绍、简亦见重当世。

【译文】

竹林的各个贤才都有才智出众的儿子：阮籍的儿子阮浑，器量宽广恢宏；嵇康的儿子嵇绍，清雅高远、耿直正派；山涛的儿子山简，宁静淡泊、高洁通达；阮咸的儿子阮瞻，谦逊平和、志存高远；阮瞻的弟弟阮孚，坦率开朗，对事物多有超越；向秀的儿子向纯、向悌，都善良美好、品行高洁；王戎的儿子王绥，气度非凡，足以成就大业，但可惜英年早逝；唯独刘伶的儿子默默无闻。在这些人的儿子中，只有阮瞻堪称第一；嵇绍和山简也被世人看重。

【注释】

①籍子浑：即阮浑。②康子绍：即嵇绍。③涛子简：即山简。④咸子瞻：即阮瞻。⑤戎子万子：即王戎之子王绥。⑥伶：即刘伶。⑦冠：第一。

【评析】

在魏晋南北朝这段中国历史上，是个极为特殊的时期。而竹林七贤就是活跃在这个动乱年代中一个极不平凡的群体，是三国魏时七位名人嵇康、阮籍、山涛、向秀、刘伶、阮咸、王戎的合称。他们大都崇尚老庄之学，不拘礼法，生性放达。有自己的才识，有自己的追求，有自己的思想，在生活上不拘礼法，清静无为，聚众在竹林喝酒，纵歌。作品揭露和讽刺了司马朝廷的虚伪。虽然他们生性不羁，但是他们却给整个朝代留下了不可磨灭的影响。他们的后代在这样的父辈们的引导下自

然也是传承了上一辈的高深涵养与优良品格,同样被世人所传诵夸赞。

【历代评点】

王思任云:"字不乱下,俱错落安致。"

司马越教子

【原文】

太傅东海王镇许昌①,以王安期为记事参军②,雅相知重③。敕世子毗曰④:"夫学之所益者浅,体之所安者深。闲习礼度⑤,不如式瞻仪形⑥;讽味遗言,不如亲承音旨。王参军人伦之表,汝其师之。"或曰:"王、赵、邓三参军,人伦之表,汝其师之。"谓安期、邓伯道、赵穆也⑦。袁宏作名士传⑧,直云王参军。或云赵家先犹有此本。

【译文】

太傅东海王司马越镇守许昌时,任命王安期为记室参军。非常赏识他。告诫自己的儿子司马毗说:"从书中学来的东西比较肤浅,亲身体验到的感受比较深刻。学习掌握礼仪法度,不如亲眼去瞻仰礼仪形式;吟咏品味先人的遗言,不如亲身接受贤人的教诲。王参军是众人的表率,你要向他学习,以他为师。"还有一种这样的说法:"王、赵、邓三位参军是人民的表率,你要以他们为师。"说的是王安期、邓攸、赵穆、袁宏撰写《名士传》时,就只提到了"王参军"。有人说:"以前赵穆家里还保存着这个抄本。"

【注释】

①太傅东海王:司马越。②王安期:即王承。③雅:副词,甚,很。④毗(pí):即司马毗。⑤闲:通"娴"。⑥式瞻:即"瞻",瞻仰。式:发语词。⑦邓伯道:即邓攸。赵穆:字季子,汲郡人,才识清通,官历尚书郎、太傅参军。⑧袁宏:即袁虎。也称为袁彦伯。

【历代评点】

刘辰翁云:"甚善,有味。"

王导评王衍

【原文】

王公目太尉①:"岩岩清峙,壁立千仞。"

【译文】

王导评价王衍说:"他就像巍峨的高山,清秀挺拔;千仞峭壁,耸立于前。"

【注释】

①王公:即王导。太尉:即王衍,王夷甫。

【评析】

王导和王衍同属一个家族,而且是名门望族,魏晋是一个尊崇名士,也产生了众多名士的时代。名士的特征主要是善于清谈,而且行为举止潇洒风流。王衍是一个不折不扣的大名士,不但生得俊美,而且擅长老、庄学说,喜欢清谈玄学。这也成了当时的一个主流,这在当时为许多人所推重,所以,王衍自然在人们心目中的地位就被抬高。

【历代评点】

顾恺之《夷甫画赞》曰:夷甫天形瑰特,识者以为岩岩秀峙,壁立千仞。

庾亮评庾颢

【原文】

庾太尉目庾中郎①:"家从谈谈之许②。"

【注释】

①庾太尉:即庾亮。庾中郎:即庾颢。②家从:家叔。谈谈:深邃。或形容人物,或指言论。

【译文】

庾亮评价庾颢道:"我家叔父深不可测。"

【评析】

能被庾亮赞叹为"深不可测"的人必定是有着他不为人知晓的才学和品性。

【历代评点】

王世懋云:"注已不能解。按《史记》:'涉之为王沉沉者',注:沉沉,犹谈谈,俗言深也。谈谈二字见此,意言深深见许也。"

王思任云:"时语方言,政不须尽解。"

庾颢善自藏

【原文】

时人目庾中郎①:"善于托大②,长于自藏。"

【注释】

①庾中郎:即庾颢。②托大:支撑大局。

【译文】

当时的人们评价庾颢道:"他善于跻身大道而超脱俗世;长于韬光养晦而不露锋芒。"

【评析】

当时庾顗在人们的心目中有着极高的声誉,赞扬他身处位高权重的地位却能超脱官场的那些俗人俗事,能在人才济济中崭露头角却又不露锋芒。

【历代评点】

[日]恩田仲任云:"托大,谓寄心博大,不拘细故也。"

[日]秦士铉云;"寄心事外,自然通脱也。"

王澄赞子

【原文】

王平子与人书①,称其儿"风气日上,足散人怀②"。

【译文】

王澄给朋友写信,称赞他的儿子"风度翩翩,风度气质每日进步,足以让内心的苦闷消散。"

【注释】

①王平子:即王澄。②风气:风度气质。散:使疏散。

【评析】

王澄在信中称赞他的儿子风度翩翩,看样子是很为有这样的儿子而感到自慰又骄傲。

【历代评点】

刘辰翁云:"傲也。"

李慈铭云:"案晋、宋、六朝膏粱门第,父誉其子,兄夸其弟,以为声价。其为子弟者,则务鄙父兄,以示通率。交相伪扇,不顾人伦。世人无识,沿流波诡,从而称之。于是未离乳臭,已得华资。甫识一丁,即为名士。沦胥及溺,凶国害家。平子本是妄人,荆产岂为佳子?所谓风气日上者,淫荡之风、痴顽之气耳。长松下故当有清风,斯言婉矣。"

王导赞时贤

【原文】

王丞相云:"刁玄亮之察察①,戴若思之岩岩②,卞望之之峰距③。"

【译文】

丞相王导说:"刁协明察秋毫,戴渊性情严峻,卞望之整饬而有锋芒。"

【注释】

①王丞相：即王导。刁玄亮：即刁协，字玄亮，深得晋元帝信任重用，官至尚书令。察察：清察明辨。②戴若思：即戴渊，字若思，广陵人。多才善辩，风采过人，官至征西将军。被王敦所害。赠左光禄大夫。岩岩：高峻挺拔，比喻人态度严峻。③卞望之：即卞壶。峰距：山峰高尖突出，比喻人整饬而有锋芒。

【评析】

王导是一个执政为民的好官，上能忠君，下能爱民，一生都为了家国社稷奔波。这里由他来给刁协、戴渊、卞望之做出了中肯的赞誉。

【历代评点】

王世懋云："此须注乃得了然。"

[日]秦士铉云："导谓我驽才，故坦有此表，若卞、刁、戴三子者，坦不敢如此也。"

王敦赞誉王羲之

【原文】

大将军语右军①："汝是我佳子弟，当不减阮主簿②。"

【译文】

大将军王敦对王羲之说："你是我们家的优秀弟子，应该不落后于阮裕。"

【注释】

①右军：即王羲之。②阮主簿：即阮裕。

【评析】

阮裕为人爽快无私，深得王敦的器重。王敦是琅琊王氏的主导人物之一，琅琊王氏是当时的大贵族，所以王羲之身上所承继的才华，再加上他的天分就足以让人为傲了。王敦的话中既有对王羲之的殷切希望，也包含了对阮裕的赞赏。

【历代评点】

《中兴书》曰：阮裕少有德行，王敦闻其名，召为主簿，知敦有不臣之心，纵酒昏酣，不综其事。

周顗巍如断山

【原文】

世目周侯①："巍如断山②"。

【译文】

世人评价周侯，说："高峻陡峭，好像一座劈开的大山，让人望而生畏。"

【注释】

①周侯:即周顗,周伯仁。②巍(yí):高耸的样子。

【评析】

这里是评价周顗为人正直且办事果敢,不含糊。用高峻陡峭的大山来比喻他,证明他在大家的心目中已然建立了一个很有威信的形象。

【历代评点】

王思任云:"言其独立。"

王述为人晚成

【原文】

王蓝田为人晚成①,时人乃谓之痴。王丞相以其东海子②,辟为掾。常集聚,王公每发言,众人竞赞之;述于末坐曰③:"主非尧、舜,何得事事皆是?"丞相甚相叹赏。

【注释】

①王蓝田:即王述。②王丞相:即王导。东海:即王承。③末坐:最远最下的座位。

【译文】

王述成名比较晚,当时的人们都说他傻。丞相王导因他是东海太守王承的儿子而征召他来做属官。大家经常聚会,王导每次发言都会得到众人竞相赞美。王述在最远最下的座位说:"丞相并非尧舜,怎么能什么都对呢?"王导相当赞赏他的话。

【评析】

王述成名比较晚,当时的人都认为他有点痴呆症,王导因为他是东海太守的儿子,便召他去做了一名属官,王导在聚会的时候每一次的发言,却都出乎别人的意料,于是赢得了大家的赞美,也得到了大家的认同,王述却说直话直说,"主人家又不是尧、舜,怎么可能事事都是对的,没有什么差错呢?"王导没有生气,反而非常赞赏他。由此可见他确实是颇有风度跟气质的。

【历代评点】

刘应登云:"述,承之子。"

王思任云:"侃然,此后必不闻此。"

凌濛初云:"一语令千古佞谀羞死。"

凌濛初又云:"赞丞相也。注云赞述,误。"

桓彝荐徐宁

【原文】

庾公为护军①,属桓廷尉觅一佳吏②,乃经年。桓后遇见徐宁而知之③,遂致于庾公,曰:"人所应有,其不必有;人所应无,己不必无,真海岱清士。"

【译文】

庾亮担任护军时,嘱托桓彝给他寻找一位优秀的属官,居然过了一年。桓彝后来遇到了徐宁也了解了他,就将其引荐给了庾亮,说:"常人应该有的,他不一定有;常人应该没有的,他却不一定没有,实在是海岱之间的高洁之士。"

【注释】

①庾公:即庾亮。②桓廷尉:即桓彝。③徐宁:字安期,有德之人,初为舆县令,后为桓彝所赏识,官历吏部郎、左将军、江州刺史。

【历代评点】

刘辰翁云:"此语甚不容易,不特包罩,多风刺。"

袁中道云:"含蓄。"(《舌华录》卷一《名语》)

褚裒裁断于心中

【原文】

桓茂伦云:"褚季野皮里阳秋①。"谓其裁中也。

【译文】

桓茂伦说:"褚裒肚子里藏着春秋。"这就是说他内心里对人事有褒有贬。

【注释】

①褚季野:即褚裒。皮里阳秋:是说这人对人对事,表面上不作评论但内心里有所褒贬。

【评析】

桓茂伦评价褚裒对事物总是有着独到的见解,能评判出人事的好坏,亦能深藏不露。

【历代评点】

程炎震云:"《晋书》九十三《裒传》作:季野有皮里阳秋。言其外无臧否,而内有褒贬也。"

朱铸禹云:"裁中,谓裁断于中也。"

何充评贾宁

【原文】

何次道尝送东人①,瞻望见贾宁在后轮中②,曰:"此人不死,终为诸侯上客。"

【译文】

何充曾送从东边来的客人,他远远地看到贾宁坐在后面的车中,便说:"此人若不死的话,就必定会成为诸侯的座上客。"

【注释】

①何次道:即何充。②贾宁:字建宁,长乐人,结交于王应、诸葛瑶,曾参与苏峻之乱,官至新安太守。

【评析】

贾宁先是随苏峻反叛,苏峻失败后,真如何充所言,又投降了晋王室。

【历代评点】

刘辰翁云:"一样语病,此复可可。"

王世懋云:"贼何足道,当是缘丞相保存意耳。"

拔萃国举

【原文】

庾公云①:"逸少国举②。"故庾倪为碑文云③:"拔萃国举。"

【译文】

庾亮说:"王羲之是全国上下所推崇的人物。"因此庾倩给他写碑文为"拔萃国举"。

【注释】

①庾公:即庾亮。②逸少:即前文王羲之。③庾倪:即庾倩,字少彦,司空庾冰之子,官至太宰长史。

【评析】

王羲之的影响是巨大的,他所创造的辉煌很早就在人们的心目中奠定了一个无人替代的形象。

【历代评点】

徐广《晋纪》曰:倩字少彦,司空冰子,皇后兄也。有才具,仕至太宰长史。桓温以其宗强,使下邳王晃诬与谋反而诛之。

谢安小露才智

【原文】

谢太傅未冠①,始出西,诣王长史②,清言良久。去后,苟子问曰③:"向客何如尊?"长史曰:"向客亹亹④,为来逼人。"

【译文】

谢安还没有成年时,初到建康拜访王长史,清谈了很长时间。走后,王修问他的父亲:"刚才那位客人与父亲相比如何?"王长史说:"他勤学勉励,早晚都会凌驾于众人之上。"

【注释】

①谢太傅:即谢安。未冠:成年。②王长史:即王濛。③苟子:即王修。④亹亹(wěi):形容勤勉不倦。

【评析】

谢安是一个朝代的亮点,早在他还刚成年的时候就已经赢得了当时的名流们很高的赞誉,认为他是块金子,早晚有一天会发出耀眼的光芒。最后也果真如此。他成就了一个朝代的辉煌,为国家社稷安危做出了很大的贡献,官至宰相,名垂千史。

【历代评点】

刘辰翁云:"问向客,答向客,可观。"

程炎震云:"安石长王修十四岁,此言未必然。"

掇皮皆真

【原文】

谢公称蓝田①:"掇皮皆真②。"

【译文】

谢安称赞王述说:"此人性情表里如一,就算搓掉了表皮,显露出来的也是真的。"

【注释】

①谢公:即谢安。王蓝田:即王述。②掇(duō)皮:直率,没有什么掩饰。

【评析】

谢安的称赞是说明王述这个人从不弄虚作假,在尔虞我诈的官场中,仍然能保持自我的本性。

【历代评点】

[日]恩田仲任云:《古世说》:"范启与郗嘉宾书曰:'子敬举体无饶纵,掇皮无馀润。'答曰:'举体无馀润,何如举体非真者?'范性矜傲多烦,故嘲之。"据此则,"掇皮"犹"举体"也。

同命之人自相羡

【原文】

桓温行经王敦墓边过，望之云："可儿①！可儿！"

【注释】

①可儿：意同可人，可人心快人意。儿，昵称。

【评析】

因为二人在某种程度上有着共同点，都是举国叛乱的人物，而且桓温也向来就敬佩王敦的胆识，所以就赞誉他是个可心的人。

【译文】

桓温外出，路过王敦的墓地，他望着陵墓说："可心的人啊！可心的人啊！"

【历代评点】

刘应登云："犹可人也。"

刘辰翁云："奸雄自相羡，名德乃不之道。"

王世懋云："英雄相识，故不以成败论。"

李慈铭云："案此是桓温包藏逆谋，引为同类，正与'作此寂寂，将令文景笑人'！语同一致。深识之士，当屏弗谈。即欲收之，亦当在假谲、尤悔之列。而归之赏誉，自为不伦。"

王林评刘惔

【原文】

王长史谓林公①："真长可谓金玉满堂②。"林公曰："金玉满堂，复何为简选③？"王曰："非为简选，直致言处自寡耳。"

【译文】

王濛对支道林说："刘惔应该说是满腹经纶，就好比金玉满堂。"林公说："既然是满腹经纶，为什么还要挑选言辞？"王说："并非挑选言辞，只不过是他本来就寡言少语而已。"

【注释】

①王长史：即王濛。林公：即支道林。②真长：即刘惔。金玉满堂：比喻非常有才学。③简选：言语清简。

【历代评点】

刘应登云："言所蕴甚富而言甚寡，非择言而出。"

王世懋云："观此知林公未简于辞。"

王羲之评众人

【原文】

王右军道谢万石"在风林中，为自道上"①，叹林公"器朗神俊"②，道祖士少"风领毛骨"③，恐没世不复见如此人"，道刘真长"标云柯而不扶疏"④。

【译文】

王羲之说谢万石"在丛林水泽中，自然会挺拔向上"。称赞支林道"器宇轩昂，神采非凡"。称赞祖约"相貌独具风韵，恐怕这辈子都见不到这样的人了"。评价刘惔"好比高耸入云的柯树，但是枝叶并不茂盛"。

【注释】

①王右军：即王羲之。谢万石：即谢万。道(qiú)上：劲健向上。②林公：即支遁，支道林。③祖士少：即祖约。④刘真长：即刘惔。扶疏：高低疏密有致、形容茂盛。

【评析】

王羲之用优美而形象的语句分别对谢安、支道林、祖约以及刘惔做出评价。显示出他的才华之外同时也表现出了他无限的敬佩之情。

【历代评点】

刘辰翁云："比体。"（按：杨本作"非体"，误。比体，盖谓比兴之体。）

庾统为人简约直爽

【原文】

简文目庾赤玉①："省率治除"，谢仁祖云②："庾赤玉胸中无宿物③。"

【译文】

司马昱评价庾统："简约直率，不蔓不枝。"谢尚评价说："庾统胸中没有陈腐的东西。"

【注释】

①简文：即东晋简文帝。②谢仁祖：即谢尚。③庾赤玉：即庾统。宿：陈、老旧。

【历代评点】

《中兴书》：统字长仁，颍川人，卫将军择子也。少有令名，仕至寻阳太守。

韩伯标榜自负

【原文】

殷中军道韩太常曰①："康伯少

【译文】

中军将军殷浩评价韩康伯说："康伯年

自标置②,居然是出群器③。及其发言遣辞,往往有情致④。"

【注释】

①殷中军:即殷浩。韩太常:即韩伯,字康伯,殷浩的外甥。②标置:标榜自负;自视甚高。③居然:显然。④往往:处处。

【历代评点】

《续晋阳秋》曰:康伯清和有总理,幼为舅殷浩所称。

少时就很自负,果然是出类拔萃的人才。当他开口说话时,言谈措辞,也往往是很有情趣的。"

王述天真坦率

【原文】

简文道王怀祖①:"才既不长②,于荣利又不淡③;直以真率少许,便足对人多多许。"

【注释】

①简文:即东晋简文帝。王怀祖:即王蓝田王述。②长:深厚。③于荣利又不淡:并不淡泊功名利禄。淡,淡泊。

【译文】

简文帝称赞王述说:"他并没有突出的才能,也不淡泊功名利禄,只是由于他天真坦率,就这一点就已经抵上了别人的许多优点。"

【评析】

简文帝也评价了王述虽然没有什么特别的才华,但是足够坦率、真诚,这在众人当中就已经是难能可贵了。多人的评价都是如此,证明王述为人确实坦率。

【历代评点】

刘应登云:"与'掇皮皆真'同。"又云:"行状俱尽。"
王世懋云:"道尽蓝田,简文妙于言乃尔。"

支道林评王濛

【原文】

林公谓王右军①:"长史作数百语②,无非德音③,如恨不苦④。"王曰:"长史自不欲苦物。"

【译文】

支道林对右军将军王羲之说:"左长史王濛谈了几百句话,没有一句不是卓越的见解,遗憾的是不能说服别人。"王羲之说道:"长史本来就不想使别人信服他。"

【注释】

①王右军:即王羲之。②长史:即王濛,官至司徒左长史。③德音:有卓识的言谈。④苦:这里指在谈论中用言辞使人陷入困境。

【历代评点】

[日]秦士铉云:"长史自不欲苦人,但以其谈锋难当,故人乃自苦之耳。"

殷浩书评谢万

【原文】

殷中军与人书①,道谢万②:"文理转遒③,成殊不易④。"

【译文】

殷浩在给别人写的信中评价谢万,说他"文辞义理越来越刚劲有力,实在是非常不容易"。

【注释】

①殷中军:即殷浩。②谢万:即谢中郎。③转:愈,更加。④成:通"诚",实在,确实。

【历代评点】

《中兴书》曰:万才器俊秀,善自炫曜,故致有时誉。兼善属文,能谈论,时人称之。

王濛不翅儒域

【原文】

王长史云①:"江思悛思怀所通②,不翅儒域。"

【译文】

王濛说:"江思悛心中所通晓的,并不仅仅限于儒学。"

【注释】

①王长史:即王濛。②江思悛(quān):字思悛,陈留人,博览坟典,儒道兼综。

【历代评点】

[日]秦士铉云:"时好玄理,故云不翅儒域。"

许玄度才情过于所闻

【原文】

许玄度送母①,始出都,人问刘尹②:"玄度定称所闻不③?"刘曰:

【译文】

许询因送母亲而初次来到京都。有人问刘

"才情过于所闻。"

恢:"玄度本人与社会上的传闻到底相符吗?"刘说:"此人的才华远远超出了社会上的传闻。"

【注释】

①许玄度:即许询。②刘尹:即刘惔刘真长。③称:符合,称得上。

【历代评点】

《许氏谱》曰:玄度母,华轶女也。按词《集》,询出都迎婶,于路(武)[赋]诗,《续晋阳秋》亦然。而此言送母,疑缪矣。

王羲之风骨清举

【原文】

殷中军道右军①:"清鉴贵要。"

【译文】

殷浩称赞王羲之:"清爽明鉴,高贵简要。"

【注释】

①殷中军:即殷浩。右军:即王羲之。

【历代评点】

《晋安帝纪》曰:羲之风骨清举也。

吾门中久不见如此人

【原文】

桓大司马病。谢公往省病①,从东门入。桓公遥望②,叹曰:"吾门中久不见如此人!"

【译文】

大司马桓温生病了,谢安前去探望,从东门进去。桓温远远看到谢安进来,感叹道:"我家中好久没有看到像谢安这样品高才卓的人了。"

【注释】

①谢公:即谢安。省病:探望病情。②桓公:即桓温。

【历代评点】

凌濛初云:"门中不可少,然勿令小草之。"(按:"之"疑当作"知"。)

共游白石山

【原文】

孙兴公为庾公参军①,共游白石山,卫君长在坐②。孙曰:"此子神情都不关山水,而能作文。"庾公曰:"卫风韵虽不及卿诸人,倾倒处亦不近③。"孙遂沐浴此言。

【译文】

孙绰担任庾亮的参军,他们一起游白石山,卫承当时也在。孙绰说:"此人的神情并不留意于山水却可以写文章。"庾亮说:"卫承的风韵气度虽然不能与其他人相提并论,但是其令人敬佩之处也不同凡响。"

【注释】

①孙兴公:即孙绰。庾公:即庾亮。②卫君长:即卫承,字君长,东晋济阴成阳(今山东曹县东北)人,官至左军长史。③倾倒:使人向往,令人敬佩。近:浅近、平凡。

【历代评点】

刘辰翁云:"庾言自佳,沐浴何物?"

陈泰心存凛然之气

【原文】

王右军目陈玄伯①:"垒块有正骨②"。

【译文】

王羲之评价陈泰,说他"胸中积郁不平,但有凛然之气。"

【注释】

①王右军:即王羲之。陈玄伯:即陈泰。司马昭杀高贵乡公曹髦阴谋篡权,陈泰忧愤呕血而死。②垒块:土块。比喻胸中有不平之气。正骨:刚正的品格。

【历代评点】

朱铸禹云:"此似言虽胸中不平,然风骨自正。"

法汰为王洽所重

【原文】

初,法汰北来①,未知名,王领军供养之②。每与周旋,行来往名胜许,辄与俱。不得汰,便停车不行。因此名遂重。

【译文】

当初,法汰刚从北方来,还没有什么名气,由王领军供养。王每每同他交往,拜访社会名流,都与法汰一同去。若法汰没有来,王就停下车子不肯前进。法汰因此名声渐渐传开。

【注释】

①法汰：东晋时僧人。②王领军：即王洽，字敬和，丞相王导第三子，曾任领军、中书令，二十六岁亡。供养：供给生活所需。

【评析】

法汰本来没什么名气，王洽不但供养他，还经常带他出去应酬那些名流贤士的聚会，法汰不去的话，王洽也就不肯去。这说明王洽是很重视法汰的。而法汰的名气也就这样传开了。

【历代评点】

凌濛初云："后人如此，便有嗤者。"

殷浩作令仆有违其才

【原文】

桓公语嘉宾①："阿源有德有言②，向使作令仆，足以仪行百揆③。朝廷用违其才耳④。"

【译文】

桓温对郗超说："阿源（殷浩）很有德行，口才也好，之前若让他做尚书令或仆射，完全可以成为百官的典范。可朝廷对他的使用却与他的才干完全相悖。"

【注释】

①桓公：即桓温。嘉宾：即郗超。②阿源：即殷浩，这里是他的小名。③百揆(kuí)：朝中的各种事物。④用：使用，这里指让殷浩带兵。

【评析】

虽然桓温看不起殷浩，总是认为他徒有虚名，但却并不否认他的长处。

【历代评点】

李贽云："至言至言，桓公至言！"（《初谭集·师友·知人》）

白楼亭议评

【原文】

孙兴公、许玄度共在白楼亭①，共商略先注名达②。林公既非所关③，听讫，云："二贤故自有才情。"

【译文】

孙绰和许珣同在白楼亭评论过去的名流志士。林公与这些没有任何关系，听了他们的话后说道："二位贤人的确有才华。"

【注释】

①孙兴公:即孙绰。许玄度:即许珣。②名达:名流志士。③林公:即支遁,支道林。

【历代评点】

凌濛初云:"亭名何谓?"

王临之彰明廉洁

【原文】

王右军道东阳①:"我家阿林②,章清太出。"

【译文】

王羲之称赞王临之道:"我们家的阿临,彰明廉洁,特别突出。"

【注释】

①王右军:即王羲之。②阿林:应为"阿临",指王临之。字仲产,琅琊人。仆射王彪之子,官至东阳太守。王临之是王羲之的同宗晚辈,因此说"我家"。阿,为前辅助词。

【历代评点】

《王氏谱》曰:临之字仲产,琅琊人,仆射彪之子。仕至东阳太守。

王濛书评殷浩

【原文】

王长史与刘尹书①,道渊源"触事长易②"。

【译文】

王长史王濛在给丹阳尹刘惔的信中,评论殷浩"遇事常常很平和"。

【注释】

①王长史:即王濛。刘尹:即刘惔刘真长。②渊源:即殷浩。长:通"常"。易:平和。

【历代评点】

刘辰翁云:"费辞说。"

谢安评王坦之

【原文】

谢太傅道安北①:"见之乃不使人厌,然出户去,不复使人思。"

【译文】

谢安评价王坦之说:"看见他后虽然不至于令人厌烦,但是他出门后却不会令人再想起他。"

【注释】

①谢太傅:即谢安。安北:即王坦之。

【评析】

谢安对这个王坦之的评价,并没有什么好坏褒贬的态度。"不使人厌,不使人思",平凡,没有什么特点。这种个性,让人听起来,感觉这个人既没有什么特点值得让人记住,也没有什么缺点去让人嫉恨。

【历代评点】

刘辰翁云:"此威仪韵度之则,一见而尽。"

王思任云:"此非'赏誉'。"

[日]秦士铉云:"此谓坦之冲澹无赫赫之风也,然入之《赏誉》则为不当,注亦误解。"

刘惔评何充饮酒

【原文】

刘尹①云:"见何次道饮酒②,使人欲倾家酿③。"

【译文】

刘惔说:"看何充喝酒,让人情愿把家里的好酒都拿出来请他。"

【注释】

①刘尹:即刘惔,刘真长。 ②何次道:即何充,据说他饮酒不失礼容,人们都喜爱他的饮酒风度。 ③家酿:家中自己酿的好酒。

【评析】

这里刘惔赞扬了何充的酒德。认为他能把酒寄情山水之间,更是名士借以表达意趣超脱或超然物外的心境的一仲追求,让人觉得跟他一起饮酒是一种享受,也就得到大家很高的评价了。

【历代评点】

陆游云:"晋人所谓'见何次道饮酒,令人欲倾家酿',犹云:'欲倾竭家资,以酿酒饮之也。'故鲁直云:'欲倾家以继酌。'"(《老学庵笔记》十)

余嘉锡云:"唐李翰《蒙求》曰:'刘惔倾酿,孝伯痛饮。'详其文义,则所谓倾酿者,乃欲倾倒其家酿,而非倾家资以酿酒也。"

杨守敬云:"倾家酿何等直捷,乃增成倾家资以酿酒,迂曲少味矣。山谷诗翦截为句,亦非务观之意。"(《日本访书志》十一)

言少多妙言

【原文】

谢公云①："长史语甚不多②,可谓有令音③。"

【译文】

谢安说:"王濛虽然不多说话,但是可以说总出妙言。"

【注释】

①谢公:即谢安。②长史:即王濛。③令:美好。

【历代评点】

《王濛别传》曰:濛性和畅,能清言,谈道贵理中,简而有会。商略古贤,显默之际,辞旨劭令,往往有高致。

谢尚评王修

【原文】

谢镇西道敬仁①:"文学镞镞②,无能不新。"

【译文】

镇西将军谢尚评论王修:"辞章学问十分突出,如果没有才能,就不会有这样的新意。"

【注释】

①谢镇西:即谢尚谢仁祖。敬仁:即王荀子王修。②文学:辞章学问。镞镞:挺拔出众的样子,形容王修轻捷的状态。

【评析】

王修十六岁就能写出来《贤令论》。这样的才学跟天赋,其才能也必定非比寻常了。

【历代评点】

刘辰翁云:"镞镞说意正是病。"

朱铸禹云:"镞,冶金新出光洁,故云镞镞,如新出于型,此亦以喻敬仁之于文学,故下句曰无所不清断也。"

支道林评王胡之

【原文】

林公云①:"见司州警悟交至②,使人不得住,亦终日忘疲。"

【译文】

林公说:"看到王胡之(司州)机巧的话语接连不断,让人听后欲罢不能,并且可以整日不知疲劳。"

【注释】

①林公:即支遁支道林。②司州:即王胡之。

【历代评点】

《王胡之别传》曰:胡之少有风尚,才器率举,有秀悟之称。

世人评二王

【原文】

世称"苟子秀出①,阿兴清和②。"

【译文】

世人称赞"王脩才华出众,王蕴清静平和"。

【注释】

①苟子:即王脩的小名。②阿兴:即王蕴,字叔仁,小字阿兴,苟子的弟弟。阿,前辅助语辞。

刘惔善清谈

【原文】

简文云①:"刘尹茗柯有实理②。"

【译文】

简文帝说:"刘尹就好像樠樝和柯树,虽然身居高位,但是言谈却非常有实理。"

【注释】

①简文:即东晋简文帝。②刘尹:即刘惔刘真长。茗柯:樠(míng)樝(zhā)和柯树。"茗"是"樠"的同音借字。本句以乔木樠和柯树来比喻刘尹身居高位,以柯木的质地坚实来比喻刘尹的"有实理",也就是善于清谈。

【评析】

在刘惔生活的时代,他以渊博的学识、精妙的清谈能力成为当时宗师级别的人物。而且他在人格上坦诚率真,且懂得遵守礼法,虽然身在官场,却没有那种所谓的腐朽之气。而且照样把他精通的儒家思想和道家思想发挥到极致,所以简文帝对他赞赏有加。

【历代评点】

刘应登云:"言如茗之枝柯小,实非外博而中虚也。"
刘辰翁云:"五字最妙。"又云:"大道之极,昏昏默默。"
杨慎云:"韩康伯虽无骨干,然亦肤立,'肤立'正当是'茗柯'之反。"
王思任云:"言味不在枝叶。"

世人评四大望族

【原文】

吴四姓旧目云①:"张文,朱武,陆忠,顾厚②。"

【注释】

①旧目:旧时评说。②厚:厚道。

【历代评点】

方苞云:"标为'文、武、忠、厚'。"

许询为文帝所赏识

【原文】

许掾尝诣简文①,尔时风恬月朗②,乃共作曲室中语。襟情之咏,偏是许之所长。辞寄清婉③,有逾平日。简文虽契素④,此遇尤相咨嗟,不觉造膝,共叉手语,达于将旦⑤。既而曰:"玄度才情,故未易多有许。"

【译文】

许询有一次去拜访简文帝,那天晚上,风静月明,于是一起在内室清谈。直抒胸臆恰是许询的长处。言辞清新婉约,远远超过平常。简文帝虽然平时一直与许询都很合得来,但这一次还是大加赞赏,不知不觉中两人便促膝而坐,执手共语,直到天亮。事后,简文帝说:"玄度才华横溢,其他人实在是很难达到那样的高度。"

【注释】

①许掾(yuàn):即许询,许玄度。简文:即东晋简文帝。②恬:静。③清婉:清新婉约。④契素:平时就交好。⑤旦:天亮。

【评析】

许询有才华,善属文,在当时和王羲之、孙绰这些名士们以文义冠世。好游山水,

【译文】

过去人们评论吴地的四大望族时说:"张姓崇尚文,朱姓崇尚武,陆姓崇尚忠贞,顾姓崇尚厚道。"

常与谢安等人游宴、吟咏,曾参与兰亭雅会。尤其擅长分析玄理,是当时清谈家的领袖之一,隐居深山,又有着优雅的气质。

【历代评点】

陈槐云:"写得婉致清妙。"

谢安敬子敬

【原文】

谢车骑问谢公①:"真长至峭②,何足乃重?"答曰:"是不见耳!阿见子敬③,尚使人不能已。"

【注释】

①谢车骑:即谢玄。谢公:即谢安。②真长:即刘真长。峭:苛刻。③子敬:即王献之。

【译文】

谢玄问谢安:"真长性格非常苛刻,怎么值得受到如此的敬重呢?"谢安说:"那是因为没有见到他。见到王献之尚且还让人忍不住敬仰之情。"

【历代评点】

凌濛初云:"峭处犹可,轻薄太甚。"
程炎震云:"刘惔卒时,谢玄才六七岁,故不见也。"
刘辰翁云:"不说真长说子敬,晋语高之。"
王世懋云:"不言刘尹而言子敬,甚妙。"
李贽云:"但出公口,自然不同。"(《初谭集·师友·论人》)
刘盼遂云:"按:阿,我也。乃谢公自谓。……此谓我见子敬,尚不能已,则汝见真长,足重可知矣。《注》意以阿为车骑,亦未思阿于古绝无汝之训也。《注》中'汝阿见子敬',汝、阿不辞,汝为后人沾也。"

谢安不计前嫌

【原文】

谢公领中书监①,王东亭有事应同上省②。王后至,坐促,王、谢虽不通③,太傅犹敛膝容之。王神意闲畅,谢公倾目。还谓刘夫人曰:"向见阿瓜④,故自未易有。畏不相关,正是使人不能已已。"

【译文】

谢安兼任中书监,王珣有公事应该一起上朝。王珣后到,车上座位狭窄,王珣和谢安虽然平时不来往,但是谢安还是将双膝收拢,腾出地方让王珣坐下。王珣的神态安闲自在,令谢安禁不住清心注目。回来后,对刘夫人说:"刚才见到阿瓜,确实是个不可多得的人。虽然我和他没有任何关系,不过他依然让人倾慕不已。"

【注释】

①谢公:即谢安。领:兼任。②王东亭:即王珣。③通:通好。④阿瓜:或为王珣的小名。

【评析】

王珣兄弟本来都是谢家的女婿,后来因为互相猜忌导致离婚,以致两家都互相仇视,所以王珣和谢安虽然同坐一车,却形同陌生人,不过谢安为人豁达,并不因此记恨在心,而能谦让容纳王珣,并且诚心赞叹王珣是难得的人才,可以看出谢安为人能不记私仇,以他宽大的胸怀去包容别人,心胸宽广。

【历代评点】

刘应登云:"阿瓜,王小字,又小字法护。"

谢安适意舒畅

【原文】

王子敬语谢公①:"公故萧洒。"谢曰:"身不萧洒②,君道身最得,身正自调畅。"

【译文】

王献之对谢安说:"你的确是非常萧然也很洒脱。"谢安说:"我并非装出潇洒的样子,你却评价我最得当,我真正是适意舒畅。"

【注释】

①王子敬:即王献之。谢公:即谢安。②萧洒:萧然洒脱。

【历代评点】

刘应登云:"谢谓身本不潇洒,以其言已得其当,故襟怀自畅尔,似戏辞。江左诸人措词多如此。"

刘辰翁云:"语不足道,而神情自近,愈见其真。"

王世懋云:"谢公自知。"

后起之秀

【原文】

范豫章谓王荆州①:"卿风流俊望②,真后来之秀。"王曰:"不有此舅,焉有此甥?"

【注释】

①范豫章:即范宁。王荆州:即王忱。范宁是王忱的外甥。②望:仪容。

【译文】

范宁对王忱说:"你仪容秀美,才智超群,实在是后起之秀啊!"王忱说:"若是没有您这样的舅父,怎么会有我这样的外甥呢?"

【历代评点】

刘辰翁云:"相佞。"

张天锡为王弥才华折服

【原文】

张天锡世雄凉州,以力弱诣京师①,虽远方殊类②,亦边人之桀也③。闻皇京多才,钦美弥至④。犹在渚住,司马著作往诣之。言容鄙陋,无可观听。天锡心甚悔来,以遐外可以自固。王弥有俊才美誉,当时闻而造焉。既至,天锡见其风神清令⑤,言话如流,陈说古今,无不贯悉。又谙人物氏族,中来皆有证据⑥。天锡讶服。

【注释】

①诣:往,来。②远方殊类:边远之地的异族。③桀:杰出。④弥至:更甚,非常。⑤风神:风度神采。⑥中:讲,说,谈论。

【译文】

张天锡世代称雄凉州,后来由于势力衰弱而来到了京都,他虽然是边远地区的异族,但也称得上是边陲的杰出人物。他听说京都到处都是人才,就非常羡慕钦佩。在长江停泊时,司马著作前去拜访他,但是言语粗俗,容貌鄙陋,实在是不堪入人耳目。天锡心里很后悔来到了南方,他认为将自己置身于荒原的凉州,还可以自保。王弥才华出众,闻名当地,他听说后就去拜访此人。到后,天锡看他风度翩翩,神采飞扬,言语流畅,谈古论今,无不通晓。并且他还熟悉名士的氏族姻亲,说出来都很有根据,天锡不觉惊叹同时又很佩服。

【历代评点】

余嘉锡云:"此条首赞天锡为边人之杰,末乃盛称僧弥才美,盖即王氏子弟之所为。此辈(上君下衣)展风流,不知外事,苟欲张大其词,以见其祖为远方豪杰所倾服。其实天锡弑君之贼,亡国之馀,末年形神昏丧,甘为司马元显弄臣,庸劣若斯,亦何足道?从来好事之徒喜假借外人以邀声誉,梯航偶通,辄以为一佛出世。考其始末,大都不过如此。岂真天仙化人,来自清都紫微也哉!"

仲文评仲堪

【原文】

殷仲堪丧后①,桓玄问仲文②:"卿家仲堪,定是何似人?"仲文曰:"虽不能休明一世③,足以映彻九泉④。"

【译文】

殷仲堪死后,桓玄问殷仲文:"你们家的仲堪,到底是什么样的人呢?"仲文说:"他虽然没有到一生完美无缺,但其品行的光明,在死后也足以映照九泉。"

【注释】

①殷仲堪:晋陈郡长平(今河南西华东北)人,曾任都督荆益宁三州军事、荆州刺史。他是在与桓玄的相互攻伐中失败被杀的,因此下文殷仲文的回答比较谨慎。②仲文:即殷仲文,殷仲堪的堂弟,桓玄的姐夫,曾帮助桓玄谋反,用为侍中,后被刘裕所杀。③休明:美好光明。④九泉:黄泉,指阴间。

【评析】

殷仲堪是玄学清谈的名士,在玄学领域有很大的声誉。但他还是因为受制于世俗礼教而不敢妄自违背,并不能像嵇康、阮籍他们那样洒脱放任。

【历代评点】

刘辰翁云:"苦语痛事。"

余嘉锡云:"桓玄夙轻仲堪,侮弄之于前,又屠割之于后,乃复问其为人于仲文者,欲观其应耳。盖仲堪为仲文之兄,而灵宝之仇,过毁过誉,皆不可也。休明一世,意以指玄。言仲堪平生之功业,虽不及玄,然固是一时名士,故身死之后,犹能光景常新。"

品藻第九

【题解】

本门指对人物的品题和鉴定。"赏誉"门中是对单个的某人进行鉴赏赞誉,而"品藻"则是主要进行比较评论,把两个或多个相关的人物,放在一起品题鉴定。

三君之下,八俊之上

【原文】

汝南陈仲举、颍川李元礼二人①,共论其功德,不能定先后。蔡伯喈评之曰②:"陈仲举强于犯上,李元礼严于摄下③。犯上难,摄下易。"仲举遂在三君之下④,元礼居八俊之上⑤。

【译文】

世人评价汝南陈仲举、颍川李元礼二人的功德,无法确定他们的高下。蔡伯喈评论说:"陈仲举敢于冒犯上司,李元礼严于威慑下属。冒犯上司很难,威慑下属比较容易。"因此陈仲举就排在"三君"之后,李元礼则位居"八俊"之前。

【注释】

①陈仲举:即陈蕃,字仲举。李元礼:即李膺,字符礼,东汉人,曾任司隶校尉。当时朝廷纲纪不振,他独持法度,因此声名很高。后因反对宦官专政,未成被杀。②蔡伯喈(jiē):即蔡邕,字伯喈,东汉陈留圉人,相貌俊美,天文地理无所不通。后官至左中郎将。③摄:通"慑",威慑。④三君:指窦武、刘淑、陈蕃三个当时受人景仰的人。⑤八俊:指李膺、王畅、荀绲、朱寓、魏朗、刘佑、杜楷、赵典八个才能出众的人。八俊的流品低于三君。

【评析】

李元礼为官期间,和陈蕃同样反对宦官专权,纠劾奸佞,号称"天下楷模李元礼"。所以二人都各有千秋,很难让别人分出高下,世人根据二人的品性,一个敢于冒犯上司,一个善于管教下属。而评定出陈蕃的勇气稍胜,便把陈蕃排在"三君"的后面,而李元礼则排在"八俊"的前面,三君的地位比八俊的地位要高。但是二人仅是一前一后的关系而已。

【历代评点】

刘辰翁云:"《世说》之作,正在《识鉴》、《品藻》两种耳。馀备门类,不得不有,亦不尽然。"

驽马十驾,功在不舍

【原文】

庞士元至吴①,吴人并友之。见陆绩、顾劭、全琮,而为之目曰:"陆子所谓驽马有逸足之用②,顾子所谓驽牛可以负重致远。"或问:"如所目,陆为胜邪?"曰:"驽马虽精速,能致一人耳。驽牛一日行百里,所致岂一人哉?"吴人无以难。"全子好声名,似汝南樊子昭。"

【译文】

庞统来到吴中,当地人纷纷与他交朋友。他见到陆绩、顾劭、全琮,就评论他们道:"陆绩是人们常说的驽马,但有代步的用处;顾劭是人们所说的驽牛,但可以负重到很远。"有人说:"照您这么说,应该是陆绩胜出些?"庞统说:"驽马虽然比驽牛跑得快些,但是它所运载的只不过是一个人而已。驽牛一天走一百里,难道它所运载的只是一个人吗?"吴中人士都没法反驳他。他又接着说:"全琮看重名声,就像汝南的樊子昭。"

【注释】

①庞士元:即庞统,东汉末年襄阳(今湖北襄樊)人,与诸葛亮并称为"卧龙、凤雏",是刘备的军师中郎将。②陆子:即陆绩,字公纪,俊朗博学,与庞士元年友。官至郁林太守。驽:困顿之马或者说是劣马。

【评析】

庞统虽然是客居在吴国的属地,但是也无所顾忌的对吴地的人进行品评,对陆绩、顾劭、全琮三个人的评价中,他一点都不顾及的直说他认为全琮"好名声",所以把他的名字排在最后,把陆绩和顾劭比作驽马和驽牛,荀子《劝学篇》里记载学说:"骐骥一跃,不能十步,驽马十驾,功在不舍",驽马以其功在不舍的精神,所以多被人们使用,但是拿驽牛比起来,却又比不上它的负重和跑远路。这样的比拟法的品评实在别具一格,令吴地的人不能再加以反驳。

【历代评点】

刘辰翁云:"亦捷急变化语,即骏马所致,亦如此耳。"

识时务者为俊杰

【原文】

顾劭尝与庞士元宿语①,问曰:"闻子名知人,吾与足下孰愈②?"曰:"陶冶世俗③,与时浮沉④,吾不如子;论王霸之余策⑤,览倚仗之要害⑥,吾似有一日之长⑦。"劭亦安其言。

【译文】

顾劭曾和庞士元晚上一起聊天,他问庞士元:"我听说您善于赏鉴人物,我和你相比,谁更好一些呢?"庞士元说:"改变社会风俗,顺应潮流,这点我不如你;要说探究帝王称霸的策略,观察祸福利害的变化,我可能比你强一些。"顾劭也觉得他的评论很恰当。

【注释】

①顾劭:生平不详,名士之流,多议国政人伦。庞士元:即庞统。②愈:更胜一筹。③陶冶:熏陶;施加影响。④与时浮沉:随时势变化而变化;顺应潮流。⑤王霸:王道和霸道,即以仁义治国的策略和以武力治国的策略。余策,策略。⑥倚仗:当作"倚伏",语出《老子》五十八章"祸兮福之所倚,福兮祸之所伏",指因果互相依存、制约的关系。⑦一日之长:本指年纪稍大,这里是庞统谦虚的说法,意思是稍强一些。

【评析】

庞士元间接地评论了自己和顾劭,用两人比较的方法,含蓄地指出了各自的优缺点,而且评论得中肯恰当。

【历代评点】

刘辰翁云:"有怀其人。"

凌濛初云:"惜未见其止。"

余嘉锡云:"事务之纷来,必有其至要之关节。皆处之得宜,则为福;反之则为祸。倚伏之机,正在于此。惟明者一览而知其然,此王霸之术,士元之所长也。故司马德操曰:'识时务者在乎俊杰,此间自有伏龙、凤雏。'"

并有盛名"三诸葛"

【原文】

诸葛瑾、弟亮及从弟诞①,并有盛名,各在一国。于时以为蜀得其龙,吴得其虎,魏得其狗②。诞在魏,与夏侯玄齐名③;瑾在吴,吴朝服其弘量④。

【译文】

诸葛瑾和弟弟诸葛亮,以及堂弟诸葛诞三人,都享有盛名,三人各在一个国家任职。当时人们认为:"蜀国的诸葛亮是龙,吴国的诸葛瑾是虎,魏国的诸葛诞是狗。"诸葛诞在魏国和夏侯玄齐名;诸葛瑾在吴国,吴国朝廷上下都佩服他宽宏的度量。

【注释】

①诸葛瑾：字子瑜，琅琊诸县人，后徙阳都，以孝称，仕吴任长史、南郡太守，孙权称帝后，担任大将军兼豫州牧。亮：诸葛亮。诞：诸葛诞，字公休，在魏担任镇东将军、司空。据《三国志》裴松之注，诸葛诞只是诸葛瑾的族弟，而不是堂弟。②狗：这里没有贬义，只是喻指人物的流品依次低于龙、虎。③夏侯玄：字太初，三国时魏国人，自小聪颖博学，官至太常。当时中书令李丰等人不满司马师专权，密谋以夏侯玄代替他，事情败露，和李丰等人都被杀害。④弘量：宽宏的度量。

【评析】

诸葛家兄弟三人都被称为一时的英雄豪杰。分别用龙、虎、狗按顺序来替代他们，现在的人往往对狗并不抱善意的态度，总是认为它有低人一等的意思，会对这样的比方说法感到疑惑，当时在古代，尤其以姜太公作的《六韬》为代表，按的是以文、武、龙、虎、豹、犬的次序来排列的，并没有像我们今天所想象的那样狗就代表低人一等的意思，在这里，是把三个人比喻成为龙、虎、狗，意在指他们三个人分别在三个国家任职，而且都有功于国家，都是该被世人所称颂的功臣。

【历代评点】

李慈铭云："案诞名德既重，身为魏死，忠烈凛然，安得致此鄙薄之称？盖缘公休败后，司马之党，造此秽言，诬蔑不经，深堪发指。承祚之志，世期之注，削而不登，当矣。临川取之，抑何无识？"（《越缦堂读书简端记·世说新语》）

余嘉锡云："司马之党必不以孔明为龙。此所谓狗，乃功狗之狗，谓如韩卢宋鹊之类。虽非龙虎之比，亦甚有功于人。故曰'并有盛名'，非鄙薄之称也。"（《世说新语笺疏》）

王世懋云："后两语正自推尊武侯。"

凌濛初云："不目武侯，特妙，《世说》佳处正以此。"

正始之论

【原文】

正始中①，人士比论②，以五荀方五陈③。荀淑方陈寔，荀靖方陈谌，荀爽方陈纪，荀彧方陈群，荀顗方陈泰。又以八裴方八王：裴徽方王祥，

【原文】

正始年间，人们把名流们相互比对评论，用五位荀门中的人物和五位陈门中的人物对比：荀淑比陈寔，荀靖比陈谌，荀爽比陈纪，荀彧比陈群，荀顗比陈泰。后来又

裴楷方王夷甫，裴康方王绥，裴绰方王澄，裴瓒方王敦，裴遐方王导，裴頠方王戎，裴邈方王玄。

用八位裴门中的人物和八位王门中的人物对比：裴徽比王祥，裴楷比王夷甫，裴康比王绥，裴绰比王澄，裴瓒比王敦，裴遐比王导，裴頠比王戎，裴邈比王玄。

【注释】

①正始：三国魏齐王曹芳的年号(240—249)。②比论：并列起来评论。③方：比拟；相比。

【评析】

根据相似的世家，相同的辈分之间不同的人作出比较与品评。

【历代评点】

李慈铭云："案范武子以清谈祸始，归罪王、何，谓其浮于桀、纣。予谓汉末之五荀、五陈，实任达之滥觞，浮华之作俑。观其父子兄弟，自相标榜，坐致虚声，托名高节。太丘吊张让之母，朱子谓其风节始颓。其后群附曹氏，泰党司马。荀氏则爽为卓用，或成操篡，勖以还名节扫地。桀、纣之祸，自有所归。辅嗣名通，平叔正直，所不受也。"

余嘉锡云："谓荀、陈虚声诚是。欲为王、何减清谈之罪，则非事实。"

总角成器

【原文】

冀州刺史杨准二子乔与髦①，俱总角为成器②。准与裴頠、乐广友善③，遣见之。頠性弘方④，爱乔之有高韵，谓准曰："乔当及卿，髦小减也⑤。"广性清淳，爱髦之有神检⑥，谓准曰："乔自及卿，然髦尤精出。"准笑曰："我二儿之优劣，乃裴、乐之优劣。"论者评之，以为乔虽高韵，而神检不逮⑦，乐言为得。然并为后出之俊。

【译文】

冀州刺史杨准的两个儿子杨乔和杨髦，都是幼年时就已成才。杨准和裴頠、乐广的关系不错，就让两个儿子和他们见面。裴頠性格大度正直，喜欢杨乔的高雅气质，对杨准说："杨乔的成就将会与你相当，杨髦稍微差一点。"乐广性格清正质朴，他喜欢杨髦非凡的品格，对杨准说："杨乔自然赶得上你，不过杨髦更优秀。"杨准笑着说："我这两个儿子的好坏，就是你们裴、乐二人的好坏。"后来有人评论他们，认为杨乔虽然高雅有气质，但操守不是很完美，证实乐广的评价是正确的。不过二人都是后辈中的精英。

【注释】

①杨准：宋本误作"杨淮"，今校正。字始立，曾任冀州刺史。乔：即杨乔，字国彦。髦：杨髦，字士彦。②总角：年少。成器：比喻杰出人才。③裴頠(wěi)：字逸民，晋河东闻喜(今属山西)人，官至尚书左仆射、侍中，死后谥号成。乐广：字彦辅，晋南阳淯阳(今河南白河北)人，崇尚清谈，很有名

望。曾任吏部尚书,后转右仆射领吏部,代王戎为尚书令。④弘方:旷达正直。⑤小减:稍稍次于。⑥神检:非凡的品格。检,品格。⑦而神检不逮:宋本作"检而不匮",《魏志·陈思王传注》引荀绰《冀州记》作"而神检不逮",《晋书·乐广传》作"而神检不足",《广记》一六九引《世说》作"而无检局"。今依《魏志》。

【评析】

杨乔和杨髦各自得到了乐广和裴頠两位名流的赏识,性格大度正直的裴頠喜欢气质高雅的杨乔,性格清正质朴的乐广喜欢有着非凡品格的杨髦。这是一个很鲜明的对比和反映。杨乔和杨髦也因为有着这样一位刚直不阿的父亲的培育,在后辈中很突出,只是大家还是比较认可杨髦的非凡品格。

【历代评点】

王世懋云:"《世说》意已定乐优于裴。"

巧于用短,拙于用长

【原文】

刘令言始入洛①,见诸名士而叹曰:"王夷甫太解明②,乐彦辅我所敬,张茂先我所不解③,周弘武巧于用短④,杜方叔拙于用长⑤。"

【译文】

刘纳刚到洛阳,同当时的一些名士会见后,赞叹道:"王衍精明过人,乐彦辅实在让我敬佩,张华此人我不是很了解,周恢非常善于巧用自己的不足之处,杜育却不擅长发挥自己的长处。"

【注释】

①刘令言:即刘纳,字令言,彭城丛亭人,官至司隶校尉。②王夷甫:即王衍。解:助动词,能、会。③张茂先:即张华。④周弘武:即周恢,字弘武,汝南人,官至秦相。⑤杜方叔:即杜育,字方叔,襄城邓陵人,官国子祭酒。

【评析】

众名士们的优缺点能被刘纳这个仅与他们第一次见面的人一语道破,而且所评所点也是见解独到。除了说明刘纳的眼光敏锐心思细腻外,还说明一个很质朴的道理,不管你是名士也好一般人也好,在平时我们多反省下自身,多看看自己的优缺点,对于生活中与人交往,在别人心目中建立一个良好的形象是大有益处的。

【历代评点】

凌濛初云:"巧于用短,短亦长;拙于用长,长亦短。"

王敦前恭后倨

【原文】

王大将军在西朝时①，见周侯②，辄扇障面不得住。后度江左，不能复尔，王叹曰："不知我进，伯仁退？"

【注释】

①王大将军：即王敦。②周侯：即周顗。

【历代评点】

王世懋云："亦未可便云不然。"

刘应登云："谓在洛时，敦尚畏顗，过江后，敦渐得志，不复惮矣。故叹曰：'不知是我进乎？伯仁退乎？'"

王世懋又云："观注引沈《书》实之，则前注驳语，似非刘（按：指孝标）笔。"

刘辰翁云："未尝不自知。"

贤士自谦

【原文】

明帝问周伯仁①："卿自谓何如郗鉴②？"周曰："鉴方臣，如有功夫③。"复问郗，郗曰："周顗比臣，有国士门风④。"

【译文】

晋明帝司马绍问周顗："你自认为和郗鉴相比怎么样？"周顗说："郗鉴和我相比，似乎更有造诣。"明帝又问郗鉴，郗鉴回答说："周顗和我相比，更有国士的风范。"

【注释】

①明帝：指晋明帝司马绍。周伯仁：即周顗。②郗鉴：字道徽，晋高平金乡（今属山东）人，以儒雅著名。历任兖州、徐州刺史、司空，官至太尉。③功夫：功力；修养。④国士：一国之内的杰出人才。

【评析】

郗鉴和周顗都是东晋的朝廷大臣，他们在品评对方的时候都表现出了自谦的风度，周顗认为郗鉴更有修养，郗鉴认为周顗更有国士的风度。从古至今，贤士多会表现出如此的风度与修养。

（原文上方）王敦在西晋的时候，每次看到周顗就会不停地挥动扇子。后来渡江南下后，就不再这样了，他总是感叹："不知道到底是我前进了，还是周顗倒退了？"

【历代评点】

刘辰翁云："两语各可观。"

谢鲲不骄不谦

【原文】

明帝问谢鲲①："君自谓何如庾亮？"答曰："端委庙堂②，使百僚准则，臣不如亮。一丘一壑③，自谓过之。"

【译文】

晋明帝司马绍问谢鲲："你自认为和庾亮相比怎么样呢？"谢鲲回答："身穿朝服端坐在朝中，成为百官的楷模，这方面我不如庾亮；但个人生活情趣与志向，我自认为超过庾亮。"

【注释】

①明帝：即晋明帝司马绍。谢鲲：字幼舆，陈郡阳夏（今河南太康）人。谢安的伯父，为两晋名士。②端委庙堂：穿着严整的礼服在朝廷办事，这里的意思是掌管朝政。端委，严整宽长的礼服。③一丘一壑：个人生活情趣与志向。

【评析】

在本文中，聪明的谢鲲只是间接的分别说出自己和庾亮的不足和长处。说的话既含蓄，又明了，不至于有骄傲的嫌疑，也不至于过于谦虚，而且又大方地回答了晋明帝的问话。

【历代评点】

邓粲《晋纪》曰：鲲与王澄之徒，慕竹林诸人，散首披发，裸袒箕踞，谓之八达。故邻家之女，折其两齿。

世为谣曰："任达不已，幼舆折齿。"鲲有胜情远概，为朝廷之望，故时以庾亮方焉。

王导论王述

【原文】

王丞相辟王蓝田为掾①，庾公问丞相："蓝田何似？"王曰："真独简贵②，不减父祖③。然旷澹处故当不如尔④。"

【译文】

丞相王导召王述担任属官，庾亮问丞相王导："蓝田这个人怎么样？"王导说："率真孤傲、简约高贵这方面，不比他的父亲和祖父们差，然而旷达淡泊的胸怀，的确不如长辈啊。"

【注释】

①王丞相：即王导。王蓝田：即王述，字怀祖，晋太原晋阳（今山西太原）人，曾任扬州刺史、尚

书令,袭爵蓝田侯。掾:副官、佐史。②真独:自然坦率,不同流俗。简贵:简约高贵。③父祖:父指王承,祖指王湛。④旷澹(dàn):旷达淡泊。

【评析】

品评王述的时候,将王述和他的父辈、祖辈们作了比较,评出了他率性的长处以及胸怀不够坦荡的短处。

【历代评点】

刘应登云:"言述性褊也。"

卞壶论郗公

【原文】

卞望之云①:"郗公体中有三反②,方于事上③,好下佞己④,一反;治身清贞,大修计校⑤,二反;自好读书,憎人学问,三反。"

【译文】

卞壶说:"郗鉴的身上有三种矛盾的现象:侍奉君主正直,却爱好下级对自己谄媚,这是第一个矛盾;自身要求清正廉洁,却对别人斤斤计较,这是第二个矛盾;自己爱好读书,却讨厌别人做学问,这是第三个矛盾。"

【注释】

①卞望之:即卞壶。②郗公:即郗鉴。反:相反,矛盾。③方:正直。④佞己:讨好自己。⑤计校:算计谋划财物。

【历代评点】

刘辰翁云:"人人同。"
王思任云:"犹有一半。"

温峤惶恐失色

【原文】

世论温太真是过江第二流之高者①。时名辈共说人物,第一将尽之间,温常失色②。

【注释】

①温太真:即温峤。过江:东晋立国后。②失色:这里指温峤唯恐第一流人物中没有自己而惊慌失色。

【评析】

谁也不愿意被放到第二流中去。东晋立国初期当人们品评第一流结束,快要到第二流的时候,肯定先说起的就是温峤。所以他就会很不自在,这也是人之常情。

【历代评点】

刘应登云:"恐不及己。"

[日]秦士铉云:"众人集评,彼以甲为第一,此以乙为第一,其论将尽之时,温恐第二(疑当作第一)不及己而失色,或以'第一'属上句,非。"

余嘉锡云:"太真智勇兼备,忠义过人,求之两晋,殆罕其匹。而当时以为第二流,盖自汝南月旦评以来,所谓人伦鉴裁者久矣,夫不足尽据矣。"

王导评谢尚、何充

【原文】

王丞相云:"见谢仁祖①,恒令人得上②。"与何次道语③,唯举手指地曰:"正自尔馨④。"

【译文】

王丞相说:"见到谢尚,常令人精神奋发。"与何充谈话,他只是将手抬起来指着地面说:'正是这样。'"

【注释】

①尔馨:如此,这样。②令人得上:令人意气超拔。③何次道:即何充。④正自尔馨:和你意见相符合。

【评析】

人们常说言为心声,其实肢体语言也常常传达着人们对事物的品评。王导的动作就是说明他与何充谈话会令人沮丧,这就是谢尚和何充的差别所在了。一个能让人情绪高涨,一个却让人情绪低下。

【历代评点】

刘辰翁云:"有尊谢卑何之意。"

王世懋云:"此方言,意云:也只如此,故非誉之也。"

刘盼遂云:"按:玩下文以手指地,则王丞相说谢仁祖时,当以手指天,方合令人得上语气。《世说》善于图貌者矣。"

王导激右军

【原文】

王右军少时①，丞相云②："逸少何缘复减万安邪③？"

【译文】

王羲之年轻时，王丞相说："逸少（王羲之）为何比不上万安（刘绥）呢？"

【注释】

①王右军：即王羲之。逸少也指王羲之。②丞相：即王导。③减：比……差。万安，即刘绥。

【评析】

王羲之年轻的时候就很有才，丞相王导很看好王羲之，只是想刺激王羲之的斗志，让他能有更大的进步和突破。所以故意问他怎么会比不上刘绥呢？

王右军赞伧奴

【原文】

郗司空家有伧奴①，知及文章，事事有意。王右军向刘尹称之②。刘问："何如方回③？"问曰："此正小人有意向耳，何得便比方回？"刘曰："若不如方回，故是常奴耳。"

【译文】

郗司空家里有个来自北方的奴仆，通晓文章，办事很用心。王羲之向刘尹称赞他。刘尹问："跟郗愔相比如何？"王羲之说："这只不过是个小人办事很用心而已，怎么可以与郗愔比呢？"刘尹说："倘若比不上郗愔，就仍然是个普通的奴仆罢了。"

【注释】

①郗司空伧奴：原籍北方的奴仆。南北朝时南人蔑称北人为伧人。②王右军：即王羲之。刘尹：即刘惔，刘真长。③方回：即郗愔。方回，高平金乡人，太宰郗鉴长子，官历会稽内史、侍中、司徒。

【评析】

当时南北方的矛盾很大，一般南方人都瞧不起北方人。北方的奴仆尽管博得了王羲之的好感，刘惔问王羲之，而王羲之却仍然只是把这个北方奴仆当作了一个比较高级的奴仆罢了。尽管这个奴仆有才，刘尹仍然认为如果比不上郗愔的话仍然还是一个普通的奴仆。

【历代评点】

刘应登云："伧奴，北人。"

凌濛初云:"辄问方回,薄态可掬。"
刘辰翁云:"语甚有气。"
王世懋云:"刘尹,大是轻薄人。"

[日]秦士铉云:"以奴比主,已大轻薄,而又如此云云,意谓若方回亦仅等奴中之非常者,此奴尚不如方回,则不过寻常之奴耳。刘怜口吻之豁刻可见。"

阮裕兼诸人之美

【原文】

时人道阮思旷①:"骨气不及右军②,简秀不如真长③,韶润不如仲祖④,思致不如渊源⑤,而兼有诸人之美。"

【原文】

当时的人们评论阮裕说:"风骨气韵比不上王羲之,简约秀逸比不上刘真长,韶秀温润比不上王仲祖,思想情趣比不上殷渊源,但是却集这些人的长处于一身。"

【注释】

①阮思旷:即阮裕阮光禄。②骨气:风骨气韵。右军:即王羲之。③简秀:简约秀逸。真长:即刘惔刘真长。④韶润:韶秀温润。⑤思致:思想情趣。

【评析】

拿阮裕一个人和众名士相比较,评价他的优点虽然和他们一一对比的话是比不过,却能把所有人的长处都集在一身。

【历代评点】

刘辰翁云:"如此更高。"

简文帝评何晏与嵇康

【原文】

简文云①:"何平叔巧累于理②,嵇叔夜俊伤其道③。"

【原文】

简文帝司马昱说:"何平叔巧言善辩,牵累了他的玄理;嵇叔夜才学奇异,妨害了他的自然之道。"

【注释】

①简文:东晋简文帝司马昱,字道万,371年—372年在位。即位前封会稽王,任抚军将军,后进位抚军大将军,任丞相,所以又称"会稽王""抚军""相王"。②何平叔:即何晏,字平叔,三国时魏国人,是曹操的女婿。擅长清谈、喜好名理,是魏晋玄学的主要开创者,官至吏部尚书,后被司马懿所杀。③嵇叔夜:即嵇康,字叔夜,三国时魏谯郡铚(今安徽宿州西南)人,"竹林七贤"之一,曾任中散大夫,因遭钟会构陷,被司马昭杀害。

【评析】

　　晋文帝评论历史上两位影响较大的名士何平叔、嵇康。两人一个是玄学的主要开创者，一个是"竹林七贤"之一，却都因为各自的优秀之处惹祸上身，从而葬送了自身的发展。

【历代评点】

　　刘辰翁云："笃论。"

殷浩自许卓识

【原文】

　　人问殷渊源①："当世王公以卿比裴叔道②，云何③？"殷说："故当以识通暗处④。"

【译文】

　　有人问殷浩："当代显贵将你同裴叔道相提并论，你认为怎么样？"殷浩说："只不过是拿远见卓识来比愚陋之见罢了。"

【注释】

　　①殷渊源：即殷浩。②裴叔道：即裴遐，裴散骑。③云何：怎么样？④故当：只是，不过是。暗：不精明。

【评析】

　　殷浩拿自己比作有远见卓识的聪明人，而把裴遐说成是有愚陋之见的愚蠢之人。

【历代评点】

　　刘辰翁云："似谓裴暗。"又云："浅俗。"

殷浩自负

【原文】

　　抚军问殷浩①："卿定何如裴逸民②？"良久答曰："故当胜耳③。"

【译文】

　　抚军大将军司马昱问殷浩："你跟裴頠相比究竟怎么样？"过了很久，殷浩才回答说："我应该比他强吧。"

【注释】

　　①抚军：晋简文帝。②裴逸民：即裴頠。③故当：应当，表示肯定的语气。

【评析】

　　文中可以看出殷浩此人自负的一面。

桓温争强

【原文】

桓公少于殷侯齐名①,常有竞心②。桓问殷:"卿何如我?"殷云:"我与我周旋久,宁作我③。"

【译文】

桓温年少时与殷浩齐名,总有同殷浩争胜的心理。桓温问殷浩:"咱俩相比怎么样?"殷浩说:"我同自己反复商量了很久,我只做我自己。"

【注释】

①桓公:即桓温。殷侯:即殷浩。②竞心:争胜之心。③周旋:交往,引申为反复商量。宁作我:宁愿作我自己。殷既不肯承认自己差,又不想说自己比桓温强,回答得很巧妙。

【评析】

桓温年轻的时候就有着争强好胜的心理,这就注定了他以后的道路上将会是争权夺利,并为此而厮杀。

【历代评点】

刘应登云:"言我宁为我而已,不与桓比拟也。"

王世懋云:"妙于自夸。《晋书》改一'卿'字,何啻千里?"(按:《晋书·殷浩传》作"我与君周旋久,宁作我也"。)

袁中道云:"奇妙!"(《舌华录》卷二《狂语》)

朱铸禹云:"此言我自知已久,宁可自守,不欲效他人也。"

刘惔清言制桓温

【原文】

桓大司马下都①,问真长曰②:"闻会稽王语奇进③,尔邪?"刘曰:"极进,然故是第二流中人耳。"桓曰:"第一流复是谁?"刘曰:"正是我辈耳!"

【译文】

桓温来到京都,问刘真长:"我听说会稽王(司马昱)在谈论名理上有了很大的进步,果真这样吗?"刘惔说:"进步确实很大,不过还是第二流中的人物而已。"桓温说:"那么第一流的人物又是谁呢?"刘惔说:"恰恰是我们这帮人啊!"

【注释】

①桓大司马:即桓温。②真长:即刘惔。③会稽王:即简文帝。奇进:精进。

【评析】

当时就刘惔的学识广阔,能说得过桓温,当桓温的权力越来越大,也只有刘惔敢于在他面前说出这样自信的话。

【历代评点】

刘辰翁云:"矜而无味。"(按:一作"刘语矜而无味"。)

[日]秦士铉云:"此评是,然清言诸贤,唯刘有识概,能制桓温,此时桓威权炽盛,而刘却不畏'面兵'。"

桓温借机贬殷浩

【原文】

殷侯既废①,桓公语诸人曰②:"少时与渊源共骑竹马③,我弃去,已辄取之④,故当出我下。"

【译文】

殷浩被废黜后,桓温对一些人说:"儿时我曾和他玩骑竹马的游戏,我扔掉的,过后他就捡起来,自然就在我之下了。"

【注释】

①殷侯:即殷浩。②桓公:即桓温。③竹马:古代的儿童玩具,以竹形作马形,供小孩骑玩。④己:用作第三人称代词,他。另一种说法为"已",过去之意。

【评析】

桓温一直因为年轻时候想要跟殷浩一较高下,想要胜过名声比自己大的殷浩,但是殷浩总是不应允而使桓温怀恨在心。殷浩被罢黜后,桓温便借此机会在外贬低殷浩以报复他。

【历代评点】

刘辰翁云:"此语能长人格价。"

桓温宁作管仲

【原文】

未废海西公时①,王元琳问桓元子②:"箕子、比干③,迹异心同,不审明公孰是孰非。"曰:"仁称不异,宁为管仲④。"

【译文】

还没有废黜海西公司马奕时,王珣问桓温:"箕子、比干二人的做法不同,但用意一致,不知您认为谁对谁错呢?"桓温说:"如果同样被称作仁人,我宁可作管仲。"

【注释】

①海西公:晋废帝司马奕。②王元琳:即王珣,字符琳,小字法护、阿瓜,丞相王导的孙子,曾任桓温手下的主簿,又任尚书左仆射,封东亭侯。桓元子:即桓温,字符子。③箕子、比干:商纣王的两个叔父。传说纣王暴虐无道,箕子进谏,未被采纳,就佯狂为奴;比干强谏,被纣王剖心而死。这两人和微子被孔子称为殷代的"三仁"。④管仲:名夷吾,字敬仲,史称管子,出生于颍上(今安徽颍上县),春秋时代政治家、哲学家。孔子也称赞过他有仁德。

【评析】

司马奕在位期间,桓温骄横跋扈。想要废掉这个傀儡皇帝。王珣在问桓温的时候,意在提醒也是试探桓温,但是桓温的回答也明确地告诉了王珣他的意见,他更为欣赏的是同样被称作仁人,最后却帮齐桓公称霸了诸侯的管仲,因为他认为管仲是个智者,懂得在乱世中生存才能立下了大功。

【历代评点】

刘辰翁云:"元子欲为管仲,政以家有桓公。"

刘惔自恃胜王濛

【原文】

刘尹抚王长史背曰①:"阿奴比丞相,但有都长②。"

【译文】

刘尹拍着王长史的背说:"阿奴与王丞相相比,的确比他漂亮、敦厚。"

【注释】

①刘尹:即刘惔,刘真长。王长史:即王濛。②都:相貌俊美。

【历代评点】

刘应登云:"刘与丞相不相得,故为优濛之言,谓皆胜之也。"

王濛酒酣起舞

【原文】

刘尹、王长史同坐①,长史酒酣起舞。刘尹曰:"阿奴今日不复减向子期②。"

【译文】

刘尹和王长史同在坐,王长史酒喝到酣畅时就跳起舞来。刘尹说:"阿奴今天绝对不比向秀逊色啊!"

【注释】

①刘尹:即刘惔刘真长。王长史:即王濛。②向子期:即向秀。

有识者不异人意

【原文】

谢公与时贤共赏说①,遏、胡儿并在坐②。公问李弘度曰:"卿家平阳何如乐令③?"于是李潸然流涕曰:"赵王篡逆,乐令亲授玺绶。亡伯雅正,耻处乱朝,遂至仰药④,恐难以相比!此自显于事实,非私亲之言。"谢公语胡儿曰:"有识者果不异人意。"

【注释】

①谢公:即谢安。赏说:品评人物。②遏(è):谢玄。胡儿:谢朗。③平阳:李重,自幼好学,有文辞,曾上疏陈九品之弊。仕晋中书郎、吏部尚书等。为官清正,安贫处素。曾任平阳太守。④仰药:服毒自尽。

【译文】

谢安与当时的名士一起评论人物,谢玄和谢朗也在座。谢安问李充:"你的伯父李重跟乐广相比如何?"这时,李充潸然泪下,答道:"赵王司马伦篡位时,乐广亲自将天子的印玺交给赵王。先伯父为人正直,以居于乱朝为耻,因此服毒自尽了,恐怕他俩是不能相比的。这是显而易见的事实,实非我偏袒亲人的话语。"谢安对谢朗说:"有见识的人果然不会辜负人们对他的看法。"

【评析】

李充伯父李重年轻时即以"友爱"著称,而且因为李充的父亲去世得早,他对李充十分关爱。所以李充与伯父很好。而且李重在当时很有名气,为人处世处处显示儒家风范,而李充也深受伯父的影响,并对伯父的事迹推崇备至。

【历代评点】

刘辰翁云:"非谢公问,弘度答,那知许事?"

王世懋云:"乐令素著重名,忽有此论,然极是扶植世教语。"

自相夸胜

【原文】

王脩龄问王长史①:"我家临川②,何如卿家宛陵③?"长史未答,脩龄曰:"临川誉贵。"长史曰:"宛陵未为不贵。"

【译文】

王胡之问王濛:"我们家临川(王羲之)同你们家宛陵(王述)相比怎么样?"王濛没有回答。王胡之说:"临川以高贵著称。"王濛说:"宛陵也并非不高贵。"

【注释】

①王脩(yǒu)龄：即王胡之。王长史：即王濛。②我家临川：即王羲之，其曾官临川太守。③卿家宛陵：即王述，其曾官宛陵令。

【评析】

王胡之和王羲之，王濛和王述他们分属不同的王氏，所以当二人拿出来做比较的时候都互不相让。

【历代评点】

凌濛初云："直是自相夸胜。"
钟惺云："千古真人之语，然不易藉口。"

王修倚床听客言

【原文】

刘尹至王长史许清言①，时苟子年十三②，倚床边听。既去，问父曰："刘尹语何如尊？"长史曰："韶音令辞③，不如我，往辄破的④，胜我。"

【译文】

刘尹到王濛家里去清谈，当时王修才十三岁，站在坐榻边听。客人走后，王修问父亲："刘尹所谈的与父亲大人相比如何？"王濛说："辞令优美比不上我，一语中的我却比不上他。"

【注释】

①刘尹：即刘惔刘真长。王长史：即王濛。②苟子：即王修。③韶音令辞：文辞美妙。④往辄破的：说中要害，把握中心。

【评析】

王濛能让儿子站在坐榻旁边听他们谈话，意在让他从他们的谈话中学到长处，所以当王修让父亲自己品评和刘尹的谈话的时候，王濛就把自己和刘尹的长处告诉给王修。

【历代评点】

刘辰翁云："韶令亦属矜持。"

谢万兵败寿春

【原文】

谢万寿春败后①,简文问郗超②:"万自可败,那得乃尔失士卒情③?"超曰:"伊以率任之性,欲区别智勇。"

【注释】

①谢万:即谢中郎。②简文:即东晋简文帝。③失士卒情:不得军心,不受士兵拥戴。

【译文】

谢中郎在寿春打了败仗后,简文帝问郗超道:"谢中郎原本就该败,他怎么能如此失去兵士们的爱戴之心呢?"郗超答道:"他凭借轻率任性的性格,企图区别于靠智勇指挥作战。"

【历代评点】

刘辰翁云:"人人有区别,正坐失士卒情处,可以为戒。"

方苞云:"矜豪傲物,安得不败?废为庶人,罚不口辜。"

刘惔自居于师

【原文】

刘尹谓谢仁祖曰①:"自吾有四友②,门人加亲③。"谓许玄度曰④:"自吾有由,恶言不及于耳⑤。"二人皆受而不恨。

【译文】

丹阳尹刘惔对谢仁祖说:"自从我有了颜回,弟子对我更加亲近了。"对许询说:"自从我有了仲由,坏话就传不到我的耳朵了。"两个人都接受了他的话也都没有觉得不满。

【注释】

①刘尹:即刘惔刘真长。谢仁祖:即谢尚。②四友:据王先谦《世说新语校勘小识补》说,四友疑当作"回也"。这一则之下,《世说新语》原注引《尚书大传》说:"孔子曰:'文王有四友。自吾得回也,门人加亲,……自吾得由也,恶言不入于耳,……'"回和由,分别指孔子的弟子颜回和仲由。刘惔化用《尚书大传》中的话,用回和由来喻指谢仁祖和许玄度。③加:更加。④许玄度:即许询,字玄度,小字讷,晋高阳人,曾被征召为司徒掾、议郎,均未就职。善于清谈,后隐居山林。⑤恶言:烦心的话。

【评析】

刘惔重复《尚书大传》中孔子说过的话,就是以尼父自居,而他所说的颜回和仲由就是指的谢尚和许询,把他们两人当作一流的人物看待,并引以为傲。

【历代评点】

刘应登云:"此皆语门人弟子之辞,而同辈受之不恨。"

袁中道云:"佳。"(《舌华录》卷九《浇语》)

方苞云:"自居于师,而以弟子待人,其招恨宜也。"

桓温欲言又止

【原文】

有人问谢安石、王坦之优劣于桓公①。桓公停欲言②,中悔,曰:"卿喜传人语,不能复语卿。"

【译文】

有人向桓温问到谢安石、王坦之两人的优劣。桓温正要讲,中途又后悔,说道:"你喜欢散播别人的话,不能告诉你。"

【注释】

①谢安石:即谢安。王坦之:即王文度。②桓公:即桓温。停:正;正要。

【历代评点】

刘辰翁云:"自佳。"
陈梦槐云:"有情有景。"

王坦之自愧不如

【原文】

王中郎尝问刘长沙曰①:"我何如苟子②?"刘答曰:"卿才乃当不胜苟子③,然会名处多。"王笑曰:"痴!"

【译文】

王坦之曾问刘奭道:"我与王脩相比如何?"刘说:"你虽然比不上他的才华,但是对事理的融会贯通却在他之上。"王听后笑着说道:"太傻了。"

【注释】

①王中郎:即王坦之。刘长沙:即刘奭,字文时,彭城人,官历车骑咨议、长沙乡、散骑常侍。②苟子:即王脩的小名。③乃当:虽然,尽管。

【评析】

看看王坦之听完后的表现,就说明刘奭对他和王脩作的这个评价确实不怎么样,一开始就把王坦之才华不如王脩直接表述了。当时名士们在乎的就是这个"才华",尽管之后再去称赞王坦之对事理的理解要在王脩之上。这样谁也能看得出来,这个优点显得很牵强了。

【历代评点】

《大司马官属名》曰:刘奭字文时,彭城人。《刘氏谱》曰:奭祖昶,彭城内史。父济,临海令。奭历车骑咨议、长沙相、散骑常侍。

谢万怒目相争

【原文】

王右军问许玄度①:"卿自言何如安石②?"许未答,王因曰:"安石故相为雄,阿万当裂眼争邪③?"

【译文】

王羲之问许询说:"你自己说说,你同谢安相比如何?"许询没有回答。王羲之于是又说:"谢安和你确实可以并列称雄,不过谢万应该会怒目相争吧。"

【注释】

①王右军:即王羲之。许玄度:即许询。②安石:谢安。③阿万:字万石,谢安的弟弟。阿,前辅助语辞。裂眼:及其愤怒的样子。

【历代评点】

《中兴书》曰:万器量不(乃)[及]安石,虽居藩任,安在私门之时,名称居万上也。

江彪被讥为乡巴佬

【原文】

刘尹云①:"人言江彪田舍②,江乃自田宅屯③。"

【译文】

刘尹说:"人们谈论江彪像农家子,土气,江彪其实是在村庄里自营田地,房舍,自种自收。"

【注释】

①刘尹:即刘惔,刘真长。②田舍:同"田舍儿",乡下人,乡巴佬。③乃自:竟然。

【评析】

江彪以博学知名,而且当时也是东晋中兴的一位大臣,而却被有的人说成是乡巴佬。他也只不过是在村庄里自营田地、房舍,自种自收。所以,在魏晋时代品评一个人的品行,精神方面是很严格也很注重的。

【历代评点】

刘辰翁云:"不甚可晓。然可用。似谓田宅所屯聚也。"
朱铸禹云:"似谓江自屯聚田宅,无怪人以田舍目之。"

金谷园大宴宾客

【原文】

谢公云①:"金谷中②,苏绍最胜③。"绍是石崇姊夫,苏则孙④,愉子也⑤。

【译文】

谢安说:"在金谷园聚会的名流中,要数苏绍最为优秀。"苏绍是石崇的姐夫,苏则的孙子,苏愉的儿子。

【注释】

①谢公:即谢安。②金谷:石崇在河南金谷涧中有别墅,石崇曾召集明贤宴饮,并赋诗作文以记其事。③苏绍:字世嗣,扶风武功人,官历议郎等职,封关中侯。④苏则:字文师,扶风武功人,刚直嫉恶,官历侍中、河东相。⑤愉:即苏愉,字休豫,苏则次子,忠义之人,官至光禄大夫。

【评析】

石崇是富豪,官至荆州刺史,曾在金谷园大宴宾客,计三十人,饮酒赋诗,而三十名流中,苏绍,虽年有五十,但同时他也是吴王的老师、议郎、关中侯,所以以他为首。

【历代评点】

《魏书》曰:苏则字文师,扶风武功人。刚直疾恶,常慕汲黯之为人。仕至侍中、河东相。《晋百官名》曰:愉字休豫,则次子。山涛《启事》曰:愉忠义有智意,位至光禄大夫。

谢公清润

【原文】

孙承公云①:"谢公清于无奕②,润于林道③。"

【译文】

孙统说:"谢安比谢奕清纯,比林道温雅。"

【注释】

①孙承公:即孙统,字承公,太原人,善属文。历任鄞令、吴宁令、余姚令。②谢公:即谢安。无奕:即谢奕,字无奕,谢安的哥哥。③润:温雅。林道:陈逵,字林道,曾任西中郎将,兼任淮南太守。

【历代评点】

刘辰翁云:"谁知二贤,只见谢公清润耳。"

王胡之"攀安提万"

【原文】

或问林公①:"司州何如二谢②？"林公曰:"故当攀安提万③。"

【译文】

有人问支道林:"王胡之与谢安、谢万相比如何？"支道林说:"当然是超过谢万追赶谢安了。"

【注释】

①林公：即支遁，支道林。②司州：即王胡之。③攀安提万：超过谢万追赶谢安。

【评析】

"攀安提万"，是说攀着谢安，拉着谢万，意思就是指王胡之处在谢安与谢万之间，比谢安不足却比谢万有余。

【历代评点】

刘辰翁云:"语强,然有思。"

朱铸禹云:"谓上攀谢安,下提谢万,即比安不足,比万有馀也。"

孙绰、许询各有可取之处

【原文】

孙兴公、许玄度皆一时名流①。或重许高情，则鄙孙秽行②；或爱孙才藻，而无取于许。

【译文】

孙绰、许询都是当时的名流。有些人推重许询的高尚情操，便鄙视孙绰的污秽行为；有些人喜爱孙绰的文才，便认为许询无可取之处。

【注释】

①孙兴公：即孙绰。许玄度：即许询。②"秽行"句：《世说新语》原注引《续晋阳秋》说，孙兴公"虽有文才，而诞纵多秽行，时人鄙之"。

【评析】

孙绰和许询是东晋玄言诗的代表人物，孙绰、许询皆精通佛理。他们曾经和佛学家支遁沆瀣一气，递相仿效，把玄言诗和佛家理论相互结合，共同推演出了一个诗歌崇尚玄理、举陈要妙的局面。所以经常有人拿他们作对比，而自然也会有各种崇拜者来品评他们的长处与不足。

【历代评点】

李贽云:"才藻焉敌高情?"
方苞云:"孙之才藻,许之高情,均有过人处。取节,其可也。"

谢公以言为得

【原文】

郗嘉宾道谢公①:"造膝虽不深澈②,而缠绵纶至③。"又曰④:"右军诣嘉宾⑤。"嘉宾闻之云:"不得称诣⑥,政得谓之朋耳⑦。"谢公以嘉宾言为得。

【译文】

郗超评论谢安:"他的谈论虽然不很透彻,但是情意非常深厚。"有人说:"王羲之很有造诣。"郗超听到这话后说:"不能说很有造诣,只能说他们两人不相上下罢了。"谢安认为嘉宾的话说对了。

【注释】

①郗嘉宾:即郗超。谢公:即谢安。②造膝:本指促膝交谈,这里指谈论、议论。③缠绵纶至:缠绵,绵密。指情意非常深厚。④又:通"有",有人。⑤嘉宾:据徐震堮《世说新语校笺》说,这两个字疑是衍文。这一则是讲王羲之和谢安对名理的造诣。⑥诣:拜访。右军:即王羲之。⑦政:通"正",只;仅。朋:同等;同类。

【历代评点】

刘辰翁云:"造膝是文谈,可厌。"又云:"缠绵纶至,可观。"
刘应登云:"此云诣非其它造之之谓,乃目其于理深诣,即谢之深彻皆核至之名,谢不彻,王亦不诣,其于理但相朋耳,无大高下也。"

庾和自夸

【原文】

庾道季云①:"思理伦和②,吾愧康伯③;志力强正,吾愧文度④。自此以还,吾皆百之⑤。"

【译文】

庾和说:"要说思路有条理而又和谐,我自愧比不上韩伯;要说志向纯正毅力坚强,我自愧比不上王坦之。除了这两人外,其余的人我都超过他们一百倍。"

【注释】

①庾道季:即庾和,字道季,庾亮的儿子,官至中领军。②伦和:有条理而又和谐。③康伯:即韩伯韩豫章,字康伯,东晋玄学思想家。下文"文度",指王坦之,字文度。④文度:即王坦之。⑤百:是一百倍,作动词用。

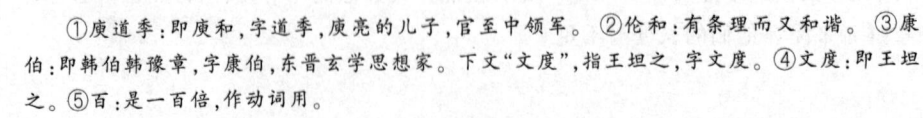

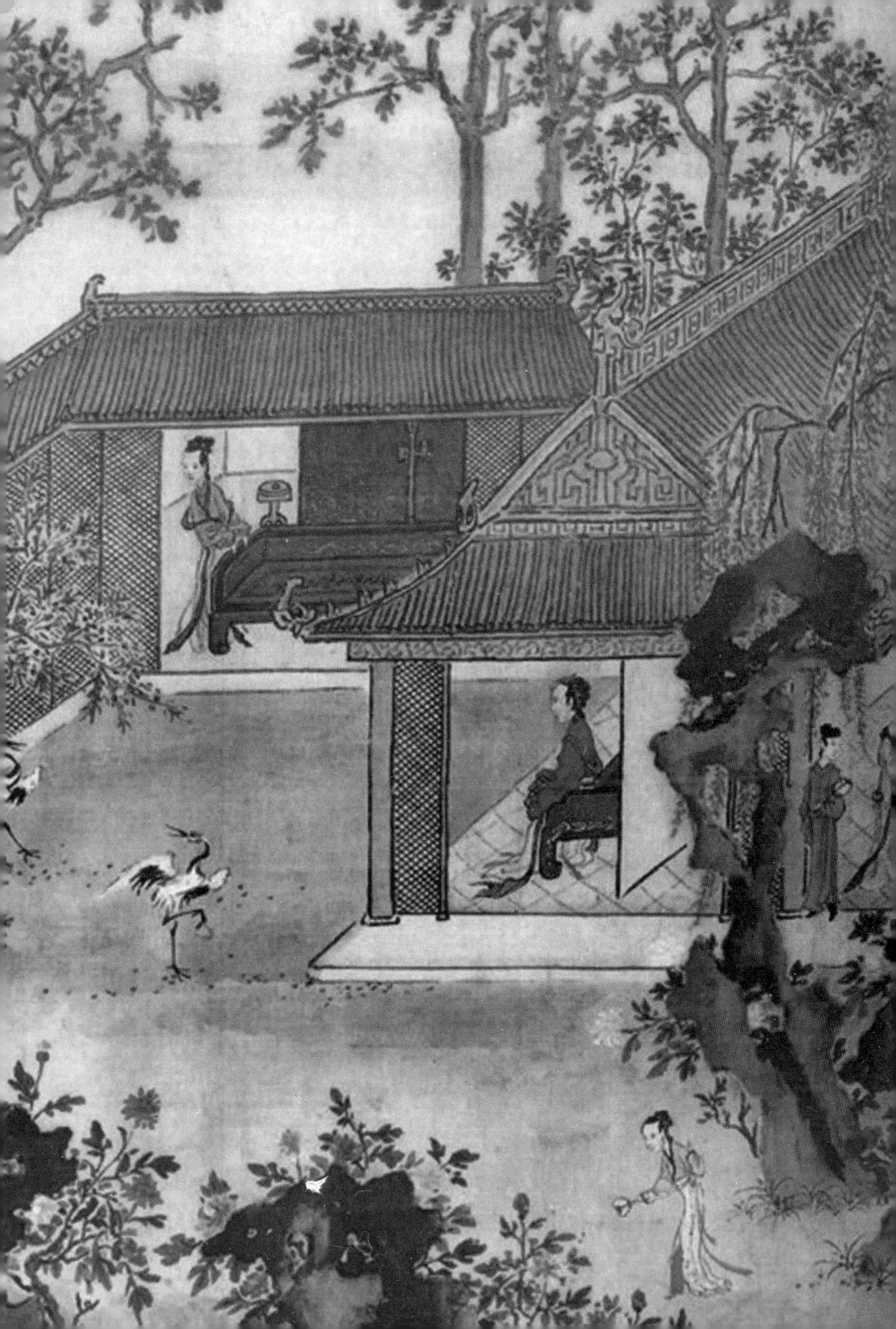

【评析】

庾和此人好学,在文章的造诣上就只佩服韩豫章和王坦之两人,除了他们谁也不服,这是他对自己做的评价。

【历代评点】

王世懋云:"道季比中郎,恰得。"

王僧恩轻林公

【原文】

王僧恩轻林公①,蓝田曰②:"勿学汝兄,汝兄自不如伊。"

【译文】

王祎之看不起支道林,他的父亲王述说:"不要学你哥哥(王坦之),你哥哥本来就不如他。"

【注释】

①王僧恩:王祎之的小名,字文劭,王述次子,官至中书郎。林公:即支遁,支道林。②蓝田:即王述。

【历代评点】

[日]秦士铉云:"'汝兄'指王坦之,坦之尝轻林公,故云。"

刘辰翁云:"似佞其子,而党林公。"

袁羊有才无德

【原文】

简文问孙兴公①:"袁羊何似②?"答曰:"不知者不负其才③,知之者无取其体④。"

【原文】

简文帝问孙绰:"袁羊这个人怎么样?"孙绰回答说:"不了解他的人不会忽视他的才能,了解他的人又不会效仿他的德行。"

【注释】

①简文:即东晋简文帝。孙兴公:即孙绰。②袁羊:即袁齐。③负:违背。引申为舍弃、忽略。④体:品德。

【评析】

孙绰说不了解袁羊的人才会重视他,而了解袁羊就不会认可他的德行,摆明了意思是指袁羊有才而无德。

【历代评点】

秦士铉云:"似谓常人以其不孤(按:疑当作"幸")负其才,深知其为人者不重其德业也。"

蔡叔子论康伯

【原文】

蔡叔子云①:"韩康伯虽无骨士②,然亦肤立③。"

【译文】

蔡系说:"韩康伯虽然胖得像没有骨头似的,但是体型壮美,形象还算可以。"

【注释】

①蔡叔子:即蔡系,官至抚军长史。②康伯:即韩伯,韩豫章。无骨士:指因肥而看不到骨骼,按:《轻诋》中《世说新语》原注引范启说:"韩康伯似肉鸭。"③肤立:指外表能够树立起来。

【历代评点】

刘辰翁云:"外貌。"

余嘉锡云:"康伯为人肥壮,故《轻诋篇》注引范启云:'韩康伯似肉鸭。'此言其虽无骨干,而其见于外者亦足自立也。"

清谈之风漫品评

【原文】

郗嘉宾问谢太傅曰①:"林公谈何如嵇公②?"谢云:"嵇公勤著脚③,裁可得去耳。"又问:"殷何如支?"谢曰:"正尔有超拔,支乃过殷;然亹亹论辩④,恐殷欲制支。"

【译文】

郗超问谢安:"支道林谈论名理与嵇康相比如何?"谢说:"嵇康仍然需要努力向前才能追赶上啊!"又问:"殷浩与支道林相比如何?"谢说:"正是由于具有如此超凡脱俗的才思和气质,支道林才在殷浩之上,但是在谈吐辩论方面,恐怕支道林就在殷浩之下了。"

【注释】

①郗嘉宾:即郗超。谢太傅:即谢安。②林公:即支遁支道林。③嵇公:即嵇康。勤著脚:仍然需要努力向前。④亹亹(wěi):同"娓娓",形容说话谈论滔滔不绝。

【评析】

那个年代里去品评一个人,清谈是占了上风的,所以在这方面谢安认为,嵇康是不如支道林的。而且支道林和殷浩相比，他对支道林的评价也是极高的，排在殷浩之上。谈吐方面殷浩胜于支道林，他和支道林算是各有所长。同时也传达了玄学清谈的重要性。

【历代评点】

余嘉锡云：《高僧传》四曰："郗超问谢安：'林公谈何如嵇中散？'安曰：'嵇努力裁得去耳。'"此云"勤著脚"，盖谓嵇须努力向前，方可及支。

程炎震云："《高僧传》云：'恐口制支。'此处口必是殷字，宋初讳殷，后来未及填写耳。"

刘辰翁云："便是争名。"

余嘉锡又云："本篇载安答王子敬语，以为支遁不如庾亮。又答王孝伯，谓支并不如王濛、刘恢。今乃谓中散努力，才得及支；而殷浩却能制支，是中散之不如庾亮辈也。乃在层累之下也。夫庾、殷庸才，王仲祖亦谈客耳，讵足上拟嵇公？刘真长虽有才识，恐亦非嵇之比。支遁缁流，又不足论。安石褒贬，抑何不平？虽所评专指清谈，非论人品，然安石之去中散远矣！何从亲接謦劾，而遽裁量其高下耶？此必流传之误，理不可信。"

庾和借古论今

【原文】

庾道季云①："廉颇、蔺相如虽千载上死人，懔懔恒如有生气②；曹蜍、李志虽见在③，厌厌如九泉下人④。人皆如此，便可结绳而治，但恐狐狸猯貉啖尽⑤。"

【译文】

庾和说："廉颇和蔺相如虽然是距今千年以上的人了，但是却依然正气凛然，始终保持着威严。曹蜍和李志虽然现在还活着，但是却精神不振，像是九泉之下的死人。若人人都像曹蜍和李志，则天下就可以用结绳记事的方法来治理了，不过恐怕人们也都会被狐狸、野猪、野貉等野兽吃光了。"

【注释】

①庾道季：即庾和，庾亮少子。历仕丹阳尹、中领军等。②懔懔(lǐn)：令人畏惧的样子。③曹蜍：即曹茂之，字永世，彭城人，官至尚书郎。李志：字温祖，江夏钟武人，官至员外常侍、南康相。④厌厌：同"恹恹"，形容精神不振。⑤啖(dàn)：吃。

【历代评点】

王世懋云："道季此言，亦殊有生气。"

王世贞云："人虽不相蒙，意实有会。"

凌濛初云："独言廉蔺，何也？狐狸猯貉，啖者故亦不止曹李。"

王世懋又云："此注殊不似孝标，定为后人搀入。"（凌濛初按："此注或出刘应登。"）

李贽云:"狐貉啖死尸,无人可治也。"(《初谭集·师友·论人》)

袁中道云:"妙绝!"(《舌华录》卷九《浇语》)

刘盼遂云:"按:详《注》意,谓曹李身啖于狐狸也,其说远失。庾道季本谓天下人尽如曹李之疏于世虑,则谁将烈山泽而焚之,谁复殴虎豹犀象而远之。如是则禽兽逼人,人尽为狐狸猕貉之俊馀矣。"

卫承参理道义

【原文】

卫君长是萧祖周妇兄①,谢公问孙僧奴②:"君家道卫君长云何?"孙曰:"云是世业人。"谢哀叹:"殊不尔,卫自是理义人③。"于时以比殷洪远④。

【原文】

卫承是萧祖周妻子的哥哥,谢安问孙腾说:"你觉得卫承这个人如何?"孙腾说:"据说这个人很致力于时务。"谢安说:"远非如此,卫承原本是个参理道义的人。"当时人们往往把卫承同殷洪远相比。

【注释】

①卫君长:即卫承。②谢公:即谢安。孙僧奴:即孙腾,字伯海,太原人,博学之士,官历中庶子、廷尉。③理义:参理道义。④殷洪远:即殷融。

庾公自足没林公

【原文】

王子敬问谢公①:"林公何如庾公②?"谢殊不受③,答曰:"先辈初无论,庾公自足没林公④。"

【译文】

王献之问谢安:"林公和庾公相比如何?"谢安实在不愿意搭理,答道:"前辈们从没有作过评论,庾公原本就超越了林公。"

【注释】

①王子敬:即王献之,字子敬,晋琅琊临沂(今属山东)人,王羲之的第七子,东晋著名书法家,曾任建威将军、吴兴太守、中书令。②林公:即支遁,支道林。庾公:即庾亮。③受:搭理。④没:盖过;超越。

【评析】

在这里按照谢安的意思,是就学识和清谈的角度而作的评价。庾亮是在支道林之上的。看样子,谢安对支道林并不像别人那样认可的。

【历代评点】

刘应登云:"谓不闻说庾胜林耳。"(按:一说刘辰翁云。)

刘辰翁云："只是一句。"又云："便与上句同。"

高山仰止莫品评

【原文】

谢遏诸人共道竹林优劣①，谢公云②："先辈初不臧贬七贤③。"

【译文】

谢遏等人在一起议论竹林七贤的优劣，谢安说："前辈们从来就不评议这七位贤人。"

【注释】

①竹林：阮籍等竹林七贤。②谢公：即谢安。③臧贬：褒贬；评议。

【评析】

竹林七贤，在当时声望都很高，所以一般不评论其中的优劣。

【历代评点】

王世懋云："此言亦非公论。"

余嘉锡云："竹林诸人，在当时齐名并品，自无高下。若知人论世，考厥生平，则其优劣，亦有可言。叔夜人中卧龙，如孤松之独立。乃心魏室，菲薄权奸，卒以伉直不容，死非其罪。际正始风流之会，有东京节义之遗。虽保身之术疏，而高世之行著，七子之中，其最优乎！嗣宗阳狂玩世，志求苟免，知括囊之无咎，故纵酒以自全。然不免草劝进之文词，为马昭之狎客，智虽足多，行固无取。宜其慕浮诞者，奉为宗主；而重名教者，谓之罪人矣。巨源之典选举，有当官之誉。而其在霸府，实入幕之宾。虽号名臣，却为叛党。平生善与时俯仰，以取富贵。迹其终始，功名之士耳。仲容借驴追婢，偕猪共饮，贻讥清议，直一狂生。徒以从其叔父游，为之附庸而已。子期以注《庄》显，伯伦以《酒德》著，流风馀韵，蔑尔无闻，不足多讥，聊可备数。浚冲居官则阘茸，持身则贪倍。王夷甫辈承其衣钵，遂致神州陆沈。斯真窃位之盗臣，抑亦王纲之巨蠹。名士若兹，风斯下矣。《魏氏春秋》之评，乃庸人之谬论，不足据也。"

王坦之比车骑

【原文】

有人以王中郎比车骑①，车骑闻之曰②："伊窟窟成就③。"

【译文】

有人拿王坦之与谢玄相比，谢玄听后说道："他在义理上每一个方面都取得成就。"

【注释】

①王中郎：即王坦之。②车骑：即谢玄。③窟窟成就："窟窟"，即"掘掘"，做事用心力。这里是

说王坦之所以能取得成就。

【历代评点】

余嘉锡云:"车骑,谢玄也。窟窟无义,当作掘掘,以形声相近致讹耳。《说文》:'搰,掘也。掘,搰也。'《左氏哀二十六年传》:'掘褚师定子之墓焚之。'《释文》云:'本或作搰。'《庄子·天地篇》云:'子贡过汉阴,见一丈人,方将为圃畦,凿隧而入井,抱瓮而出灌,搰搰然用力甚多,而见功寡。'《释文》云:'搰搰,用力貌。'晋人谈论,好称引《老》、《庄》,必《庄子》别本有作掘掘者,故谢玄用之,云掘掘成就者,言坦之随事辄搰搰用力,故能成就其志业也。谢玄有经国之略,其平生使才,虽屦屦间,咸得其任。是亦能搰搰用其心力者。卒之克建大勋,为晋室安危所系,与王坦之功名略等。其称坦之之言,殆即所以自寓也。"

谢安慧眼识人

【原文】

王黄门兄弟三人俱诣谢公①,子猷、子重多说俗事②,子敬寒温而已③。既出,坐客问谢公:"向三贤孰愈?"谢公曰:"小者最胜。"客曰:"何以知之?"谢公曰:"吉人之辞寡④,躁人之辞多。推此知之。"

【译文】

黄门侍郎王徽之兄弟三人结伴去拜访谢安。王徽之和王操之总谈一些日常事情,王献之却仅仅寒暄几句而已。他们走后,在座的宾客问谢安:"刚才那三位贤人,哪一个更好些?"谢安说:"小的那个更好。"客人问:"是根据什么判断的?"谢安说:"善良的人话少,急躁的人话多。是从这两句话推断出来的。"

【注释】

①王黄门:即王徽之。兄弟三人:指王徽之、王操之、王献之。谢公:即谢安。②子猷:即王徽之。子重:即王操之。字子重。王羲之第六子,官历秘书监、侍中、尚书、豫章太守。③寒温:寒暄。④吉人之辞寡,躁人之辞多:指善良的人言辞少而精粹,急躁的人言辞多而啰嗦。

【评析】

谢安从王献之的稳重寡言,推知其为兄弟中的佼佼者,可谓独具慧眼,"吉人之辞寡"两句,意思说明善良的人真诚正直,所以说话少,浮躁的人说话多则经常显得很轻浮。

【历代评点】

《王氏谱》曰:操之字子重,羲之第六子。历秘书监、侍中、尚书、豫章太守。

王献之暗讽谢安

【原文】

谢公问王子敬①："君书何如君家尊②？"答曰："因当不同③。"公曰："外人论殊不尔。"王曰："外人那得知？"

【译文】

谢安问王献之："你的书法和你父亲相比怎么样？"王献之回答说："本来就不一样。"谢安说："外人的议论可完全不是这样。"王献之说："外人哪里能懂得呢？"

【注释】

①谢公：即谢安。王子敬：即王献之。②"君书何如君家尊"：王献之擅长书法，并自认为超过父亲王羲之，谢安也懂书法，他尊崇王羲之而轻视王献之，所以才这样问他。献之听后，心中很不平，因而下文说到"外人那得知"，其实是暗斥谢安不懂书法。③因当：本来。

【评析】

王献之跟他父亲一样擅长书法，并自认为超过父亲王羲之。谢安也懂书法，他尊崇王羲之而轻视王献之，所以才这样问他。献之听后，心中很不平，因而下文说到"外人那得知"，其实是暗斥谢安不懂书法。

【历代评点】

凌濛初云："安石不重献之书，得之，断作铰纸，或大批纸尾，还之。"

王思任云："添一'外'字，便韵。"

王世贞云："宋齐之际，右军几为大令所掩。梁武一评，右军复伸。唐文再评，大令大损。若唐文之论，是偏好语，不足以服大令心也。人谓右军内擫故森严而有法，大令外拓故散朗而多姿。法自兼姿，姿不能无累法也。后人学右军终不能似，大令已自逗漏李北海（邕）、苏眉山（轼）、赵吴兴（孟頫）笔，然则大令之于右军，直父子耳，不可称伯仲也。"

凌濛初又云："黄鲁直曰：'右军似左氏，大令似庄周。'"

谢安知人论世

【原文】

王孝伯问谢太傅①："林公何如长史②？"太傅曰："长史韶兴③。"问："何如刘尹④？"谢曰："噫！刘尹秀。"王曰："若如公言，并不如此二人邪？"谢云："身意正尔也。"

【译文】

王恭问谢安："支道林与王濛相比如何？"谢安说："王濛意趣美好。"又问："同刘惔相比如何？"谢安说："刘惔俊秀出众。"王孝伯说："照您这么说，支道林比不上这两位吗？"谢安："正是此意。"

【注释】

①王孝伯：即王恭。谢太傅：即谢安。②林公：即支遁，支道林。长史：王濛。③韶兴：意趣美好。④刘尹：即刘惔，刘真长。

【评析】

当时人物品评，并非单从一个方向和角度去评判的。在这里谢安是从人物的气质及其外在表现方面来评论的，支道林因为谈论名理的出色而被世人所称赞，但谢安却认为支道林比不上刘惔和王濛，可见支道林也不是每一方面都让所有人称誉的。但是尽管如此，支道林能进入清谈名士之流，也并不是浪得虚名的。

王献之技高一等

【原文】

人有问太傅①："子敬可是先辈谁比②？"谢曰："阿敬近撮王、刘之标③。"

【译文】

有人问谢安："王献之可以与前辈中哪一位相比？"谢安说："阿敬接近王濛和刘惔二人的风度神态。"

【注释】

①太傅：即谢安。②子敬：即王献之。下文阿敬是谢安对其昵称。③王、刘：王长史王濛、刘尹刘真长。撮：撮取。标：风采神态。

【评析】

王献之自小跟随父亲练习书法，且胸有大志，在当时和他父亲齐名，被人并称为"二王"。就连谢安也把他跟王濛刘惔二人相比，这已是给予了他极高的评价。

【历代评点】

凌濛初云："撮标者亦擅名耶。"

[日]秦士铉云："即胜情所会之处也。"

刘惔重情守礼

【原文】

谢公语孝伯①："君祖比刘尹，故为得逮②。"孝伯云："刘尹非不能逮，直不逮③。"

【译文】

谢安对王恭说："你的祖父同刘惔相比，应当可以与之媲美吧？"王孝伯说："刘惔此人并不是没有人能够比得上，只是不想做那样的人罢了。"

【注释】

①谢公：即谢安。孝伯：即王恭。②君祖：即王濛。刘尹：即刘惔，刘真长。为得：能够，会。③直：通"只"，只是，不过。逮：达到、赶得上。

【评析】

刘惔以渊博的学识、精妙的清谈，成为当代的名流。他不但重情而且谨守礼法，赢得人们至高的赞誉。而且他的为人是为时人的标榜，但是谢安在这里提出来和王恭的祖父相比，王恭为了维护自己家族的名声却不能以公正的态度去评价，反而看似有轻视的意思。不过，刘惔的好品行是被世人看在眼里的。

【历代评点】

王世懋云："孝伯自私其祖，未为公论，毕竟刘胜王。"

兄弟共赏《高士传》

【原文】

王子猷、子敬兄弟共赏《高士传》人及赞①。子敬赏井丹高洁②，子猷云："未若长卿慢世③。"

【译文】

王徽之、王献之兄弟一起欣赏《高士传》中的人物和赞文，王献之欣赏井丹的高洁，王徽之说："不如司马相如对世俗的轻蔑。"

【注释】

①王子猷：即王徽之。子敬：即王献之。《高士传》：书名，嵇康撰，今已失传。赞：一种文体，人物传记后面对所记人物进行褒贬的评论性短文。②井丹：字大春，东汉扶风郿人，为人博学多才，不慕荣贵。③长卿：司马相如，字长卿，蜀郡成都人，汉代著名的辞赋家。慢世：指放纵任性，轻蔑世事。

【历代评点】

陈梦槐云："俱有胜气。"

袁中道云："不易与人语。"（《舌华录》卷五《韵语》）

李贽云："各人赏各人，亦好。"（《初谭集·兄弟上》）

名士风度，略胜一筹

【原文】

有人问袁侍中曰①："殷仲堪何如韩康伯②？"答曰："义理所得优劣，乃复未

【译文】

有人问侍中袁恪之说："殷荆州和韩豫章相比怎么样？"他回答说："在玄

辨；然门庭萧寂③，居然有名士风流，殷不及韩。"故殷作《诔》云："荆门昼掩④，闲庭晏然⑤。"

理上的收获心得方面，二人高下还难以分辨；然而韩豫章门庭幽静，显然是具有名士风范的人，这是殷荆州不如韩豫章的地方。"所以殷荆州在写给韩豫章的《诔》文中说："柴门白天掩着，庭院里闲适悠然。"

【注释】

①袁侍中：即袁恪之，字元祖，陈郡阳夏人，曾任黄门侍郎、侍中。②殷仲堪：即殷荆州。韩康伯：即韩伯，韩豫章。③门庭萧寂：门庭冷落，没有显赫的贵族出入。④荆门：用树枝、荆条编成的门。⑤晏然：安然、平静的样子。

【评析】

魏晋，大家崇尚名士这个头衔，他们所认为的名士不光是你有才有貌，人格、道德和精神的体现也是一个重要标准。所以在评论殷荆州和韩豫章的时候除了都能清谈玄理外，韩豫章的高雅风度和气质，不慕荣利，清高而有骨气，被人认可为名士，所以韩豫章更加显示出了他作为名士的高洁儒雅的气质。

王珣面壁而叹

【原文】

王珣疾①，临困②，问王武冈曰③："世论以我家领军比谁④？"武冈曰："世以比王北中郎⑤。"东亭转卧向壁，叹曰："人固不可以无年⑥！"

【译文】

王珣生了病，在病情严重时，问他的堂弟王谧道："世人评论时把我的父亲跟谁相比啊？"王谧说："世人把他同王坦之相比。"王珣转身面向墙壁，叹息道："人可真是不能够不长寿啊！"

【注释】

①王珣：即王东亭。②临困：到病重的时候。③王武冈：即王谧，子雅远，王导的孙子。袭爵武冈侯。少有美誉。曾任黄门侍郎、侍中，领扬州刺史，录尚书事。④我家领军：指王洽，是王导的儿子，王珣的父亲。⑤王北中郎：即王坦之，王述的儿子。⑥人固不可以无年：人确实不能不长寿啊。王珣的意思是，他的父亲王洽的名德超过了王坦之，但是因二十六岁就去世而没有名声，否则不至于跟王坦之比。

【评析】

王珣听说世人拿王坦之和他的父亲王洽相比，便为父亲觉得惋惜，因为他认为他父亲的品行才学在王坦之之上，只是因为很年轻的时候就去世了，而他的辉煌都没有显露出来，所以没有名声，不然也不至于让人拿和他同辈的王坦之与父亲相比。

【历代评点】

王世懋云："亦自尊其父耳。王中郎讵可便胜？"

刘应登云:"殉谓其父本胜坦之,以年二十六而卒,故德业不彰,仅得比于坦之也。故叹之。"

王桢之巧言解围

【原文】

桓玄为太尉①,大会,朝臣毕集。坐裁竟,问王桢之曰②:"我何如卿第七叔③?"于时宾客为之咽气④。王涂涂答曰:"亡叔是一时之标,公是千载之英。"一坐欢然。

【译文】

桓玄担任太傅时,大会宾客,朝中的大臣们全都聚集在一起。刚刚坐定,他就问王桢之说:"我和你的七叔(王献之)相比如何?"这时宾客们都为王桢之紧张得屏住了呼吸。王桢之悠悠答道:"我那死去的叔叔是那一时楷模,您是千载英豪。"大家听完都欣然地松了一口气。

【注释】

①桓玄:字敬道,晋谯国龙亢(今安徽怀远西北)人,桓温的儿子,袭封南郡公。因篡晋,受刘裕起兵讨伐,被杀。太尉:宋本作"太傅"。据《晋书·王桢之传》、《晋书·桓玄传》应作"太尉",今从之。②王桢之:字公干,王徽之的儿子,琅琊人,历任侍中、大司马长史。③卿第七叔:即指王献之,字子敬。④咽气:《晋书·王桢之传》作"气咽",屏息,指紧张得喘不过气来。

【评析】

桓玄让王桢人当着群臣们对自己做出评价,这摆明了就是故意给出了道难题。当时会上的宾客们都为王桢之捏了一把汗,但是王桢之凭着自己的机智与聪明,不慌不忙的做出了得体的回答。既没有得罪桓玄,又替自己的叔叔挽回了尊严,本来想为难他的桓玄这时候也说不出什么不满意的话来。在座的人听后都替他松了一口气,真是险啊!

【历代评点】

凌濛初云:"直是怕他。"

名士风度,各有千秋

【原文】

桓玄问刘太常曰①:"我何如谢太傅?"刘答曰:"公高,太傅深。"又曰:"何如贤舅子敬?"答曰:"楂、梨、橘、柚,各有其美②。"

【译文】

桓玄问刘瑾:"我同谢安相比如何?"刘瑾说:"您高大,谢安深远。"又问:"我同你的舅父王献之相比如何?"刘瑾说:"山楂、梨子、橘子、柚子,都各有各的美味。"

【注释】

①刘太常:即刘瑾,子仲璋,东晋南阳(今河南)人。外祖父为王羲之。历任尚书、太常卿。很有才华。②楂、梨、橘、柚,各有其美:各种水果有其各自的美味。

【评析】

桓玄意在为难刘瑾,便一再追问他,让他评价自己和谢安、王献之。而谢安和王献之一个是一流名士,一个是他的舅父,可见面前这桓玄又极难以应付,一句话说不好就能让自己臭名昭著。但是刘瑾的回答却大方得体,一个"各有千秋"既没有损坏任何人的名声,又没有让桓玄有发作的余地。即使桓玄再有心为难也找不出什么借口。

【历代评点】

凌濛初云:"最好答法。"

余嘉锡云:"身为操、莽,而自命若斯,宁复有英雄之气乎?"

规箴第十

【题解】

本门里记载了对魏晋名士或者当权者处理事情时的一些不当的言行或者举措,相互间进行的规劝和谏诫。这种规箴多是善意的。

汉武帝乳母求救东方朔

【原文】

汉武帝乳母尝于外犯事①,帝欲申宪②,乳母求救东方朔③。朔曰:"此非唇舌所争,尔必望济者④,将去时,但当屡顾帝,慎勿言!此或可万一冀耳⑤。"乳母既至,朔亦侍侧,因谓曰:"汝痴耳!帝岂复忆汝乳哺时恩邪?"帝虽才雄心忍,亦深有情恋,乃凄然愍之⑥,即敕免罪。

【译文】

汉武帝的奶妈曾在外面犯了罪,武帝要依法处置她,奶妈向东方朔求救。东方朔说:"这不是口舌争辩能办成的事,你想获释的话,就要在离开的时候,频频回头望着皇上,千万不要说话!这样或许会有一线希望。"奶妈来到汉武帝面前,东方朔也陪侍在武帝身旁,对频频回首的乳母说:"你太傻了!皇上难道还会记得你哺乳时的恩情吗?"武帝虽然雄才大略,性格刚强,但对奶妈也有深深的依恋之情,于是难过地怜悯起她,马上赦免了她的罪过。

【注释】

①汉武帝:即刘彻。犯事:做违法的事。据褚少孙补《史记·滑稽列传》记载,违犯禁令的是乳母的子孙家奴,乳母因受牵连而获罪。②申宪:施行法令,指依法处理。③东方朔:字曼倩,西汉平原厌次人,曾任太史大夫,为人诙谐机智,很受汉武帝宠幸。④济:有所帮助。⑤冀:希望。⑥愍(mǐn):怜悯。

【评析】

东方朔在国家的法内法外游刃有余,他对待制度与情感也是个得道的士者,在对待汉武帝和他奶妈这件事情上他一方面深知以汉武帝的雄才大略,像乳母这等违法乱纪之事,如果按规定放在法内、制度内,那是绝对没有从宽发落的余地。但是考虑到汉武帝的个人的感情的话,那就不能如此大义凛然了。法外、制度外正是讲情感的地方,讲情感的地方才可能法外开恩,网开一面。东方朔深知这二者的矛盾,想来汉武帝即使有个人感情,但是面对的还有天下百姓,理智会让他选择后者的。东方朔抓住了这一点,于是巧妙安排了这个布局,让汉武帝体会到自己对乳母的依恋,最终赦免了乳母。

【历代评点】

王世懋云:"本郭舍人事,附会东方生以为奇。"

汉元帝抚今追昔

【原文】

京房与汉元帝共论①,因问帝:"幽、厉之君何以亡②?所任何人?"答曰:"其任人不忠。"房曰:"知不忠而任之,何邪?"曰:"亡国之君各贤其臣,岂知不忠而任之?"房稽首曰③:"将恐今之视古④,亦犹后之视今也。"

【译文】

京房同汉元帝一起论事,便趁机问汉元帝道:"周幽王和周厉王为什么会败亡呢?他们都任用些什么人?"元帝答道:"他们所任用的人都不忠诚。"京房说:"既然都知道那些人不忠诚,却还要用他们,这又是为什么呢?"元帝说:"亡国之君都认为他们各自的臣子都是贤能的,哪有明知他们不忠诚却还要用的呢?"京房叩首道:"恐怕我们评价历史,也就像以后的人评价我们现在。"

【注释】

①京房:字君明,西汉东郡顿丘(今河南清丰)人,好钟律,知音声,官至魏太守。②幽:周幽王,因宠幸褒姒而导致败亡。厉:周厉王,因肆意杀戮无辜,暴虐无道而被国人放逐。③稽首:叩首,古代的一种最为隆重的礼仪。④视古:镜鉴、评价历史。

【评析】

当时汉元帝亲信重用宦官和外戚,使朝政陷于混乱。汉元帝的大臣京房便借汉元帝问话的时候,引用古代周幽王和周厉王的例子告诉元帝,幽、厉之君何以任人不忠,想要来暗示汉元帝现在的情况,警示元帝不要重蹈覆辙。可惜元帝执迷不悟,并未领会到京房的一番苦心和用意。所以最后西汉王朝也因此由鼎盛走向衰落。

陈纪披锦蒙上

【原文】

陈元方遭父丧①，哭泣哀恸，躯体骨立②。其母愍之，窃以锦被蒙上。郭林宗吊而见之③，谓曰："卿海内之俊才，四方是则④，如何当丧，锦被蒙上？孔子曰：'衣夫锦也，食夫稻也，于汝安乎⑤？'吾不取也⑥。"奋衣而去。自后宾客绝百所日⑦。

【译文】

陈纪父亲去世后，哀痛哭泣，身体瘦得只剩骨架支撑着。他妈妈怜惜儿子，就悄悄地把锦缎被子披在他身上。郭泰来吊丧时看到了，就对陈纪说："你是天下的俊杰，四面八方的人都以你为楷模，为什么在服丧期间，却披着锦被呢？孔子说：'穿着锦衣，吃着白米，你能安心吗？'我认为这是不可取的。"说完挥袖而去。此后一百多天都没有宾客吊唁。

【注释】

①陈元方：即陈纪，字符方，东汉人，陈寔的长子。②骨立：形容消瘦得只剩骨架支撑身体。③郭林宗：即郭泰，字林宗，东汉人，博学有礼，善处世事和品评人物。④则：楷模。⑤"衣夫……安乎？"句：语出《论语·阳货》："食夫稻，衣夫锦，于女安乎？"孔子认为丧期未满就吃好的穿好的，不能心安。⑥取：不可取，不认同。⑦百所日：一百来天。

【评析】

陈纪是汉末大名士陈寔之子，陈氏父子在整个朝代素来有清名美誉，但是在陈纪的父亲去世后，因为他的母亲心疼他而给他披了件锦缎被子，这对于当时非常看重精神的风尚来说，就是大不孝了。郭林宗便批判地指出了陈纪的这种行为，因为郭林宗善于品评人物，而且都是言不虚发，所以驰誉当时的整个时代，声望极高。在当时品评人物，对社会的影响力是很大的，所以在他指出了陈纪的不被认可的行为之后，以至于很长时间没有人来吊唁。尽管陈寔是当时被世人都称颂的贤士，被郭泰一番指责后竟至无人吊唁。

【历代评点】

刘应登云："居丧而戚过理之常也。母若悯之，勉其少释而已。私以锦被蒙之，何益之有？元方知之，自应撤去，何待他人之责？愚人且不如此，况陈乎？"

凌濛初云："无意中受谤，莫可自解，古来同恨。"

孙休好射雉

【原文】

孙休好射雉①,至其时,则晨去夕反②。群臣莫不上谏③,曰:"此为小物,何足甚耽④?"休答曰:"虽为小物,耿介过人⑤,朕所以好之。"

【译文】

孙休喜欢射猎野鸡,到了射猎的季节,就早出晚归。群臣们没有不劝阻他的,说:"野鸡是小东西,哪值得如此沉溺呢?"孙休说:"虽然是小东西,但它比人刚强正直,所以我喜欢它们。"

【注释】

①孙休:字子烈,孙权的第六个儿子,初封为琅琊王,后立为帝,在位七年,谥为景皇帝。雉:野鸡。②反:同"返"。③上谏:宋本作"止谏",今据唐写本《世说新书》改作"上谏"。④耽:沉溺其中。⑤耿介:正直;有节操。古人认为雉是一种有节操的鸟,孙休以此来拒绝谏劝。

【历代评点】

刘辰翁云:"乃似有风。"

陆凯论兴衰

【原文】

孙皓问丞相陆凯曰①:"卿一宗在朝有几人?"陆答曰:"二相、五侯、将军十余人。"皓曰:"盛哉!"陆曰:"君贤臣忠,国之盛也。父慈子孝,家之盛也。今政荒民弊②,覆亡是惧③,臣何敢言盛!"

【译文】

孙皓问丞相陆凯说:"你们家族在朝廷里有几个人呢?"陆凯答道:"有两个人做过宰相,五个人被封侯爵,十几个人担任过将军。"孙皓说:"真是兴盛啊!"陆凯说:"君贤臣忠,国家就兴盛;父慈子孝,家庭就兴盛。如今国事荒废,民生凋零,覆亡的灾祸令难人恐惧,我哪里还敢说兴盛啊!"

【注释】

①孙皓:三国时吴国的末代君主。陆凯:字敬风,吴人,丞相陆逊族子,出身望族,官历建忠校尉、左丞相。②政荒民弊:国事荒废,民生凋零。③覆亡是惧:惧覆亡。是,指示代词,复指前置的宾语。

【评析】

孙皓是三国时期吴国的末代皇帝,虽然一开始他执政为民,是个好皇帝,但是时间不长便变得粗暴骄盈、暴虐治国,又好酒色,使得民心丧尽。陆凯是当时的丞相,他刚正不阿,敢于直谏,指出了当时政局的弊端,百姓民不聊生的现实状况。可惜忠言逆耳，自傲的心理使得孙皓并不乐见这种谏言，所以也并没有因此而改变。相反，孙皓对他的直谏颇有不满，只因他们陆氏家族在当时势力比较大，孙皓始终没有惩罚他和他的子孙。但是暴君孙皓最终在和西晋的对抗中毫无抵抗之力。使得建业陷落，吴国被灭，孙皓本人也成了晋武帝的俘虏。

【历代评点】

王世懋云："忠臣之言。"

中心藏之，何日忘之

【原文】

何晏、邓扬令管辂作卦①，云："不知位至三公不？"卦成，辂称引古义，深以戒之。扬曰："此老生之常谈。"晏曰："知几其神乎②！古人以为难。交疏而吐诚③，今人以为难。今君一面，尽二难之道④，可谓'明德惟馨⑤'。诗不云乎：'中心藏之，何日忘之⑥！'"

【译文】

何晏、邓扬让管辂给他们算卦，问道："不知官位能不能升至三公？"算完卦以后，管辂引经据典，言辞深刻地劝诫他们。邓扬说："这不过是老生常谈而已。"何晏说："见微知著，古人认为很难。交情疏浅，却能坦诚相待，今人认为很难。今天和你初次见面，却完成了这两件困难的事，可以说是'圣明之德才是真正芳香清醇'啊。《诗经》中不是说'中心藏之，何日忘之'吗？我会牢记心中，永不忘怀的。"

【注释】

①何晏：即何平叔。何晏、邓扬二人当时都在魏朝依附曹爽，担任尚书。管辂：字公明，平原人，精通《周易》，擅长卜筮，官至少府丞。②几：预兆；事情变化的细微迹象。③交疏：交情泛泛。④二难之道：论辩析理之原则与规矩。⑤明德惟馨：语出《尚书·君陈》，意思是光明的德行才是真正的芳香。⑥"中心藏之，何日忘之"句：语出《诗经·小雅·隰桑》，意思是心中藏有他，哪有一天会忘掉！管辂借着解说卦理，劝谏何、邓二人明存亡之理，辅佐君主，这里何晏引用《诗经》表示接受了他的建议。

【评析】

管辂三国时期魏国术士平原郡，是历史上著名的术士，被后世卜卦观相的人奉为祖师。他精通《周易》，喜欢风水占卜术，是占卜方面的专家。更为难得的是，他为人厚道，心胸开阔。对自己好的人，他不会过分亲昵；恨自己的人，他也不会心里记恨对方，总是抱着"以德报怨"的信念。对父母、兄弟以及亲戚朋友，他都相处得很得体，没有什么地方做得不好。他诚恳的劝诫何晏、邓扬，也感化了他们，邓扬不听劝诫，但是却让何晏感动不已。

【历代评点】

方苞云:"生且不能,何况于老;谈亦难得,更无论常?"

钟惺云:"公明实有一片深爱何、邓处。鬼幽鬼躁,爱之,非诋之也。公明尝有言,见何、邓二尚书,使人神思清发,苏门之于叔夜亦然。"

王世懋云:"何晏悦而不绎,差胜邓飏,无救败亡。"

李贽云:"说而不释。"(《初谭集·师友·规正》)

卫瓘醉谏晋武帝

【原文】

晋武帝既不悟太子之愚①,必有传后意,诸名臣亦多献直言。帝尝在陵云台上坐,卫瓘在侧,欲申其怀②,因如醉跪帝前③,以手抚床曰:"此坐可惜!"帝悟悟,因笑曰:"公醉邪?"

【译文】

晋武帝既然不能看清太子的愚钝,就肯定有传位给太子的意思,朝中元老重臣都在直言劝谏。晋武帝曾坐在陵云台上,卫瓘在一旁侍奉,非常想借此机会来申述自己的想法,就装作好像醉了的样子,跪在晋武帝面前,用手抚摸着御榻说:"这个座位可真可惜啊!"晋武帝虽然听出了他的意思,可是却只是笑着说:"你是喝醉了吗?"

【注释】

①晋武帝:即司马炎。②申其怀:申述自己的心意,在这里指劝说晋武帝废掉太子司马衷。③因如醉:于是装作喝醉酒。

【评析】

晋武帝其实知道太子的能力怎么样,只是希望他的臣子们能替他的儿子说句好听的话,但是众臣们都知道如果让神志不清楚的司马衷做了皇帝,对朝廷的影响会是什么样的。所以大家都冒死直言劝谏。只有卫瓘比较聪明,卫瓘是在对付钟会的时候立下过大功的,他假装喝醉,然后借机提醒晋武帝,但是晋武帝并不领他的情,用一句你喝醉了便搪塞过去,不再搭理,这样一来大家就知道晋武帝到底怀的是什么心思了。所以后来也没有谁敢再去进谏了。

【历代评点】

袁中道云:"不甚佳。"(《舌华录》卷六《讽语》)

一物降一物

【原文】

王夷甫妇①,郭泰宁女②,才拙而性刚,聚敛无厌,干预人事。夷甫患之而不能禁。时其乡人幽州刺史李阳③,京都大侠,犹汉之楼护④,郭氏惮之。夷甫骤谏之⑤,乃曰:"非但我言卿不可,李阳亦谓卿不可。"郭氏为之小损。

【译文】

王衍的妻子是郭豫的女儿,才智愚钝却性情倔强,聚敛财物,贪得无厌,还喜欢干涉别人的事情。王衍对她的行为感到厌恶但又没有办法阻止她。当时他的同乡幽州刺史李阳,因侠义而在京都享有盛名,郭氏对他有些畏惧。王衍多次劝诫郭氏,说:"不只是我一个人说你不应该这样,李阳也认为你不应该这样做。"郭氏就稍稍收敛些。

【注释】

①王夷甫:即王衍。②郭泰宁:郭豫,西晋太原人。官至相国参军,搜敛无度。③李阳:字景祖,西晋高尚(今山东巨野南)人。尚狭义,为世人所推重。武帝时为幽州刺史。④楼护:字君卿,齐人,学经传,西汉齐(今山东淄博)人,西汉末为京兆尹。研习经传,负有盛名。看重意气,善交结,广泛交游。⑤骤:屡次。

【评析】

真是一物降一物,像郭氏这样类型的人竟也有畏惧的人,以她那样的性格,那样的行为让自己的丈夫对她也感到厌恶,只是迫于家世和世俗而忍受着,幸好同乡李阳的侠义之名能够镇得住她,所以王衍在对郭氏实在没有办法的时候就想到用李阳的名义去劝诫妻子。这样也确实收到不错的效果,让郭氏多少能收敛一些。

【历代评点】

刘辰翁云:"悲夫!"
凌濛初云:"为畏内者开门户。"
王乾开云:"可谓计无所之。"

郭氏绕钱试夫

【原文】

王夷甫雅尚玄远①,常嫉其妇贪浊②,口未尝言"钱"字。妇欲试之,令婢以钱绕床,不得行。夷甫晨起,见钱阂行③,呼婢曰:"举却阿堵物④!"

【译文】

王衍崇尚玄远深奥的事物,常常厌恶他妻子的世俗贪婪,他的口中从未说过"钱"字。他妻子想试试他,就让婢女把钱绕着床,在周围排开,让他不能通过。王衍早晨起来,看到那些钱阻碍了他通行,就呼唤婢女道:"把这个东西拿开!"

【注释】

①王夷甫：即王衍。玄远：指深奥幽远的玄理。②嫉：厌恶、恶恨。③阂(hé)：阻碍。④阿堵物：这些物什。后来专指钱。

【评析】

王衍家境富裕，并不缺钱花，所以他也表现得异常的清高，连说"钱"字都怕脏了嘴。而他老婆为了试探他，把钱串堵在床周围挡住出路，想要逼王衍破例。但他竟然用"阿堵物"代之，硬是不提"钱"字，可见他实在不是装的，真是够虔诚。

【历代评点】

刘辰翁云："但意不在钱，言钱何害？"

王世懋云："人性不同。廉贪不系贫富，王隐此言非也。如隐言，王安丰岂贪于夷甫耶？"刘应登云："阿堵物，犹言这个物，非以名钱。"

庄绰云："前世谓阿堵，犹今谚云兀底，宁馨犹恁地也，皆不指一物一事之词，故阿堵有钱目之异，宁馨有关恶之殊。而张渭诗云：家无阿堵物，门有宁馨儿。'与款头无异矣。"（《鸡肋编》卷下）

杨慎云："阿堵'，近世不解此，遂谓钱曰'阿堵'，可笑。晋人云阿堵，犹唐人曰'若个'，今人曰'这个'也。"

叔嫂口角相争

【原文】

王平子年十四、五①，见王夷甫妻郭氏贪欲，令婢路上儋粪②。平子谏之，并言诸不可。郭大怒，谓平子曰："昔夫人临终，以小郎嘱新妇③，不以新妇嘱小郎。"急捉衣裾，将与杖。平子饶力④，争得脱，逾窗而走⑤。

【译文】

王澄十四、五岁，看到王衍的妻子郭氏贪得无厌，让丫鬟在路上挑粪。王澄跑去劝阻她，并跟她讲不能这样做的各种原因。郭氏听后大发雷霆，对王澄说："当年老夫人临终时，是把你这个小叔子托付给我，而不是把我托付给你这个小叔子的。"说着，一把抓住了王澄的衣襟，准备用棍子揍他。王平子比郭氏力气大，挣脱后跳窗逃走了。

【注释】

①王平子：即王澄。②儋(yán)：通"担"，挑。③小郎：小叔子。指王平子。嘱：委托照顾。④饶力：比郭氏力气大。⑤逾：越过。

【评析】

王衍妻子郭氏的丑恶嘴脸总是让人生厌。让年幼的小叔子王澄大为气愤,他和她讲道理,以为可以让郭氏仁慈一点,没想到不仅一点也没有用,反倒让她变本加厉,连王澄自己也惹火上身。那样的妇人把贪、恶,以及自我的思想贯彻到全身,并且已经深蒂固。所以面对王澄这种小辈的劝告她自然听不进去,反倒致使她怒气横生。

晋元帝酌酒遂断

【原文】

元帝过江犹好酒①,王茂弘与帝有旧②,常流涕谏。帝许之,命酌酒,一酣③,从是遂断。

【译文】

晋元帝司马睿过江以后仍旧喜好喝酒,王导和元帝是老朋友,经常哭着劝阻。元帝答应了他,下令畅饮一番,从此就戒酒。

【注释】

①元帝:指晋元帝司马睿,原为琅琊王、安东将军,西晋灭亡后,公元三一七年他在建康(今江苏南京)登位称帝,建立东晋,又称元皇、元皇帝。②王茂弘:即王导,字茂弘,司马睿即皇帝位,他因为有功而任丞相。③命酌酒,一酣:宋本及各本作"酣",唐卷作"唾"。依杨勇《世说新语校笺》,应为"唾"。敬胤《考异注》:"旧云酌酒一唾,因覆写地,遂断也。"《晋书·循吏吴隐之传》亦作"歃"("歃"通"唾"),今据改。意为下令畅饮一番。

【评析】

王导一生为君、为国忠心耿耿,鞠躬尽瘁。为了皇帝的健康和国家社稷,竟然能以泪劝谏元帝戒酒,怎么能不让人感怀呢?元帝有王导这样的朋友也是他一大幸事。而王导这一举动也确实奏效,元帝从此后便戒酒了。

【历代评点】

刘辰翁云:"一酣,语谬。"

凌濛初云:"遂断,不足纪;一酣而断,乃有致。"

谢鲲良言谏王敦

【原文】

谢鲲为豫章太守,从大将军下至石头①。敦谓鲲曰:"余不得复为盛德之

【译文】

谢鲲担任豫章太守,跟随大将军王敦东下到石头城。王敦对谢鲲说:"我不能再做辅

事矣②!"鲲曰:"何为其然?但使自今以后,日亡日去耳③。"敦又称疾不朝④,鲲论敦曰:"近者,明公之举,虽欲大存社稷⑤,然四海之内,实怀未达⑥。若能朝天子,使群臣释然⑦,万物之心⑧,于是乃服。仗民望以从众怀,尽冲退以奉主上⑨,如斯则勋侔一匡⑩,名垂千载。"时人以为名言。

佐君主以建功立业之事了!"谢鲲说:"为什么啊?但愿今后能够随着时光的流逝将君臣之间的嫌隙忘却。"王敦又假称自己生病而无法入朝堂办公。谢鲲劝他道:"近来你的行为举动虽然是为了使国家长治久安,但是四海之内,您的真正用意并没有表明。倘若你能够去朝见天子,让众臣放心,则就会使万民之心归顺。您仰仗民众的心理,顺着民众的想法,以谦逊退让的态度去侍奉君主,倘若能够这样的话,则您建功立业、匡扶天下就可以实现了,美名也会流传千古。"世人认为这是名言。

【注释】

①大将军:即王敦。②盛德之事:指辅佐君主建功立业的事情。③日亡日去:指随着时间的流逝而逐渐忘却君臣之间的嫌隙。④不朝:不入朝堂办公。⑤大存社稷:使国家长治久安。⑥实怀未达:实际用意并不表明。⑦释然:放心。⑧万物:万众,众人。⑨冲退:谦逊退让。⑩勋侔(móu):功勋与……等同。

【评析】

王敦的野心开始暴露,引起了众臣的怀疑。于是他不去参加朝堂办公,也拒绝朝见天子。别人都不敢向他谏言,唯独谢鲲说的话王敦听得进去,谢鲲虽然也知道王敦的野心,但是他并不正面批评指出他的不对之处,而是顺着王敦自己的思路跟他把道理一条条的先摆出来,然后抽丝剥茧的分析给他听,指出他的错处。最后告诉他应该要怎么样做,才能顺从民意,赢得人心,才能流芳百世。

【历代评点】

王世懋云:"此乃真名言。"

刘辰翁云:"终是晋人。"

钟惺云:"以幼舆不检,而石头对处仲数语,纲常所关,劲气直节,不减陈玄伯。嗣宗《劝进》,不能无愧颜。"

顾和一语中的

【原文】

王丞相为扬州①,遣八部从事之职②。顾和时为下传还③,同时俱见。诸从事

【译文】

丞相王导担任扬州刺史时,派遣八个部从事到各郡视察,顾和当时乘车跟随下郡,回

各奏二千石官长得失④,至和独无言。王问顾曰:"卿何所闻?"答曰:"明公作辅,宁使网漏吞舟⑤,何缘采听风闻⑥,以为察察之政⑦?"丞相咨嗟称佳,诸从事自视缺然⑧。

来后,同时去谒见王导。各位从事分别报告郡太守的优劣,轮到顾和时他却一言不发。王导问顾和:"你听到什么了?"顾和答道:"您作宰相,宁可让网漏吞舟,怎么会靠听信传闻作为洞察明辨的德政呢?"王导称赞顾和说得好,各位从事也若有所失的样子。

【注释】

①王丞相:即王导。②八部从事:当时扬州管辖丹阳、会稽、吴、吴兴、宣城、东阳、临海、新安八郡,每郡分派一位部从事,所以有八部从事。部从事是州刺史的属官,主管督促文书、纠举非法之事。之职:指到职视察。③顾和:参见〈言语〉注。当时他以一般从事的身份,另乘一部专车,跟随部从事到郡中视察。这里的"下传",可能就是指乘专车(参余嘉锡《世说新语笺疏》)。④二千石:汉代郡太守的俸禄是二千石,后世用来指郡太守。⑤网漏吞舟:网眼太疏,能漏掉可以吞舟的大鱼。这里喻指法令宽松。⑥何缘:缘何,为何之意。⑦察察:清明的样子。⑧缺然:若有所失的样子。

【历代评点】

刘辰翁云:"为尔盛德不难,又看事如何,何徒独无言?"

王世懋云:"如此,何遣从事为?"

苏峻纵火示军威

【原文】

苏峻东证沈充①,请吏部郎陆迈与俱②。将至吴,峻密敕左右③,令入阊门放火以示威④。陆知其意,谓峻曰:"吴治平未久,必将有乱。若为乱阶⑤,可从我家始。"峻遂止。

【译文】

苏峻向东讨伐沈充,请吏部侍郎陆迈一同前往,将要到达吴郡时,苏峻秘密安排左右士兵在阊门放火以显示军威。陆迈知道他的用意,就对苏峻说:"吴郡安定不久,必定会有祸乱。倘若想制造祸端的话,就从我家开始烧吧。"苏峻于是停止了纵火。

【注释】

①沈充:字士居,东晋吴兴(今浙江湖州)人。是江东世家大族,王敦起兵时他是主谋。②陆迈:字功高,东晋吴郡人。才思敏捷,见多识广,为官清正。官历振威太守、尚书吏部郎。③密敕:秘密安排。④阊(chāng)门:里巷之门。⑤乱阶:祸乱。

【历代评点】

刘应登云:"陆恐其放火以祸其乡,故先为此言,以破其计。"

刘辰翁云:"谓放火阶乱,语稍不白。"

洒酒谏良言

【原文】

陆玩拜司空①，有人诣之，索美酒②，得，便自起泻著梁柱间地，祝曰③："当今乏才，以尔为柱石之用④，莫倾人栋梁⑤。"玩笑曰："戢卿良箴⑥。"

【注释】

①陆玩：即陆太尉，字士瑶，曾任侍中、尚书左仆射、尚书令，死后追赠太尉。②索：索请，索取。③祝：祈祷。④柱石之用：治国之重臣。⑤倾人栋梁：使国政混乱以致亡国。⑥戢(jí)：收藏。箴：规劝，告诫。

【历代评点】

袁中道云："佳。"(《舌华录》卷六《讽语》)

王世懋云："即此量，亦自可作司空。"

庾翼朝会论英雄

【原文】

小庾在荆州①，公朝大会②，问诸僚佐曰："我欲为汉高、魏武③，何如？"一坐莫答，长史江虨曰④："愿明公为桓、文之事⑤，不愿作汉高、魏武也。"

【注释】

①小庾：即庾翼。这时他担任荆州刺史。②公朝：僚属参拜长官。③汉高、魏武：指汉高祖刘邦、魏武帝曹操。庾翼说要做刘邦、曹操，意思是要奠定帝业。④江虨(bīn)：字思玄，博学多艺，曾任尚书左仆射、护军将军。⑤桓、文：指齐桓公、晋文公，春秋时期两位最有名的霸主，在当时诸侯力政，天下大乱时，他们并未凭借武力取代周天子。

【历代评点】

王世懋云："注是。"

凌濛初云："无味。"

奇其意而不责

【原文】

罗君章为桓宣武从事①,谢镇西作江夏②,注检校之③。罗既至,初不问郡事,迳就谢数日④,饮酒而还。桓公问有何事?君章云:"不审公谓谢尚是何似人?"桓公曰:"仁祖是胜我许人。"君章云:"岂有胜公人而行非者,故一无所问⑤。"桓公奇其意而不责也。

【译文】

罗含担任桓温的从事,谢尚担任江夏相,罗含前去考核事务。到江夏后,对郡里的事情一概不予过问,只是接近了谢尚,连着喝了几天酒后返回。桓温问他:"有什么事情吗?"罗含答道:"不知道您认为谢尚是个什么样的人。"桓温说:"谢尚是强于我的那个人。"罗含说:"哪有比你强却还要做坏事的,所以一概不过问。"桓公认为罗含的见解很奇特,所以就没有责怪他。

【注释】

①罗君章:即罗含。桓宣武:即桓温。下文桓公亦指桓温。②谢镇西:即谢尚。文中仁祖亦为谢尚。③检校:考核、稽查。④就:接近、与之相处。⑤一无所问:根本没有问询政事。

【评析】

罗含和谢尚向来私交尚深,而且他们的友情都是建立在超乎了世俗之外的意气相投基础之上。所以就罗含对谢尚的了解来说,谢尚管辖的那些政事根本就不需要他去过问,因为他们彼此信任,而且两人久别重逢,酒才是他们彼此思念的最好的诠释。

【历代评点】

《含别传》曰:刺史庾亮初命含为部从事,桓温临州,转参军。

王右军愧对先贤

【原文】

王右军与王敬仁、许玄度并善①。二人亡后,右军为论议更克②。孔岩诚之曰③:"明府昔与王、许周旋有情④,及逝没之后⑤,无慎终之好⑥,民所不取⑦。"右军甚愧。

【译文】

右军将军王羲之和王敬仁、许玄度的关系都很好,二人去世后,王羲之对他们的议论却更加苛刻。孔岩劝诚他说:"您从前和王、许交往,感情很好。他们去世之后,您却不能把这种美好的感情关系维持到最后,我认为这是不可取的。"王羲之听完后很惭愧。

【注释】

①王右军:即王羲之。王敬仁:即王苟子,王修,字敬仁。许玄度:即许询,字玄度。②克:苛刻;贬

损。③孔岩：即孔西阳，字彭祖，封西阳侯，官至吴兴太守。④明府：对郡太守的尊称。王羲之曾任会稽内史，孔严是会稽人，所以他尊称王羲之为明府，下文自称为民。⑤逝没：去世。⑥慎终：本指在为父母守孝期间能恭敬虔诚，依礼尽哀。这里指能尊重和正确对待死去的人。⑦民所不取：民众不服。

【历代评点】

王世懋云："此规大有益文道。"

谢万奔走寻镫

【原文】

谢中郎在寿春败①，临奔走，犹求玉帖镫②。太傅在军③，前后初无损益之言。尔日犹云："当今岂须烦此④！"

【译文】

谢万在寿春战败，即将逃跑时还在寻找玉帖镫。太傅谢安在军中跟随，从来不曾提出意见，这次仍然只是说："眼下还要这样麻烦吗？"

【注释】

①谢中郎：即谢万。②玉帖镫(dèng)：马鞍两旁的踏脚，有玉饰。③太傅：即谢安。④当今岂须烦此：眼下还要这样麻烦吗？

【历代评点】

刘应登云："玉帖镫，马上具也。"
刘辰翁云："不论有无故实，甚可发明。"
王世懋云："注驳是。"
凌濛初云："万北征时，太傅亦常俱行。注驳未是。"

王忱语王珣

【原文】

王大语东亭①："卿乃复论成不恶②，那得与僧弥戏③？"

【译文】

王忱对王珣说："你要还继续辩解你真的不坏，还怎么能同王珉争高下呢？"

【注释】

①王大：即王忱。东亭：即王珣。②乃：连词，如果。成：通"诚"。不恶：不劣，不坏。③僧弥：即王珉，王导的孙子王珣的弟弟。戏：原指角力，即比赛体力的强弱。在此引申为争夺地位的高低。

【评析】

一个人如果不能正视自己的缺点所在,就永远也不能自己找到突破点加以改正。然后继续寻求更大的进步。

【历代评点】

刘应登云:"言东亭虽不恶,那得及王珉也。"

殷觊病困见真情

【原文】

殷觊病困①,看人政见半面②。殷荆州兴晋阳之甲③,注与觊别,涕零,属以消息所患④。觊答曰:"我病自当差⑤,正忧没患耳!"

【译文】

殷觊病情严重,看人的时候只能看半边脸。殷浩想借清君侧的名义举兵叛乱,前去同殷觊告别时,不禁泪流满面,并告知了这次的祸事。殷觊说:"我的病自然会好,我只不过是担心你的祸患罢了。"

【注释】

①病困:病重,病危。②政:通"正",只,仅仅。③殷荆州:即殷浩。兴晋阳之甲:指为了清君侧的目的举兵叛乱。④消息:告知,通知。⑤差:同"瘥",转好,痊愈的意思。

【历代评点】

刘应登云:"见半面病状也,消息所患,令善治疾。"
李贽云:"各人忧各人,最是。"(《初谭集·兄弟上》)
袁中道云:"有讽意。"(《舌华录》卷三《冷语》)

桑榆之光

【原文】

远公在庐山中①,虽老,讲论不辍。弟子中或有惰者②,袁公曰:"桑榆之光③,理无远照,但愿朝阳之晖,与时并明耳④。"执经登坐,讽咏朗畅⑤,词色甚苦⑥,高足之徒,皆肃然增敬。

【译文】

慧远在庐山中,虽然年老了,但是讲论佛法却从未停止过。弟子中偶尔有人懒惰的,慧远就说:"我就好比是桑榆上的落日余晖,光亮无法久远;只是希望你们年轻人像朝阳的光芒,越来越灿烂、与时俱进。"他手拿经书,登上讲坛,诵经流畅洪亮,言辞神态恳切虔诚。弟子们都肃然起敬。

【注释】

①远公：即东晋僧慧远。②惰：懒惰，懈怠。③桑榆之光：落日余光，这里是慧远自指年老。④朝阳之晖，与时并明耳：希望朝霞随夕阳的消逝而继明，这里指慧远激励弟子与时俱进。⑤朗畅：洪亮、流利。⑥苦：指言辞恳切。

【评析】

慧远的精神实在令人佩服，自己已经年老了，但是仍然尽心讲论佛法，当他看到学生懒惰的时候，就全心劝诫他们，鼓励他们。虽然他已是日薄西山了，但仍然能用最洪亮的声音，最虔诚的态度，最诚恳的言辞坚持不懈的讲论，把佛法的精髓教给学生们，感染着学生们。着实让人赞叹。

【历代评点】

《法师游山记》曰：自托此山二十三载，再践石门，四游南岭，东望香炉峰，北眺九江。传闻有石井方湖，中有赤鳞踊出，野人不能叙，直叹其奇而已矣。

桓玄好猎

【原文】

桓南郡好猎①，每田狩，车骑甚盛②，五六十里中，旌旗蔽隰③。骋良马，驰击若飞，双甄所指④，不避陵壑⑤。或行陈不整，麈兔腾逸⑥，参佐无不被系束。桓道恭⑦，玄之族也，时为贼曹参军⑧，颇敢直言。常自带绛绵着绳腰中，玄问："用此何为？"答曰："公猎，好缚人士，会当被缚，手不能堪芒也⑨。"玄自此小差⑩。

【译文】

桓玄爱好打猎，每次出猎，随从的车马都非常多，五六十里的范围内，旗帜遍野，骏马奔驰，追逐如飞，左右两翼所向之处，不避高低。偶有队伍行列不整齐，鹿兔逃跑掉，僚属们就都得被捆绑责打。桓道恭是桓玄的族人，当时担任军中掌管盗贼事务的属官，敢于直言。他常常自己将一条红色丝绳缠在腰间，桓玄问他："你这是做什么？"桓道恭答道："您打猎时总是爱捆绑人。一旦我被捆绑，我的手可是受不了那粗麻绳上的芒刺之苦啊。"此后，桓玄才稍稍有些收敛。

【注释】

①桓南郡：即桓玄。②车骑：车马随从。指其声势。③隰(xí)：低洼潮湿的地方。④双甄(zhēn)：作战或打猎时的左右两翼。⑤陵壑：山岭和深谷。⑥麈(qún)：鹿属动物。⑦桓道恭：桓玄之族人，官历淮南太守等职。⑧贼曹参军：军中掌管盗贼事务的属官。⑨堪芒：忍受不了芒刺之苦。⑩小差：稍稍转好。

【评析】

桓玄打猎的时候只要稍微有点不称心,就下令捆绑部下,他旁边的人因为都忌怕桓玄粗暴的脾气,无人敢上前劝谏,只有他的族人桓道恭为人直率,但是他也懂得找了个合适的机会,拿自己举了个例子顺便用开玩笑的说法微微嘲讽了桓玄,也才使他稍有觉悟,专横暴戾的态度有所收敛。

【历代评点】

《桓氏普》曰:道恭字祖猷,彝同堂弟也。父赤之,太学博士。道恭历淮南太守、伪楚江夏相。义熙初,伏诛。

捷悟第十一

【题解】

本门记载了当时名士在应对答辩上,聪明机智的表现。

聪明反被聪明误

【原文】

杨德祖为魏武主簿①,时作相国门②,始构榱桷③,魏武自出看,使人题门作"活"字,便去。杨见,即令坏之④。既竟,曰:"门中'活','阔'字。王正嫌门大也。"

【注释】

①杨德祖:即杨修,字德祖,弘农人,太尉杨彪之子,曾任丞相曹操的主簿,好学能文,才思敏捷,后因为太子事,被曹操所杀。魏武:即曹操,当时任丞相,封魏王。②相国:官名,职守和丞相同,魏晋以后比丞相更为尊贵。这里是尊称曹操的丞相府。③榱(cuī)桷(jué):屋顶的椽子。④坏:使……坏,毁坏。

【译文】

杨修担任魏武帝曹操的主簿,当时正在修造相国府的大门,刚刚架上椽子,魏武帝就亲自过来察看,他让人在门上题写了一个'活'字,就走了。杨修见到后,就下令把门拆了。拆完后,他说:"'门'中一个'活',是'阔'字,魏王是嫌门修得太大了。"

【评析】

杨修的思虑和聪慧超乎常人,但是这对他来说并不是一件好事。反而,有的时候反倒会聪明反被聪明误,给自己引来杀身之祸。尤其是在曹操身边当差,曹操的心思一般人难以琢磨,杨修偏偏能够揣摩出来,他或许还正为自己的聪明沾沾自喜;因为别人不明白曹操的心思而自己却能明白,以为这样定然会得到曹操的赞赏,但是曹操是何许人啊,一个有着强烈占有欲又有极大野心的人,怎么能容忍得了比他聪明的人在他身边转悠来转悠去的显示聪明呢?所以杨修越是这样,越被曹操所嫉恨。最终还是被曹操所杀。

【历代评点】

《文士传》曰:杨修字德祖,弘农人,太尉彪子。少有才学思干。魏武为丞相,辟为主簿。修常白事,知必有反复教,豫为答对数纸,以次牒之而行。敕守者曰:"向白事,必教出相反复,若按此次第连答之。"已而风吹纸次乱,守者不别,而遂错误。公怒推问,修惭惧,然以所白甚有理,终亦是修。后为武帝所诛。

人啖一口

【原文】

人饷魏武一杯酪①,魏武啖少许,盖头上题"合"字以示众。众莫能解。次至杨修,修便啖,曰:"公教人啖一口也②,复何疑?"

【译文】

有人献给魏武帝曹操一杯奶酪,魏武帝吃了一点儿,就在盖子上写了一个"合"字让大家看,众人都不明白。传到杨修手中,他拿过来就吃,然后说:"魏王的意思是一人吃一口,还犹豫什么?"

【注释】

①饷:供奉、献给。②人啖一口:"合"字拆开来是"人一口",所以说"人啖一口"。

【评析】

曹操只在盒子的盖板上写了一个"合"字,然后就把盒子给大家了,但是大家都不知道是何意思。也都不敢轻易去揣摩曹操的意思,但是一传到杨修手中,杨修打开便吃,边吃边说:"曹公叫我们一人吃一口,还迟疑干什么?""合"字一拆开就是一人一口了,杨修果然是很聪明。但是他的聪明显得有点招摇而让人有自以为是、目中无人的感觉,这也为他在曹操的心里多埋下了一条祸根。

【历代评点】

袁中道云:"不成语。"(《舌华录》卷一《慧语》)

绝妙好辞

【原文】

魏武尝过曹娥碑下①,杨修从,碑背上见题作"黄绢幼妇,外孙齑臼"八字②。魏武谓修曰:"解不?"答曰:"解。"魏武曰:"卿未可言,待我思之。"行三十里,

【译文】

魏武帝曹操曾经路过曹娥碑,杨修跟从。看到碑的背面题写着"黄绢幼妇,外孙齑臼"八个字,曹操对杨修说:"你理解它的意思吗?"杨修回答:"我理解。"曹操说:"你先别

魏武乃曰:"吾已得。"令修别记所知。修曰:"黄绢,色丝也,于字为'绝';幼妇,少女也,于字为'妙';外孙,女子也,于字为'好';齑臼,受辛也③,于字为'辞'。所谓'绝妙好辞'也。"魏武亦记之,与修同,乃叹曰:"我才不及卿,乃觉三十里④。"

说,等我想想。"走了三十多里路,曹操才说:"我也知道答案了。"他让杨修另外写下答案,杨修写道:"黄绢,是有颜色的丝帛,合在一起是'绝'字;幼妇,是少女,合在一起是'妙'字;外孙,是女儿的儿子,合在一起是'好'字;齑臼,是承受辛辣的器物,合在一起是'辞',连在一起就是'绝妙好辞'啊。"魏武帝也写了下来,和杨修的一样,他感叹道:"我的才思不如你,竟相差了三十里。"

【注释】

①曹娥:东汉时的孝女,父亲溺水而死,尸体没有找到,她沿江号哭,昼夜不绝,最后投江而死。当地县令把她葬在江南道旁,并立下碑石,碑文由邯郸淳写成,这就是曹娥碑。汉末蔡邕在此碑背上题写了"黄绢幼妇,外孙齑臼"八字。《世说新语》此记当有误,曹娥碑在会稽,曹操并没有到过此处。②齑(jī)臼:捣制细末状腌菜的器具。③受辛:古代捣制齑时,常加上大蒜等具有辛辣味道的佐料,因此齑臼要承受辛辣。"受辛"字,是"辞"的异体字。④乃觉三十里:走三十里后才解碑文的意思。觉,通"较",相差;相距。

【评析】

曹操任丞相期间与主簿杨修到过曹娥碑下,见到碑阴题有"黄绢幼妇,外孙齑臼"八个字,杨修才思敏捷,很快就解出了字中的意思,曹操在行了三十里之后才获得答案。足以知道曹操才思比不上杨修敏捷,在与杨修核对了各自记下的答案之后,发现答案相同,都是"绝妙好辞"四字。曹操不禁感叹:"我的才思不及你敏捷,相差三十里。"这里就只说杨修以这么快的速度解开了八字隐语这件事情,便足以显示出杨修才思敏捷的真本事,而且还是把向来思维缜密,小心翼翼的曹操给比下去了。

【历代评点】

刘辰翁云:"虽经论注,犹觉难解,不知古人何见作此。"
凌濛初云:"伯喈故好作此无谓语焉,得不秘《论衡》于帐中?"

曹操以竹为盾

【原文】

魏武征袁本初①,治装②,余有

【译文】

魏武帝曹操讨伐袁绍,整理军队的装

数十斛竹片,咸长数寸③。众并谓不堪用,正令烧除。太祖甚惜,思所以用之④。谓可为竹椑楯⑤,而未显其言。驰使问主簿杨德祖,应声答之,与帝心同。众伏其辩悟⑥。

备时还剩下几十斛竹片,都有几寸长,大家觉得没什么用处,正要下令烧掉。曹操觉得很可惜,考虑怎么能派上用场,认为可以用来做竹盾牌,但他没有把这个想法明说出来。他急速派人去问主簿杨德祖,杨修应声回答,与曹操想的完全一样。大家都钦佩杨修的聪明。

【注释】

①袁本初:即袁绍,字本初,是汉末势力最强的军阀之一,和曹操连年互相攻伐,建安五年(公元200年)在官渡大败,两年后病死。②治装:整理军需。③咸:都。④太祖:魏朝建立后,给曹操追赠的庙号。⑤竹椑(pí)楯:椭圆形的竹制盾牌。⑥伏:通"服"。辩悟:言辞流畅而思维敏捷。

【评析】

曹操知道杨修的聪慧,所以自己有了想法之后并没有马上说出来,而是马上叫人去问杨修去了,谁曾想杨修的想法和曹操的一样。杨修的聪明才智也是从那时就慢慢被大家所知,因此,人们都对他的聪明赞叹不绝。

【历代评点】

刘辰翁云:"以上四则,皆德祖之所以可惜、所以致疑也。伤哉!"

王导跣足救温峤

【原文】

王敦引军垂至大桁①,明帝自出中堂②。温峤为丹阳尹③,帝令断大桁,故未断④。帝大怒瞋盛,左右莫不悚惧。召诸公来。峤至,不谢,但求酒及炙。王导须臾至,徒跣下地⑤,谢曰:"天威在颜,遂使温峤不容得谢⑥。"峤于是下谢,帝乃释然⑦。诸公共叹王机悟名言。

【译文】

王敦带兵快打到大桁桥了,晋明帝司马绍亲自来到中堂。温峤当时担任丹阳尹,皇上命令他毁掉大桁桥,可是温峤没有执行,皇上瞪着双眼大发雷霆,左右的人都惶恐不安。皇上召令各位公卿前来,温峤到了以后也不谢罪,还索求酒肉。一会儿王导来了,他光着脚走下来请罪说:"皇上盛怒,竟使温峤都不敢谢罪了。"温峤立即跪下请罪,皇上这才息怒。大家都赞叹王导的机警智能。

【注释】

①大桁:大桁桥,建康城南秦淮河上的一座桥,因在朱雀门外,又称朱雀桥。②明帝:即东晋

明帝司马绍。中堂:地名,在建康城南门外。③温峤:字太真,晋太原祁(今山西祁县)人,曾在刘琨手下任右司马,后受命南下建康,拥戴司马睿,被任命为散骑常侍,明帝时调任中书令,后又任江州刺史、骠骑将军等职,封始安郡公,死后谥号忠武。④"故未"句:《世说新语》原注说,温峤为阻止叛军进城而烧毁了朱雀桥,和这里所记不同。⑤徒跣:赤着脚。⑥容:可能;能够。⑦释然:放松、缓和。

【评析】

温峤在东晋先当王导的长史,后来又当了太子中庶子,和明帝成为布衣之交,也被视为栋梁之才,所以他自视甚高,胆敢不服从旨意,明帝发怒后也没有主动请罪,反而索取酒肉,一点没有意识到事情的严重性。幸好王导及时赶到,发现事情的严重性,于是趁着向皇上说话的机会旁敲侧击的点拨温峤,让他幡然醒悟,然后及时向皇上认了错,才平息了这场祸患。王导真可算得上是灵活变通,随机应变。

【历代评点】

刘辰翁云:"未见桥当断不当断,亦非求酒炙时也。"

嘉宾毁信陈情

【原文】

郗司空在北府①,桓宣武恶其居兵权②。郗于事机素暗③,遣笺诣桓:"方欲共奖王室④,修复园陵。"世子嘉宾出行⑤,于道上闻信至,急取笺,视竟,寸寸毁裂,便回。还更作笺,自陈老病,不堪人间⑥,欲乞闲地自养。宣武得笺大喜,即诏转公督五郡、会稽太守⑦。

【译文】

司空郗鉴在北府镇江的时候,宣武侯桓温嫉恨他掌握兵权。郗鉴对于世事不明断,派人送信给桓温说:"正想和您共同辅助王室,修复先帝的陵墓。"郗鉴的长子嘉宾在外出行,路上听说信使到了,急忙取过父亲的信来阅读,看完撕得粉碎,回到了驻地。他替父亲重新又写了封信,在信中说自己年迈多病,不能承受世事的劳顿,希望找一个闲适的地方安度晚年。桓温看了郗鉴的信大喜,随即下令调任郗鉴为都督五郡军事,并兼任会稽太守。

【注释】

①郗司空:即郗愔,这时兼任徐、兖二州刺史。北府:刘盼遂《世说新语校笺》说:"北府者,北中郎将之府也。北中郎将,常领徐州刺史,因亦称兖州刺史为北府。及徐州刺史移镇京口,又名京口为北府矣。"京口,即今江苏镇江。②桓宣武:即桓温。恶:讨厌,嫉恨。③暗:不明断,糊涂。④奖:辅助。⑤世子:郗愔袭爵南昌公,其嫡长子也可称世子。嘉宾:郗超,字嘉宾,当时担任桓温手下的参军。⑥人间:人世间事,这里指担任官职。⑦督五郡:据《晋书·郗愔传》记载,这是都督浙江东五郡军事。郗愔这次调职,名义上是升迁,但已离开京口这一险要之地,实际上除去了桓温心中的隐病。

【评析】

桓温本身就猜忌手握重兵的郗愔，可偏偏郗愔对于政治权谋却一向糊涂，反而写信给桓温，所谓"方欲共奖王室，修复园陵。"这不是徒增桓温心中的猜忌吗？郗愔的儿子郗超接到父亲写给桓温的信后，知道如果信到了桓温的手里的话那后果不堪设想，像桓温这样奸险的人，一定会设计陷害父亲的，于是把父亲写的信撕了，自己代写了一封，信中模拟父亲，用谦虚、和善的口气委婉的提出希望能辞职。桓温一看，便消除了对郗愔的猜忌，于是大喜，借机调离了郗愔。郗超的举动让即将发生的一场危机在不知不觉中化解了，帮助父亲逃过一劫。

【历代评点】

刘辰翁云："此等，后人不能亮也。哀哉！"

刘辰翁又云："嘉宾入幕府，岂得已哉？观其处父子间，有足取者。"

王珣奕奕在前

【原文】

王东亭作宣武主簿①，尝春月与石头兄弟乘马出郊野②。时彦同游者，连镳俱进③。唯东亭一人常在前，觉数十步④，诸人莫之解。石头等既疲倦，俄而乘舆向⑤，诸人皆似从官，唯东亭奕奕在前。其悟捷如此。

【译文】

东亭侯王珣担任宣武侯桓温的主簿，曾在春天和桓熙兄弟骑马到郊外去。同游的人都是当时的名流，大家并驾齐驱，只有王珣一个人跑在前面，和其他人相距几十步，大家都不明白是什么意思。一会儿桓熙兄弟累了，就坐到车里，这样刚才同行的那些人就像是侍从了，只有东亭神采奕奕地走在前面，他就是这样的聪明机智。

【注释】

①王东亭：即王珣。宣武：即桓温。②石头：即桓熙兄弟，字伯道，小字石头，桓温的长子，官至豫州刺史。③时彦：当时的贤能人士。连镳：并辔；坐骑并排。镳(biāo)，马嚼子的两端露出嘴外的部分。④觉：同"较"，相距。⑤向：宋本、唐本《世说新书》皆作"向"，其他各本作"回"，回与向皆为"转"义，今依唐本。

【评析】

一齐出游，大家都并驾齐驱，而单单只有王珣一个人跑在前面，等到过不久，大家都游玩得有点累的时候，桓熙兄弟坐进车里去了。这时只有王珣还是跑在前面，其他人则像侍从一样跟在车旁，这样一来就突出了王珣的与众不同之点。

【历代评点】

刘辰翁云："小夫之谈，何足言'悟'？"

夙慧第十二

【题解】

本门记载了小孩子的聪明才智,和成人相比,孩子们的机智让人惊喜,而他们的聪颖也更有天真的童趣。《世说新语》为此专设一门,有特别褒奖之意。

忘炊窃听

【原文】

宾客诣陈太丘宿①,太丘使元方、季方炊。客与太丘论议,二人进火,俱委而窃听。炊忘著箄②,饭落釜中。太丘问:"炊何不馏③?"元方、季方长跪曰:"大人与客语,乃俱窃听,炊忘著箄,饭今成糜④。"太丘曰:"尔颇有所识不?"对曰:"仿佛志之。"二子俱说,更相易夺⑤,言无遗失。太丘曰:"如此,但糜自可,何必饭也!"

【译文】

有客人拜访陈寔,晚上住在他家,太丘就让陈纪、陈谌兄弟二人做饭。客人和陈寔谈论学问,两人生着火,就都弓着身子在房外偷听。做饭时忘了放上箄子,米都落进了锅里。陈寔问:"为什么没蒸饭呢?"陈纪、陈谌跪在地上说:"您和客人谈话,我们俩都在偷听,结果忘了放箄子,饭都成了粥。"太丘说:"那你们有什么收获吗?"兄弟回答道:"好像记住了。"于是兄弟二人跪在地上一块儿进行复述,并互相改正补充,都没有遗漏的地方。太丘说:"既然这样,喝粥就行了,何必做饭呢!"

【注释】

①陈太丘:指太丘长陈寔,参见〈德行〉注。下文"元方"、"季方",即陈纪、陈谌,是陈寔的两个儿子。②箄(pái):竹箄,蒸食物时能隔开水的一种炊具。③馏(liú):把米放在水里煮开,再捞出蒸成饭。④糜(mí):稠粥。⑤易夺:改正补充。

【评析】

陈家可谓满门俊才,陈老爷子是个教子有方的父亲。他看到儿子们因为专心学问而误了做饭,在了解事情的经过后,陈老爷子感到一阵欣慰,并没有责备他们,反而高兴地原谅了他们的疏忽。想必那天去的宾客们,既然都是能和陈老爷子彻夜畅谈的人,涵养和学识必定也是很高的,也定然不会因为两个孩子没煮好饭而感到陈家待客失礼,他们若是知道事情的起因和结果,肯定还会将两个孩子赞赏一番,和他们一边吃一边谈论学问品行的话题。

何晏画地令方

【原文】

何晏七岁,明惠若神①,魏武奇爱之②。因晏在宫内③,欲以为子。晏乃画地令方,自处其中。人问其故,答曰:"何氏之庐也④。"魏武知之,即遣还。

【译文】

何晏七岁时,就聪明伶俐,魏武帝曹操非常喜欢他,因为何晏在曹操府第中长大,曹操想收他作儿子。何晏就在地上画了个方框,自己站在里面。有人问他怎么回事,何晏答道:"这是我们何家的房子。"曹操明白了他的意思,就马上让他回去了。

【注释】

①惠:通"慧",聪明。②魏武:即曹操。奇:非常。③晏在宫内:曹操娶了何晏的寡母,因此何晏也随母在曹府中长大。④庐:房屋。

【评析】

何晏此时还只有七岁,能做魏武帝曹操的儿子就代表着将来能大富大贵,前途无量。可是当曹操提出要他做儿子的时候,他小小年纪就知道不羡慕富贵,也不肯忘祖改姓,认人作父,实在令人感动。

【历代评点】

刘辰翁云:"字形、语势皆称,奇事,奇事!"
王思任云:"不美孝童,但恨淫贼!"

司马昭稚语警明帝

【原文】

晋明帝数岁①,坐元帝膝上②。有人从长安来,元帝问洛下消息③,潸然流涕。明帝问何以致泣,具以东渡意告之④。因问明帝:"汝意谓长安何如日远?"答曰:"日远。不闻人从日边来,居然可知。"元帝异之。明日集群

【译文】

晋明帝司马绍只有几岁的时候,坐在元帝膝上。有个从长安来的人,元帝就向他询问洛阳的消息,不由得流下了眼泪。司马绍问元帝为什么哭泣,元帝便把东迁的原委详细地告诉了他。于是问司马绍说:"你认为长安与太阳相比,哪个更远?"司马绍回答说:"太阳远。没听说有人从太

臣宴会,告以此意,更重问之。乃答曰:"日近。"元帝失色,曰:"尔何故异昨日之言邪?"答曰:"举目见日,不见长安。"

阳那边来,这显然可知了。"元帝感到很诧异。第二天,元帝召集群臣举行宴会时,把司马绍的意思告诉大家,又重新问司马绍。司马绍却回答说:"太阳近。"元帝惊愕失色,说:"你为什么和昨天说的话不同呢?"司马绍回答说:"抬头就能见到太阳,却见不到长安。"

【注释】

①晋明帝:即东晋明帝。数岁:年纪小。②元帝:即司马睿。③洛下:洛阳一带。④东渡意:指晋元帝司马睿渡江南下兴复晋室的意图。

【评析】

明帝的回答,真是聪明得离奇,才几岁的明帝对于"长安何如日远"这一问题,就能根据实际情况作出两种不同的回答,而且两种回答都各有其针对性。晋室东渡建康,是因为外族侵略者占领了中原地区。对于那些历尽千辛万苦才从长安来建康谋生的人,明帝在言谈中不能不有所照顾,才会说出"日远,不闻人从日边来"的回答;而第二日集群臣宴会,明帝突然改口又说成了"日近",是因为暗含着激励群臣的意思。"举目见日,不见长安",是因为长安已经沦陷了,再把这话说出来,就是为了让大家记住这个目标并为之奋斗。

【历代评点】

袁中道云:"前劣后胜。"(《舌华录》卷一《慧语》)

顾和家门有继

【原文】

司空顾和与时贤共清言,张玄之、顾敷是中外孙①,年并七岁,在床边戏。于时闻语,神情如不相属②。暝于灯下③,二儿共叙客主之言,都无遗失。顾公越席而提其耳曰:"不意衰宗复生此宝④。"

【译文】

司空顾和当时的名流们一起清谈。张玄之、顾敷是顾和的外孙和孙子,都是七岁,在坐榻边嬉戏。当时听大人们谈话,他们的神情好象并不在意。晚上在灯下,两个小孩子一起论述主客双方的对话,竟没有一点遗漏。顾和听见后,离开座位拉拉两个人的耳朵说:"没料到我们这个败落的家族又生了你们这两个宝贝!"

【注释】

①张玄之:又作"张玄",字祖希,顾和的外孙,曾任吏部尚书、冠军将军、吴兴太守。顾敷,字祖根,顾和的孙子,官至著作郎。中外孙:孙子和外孙。②属:关联;关涉。③暝:晚上。④衰宗:对自己家族的谦称。

【评析】

大人们谈话的时候，谁都想不到两个才七岁的孩子坐在旁边，就算他们一心一意在听，也不能听懂，结果，两个孩子不但在互相讨论他们的谈话，居然还一字不漏。他们的表现让人讶异。难怪顾和听到后会如此高兴，七岁的孩子就如此聪明，前途不可估量。顾和如获至宝，觉得他们的到来给即将败落的顾家又带来了希望。

【历代评点】

王世懋云："年岁与本集矛盾。"

韩康伯少年成器

【原文】

韩康伯数岁①，家酷贫②，至大寒，止得襦③。母殷夫人自成之，令康伯捉熨斗，谓康伯曰："且着襦，寻作复裈④。"儿云："已足，不须复裈也。"母问其故，答曰："火在熨斗中而柄热，今既着襦，下亦当暖，故不须耳。"母甚异之，知为国器⑤。

【译文】

韩康伯很小的时候，家里很穷，到了最冷的季节，他仍只穿了件短袄。母亲殷夫人给他做衣服，让康伯提着熨斗，她对康伯说："你先穿着短袄，以后再给你做夹裤。"儿子说："这就够了，不要夹裤了。"母亲问他原因，他回答说："火在熨斗里，熨斗柄也会热，我现在穿上短袄，下身也觉得暖和，所以不要夹裤了。"母亲对韩康伯的话感到非常诧异，知道他将来一定会成为治国之才。

【注释】

①韩康伯：即韩伯，韩豫章。②酷：很。③襦：短衣、短袄。④复裈：夹裤。⑤国器：国之重器，治国之才。

【评析】

到了最冷的时候了，韩康伯仍然只有一件短袄可以穿，可以想象得出，他家到底有多穷了，但是他虽然小小年纪，却并没有因为缺少衣服穿而去抱怨母亲，反而能体谅母亲的艰辛，知道这件短袄已经来之不易了；当母亲提出要给他做条夹裤时，他却能借熨斗的道理让母亲不做夹裤。他这么小就知道家里困难，不但能体会母亲的难处，不给母亲添麻烦，还要反过来让母亲觉得安心。

"昼动夜静"明义理

【原文】

晋孝武年十二①,时冬天,昼日不着复衣②,但着单练衫五六重③,夜则累茵褥④。谢公谏曰⑤:"圣体宜令有常⑥。陛下昼过冷,夜过热,恐非摄养之术⑦。"帝曰:"昼动夜静。"谢公出叹曰:"上理不减先帝⑧。"

【译文】

东晋孝武帝司马曜十二岁的时候,正值冬天,他白天不穿夹衣,只穿着五六层的绢衣,晚上却盖着两床被子。谢安劝告他说:"圣上应该让自己的身体保持冷暖规律。陛下白天过冷,晚上过热,恐怕不是养生的办法。"孝武帝说:"白天活动着就不觉得冷,夜间不活动就不觉得热。"谢公出来后赞叹道:"圣上的义理不比先帝差啊。"

【注释】

①晋孝武:即东晋孝武帝司马曜,简文帝的儿子。②复衣:夹衣。③单练衫:单层绢丝做的衣衫。④茵褥:棉被与床垫。⑤谢公:即谢安。⑥有常:符合节气冷暖规律。⑦摄养:调摄保养。⑧先帝:这里指简文帝司马昱。

【评析】

晋武帝才十二岁就能说出"昼动夜静"这样的道理,而且能合乎玄理论断,这便让谢安感觉他对玄理的领悟不亚于先帝。

【历代评点】

刘应登云:"儿字作乃。"
刘辰翁云:"不尽答而具。"

桓玄潸然诉心声

【原文】

桓宣武薨①,桓南郡年五岁②,服始除,桓车骑与送故文武别③,因指语南郡:"此皆没家故吏佐。"玄应声恸哭,酸感傍人④。车骑每自目己坐曰:"灵宝成人⑤,当以此坐还之⑥。"鞠爱过于所生⑦。

【译文】

宣武侯桓温去世时,南郡公桓玄才五岁,刚脱了丧服,车骑将军桓冲和前来悼念桓温的文武官员道别,他指着这些人对桓玄说:"这些都是你家从前的下属。"桓玄听罢大哭,周围的人都感到悲伤。桓冲常常看着自己的座位说:"等灵宝长大成人后,我一定把这个位置还给他。"桓冲养育桓玄,对他的疼爱胜过自己亲生的子女。

【注释】

①桓宣武：即桓温。②桓南郡：即桓玄，文中灵宝，乃桓玄小名。③桓车骑：桓冲，字幼子，桓温的弟弟，桓玄的叔父，曾任荆州刺史、车骑将军。送故：把死在任上长官的灵柩护送回故乡。④酸：悲伤；凄楚。⑤灵宝：桓玄的小字。⑥此坐：桓温生前镇守姑孰(今安徽当涂)，他死后，朝廷任命桓冲接替他去镇守。此坐，就是指镇守姑孰的职位。⑦鞠：养育；抚养。

【评析】

桓温去世后留下的儿子桓玄才五岁，当桓温的弟弟桓冲赶过来给桓玄介绍那些文武大臣的时候，桓玄当即大哭起来，一个才五岁的孩子就失去父亲了。而且在他父亲的灵堂前大哭，这是谁都不忍心看见的，那样的感觉真是让人为之感伤。

【历代评点】

《桓冲别传》曰：冲字玄叔，温弟也。累迁车骑将军、都督七州诸军事。

豪爽第十三

【题解】

本门从不同侧面表现了魏晋士人的豪迈性情,及行事爽快的风格。魏晋时期,豪爽是深受士人重视的一种神情风尚,它能振奋人们的精神,激励人们奋发向上。

王敦振袖击鼓

【原文】

王大将军年少时①,旧有田舍名,语音亦楚②。武帝唤时贤共言伎艺事③。人皆多有所知,唯王都无所关,意色殊恶,自言知打鼓吹④。帝令取鼓与之,于坐振袖而起,扬槌奋击,音节谐捷⑤,神气豪上,傍若无人⑥。举坐叹其雄爽。

【译文】

大将军王敦年轻时,原本就有乡巴佬的外号,说话的口音也很重。晋武帝招呼名流们一起谈论歌舞方面的事,别人大多都懂得一些,只有王敦对这事毫不关注,脸色显得非常难看,说自己只会打鼓,武帝就下令把鼓拿来。王敦从座位上摔袖而起,扬起鼓槌,精神振奋地击起鼓来,节奏和谐简捷,神情豪迈奔放,旁若无人,满座的人没有不赞叹他的威武豪爽。

【注释】

①王大将军:即王敦。②楚:楚地指长江中下游一带,由于地方语音色彩较重,中原人认为鄙俗土气。王敦虽是琅邪临沂人,但语音不同于中原,也被看作是楚音。③武帝:晋武帝司马炎。④鼓吹:本指鼓箫等乐曲的合奏,这里单指鼓。⑤谐捷:和谐简捷。⑥傍:同"旁"。

【评析】

王敦年轻的时候就为人豪迈,不拘小节,在晋武帝召见大臣谈论歌舞的时候,大家都积极表现,王敦却并不上心,不以为然,告诉众人他只会打鼓。击鼓的时候,他所击出的鼓声不但音节和谐敏捷,而且动作豪气冲天,那英姿勃发的神态让在场的人为之叹服,让人真正见识了他的豪爽。

【历代评点】

刘辰翁云:"王敦楚语。"

王乾开云："王大将军自请鼓吹，桓宣武上马舞稍，各以技痒，辄不让人。"

王敦驱妾自保

【原文】

王处仲①，世许高尚之目②，尝荒恣于色③，体为之弊④。左右谏之，处仲曰："吾乃不觉尔。如此者甚易耳！"乃开后阁⑤，驱诸婢妾数十人出路，任其所之，时人叹焉。

【译文】

王敦，世人给予他高尚的评价。他曾经沉溺声色，身体也因此受损，身边的侍从都规劝他，王敦说："我竟没有觉察到，既然这样，也很简单。"就打开后楼内室，把几十名侍妾打发上路，不管去哪里都可以。世人对他的做法大加赞赏。

【注释】

①王处仲：即王敦，字处仲。②目：评语。③荒恣：沉溺、纵情。④弊：疲惫；受损。⑤阁：小楼。

【评析】

王敦在谋反之前战功赫赫，曾赢得世人的称赞，他也曾犯过错误，只是当侍从们极力规劝他的时候，他能及时认识到自己的错误，并且做出出人意表的决断，这样的品性也奠定了当时他在人们心中的地位。所以人不怕犯错，贵在知错能改。古往今来都说忠言逆耳，但是王敦却能及时接受别人的意见，这就是难能可贵的。

【历代评点】

刘辰翁云："自是可传，传此者恨少。"

王思任云："英雄事，再数一人来。"

方苞云："开后阁，驱婢妾，非豪爽者不能。"

王敦吟咏击唾壶

【原文】

王处仲每酒后①，辄咏"老骥伏枥，志在千里；烈士暮年，壮心不已②"。以如意打唾壶③，壶口尽缺。

【译文】

王敦每次酒后，就朗诵"老骥伏枥，志在千里；烈士暮年，壮心不已"，一边诵读一边用如意击打痰盂作为节拍，痰盂口都被他敲缺了。

【注释】

①王处仲：即王敦。②"老骥……不已"句：语出曹操《龟虽寿》一诗，意思是老了的骏马伏在马厩里，它的志向却还是驰骋千里；有志之士到了晚年，他的雄心依然没有止息。王敦引用这四句诗，表明了他

仍旧想总揽朝政的意图。③如意：又称爪杖，一种搔痒的用具，因搔痒时可如人意而得名。魏晋名士清谈时用以指画，以助语势，后来逐渐成为风雅赏玩的器物。唾壶：又称唾盂，供吐痰等用的壶。

【评析】

不要过多的去在意生活中那些小细节。时刻把古语中那些有益于提高自己修养和品性的良言铭记在心，勉励自己，这不失为一种克制自己的办法。

【历代评点】

刘辰翁云："四则皆处仲，至此欲尽。"
王世懋云："老贼故自豪，此意犹可怜。"
王世贞云："即玄德悲髀肉生意也。"

明帝开凿太子西池

【原文】

晋明帝欲起池台①，元帝不许。帝时为太子，好养武士。一夕中作池，比晓便成②。今太子西池是也。

【译文】

晋明帝司马绍想开凿池塘，要建山水楼台，元帝司马睿不答应。明帝当时是太子，喜欢蓄养武士，他就让武士们晚上开凿池塘，到天亮就建好了。就是现在的太子西池。

【注释】

①晋明帝：即东晋明帝司马绍。②一夕中作池，比晓便成：一晚施工建池沼，天一亮就完成了。

【评析】

司马绍是历史上一位相当有谋略，办事也很果敢的皇帝，王敦曾以"鲜卑儿"称之。本段讲述的是他建造太子西池的事情。他还在当太子的时候就想建山水楼台，结果元帝司马睿不批准，于是司马绍利用自己蓄养的那些武士们连夜赶工，一晚上的时间就完工了。让人不得不佩服他的勇气和果断。

【历代评点】

刘辰翁云："如此，复何请为？"
王世贞云："其人不足言其志，乃大可悯矣。"
凌漆初云："乃亦溷'豪爽'之科。"

祖逖瞋目斥王敦

【原文】

王大将军始欲下都更分树置①，先遣参军告朝廷，讽旨时贤②。祖车骑尚未镇寿春③，瞋目厉声语使人曰："卿语阿黑，何敢不逊④！摧摄回去⑤，须臾不尔，我将三千兵，槊脚令上⑥！"王闻之而止。

【译文】

王敦刚开始想要起兵下京都，处理朝政，以篡权夺政。他先派参军向朝廷报告，并将自己的意图暗示给了当时的一些贤士。祖逖那个时候还没有出都镇守寿春，听说此事后便瞪眼喝斥王敦的使者道："你回去转告阿黑（王敦），就说：怎么能如此放肆！催他赶快收兵回去吧，倘若有半刻拖延而不照办的话，我就要率领三千士卒去用长矛刺他的脚，把他赶回去！"王敦听了才打消了这个念头。

【注释】

①王大将军：即王敦。文中阿黑也是指的王敦，是他的小名。下都：从上游沿江东下，到京城建康。指晋元帝永昌元年时，王敦从武昌以诛杀刘隗的名义发兵东下，占据石头城。更分：处理朝政。树置：有所建树。②讽(fěng)旨：委婉地暗示意图。③祖车骑：即祖逖。④不逊：不恭、不谦逊。⑤摧摄回去：催促他赶紧离开。⑥槊(shuò)：长矛，此处为名词动用，用长矛刺。

【评析】

祖逖为人豁落，讲义气，好打不平，深得邻里好评。曾为收复北方失地作出了不可磨灭的贡献，而且在北伐中凭着他豪壮的气势和胸怀坦荡的气概赢得了人民的拥护，在百姓心中建立了无可替代的位置，人们纷纷投靠到他门下，跟他并肩作战。所以当王敦准备谋反时，一听祖逖发出狠话，便立刻打消了谋反的念头。足可以看出祖逖的威望之高和让人畏惧的气势。

【历代评点】

王思任云："催摄面去，犹云快收拾嘴脸去也。槊脚令上，明谓缚在高处也。"

刘辰翁云："似谓槛致之耳，古言俗字，容有通用。"

庾翼三射三中

【原文】

庾稚恭既常有中原之志①，文康时权重②，未在己。及季坚作相③，忌兵畏祸，与稚恭历同异者久之，乃果

【译文】

庾翼早就有收复中原的意向，庾亮掌权时，权力不在自己的手中。到庾冰担任宰相后，他担心用兵惹祸，同庾翼意见长期不合，后来才终于北伐。庾翼发动荆州、

行。倾荆、汉之力,穷舟车之势,师次于襄阳④,大会寮佐,陈其旌甲,亲援弧矢曰:"我之此行,若此射矣!"遂三起三叠。徒众属目⑤,其气十倍。

汉水一带的全部力量,征调那里全部船只战车,将军队驻扎在襄阳,召集僚属集会,举行阅兵,亲自持箭拉弓,宣誓道:"我此次出兵,就好比这射出去的箭!"于是三射三中。万众之前,士气大增。

【注释】

①庾稚恭:即庾翼。②文康:即庾亮。③季坚:即庾冰。④师次:驻兵。⑤徒众属目:万众之前。

【评析】

庾亮和弟弟庾冰、庾翼都是全力请求收复中原的大将。当时的荆州北面受后赵暴君石虎的威胁,西面又有成汉李氏武装的骚扰,属于东晋的边境地区。庾翼接管荆州后,出于公私两方面的考虑,继承了他哥哥庾亮北伐的宏愿,厉兵秣马,整军备战,以"平胡灭蜀"为己任。他倾尽荆州地区和汉水流域的全力,发动所有兵力物力出击。驻扎在襄阳,大会部署,陈列旗帜,亲自拿起弓箭三发三中,士兵们备受感染与鼓舞。

【历代评点】

钟惺云:"东晋旷识不怵于虚名者,惟陶侃、卞壶、庾翼数人。
王世懋云:"惜其无成。"
王世懋云:"闻其语矣,未见其人也。"

桓温大宴李势殿

【原文】

桓宣武平蜀①,集参僚置酒于李势殿,巴蜀缙绅莫不悉萃②。桓既素有雄情爽气,加尔日音调英发③,叙古今成败由人,存亡系才④,奇拔磊落,一坐赞赏不暇坐。既散,诸人追味余言。于时寻阳周馥曰⑤:"恨卿辈不见王大将军。"馥曾作敦掾。

【译文】

桓温把蜀地平定后,召集部下在李势的宫殿里大摆宴席。巴、蜀二郡的大官都来赴会了。桓温一向具有远大的抱负,且性格豪爽,再加上这一天声音激越洪亮,谈古论今,国事家事之兴亡成败,在乎当事之人才,他仪表堂堂,胸襟坦荡,在座者无不赞叹不已。散会后,众人都还在回味他讲的话。这时候,寻阳周馥说:"可惜的是你们这些人都没有见过王大将军(敦)。"周馥曾做过王敦的属官。

【注释】

①桓宣武：即桓温。②萃：萃集、赴会。③尔日：此日。④成败由人，存亡系才：国事家事之兴亡成败，在乎当事之人才。⑤周馥：即周馥，周祖宣。或为周抚之孙周馥，字湛隐，曾处王敦帐下。

【评析】

桓温气概豪迈，说话的音调更是英武洪亮。他谈古论今，认为成败取决于人才的优劣，关系到国家的存亡，有条不紊，头头是道。再加上桓温英武的外貌、不凡的气概令人回味无穷。但是曾为王敦属官的周馥，认为王敦的气概应该在桓温之上。

【历代评点】

刘辰翁云："馥心不服桓，故优王以劣桓，然桓实胜王。"

王世懋云："敦虽败，犹令人有馀畏。桓温所以叹为可儿。"

李贽云："桓温雄气，周馥具眼。"（《初谭集·君臣·将臣》）

桓温掷书

【原文】

桓公读《高士传》①，至于陵仲子②，便掷去，曰："谁能作此溪刻自处③！"

【译文】

桓温读《高士传》，读到于陵仲子的事迹时，就把书扔了，说道："谁能这样刻薄地对待自己呢！"

【注释】

①桓公：即桓温。《高士传》：书名，嵇康撰，今已失传。②陵仲子：即陈仲子，字子终，春秋战国时齐国隐士。相传他哥哥在齐国为相，他认为哥哥的俸禄是不义之财，就跑到于陵（今山东邹平东南）隐居起来，夫妇两人过着织布、编草鞋的贫困生活。后来回家探母，母亲杀鹅给他吃，当知道鹅是别人送给他哥哥的，出门就呕吐出来。楚王想请他担任丞相，他又带着妻子逃到别处，给人家浇园过活。③溪刻：尖酸刻薄；苛刻。

【历代评点】

刘辰翁云："'溪刻'虽不可知，要是苦语。"（按："溪刻"有过分苛刻之意。）

李贽云："于陵仲子，于世何用？"（《初谭集·师友·豪客》）

桓石虔破敌救叔

【原文】

桓石虔①,司空豁之长庶也②,小字镇恶。年十七八,未被举,而童隶已呼为镇恶郎③。尝住宣武斋头④。从征枋头⑤。车骑冲没陈⑥,左右莫能先救。宣武谓曰:"汝叔落贼,汝知不?"石虔闻之。气甚奋,命朱辟为副,策马于万众中,莫有抗者,遂致冲还,三军叹服。河朔后以其名断疟。

【译文】

桓石虔是司空桓豁的庶出长子,小名叫镇恶,十七、八岁的年龄,尚未被正式承认身份地位,可是年幼的仆役却已经开始称他为"镇恶郎"了。他住在桓温的书斋中。后来跟随桓温出征到枋头,车骑将军桓冲陷入敌阵,没有人敢去营救。桓温对石虔说:"你的叔叔落入了敌人的手里了,你知道吗?"石虔听后,勇气奋发,命朱辟做副手,扬鞭策马冲进数万敌军中,无人可以抵挡,直接救出了桓冲。全军上下无不称赞佩服。黄河以北的民众后来就用他的名字来驱赶疟鬼。

【注释】

①桓石虔:有才干,有学问,战功显赫,官至豫州刺史,赠后军将军。②庶:庶子,非嫡配所生的儿子,宗族的旁支。③童隶:少年同辈和下人。④宣武:即桓温。⑤枋(fāng)头:枋头之战,桓温和苻坚之战。⑥车骑冲:即桓冲。

【评析】

这个关于桓石虔跃马敌阵的记载,讲述了桓石虔进入敌军军营救桓冲,如入无人之境,并且在千军万马之中将叔叔救出来,这些情节颇有点《三国演义》中赵子龙救幼主的味道,其威猛的阵势可想而知。难怪河朔地区的民众后来用他的名字来驱逐疟疾鬼。

【历代评点】

顾炎武云:"郎者,奴仆称其主人之辞。"(《日知录》)

刘辰翁云:"小名镇恶,遂能断疟。第不知当时桓温愧此儿不?"

陈逵望山而叹

【原文】

陈林道在西岸①,都下诸人共要至牛渚会②。陈理既佳,人欲共言折③。陈以如意拄颊,望鸡笼山叹曰④:"孙伯符志业不遂⑤!"于是竟坐不得谈。

【译文】

陈逵驻守在长江北岸,京城的人一起邀请他到牛渚山聚会。陈林道擅长谈论玄理,大家想在和他辩论时合力挫败他。陈逵却用如意支撑面颊,望着鸡笼山叹息说:"孙策的志向和事业都没有实现!"于是所有的人一直没有机会开口谈论。

【注释】

①陈林道：即陈逵，字林道，为西中郎将，领淮南太守戍历阳。西岸：长江北岸。陈林道担任淮南太守，驻守历阳（今安徽和县），历阳在长江北面。②要：同"邀"。牛渚：山名，在今安徽当涂。③拄：支撑。④鸡笼山：山名，在今江苏江宁，其附近为孙策作战时的战场。⑤孙伯符：即孙策，字伯符，孙权的哥哥。他平定江东后，奠定了孙吴政权的基础，后被仇人射死，年仅二十六岁。

【评析】

陈逵此时的志向并不只在谈论玄理，而是上升到到国家安危的大事上去了。

【历代评点】

刘辰翁云："可叹。"

陈梦槐云："可悲，可叹。"

袁中道云："意佳于王。"（《舌华录》卷二《傲语》）

王胡之旁若无人

【原文】

王司州在谢公坐①，咏"入不言兮出不辞，乘回风兮载云旗②"。语人云："当尔时，觉一坐无人③。"

【译文】

司州刺史王胡之曾在谢安家做客，朗诵屈原的"入不言兮出不辞，乘回风兮载云旗"的诗句。他后来告诉别人说："当时，觉得四周都没有人了。"

【注释】

①王司州：即王胡之，被召为司州刺史，未赴任即死。②"入不……云旗"：语出屈原《离骚·九歌·少司命》，意思是神进来时不说话，出去时不告辞，乘着旋风，驾着云旗，飘然地游历太空。③"觉一"句：意思是精神进入了超然的境界，感觉不到座中有人。

【评析】

"两耳不闻窗外事，一心只读圣贤书"。大概就是说王胡之这样的人吧。诗句中的豪迈气氛把他带进了那样的意境中，和诗人及其所描述的情境结合到一起。确实需要一定的学识修养才能达到心无旁骛的境界。

【历代评点】

刘辰翁云："此复何足语人。"

箫管遗音

【原文】

桓玄西下,入石头。外白司马梁王奔叛①。玄时事形已济②,在平乘上笳鼓并作③,直高咏云:"箫管有遗音,梁王安在哉④?"

【译文】

桓玄率兵西下,进入石头城,仆役报告梁王司马珍之逃跑了。此时灭晋的大势已定,桓玄坐在大船上,鼓乐齐奏,听到禀报,他只是高声吟诵:"箫管里还在吹奏着梁(魏)国时的音调,而梁(魏)王如今又在哪里了呢?"

【注释】

①"桓玄"三句:晋安帝元兴元年(公元402年),桓玄作乱,自江陵攻入建康,杀死会稽王司马道子,次年年底称帝,把晋安帝司马德宗迁往浔阳。司马梁王:司马珍之,字景度,袭爵为梁王,桓玄篡位时逃奔到寿阳。②事形:形势;局势。③平乘:一种作战用的大船,又叫平乘舫。笳:胡笳,一种类似笛子的管乐器。④"箫管……在哉"二句:语出阮籍《咏怀诗》,意思是箫管里还在吹奏着魏国时的音调,而魏王如今又在哪里了呢?阮诗是凭吊战国时魏国的遗迹而作,魏国的国都在大梁,又称梁国,因而魏王又可以称为梁王。桓玄这里是一语双关,指桓玄用以讽刺梁王。

【评析】

桓玄继承了他父亲桓温那种霸气和野心,但是在面对捷报传来的时候,他镇定自如,并没有表现出异常的疯喜。只是为逃跑的梁(魏)国王而慨叹,他的感叹尽管包含着嘲讽,但是在那样的情况下,还能保持一份镇静,可见其胆识非同一般。

【历代评点】

刘辰翁云:"以此为达,可笑。"

容止第十四

【题解】

本门记载了魏晋名士的容貌以及举止风度,有的粗暴、有的优雅、有的是人物的容貌之美。主要是从好的一面赞美。文中大部分是直接描写容貌举止,也有着重写某一点,以此来衬托出整个人物的形象,还介绍了当时名士们所奉行的"脂粉"潮流。从本门的描写中,我们也可以看出当时的审美观以及人们的爱好。

曹操换位

【原文】

魏武将见匈奴使①,自以形陋②,不足雄远国③,使崔季珪代④,帝自捉刀立床头。既毕,令间谍问曰⑤:"魏王何如?"匈奴使答曰:"魏王雅望非常,然床头捉刀人,此乃英雄也。"魏武闻之,追杀此使。

【译文】

魏武帝曹操要见匈奴使者,他觉得自己外貌丑陋,不能对远方国家显示出自己的威严,就让崔季珪代替他,自己则握刀站在坐榻一旁。接见完毕,派密探问使者:"魏王这个人怎么样?"匈奴使者说:"魏王的崇高威望非同一般,不过坐榻旁那个握刀的人,才是真正的英雄啊。"魏武帝听说后,就派人追杀了那个使者。

【注释】

①魏武:即曹操,当时被封魏王。匈奴:我国古代北方的一个民族。②形陋:相貌身形丑陋寒碜。③雄:威严。④崔季珪(guī):即崔琰(yǎn),字季珪,清河东武城人,曹操的属官,入魏后任尚书。《三国志·魏书·崔琰传》说他声音洪亮,眉清目秀,须长四尺,极有威仪。⑤间谍:秘密侦探敌情的人。

【评析】

本文写曹操和崔琰换位的故事,曹操认为自己的外貌不好,怕不足以慑服远方的国家,便命令崔琰扮成自己去接待。关于这个故事历史上没有相关的记载,但我们大概可以知道,崔琰相貌堂堂,而曹操尽管气质不凡但却是貌不惊人的五短身材。一般人们都是很注重自己的外貌的,尤其是像曹操那样的君王,在面对外国的使者时会特别注重自己的威严,谁想到那个使者眼光独到,居然认出来了。于是便有了这则故事。曹操羞惭、自卑的心理也证明了当时人们对于外貌仪态举止的注重，揭示出了曹操心胸狭窄，奸猾狡诈的性格。于是，就有了"捉刀"的典故。

【历代评点】

刘知几云："昔孟阳卧床，诈称齐后；纪信乘舆，矫号汉王。或主遘屯蒙，或朝罹兵革，故权以取济，事非获已。如崔琰本无此急，何得以臣代君？况魏武经纶霸业，南面受朝，而使臣居君坐，君处臣位，将何以使万国具瞻，百寮金瞩也？又汉代之于匈奴，虽复赂以金帛，结以姻亲，犹恐虺毒不悛，狼心易扰。如辄杀其使者，不显罪名，何以怀四夷于外蕃，建五利于中国？"（《史通·暗惑篇》）

李详云："子玄此言，堪祛世惑。"

刘辰翁云："谓追杀此使，乃小说常情。"

王世懋云："匈奴中乃有此人，然适足自祸。"

李贽云："不得不杀。"（《初潭集·君臣·英君》）

余嘉锡云："此事近于儿戏，颇类委巷之言，不可尽信。然刘子玄之持论，亦复过当。考《后汉书·南匈奴传》：自光武建武二十五年以后，南单于奉藩称臣，入居西河，已夷为属国，事汉甚谨。顺帝时，中郎将陈龟迫单于休利自杀。灵帝时，中郎将张修遂擅斩单于呼征。其君长且俯首受屠割，纵杀一使者，曾何足言？且终东汉之世，未尝与匈奴结姻，北单于亦屡求和亲。虽复时有侵轶，辄为汉所击破。子玄张大其词，漫持西京之已事，例之建安之朝，不亦慎乎？"

何晏朱衣自拭

【原文】

何平叔美姿仪①，面至白。魏明帝疑其傅粉②，正夏月，与热汤饼③。既啖，大汗出，以朱衣自拭，色转皎然④。

【译文】

何晏容貌俊美，面色极为白皙。魏明帝怀疑他擦了粉，当时正是夏季，给他热汤面吃。何晏吃完后，大汗淋漓，就用自己的红色衣服擦脸，脸色更加光亮。

【注释】

①何平叔：即何晏，字平叔。②魏明帝：但晋人裴启所著的《语林》则为"魏文帝"。＊按：关于何晏擦粉一事，《三国志·曹爽传》注引鱼豢《魏略》则说何晏粉白不离手，与这里说法不同。傅粉：汉魏期间，贵族男子也有擦粉的习俗。③汤饼：放在水里煮的面食。④皎然：洁白明亮。

【评析】

魏晋时期男子的傅粉之风已经普遍存在于上层士族中间，不足为怪。何晏不仅聪明，而且唇红齿白，身材修长，清秀儒雅。尤其是皮肤特别白皙，所以使得很多人都误认为他是粉擦多了。魏明帝见何晏如此白皙便想试探是真是假,于是请他喝热汤面。但是何晏在擦完汗后脸色却更加洁白了。

【历代评点】

黄朝英云:"煮面谓之汤饼,其来旧矣。案《后汉书·梁翼传》云:'进鸩加煮饼。'《世说》载何平叔美姿容,面至白,魏文帝疑其傅粉,夏日令食汤饼,汗出,以巾拭之,转皎白也。余谓凡以面为食具者,皆谓之饼,故火烧而食者,呼为烧饼;水瀹而食者,呼为汤饼;笼蒸而食者,呼为蒸饼;而馒头谓之笼饼,宜矣。"(《靖康缃素杂记》卷二《汤饼》)

王世懋云:"晏养宫中时,尚未有明帝,注驳未当。"

顾炎武云:"何晏之粉白不去手,行步顾影,邓飏之行步欹纵,坐立倾倚;谢灵运之每出人,自扶接者常数人,后皆诛死。而魏文帝体貌不重,风尚通脱,是以享国不永,后祚短促。史皆附之《五行志》,以为貌之不恭。昔子贡于礼容俯仰之间,而知两君之疾与乱,夫有所受之矣。子曰:'君子不重则不威,学则不固。'扬子《法言》曰:'言轻则招忧,行轻则招辜,貌轻则招辱,好轻则招淫。'四明薛冈谓:'士大夫子弟不宜使读《世说》,未得其隽永先习其简傲。'推是言之,可谓善教矣。防其乃逸乃谚之萌,而引之有物有恒之域,此以正养蒙之道也。南齐陈显达语其诸子曰:'麈尾蝇拂,是王、谢家物,汝不须捉此。'即取于前烧除之。"(《日知录》)

余嘉锡云:"何晏之粉白不去手,盖汉末贵公子习气如此,不足怪也。"

芦苇倚玉树

【原文】

魏明帝使后弟毛曾与夏侯玄共坐①,时人谓"蒹葭倚玉树"②。

【译文】

魏明帝曹叡让皇后的弟弟毛曾和夏侯玄坐在一块儿,当时人们认为是"芦苇倚靠着玉树"。

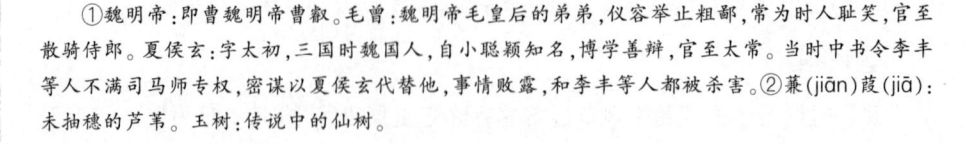

【注释】

①魏明帝:即曹魏明帝曹叡。毛曾:魏明帝毛皇后的弟弟,仪容举止粗鄙,常为时人耻笑,官至散骑侍郎。夏侯玄:字太初,三国时魏国人,自小聪颖知名,博学善辩,官至太常。当时中书令李丰等人不满司马师专权,密谋以夏侯玄代替他,事情败露,和李丰等人都被杀害。②蒹(jiān)葭(jiā):未抽穗的芦苇。玉树:传说中的仙树。

【评析】

夏侯玄天生英明俊朗,博学多思,好谈《老》《庄》,且年轻时期就盛名远扬。有一次,魏明帝叫他和皇后的弟弟毛曾坐在一起,两人形成了鲜明的对比,便有了"蒹葭倚玉树"这个说法,后来人们就用这个词来形容品貌极不相称的人在一起。后多表示地位低的人仰攀、依附地位高贵的人。亦常用作谦辞,即借了别人的光。

【历代评点】

《魏志》曰:玄为黄门侍郎,与毛曾并坐。玄甚耻之,曾说形于色。明帝恨之,左迁玄为羽林监。

朗如日月,颓如山倾

【原文】

时人目夏侯太初"朗朗如日月之入怀",李安国"颓唐如玉山之将崩"①。

【译文】

当时人们品评夏侯太初"好象怀里揣着日月一样光彩照人",李安国精神不振,像"玉山将要崩塌一样"。

【注释】

①李安国:李丰,字安国,官至中书令,后被司马昭杀死。颓唐:萎靡不振的样子。玉山:玉石的山,比喻人的仪容俊美。

【评析】

夏侯玄相貌英俊,在当时与嵇康、潘岳等人同为魏晋时期的美男子。世人都称赞他像日月一样光彩夺目;而李安国精神颓唐,世人便鄙夷他如玉山崩塌一样。可见,魏晋风度作为当时士族意识形态的一种人格表现,已成为一种普通意义上的审美理想。

【历代评点】

刘辰翁云:"何其开爽!"

风姿特秀美嵇康

【原文】

嵇康身长七尺八寸①,风姿特秀。见者叹曰:"萧萧肃肃②,爽朗清举③。"或云:"肃肃如松下风④,高而徐引⑤。"

【译文】

嵇康身高七尺八寸,风采卓异。看到他的人都赞叹说:"他举止潇洒端正,山公曰⑥:"嵇叔夜之为人也,岩岩若孤松之独立⑦;其醉也,傀俄若玉山之将崩⑧。"

气质清秀而挺拔。"还有人说:"就像松下清风,潇洒清丽,高远绵长。"山涛说:"嵇叔夜的为人,像挺拔的孤松傲然独立、高峻挺拔;他的醉态,又像高大的玉山快要倾倒。"

【注释】

①嵇康:字叔夜。七尺八寸:晋尺短于今尺,不过也表示身材高大。晋尺七尺八寸相当于今1.9公尺左右。②萧萧:形容举止洒脱大方的样子。肃肃:严正整齐的样子。③清举:清朗挺拔。④肃肃:状声词,风声。⑤徐引:舒缓悠长。⑥山公:山涛。⑦岩岩:高峻挺拔的样子。⑧傀(kuǐ)俄:同"巍峨",形容高大雄伟。

【评析】

这段是描写嵇康优雅的风貌和仪容,而且通过好几个人的评点来夸赞他的风度和精神面貌的,从他们所赞誉的那些话语中可以看出,他的形象已经被神化了。这些虽然建立在他的学识和修养之上,但是所表现出来的仍然是魏晋人士们对于士者姿容仪态的注重。

【历代评点】

《康别传》曰:康长七尺八寸,伟容色,土木形骸,不加饰厉,而龙章风姿,天质自然。正尔在群形之中,便自知非常之器。

潘岳妙有姿容

【原文】

潘岳妙有姿容①,好神情②。少时挟弹出洛阳道,妇人遇者,莫不连手共萦之③。左太冲绝丑④,亦复效岳游遨,于是群妪齐共乱唾之,委顿而返⑤。

【译文】

潘岳相貌出众,神采仪态优雅。年轻时拿着弹弓走在洛阳的大街上,妇女们遇见他,没有不手拉着手围住他的。左太冲容貌极丑,也要仿效潘岳那样出游,结果妇人们一道向他乱吐口水,他只有垂头丧气地回来了。

【注释】

①潘岳:字安仁,晋人,官至黄门侍郎,后被司马伦及孙秀所杀。②神情:风度;神采。③萦:围绕;环绕。④左太冲:左思,字太冲,晋人,外貌丑陋,但博学能文,曾花十年时间写成《三都赋》(分别描写三国时蜀都益州、吴都建业、魏都邺的山川风物、政治经济等情况),世人竞相传写,一时洛阳纸贵。⑤委顿:萎靡疲乏。

【评析】

潘岳因貌美而被妇人围观，左太冲想东施效颦，却没想到自取其辱。虽然所描述的都是具有代表性的男士的貌美，但是本文中的妇女们对美丑的爱憎有着更为直接的表露，而且可以任意宣泄自己的观点。她们对两个容貌上极具差别的人表现出了截然不同的态度。对待容貌出众的人围观欣赏，而对容貌丑陋的人则是以吐口水去鄙夷他。

【历代评点】

刘辰翁云："理不犯群妪，何至委顿。"
王世懋云："太冲纵丑，未闻丑人必为群妪所唾。好事者之谈也。《语林》亦然。"
凌濛初云："要之借彼形此，不足多辩。"又云："老妇亦复掷果。"

裴楷病困，目若闪电

【原文】

裴令公有俊容姿①，一旦有疾，至困，惠帝使王夷甫往看②，裴方向壁卧③，闻王使至，强回视之④。王出，语人曰："双眸闪闪，若岩下电，精神挺动⑤，体中故小恶⑥。"

【译文】

中书令裴楷相貌俊秀，有一天病得很厉害，非常疲乏。晋惠帝司马衷派王夷甫去探视。当时裴楷正面向墙壁躺着，听到皇帝使者到了，勉强转身观望。王夷甫出来后，对人说："他的双目闪闪，像是山岩下的闪电，但是精神涣散，身体确实不大舒服。"

【注释】

①裴令公：即裴楷。②惠帝：晋惠帝司马衷，字正度，晋武帝司马炎的二儿子，愚憨昏庸，在位十七年。③方：正。④强：勉强。⑤挺动：晃动，这里指精神无法集中。⑥体中故小恶：只是身体不适。

【评析】

当时的人们注重个人的容貌举止，而且根据"神、形"的密切关系判定"神"具有的持久性与恒定性，所以一旦最初在人们心里形成了一个怎样的形象，便不会丧失。

【历代评点】

《名士传》曰：楷病困，诏遣黄门郎王夷甫省之，楷回眸属夷甫云："竟未相识。"夷甫还，亦叹其神俊。

嵇绍鹤立鸡群

【原文】

有人语王戎曰："嵇延祖卓卓如野鹤之在鸡群①。"答曰："君未见其父耳。"

【译文】

有人对王戎说："嵇绍超然独立、气度不凡,就像仙鹤独立于鸡群一样。"王戎说："遗憾的是你没有见过他的父亲。"

【注释】

①嵇延祖:即嵇绍。嵇康之子。卓卓:超然独立。

【评析】

嵇绍是"竹林七贤"之一嵇康的儿子,因为遗传了父亲的优点,年轻的时候就长得体态魁梧,而且英俊非凡。王戎是嵇康的好朋友,听到有人这么夸赞嵇绍,他只淡淡一笑,说:"您还没有见过他的父亲呢!"可见,嵇康和嵇绍父子二人的气度相当不凡,在当时是有口皆碑的。从那以后,"鹤立鸡群"这个词,就被用来比喻一个人的仪表或才能在周围一群人眼里显得很突出。

【历代评点】

李贽云:"嵇绍不如父。"(《初谭集·父子·貌子》)

裴楷貌若玉人

【原文】

裴令公有俊容仪①,脱冠冕②,粗服乱头皆好③,时人以为"玉人"。见者曰:"见裴叔则,如玉山上行,光映照人。"

【译文】

裴楷仪容俊美,即使脱掉官帽,穿上粗陋的衣服,头发蓬松,依然不失俊美之态,当时的人们认为他是"玉人"。见过他的人都说:"见到裴楷,就像是行走在玉山上,会感到光彩照人。"

【注释】

①裴令公:即裴楷。②脱冠冕:脱去朝服正装。③粗服乱头:粗陋的衣服,凌乱的头发。形容不修边幅。后比喻美好的人或物,毫无雕琢,尽显自然之本色。

【历代评点】

黄辉云:"写得裴令公容采飞动。"

刘伶不修边幅

【原文】

刘伶身长六尺①,貌甚丑悴②,而悠悠忽忽③,土木形骸④。

【译文】

刘伶身高六尺,相貌极其丑陋,身材也非常瘦弱,可是他悠闲自在,不修边幅,质朴自然。

【注释】

①六尺:相当于现在四尺多一点,是比较矮小的。②丑悴:相貌丑陋而身材瘦弱。③悠悠忽忽:悠闲、不经意的样子。④土木形骸:指形体如同土木块一样质朴自然。

【评析】

刘伶虽然身形不佳,容貌也不美,外形就是"土木形骸",但是他却毫不遮掩,潇洒自然。无形中表现出了他性情豪迈,胸襟开阔,不拘小节,以及本性的真实与不做作,再加上他高深的学识修养,大大提高了他在人们心中的形象,赢得了众人的口碑。

【历代评点】

余嘉锡云:"此皆言土木之质,不宜被以华采也。土木形骸者,谓乱头粗服,不加修饰,视其形骸,如土木然。"

珠玉在侧,觉我形秽

【原文】

骠骑王武子是卫玠之舅①,俊爽有风姿②。见玠,辄叹曰:"珠玉在侧,觉我形秽③。"

【译文】

骠骑将军王济是卫玠的舅舅,容貌俊美,精神清爽,风度翩翩。他看到卫玠后感叹道:"珍珠美玉在我身边,使我觉得自己相貌丑陋。"

【注释】

①王武子:即王济,字武子,死后追赠骠骑将军。他的外甥卫玠,风采秀异,见者皆以为玉人。②俊爽:俊迈豪爽。③形秽:相貌丑陋。成语"自惭形秽"源于此。

【评析】

王济才华横溢,风姿英爽,气盖一时,是个和他姐夫和峤及裴楷齐名的人物。但是当他和外甥卫玠在一起的时候却仍然会感到自惭形秽。这足以说明了卫玠的才华与容止都胜他一等。

【历代评点】

刘辰翁云:"觉甥之好。"
李贽云:"王济不如甥。"(《初谭集·父子·貌子》)

其人如玉

【原文】

有人诣王太尉①,遇安丰、大将军、丞相在坐。往别屋,见季胤、平子。还,语人曰:"今日之行②,触目见琳琅珠玉③。"

【译文】

有人去拜访王太尉,遇到安丰侯王戎、大将军王敦和丞相王导都在座。去另一间屋子又看到王诩和王澄。回去后,他对别人说:"今天这一趟,眼睛所看到的全是美玉珠宝。"

【注释】

①王太尉:即王衍。按:在王衍家所遇的五个人都是王衍的兄弟或堂兄弟,安丰即王衍堂兄王戎,大将军即堂弟王敦,丞相即堂弟王导,季胤是弟弟王诩的字,平子是弟弟王澄的字。②行:在此处为量词,"趟"的意思。③琳琅:玉,比喻人物风姿秀逸。

【评析】

琅琊王氏从第三代开始,也就是这些人物,在当时便是叱咤九州的,令他们整个家族成为最为煊赫荣耀的世家大族。这几个人都是整个家族的主导人物。王戎属于"竹林名士",王澄属于"中朝名士",王敦、王导则属于"江左名士"。王诩是他们的族弟,在此时虽然名气没他们那么大,但也是一个人物。如此声名显赫的贵族,他们的那些容貌举止自然是不必说,也难怪会这些人聚在一起让人眼前一亮。

【历代评点】

石崇《金谷诗叙》曰:王诩字季胤,琅琊人。《王氏谱》曰:诩,夷甫弟也,仕至修武县令。

卫玠弱不胜衣

【原文】

王丞相见卫洗马①,曰:"居然有羸形②,虽复终日调畅,若不堪罗绮③。"

【译文】

丞相王导见到卫玠后说:"他显然一副病弱的样子,尽管整日反复调养舒畅身体,但是还是好象弱不胜衣。"

【注释】

①卫洗马：即卫玠，任太子洗马。体弱多病。②羸：衰弱。③不堪罗绮：不胜罗绮，罗绮，有花纹的丝织品，这里指其体弱。

【评析】

卫玠虽生得一副好容貌，也有非凡的才华，但是唯一的缺憾就是体弱不堪。

【历代评点】

刘辰翁云："妇人语。"

珠玉自在瓦石间

【原文】

王大将军称太尉①："处众人中，似珠玉在瓦石间。"

【译文】

大将军王敦称赞太尉王衍说："他处在众人之间就好像珍珠宝玉处在瓦片石头之间。"

【注释】

①王大将军：即王敦。太尉：即王衍。

【评析】

王衍从小聪敏异常，辩才极佳，赢得过好名声，长大了更是风采出众、风流潇洒。加上他那优秀的口才与当时那些名流贤士们清谈的爱好刚好相符，于是王衍在当时的影响力是巨大的。

看杀卫玠

【原文】

卫玠从豫章至下都①，人闻其名，观者如堵墙。玠先有羸疾，体不堪劳，遂成病而死，时人谓看杀卫玠②。

【译文】

卫玠从豫章郡到京都时，人们早已听到他的名声，前去观看的人挤得像一堵墙。卫玠本来就身体虚弱，因身体受不了这种劳累，终于成重病而死。当时的人们说"把卫玠看死了"。

【注释】

①下都：指京都建康（原名建邺）。西晋旧都洛阳，所以后来称新都为下都。按：卫玠渡江后，先到豫章（首府在南昌），后到建康，人们听说他容貌非凡，观者如堵。②看杀：由观瞻而杀。后世学人考证此处与事实有异。

【评析】

卫玠的姿容甚美,当时人们都用"璧人""玉人""明珠"这样的词语来形容他,再加上他好玄理,听过他谈玄理的人没有不叹服的,但是可惜的是他身体病弱,到京城的时候因为他的名声大,所以引来众人的围观,体力不支而最终导致重病不起。去世时年仅二十七岁。

【历代评点】

刘辰翁云:"谓候见者多,徒欲看耳。"

卫承将帅风度

【原文】

祖士少①见卫君长②云:"此人有旄杖③下形。"

【译文】

祖约见到卫承后说:"这个人有将帅的风度。"

【注释】

①祖士少:即祖约。②卫君长:即卫承。③旄(máo)杖:旗帜和仪仗,喻指权贵之人。

【历代评点】

[日]秦士铉云:"殿下兵卫曰仗下。旄,以旄牛为之。"(朱铸禹按:"此言卫有帝王之像也。")

庾亮登楼尽情

【原文】

庾太尉在武昌①,秋夜气佳景清,使吏殷浩、王胡之之徒登南楼理咏,音调始遒,闻函道中有屐声甚厉②,定是庾公。俄而率左右十许人步来③,诸贤欲起避之,公徐云:"诸君少住,老子于此处兴复不浅。"因便据胡床,与诸人咏谑④,竟坐甚得任乐⑤。后王逸少下⑥,与丞

【译文】

庾亮在武昌的时候,正值秋夜天气凉爽、景色清幽,其部属殷浩、王胡之等人登上南楼吟咏诗歌,正在吟兴高昂之时,听到楼道里有急促的木屐声,他们知道定是庾亮。不一会儿,庾亮就带着十来个侍从上楼来了,大家正准备起身回避,庾亮却慢条斯理地说:"诸位暂且留步,老夫在这方面也有浓厚的兴趣啊!"于是便坐在交椅上同大家一起吟诗谈笑,一整晚,每个人都无拘无

相言及此事,丞相曰:"元规尔时风范⑦,不得不小颓⑧。"右军答曰:"唯丘壑独存⑨。"

束地尽情地欢乐。后来王羲之到了建康,跟丞相王导说起这件事,王导说:"元规那时候的风度不得不稍有放纵。"王羲之说:"只有超然脱俗的情怀依然存在。"

【注释】

①庾太尉、元规:指庾亮。②函道:楼道,楼梯。③许:同"所",概数词,大约,左右。④咏谑(xuè):歌笑戏谑。⑤任乐:随意、无拘束。⑥王逸少:即王羲之,文中右军也指王羲之。⑦风范:气派。⑧颓:低落;收缩。⑨丘壑:山水幽美处所,是隐士所居之地,比喻深远的意境。

【评析】

庾亮上楼的时候发出脚步声,早已让楼上听见声音的人猜到是他了,当他登上南楼高声吟咏,谈笑风生的时候,便更显示出潇洒的气派和儒雅的气度。加上他为人坦率,喜好老、庄,所以尽管他的年龄大,风度和气派有所减退,但王羲之却认为他依然有着那种无法比拟的高雅情趣和超脱世俗的情怀。

【历代评点】

袁中道云:"事更韵。"(《舌华录》卷五《韵语》)
刘辰翁云:"观此语,元规巍峨可想。"(按:可想,凌瀛初本作可思。)
王世懋云:"王意重殷。"

王恬貌不相称

【原文】

王敬豫有美形①,问讯王公。王公抚其肩曰②:"阿奴恨才不称③!"又云:"敬豫事事似王公。"

【译文】

王敬豫容貌俊美,他去给父亲王导请安。王导拍着他的肩膀说道:"阿奴啊,可惜你的才华同你的容貌实在是不相称啊!"又有人说:"敬豫样样都像王公。"

【注释】

①王敬豫:即王恬,王导的第二个儿子。文中阿奴,是王导对儿子的昵称。②王公:即丞相王导。③称:相符、符合。

【评析】

王导责怪他的儿子王敬豫才华比不上容貌,其实也是"望子成龙"的意思,外面的人看着却都说他儿子不管是才华还是相貌都赶上了他。一个出自大贵族家庭的人从小就被各种各样的"优秀"熏陶着,本身的修养、学识肯定不低。

【历代评点】

余嘉锡云:"此恨其才不称貌,亦嗔之也。"

李慈铭云:"'又云'字有误,上文乃导自谓其子语,下不得作'又云'也。当是他人品目之语。"

王右军赞杜弘治

【原文】

王右军见杜弘治①,叹曰:"面如凝脂②,眼如点漆,此神仙中人。"时人有称王长史形者③,蔡公曰④:"恨诸人不见杜弘治耳!"

【译文】

右军将军王羲之见到杜弘治,赞叹道:"面容洁白细腻得像是凝冻的油脂,眼睛乌黑明亮如点上了漆,这是神仙里头的人。"当时有人赞扬左长史王濛的美貌,蔡谟说:"可惜的是这些人没有见过杜弘治呀。"

【注释】

①王右军:即王羲之。杜弘治:杜乂,字弘治,杜预的孙子,袭爵当阳侯,官至丹阳丞。②凝脂:凝固的油脂,形容白嫩。③王长史:即王濛。④蔡公:即蔡谟,字道明,为人方正儒雅,历任左光禄、录尚书事、扬州刺使、司徒,死后追赠司空。

【历代评点】

[日]秦士铉云:"(清标令上)神情清举高尚也。"

刘尹赞桓温

【原文】

刘尹道桓公①:鬓如反猬皮,眉如紫石棱,自是孙仲谋、司马宣王一流人②。

【译文】

刘尹称赞桓温说:"鬓发好比翻过来的刺猬皮,眉棱像紫石棱一样有棱有角,确实是孙权、司马懿一类的英雄豪杰。"

【注释】

①刘尹:即刘惔刘真长。桓公:即桓温。②孙仲谋:即孙权。司马宣王:即司马懿。

【历代评点】

刘辰翁云:"英物尔丑。"

林公论王濛

【原文】

林公道王长史①:"敛衿作一来②,何其轩轩韶举③!"

【译文】

支道林评论左长史王濛:"一旦神情严肃专注起来,那气度举止间,是多么的轩昂潇洒啊。"

【注释】

①林公:即支遁支道林。②敛(liǎn)衿(jīn):整理衣襟,表示恭敬。③轩轩:气宇轩昂的样子。韶举:优美的举止。

【历代评点】

《〈书〉[语]林》曰:(吾)[王]仲祖有好仪形,每览镜自照,曰:"王文开那生如馨儿!"时人谓之达也。

飘如游云,矫若惊龙

【原文】

时人目王右军①:"飘如游云,矫若惊龙②。"

【译文】

当时人们品评右军将军王羲之:"像浮云一样飘逸,像惊龙一样矫健。"

【注释】

①王右军:即王羲之。②"飘如"二句:据《晋书·王羲之传》,这是称赞王羲之书法笔势的话。

【评析】

"飘如游云,矫如惊龙"原本出自曹植《洛神赋》里的"翩若惊鸿,婉若游龙"一句,是曹植用来描绘他心中女神甄洛外貌的。而却出现在这里,可见王羲之确是风度翩翩、才学出众的。

【历代评点】

凌濛初云:"便似评其书法。"(按:《晋书·王羲之传》:"善隶书为古今之冠,论者称其笔势,以为飘若游云,矫若惊龙。")

程炎震云:"《晋书·羲之传》,论者称其笔势是也,今乃列于《容止》篇。"

刘盼遂云:"考羲之生平谨数敕敕,守礼人也。其容止端凝,不飘不矫,断然可知。《世说》采当时熟语未加甄辨,误入《容止》类矣。宜从《晋书》之说改入《巧艺》中。"

支道林探病

【原文】

王长史尝病①,亲疏不通②。林公来③,守门人遽启之曰④:"一异人在门,不敢不启。"王笑曰:"此必林公。"

【译文】

长史王濛有一次生病,无论是亲友故旧还是素不相识的人,一律不接待。一天支道林来了,守门人赶忙通报说:"有一位非常奇异的人在门外,实在是不敢不禀报。"王濛于是笑着说:"这个人必定是支道林。"

【注释】

①王长史:即王濛。②亲疏:亲友故旧及素不相识者。③林公:即支遁,支道林。④遽:立刻。

【评析】

支道林虽然是出家人,也没有参与名流们的高低攀比,但却天生一副好面容。而且他风姿飘逸,精通般若,为佛门高徒,钻研《庄》、《老》,见解独到,为清谈高手。这个爱好就为他和那些名流们的沟通奠定了一个共通点,因此和他们打得火热。

【历代评点】

凌濛初云:"阍者识异,大奇,大奇。"(朱铸禹云:"此异人出阍者之口,盖加注所云极其形丑耳,非谓能识其异也。凌评未允。")

企脚北窗奏琵琶

【原文】

或以方谢仁祖不乃重者①,桓大司马曰:"诸君莫轻道,仁祖企脚北窗下弹琵琶②,故自有天际真人想③。"

【译文】

有人找了一个平庸之辈来同谢仁祖比较高下,大司马桓温说:"诸位都不要随便议论仁祖,他在北窗下跷着脚尖弹奏琵琶时,确实就有飘飘欲仙的情怀。"

【注释】

①谢仁祖:即谢尚。不乃重者:轻视,意为平庸之辈。不乃:不太,不怎么。②企脚:踮起脚。③真人:修真得道的人,泛指仙人。按:谢仁祖(即谢尚)擅长音乐,通晓众艺。

【评析】

在南朝,琅琊王氏和陈郡谢氏并列为第一豪门,但无论从政治、军事、文学上讲,都略胜陈郡谢氏一筹。但是这也不代表陈郡谢氏就没有优秀的人才了。谢尚就是其中典型的一个,他是一位相当有器量和谋略的战将。长得标致亮丽,就好象一件精雕细刻又浑然天成的玉器,再加上他个性开朗,经常参加名士们的聚会,也很

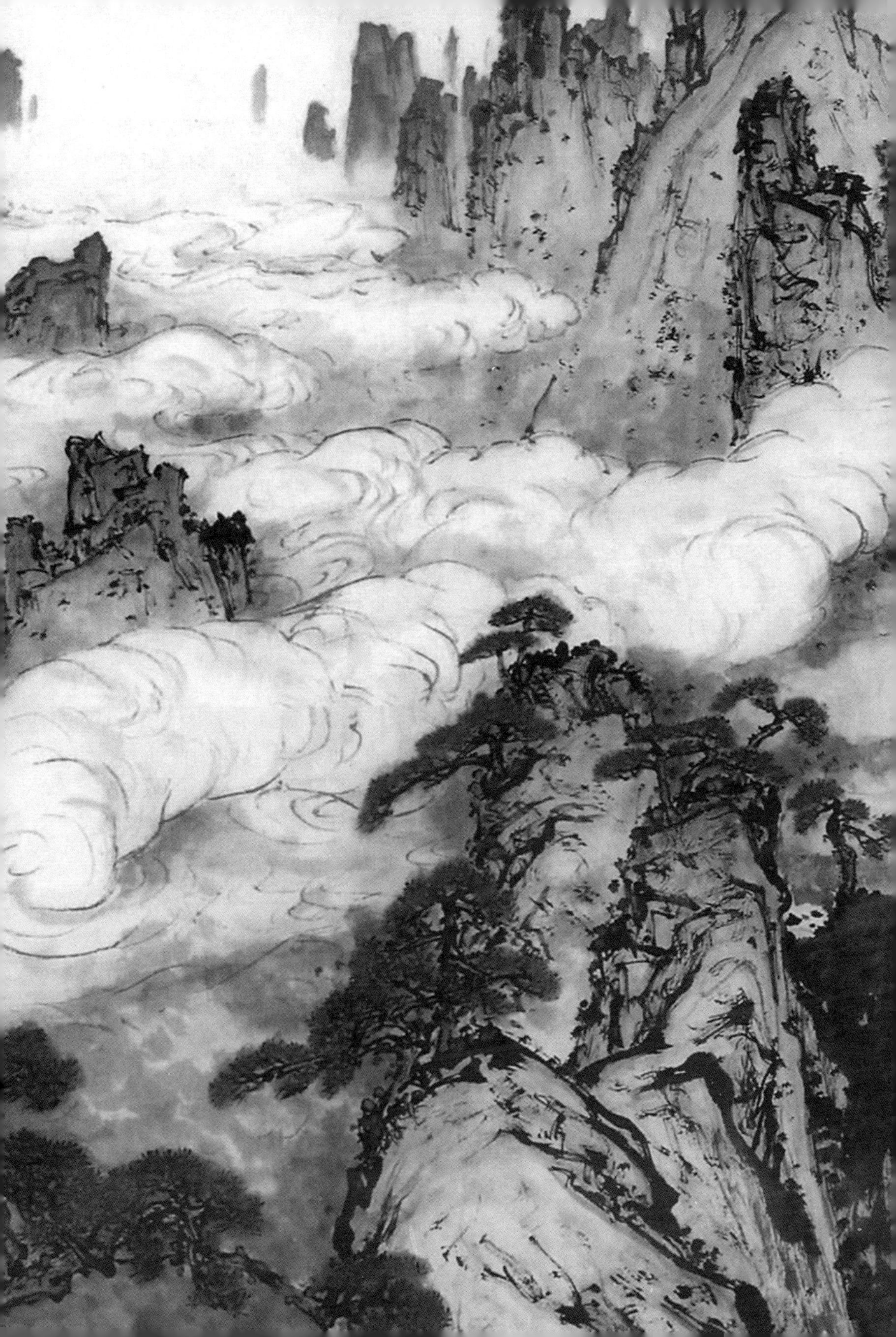

懂得表现自己。所以谢尚便又得到了"乌衣门第"这样一个赞誉,在魏晋朝代里只有出身贵胄又风流倜傥的纳兰性德才敢以"乌衣门第"自居。可见,陈郡谢氏这个美男贵族在历代中国士人心中的地位有多高。

【历代评点】

余嘉锡云:"言有比人为谢尚者,其意乃实轻之。若曰'某不过谢仁祖之流耳'。"

刘辰翁云:"俗语。"

王洽雪中赞王濛

【原文】

王长史为中书郎①,诣敬和许②。尔时积雪,长史从门外下车,步入尚书,着公服,敬和遥望,叹曰:"此不复似世中人③!"

【译文】

长史王濛担任中书郎时,一次到王洽的住处。当时积雪遍地,王濛从门外下车,走进尚书省,穿着官服,王洽从远处望见王濛,感叹说:"这个人实在不像人世间的凡夫俗子啊!"

【注释】

①王长史:即王濛。②敬和:即王洽。③不复似:根本不是。

【评析】

王洽是王导的第三个儿子,从小就是在美男世家长大的。仅仅是自己家族中人那些优秀的外貌和才华就足够他佩服了,而王濛的出场却让他惊诧,感叹王濛就像个仙人一般。当时天上飘散着白色的雪花,地上也是白的,再加上眼前确实是这么一个"玉人"在其中,就给人一种如神仙下凡的飘飘然的感觉了。遍地的积雪和漫天的雪花更加显示出了王濛独特的气质。

【历代评点】

刘辰翁云:"雪中宜尔。"

王珣帐外窥相王

【原文】

简文作相王时①,与谢公共诣桓宣武②。王珣先在内,桓语王:"卿尝

【译文】

简文帝做相王时,同谢安一起去拜访桓温。王珣已经先在桓温那里,桓温对他说:"你要是想看看相王,可以躲在

欲见相王,可佳帐里。"二客既去。桓谓王曰:"定如何?"王曰:"相王作辅自然湛若神君③。公亦万夫之望,不然,仆射何得自没④?"

帐幕后面。"等两位客人走后,桓温问王珣:"相王究竟怎么样?"王珣说:"相王作为丞相,自然深沉稳重之处赶得上神明。不过您也是众望所归啊,不然,您怎么可能会甘居人后呢?"

【注释】

①简文:即东晋简文帝。②谢公:即谢安。文中仆射,是谢安以官名自称。桓宣武:即桓温。③辅:辅相;丞相。湛:深沉,安然。④何得:哪得,怎么能。

【评析】

王珣年轻的时候就以美貌风流闻名,与陈郡谢氏的谢玄并肩。在这里他不仅如实夸赞了晋简文帝司马昱的风流俊秀,而且也还不忘奉承桓温,来保护好自身的利益。

【历代评点】

王世懋云:"此东亭媚语,安石恐未肯便没。"

谢玄赞谢安

【原文】

谢车骑道谢公①:"游肆复无乃高唱②,但恭坐捻鼻顾睐③,便自有寝处山泽间仪④。"

【译文】

谢玄称赞谢安道:"他出去游逛时不用高声吟唱,只要端端正正地坐着,捏着鼻子作洛下书生咏,栖隐山川林下的高逸风采就自然地流露了出来。"

【注释】

①谢车骑:即谢玄。②游肆:游逛。无乃:无须。③恭坐:端端正正地坐着。捻鼻:堵住或捏住鼻子。按:谢安能作洛下书生咏,但有鼻疾,所以发音浊。这里所说捻鼻,即指作洛下书生咏。顾睐:顾盼。④寝处:坐卧、安处,引申为隐居、退居。

【历代评点】

刘辰翁云:"意态略似,但不成语。"

李贽云:"善形容叔父。"(《初谭集·父子·貌子》)

袁中道云:"形肖略尽。"(《舌华录》卷六《俊语》)

支道林双目有神

【原文】

谢公云①:"见林公双眼②,黯黯明黑③。"孙兴公见林公④:"棱棱露其爽⑤。"

【译文】

谢安说:"我看支道林的双眼,黑白分明,炯炯有神,能照亮黑暗的地方。"孙绰见到支道林也说:"威严的眼神中透露着爽朗。"

【注释】

①谢公:即谢安。②林公:即支道林。③黯黯:漆黑发亮的样子。④孙兴公:即孙绰。⑤棱棱(léng):形容威严正直的样子。

自新第十五

【题解】

本门中只写了两则故事,主要记录的是"三害"周处以及戴渊两人悔过向善的故事,这两则故事都极具典型性,且被后世人引以为例。

周处改过自新

【原文】

周处年少时①,凶强侠气,为乡里所患。又义兴水中有蛟②,山中有邅迹虎③,并皆暴犯百姓,义兴人谓为三横④,而处尤剧。或说处杀虎斩蛟,实冀三横唯余其一。处即刺杀虎,又入水击蛟,蛟或浮或没,行数十里,处与之俱。经三日三夜,乡里皆谓已死,更相庆,竟杀蛟而出。闻里人相庆,始知为人情所患,有自改意。乃自吴寻二陆⑤,平原不在,正见清河⑥,具以情告,并云:"欲自修改,而年已蹉跎⑦,终无所成。"清河曰:"古人贵朝闻夕死⑧,况君前途尚可。且人患志之不立,亦何忧令名不彰邪?"处遂改励,终为忠臣孝子。

【注释】

①周处:字子隐,吴郡阳羡人,年轻时曾为害乡里,发愤改过后,仕吴任东观左

【译文】

周处年轻的时候,为人蛮横强悍,被乡邻认为是祸害,另外义兴河中有条蛟龙,山中有头大老虎,也都一起危害百姓,义兴人将他们并称为"三害",三害当中周处最为厉害。有人劝说周处去杀虎斩蛟,实际上是希望三害中只剩下一害。周处立即去杀死了那只老虎,又跳进河里去斩蛟。那条蛟一会儿浮上来,一会儿沉下去,游了几十里,周处始终和它一起搏斗,经过了三天三夜,乡邻都以为周处已经死了,互相庆贺。结果周处杀完蛟出来,听到乡里人互相庆贺,才知道大家实际上也把自己当作一大祸害,因此决定改过自新。于是到吴郡去寻访陆机和陆云,陆机不在,只见到陆云,就把乡里人憎恨自己的情况完全告诉了陆云,并且说自己想要改正过错,可是岁月已经荒废了,担心最终不会有什么成就。陆云说:"古人看重'早上明白了道理,晚上死去也甘心'的道理,何况你的前途还很有希望。再说人只怕没有志向,又何必忧虑美好的名声不能显扬呢?"周处于是改过自勉,最终成为忠臣孝子。

丞,入晋后曾任新平太守、御史中丞。死于与氐人齐万年作战中。②义兴:东晋郡名,其治所阳羡(今江苏宜兴南)西晋时属吴兴郡。这里是用后世地名称述前世之事。蛟:传说中一种吞噬人的龙或水怪。③邅(zhān)迹虎:能追逐人迹而食人的老虎。邅,追逐(据恩田仲任辑《世说音释》说)。另一说,指邪足虎,因腿歪斜而行走艰难的老虎。④横:欺凌弱小、性情残暴的人或物。⑤自吴:当据宋本《世说新语》作"入吴"。吴,这里指吴郡,治所在今江苏苏州。二陆:陆机和陆云。陆机,字士衡,晋吴郡吴县华亭(今上海松江)人,曾任平原内史,世称"陆平原"。随司马颖出征,兵败遭谗而被杀。陆云,字士龙,晋吴郡人,世称"陆清河"。与兄陆机齐名,时称"二陆"。其文词藻丽密,旨意深雅。按,周处少年时,二陆尚未出生,因此这里所述并非事实。⑥平原、清河:陆机、陆云。⑦蹉跎:失去时机,虚度光阴。⑧朝闻夕死:语出《论语·里仁》:"朝闻道,夕死可矣。"意思是早晨听到了圣贤之道,晚上死掉也不算虚度一生。

【评析】

周处年轻的时候蛮横强悍,任性使气,而且总是意气用事,被乡邻们当作一大祸害。但是他终于觉悟了,决定改过自新,最终把乡邻们称为"三害"中的另外两害给除了。据历史记载,在除害之后他在乡邻父老们的鼓励下自强,直至担任到太守的职务,而且在太守任上了结了三十年的积案,使那些外侵的叛羌戎狄们归附朝廷,收葬了那些没有主人认领的尸骸等等,被远近的人们称颂赞叹。最后他带兵作战,在弹尽粮绝的情况下战死,实现了他做"忠臣孝子"的愿望。他的事迹被历代人们流传下来,被当作改恶从善、悔过自新的典型实例去教导子弟们。

【历代评点】

刘应登云:"陆机为平原内史,陆云为清河内史。"

戴渊弃暗投明

【原文】

戴渊少时①,游侠不治行检②,尝在江、淮间攻掠商旅。陆机赴假还洛,辎重甚盛③,渊使少年掠劫。渊在岸上,据胡床指麾左右④,皆得其宜。渊既神姿峰颖⑤,虽处鄙事⑥,神气犹异。机于船屋上遥谓之曰:"卿才如此,亦复作劫邪⑦?"渊便泣涕,投剑归机⑧,辞厉非常⑨。机弥重之⑩,定交,作笔

【译文】

戴渊年轻时,注重侠义,却不能加强品德修养,曾在长江、淮河一带劫掠商贾游客。陆机休假后回洛阳,携带的行李物品很多,戴渊指使一些少年抢劫。戴渊当时在岸上,坐在胡床上指挥手下行动,布置得恰到好处。戴渊原本就神采出众,即使干这种偷鸡摸狗的事情,也显得洒脱异常。陆机在船舱里远远地对他说:"你这样才华出众的人,为什么还要当强盗呢?"戴渊听完哭了,扔下佩剑归附了陆机。戴渊言辞慷慨,非同一般,陆

荐焉。过江,仕至征西将军。

机更加器重他,两人结为好友,还给他写了推荐信。渡江以后,戴渊官至征西将军。

【注释】

①戴渊:字若思,参见〈赏誉〉注。②游侠:指爱好交游,重义轻生,却又常常招惹是非的行为。行检:德行、节操。③辎(zī)重:行装。④胡床:一种从胡地传入,可以折叠的轻便坐具。指麾:指挥。⑤峰颖:形容神采挺拔焕发。⑥处郗事:行不义的事。⑦劫:强盗。⑧归:跟从。⑨辞厉:当据《太平御览》卷四百零九作"辞属",指谈吐。⑩弥:更加。

【评析】

戴渊年轻的时候喜好游侠的做派风格,总是不注重礼节,而且经常率领手下的一帮小混混在水面上打劫那些来往的商人旅客,而他则坐镇指挥。名流陆机在遭到他们打劫的时候,对戴渊指挥若定的神情留下了深刻的印象,暗地里料定他必定会是个人才,于是就软风细雨的将他感化,让他跟随自己,后两人相交甚好。陆机也慢慢培养他。最后,戴渊终于不负陆机的栽培,官至征西将军。

【历代评点】

李贽云:"戴渊时时有,陆机世世无。"(《初谭集·师友·豪客》)

企羡第十六

【题解】

本门"企羡"指对人、事或者物的企望和羡慕。文中所讲述的人有气度非凡的,有才学兼备的,有善于清谈的,实在是各有所长,也不得不让人钦佩。

桓彝赞王导

【原文】

王丞相拜司空①,桓廷尉作两髻②,葛裙策杖,路边窥之,叹曰:"人言阿龙超③,阿龙故自超!"不觉至台门④。

【注释】

①王丞相:即王导。②桓廷尉:即桓彝。③阿龙:王导的小字。④台:中央机构的官府。

【译文】

丞相王导官拜司空时,廷尉桓彝扎着两个发髻,穿着葛布衣裙,拄着拐杖,在路边观望,他赞叹道:"人们说阿龙洒脱,阿龙确实洒脱啊!"不知不觉就跟着来到司空府门前。

【评析】

王导在少年时代就很有胆识,且容貌不凡,那时候就有名流认为他有将相的才气。在他官拜司空的时候,桓彝化妆混到人群里想去一睹王导气宇轩昂的风姿。当亲眼目睹了王导那超然脱俗的神态气质之后,便深深被他所折服了,不自觉的跟随王导一行到了台门。这也正好说明了王导本身的人格魅力所在。

【历代评点】

李贽云:"羡极。"(《初谭集·君臣·相臣》)

往事不可追

【原文】

王丞相过江①,自说昔在洛水边,

【译文】

丞相王导渡江南下以后,自己说起从前

数与裴成公、阮千里诸贤共谈道②。羊曼曰③："人久以此许卿④,何须复尔?"王曰："亦不言我须此,但欲尔时不可得耳⑤!"

在洛水边,经常和裴成公、阮千里各位名流一起谈玄论道的事。羊曼说："人们早就用这件事来称赞你了,就不需要再这样说了吧?"王丞相说："并不是我故意要说这件事,只是感叹从前的往事不能再重现罢了!"

【注释】

①王丞相:即王导。②裴成公:即裴頠,谥号成。阮千里:阮瞻,字千里,官至太子舍人。③羊曼:字祖延,历任黄门侍郎、晋陵太守、丹阳尹。④许卿:称许你。⑤欲尔时不可得耳:想复有此雅集则不可得,王导这话有责怪羊曼的意思。

【历代评点】

刘辰翁云:"至无紧要语,怀抱相似。"
王世懋云:"今非得其人,但欲得其时,尚不可得。"
朱铸禹云:"意似谓我并非欲亦曾与诸贤谈玄理之道,乃追念昔日之游不可再得耳。"

王右军甚有欣色

【原文】

王右军得人以《兰亭集序》方《金谷诗序》①,又以己敌石崇②,甚有欣色。

【译文】

王右军得知有人把他的《兰亭集序》和石崇的《金谷诗序》相比,还拿自己和石崇相抗衡,心里很高兴。

【注释】

①王右军:即王羲之。《兰亭集序》:晋穆帝永和九年(公元353年)三月三日,王羲之和当时名流谢安等人在兰亭举行集会,与会者临流赋诗,王羲之把这些诗汇编为一集,并写了序文,这就是《兰亭集序》。兰亭,亭名,在今浙江绍兴西南。《金谷诗序》:晋惠帝元康六年(公元296年),石崇在金谷园设宴送征西大将军王诩回长安,与会者三十人,各自饮酒赋诗,后编为一集,由石崇写成

《金谷诗序》，记载当时的盛况。②敌：抗衡。石崇：字季伦，曾任散骑常侍、侍中、荆州刺史，在荆州劫掠客商而成为巨富，生活奢靡。

【评析】

元康六年，石崇在金谷园举行盛宴，邀集苏绍、潘岳等30位名士，以为文酒之会，事后，石崇留下轰动一时的《金谷诗序》。金谷园会昼夜宴游的侈汰与石崇的务竞功名及金谷园的奢侈豪阔一致。50年后的永和九年，书圣王羲之邀集文人雅士42人，在绍兴兰亭"曲水觞咏，畅叙幽情。"在东晋也作了一个《兰亭集序》，兰亭会的高雅潇洒与王羲之的坦荡超逸及会稽山水的自然清丽相得益彰；各自记载了当时文人雅士们聚会饮酒赋诗时的欢乐场景，成为中国古代文坛广为传诵的佳话!亭因其清山秀水，"一觞一咏"闻名天下，《兰亭集序》亦成为千古传诵的经典杰作。

【历代评点】

杨慎云："《金谷序》实《兰亭》之所祖也。"（凌濛初按云："《金谷序》，《世说·品藻》注中有之，用修集载之以为所未见，殆不可晓。"）

刘辰翁云："敌石崇，亦何等语！"

李贽云："好一笔议论，然与序文不类。"（按：此评语出自《初谭集·师友·为文》，李贽将王羲之《兰亭序》全文录入，而作此评语。）

王胡之周旋殷浩

【原文】

王司州先为庾公记室参军①，后取殷浩为长史。始到，庾公欲遣王使下都。王自启求住，曰："下官希见盛德②，渊源始至③，犹贪与少日周旋④。"

【注释】

①王司州：即王胡之。庾公：即庾亮。②盛德：大德。③渊源：也是说殷浩。④少日：几日；几天。

【译文】

司州刺史王胡之早就担任庾亮的记室参军，后来庾亮又招募殷浩作长史，殷浩刚到，庾亮就派遣王胡之去京都，王胡之自己请求留下来，他说："我很少见过大德之人，殷浩刚到，我还希望和他接触几天呢。"

郗超大喜

【原文】

郗嘉宾得人以己比苻坚①，大喜。

【译文】

郗超听到有人拿他和苻坚相比，十分欣喜。

【注释】

①郗嘉宾:即郗超。苻坚:字永固,氐族,略阳临渭(今甘肃天水东)人,前秦君主,在位二十余年,与东晋对峙。晋太元八年(公元383年)与晋战于淝水,大败而回,后被羌族首领姚苌所杀。

【评析】

苻坚是东晋十六国时期前秦国君,军事统帅。算是一个有勇有谋、骁勇善战的军事家。他在位的时候,懂得安抚民心,励精图治,抑制豪强,强化王权,懂得整顿吏治,提倡儒学,选拔贤俊;又劝课农桑,兴修水利,使国富兵强。苻坚长于谋略,恩威兼施,一时间人心思勉,人才济济。后又派遣军队先后消灭了仇池的氐族首领杨纂、前凉、代国等割据势力,并在东晋孝武帝太元七年派大将吕光进军西域,相继讨平了西域三十六国,自西晋末年以来长期纷扰割据的黄河流域,终于重新实现了统一,建下了赫赫功绩,也证明了他是个难得的军事天才。所以,当郗超听到有人拿他和苻坚相比的时候,便会感到十分欣喜。

【历代评点】

王世懋云:"无谓。"

凌濛初云:"助桓之本色。"(按:一本作"此郗助桓玄之本色"。)

孟昶赞王恭

【原文】

孟昶未达时①,家在京口。尝见王恭乘高舆②,被鹤氅裘③。于时微雪,昶于篱间窥之,叹曰:"此真神仙中人!"

【注释】

①孟昶(chǎng):字彦达,平昌人,为人庄重严肃,志向高远,曾任丹阳尹、尚书左仆射。②王恭:即王孝伯。高舆:高车。③被:通"披"穿着。鹤氅(chǎng)裘:用鸟羽制成的毛皮外套。

【译文】

孟昶尚还没有飞黄腾达时,家住在京口。有一次看到王恭乘着高大的车子,身披鹤毛大衣。当时正下着小雪,孟昶透过篱笆看到王恭,赞叹道:"这真是神仙中的人啊!"

【评析】

王恭出身显赫的家庭,而且本身就是个极其出色的美男子,再加上他为人高洁自爱,这无疑为他多增了一分美的感觉。他在雪中乘坐高车,身披用鸟的羽毛制成的皮衣;给人一种神美,形体更美的感觉有如神仙中人。这一雪中的景象被历代文人墨客们视为一种意境,并且在文学作品中屡屡出现这样的说法。如《红楼梦》中的第五十回中,薛宝琴在粉妆玉砌似的雪地里披着裘衣的情景,就仿佛若此。

【历代评点】

李慈铭云:"案《颜氏家训·勉学篇》云:'梁朝全盛之时,贵游子弟无不熏衣剃面,傅粉施朱,驾长檐车,跟高齿屐,坐棋子方褥,凭斑丝隐囊,从容出入,望若神仙。'昶之所谓,正此类也。王恭凭藉戚畹,早据高资,学术全无,骄淫自恣。及荷孝武之重委,任北府之屏藩,首创乱谋,妄清君侧。要求既遂,跋扈益张,再动干戈,连横群小。昧于择将,还以自焚。坐使诸桓得志,晋社遽移。金行之亡,实为罪首。枭首灭族,未抵厥辜。孟昶寒人,奴颜乞相,惊若炫丽,望若天人,鄙识琐谈,何足称述?而当时叹为名士,后世载其风流,六代陵迟,职由于此。昶得遭时会,缘藉侯封,其子灵休,遂移志愿。临汝之饰,贻秽千秋。其父报仇杀人,其子必将行劫,此之谓矣!"

余嘉锡云:"矜饰容止,固是南朝士大夫一病。然名士风流,仪形俊美者,自易为人所企羡,此亦常情。……然则昶之赞恭,乃荚其姿容,非第羡其高舆鹤氅裘而已。菿客乃鄙昶为寒人,诋为奴颜乞相,不知本书所载,若此者多矣!即如上篇王长史于积雪中著公服入尚书,王敬和叹为不复似世中人,此与昶之赞恭何异?敬和宰相之子,岂亦寒人奴颜乞相耶?菿客此评,深为无谓。若移《家训》语入《容止篇》下,以见风气之弊,则善矣。"

伤逝第十七

【题解】

本门主要是表达对逝者的伤悼,出于一种人之常情。人们在最后表达哀悼的时候都能忘记之前的种种仇恨,尽情表达自己的伤痛之感。

王仲宣好驴鸣

【原文】

王仲宣好驴鸣①。既葬,文帝临其丧②,顾语同游曰:"王好驴鸣,可各作一声以送之。"赴客皆一作驴鸣。

【译文】

王粲喜欢听驴叫。死后下葬时,魏文帝曹丕来出席他的葬礼,他回头对同行的人说:"王粲喜欢听驴叫,大家可以各自学一声驴叫来为他送行吧。"于是送葬的客人都学了一声驴叫。

【注释】

①王仲宣:即王粲,字仲宣,东汉末山阳高平人,为蔡邕所赏识,"建安七子"之一,先依刘表,未受重用,后为曹操幕僚,仕魏官至侍中。②文帝:指魏文帝曹丕。临:哭吊死者。

【评析】

据史书记载,时有一个叫戴良的人,因为他的母亲喜欢听驴叫的声音,于是他经常学驴叫让母亲高兴。王粲先依附刘表,刘表死后,随刘琮降曹,最后被曹操看重,在曹操府任职。后来,他成为"建安七子"中政治地位最高的人,也是唯一的封侯者。在曹操幕府,王粲不但受到赏识和重用,而且他同曹丕、曹植的关系也相当密切,建立了深厚的友谊。曹丕、曹植非常尊重王粲,在他去世以后,曹丕为了表示哀悼,就让去吊唁的人都学了声驴叫。这个故事生动地表明了王粲在当时的社会位有多高,同时也反映了魏晋士人不拘礼法,沉溺于真情的风气。

【历代评点】

王世懋云:"《世说》惟《伤逝》独妙,无一语不解损神。"

刘辰翁云:"不应送客尽能驴鸣。"

凌濛初云:"《代醉编》曰:驴鸣亦何咄咄,异人子以是悦亲,友以是悦朋,君以是悦臣,是不可晓。"

余嘉锡云:"叔鸾名良,事见《后汉书·逸民传》。此可见一代风气,有开必先。虽一驴鸣之微,而魏、晋名士之嗜好,亦袭自后汉也。况名教礼法,大于此者乎?"

王戎酒垆忆故人

【原文】

王浚冲为尚书令①,着公服,乘轺车②,经黄公酒垆下过。顾谓后车客:"吾昔与嵇叔夜、阮嗣宗共酣饮于此垆③。竹林之游,亦预其末④。自嵇生夭、阮公亡以来,便为时所羁绁⑤。今日视此虽近,邈若山河⑥。"

【译文】

王戎担任尚书令,一天他身穿官服,乘坐轻便的马车,从黄公酒垆旁经过。他回头对后面坐着的人说道:"我以前曾同嵇康、阮籍一起在这家酒店畅饮。竹林的郊游,我也跟在他们之后。但是自从嵇康被杀、阮籍去世至今,我便被世事所束缚。今日看到这家酒店虽然非常近,但往日的情景却像隔着遥远的山河一样遥不可及。"

【注释】

①王浚(xùn)冲:即王戎。②轺(yáo)车:轻便的小马车。③嵇叔夜、阮嗣宗:即嵇康、阮籍。④预其末:参加到他们之后。王戎在竹林七贤中的年龄最小。⑤羁绁(xiè):牵绊,束缚。⑥邈:遥远。

【评析】

七个人在竹林之下,肆意酣畅,开怀畅饮,无所顾忌,故世称"竹林七贤"。王戎是"竹林七贤"之一,出仕做官,故地重游,不免睹物思人。而且想到有些故人已逝,大家都不能再像以前一样聚在一起了,怀念起以前那些逍遥的日子,想想以前的那些人,追忆往事,免不了产生惆怅的情怀,所以会有恍若隔世的叹息。后来人们就用"黄垆之叹"形容对亡友的悼念。

【历代评点】

陈梦槐云:"二语痛绝。"

李贽云:"可伤!"(《初谭集·师友·哀死》)

孙楚学驴祭王济

【原文】

孙子荆以有才①,少所推服,唯雅敬王武子②。武子丧时,名士无不至者。子荆后来,临尸恸哭,宾客莫不垂涕。哭毕,向灵床曰③:"卿常好我作驴鸣,今我为卿作。"体似真声④,宾客皆笑。孙举头曰:"使君辈存,令此人死!"

【译文】

孙楚恃才傲物,很少有他看得起的人,唯独敬重王济。王济去世后,名士们都来吊唁。孙楚后到,在遗体旁痛哭,宾客们也受感染跟着流泪。孙楚哭完后,对着灵床说:"你一直喜欢我学驴叫,今天我学给你听。"他叫的声音和真的一样,客人们都笑了。孙楚抬起头来说道:"让你们这些人活着,却让这样的人死了!"

【注释】

①孙子荆:即孙楚,字子荆。②王武子:即王济。③灵床:为死者神灵虚设的座位。④体似真声:《晋书·孙楚传》作"体似声真"。体,模仿;仿效。

【评析】

孙楚,出身官宦世家,才华卓绝,但爽迈不群,又生性刚直。王济,恃才傲物,很少有人敬佩他,但是王济凭着他的才华横溢,风姿英爽,气盖一时。与姐夫和峤及裴楷齐名。被世人奉为偶像也不足为奇。所以王济的死就一意味着孙楚失去了一个最值得敬重的人,这对他的打击很大,在赴丧的时候孙楚不但悲切痛苦还不顾旁人的耻笑学驴叫,这和上则故事的记叙一样,充分表现出了魏晋士人蔑视礼教、崇尚率真的风气。

【历代评点】

《语林》曰:王武子葬,孙子荆哭之甚悲,宾客莫不垂涕。既作驴鸣,宾客皆笑。孙闻之,曰:"诸君不死,而令王武子死乎?"宾客皆怒。

王戎动情万子

【原文】

王戎丧儿万子①,山简往省之②,王悲不自胜。简曰:"孩抱中物③,何至于此?"王曰:"圣人忘情,最下不及情④;情之所钟⑤,正在我辈。"简服其言,更为之恸。

【译文】

王戎的儿子万子死了,山简去探望他,王戎悲痛得不能自已。山简对他说:"孩子小得还只能抱在怀里,你至于这么悲伤吗?"王戎说:"圣人因为超脱所以忘记了感情,最下等的人谈不上有情爱。最易动情的,正是我们这一类人啊!"山简被他的话打动,也跟着悲伤起来。

【注释】

①王戎：即王安丰。万子：即王戎之子王绥，字万子，年十九而死。②山简：字季伦，山涛的儿子。③"孩抱"句：抱在手中刚刚会笑的小儿。孩，小儿笑。由于王绥十九岁才死，并非"孩抱中物"，所以后人认为这应该是王衍山简之事。《晋书·王衍传》也有王衍丧幼子后山简去吊问的记载。④最下不及情：下等人谈不上什么感情。⑤钟：体现于、集中于。

【评析】

孩子死了。尽管孩子并不大，对于王戎而言，或许是不会有所谓太多的感情可言，但是在孩子死后，王戎却悲痛万分，表现出了他对其子的深厚感情，由此可知王戎是一个重情之人。山简不懂王戎为何会如此伤心，王戎告诉他"圣人是超脱了世俗之外的人，自然不会有什么过多的七情六欲的牵绊，而下等的人根本就体会不到人世间的情，唯独我们这样既不在红尘世俗之外，却也不至无心无肺的人，才最能感受到人世间的悲怆，所以也就是最容易动情的人啊。"山简听了，悲伤之情不禁油然而生，于是随之一起悲伤了。

【历代评点】

王世懋云："妙语实境。"

李贽云："王戎不成人，王戎大不成人！"（《初潭集·夫妇·丧偶》）

张翰抚琴吊顾荣

【原文】

顾彦先平生好琴①，及丧，家人常以琴置灵床上。张季鹰往哭之②，不胜其恸，遂径上床鼓琴③，作数曲，竟，抚琴曰："顾彦先颇复赏此不？"因又大恸，遂不执孝子手而出④。

【译文】

顾荣平生喜好弹琴，直到去世后，家人还是常常把琴放在他的灵床上。张翰前去吊唁，忍受不了巨大的悲痛，于是就直接上了灵床去弹琴。弹完几曲后，张翰抚着琴说到："顾荣还能欣赏这琴吗？"于是又放声痛哭，以致无心顾及常礼，没有握孝子的手就出去了。

【注释】

①顾彦先：即顾荣。②张季鹰：即张翰。③遂径上床鼓琴：径直上到灵床上弹琴。④不执孝子手：不握孝子的手。意思是对死者哀恸达到了极点而无法顾及到礼节。

【评析】

在古代，吊唁之后握孝子的手是基本的礼节，而那个时代的人们是非常注重这样的礼节的,丧礼也是很讲究的,尤其是像顾荣这样的官宦人家士大夫阶层。而张翰因为悲痛,连最基本的礼节也忘记了。友人的亡故让他忘记了世俗的繁文缛节。

【历代评点】

余嘉锡云:"此条言不执孝子手,后王东亭条言不执末婢手,皆著其独于死者悼恸至深,本不为生者吊,故不执手,非常礼也。"

庾亮念子,诸葛易嫁

【原文】

庾亮儿遭苏峻难遇害①。诸葛道明女为庾儿妇②,既寡,将改适③,与亮书及之。亮答曰:"贤女尚少,故其宜也。感念亡儿,若在初没④。"

【译文】

庾亮的儿子庾会在苏峻的叛乱中遇害,诸葛恢的女儿是庾会的妻子,成了寡妇后准备改嫁,诸葛恢在给庾亮的信中提到了这个事情。庾亮答道:"您的女儿还很年轻,这也是理所应当。只是我感念死去的儿子,就像他刚死去一样痛心。"

【注释】

①庾亮儿:即庾亮的儿子庾会。②诸葛道明女:即诸葛恢的女儿,名文彪,是庾会的妻子。③适:嫁。④初没:刚刚死去。

【评析】

庾会战死以后,妻子准备改嫁,他的岳父诸葛恢便写信和庾会的父亲庾亮提起了这件事情,这不禁又勾起了庾亮的丧子之痛,庾亮向诸葛恢诉说自己对儿子的感怀与伤痛。这样痛失亲情的悲痛是与生俱来的,而且也不是短时间能治愈和忘却的,因为这是人的本性。

【历代评点】

王世懋云:"声有馀痛。"
陈梦槐云:"王衍丧子,不许人娶裴女,庾亮毕竟胜王多多。"

何充吊唁庾亮

【原文】

庾文康亡①,何扬州临葬②,云:"埋玉树著土中,使人情何能

【译文】

庾亮去世了,何充前来参加葬礼,他说:"把这样容貌俊美、才华超群的玉树

已己③！"　　　　　　　　　　一般的人埋入土中，让人们的情感如何承受得住呢？"

【注释】

①庾文康：即庾亮，去世后谥号为文康。②何扬州：即何充。③已己：控制自己、不悲伤，在此引申为承受。

【评析】

东晋一代名将陶侃曾经这样评价庾亮："不只有风流，也有从政的品德。"庾亮生得五官端正，姿容姣好。擅长谈论《庄》《老》学说，也是自成一派，而且他为人正直，真诚待人，所以人们都赞誉他是风流潇洒的真君子，无怪人们为丧失这样一个容貌俊美、才华超群的人才而感伤。玉树临风的庾亮虽然辞别人世，埋于黄土之下，但他高尚的道德修养和真挚的人格魅力必将流传千古。

【历代评点】

刘辰翁云："皆无据，独遗此，第资后人笔墨耳。"

刘惔悲痛叹王濛

【原文】

王长史病笃①，寝卧灯下，转麈尾视之，叹曰："如此人，曾不得四十②！"及亡，刘尹临殡③，以犀柄麈尾著枢中④，因恸绝。

【译文】

左长史王濛病重时，在灯下躺着，手中转动着麈尾，注视着它，感叹道："像我这样的人，竟然活不到四十岁！"死后，丹阳尹刘惔来出席葬礼，他把犀牛角柄的麈尾放在灵枢里，便悲痛欲绝。

【注释】

①王长史：即王濛。②"如此"二句：王濛仪容美丽，善于清谈，三十九岁即早死。③刘尹：即刘惔，刘真长。殡：本指停枢待葬，这里指入殓，即把尸体装入棺材。④枢(jiù)：装有尸体的棺材。

【评析】

魏晋时政治斗争复杂尖锐，官场险恶，士大夫阶层盛行逃避现实的"清谈"。"清谈"时有意撇开政治，只是高谈阔论道家学派玄之又玄、不着边际的内容。为了表示自己超然物外，这些清谈家大都手持麈尾，边谈边挥动麈尾，当然也顺便赶赶苍蝇，所以"清谈"也称为"麈谈"。王濛是个才识广博的人，也擅长清谈，但是还不到四十岁的时候就病危了，他临死的时候还拿着麈尾，可见他还有很多才华没有展露出来。刘惔和王濛都为一代名士，二人也因此而交好，但是王刘二人之间的关系应该说是比较纯粹的友情,所以刘惔在看到王濛病逝后留下的那些遗憾,不禁感到一阵悲凉,也为之感到悲哀。

【历代评点】

《濛别传》曰:濛以永和初卒,年三十九。沛国刘惔与濛至交,及卒,惔深悼之。虽友于之爱,不能过也。

伤心一曲对谁弹

【原文】

支道林丧法虔之后,精神霣丧①,风味转坠②。常谓人曰:"昔匠石废斤于郢人③,牙生辍弦于钟子,推己外求,良不虚也。冥契既逝,发言莫赏,中心蕴结,余其亡矣!"却后一年④,支遂殒⑤。

【译文】

支林道自从法虔去世后便神志消沉,风度日益丧失。他常常对人说:"古代的石匠在郢人去世后便不再动斧头,伯牙在钟子期去世后便不再弹琴,推己及人,的确不假。知心的朋友已经不在了,说出来的话也不再有人欣赏,内心的郁闷实在无法排遣,看来我离死也不远了。"过后一年,支道林就去世了。

【注释】

①精神霣(yǔn)丧:精神消沉,恹恹不倦。②转:更加,愈。③匠石废斤于郢人:语出《庄子》:郢人垩漫其鼻端若蝇翼,使匠石运斤斫之,垩尽而鼻不伤,郢人立不失容。此处喻指知音好友间的默契。④却后:过了,之后。⑤殒:死去。

【评析】

支道林和法虔亲密无间、相知相契。法虔去世以后,支道林感觉失去了一个能倾诉,懂得自己内心的人,从此便精神消沉,风貌神韵渐渐失去了原有的活力,面色苍老。他由此感悟了匠石因郢人的去世而把斧子丢弃不用,伯牙也因为失去知音不再弹琴的,懂得了知音一旦离去,自己也将不久于人世。果然,一年后支道林就抑郁而死了。朋友之间最真诚的表现就在于能够交心。

【历代评点】

王世懋云:"支公乃尔耶?名理何在?"

白发人送黑发人

【原文】

郗嘉宾丧①，左右白郗公②："郎丧③。"既闻不悲，因语左右："殡时可道④。"公往临殡，一恸几绝⑤。

【译文】

郗超去世了，左右的人对他的父亲说："少爷去世了。"他父亲听后也不悲伤，对左右人说："出殡的时候可以告诉我。"他父亲亲自参加出殡，放声大哭，几将昏死。

【注释】

①郗嘉宾：即郗超。②郗公：即郗超的父亲。③郎：少爷。④殡：出殡。⑤绝：断气。

【评析】

儿子死在父亲的前面，这本来就违背了人们的习惯性思维方式。所谓的白发人送黑发人，这种生命顺序的倒置给生者带来的悲哀是何等深重！所以郗超的死亡，对他的父亲来说就是一个难以接受的事实。他的父亲因此在出殡的时候几次都因悲伤过度而昏死过去。

【历代评点】

钟惺云："览超本末，知忠孝故有二理。超俊物，不幸为温所知，亦可见当时无知超者，至不爱其身以报所知；不爱其名以报所生。千古而下，犹为伤心！"

李贽云："愔真忠，超真孝。"(《初谭集·父子·丧子》)

方苞云："临殡而几绝，惜真慈父；开箱而止哭，惜实忠臣。"

支道林音容犹在

【原文】

戴公见林法师墓①，曰："德音未远②，而拱木已积③。冀神理绵绵④，不与气运俱尽耳！"

【译文】

戴逵看到支道林法师的墓地说："你美好的言论尚未远逝，你墓旁的树木却已经成林了。但愿你的精神道德长存，不要同生命一起消逝。"

【注释】

①戴公：即戴逵。②远：远逝。③拱木：墓地旁的树木。④神理：精神道德。

【评析】

支道林是一个得道高僧，也是著名玄化般若学者。支道林的人品学问，士大夫们钦敬之余，常常作为谈资。对于讲经说法，他也未曾中断过。他利用自己高深的佛法修为，层层深入地给人们阐释经义。支道林集名僧与名士于一身，心胸风神，与玄学清谈家无异而特高，故能在生前大受名士称赞，死后又能长久地被晚辈们怀念。支道林的去世让大家都为之感到可惜、伤心至极。怀着悲伤的心情赞颂他的伟大，都希望他和他的修养、精神能够长存于世。

【历代评点】

王珣《法师墓下诗序》曰：余以宁康二年，命驾之剡石城山，即法师之丘也。高坟郁为荒楚，丘陇化为宿莽，遗迹未灭，而其人已远。感想平昔，触物凄怀。其为时贤所惜如此。

王珣吊唁释前嫌

【原文】

王东亭与谢公交恶①。王在东闻谢丧，便出都诣子敬，道欲哭谢公。子敬始卧②，闻其言，便惊起曰："所望于法护。"王于是往哭。督帅刁约不听前③，曰："官平生在时④，不见此客。"王亦不与语，直前哭，甚恸，不执末婢手而退⑤。

【译文】

东亭侯王珣和谢安结仇。他在会稽听说谢安死了，就来到京都去拜访王献之，表示要去凭吊谢安。王献之先前还躺着，听了他的话后吃惊地坐了起来，说道："这正是我希望你做的。"王珣于是前往谢安家吊唁。谢安帐下的督率刁约不让他进去，说："大人在世时，就没见过这个客人。"王珣也不理他，径直上前哭吊，非常悲痛，哭完后没和谢琰握手就走了。

【注释】

①王东亭：即王珣，小字法护，是王珣的小名。谢公：即谢安。王珣、王珉兄弟二人都是谢家的女婿，后因产生嫌隙而先后离婚，王、谢两家就结下了怨仇。②子敬：即王献之。③督帅：帐下领兵的官，相当于后代的卫队长。刁约：曾任谢安手下的督帅，生平不详。④官：下属对长官的敬称。⑤末婢：即谢琰，字瑗度，小字末婢，谢安的小儿子，曾任徐州刺史、会稽内史，封望蔡公。

【评析】

王珣和谢安都把彼此视为仇家。但是王珣并没有为冤家的死亡而高兴，相反，为之深感痛惜。生平视为仇家的人，竟然在死时为之倾情痛哭，或许看上去让人费解，但是这确实很值得深味。显然，魏晋时期人们的感情表达已经超出了功利的范畴之内，因为他们对生命的珍爱是一种普遍的情怀。只要是人，只要有生命的不幸发生在人的身上，就会立刻唤起他们对生命本身的同情与关注，这是人的一种本能，并不留意生命的主人和自己是朋友还是仇人，都能放开胸怀去悼念和自己结仇的人。

【历代评点】

刘应登云:"刁乃谢公部下吏。"

弦既不调,人将焉附

【原文】

王子猷、子敬俱病笃①,而子敬先亡。子猷问左右:"何以都不闻消息?此已丧矣!"语时了不悲。便索舆来奔丧②,都不哭。子敬素好琴,便径入坐灵床上,取子敬琴弹,弦既不调③,掷地云:"子敬!子敬!人琴俱亡。"因恸绝良久。月余亦卒。

【译文】

王徽之、王献之都病入膏肓,而王献之却先去世了。王徽之问身边的人:"怎么没有一点王献之的消息,可见得他一定是去世了。"说话时没有任何伤感。于是叫了车子赶去奔丧,一声也没哭。王献之平素喜欢弹琴,王徽之径直坐到灵床上,取来王献之的琴弹奏,调弦定音不成,王徽之就把琴摔到地上说:"献之啊!献之!人和琴全都不在了呀!"随即悲痛得晕了过去,昏迷了一段很长的时间。一个月以后,王徽之也死了。

【注释】

①王子猷(yóu)、子敬:王徽之,字子猷;王献之,字子敬。二人分别是王羲之的第五子和第七子。病笃:病入膏肓。②舆(yú):车架。③弦既不调:调弦定音不成。

【评析】

王献之、王徽之是两兄弟,王献之的哥哥王徽之对他的弟弟非常钦佩,王献之对哥哥也很敬重,两人感情非常深厚。王献之先王徽之去世了,家里人怕王徽之过于伤心,便没有告诉他,王徽之感到不对劲,意识到王献之可能已经去世了,于是赶到王献之家里,在床上拿起王献之的琴弹起来,王献之生前喜欢弹琴,弹着琴就愈发的想念王献之了,想起生前两人关系亲密,于是又悲痛得晕了过去。这样过了一个月,王徽之终于也因为失去一个同是至亲也同是好友的弟弟而忧郁过度,辞世了。

【历代评点】

刘辰翁云:"亦是何物语,可用言情。"

李贽云:"观此说,则生者命长,死者可代,而子猷无可代之年,是以卒不得代耳。然兄弟相知之痛,如何可忍也。卒以抚心恸哭,背溃疽裂,而遂俱死,伤哉!初何尝有册文金縢,做出许多劳攘来耶!"(《初谭集·兄弟下》)

栖逸第十八

【题解】

本门记述了隐居山林的人和事。魏晋时期隐居之风大盛，这和道家的"出世"思想以及当时政治环境的险恶有密切关系。不过其中也有不少假隐士，他们借隐居之名以提高自身身价。

啸咏之声，百步可闻

【原文】

阮步兵啸①，闻数百步。苏门山中②，忽有真人③，樵伐者咸共传说。阮籍往观，见其人拥膝岩侧。籍登岭就之，箕踞相对④。籍商略终古，上陈黄、农玄寂之道⑤，下考三代盛德之美⑥，以问之，仡然不应⑦。复叙有为之教、栖神导气之术以观之⑧，彼犹如前，凝瞩不转。籍因对之长啸。良久，乃笑曰："可更作。"籍复啸。意尽，退，还半岭许，闻上啾然有声⑨，如数部鼓吹⑩，林谷传响。顾看，乃向人啸也。

【译文】

步兵校尉阮籍吹口哨的声音，数百步之外都能听到。苏门山里，忽然来了一位真人，樵夫们都在议论这件事。阮籍也去观看，看见这个人盘腿坐在岩石旁边，阮籍就爬上山凑过去，双腿伸直坐在他对面。阮籍说起古代的事情，上至黄帝、炎帝的清静无为之道，下到夏、商、周三代圣君的仁政，并拿这些事情向他请教，这个人只是昂着头不予理睬。阮籍又谈起儒家的入世学说以及道家栖神导气的方法，以此来观察他，这个人还是和刚才一样，凝神不动。阮籍于是对着他长长地吹了一声口哨。过了很长时间，这个人才说："可以再吹一声。"阮籍又吹了一声。后来阮籍没了兴致就下山了，走到半山腰，听到上面传来悠长的声音，像是有几个乐队在演奏，山谷中都发出回音，回头一看，正是刚才那个人在吹口哨。

【注释】

①阮步兵：即阮籍，曾任步兵校尉。啸：吹口哨，以清亮悠远为佳，魏晋时名士之习尚。②苏门山：山名，在今河南辉县西北。③真人：道教称修行得道的人。④箕(jī)踞(jù)：叉腿而坐，形状如箕。这是一种放达不拘的坐姿。⑤黄、农：黄帝和神农，都是传说中的远古帝王。玄寂之道：指道家玄远幽寂的道理。⑥三代：指夏、商、周三个朝代。⑦仡然：抬头的样子。⑧有为之教：有所作为的

学说,指儒家学说。这和道家的无为主张相对。栖神导气:道家的修炼方法。栖神指凝定心神而不散乱,导气指摄气运息。⑨哂(shěn)然:即"啾然",形容啸声。哂:通"啾"。⑩鼓吹:用鼓、钲、箫、笳等乐器演奏的一种乐曲。

【评析】

魏晋时期啸咏非常盛行,那些讲究修炼的人们就把这种行为视为行气修炼的养身术。贤流名士们则把这种行为视为风度、气质的体现,也去感悟那种悠然自得,奔放潇洒的高蹈之情,所以大部分的人也都喜欢啸咏。阮籍也是一个擅长于吹啸的人,他吹出来的啸声可以让听者在百步以内都听见,这样的水平在当时已是不同凡响的了。但阮籍在听到了这位得道的隐者所吹出来的啸声的时候,顿时觉出他啸声的出神入化,有如鸾凤之音,啸声响彻了整个山谷,得道者超凡脱俗的风骨使阮籍折服。

【历代评点】

王世懋云;"'有为之教',四字甚深。"

[日]恩田仲任云:"(目击道存)谓目才往,意已达也。"

嵇康游遇孙登

【原文】

嵇康游于汲郡山中①,遇道士孙登②,遂与之游。康临去,登曰:"君才则高矣,保身之道不足③。"

【译文】

嵇康在汲郡山中游历,遇见了道教徒孙登,就和他结伴游历。嵇康临走时,孙登对他说:"你的才华确实很高,但保全自身的本领不够。"

【注释】

①汲(jí)郡:西晋郡名,治所在今河南汲县西南。②道士:修道的道教徒。孙登:字公和,魏末晋初人,无家,住在汲郡北山土窟中,好读《易经》,弹一弦琴。嵇康和他交往三年,问他的意图,他始终不肯回答。③保身之道:涉世保身的本领。

【评析】

孙登,三国时代魏汲郡共人,字公和,孑然一身,没有家属,独自一个人在北山挖掘土窟居住,夏天自己编草做衣,冬天便披下长发覆身,平生好读易经,安闲无事,常弹弦琴自娱。不但性情温良,又是从来不发脾气的,他学道教的经法,得道后又先后移居宜阳山与苏岭。道教又称孙登为孙真人或孙真人先师。传说孙登能预知未来,三国名士阮籍与嵇康都曾求教于他。魏文帝闻知,命阮籍前往拜访,与他谈话,却默不作声。嵇康又跟随他游学三年,后来嵇康在拜别的时候,孙登劝说他,"如今你虽多才,可是见识寡浅,深恐难免误身于当今之世,望你慎重。"嵇康未能接受,后来果然被司马昭所害,临终作幽愤诗,诗中有"昔惭柳下,今愧孙登"两句,深表感慨,后悔当初不听孙登相劝之言。

【历代评点】

钟惺云:"一部老庄学问。"

嵇康修书断山涛

【原文】

山公将去选曹①,欲举嵇康;康与书告绝②。

【译文】

山涛要选拔吏部郎的官员,准备推荐嵇康担任这个职务,嵇康就写了一篇《与山巨源绝交书》,断绝了和山涛的往来。

【注释】

①山公:即山涛。选曹:选拔官吏,即吏部郎,主管官吏选举及朝廷祭祀等。②绝:绝交、断交。

【评析】

嵇康深恶痛绝那些乌烟瘴气、尔虞我诈的官场仕途。他宁愿在洛阳城外做一个默默无闻、自由自在的打铁匠,也不愿与朝廷实力派们同流合污。他如痴如醉地追求着他心中崇高的人生境界:摆脱约束,释放人性,回归自然,享受悠闲。旺旺的炉火和刚劲的锤击,正是这种境界绝妙的阐释。所以,当他的朋友山涛向朝廷推荐他做官时,他毅然决然地与山涛绝交,并写了文化史上著名的绝交书,以明心志。他为人耿直,司马昭曾想拉拢嵇康,但嵇康在当时的政争中倾向皇室一边,对于司马氏采取不合作态度,嵇康绝交的对象实际是司马昭及其势力,他也以此来表明他的政治态度。

【历代评点】

《康别传》曰:山巨源为吏部郎,迁散骑常侍,举康,康辞之,并与山绝。岂不识山之不以一官遇己情邪?亦欲标不屈之节,以杜举者之口耳!乃答涛书,自说不堪流俗,而非薄汤武。大将军闻而恶之。

李廞拒官笑王导

【原文】

李廞是茂曾第五子①，清贞有远操，而少羸病，不肯婚宦②。居在临海，住兄侍中墓下。既有高名，王丞相欲招礼之，故辟为府掾④。廞得笑命，笑曰："茂弘乃复以一爵假人⑤。"

【译文】

李廞是李茂曾的第五个儿子，他廉洁清正，节操高尚，但是因自幼体弱多病而不肯结婚做官，他家在临海郡，住在哥哥李侍中的墓旁。名声越来越大后，丞相王导想招聘他，给予礼遇，招为府里的属吏。李廞收到任命书后，笑着说道："王导居然拿官爵来送人。"

【注释】

①李廞(xīn)：字宗子，江夏钟武人，父李重，官平阳太守。廞好学，擅长草隶，与哥哥李式齐名。李廞不能行走，常常仰卧，弹琴、读书。②婚宦：结婚、做官。③王丞相：王导，字茂弘。④掾(yuàn)：属吏。⑤乃复：竟然。复，做词缀，无实意。

【评析】

李廞为人正直，节操高尚，但是无意仕途，日子过得闲适自在。名气也在一天天的被外人知晓，丞相王导很看重他，没有征得他的同意就直接发了份任命书，要他去上任，而无心做官的李廞却只把这认为是朋友之间的赠礼。

【历代评点】

刘辰翁云："如云借看。"

李贽云："宰相弟正好如此。"（《初谭集·兄弟下》）

阮光禄宠辱无惊

【原文】

阮光禄在东山①，萧然无事②，常内足于怀③。有人以问王右军④，右军曰："此君近不惊宠辱⑤，遂古之沈冥⑥，何以过此？"

【译文】

阮光禄在东山隐居，清净悠闲，心里很满足。有人就此事问王羲之，王羲之说："这位先生近来宠辱不惊。就算是古代的隐士也不过如此而已。"

【注释】

①阮光禄：即阮裕。②萧然：寂寞清净的样子。③内足于怀：怡然自得。④王右军：王羲之。⑤不惊宠辱：语出《老子》，不为升迁降黜等事所惊。惊，害怕。⑥沈冥：即隐士。

【评析】

在东山隐居的阮裕过得悠然自得,看淡了官场的名利争斗。不求名也不求利,志存虚静,满足于追求精神世界的超脱。心里也觉得逍遥自在。古代那些出名的隐士们也不过如此吧。难怪王羲之认为他已经超乎寻常人,达到了宠辱不惊的境界。

【历代评点】

《扬子》曰:蜀、庄沈冥。李轨《注》曰:沈冥,犹玄寂,泯然无迹之貌。

孔愉少有遁意

【原文】

孔车骑少有嘉遁意①,年四十余,始应安东命②。未仕宦时,常独寝,歌吹自箴诲③。自称孔郎,游散名山④。百姓谓有道术,为生立庙,今犹有孔郎庙。

【译文】

孔愉年轻的时候有隐居的意向,到了四十多岁的时候才接受了安东将军司马睿的任命。在做官之前,他经常独居,歌咏诗文,自我告诫。自称是孔郎,遍游名山胜水。人们纷纷传说他有道术,为他建了一座生庙,直到现在孔郎庙还存在。

【注释】

①孔车骑:即孔愉。②应安东命:应安东将军司马睿之招辟任命。③箴诲:箴谏自警。④游散:游览,漫游。

【评析】

孔愉博学多才,但是淡泊名利,不愿出仕做官,在四十岁之后才经不住再三请求,答应出仕。他四十岁之前的日子可谓是逍遥自在,他一人独居,读书作文,游历名山,不受外人打扰,完全自我陶醉,修身养性。练就了豁达的思想,人们熟知其禀性,并且都称赞其为人真诚正直。

【历代评点】

刘辰翁云:"谬得人敬礼似死人,可怪羞,可戒。"

桓冲厚遇刘驎之

【原文】

南阳刘驎之①,高率善史传,隐于阳岐。于时苻坚临江②,荆州刺史桓冲

【译文】

南阳的刘驎之高尚率直,对历史典籍颇为精通,在阳岐村隐居。这个时候苻

将尽讦谟之③,诠为长史,遣人船往迎,赠贶甚厚。骥之闻命,便升舟,悉不受所饷④,缘道以乞穷乏⑤,比至上明亦尽。一见冲,因陈无用,翛然而退⑥。居阳岐积年,衣食有无常与村人共,值己匮乏,村人亦如之⑦。甚厚为乡闾所安。

坚的军队已经集结到江淮一带,荆州刺史桓冲想要实现自己的重大谋略,就招刘骥之为长史,派人驾船去迎接,并馈赠了十分丰厚的礼物。刘骥之听完召命后立即上了船,并接受了所有的礼物,一路上把它们送给了贫苦的百姓,到了上明时,就已经转送完了。一见到桓冲,就向他陈述说自己没有什么本事,然后就潇洒地引退。刘骥之住在阳岐村很多年,吃的穿的常常拿出来同村里的人们共同分享,有时候自己缺衣少食时,村里人也同样照顾他。他为人宽厚朴实,乡邻对此非常满意。

【注释】

①刘骥之:字子骥。南阳安众人。②临江:陈兵江淮。③讦(xū)谟(mó):重大谋略。④悉不受所饷:一说此处应当为"悉受所饷",不应当有"不"字。饷:馈赠。⑤乞穷乏:接助穷困百姓。⑥翛然:洒脱、自由自在的样子。⑦如:往来、有相助的意思。

【评析】

为了巩固自己的势力,桓冲总是竭力去搜寻各类人才,不少的隐士、贤士都曾经被他打动,但是刘骥之却是一个彻底淡泊仕途名利的人。一心只追求超脱世俗的境界和旷达的心胸,所以他甘于清贫,也愿意和穷苦百姓们同苦乐,甚至将收到的馈赠物品都发给那些穷人们,真正达到了超然物外的境界。

【历代评点】

刘应登云:"乞音气。"
王世懋云:"注尤佳。"

道不同,不相为谋

【原文】

南阳翟道渊与汝南周子南少相友①,共隐于寻阳。庾太尉说周以当世之务②,周遂仕,翟秉志弥固③。其后周诣翟,翟不与语。

【译文】

南阳翟道渊和汝南周子南年轻时就是好友,一起在南阳隐居。太尉庾亮以国家大事激励周子南,周子南就出来做官了,翟道渊依旧坚持自己的志向。后来周子南去探望翟道渊,翟道渊一句话也不和他说。

【注释】

①翟(zhái)道渊:即翟汤,字道渊,南阳人。曾多次被征召任官,均未就职。周子南:周邵,字子南,隐居庐山,受庾亮赏识,经劝说官任镇蛮护军、西阳太守。②庾太尉:即庾亮。③秉:操持、保持。

【评析】

翟道渊和周子南年轻的时候有着一样的志向,就是不出仕做官,而且两人把对方都视为知音,一起隐居南阳。但是后来庾亮劝说激励周子南,周子南经不住劝说,就随之出仕了。翟道渊却仍然坚持自己的志向,隐居在南阳,过舒适的日子,正因如此,翟道渊拒绝再和周子南交谈。

【历代评点】

王世懋云:"按此语似深实浅,盖用邹阳书中语,虽谦己无能为先容误知,阴刺庾公不能自别夜光也。"

孟嘉死而无憾

【原文】

孟万年及弟少孤①,居武昌阳新县。万年游宦,有盛名当世。少孤未尝出,京邑人士思欲见之②,乃遣信报少孤,云:"兄病笃"。狼狈至都③,时贤见之者,莫不嗟重④。因相谓曰:"少孤如此,万年可死。"

【译文】

孟嘉和弟弟孟陋,住在武昌郡阳新县。孟嘉在外边做官,当时负有盛名。孟陋从未曾离开家里。京城的一些有名望的人想见见他,于是就派人去对孟陋说:"你的哥哥病重。"于是孟陋匆匆忙忙赶到京城。当时的名流见到他后,没有不赞叹推重的,他们相互评论说:"孟陋如此卓然超群,孟嘉可以死而无憾了。"

【注释】

①孟万年:名嘉,字万年,江州刺史庾亮召他任从事,后在桓温府中任长史。少孤:名陋,字少孤,武昌阳新人。②京邑:京城。③狼狈:慌张、匆忙。④嗟重:赞叹,推重。

【评析】

大家因为见识到了孟嘉的才气,因此也想见识他的弟弟是不是也如此,但是孟嘉的弟弟孟陋生性不爱张扬,从未离开过家里。于是京城的名流们就撒谎说他哥哥病重,把他骗过来,从不离家的孟陋一听说哥哥有事,急忙就赶过来了。让名流们见识了他美好的品质,同时也赢得了一片赞美声。

【历代评点】

刘辰翁云:"少孤、名陋皆怪,万年何幸?"

刘辰翁又云:"伪病,何死?"

康僧渊不堪烦扰离桃源

【原文】

康僧渊在豫章,去郭数十里立精舍①,旁连岭,带长川,芳林列于轩亭②,清流激于堂宇③。乃闲居研讲,希心理味④。庾公诸人多往看之⑤。观其运用吐纳⑥,风流转佳⑦,加已处之怡然⑧,亦有以自得,声名乃兴。后不堪⑨,遂出。

【译文】

康僧渊在豫章的时候,在离城数十里的地方建造了一座静修的房屋,那里山岭毗连,河流环抱,庭院里还排列着芬芳的花木,堂屋前流淌着清澈的清泉。于是他独自居住,悉心研究佛法、玩味义理。庾亮等人经常去探望他,见他运用吐故纳新的导引之术,使整个人的风度仪态更加俊美。加上他安居愉悦,自得其乐,于是声名远扬。后来由于不堪世俗之人的不断来访,他最终离开了这个地方。

【注释】

①郭:城市。精舍:佛教徒静修的处所。②轩亭:庭院。③堂宇:堂屋、大屋。④希心理味:悉心钻研佛理。⑤庾公:即庾亮。⑥吐纳:就是吐故纳新,即吐出浊气,吸入清气,这是道家的养生之术。运用吐纳:言谈、交流。⑦转:愈、更加。⑧怡然:和悦的样子。⑨不堪:不能忍受。

【评析】

康僧渊为自己建造了一座风景如画的精舍,成了一个修行的好地方。但是庾亮和当时的一些名士们出于仰慕,经常去拜访参观他的精舍,使得他静不下心来好好的修行,虽说康僧渊因为名士们的到访,名声逐渐兴盛,可名声越大,来拜访他的人越多,最终康僧渊还是忍受不了外来的干扰,不得不移居到别的地方去隐居了。

【历代评点】

刘辰翁云:"与后差互,皆惭甚。"

人各有志

【原文】

戴安道既厉操东山①,而其兄欲建式遏之功②。谢太傅曰③:"卿兄弟志业,何其太殊④?"戴曰:"下官'不堪其忧',家弟'不改其乐'⑤。"

【译文】

戴逵在东山隐居,而他的哥哥戴逯却想要建功立业。谢安说:"你们兄弟二人的志向,为什么有那么大的差异呢?"戴逯说:"我忍受不了那种忧愁,我弟弟是改变不了那种乐趣。"

【注释】

①戴安道：即戴逵，字安道。其兄戴逯，字安丘，谯国人，有军功，封广陵侯，官至大司农。厉操东山：指隐居不仕。厉操，磨砺情操。②式遏：语出《诗经·大雅·民劳》："式遏寇虐。"意思是遏止侵犯残害百姓。这里泛指抵御侵略，保国卫民。③谢太傅：即谢安。④殊：差异大。⑤"下官'不堪其忧'，家弟'不改其乐'"二句：这是化用《论语·雍也》中的句子。原文是："贤哉，回也！一箪食，一瓢饮，在陋巷，人不堪其忧，回也不改其乐。"

【评析】

唐代张彦远认为汉魏以来的佛像，皆由于"形制古朴，未足瞻敬"，直到戴逵的出现才有进一步的发展，开启了后来曹仲达、张僧繇的造像人物的画风。戴逵是创造性的艺术家，对于古制造形的改革，使佛教造像有了审美的动感，所以追求"动心"的艺术特质，擅长画人物、山水、走兽。他为瓦官寺所塑的《五世佛》和顾恺之的壁画《维摩诘像》、狮子国（斯里兰卡）送来的玉佛，在当时并称为"三绝"。他的性格高尚，常常以琴书自娱，曾经辞去国子监祭酒、散骑常侍等职务，且终生不仕。

【历代评点】

《续晋阳秋》曰：逵不乐当世，以琴书自娱，隐会稽剡山，国子博士征，不就。

《戴氏谱》曰：逯字安丘，谯国人。祖硕，父绥，有名位。逯以武勇显，有功，封广陵侯，仕至大司农。

许玄度隐居山林

【原文】

许玄度隐在永兴南幽穴中①，每致四方诸侯之遗②。或谓许曰："尝闻箕山人似不尔耳③。"许曰："筐篚苞苴④，故当轻于天下之宝耳⑤！"

【译文】

许玄隐居在永兴县南偏僻的山洞中，常常招致并接受附近高官的馈赠。有人对他说："曾经听说隐居在箕山的许由似乎不是如此吧。"许玄说："这些饭食鱼肉等小礼物，和天下的江山、宝座相比要轻微很多吧。"

【注释】

①许玄度：即许玄。②遗：馈赠。③箕山人：即许由。相传尧将天下让给许由，许由不接受，就逃到了箕山隐居。④筐篚苞苴(kuāng fěi bāo jū)：送饭食所用的竹筐、包裹等。在这里借代饭食鱼肉等礼物。⑤天下之宝：江山、宝座。这里是指许由让天下，而许玄则不过接纳些寻常之物，不损其德。

【评析】

一般的人都是因为被世俗扰得不胜其烦而决定隐居避世,隐居起来就代表着不再接受世俗的烦扰。但是许玄度隐居后,却仍然经常接受高官的馈赠,有人就提出质疑。但是许玄度的意思是,比起当年尧赠给隐士许由的天子地位来说,这点筐筐苍苴的小恩小惠又算得了什么呢?当时受《老》、《庄》、玄学和佛学各种学派思想的影响,不同的人对于隐居有着不同的理解,有的人认为隐居和事功是没有什么关联的,就如同许玄度。

【历代评点】

刘辰翁云:"小辨有理。"

李贽云:"妙言。"(《初谭集·师友·隐逸》)

范宣车后趋下

【原文】

范宣未尝入公门①。韩康伯与同载②,遂诱俱入郡③。范便于车后趋下④。

【译文】

范宣从没进过官署的门。有一回韩伯和他同乘一辆车,想骗他一块儿进入郡府,结果范宣从后面跳下车跑了。

【注释】

①范宣:字宣子,晋人,精通儒籍,被召为太学博士、散骑郎,推辞不就。居家贫俭,以讲诵为业。公门:官署。②韩康伯:即韩伯,韩豫章。同载:同车。③郡:这里指郡官署。④趋下:跳出小跑而去。

【评析】

名士们崇尚隐士的生活,加上范宣不贪慕虚荣,也不接受朝廷职位,本身也深受儒家思想的影响,喜好老、庄,安于贫困的生活,从不接受外界的资助。韩伯本是想要把他骗进郡府去见识一下的,但是被他识破,跳车逃走了。可见他对于自己的隐居生活是乐在其中的。

【历代评点】

《续晋阳秋》曰:宣少尚隐(通)[遁],家于豫章,以清洁自立。

郗超资财助隐居

【原文】

郗超每闻欲高尚隐退者①,辄为办百万资,并为造立居宇。在剡为戴公起宅②,甚精整。戴始往旧居③,与所亲书曰:"近至剡,如官舍。"郗为傅约亦办百万资④,傅隐事差互⑤,故不果遗⑥。

【译文】

郗超每当听说有人要避世隐居时,就为他准备百万资财,还替他建造房舍。在剡县时,给戴逵建的屋舍非常精致。戴逵住进去以后,给亲友写信说:"最近到了剡县,住的房子就像是官署。"郗超也为傅约准备了百万资财,后来傅约隐居的事没成,所以那些馈赠也就没有给他。

【注释】

①郗超:即郗景兴。②戴公:戴逵。③往旧居:当据《太平御览》卷五百一十引《世说》作"往居",下文"如官舍"作"如入官舍"。④傅约:即傅瑗,小字约,生平未详。⑤隐事差互:隐居一事出了差池。⑥故不果遗:馈赠便没有落实。

【评析】

看上去郗超为隐居者准备大量的钱财并且出资造屋的举动有点和隐居的真实意图大相径庭。但是实际上,郗超也是出入佛道之间的。郗超本人既为居士,又是名士,他也会挥麈谈玄,也信佛学,从他理解的角度去考虑,退隐与享乐,清高与富贵不存在什么差别。认定了这个想法,他自然就不觉得有什么了。

【历代评点】

李贽云:"予无人敢逐,幸矣。"(《初谭集·师友·隐逸》)

贤媛第十九

【题解】

本门所写的女性,多表现了他们的德、才、貌,描述了一批才德兼备、贤良淑德的妇女形象,而这种对于女性的关注和歌颂,也暗示了女性的地位在上升。只是由于人们受礼法的约束而使得他们对女性的立场总是漂浮不定,但是就文中所赞颂的魏晋女性来说,她们担当着重要的角色,这也成为本书的一大特色。

陈母安贫乐道

【原文】

陈婴者①,东阳人。少修德行,著称乡党②。秦末大乱,东阳人欲奉婴为主③,母曰:"不可!自我为汝家妇,少见贫贱④,一旦富贵⑤,不祥!不如以兵属人,事成,少受其利⑥;不成,祸有所归⑦。"

【译文】

陈婴是东阳人,从少年时代就注重品德修养,在乡里颇负名望。秦末大乱,东阳人要推举陈婴为领袖,他妈妈说:"不行。自从我作了你家的媳妇,年轻起就受穷,突然富贵起来,不吉利。不如把兵权交给别人,事情成功了,多少享受些利益;事情不成,祸患也有人承担。"

【注释】

①陈婴:秦末人,陈涉起义后领兵依附项梁,后归汉,封为堂邑侯。②乡党:乡里;家乡。③主:长官、领袖。④少见贫贱:年轻时候就贫贱。⑤一旦:一日之间。⑥少受其利:多少享受些利益。⑦祸有所归:祸患也有人承担,不会落到你的头上。

【评析】

陈婴的母亲虽然出身贫贱,但是他为儿子剖析称王的利弊却是十分冷静和理智,难怪陈婴少修德行,著称乡党,这和其母贤明的教导有关,可见陈婴的母亲自身也非常有修养。

【历代评点】

余嘉锡云:"《史记》东阳人之请婴,乃请为东阳长耳,未尝请见婴母。婴母云云,自以告婴,非见东阳人而语之也。此注所引过求省略,遂失本意。"

王昭君志不苟求

【原文】

汉元帝宫人既多①,乃令画工图之,欲有呼者②,辄披图召之。其中常者,皆行货赂③。王明君姿容甚丽④,志不苟求⑤,工遂毁为其状⑥。后匈奴来和,求美女于汉帝,帝以明君充行。既召,见而惜之,但名字已去,不欲中改⑦,于是遂行。

【译文】

汉元帝后宫里的宫女太多了,就让画师给她们画像,想要临幸谁时,就打开画像挑选。其中相貌平平的人,都贿赂画师,以便把自己画得美一些。王昭君姿容美丽,但她立志不苟且求饶,所以画师就故意丑化她的相貌。后来匈奴来求和,向汉元帝求美女通婚,元帝决定让昭君去。召见之后,元帝便舍不得她,可是名单已经确定,不能中途变卦,于是只能让她去了。

【注释】

①汉元帝:即刘奭(shì)。宫人:宫女。②欲有呼者:想召见临幸。③货赂:贿赂。④王明君:即王昭君,名嫱,字昭君,西汉人,晋人因避讳晋文帝司马昭而改称明君。汉元帝时被选入宫中,后自请往匈奴和亲,促进了汉朝和匈奴的友好关系。⑤志不苟求:立志不苟且求饶。⑥毁为:作假、故意丑化。⑦中改:更改。

【评析】

"昭君出塞"的故事流芳百世,王昭君本人不但容貌出众,而且有着高尚的情操、不俗的志向。重要的是她在北方匈奴首领呼韩邪单于主动来汉朝对汉称臣、请求和亲的重要关头挺身而出,慷慨应诏。她的下嫁同时也为汉朝和匈奴的和好作出了很大贡献。

【历代评点】

王世懋云:"胡族妻后母耳。《汉书·匈奴传》详甚。立者故非昭君所生子也。"

凌漆初云:"按《汉书》胡族妻后母,呼韩邪死,子复株累立,复株累者,大月氏子也。昭君为宁胡月氏,子伊屠知牙师为右日逐王,不闻世违继立,亦不闻吞药。"

李贽云:"蔡文姬、王明君同是上流妇人,生世不幸,皆可悲也。"(《初谭集·夫妇·苦海诸媪》)

赵飞燕证谗班婕妤

【原文】

汉成帝幸赵飞燕①,飞燕谮班婕妤祝诅②,于是考问③。辞曰:"妾闻死生有命,富贵在天。修善尚不蒙福④,为邪欲以何望⑤?若鬼神有知,不受邪佞之诉⑥;若其无知,诉之何益?故不为也。"

【译文】

汉成帝宠幸赵飞燕,赵飞燕诬陷班婕妤祈告鬼神诅咒成帝,于是班婕妤被拷问。班婕妤辩解说:"我听说生死是命中注定的,富贵是上天已经安排好了的。行善积德还得不到赐福呢,做坏事又有什么希望得到福祉!如果鬼神真的有感知的话,就不会接受奸邪之人的请求;而如果不能感知的话,则祷告又会有什么作用呢?因此我没有做过这样事情。"

【注释】

①幸:宠幸。赵飞燕:长安宫人,最初为阳阿公主家的歌伎,因体轻善舞而号"飞燕"。后来同妹妹一起入宫,成为汉成帝专宠。成帝死后,又被哀帝尊为皇太后。平帝即位后将其废为庶人,自杀而亡。②班婕(jié)妤(yú):雁门人,班彪的姑姑,深得成帝的宠爱,封为婕妤。后因赵飞燕诬陷而失宠,退居东宫,曾作《团扇歌》以自伤。婕妤:为宫中女官的名字,位比上卿,秩比列侯。祝诅:祈告鬼神降祸于所恨之人。③考问:拷问。④修善:行善积德。⑤欲以何望:又有什么希望得到福祉。⑥诉:请求。

【评析】

班婕妤当时在后宫中的贤德是有口皆碑的。她的文学造诣极高,当初汉成帝为她的美艳及风韵所吸引。但是赵飞燕进宫后,用尽手段把汉成帝迷得神魂颠倒,尽信她的谗言。然而班婕妤却从容不迫地对应,最后汉成帝也觉得她说得有理,又念在不久之前的恩爱之情,特加怜惜,不予追究。班婕妤是一个有见识,有德操的贤淑妇女,为免今后的是是非非,决定明哲保身,因而自请前往长信宫侍奉王太后。成帝批准了。

【历代评点】

李贽云:"大见识。"(《初谭集·夫妇·苦海诸媼》)

方苞云:"祝诅无益,说理精透,迷悟惑解。是岂寻常妇人所能者。"

卞太后怒责曹丕

【原文】

魏武帝崩①,文帝悉取武帝宫人自侍②。及帝病困,卞后出看疾③。

【译文】

曹操死后,曹丕将曹操宫中的宫女全留下来侍奉自己。曹丕病危的时候,卞太后太后入户，见直侍并是昔日所爱幸者④。太后问："何时来邪？"云："正伏魄时过⑤。"因不复前而叹曰："狗鼠不食汝余⑥，死故应尔！"至山陵⑦，亦竟不临⑧。

出宫来看望。太后一进门，发现那些值班、侍奉曹丕的人都是过去被曹操所宠幸的宫女。太后问道："你们是什么时候来的？"她们说："正当先帝弥留之际过来的。"太后便不再前去，叹道："禽兽都不吃你剩下的食物，实在是该死！"甚至到文帝下葬时，太后都没有到场哭吊。

【注释】

①魏武帝：即曹操。②文帝：即曹丕。③卞(biàn)后：曹操的妻子，曹丕和曹植的生母。本是娼家女，曹操在谯时将其纳为妾，到建安初将其扶为正室。④直侍：同"值侍"，即值班、侍奉的人。⑤伏魄时：招魂的时候，这里是指曹操弥留之际。⑥狗鼠不食汝余：禽兽都不吃你的食物。⑦山陵：陵寝。此处指下葬的时候。⑧临：哭吊。

【评析】

卞后一生都极具传奇色彩，她从一个非常普通的歌舞伎到为人做妾，到尽心竭力辅佐丈夫成就了一番大事业，到晚年被册封为皇后，再到册封为皇太后。这对于出身卑微的她来说确实不是简单的事情。她有着超人的见识与坚定的主张。在封为皇后以后依然坦然面对从前的身份，有自己一贯的生活主张。当他儿子做了有违常理的事情后，她愤怒地骂过之后直到儿子死了也没有来看他，可以想象这个要强的女人那时候的伤心与痛楚。

【历代评点】

刘辰翁云："赋铜雀复少此咄咄。"
王世懋云："铜雀台上妓，亦复在邪？"
李贽云："以上皆不贤夫也。夫而不贤，则虽不溺志于声色，有国必亡国，有家必败家，有身必丧身，无惑矣。彼卑卑者乃专咎于好酒及色，而不察其本，此俗儒所以不可议于治理欤！"（按：李贽《初谭集》以此条及《惑溺》诸事归入《夫妇·俗夫》，故云。）

赵母嫁女

【原文】

赵母嫁女①，女临去，敕之曰："慎勿为好②！"女曰："不为好，可为恶邪？"母曰："好尚不可为，其况恶乎！"

【译文】

赵母嫁女儿，女儿临走时，赵母告诫道："行善积德这些事要谨慎而行。"女儿说："不可以做好事，那是否可以做坏事呢？"赵母说："好事都不可以做，又怎么可以做坏事呢？"

【注释】

①赵母：三国时东吴桐乡令东郡虞韪的妻

子,颍川赵氏的女儿。②慎勿为好:行善积德这些事要谨慎而行,否则会遭人嫉妒。

【评析】

赵母的意思主要就是想让女儿保持一份矜持低调的平常心面对生活,心存良善,随遇而安。只需过一个平凡人的生活即可。

【历代评点】

王世懋云:"何必减庄子。"
凌濛初云:"便是无非、无仪本旨。"
袁中道云:"不必解,妙!"(《舌华录》卷一《慧语》)

丑妻新婚责许允

【原文】

许允妇是阮卫尉女①,德如妹②,奇丑。交礼竟,允无复入理,家人深以为忧。会允有客至,妇令婢视之,还答曰:"是桓郎。"桓郎者,桓范也③。妇云:"无忧,桓必劝入。"桓果语许云:"阮家既嫁丑女与卿,故当有意,卿宜察之。"许便回入内。既见妇,即欲出。妇料其此出,无复入理,便捉裾停之④。许因谓曰:"妇有四德⑤,卿有其几?"妇曰:"新妇所乏唯容尔。然士有百行⑥,君有几?"许云:"皆备。"妇曰:"夫百行以德为首,君好色不好德,何谓皆备?"允有惭色,遂相敬重。

【译文】

许允的妻子是卫尉卿阮共的女儿,阮德如的妹妹,长相特别丑。结婚行过交拜礼后,许允没有进洞房的意思,家里人非常担心。恰好这时有客人来拜访许允,新娘就让婢女去看看是谁,婢女回来禀告说:"是桓郎。"桓郎就是桓范。新娘说:"不用担心了,桓公子一定会劝他进来。"桓范果然对许允说:"阮家既然把一个丑闺女嫁给你,一定有他的想法,你应该好好观察明白。"许允便回到屋内,看见妻子后,马上又想出去。妻子断定他此次出去就不会再进来了,就抓住他的衣襟阻拦他。许允于是说道:"妇人有四德,你有其中的几德?"妻子说:"我缺乏的只是容貌而已。不过读书人应有的各种好品行中,你有哪些呢?"许允说:"我都具备。"妻子说:"各种品行里以德为首。你好色不好德,怎么能说都具备呢?"许允顿时面带愧色,从此夫妇俩便互相敬重。

【注释】

①许允:字士宗,高阳人,官至领军将军,后被司马师所害。阮卫尉:即阮共,字伯彦,尉氏人,三国时魏国人,仕魏官至卫尉卿。卫尉,即卫尉卿,掌管宫门警卫的官。②德如:即阮侃,字德如,阮共的儿子,仕魏官至河内太守。③桓范:字允明,沛郡人。仕魏官至大司农。被宣王所杀。④裾(jū):大襟,衣服的前襟。⑤四德:指妇德、妇言、妇容、妇功(善于纺织)。⑥百行:指各种好的品行。

【评析】

　　许允的新婚妻子是有才无貌、见识广阔的女子,当许允因为她长相丑而嫌弃她的时候,他抓住丈夫以貌取人的态度反问丈夫的德行操守。令许允无话可答,却也暗地里佩服她的才气。从此她赢得了丈夫的尊重,夫妻两人互敬互爱。

【历代评点】

　　李贽云:"此夫嫌妇,太无目也。"又云:"事奇,语奇,文奇。"(《初谭集·夫妇·合婚》)

阮氏夫人镇定救夫

【原文】

　　许允为吏部郎,多用其乡里①,魏明帝遣虎贲收之②。其妇出戒允曰:"明主可以理夺,难以情求。"既至,帝核问之,允对曰:"'举尔所知③。'臣之乡人,臣所知也。陛下检校,为称职与不?如不称职,臣受其罪。"既检校④,皆官得其人,于是乃释。允衣服败坏⑤,诏赐新衣。初允被收,举家号哭。阮新妇自若⑥,云:"勿忧,寻还。"作粟粥待。倾之,允至。

【译文】

　　许允担任吏部侍郎的时候,任用的多为同乡的人。魏明帝知道后命禁卫军将其逮捕。许允的妻子跟出来告诫他道:"对明主只可以用道理去争取,而很难用情感去打动。"到了朝廷后,明帝审问此事,许允就说:"孔子说:'举尔所知。'我任用的那些同乡人都是我所熟知的。陛下您可以审查核实一下他们是否称职。倘若他们不称职,我情愿魏明帝接受我该受的处罚。"经过一番考察,魏文帝知道各个职位都用人得当,于是就把许允释放了。许允的衣服破烂,明帝下诏赐给他新衣服。当初许允被逮捕时,全家上下号啕大哭,阮氏夫人却镇定自如,说:"不用担心,他过不了多久就会回来的。"并把小米粥煮好了等着许允。不久,许允果真回来了。

【注释】

　　①乡里:同乡的人。②魏明帝:即曹魏明帝曹叡。虎贲:官名,禁卫军。③举尔所知:提拔你所了解的人。④检校:考察。⑤败坏:破烂、污损。⑥自若:自如。

【评析】

　　许允被逮,家人遇到这样的情况只是大哭不已,而他的妻子却从容镇静,认真分析了事情的原委,断定了丈夫肯定会无罪。在丈夫危难时教给他对君主的一番入理分析,竟挽回了丈夫一命,这样的魄力不是一般妇人所能做到的。

【历代评点】

袁中道云:"前二句乃名语。"(《舌华录》卷八《辩语》)

王世懋云:"得妇如此,故当耐其奇丑。"

许氏救子

【原文】

许允为晋景王所诛①,门生走入告其妇。妇正在机中②,神色不变,曰:"早知尔耳!"门人欲藏其儿,妇:"无豫诸儿事③。"后徙居墓所,景王遣钟会看之④,若才流及父,当收。儿以咨母,母曰:"汝等虽佳,才具不多⑤,率胸怀与语⑥,便无所忧;不须极哀,会止便止;又可少问朝事。"儿从之。会反⑦,以状对,卒免。

【译文】

许允被晋景王杀害了,他的学生急忙跑来向他的妻子报告。许允的妻子正在织布机上织布,神情一点都没有变,说:"早就料到会这样了!"学生想把许允的儿子藏起来,许允的妻子说:"这不关孩子的事情。"后来,举家迁往许允的墓地,晋景王派钟会前去查看,并指示:"若才华风韵赶得上他们的父亲,就应该抓起来。"许允的儿子向母亲请教,母亲说:"你们兄弟虽然都很好,才能却不多。只需怎么想就怎么同他讲话,不用担心。不要过于悲伤,钟会不哭了,你们也就赶紧停止哭泣。还可以略微问一下朝中的事情。"儿子按照母亲的教导一一去做了。钟会回去后,把自己的所见所闻一一汇报,许允的儿子们终于幸免于难。

【注释】

①晋景王:即司马师,司马懿之子,官至辅军大将军。②正在机中:正在织布机上织布。③无豫:不关。④钟会:即钟士季。⑤才具:才能。⑥率胸怀与语:怎么想就怎么说。率,直接。⑦反:同"返"。

【评析】

许允被杀,整个家里的支柱倒了,而且晋景王此时对许家肯定是恨之入骨了,他的家人们稍有不慎,便会满门被抄。但是许允的妻子凭借着自己的聪明才智,保住了子女的性命。她在关键时刻头脑冷静而且心思缜密,对时局把握清楚,能够灵活的应对。

【历代评点】

王世懋云:"惜不载其书。"

王世懋又云:"高识至此,几可与司马宣王对付。"

余嘉锡云:"会盖假吊问之名以来,故必涕泣。会止儿亦止,以示不知其父得祸之酷。又令儿少问及朝廷之事者,阳为愚不晓事,不知会之侦己,无所疑惧也。"

李贽云："如此,男子不能。"(《初谭集·夫妇·才识》)

王广发妻比英豪

【原文】

王公渊娶诸葛诞女①。入室,言语始交,王谓妇曰:"新妇神色卑下,殊不似公休!"妇曰:"大丈夫不能仿佛彦云②,而令妇人比踪英杰③!"

【译文】

王广娶了诸葛诞的女儿,进了内室,刚开始交谈,王广对妻子说:"看你的神态卑下,一点都不像你的父亲公休。"妻子应道:"作为男子汉大丈夫,你不能像你的父亲彦云一样,却拿一个女人和英雄豪杰相比!"

【注释】

①王公渊:即王广,字公渊,三国时魏国人,有风度才学,声名很高。诸葛诞:字公休,在曹魏担任御史中丞、尚书等职务。②彷佛:相像。彦云:即王凌,字彦云,王广的父亲。③比踪英杰:和英雄豪杰并驾齐驱。

【评析】

这个女子确实聪明,不仅为自己挽回了面子,也没有给自己的父亲丢脸,巧妙的回复得到丈夫的认可。

【历代评点】

王世懋云:"注驳太迂,且忽下'臣'字,讵是孝标注?"

王母教子

【原文】

王经少贫苦①,仕至二千石,母语之曰:"汝本寒家子,仕至二千石,此可以止乎!"经不能用。为尚书,助魏,不忠于晋,被收,涕泣辞母曰:"不从母敕②,以至今日。"母都无戚容③,语之曰:"为子则孝,为臣则忠,有孝有忠,何负吾邪?"

【译文】

王经年轻的时候,家境贫寒,后来做了官,俸禄达到两千石,母亲对他说道:"你本是穷人家的孩子,做到俸禄两千石的官,可以到此为止了吧!"王经不听母亲的劝导。他又做了尚书,帮助魏朝而不效忠于晋司马氏,因此遭到逮捕。在跟母亲辞别时,他泪流满面,说道:"只因当初没有听母亲的教诲,才导致今天的下场。"母亲的脸上没有一点忧伤,她对儿子说:"做儿子就应当尽孝道,做臣子就应当尽忠心,忠孝两全,怎么会对不起我呢?"

【注释】

①王经:子彦伟,清河人。②敕(chì):教诲。③戚:忧伤、悲戚。

【评析】

母亲的劝告表现出了足够的慈爱和智慧。可王经不听,事后,终于大祸临头了,连他的母亲也受到了牵连。这时候王经才开始后悔自己的错误连累了母亲,但是他母亲却告诉他为有这样忠孝两全的儿子而感到骄傲。此时王经母亲表现出来的胸怀,让人异常感动。

【历代评点】

王世懋云:"读史至王章妻、王经母,未尝不流涕也。"
王世懋又云:"是。"
李贽云:"大似王章。"(《初谭集·夫妇·才识》)

山涛之妻效负羁之妻

【原文】

山公与嵇、阮一面①,契若金兰②。山妻韩氏,觉公与二人异于常交,问公,公曰:"我当年可以为友者③,唯此二生耳!"妻曰:"负羁之妻亦亲观狐、赵④,意欲窥之,可乎?"他日,二人来,妻劝公止之宿,具酒肉。夜穿墉以视之⑤,达旦忘反。公入曰:"二人何如?"妻曰:"君才致殊不如⑥,正当以识度相友耳⑦。"公曰:"伊辈亦常以我度为胜。"

【译文】

山涛和嵇康、阮籍一见面,就觉得志趣投合。山公的妻子觉得丈夫和这两个人的交情非比寻常,就问他怎么回事,山公说:"我一生可以当做朋友的,只有这两个读书人了。"妻子说:"从前僖负羁的妻子也曾亲自观察过狐偃、赵衰,我也想看看他们,可以吗?"有一天,二人来了,妻子劝山涛留他们过夜,给他们准备了酒肉。晚上,她从墙上凿了个洞去观察这两个人,直到天亮也忘了回去。山涛过来问道:"你觉得这二人怎么样?"妻子说:"你的学问、情致远远比不上他们,只能以你的见识气度和他们交朋友。"山公说:"他们也总认为我的气度胜过他们。"

【注释】

①山公:即山涛。②金兰:语出《易·系辞上》:"二人同心,其利断金;同心之言,其臭如兰。"后来就用"金兰"指朋友同心同德、志同道合。③当年:此生;一生。④"负羁之妻亦亲观狐、赵":典出《左传·僖公二十三年》。晋公子重耳带着狐偃、赵衰等人流亡国外时经过曹国,曹大夫僖负羁的妻子仔细观察后,认为狐、赵等人均有辅助君王的才能,一定可以帮助重耳返回晋国执政。⑤墉(yōng):墙;墙壁。⑥才致:学问、情致。⑦识度:见识、度量。

【评析】

山涛是"竹林七贤"之一,要论才华,他和嵇康、阮籍等人相比,要稍逊一筹。但是和他们很要好,他的妻子就想见识一下这两个人到底怎么样,便相邀到家里盛情招待,找机会窥探两人。甚至因为佩服嵇康、阮籍二人的才气而忘乎所以。最后忠告丈夫,"你的才气确实不及他们,但是凭你的气度能与之相交。"一个女子,能站在客观的角度去评价丈夫的朋友,而且能做出细微的观察和判断,说明她见识、有气度,同时又能及时给丈夫提出中肯的建议,真是一位难得的贤妻。

【历代评点】

朱铸禹云:"山公《启事》想俱由山婆鉴定耶?一笑。"又云:"有此才识之妻,山公以此相嘲,宁不为韩所笑乎?"

余嘉锡云:"其迎合之术,可谓工矣。操是术以往,其取三公,直如俯拾地芥,岂但以度量胜嵇、阮而已乎?"又云:"嵇、阮诸人,虽屯蹇于世,然如涛浩然之度,则固叔夜之所深羞,而嗣宗之所不屑也。"

王济嫁妹

【原文】

王浑妻钟氏生女令淑①,武子为妹求简美对而未得②。有兵家子,有俊才,欲以妹妻之,乃白母③,曰:"诚是才者④,其地可遗,然要令我见。"武子乃令兵家儿与群小杂处,使母帷中察之。既而母谓武子曰:"如此衣形者,是汝所拟者非邪⑤?"武子曰:"是也。"母曰:"此才足以拔萃;然地寒,不有长年,不得申其才用。观其形骨⑥,必不寿⑦,不可与婚。"武子从之。兵儿数年果亡。

【译文】

王浑的妻子钟氏生了一个女儿,女儿漂亮贤惠。王济想给自己的妹妹找一个好丈夫,但是却没有找到。有个兵家子弟,才能卓越,王济就打算把妹妹许配给他,于是禀告母亲,母亲说:"倘若确实有才能,可以不论门第,但是必须得先让我看看。"于是王济就让这位少爷混在一群平民百姓中间,请母亲在帷帐里面观察。过后,母亲对王济说:"穿着这种衣服,长得这种样子,就是你所提到的人,是吗?"王济说:"是的。"母亲说:"这人的才气确实出类拔萃,但是由于门第卑微,所有没有很长的时间是无法发挥其才能的。我看他的体形、骨架,必然不长寿,不能许配给他。"王济听从了母亲的意见。几年以后,这个兵家子弟果真死了。

【注释】

①王浑:即王戎王安丰的父亲。子玄冲,太原晋阳人,官至司徒。②武子:即王济。求简美:求娶

佳偶。③白:说。④诚:的确,实在。⑤所拟者:所提到的人。⑥形骨:身形骨架。⑦寿:长寿。

【评析】

王母替女儿选亲,但是并没有计较对方的门第,显示了她的旷达、明事理。而其观察后精辟的见解,又可看出王母处事的豁达以及爱女心切。

【历代评点】

陶裔如云:"世以相攸为择婿雅词,不知'求简美对'四字尤为切当也。"
方苞云:"'诚是才者,其地可遗',钟氏识过男子。"
李贽云:"异哉钟氏也!"(《初谭集·夫妇·合婚》)

贾充前妇刚介有才气

【原文】

贾充前妇,是李丰女①。丰被诛,离婚徙边②。后遇赦得还,充先已娶郭配女③,武帝特听置左右夫人④。李氏别住外,不肯还充舍。郭氏语充,欲就省李⑤,充曰:"彼刚介有才气⑥,卿往不如不去。"郭氏于是盛威仪,多将侍婢。既至,入户,李氏起迎,郭不觉脚自屈⑦,因跪再拜。既反,语充。充曰:"语卿道何物⑧?"

【译文】

贾充的前妻是李安国的女儿。李安国被杀害后,贾充同妻子解除婚约,妻子还被流放到了边远山区。后来赶上大赦才得以返回,可是这时候的贾充已经娶了郭配的女儿。晋武帝特地允许他设左、右两位夫人。李氏住在外边,不肯回贾家。郭氏就对贾充说想去探望李氏。贾充说:"她性格刚直,又有才气,你去还不如不去呢。"郭氏拉起了一个威严宏大的仪仗队伍,还带上了一大帮丫鬟。到了以后,一进门,李氏便起身相迎,郭氏却腿脚不由自主就弯下来,跪下一拜再拜。回到贾府后对贾充述说,贾充说:"之前我对你说什么了?"

【注释】

①李丰:即李安国。②徙边:流放到边远山区。③郭配:官城阳太守。④武帝:即晋武帝司马炎。⑤省:探望。⑥刚介:刚直。⑦脚自屈:腿脚不由自主就弯下来。⑧何物:什么。

【评析】

尽管贾充后妻郭氏不依不饶,有意挑衅,备受煎熬的李氏仍然表现出了她的宽容及大度。她天生的才气、涵养、气度让郭氏自愧不如、羞愧难当。本文写出了智慧女性所具有的那种自然流露出的神韵和气度的强大魄力。

【历代评点】

[日]秦士铉云:"犹言我向告卿云何?今果如我所言。'何物'即何等言也。"

王世懋云:"驳是。"

余嘉锡云:"今观帝之于贾充,不惜以王言纶绰,屡与人床第之事,岂但非经国远图而已乎?开国之规模如此,有以知晋祚之不长矣。"

钟氏郝氏,妯娌互敬

【原文】

王司徒妇①,钟氏女,太傅曾孙②,亦有俊才女德③。钟、郝为娣姒④,雅相亲重⑤:钟不以贵陵郝⑥,郝亦不以贱下钟⑦。东海家内⑧,则郝夫人法⑨,京陵家内,范钟夫人之礼⑩。

【译文】

王浑的妻子是钟家的女儿,太傅钟繇的曾孙女,又有非凡的才华和女子应有的美德。钟氏同王湛的妻子郝氏是妯娌,两人关系很亲密,又相互敬重。钟氏不凭借自己高贵的出身而欺压郝氏;郝氏也不会因自己门第的卑微而屈从于钟氏。王承家里都以郝夫人的规矩为行为准则;而王浑家里也以钟夫人的礼节作为模范。

【注释】

①王司徒:即王浑。与王湛为兄弟,王浑承袭父亲的爵位为京陵侯。②太傅:即钟繇。③女德:即女子的美德。④娣(dì)姒(sì):妯娌。⑤雅:此处为副词,甚,很。⑥陵:欺压。⑦下:低,这里为动词,屈从。⑧东海:即王湛之子王承,曾为东海郡太守。⑨则:以为准则。⑩范:以为模范。

【评析】

本文讲述的是钟氏和郝氏二人,互为妯娌,各自出身不同,但二人都不因为出身而影响各自的行为规范,互敬互爱,且能把各种好的品行发扬出来,使得家里都以她们的行为为准则、模范。说明这二位妇人的行为既大方得体又和蔼可亲,都能坚守自己的待人之道。

【历代评点】

刘辰翁云:"两妇著书。"

刘应登云:"承为东海守,浑为京陵侯。"

凌濛初云:"诸本俱于'家内'下句,刘本独于'则范'下句,意内则、内范是王家两部女书也。故须溪云然,然无据。未知孰是。"(按:当以"家内"断句为是。"则"、"范"均作动词用,以……为则、为范之意。)

周浚纳妾

【原文】

周浚作安东时①,行猎,值暴雨,过汝南李氏。李氏富足,而男子不在。有女名络秀,闻外有贵人,与一婢于内宰猪羊,作数十人饮食,事事精办,不闻有人声。密觇之②,独见一女子,状貌非常,浚因求为妾。父兄不许。络秀曰:"门户殄瘁③,何惜一女?若联姻贵族,将来或大益。"父兄从之。遂生伯仁兄弟④。络秀语伯仁等:"我所以屈节为汝家作妾,门户计耳!汝若不与吾家作亲亲者⑤,吾亦不惜余年!"伯仁等悉从命。由此李氏在世,得方幅齿遇⑥。

【译文】

周浚担任安东将军时,一次外出打猎,赶上暴雨,于是就去李氏家避雨。李家很富有,可是男子却都没有在家里。有个女儿名字叫做络秀,听到外边来了贵人,就同丫鬟一起在里边杀猪宰羊,操办了几十人的酒宴。周浚看着饭食样样精美,但是没有听到有人说话的声音。暗中观察,只看见一个相貌非凡的女子。周浚因此请求娶她为妾。络秀的父亲和哥哥都不肯答应。络秀却说:"咱们家门第衰落,怎么还舍不得一个女儿呢?倘若能与贵族联姻,或许将来还会有好处呢。"于是父兄就顺从了她。后来络秀生下了周伯仁兄弟。络秀对伯仁兄弟说道:"我之所以委屈自己嫁到你们周家做妾,是出于为李家门户着想罢了。倘若你们不与我李家亲上加亲,我也不会吝惜我的晚年!"周伯仁兄弟一切都听从母亲。从此,李家在社会上开始受到公正的待遇。

【注释】

①周浚:字开林,汝南安城人,平吴有功,出为扬州刺史。元康初,加爵安东将军。②觇:观察。③殄(tiǎn)瘁(cuì):疲弱。④伯仁:即周伯仁,周顗。⑤亲亲:亲上加亲。⑥方幅齿遇:方幅,公正。齿遇:同等待遇。

【评析】

在当时那样一个看重门第观念、讲究门当户对的时代,尽管络秀才貌双全,但是家道中落,成了门第发展最大的阻碍。她有着深远的见识,甚至放弃自己的幸福,做了周浚的妾,以此来提高李家的门第。络秀不仅具有美丽的面容,她大义凛然的风度更是值得人们称赞。

【历代评点】

刘应登云:"方幅,犹言幅员也,即天下。"

刘辰翁云:"方幅者,四面看得一样也。"

余嘉锡云:"盖截木为方,裁帛为幅,皆整齐有度。故六朝人谓凡事之出于光明显著者为方幅。此言'方幅齿遇',犹言正当礼遇之也。"

李贽云:"好女子,与文君奚殊也,有好女便立家,何必男儿?"(按:《初谭集·夫妇·合婚》采此条,李贽云:"此妇求夫,求势利也。"又曰:"好女子,与文君奚殊也,有好女便立家,何必男儿?")

陶侃少怀大志

【原文】

陶公少有大志①,家酷贫,与母湛氏同居。同郡范逵素知名②,举孝廉③,投侃宿。于时冰雪积日,侃室如悬磬④,而逵马仆甚多。侃母湛氏语侃曰:"汝但出外留客,吾自为计。"湛头发委地,下为二髲⑤,卖得数斛米,斫诸屋柱,悉割半为薪,锉诸荐以为马草⑥。日夕,遂设精食,从者皆无所乏。逵既叹其才辩,又深愧其厚意。明旦去,侃追送不已,且百里许。逵曰:"路已远,君宜还。"侃犹不返,逵曰:"卿可去矣!至洛阳,当相为美谈。"侃乃返。逵及洛,遂称之于羊、顾荣诸人⑦,大获美誉。

【译文】

陶侃少年时就胸怀大志,但家中十分贫穷,他和母亲湛氏住在一起。同郡的范逵一向很有名气,被评选为孝廉,上任途中到陶侃家投宿。当时连日冰雪,陶侃家徒四壁,范逵带的随从马匹很多。陶侃的母亲湛氏对陶侃说:"你只管出去留住客人,我自己想办法招待。"湛氏的头发长及地面,她剪下来作成两段假发,卖掉后换了几斛米。又砍掉屋内的几根柱子,劈成两半作柴禾,把草垫子铡碎作为马料。傍晚,摆下了精致的饭食招待客人,随从的人也不缺吃喝。范逵既赞叹陶侃的才华和言谈,又对他深厚的情意感到愧疚不安。第二天早晨范逵离去,陶侃又追着为他们送别,依依难舍,一起走了一百多里。范逵说:"已经送得很远,你该回去了。"陶侃还是不回去。范逵说:"你回去吧。这次到了洛阳,我一定替你美言。"陶侃这才回去。范逵到了洛阳,就在羊、顾荣等人面前赞扬陶侃,陶侃于是名声大噪。

【注释】

①陶公:即陶侃,字士行,晋卢江浔阳(今江西九江)人。年轻时家中贫困,入仕后勤于职事,很有政绩,声望颇高。曾任江夏、武昌太守,荆、广、江、湘等州刺史以及侍中、太尉等职,封长沙郡公。②范逵:曾举孝廉,生平事迹不详。③孝廉:选举官吏的科目,要求是孝顺清廉,被选中的人也称为孝廉。④室如悬磬:比喻室无所有,极为贫乏。磬,一种石制的敲击乐器,悬挂在架子上演奏。⑤髲(bì):假发。⑥锉(cuò):毁坏。荐:草垫子。⑦羊:《晋书·陶侃传》作"杨",当时担任豫章国郎中令。顾荣:字彦先,当时担任豫章国郎中令,死后追赠侍中、骠骑将军,又称"顾骠骑"。

【评析】

陶母为了自己儿子能有发展的机会，动用了自己的机智，使客人范逵受到无微不至的招待。而陶侃这次和范逵接触，他的表现也让范逵见识到了他的才华，赢得了范逵大力地赞扬，终于使陶侃扬名洛阳。其实，这得归功于在陶侃身后默默付出的陶母，她用尽心思替儿子铺路，默默做着一切，这就是伟大的母爱。

【历代评点】

刘辰翁云："富贵可致，此发不可为也。"
凌濛初云："不堪再遇一客。"
李贽云："此妇教子求功名也。"（《初谭集·夫妇·才识》）
王世懋云："注'顾荣'下有刊落。"

陶母退鱼责子

【原文】

陶公少时①，作鱼梁吏②，尝以坩鲊饷母③。母封付使，反书责侃曰④："汝为吏，以官物见饷，非唯不益，乃增吾忧也。"

【译文】

陶侃年轻时作鱼梁吏，曾经派人把腌鱼用罐子装着送给母亲。母亲把腌鱼封好后又退给了使者，写了封信指责陶侃说："你当了小官，把公家的东西送给我，这样不但对我不好，反而会增加我的忧虑。"

【注释】

①陶公：即陶侃。②鱼梁吏：掌管渔政的官吏。鱼梁，一种捕鱼的设施，横截水流，留一缺口，让鱼随水流入竹篓。③坩(gān)：一种陶制器皿。鲊：腌制的鱼。④反：同"返"。

【评析】

表现出了陶母正直的思想境界。

【历代评点】

刘辰翁云："真陶母。"

商女始知亡国恨

【原文】

桓宣武平蜀①，以李势妹为妾②，

【译文】

宣武侯桓温平定蜀地后，把李势的妹妹

甚有宠,常着斋后③。主始不知④,既闻,与数十婢拔白刃袭之。正值李梳头,发委藉地,肤色玉曜⑤,不为动容。徐曰:"国破家亡,无心至此。今日若能见杀,乃是本怀。"主惭而退。

纳为妾,非常宠爱她,总是让她住在书房后面。桓温的妻子南康长公主开始不知道此事,后来听说后,带着几十个婢女持刀要去杀她。当时李氏正在梳头,长长的头发垂落到地上,肤色如白玉一般光洁亮丽。看到公主后,她毫不动容,缓缓说道:"国破家亡,我也并不想这样。今天如果你能杀了我,正合了我的心愿。"公主很惭愧,便退了下去。

【注释】

①桓宣武:即桓温。平蜀:蜀,指成汉,晋十六国之一。晋惠帝时,李雄据蜀称帝,国号大成,成帝时李寿又改国号为汉,史称成汉,其辖境包括今四川全境、陕西南部及云贵北部。成汉传至李势,日益衰落,晋穆帝永和二年(公元346年),桓温率师西伐,次年春,灭掉成汉。②李势:字子人,巴氏族,十六国时期成汉的统治者。桓温伐蜀,他投降后,被封为归义侯。③斋后:书房中。④主:公主,指桓温的妻子晋明帝女儿南康长公主。⑤曜(yào):发出光辉。

【评析】

公主拿着刀要去杀李势的妹妹,而她却异常镇定,一点也不惊恐,所表现出来的行为流露着一股不容侵犯的风韵,让高贵的公主听到她的话后也觉得很惭愧。这样的气度和风度,如果不是发自内心的话,也无法表现出来。可见李氏确实有很深的内在涵养。

【历代评点】

刘辰翁云:"斋后著妾。"

刘辰翁又云:"何其倾吐。"

李贽云:"贤主哉!虽妒色而能好德,过男子远矣。"(《初谭集·夫妇·妒妇》)

钟惺云:"我见亦怜'四字慧甚。因思世上妇人见妒者,正坐愚丑耳。"

桓氏跣足救庾友

【原文】

庾玉台①,希之弟也②。希诛,将戮玉台。玉台子妇,宣武弟桓豁女也,徒跣求进③,阍禁不内④。女厉声曰:"是何小人!我伯父门,不听我前!"因突入,号泣请曰:"庾

【译文】

庾友是庾希的弟弟,庾希被杀后,桓温将要诛杀庾友。庾友的儿媳是桓温的弟弟桓豁的女儿,她光着脚前来求见。守门人把他拦住不让进,她大声呵斥道:"你是什么人,我伯父家的大门居然不让我进去!"于是就冲了进去,号啕大哭请求桓温说:"庾友通常

玉台常因人脚短三寸⑤,当复能作贼不?"宣武笑曰:"婿故自急。"遂原玉台一门⑥。

都是依靠别人搀扶行走,脚也比常人短三寸,他可能做叛贼吗?"桓温笑着说:"侄女婿本是自己着急!"于是便赦免了庾友一家。

【注释】

①庾玉台:即庾友,字慧彦。庾冰的三儿子,历任中书郎、东阳太守。②希:庾希,庾冰的大儿子。桓温因忌恨庾希兄弟显贵而将他们杀掉。庾友因其儿媳是桓温的侄女而得以幸免。③徒跣:光着脚。④阍:守门人。内:同"纳",意思是进入。⑤因人:依靠别人。⑥原:宽恕,赦免。

【评析】

在重要关头,庾友的妻子为了救出公公而不顾一切,流露出情真意切的关怀。以贬低自己公公的说法,来嘲讽桓温的无理,并且句句都说得中肯,也展露了出了她的才情。心狠的桓温也为她的话语、勇气和忠诚所折服,最后赦免了庾友一家。

【历代评点】

刘应登云:"言足短不能自行,因人而行,明其无它,然子妇称其小字,不以为怪。"
凌濛初云:"胡母父子犹称。"
余嘉锡云:"友若不获赦,则宣亦当从坐。故曰'婿故自急'"。

谢夫人婉言劝夫

【原文】

谢公夫人帏诸婢①,使在前作伎②,使太傅暂见,便下帏。太傅索更开③,夫人云:"恐伤盛德。"

【译文】

谢安的夫人用帏帐隔开那些婢女,让她们在里面表演歌舞,让谢安看一会儿就把帏帐放下了。谢安要求再次打开观赏的时候,谢夫人说:"恐怕伤害了你美好的德行啊。"

【注释】

①谢公:即谢安。谢公夫人,即刘夫人,刘真长的妹妹。帏:用帏帐隔开。②作伎:表演歌舞等。③索更开:要求再做欣赏。

【评析】

她以委婉的方式来达到目的,虽云"恐伤盛德",实乃防微杜渐。而桓温妻南康长公主就没有她那样好脾气了,"与数十婢拔白刃袭之",再如贾充的后妻郭氏则干脆把孩子的乳母也杀了。儒家主张妇女要有"不妒之德",个人看,妒性是一种极端的爱情观念,有其自私、狭隘的一面,但在那种普遍的女子顺从丈夫的环境下,妒妇们能以妒的形式要求平等、专一的爱情,又是极具反抗的个性体现。

【历代评点】

王世懋云:"此直妒耳,何足称贤?"

郗夫人洞悉人情

【原文】

王右军郗夫人谓二弟司空、中郎曰①:"王家见二谢,倾筐倒庋②;见汝辈来,平平尔。汝可无烦复注。"

【注释】

①王右军:即王羲之。二弟司空、中郎:即司空郗愔,北中郎将郗昙。二谢:即谢安、谢万。②庋:放器物的支架。

【译文】

王羲之的妻子郗夫人,对她的两个弟弟司空郗愔和郗昙说:"王家见谢安和谢万兄弟到来,翻箱倒柜,倾其所有热情款待;见到你们来了却反应平常。你们可以不必再去了。"

【评析】

郗夫人婆家对待自己的娘家人轻视,郗夫人便告诉两个弟弟让他们不要再来。表现出了郗夫人不卑微、不屈从的性格,以及骨子里所透露出来的那种刚强。

【历代评点】

刘辰翁云:"语悉世情,可以有省。"

千古名媛谢道韫

【原文】

王凝之谢夫人既往王氏①,大薄凝之②。既还谢家,意大不说③。太傅慰释曰④:"王郎,逸少之子,人才亦不恶⑤,汝何以恨乃尔?"答曰:"一门叔父,则有阿大、中郎⑥;群从兄弟,则有封、胡、遏、末⑦。不意天壤之中,乃有王郎!"

【译文】

王凝之的夫人谢氏嫁到王家后非常看不起王凝之。回到谢家后很不高兴,叔父谢安安慰她说:"王公子是王羲之的儿子,人品才学也不错,你为什么这样不满意呢?"谢道韫说:"谢家一族中,叔父辈有谢安、谢拒;同族兄弟中有谢韶、谢朗、谢玄、谢渊。可是没有想到天地间还有王公子这样的人。"

【注释】

①谢夫人：即谢道韫，谢安的侄女。②薄：轻视，看不起。③不说：不悦，不高兴。④太傅：即谢安。⑤不恶：不错，不坏。⑥阿大、中郎：指谢尚和谢万。或者说是指谢安和谢据。⑦封、胡、遏、末：指谢韶、谢朗、谢玄和谢渊。都是既有才气又有智慧的人。

【评析】

谢道韫心高气傲，家庭又是当时声名最盛的谢家，从小就耳濡目染，所以她的文学风骨也不一般，尽管最后挑选了王羲之的儿子王凝之作夫婿，也达不到谢道韫对于夫婿的要求标准。谢道韫能被后人称道不绝，也因为她才学出众，在文学史上是难得一见的奇才。

【历代评点】

刘应登云："封、胡、遏、韶、朗、玄小字，末，疑是末婢谢琰小字。"又云："此二则皆妇人薄忿夫家之事，不当并列《贤媛》中。"

刘辰翁云："怨恨至此，我辈所不能道，未可尽非。"

凌濛初云："'忿狷'为是。"

袁中道云："眼空两家之妇，太难相。"（《舌华录》卷九《浇语》）

李贽云："此妇嫌夫，真非偶也。"又云："谢氏大有文才，大怨凝之，孰知成凝之万世名者哉！谢氏一人可分三四人。"（《初谭集·夫妇·言语》）

谢道韫慧语遏兄长

【原文】

王江州夫人语谢遏曰①："汝何以都不复进②？为是尘务经心③，天分有限？"

【译文】

王凝之的夫人谢道韫对谢玄说："你怎么一直都没有长进呢？难道是被世俗事务烦扰，还是你的天赋有限呢？"

【注释】

①王江州夫人：即王凝之的夫人谢道韫。②都不复进：一直都没有长进。③为是：难道是。尘务经心：被世俗所缠绕。

【评析】

谢道韫本身的修养已经很高，所以她这一生眼光颇高，总是觉得自己身边的人不够长进，担当了一个女强人的角色。

【历代评点】

王世懋云:"此岂女弟待兄言?注误矣,妹当为姊。"

刘辰翁云:"妇人乃能激发。"

巾帼之风,各有才俊

【原文】

谢遏绝重其姊①,张玄常称其妹②,欲以敌之③。有济尼者④,并游张、谢二家。人问其优劣,答曰:"王夫人神情散朗,故有林下风气⑤。顾家妇清心玉映⑥,自是闺房之秀。"

【译文】

谢遏十分推崇他姐姐谢道韫,张玄常常赞扬他妹妹,想把妹妹和谢遏的姐姐相媲美。有一个法号济的尼姑,张、谢两家都去过,有人问她二人的优劣,尼姑答道:"王夫人(谢道韫)神情洒脱,确实有竹林名士的风范;顾家媳妇(张玄的妹妹)心灵纯洁明净,有如美玉辉映,自然是一位大家闺秀。"

【注释】

①其姊(zǐ):即谢道韫,下文"王夫人"也是指她。②张玄:即张玄之张冠军,字祖希。③敌之:与之相抗衡。④济尼:晋时的一个尼姑,生平不详。⑤林下风气:竹林名士的风范。⑥顾家妇:张玄的妹妹嫁给顾氏,又称为顾家妇。

【评析】

以不同的风韵来形容当时两位女子的出众,虽然并没有拿她们来对比,但是也明明白白的让人知道各自的长处。同时也展露出了两位女子胜于常人的神情风范和优雅之处,不自觉地表露出她们的才华、气度。

【历代评点】

刘应登云:"疑即江州夫人,前以为玄妇,非。"

刘辰翁云:"晋时尼辈亦道此。"

余嘉锡云:"林下,谓竹林名士也。《赏誉篇》曰:'林下诸贤,各有俊才子。'是其证。此言王夫人虽巾帼,而有名士之风,言顾不如王。……道韫以一女子而有林下风气,足见其为女中名士。至称顾家妇为闺房之秀,不过妇人中之秀出者而已。不言其优劣,而高下自见,此晋人措词妙处。"

术解第二十

【题解】

本门描写了当时一些精通技艺或方术的人,记录了他们对技艺的理解和掌握,包括占卜、医用、音律等,表现了魏晋士人在技艺上的才能。

荀勖善解音声

【原文】

荀勖善解音声①,时论谓之暗解②。遂调律吕③,正雅乐④。每至正会,殿庭作乐,自调宫商,无不谐韵⑤。阮咸妙赏⑥,时谓神解⑦。每公会作乐,而心谓之不调。既无一言直勖⑧,意忌之,遂出阮为始平太守⑨。后有一田父耕于野,得周时玉尺,便是天下正尺。荀试以校己所治钟鼓、金石、丝竹⑩,皆觉短一黍,于是伏阮神识。

【译文】

荀勖精通音律,当时的舆论认为他能自然领悟,因此由他调正乐律,校定祭祀朝会时的音乐。每当元旦朝会,宫廷奏乐时,荀勖亲自调节五音,韵律从没有不和谐。阮咸精于音乐鉴赏,当时人们都认为荀勖对音乐有神妙的理解。每当集会演奏音乐时,阮咸总觉得音律不够正确,因此从不讲一句肯定荀勖的话。荀勖心里非常记恨他,就把他外放到始平作太守。后来一个农夫在田野里耕种,捡到一个周朝时的玉尺,这是天下校定音准的标准尺,荀勖就用它来校验自己所造的钟鼓、金石、丝竹乐器的音律,结果都短了一粒米的长度,自此荀勖才佩服阮咸对音乐神妙的见识。

【注释】

①荀勖(xù):魏晋时人,善解乐律,曾掌管乐事。②暗解:心中自然领悟。③律吕:音律。古代用十二个长度不同的律管,吹出十二个高度不同的标准音,以确定乐音的高低,叫做十二律。十二律分为阴阳两类,奇数六律为阳律,也叫六律,偶数六律为阴律,称为六吕,合称为律吕。④雅乐:用于郊庙朝会等隆重场合的正乐。⑤谐韵:音律和谐。⑥阮咸:字仲容,阮籍的侄子,"竹林七贤"之一,和阮籍并称大小阮,曾任散骑侍郎、始平太守。⑦神解:神妙的理解。⑧直:这里表示"认为……正确。⑨始平:郡名,治所在槐里(今陕西兴平东南)。⑩钟鼓、金石、丝竹:泛指各类乐器。

【评析】

荀勖对自己的音乐天赋向来都很自信,而且别人也都觉得他对于音乐的把握是很精准的,唯独阮咸总是不对他作出肯定的评价,觉得还不够好。因为,荀勖记恨他,于是便把他调离了京都。最后当荀勖无意中发现了衡量的标尺,才发现自己确实不够精准,于是便对阮咸的乐感到佩服。

【历代评点】

干宝《晋纪》曰:荀勖始造正德大象之舞,以魏杜夔所制律吕,校大乐本音不和。后汉至魏,尺长于古四分有馀,而夔据之,是以失韵。乃依周礼,积粟以起度量,以度古器,符于本铭,遂以为式,用之郊庙。

江湖术语应羊祜

【原文】

人有相羊祜父墓①,后应出受命君②。祜恶其言,遂掘断墓后,以坏其势③。相者立视之曰:"犹应出折臂三公④。"俄而祜坠马折臂,位果至公⑤。

【译文】

有个看相的人看了羊祜父亲的墓地,说羊家以后会出皇帝。羊祜对他的话反感,就把墓后挖断,想以此破坏它的风水。算命的站在那儿看了后,说:"还会出一位断臂的三公。"不久羊祜就从马上摔了下来,胳膊断了,后来羊祜官职果然升到了三公。

【注释】

①相:看风水、堪舆。羊祜:即羊叔子,晋泰山平阳(今山东新泰)人,立身清廉,德才并高,深得时人敬重。曾任尚书左仆射、征南大将军等职,死后追赠太傅。②受命君:接受天命统治天下的君主。③势:风水之势、气脉之属。④三公:魏晋以太尉、司徒、司空为三公。⑤"位果"句:羊祜死后追赠太傅,太傅和太宰、太保均为上公。三公、上公,加上大司马、大将军,合称八公。

【评析】

江湖术士的话说得冠冕堂皇,但是羊祜根本就不信这一套,再加上他说的话也让人难以置信,于是这让羊祜很是反感。只是没想到不久之后居然真的应验了,这估计该让羊祜为之惊叹了。

【历代评点】

《幽明录》曰:羊祜工骑乘。有一儿五六岁,端明可喜。掘墓之后,儿即亡。羊时为襄阳都督,因盘马落地,遂折臂。于时士林咸叹其忠诚。

王济解垫渡河

【原文】

王武子善解马性①。尝乘一马,着连钱障泥②。前有水,终日不肯渡③。王云:"此必是惜障泥。"使人解去,便径渡。

【译文】

王济精通马性。曾经骑着一匹马,马背上铺着连钱纹饰的垫子,前面遇到了河,马很久也不肯渡水。王济说:"这一定是因为马爱惜垫子。"让人解下垫子后,马果然就直接过河了。

【注释】

①武子:即王济。②连钱:本来指马毛斑驳像钱纹,这里指一种花饰。障泥:放在马鞍下的垫子,两旁下垂可以遮挡泥土。③终日:良久。(据吴金华《世说新语考释》)

【评析】

因为喜好骑马,自然也喜好马,王济便也尽心去研究关于马的一些生活习惯和爱好,所以很快知道了马不肯渡水的原因。正所谓熟能生巧,慢慢积累下来便可精通,成为专家。

【历代评点】

刘辰翁云:"马犹惜物。"

郭璞吊陈述

【原文】

陈述为大将军掾①,甚见爱重。及亡,郭璞往哭之②,甚哀,乃呼曰:"嗣祖,焉知非福③!"俄而大将军作乱,如其所言。

【译文】

陈述担任大将军王敦手下的属官,很受器重。陈述死后,郭璞来哭吊,非常悲伤,他喊道:"嗣祖,怎么知道这就不是福气呢!"不久大将军王敦叛乱,应验了郭璞的话。

【注释】

①陈述:字嗣祖,颍川许昌人。曾担任王敦的属官,很受王敦赏识。大将军:即王敦。②郭璞(pú):字景纯,博学有才,精通五行、天文、占卜之术,曾为《尔雅》《方言》《山海经》等书作注,是晋代著名的学者。③焉知非福:怎么知道你这就不是福气啊。

【评析】

郭璞应该早就看出了王敦的野心,如果那时候陈述没死的话也肯定会因为王敦的叛乱而招致祸乱,并会留下骂名。

【历代评点】

李贽云:"璞已自知其祸矣。"(《初谭集·君臣·哲臣》)

明帝乔装观风水

【原文】

晋明帝解占冢宅①,闻郭璞为人葬,帝微服往看,因问主人:"何以葬龙角?此法当灭族!"主人曰:"郭云:'此葬龙耳,不出三年,当致天子。'"帝问:"为出天子邪②?"答曰:"非出天子,能致天子问耳③。"

【译文】

晋明帝会看墓地住宅的风水,他听说郭璞要为人选择墓地,就化妆前去观看。他问主人:"为什么要葬在龙角上?这种葬法是会让整个家族都灭亡的。"主人说:"郭璞先生说:'这是葬在了龙耳上,不出三年,将会引来天子。'"明帝说:"会是出天子吗?"主人答道:"不是出天子,只是能够招来天子的询问而已。"

【注释】

①解占冢(zhǒng)宅:对于风水堪舆的事情懂得很多。解:能愿动词,能,会。②为:通"解",能,会。③致:招引来。

【评析】

郭璞在魏晋时期就因会看风水而闻名,并且人们对他所看的风水已经到了深信不疑的程度。当时就连稍懂风水之事的晋明帝一听说郭璞要给人看风水选墓地也连忙化了妆去观看。然而却见到郭璞给人看的风水是一种大凶的预兆,晋明帝禁不住疑惑的问主人为什么这样葬呢?主人告诉他,因为郭璞先生说这样的葬法会招致天子的到来。可见郭璞在当时的影响有多大。明帝的到来也验证了郭璞确实具有这样的能力。

【历代评点】

刘辰翁云:"致问无理,致能来耳。"

王导卜卦

【原文】

王丞相令郭璞试作一卦①,卦成,郭意色甚恶,云:"公有震厄②!"王问:"有可消伏理不③?"郭曰:"命驾西出数里,得一柏树,截断如公长,置床上常寝处,灾可消矣。"王从其语。数日中,果震柏粉碎,子弟皆称庆。大将军云:"君乃复委罪于树木④。"

【译文】

丞相王导让郭璞给他算一卦。卦算好了,郭璞的神情很不好,说道:"您有雷震之灾!"王导问:"有没有消除的办法呢?"郭璞说:"坐上车向西走几里路,能见到一棵柏树,把这棵柏树截成和你一样的高度,放在床上经常睡觉的地方,就可以消灾了。"王导听了他的话,几天后,柏树果然被震得粉碎,家里的人都向他祝贺。大将军王敦说:"你竟把罪过转嫁到树身上。"

【注释】

①王丞相:即王导。②震厄(è):雷击的灾难。③消伏:消除。不同"否"。④委罪:转嫁罪责、退让过错。

【评析】

丞相王导对郭璞的玄术颇感兴趣,于是就请郭璞给他算卦,郭璞把王导的雷震之灾转嫁到了节柏树上,把柏树击得粉碎。郭璞精通易玄,之所以被后人奉为风水史上的鼻祖,被称为堪舆的祖师爷之一,这些也算是实至名归。事后王导的行为也遭到了性格豪爽的王敦的戏谑。

【历代评点】

王隐《晋书》曰:璞消灾转祸,扶厄择胜,时人咸言京、管不及。

郗愔病道吞符箓

【原文】

郗愔信道甚精勤①,常患腹内恶,诸医不可疗。闻于法开有名②,注迎之。既来便脉,云:"君侯所患③,正是精进太过所致耳④。"合一剂汤与之⑤,一服即大下⑥,去数段许纸如拳大;剖看,乃先所服符也⑦。

【译文】

郗愔信奉道教非常虔诚勤勉,常常感到肚子不舒服,许多医生都无法治好。他听说于法开有名气,便去把他接来。于法开来后就诊脉,说道:"您所患的病,正是过分虔诚所造成的。"于是配了一剂汤药给他。一服药马上大泻,泻出好几段拳头大小的纸团,剖开一看,竟是先前吞下去的符箓。

【注释】

①"郗愔信道甚精勤"：郗愔信奉天师道，曾经绝谷十余年，认为喝符水可以健身治病。②于法开：晋时高僧，精通佛法，擅长医术。③君侯：对列侯和尊贵者的敬称。④精进：佛教用语，这里指专心无杂念、上进不懈怠。⑤合：配制。汤：指中药汤剂。⑥大下：大泻，泻得厉害。⑦符：也叫符箓，道士写在纸上用以驱邪治病的神秘符号，用水服下，据说可以祛病延年。

【评析】

郗愔痴迷天师道，有病的时候也不去外面就医，而是服用那些请来的道士们画的符箓，终于引致了大问题，于法开便讥笑他"这都是因为你太过于虔诚了才导致的"。结果吃了于法开的泻药，泻出来的全是以前吃进去的那些符箓。

【历代评点】

刘辰翁云："如此则羊脂可。"

殷浩诊脉毁医书

【原文】

殷中军妙解经脉①，中年都废。有常所给使②，忽叩头流血。浩问其故，云："有死事，终不可说。"诘问良久，乃云："小人母年垂百岁，抱疾来久，若蒙官一脉，便有活理。讫就屠戮无恨。"浩感其至性，遂令舁来③，为诊脉处方。始服一剂汤，便愈。于是悉焚经方。

【译文】

殷浩精通经络脉象，到中年的时候却全荒废了。有个经常使唤的仆人，一天突然向他磕头直至头上出血。殷浩问其缘故，那个仆人说："有一件人命关天的事情始终不敢说出口。"问了很久才说道："小人的母亲年近百岁，生病很长时间了，倘若能够承蒙您去为她号脉，便可以继续活下去。事成之后，就是让我去死，也丝毫不会有怨言。"殷浩被他仆人真诚的孝心所感动，于是就让他把母亲抬来，为她号脉并开了处方。刚刚服了一剂药，病就好了。从此以后，殷浩烧光了所有的医书。

【注释】

①殷中军：即殷浩。妙解：神解，即先天的高妙领悟。②常所给使：经常使唤的仆人。③舁：抬来。

【历代评点】

凌濛初云："写得觳(hú)觫(sù)，宛转可矜。"
刘辰翁云："诊之似达，焚方又隘，无益盛德。"

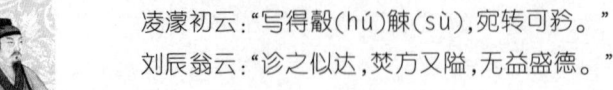

巧艺第二十一

【题解】

本门记载了技艺和艺术的范畴，涉及艺术类的有绘画、书法，技艺类的有关于建筑、棋艺、骑射，而其中以绘画占大部分，魏晋士人认为绘画直观性强，最能传达人物的精神。

客人弹棋胜文帝

【原文】

弹棋始自魏宫内①，用妆奁戏。文帝于此戏特妙②，用手巾角拂之③，无不中。有客自云能，帝使为之。客着葛巾角④，低头拂棋，妙逾于帝。

【译文】

弹棋源自魏时宫内的梳妆匣游戏。文帝曹丕玩得非常好，用手巾角一扫，没有击不中的。有个客人自称他也会玩，文帝就让他玩。客人戴着葛布头巾，他低下头来，用头巾拨击棋子，巧妙胜过文帝。

【注释】

①弹棋：一种棋类游戏，赌输赢。两人对局，在棋盘上放黑白子各十二颗，用手指或他物弹动棋子撞击对方棋子并攻破对方棋门为胜利。这种游戏起源于西汉，东汉逐渐失传，建安时宫女模仿弹棋，用金钗、玉梳在梳妆的镜匣上游戏，其后渐又盛行。因此，这里说弹棋始自魏宫内，并不准确。②文帝：即魏文帝曹丕。妙：擅长。③巾角拂之：用手巾的一角把棋子扫起来。④着：头戴。葛巾：葛布头巾。

【评析】

据史书记载，大概在西汉的时候就有弹棋的游戏，而到了魏晋朝代则更为盛行。这个故事说明了，当时玩这个游戏的人技艺已经很熟练了，甚至到了收放自如的地步。

【历代评点】

凌濛初云："《艺经》曰：'弹棋二人对局，先列棋相当，上呼下击之。'《弹棋经后序》曰：'弹棋者，雅戏也。澹薄自如，盖道家所为导引之法耳。'"

凌濛初又云："《西京杂记》曰：汉武好蹴鞠，有进弹棋者以代之，帝赐以青羔裘。后汉蔡邕已有《弹棋赋》。注驳起魏世不及此，何也？"

凌濛初又云："按张表臣诗话奕棋，取一道人行五子，谓之'蹩融'，融者，戎也。黄帝蹩鞠戎旅之间，为戏耳。庾元规曰：'蹩戎者，今蹩融，汉谓之'格五'，取五子相格之义以名之耳。''格五'之说见此。"

王世懋云："如此驳，皆极精。"

方苞云："帝用手巾绝妙，孰知客更能，以所冠葛巾角撒其棋，妙逾于帝。所谓强中有强也。"

文帝撑木陵云台

【原文】

陵云台楼观精巧①，先称平众木轻重，然后造构，乃无锱铢相负揭②。台虽高峻，常随风摇动，而终无倾倒之理。魏明帝登台③，惧其势危，别以大材扶持之，楼即颓坏。论者谓轻重力偏故也。

【译文】

陵云台楼阁的结构精巧，建造的时候，先称了每根木头的轻重，然后才开始建造。这样一来，木头的轻重几乎没有什么差别。楼台虽然高峻，且常常随风飘摇，但是却始终没有倒塌的可能。魏明帝登上陵云台，担心楼台危险，于是就命人用大木材把它支撑住，结果楼台瞬间倒塌了。当时的人们纷纷议论，都说这是因为轻重失去平衡的缘故。

【注释】

①陵云台：楼台名，在今洛阳东，魏文帝时建造，高五丈，方四丈。②锱(zī)铢(zhū)：古时候的重量单位，六铢为一锱，四锱为一两。比喻非常轻。负揭：秤杆的上翘与下垂。即欠负，高举，差别的意思。③魏明帝：即曹魏明帝曹叡。

【评析】

陵云台的设计精妙，已经充分显示出当时人们高超的建筑水平，只是魏明帝对这方面并不了解，只是凭个人爱好，觉得危险便加木桩去支撑，最后还是导致了陵云台重力失衡而倾斜。

【历代评点】

方苞云："轻重即得，倾倒自无，随风摆动何害乎？惜明帝不悟，而误以扶持致坏也。"

韦诞题匾染白头

【原文】

韦仲将能书①。魏明帝起殿②,欲安榜③,使仲将登梯题之。既下,头鬓皓然④,因敕儿孙勿复学书。

【译文】

韦诞擅长书法。魏明帝曹叡建了座宫殿,想挂上一块匾额,就让韦诞登上梯子上去题匾。下来以后,他两鬓的头发都白了,于是告诫儿孙不要再学习书法。

【注释】

①韦仲将:即韦诞,字仲将,三国时魏国京兆杜陵人,文采不凡,擅长楷书大字,官至光禄大夫。能书:擅长书法。②魏明帝:即曹魏明帝曹叡。③榜:匾额。④皓然:雪白的样子。

【评析】

明帝因建造一个宫殿想要挂个匾额上去,就想到了擅长书法的韦诞,但这个时候宫殿已经建得很高了,所以只能让他爬梯子上去题匾,下来后两鬓都白了。想必那个高度也不是一般人所能承受的,但是鉴于皇命难为,韦诞还是被迫上去了。于是就告诫他的子孙们,以后不要再学习书法了。

【历代评点】

凌濛初云:"岂至学书者必遭此?"

李贽云:"故以蔡中郎殉葬也。"(见《初谭集·师友·书画》。按:韦诞曾得蔡邕笔法,钟繇苦求不与,及韦诞死,钟繇盗其墓得之,故云。)

钟会仿书骗剑

【原文】

钟会是荀济北从舅①,二人情好不协②。荀有宝剑,可直百万,常在母钟夫人许。会善书,学荀手迹,作书与母取剑,仍窃去不还③。荀知是钟而无由得也,思所以报之。后钟兄弟以千万起一宅,始成,甚精丽,未得移住。荀极善画,乃潜往画钟门堂,作太傅形象④,衣冠状貌如

【译文】

钟会是荀勖的堂舅,两个人感情不是很好。荀勖有一把价值百万的宝剑,一般放在母亲钟夫人那里。钟会擅长书法,于是便模仿荀勖的字体给荀勖的母亲写信,将宝剑骗走了,然后再也不还。荀勖知道是钟会干的,但是却没有办法索要回来,于是就想办法报复钟会。后来钟氏兄弟花费千万巨资建造了一所豪宅,刚刚建好,非常精美华丽,还没有入住。荀勖很擅长画画,于是他就潜入钟会的豪宅,在门堂上画了一幅太傅钟繇的画像,衣冠容貌都跟其生前一样。钟氏兄

平生。二钟入门，便大感恸⑤，宅遂空废。

第一进门，看到了父亲的画像，就非常感伤悲痛，于是这所住宅从此就空废了。

【注释】

①钟：钟繇的儿子。荀济北：即荀勖。从舅：指母亲的叔伯兄弟。②情好不协：感情不和。③仍：于是。④太傅：即钟繇，曹魏太傅，钟会之父。这个时候钟繇已经去世了。⑤感恸(tòng)：感伤悲痛。

【评析】

钟会早就觊觎堂舅荀勖那把价值连城的宝剑，因为他擅长书法，于是便伪造书信从荀勖的母亲那骗取了宝剑。荀勖为了报复钟会，也在钟氏兄弟刚建造好的豪宅上面画上了钟会父亲的画像，让他们不忍心住进这幢豪宅。这个故事讲的是他们之间的恶作剧，但是也表现了两人在书法和绘画方面的造诣。

【历代评点】

《孔氏志怪》曰：于时咸谓勖之报会，过于所失数十倍。彼此书画，巧妙之极。

《世语》曰：会善学人书，伐蜀之役，于剑阁要邓艾章表，皆效其言。今词旨倨傲，多自矜伐。艾由此被收也。

戴逵求学范宣

【原文】

戴安道就范宣学①，视范所为，范读书亦读书，范抄书亦抄书。唯独好画，范以为无用，不宜劳思于此。戴乃画《南都赋图》②，范看毕咨嗟③，甚以为有益，始重画。

【译文】

戴逵到范宣那里求学，事事都看范宣的做法，范宣读书他也读书，范宣抄书他也抄书。唯独戴逵喜欢的绘画，范宣认为没用，觉得不该在这方面劳费心思。戴逵于是画了一幅《南都赋》图，范宣看罢赞赏不已，认为绘画大有益处，自此开始重视绘画了。

【注释】

①戴安道：即戴逵，字安道。范宣：字宣子，晋人，精通儒籍，被召为太学博士、散骑郎，推辞不就。居家贫俭，以讲诵为业。②《南都赋》：东汉张衡所作的记述汉朝南都盛况的一篇赋。南都，即南阳郡，治所在宛县(今河南南阳)，是汉光武帝刘秀生长的地方，又在汉朝京都洛阳之南，所以称为南都。③咨嗟(jiē)：嗟叹、赞赏。

【评析】

范宣是戴逵学习的榜样,事事都以他为标准,但是对于绘画的理解就不如戴逵。擅长书画的戴逵根据张衡的名作《南都赋》,画成了《南都赋》的图,令范宣赞叹不已,于是改变了对绘画的看法,并重视起来。

【历代评点】

《中兴书》曰:逵不远千里,往豫章诣范宣,宣见逵,异之,以兄女妻焉。

谢安论画

【原文】

谢太傅云①:"顾长康画②,有苍生来所无③。"

【译文】

太傅谢安说:"顾恺之的画,是自有人类以来所没有过的。"

【注释】

①谢太傅:即谢安。②顾长康:即顾恺之,字长康,是晋时著名的画家。③苍生:人类。

【历代评点】

李贽云:"只得如此道,亦毕竟是变化去也。"(《初谭集·师友·书画》)

顾恺之画裴添须

【原文】

顾长康画裴叔则①,颊上益三毛②。人问其故,顾曰:"裴楷俊朗有识具③,正此是其识具。"看画者寻之,定觉益三毛如有神明④,殊胜未安时⑤。

【译文】

顾恺之画的裴楷,面颊上添了三根胡须。有人问他为什么这样画,顾恺之说:"裴楷英俊爽朗,又有才识,这三根胡须正是他的见识与才能。"看画的人品味这幅画像,也觉得增加这三根胡须的确更有神韵,胜过没有添上的时候。

【注释】

①顾长康:即顾恺之。裴叔则:即裴楷。②益:多画了。③识具:见识与才能。④定:的确。⑤未安时:没画时。

【评析】

顾恺之有着自己的体会和意念,由眼到心,由心里想出来则画像自然更加传神。

【历代评点】

恺之历画古贤,皆为之赞也。

轻云蔽日巧点睛

【原文】

顾长康好写起人形①。欲图殷荆州②,殷曰:"我形恶③,不烦耳。"顾曰:"明府正为眼尔④。但明点童子⑤,飞白拂其上⑥,使如轻云之蔽日。"

【译文】

顾恺之喜爱人物写生,要给荆州刺史殷仲堪画像,殷仲堪说:"我长得不好,不麻烦您了。"顾恺之说:"您只是因为眼睛吧!只要把瞳孔画得明亮一点,然后用飞白掠过,这样看起来就像轻云蔽日一样了。"

【注释】

①顾长康:即顾恺之。写:图画。②殷荆州:即殷仲堪。③形恶:长得不好。殷仲堪有一只眼睛失明,所以不愿意被画。④"明府"句:殷仲堪瞎了一只眼,因此不愿意画像。⑤童子:同"瞳子",瞳人。⑥飞白:中国书画的一种笔法,枯笔中露出丝丝白地。

【评析】

当年为了给父亲治病,殷仲堪倾心研究医术,因为不小心把药弄到眼睛里,结果瞎了一只眼睛,正因如此,他认为自己的容貌丑陋不堪,而不愿意让顾恺之画像,而顾恺之则用巧妙的画法掩盖了殷仲堪的缺点。说明当时顾恺之的绘画艺术已经能从写实到写意了,说明他的技艺已经进入了一定的境界。

【历代评点】

《续晋阳秋》曰:恺之图写特效。

高山幽谷画谢鲲

【原文】

顾长康画谢幼舆在岩石里①。人问其所以,顾曰:"谢云:'一

【译文】

顾恺之画谢鲲时,将他画在岩石间。有

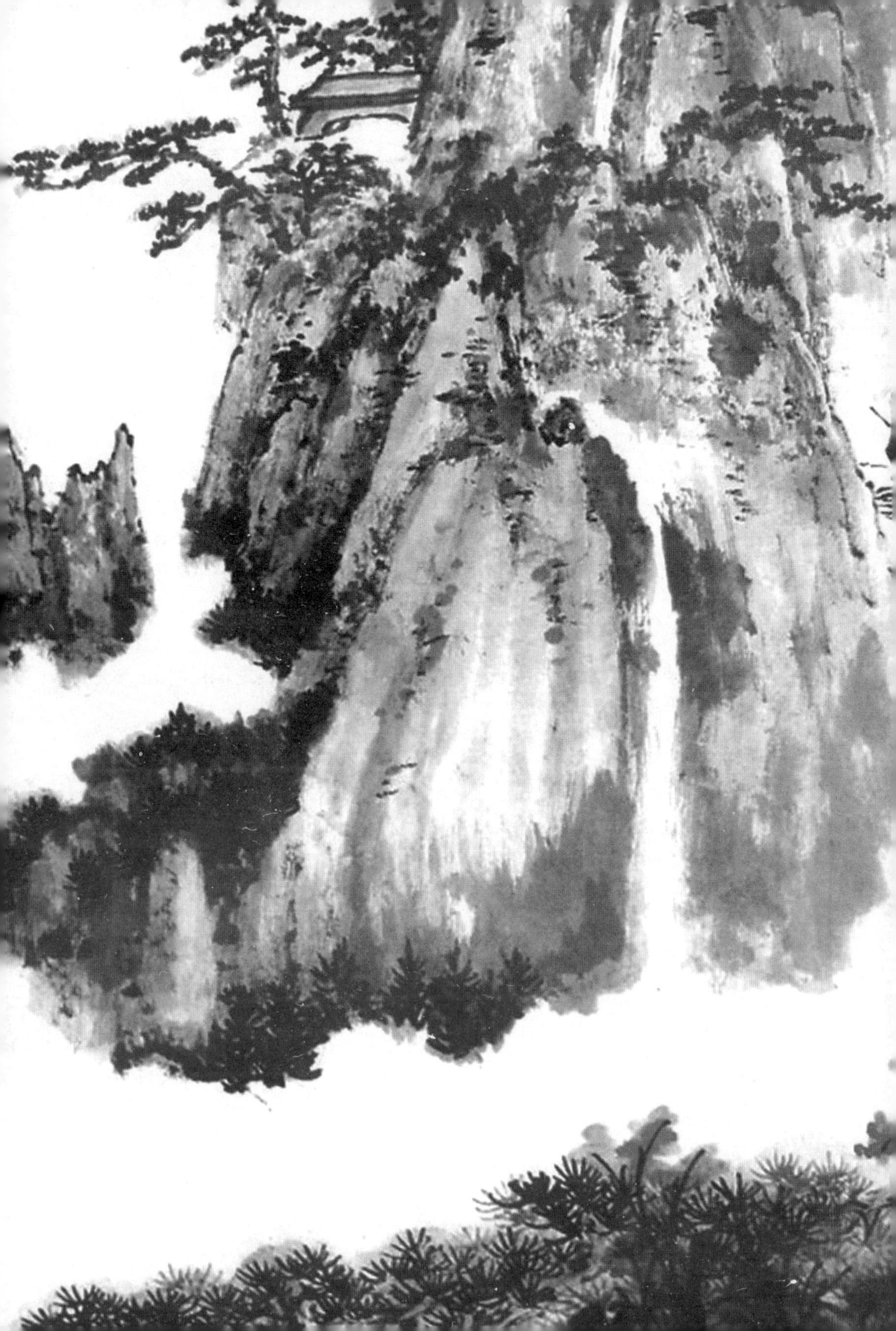

丘一壑，自谓过之②。'此子宜置丘壑中。"

人问他原因，顾恺之说："谢鲲曾说过：'在山水之间陶冶性情，我认为自己超过庾亮'。所以此人应该把他放在高山幽谷之中。"

【注释】

①顾长康：即顾恺之。谢幼舆：即谢鲲。②"一丘一壑，自谓过之"二句：这是谢幼舆回答晋明帝问话时说的话，意思是在山水之间陶冶性情要超过庾亮。

传神写照之笔

【原文】

顾长康画人①，或数年不点目精。人问其故，顾曰："四体妍蚩②，本无关于妙处③；传神写照④，正在阿堵中⑤。"

【译文】

顾恺之画人物肖像，有的好几年都不点上瞳孔。有人问他原因，顾恺之说："形体的美丑，本来就不牵扯到绘画艺术之神妙之处；然而最能够传神的，就在这眼睛当中。"

【注释】

①顾长康：即顾恺之。②妍蚩(chī)：同"妍媸"，美丑。③妙处：绘画艺术之神妙。④写照：画人物肖像。⑤阿堵：这；这个。这里指眼睛。

【评析】

为了能追求更好的效果，顾恺之画人物画的时候，能好几年都不把人的眼珠添上去，因为眼睛最能表现人物的"神"，他对于艺术的追求既要完美又要精妙。

贬斥篇

钟士季精有才理，先不识嵇康。钟要于时贤俊之士，俱注寻康。康方大树下锻，向子期为佐鼓排。康扬槌不辍，傍若无人，移时不交一言。钟起去，康曰：『何所闻而来？何所见而去？』钟曰：『闻所闻而来，见所见而去。』

崇礼第二十二

【题解】

本门为"崇礼"。魏晋是个人才辈出的时代,所以被称为名士的优秀人才备受推崇,而且加上当时动荡不安的政局,当局者为巩固政权,防止自己的利益受到外部侵害,也都努力扩展自己的势力。所以崇礼的目的主要在于笼络人心。

元帝朝会引王导

【原文】

元帝正会①,引王丞相登御床,王公固辞②,中宗引之弥苦③。王公曰:"使太阳与万物同辉④,臣下何以瞻仰!"

【译文】

晋元帝司马睿在正月初一朝会时,拉着丞相王导登上御座,王导执意推辞,晋元帝仍是苦苦地拉他。王导说:"如果太阳和万物一起散发出光辉,那臣子们瞻仰什么呢?"

【注释】

①元帝:即司马睿。②固辞:执意推辞。③中宗:晋元帝司马睿的庙号。④太阳与万物:喻指君主与臣民。

【评析】

晋元帝司马睿能登上皇位,王导是最大的功臣,所以司马睿肯定是拿王导当大恩人了,所以在朝会的时候,硬邀他同坐御座,但是王导也把握得很有分寸,用赞扬的话婉言拒绝了司马睿的邀请。严格遵守君臣之间的规矩和礼仪。

【历代评点】

《中兴书》曰:元帝登尊号,百官陪位,诏王导升御坐,固辞然后止。

袁宏参军释疑惑

【原文】

桓宣武尝请参佐入宿①,袁宏、伏滔相次而至②,莅名③,府中复有袁参军,彦伯疑焉,令传教更质④。传教曰:"参军是袁、伏之袁,复何所疑?"

【译文】

宣武侯桓温曾经让属官入府住宿,袁宏、伏滔先后来到。点名时,府里还有一位袁参军,袁宏怀疑传达教令的属吏点的袁参军不是自己,就让负责传达的小吏再问问。小吏说:"参军就是袁、伏中的袁参军,又有什么疑惑的?"

【注释】

①桓宣武:即桓温。②袁宏:字彦伯。伏滔:字玄度。袁、伏二人都是桓温手下的参军,当时并称为"袁伏"。③莅(lì)名:通名;通报来人的姓名。④传教:传达教令的属吏。质:查问。

【评析】

袁宏只是当了个小小的参军,并没有想到会得到桓温这样的礼遇,因为桓温一向都是个高高在上的人,袁宏不敢相信桓温邀请的就是自己,小吏的回答才让他确定了。其实袁宏文笔典雅,才思敏捷,早就深受桓温器重了。

【历代评点】

王世懋云:"莅名二字,可传典故。"

朱铸禹云:"莅名,盖列名于入宿之数,似桓征入宿备朝夕顾问,在当时为宠近尊礼也。"凌濛初云:"《补》(即指王世贞《世说新语补》)中删此,令人不知袁、伏之袁,后须溪之批,竟似无谓。"(按:据凌批,此条后或有刘辰翁批语,惜其不传。)

髯参军,短主簿

【原文】

王珣、郗超并有奇才①,为大司马所眷拔②。珣为主簿,超为记室参军。超为人多髯,珣状短小。于时荆州为之语曰:"髯参军,短主簿。能令公喜,能令公怒③。"

【译文】

王珣、郗超二人都是奇才,受到大司马桓温的器重提拔。王珣担任主簿,郗超担任记室参军。郗超胡子浓密,王珣身材矮小,当时荆州人给他们编了歌谣说:"大胡子参军,矮个子主簿,能让桓公欢喜,也能让桓公发怒。"

【注释】

①郗超：即郗景兴。②大司马：指桓温，当时担任荆州刺史。眷拔：眷顾、提拔。③"能令公喜，能令公怒"：意思是他们受到桓温的宠信，因而能够左右桓温的喜怒好恶等感情。

【评析】

王珣、郗超都有不俗的才华，备受桓温的器重，二人长得也各有特色，当时荆州的人们根据他们的长相特征给他们编了个歌谣，以此证明他们两个人的才能及对桓公的重要性。

【历代评点】

《续晋阳秋》曰：超有才能，珣有器望，并为温所昵。

刘惔交好许询

【原文】

许玄度停都一月①，刘尹无日不往②，乃叹曰："卿复少时不去，我成轻薄京尹③！"

【译文】

许询在京都待了一个月，丹阳尹刘惔没有一天不去看他的，刘惔感叹道："你再有几天不走，我就成了不务正业的京兆尹了。"

【注释】

①许玄度：即许询。②刘尹无日不往：刘尹：即刘惔刘真长。许询和刘惔都善于清谈，《世说新语》原注引《语林》说："玄度出都，真长九日十一诣之。"③京尹：即京兆尹，京都地区的行政长官。刘惔当时担任丹阳尹。轻薄：不务正业。

【评析】

丹阳尹刘惔和许询两个人相交甚好，所以许询在京都的时候，刘惔每天尽管有繁重的工作要去处理，能放开公务跑去找许询。他虽然知道这样做是不对的，但他还是每天去，由此可以看出许玄度对刘惔的重要！

【历代评点】

[日]秦士铉云："以屡诣致职事荒废，故曰轻薄，注中'薄德'意亦同。"

凌濛初云："得刘尹如此，甚难，甚难。"

李贽云："知己实难，吾何（疑当作可）以死也！"（《初谭集·师友·知己》）

伏玄度自夸作父

【原文】

孝武在西堂会①,伏滔预坐②。还,下车呼其儿,语之曰:"百人高会,临坐未得他语,先问'伏滔何在?在此不?'此故未易得③。为人作父如此,何如?"

【译文】

晋孝武帝司马曜在西堂集会,伏玄度也在座。回家后,一下车就招呼他儿子,对他说:"上百人的聚会,皇上就座后没说别的,先问:'伏玄度在哪?在这里吗?'这确实难得,为人在世,作父亲的能够这样,如何?"

【注释】

①孝武:即晋孝武帝。西堂:东晋皇宫的厅堂名,即太极殿的西厅。②伏滔:即伏玄度。③此故未易得:孝武帝如此对我,一般人是得不到的。

【评析】

在桓温手下当参军的时候,伏玄度就和袁宏一起并称为"袁伏"。他是远近闻名的大学者,深受桓温的尊重和礼遇。在武帝西堂集会的时候,他因为才学深厚被任命为著作郎,专掌国史,并任本州大中正,得到了孝武帝器重。文中介绍,在集会中晋武帝在上百人的聚会中就座后什么也没说,就先问伏玄度在哪,这也不是一般人能享受到的待遇,说明伏玄度确实有能力,得到皇帝的器重自然让伏玄度有种欣喜若狂的感觉。

【历代评点】

王世懋云:"何器小乃尔!袁虎所以耻为伍也。"

李贽云:"十分像。"又云:"亦俗亦不俗。"(《初谭集·父子·俗父》)

方苞云:"百人高会,先问伏滔;下车呼儿,自夸作父。喜动眉宇,千载如见。"

羊孚卧病语卞卿

【原文】

卞范之为丹阳尹①,羊孚南州暂还②,往卞许,云:"下官疾动③,不堪坐。"卞便开帐拂褥,羊径上大床,入被须枕④。卞回坐倾睐⑤,移晨达莫⑥。羊去,卞语曰:"我以

【译文】

卞范之担任丹阳尹时,羊孚从南州临时回京,去卞范之家里,对他说:"我的药性发作了,坐不住。"卞范之就撩开帐子,铺好被褥,羊孚径直上了床,钻进被子后就靠着枕头。卞范之侧身坐着望着他,从早晨直到晚上。羊孚离开时,卞范之对他说:"对于谈论义理我对

第一理期卿⑦,卿莫负我。"　你抱有最高的期望,你千万不要辜负我呀。"

【注释】

①卞范之:字敬祖,小字鞠,济阴冤句人。起初担任桓玄的长史,桓玄篡位后任丹阳尹,后被杀。②南州:城名,又名姑孰,故址在今安徽当涂。③疾动:杨勇《世说新语校笺》说:"药发动也,羊亦服五石散者。"④须枕:靠着枕头。⑤倾睐(lài):斜着眼睛看,这里指注目看着。⑥莫:同"暮"。⑦以第一理期卿:这里意思是对于谈论义理对你抱有最高的期望。

【历代评点】

丘渊之《文章录》曰:范之字敬祖,济阴冤句人。祖畏,下邳太守。父循,尚书郎。桓玄辅政,范之迁丹阳尹。玄败,伏诛。

任诞第二十三

【题解】

本门反映的是魏晋士人对于传统礼教的蔑视,主要表现在他们的生活方式上,多以借酒浇愁以求让精神得到超脱,回归自然。这既是魏晋士人对于旧礼制的反抗,也是那些名士们处于黑暗政治环境中,对于自由的向往和对现状的无奈。

竹林七贤

【原文】

陈留阮籍,谯国嵇康,河内山涛三人年皆相比①,康年少亚之。预此契者②,沛国刘伶、陈留阮咸、河内向秀、琅邪王戎③。七人常集于竹林之下,肆意酣畅,故世谓"竹林七贤"。

【译文】

陈留的阮籍、谯国的嵇康、河内的山涛三个人年岁相仿,嵇康的年纪比他们稍微小些。参加他们聚会的还有沛国的刘伶,陈留的阮咸、河内的向秀、琅邪的王戎。七人常在竹林下聚会,开怀畅饮,所以世人称他们为"竹林七贤"。

【注释】

①相比:相近。②契:聚会。③王戎:即王安丰。

【评析】

"竹林七贤"大都"弃经典而尚老庄,蔑礼法而崇放达"。而且经常聚集在竹林纵酒放任,愤世嫉俗,也带动了整个魏晋名士旷达不羁风气的传播,他们敢于和腐败的政治集团做抗争,所以,"竹林七贤"自古至今一直被人们称颂。

【历代评点】

顾炎武云:"讲明《六经》,郑玄、王肃为集汉之终;演说老、庄,王弼、何晏为开晋之始。以至国亡于上,教沦于下,姜戎互僭,君臣屡易,非林下诸贤之咎而谁咎哉?"(《日知录》卷十三《正始》)

阮籍服丧饮酒

【原文】

阮籍遭母丧,在晋文王坐进酒肉①。司隶何曾亦在坐②,曰:"明公方以孝治天下,而阮籍以重丧显于公坐饮酒食肉③,宜流之海外④,以正风教。"文王曰:"嗣宗毁顿如此⑤,君不能共忧之,何谓?且有疾而饮酒食肉,固丧礼也⑥!"籍饮啖不辍,神色自若。

【译文】

阮籍在为母亲服丧期间,在晋文王司马昭的宴席上喝酒吃肉。司隶校尉何曾也在座,他对文王说:"您正在以孝治国,而阮籍却在母丧期间出席您的宴会还喝酒吃肉,应该把他流放到边远的地方,以端正风俗教化。"文王说:"嗣宗如此悲伤消沉,您不能分担他的忧愁,为什么还这样说呢?况且身体不适而饮酒吃肉,这也是符合丧礼的呀!"阮籍依旧在喝酒吃肉,神色自若。

【注释】

①晋文王:即司马昭。②何曾:字颖考,三国时魏国陈郡阳夏人,以高雅著称,曾任司隶校尉,入晋后官至太宰。③重丧:重大的丧事,指父亲或母亲去世。④流:流放。海外:本指我国国境以外的地方,这里泛指边远地区。⑤毁顿:指居丧过哀而导致损害身体、神情疲惫。⑥"固丧"句:据《礼记·曲礼上》说,居丧时如身体疲乏不舒适可以饮酒食肉,这也合于丧礼;如居丧不能坚持到底才是最大的不孝。

【评析】

在受礼法约束的年代,任性不羁的阮籍总是以各种怪诞的行为来表示自己的特立独行。母亲去世,他在为母亲服丧期间,纵情酒肉,结果遭到弹劾,但是晋文帝司马昭却从《礼记》里给他找到了借口,其实他只不过是避开世俗礼教,自然地对待悲喜,这才是真性情所在。

【历代评点】

方苞云:"籍性至孝,而居丧不率常礼,当时文俗之士深所仇疾。"

陈寅恪云:"可知阮籍虽不及嵇康之始终不屈身司马氏,然所为不过'禄仕'而已,依旧保持其放荡不羁之行为,所以符合老庄自然之旨,故主张名教身为司马氏佐命元勋如何曾之流欲杀之而后快。观于籍于曾之不能相容,是当时人心中自然与名教不同之又一例证也。夫自然之旨既在养生遂性,则嗣宗之苟全性命仍是自然而非名教。又其言必玄远,不评析时事,臧否人物,则不独用此免杀身之祸,并且将东汉末年党锢诸名士具体指斥政治表示天下是非之言论,一变而为完全抽象玄理之研究,遂开西晋以降清谈之风派。然则世之所谓清谈,实始于郭林宗,而成于阮嗣宗也。"

鲁迅云:"晋礼居丧之时,也要瘦,不多吃饭,不准喝酒。但在吃药之后,为生命计,不能管得许多,只好大嚼,所以就变成'居丧无礼'了。居丧之际,饮酒食肉,由阔人名流

倡之,万民皆从之,因为这个缘故,社会上遂尊称这样的人叫作名士派。"

刘伶病酒

【原文】

刘伶病酒①,渴甚,从妇求酒。妇捐酒毁器②,涕泣谏曰:"君饮太过,非摄生之道③,必宜断之!"伶曰:"甚善。我不能自禁,唯当祝鬼神自誓断之耳④!便可具酒肉。"妇曰:"敬闻命。"供酒肉于神前,请伶祝誓。伶跪而祝曰:"天生刘伶,以酒为名,一饮一斛,五斗解酲⑤。妇人之言,慎不可听。"便引酒进肉,隗然已醉矣⑥。

【译文】

刘伶喝醉了,口渴得厉害,就向妻子要酒喝。妻子把酒倒掉,把装酒的家什也毁了,哭着劝阻刘伶说:"你喝酒喝得太过分了,这不是养生的办法,应该戒掉!"刘伶说:"说得很对。不过我自己不能控制酒瘾,只有向鬼神祷告发誓才能戒掉啊。你去准备祈祷用的酒肉吧。"妻子说:"就照您的话办。"于是就把酒肉供奉在神像前,让刘伶祷告发誓。刘伶跪下祷告道:"天生刘伶,靠喝酒而出名,一喝就是十斗,五斗解除酒病。妇道人家的话,千万不要去听!"说完就拿起酒肉吃喝起来,一会儿就又喝得醉醺醺地倒下了。

【注释】

①刘伶:字伯伦,以嗜酒出名。病酒:醉酒后引起较长时间的身体不适。②捐酒毁器:舍弃了酒并砸毁了酒器。③摄生:养生。④祝鬼神:向鬼神祷告。⑤酲(chéng):醉酒后神志模糊的状态。⑥隗(wěi)然:醉倒的样子。

【评析】

刘伶给人的感觉总是极其怪诞,玩世不恭,他是因为活在污浊的乱世,却又无力挽救当时的社会,所以只好放浪形骸,同时借着酒醉的言语行动,来表示他憎恨虚伪的道德礼教,以及自己内心对自然纯真的追求。但是他的这种行为比竹林七贤中的其他人表现得更为痴迷,完全沉醉到酒中,不把世俗礼教放在眼里。

【历代评点】

钱钟书云:"初意醉酒而复饮酒以醒酒,或由

刘伶贪杯,借口自文,观此疏乃知其自用古法。西俗亦常以酒解酒恶,度词曰:'为狗所啮,即取此狗之毛烧灰疗创。'"(按:观此疏,指《全后汉文》卷一九第五伦《上疏论窦宪》,中有"犹解酲当以酒也"之句,钱氏乃引《世说》此条解之。)

阮籍因酒调任

【原文】

步兵校尉缺①,厨中有贮酒数百斛②,阮籍乃求为步兵校尉。

【译文】

步兵校尉的职位空缺了,听说步兵营的厨房里还有几百斛酒,阮籍就请求调去做步兵校尉。

【注释】

①步兵校尉:官名,西汉设置的屯兵八校尉之一,魏晋时统领宿卫部队。②厨:指步兵营厨房。

【评析】

当时很多大官都想拉拢阮籍来提高自己的声誉,因为他是个奇才,连司马昭也有笼络他的意思。阮籍主动向司马昭要求担任步兵校尉,司马昭也总是顺着阮籍,立刻任命他为步兵校尉。但是阮籍看重的并不是这个官位,而是他听说步兵营厨房里贮有陈年美酒三百斛,于是就禁不住诱惑,请求调职前往上任。

【历代评点】

顾炎武云:"唐姚合为武功尉,其《县居诗》曰:'朝朝门不闭,长似在山时。'在旷达之士犹且为之,而况于大贤也。"(《日知录》卷九《关防》)

刘伶纵酒放达

【原文】

刘伶恒纵酒放达①,或脱衣裸形在屋中②,人见讥之。伶曰:"我以天地为栋宇,屋室为裈衣③,诸君何为入我裈中!"

【译文】

刘伶经常不加节制地喝酒,任性放纵,有时脱去衣服,赤身裸体地待在屋子里。有人看到后就笑他,刘伶说:"我把天地当作房子,把屋子当作衣裤,你们怎么钻进我的裤子里来了!"

【注释】

①放达：放浪形骸。②或：有时。③裈(kūn)：裤子。

【评析】

借着酒醉来抒发自己内心对政治和世俗的不满，以及对自己所希望的生活的向往。如此，我们便不难理解他这种狂放、任性的行为了。

【历代评点】

李贽云："不是大话，亦不是白话。"(《初谭集·师友·酒人》)

阮籍探嫂

【原文】

阮籍嫂尝还家，籍相见与别。或讥之，籍曰："礼岂为我辈设耶①？"

【译文】

阮籍的嫂嫂曾经回娘家，阮籍去看她并和她告别。有人以此嘲笑阮籍，阮籍说："俗人的礼教难道是为我们这些人设立的吗？"

【注释】

①礼：俗人的礼教，这里指《礼记·曲礼上》中"嫂叔不通问"的规定。

【评析】

古代一向讲究"男女有别"，本来嫂子要回娘家，按照礼数，他是不能去送别的，可是阮籍不仅前去替嫂子饯行，还特地送她上路。总会有些老道学夫学者会对此进行批评指点，但是阮籍满不在乎地说："孔孟礼教又不是给我们这样的人设立的，跟我有什么关系。"

【历代评点】

陈梦槐云："此语与'名教中自有乐地'俱胜。"

李贽云："漫！"(《初谭集·夫妇·贤夫》)

阮籍当垆酤酒

【原文】

阮公邻家妇①，有美色，当

【译文】

阮公(阮籍)邻居家的妻子长得很美，在酒

垆酤酒②。阮与王安丰常从妇饮酒③。阮醉，便眠其妇侧。夫始殊疑之，伺察，终无他意。

垆边卖酒。阮籍和安丰侯王戎经常到这家妇人那里喝酒，阮籍喝醉后，就在妇人的身边睡着了。那个妇人的丈夫起先还怀疑阮籍有不轨举动，就伺机观察，结果发现他并没有什么企图。

【注释】

①阮公：即阮籍。②垆(lú)：酒家安置酒坛的土台。酤酒：卖酒。③王安丰：即王戎。

【评析】

阮籍听说隔壁邻居的妻子长得很漂亮，在那卖酒，于是便经常和王戎去她那里喝酒，可是一次喝醉后就躺在那妇人旁边睡着了，这要放在别人身上，那是不敢造次的，那不知道会引来多大风波。但是阮籍风流却不下流，因其行为怪异，美妇的丈夫也不认为他有什么不轨。这是他名士风度的一个重要表现。

【历代评点】

冯梦龙云："《礼》云：'知死不知生，哭而不吊。'步兵亦犹行古之道也。子猷看竹，不问主人，亦是此意。"(《情史》卷五《情豪类》按："子猷看竹，不问主人"，事见《简傲》篇。)

李贽云："淡！"(《初谭集·夫妇·贤夫》)

钟惺云："不相识而哭，方见真好色。不然哭亦常情，呆鸟乎好？"

阮籍蒸豚葬母

【原文】

阮籍当葬母，蒸一肥豚①，饮酒二斗，然后临诀，直言："穷矣②！"都得一号③，因吐血，废顿良久④。

【译文】

阮籍在埋葬母亲时，蒸了一头小猪，喝了两斗酒后，然后就向母亲的遗体诀别，只喊了一声："完了！"一共就这么一声叫唤，紧接着就口吐鲜血，身体受损，萎靡不振，从此很长时间无法恢复。

【注释】

①豚：小猪。②穷：穷尽、完了。晋时洛下习俗，孝子遭父母丧，按照惯例要哭喊"奈何"、"穷"。③号：大哭、大嚷。④废顿：萎靡不振、沮丧。

【评析】

阮籍丧母，但是他的表现却和别人截然相反，他非常孝敬母亲，尽管要反叛一下，到最后还是克制不住自己的悲痛，口吐鲜血。

【历代评点】

王世懋云:"非复人情。"

李慈铭云:"案父母之丧,苟非禽兽,无不变动失据。阮籍虽曰放诞,然有至慎之称。文藻斐然,性当不远。且仲容丧服追婢,遂为清议所贬,沉沦不调。阮简居丧偶黍脓,亦至废顿,几三十年。嗣宗晦迹尚通,或者居丧不能守礼,何至闻母死而留棋决赌,临葬母而饮酒烹豚?天地不容,古所未有。此皆元康之后,八达之徒,沉溺下流,妄诬先达,造为悖行,崇饰恶言,以籍风流之宗,遂加荒唐之论。争为枭獍,坐致羯胡率兽食人,扫地都尽。邓粲所纪,《世说》所贩,深为害理,贻误后人。有志名教者,亟当辞而辟之也。"

钱穆云:"如此行径,虽若奇特,推其心理,亦由求实际而爱批评中来。其根源亦在《论衡》。……嗣宗非不孝其母,然母则既死,匍匐而归,哭泣蹯踊,此复奚益?朝一溢米,暮一溢米,食粥自苦,于死何关?所以临诀而饮二斗酒,又加以一蒸豚,而曰'礼岂为我辈设也',此非王充薄葬之意乎?"(《国学概论·晚汉之新思潮》)

余嘉锡云:"以空言翻案,吾所不取。籍之不顾名教如此,而不为清议所废弃者,赖司马昭保持之也。观何曾事自见。"

阮咸晒衣

【原文】

阮仲容、步兵居道南①,诸阮居道北。北阮皆富,南阮贫。七月七日,北阮盛晒衣,皆纱罗锦绮②。仲容以竿挂大布犊鼻裈于中庭③。人或怪之,答曰:"未能免俗,聊复尔耳④。"

【译文】

阮咸和他的叔父阮籍住在道南,其他阮姓人家住在道北。道北的阮姓人家都很富裕,道南的阮姓人家都比较贫穷。七月七日,道北的阮家大晒衣服,全是绫罗绸缎,光彩耀眼夺目。仲容(阮咸)却用竹竿挂起粗布裤裙晾在庭院里。有人对此感到很奇怪,阮咸就答道:"无法免除习俗,就只好姑且这样应景罢了。"

【注释】

①阮仲容:即阮咸。字仲容,是阮籍的侄儿,竹林七贤之一。步兵:即阮籍。②"七月"句:旧时风俗,七月七日晒衣裳、书籍,据说这样就不会受虫蛀。③犊鼻裈(kūn):一种干杂活时穿的裤裙,无裆形如小牛鼻。④尔:这样。耳:语气词,表示限止,相当于"罢了""而已"。

【评析】

在院子里面挂出粗布裤裙,和北阮的纱罗锦绮形成鲜明的对比,自然地表现出阮咸任达不拘礼节。这时候的他其实还只是个少年,但作风却也与阮籍不相上下,而那位阮籍,就是他的叔父,两人合称为"大小阮"。虽然叔侄间有辈分差距,但却不拘形迹,经常像朋友一样共同游息,那种放浪不羁的生活作风,的确各有千秋。

【历代评点】

李贽云:"人旷我亦旷,如此而已。"(《初谭集·师友·酒人》)

阮籍吊母,各得其所

【原文】

阮步兵丧母,裴令公往吊之①。阮方醉,散发坐床,箕踞不哭②。裴至,下席于地③,哭,吊唁毕便去。或问裴:"凡吊,主人哭,客乃为礼④。阮既不哭,君何为哭?"裴曰:"阮方外之人⑤,故不崇礼制。我辈俗中人,故以仪轨自居⑥。"时人叹为两得其中⑦。

【译文】

阮籍的母亲去世了,中书令裴楷前去吊唁。阮籍喝醉了酒,披头散发,伸着腿坐在床上,哭都不哭。裴楷到了后,把垫席放在地上哭泣哀悼,吊唁完后就走了。有人问裴楷:"但凡吊唁的时候,主人哭,客人才还礼。阮籍都没有哭,你为什么还要哭呢?"裴楷说:"阮籍是超脱世俗的人,因此不遵从礼制。而我们是世俗中人,因此要按照礼节行事。"当时的人们都赞叹他们各得其所。

【注释】

①裴令公:即裴楷。②箕(jī)踞(jù):伸着腿坐着。③下:放下,放置。即将席放在地上。④乃:副词,仅仅,才。⑤方外:世俗之外。⑥仪轨:指礼法、礼制。⑦中:通"当",适当,得当的意思。

【评析】

按照世俗的礼制,母亲去世了,阮籍本该坐在一边哭丧,然后给吊唁的人谢礼,阮籍全然没有理会这些世俗,只是自顾自地在一边喝酒,而且披头散发。刚好裴楷去阮籍家吊唁,他一进去就先哭了,哭完后就走。因为在裴楷看来,阮籍是个超脱世俗的人,所以他做事从不会按照礼制去做,但是对一般人来说所必须遵从的礼制还是要遵守的。

【历代评点】

王世懋云:"岂可以嗣宗为得中?此言何可训也?"

李贽云:"戴子通。"(《初谭集·父子·孝子》)

阮家相向大酌

【原文】

诸阮皆能饮酒,仲容至宗人间共集①,不复用常杯斟酌②,以大瓮盛酒,围坐,相向大酌。时有群猪来饮,直接去上,便共饮之。

【注释】

①仲容:即阮咸。②常杯:普通的杯子。

【译文】

阮家这一族人都很能喝酒,阮咸到宗族亲友集会的时候,便不再用普通的杯子斟酒,而是用大瓮装酒,大家围坐在一起,共同畅饮,这时候有一群猪也来饮酒,他们径直把浮面一层酒舀掉,就又一道喝起来。

【评析】

这是一种自虐式的狂放,是对现实失望之后的否定。正如宗白华先生所说:"魏晋人以狂狷来反抗这乡原的社会,反抗这桎梏性灵的礼教和士大夫阶层的庸俗,向自己的真性情、真血性里发掘人生的真意义、真道德。这是真性情、真血性和这虚伪的礼法社会不肯妥协的悲壮剧。"

【历代评点】

王世懋云:"无人道矣。"

李贽云:"何须接去,更作牛饮其可。"(《初谭集·师友·酒人》)

阮浑效父

【原文】

阮浑长成①,风气韵度似父,亦欲作达②。步兵曰③:"仲容已预之④,卿不得复尔。"

【注释】

①阮浑:阮籍的儿子。②作达:做放任、旷达的事情。③步兵:即阮籍。④仲容:即阮咸。

【译文】

阮浑长大成人后,风采、气度酷似他的父亲。于是也想效法他的父亲做旷达的人。阮籍对他说:"阮咸已经入我们这一流了,你就不能再这样做了。"

【评析】

阮氏后辈自幼被门风所感染,特别是受到阮籍的影响,都有点类似阮籍的旷达的作风。阮籍却不许他儿子"旷达",其一是他不知道自己为什么要做旷达的人,其二是阮浑所寻求的旷达是不是"徒利其纵恣而已"。因为阮籍旷达的理解,也涉及魏晋时代人们对旷达的理解。以放荡不拘为旷达,并以这种放达士风滥觞,对这些史料进行深入的分析,可知阮籍所表现出来的旷达,特别是阮籍心目中的旷达潇洒,也许不能简单地等同于恣情任性、违礼败俗。在阮籍看来,旷达虽然也表现为违礼败俗,但违礼败俗却绝非旷达的本质特征。

【历代评点】

刘辰翁云:"不成语。"

凌濛初云:"作达何妨再世。"

李贽云:"不是无达意,只是无玄心;不十分无韵,只十分无骨。"(《初谭集·父子·教子》)

李贽又云:"不豪则自不达,不达则自非豪,唯达故豪,一也。但世有慕名作达者,似达而非达,亦有效颦为达者,虽达亦不达。庾公之不遣的卢也,曰:'昔孙叔敖杀两头蛇以为后人,效之,不亦达乎?'方叔敖少时,宁知杀两头蛇之为达而后杀之耶?自分必死,故归而向其母泣。唯自分必死,故宁我见之而死,不欲后人复见之而死也,是之为真达也。遂从而杀之,是之为真豪也。彼岂有心仿效甚本人来耶!是故阮浑欲作达而嗣宗不许,恶其效也。山公之荐咸曰:'清真寡欲,万物不能移也。使在官人之职,必绝妙于时。'识其真也。噫!是岂易与讲道学者谈耶!"(按:李贽《初谭集》卷十七为《师友》篇之七,分《酒人》、《达者》、《豪客》诸目,选取《世说》条目甚多,此段文字为卷末总评。)

钱穆云:"此见籍之所为,自有隐衷,激而出此,故不愿其子弟之效法也。"(《国学概论·魏晋清谈》)

了无异色

【原文】

裴成公妇①,王戎女②。王戎晨往裴许,不通径前③。裴从床南下,女从北下,相对作宾主,了无异色④。

【注释】

①裴成公:即裴頠,谥号为成。②王戎:即王安丰。③不通径前:没通报就直接进入屋内。④了无异色:丝毫没有不自然的样子。

【译文】

裴成公(裴頠)的妻子是王戎的女儿。王戎一清早到裴家去,没有经过通报就直接进来了。裴頠从床的南边下来,他妻子从床北面下来,他们和王戎相对而坐,丝毫没有难为情的神色。

【历代评点】

《裴氏家传》曰:领取戎长女。

阮咸借驴追婢女

【原文】

阮仲容先幸姑家鲜卑婢①。及居母丧，姑当远移②，初云当留婢，既发，定将去。仲容借客驴，着重服自追之③，累骑而返④，曰："人种不可失！"即遥集母也⑤。

【注释】

①阮仲容：即阮咸。幸：宠爱。②远：远离。③重服：重孝服。④累骑：同骑。⑤遥集：阮孚，阮咸的儿子，为鲜卑婢所生。

【译文】

阮咸原本已经爱上了姑姑家的一个鲜卑族的婢女，在他为母亲守孝的时候，姑母将要搬到远方去住，刚开始说要把这个婢女留下，但是到了出发的时候，又坚决要将其带走。于是阮咸就借了一个客人的驴子，穿着重孝服亲自去追赶她，然后同这个婢女共骑一头驴回来了，并且说道："后代的种子是不能丢失的。"这个婢女就是阮遥集的母亲。

【评析】

阮咸在与鲜卑婢结婚之前，就已"先幸姑家鲜卑婢"。在居母丧的时候，又因婢的离去而"著重服，自追之"。按礼重孝期间，三月不近女色，然此时重孝与否对他已没多少牵制了，唯一让他挂心的是所爱的女子即将远离。让阮咸越礼纵情者却只不过是姑家一小小鲜卑婢，在等级森严的魏晋门阀制度下，阮咸却为了一小婢女连名士风度、家族荣誉也不顾，借了客人的驴子急忙追赶。这仓猝间流露的真情，岂是一句"人种不可失"可以搪塞过去的。最不能让礼法之士容忍的大概还是他的"累骑而返"，男女有别，不可混杂而坐，他这么一坐，不仅在重孝当头、大庭广众之下表现出了男女亲密关系，还破坏了男尊女卑的游戏规则，拉近了男女双方的地位。

【历代评点】

冯梦龙云："人性寂而情萌。情者怒生，不可阏遏之物，如何其可私也。特以两情自喻，不可闻，不可见，亦惟恐人闻，惟恐人见，故谓之私耳。私而终遂也，雷雨之动，满盈。不遂，而为蝉哀，为蛩怨，为盍旦之求名，为杜宇之啼春。有能终阏人耳目者乎？崔莺有言：'必也君乱之，君终之。'是乃所谓善补过者。微之薄幸，吾无取焉。我辈人亦自有我辈事，慎勿以须臾之欢，而误人于没世也。"（《情史》卷三《情私类》）

李贽云："甚矣，声色之迷人也。破国亡家，丧身失志，伤风败类，无不由此，可不慎欤！然汉武以雄才而拓地万馀里，魏武以英雄而割据有中原，又何尝不自声色中来也。嗣宗、仲容流声后世，故以此耳。岂其所破败者自有所在，或在彼而未必在此欤！吾以是观之，若使夏不妹喜，吴不西施，亦必立而败亡也。周之共主寄食东西，与贫乞何殊？一饭不能自给，又何声色之娱乎！固知成身之理，其道甚大，建业之由，英雄为本。彼琐琐者，非恃才妄作，果于诛戮，则不才无断，威福在下也。此兴亡之所在也，不可不慎也。"
(《初谭集·夫妇·贤夫》)

[日]秦士铉云："盖刻胡人之形象于榻，故云遥集上榻。"

任恺失势，独木难支

【原文】

任恺既失权势①，不复自检括②。或谓和峤曰："卿何以坐视元裒败而不救？"和曰："元裒如北夏门③，拉攞自欲坏④，非一木所能支。"

【译文】

任恺失去权势后便不再检点约束自己。有人对和峤说："你怎么看着任恺失势而不去帮助他呢？"和峤说："任恺就好比北夏门，一旦倾斜断裂就自然要倒塌，这不是一根木头所能支撑得住的。"

【注释】

①任恺：字元裒。晋乐安博昌人，有治国之才。最初为魏国官员，担任中书侍郎。入晋后历任侍中、太子少傅、吏部尚书。此人有经国之才干，性情忠正耿直，与贾充争权，因失势不得志而死。和峤曾与他非常交好，但却不曾以口舌相救。②检括：检点约束。③北夏门：洛阳的北门。④拉攞(luǒ)：裂开、断裂。

【评析】

任恺的胆识及治国才能，得到了晋武帝的器重，让其参与朝政。任恺因为看不惯尚书令贾充的为人，而得罪了他。所以贾充便千方百计地诬告任恺，因为任恺为人耿直，最后两人仇恨加深，最终任恺被贾充诬告而被罢官。像任恺这样有眼光有抱负的人却因为与小人结仇，而使得自己有才能却无处发挥，于是放任自流，肆无忌惮以告慰自己的失意与不甘，此时更是听不进去别人的劝告了。

【历代评点】

《晋诸公赞》曰：恺字元裒，乐安博昌人。有雅识国干，万机大小多综之。与贾充不平，充乃启恺掌吏部，又使有司奏恺用御食器，坐免官，世祖情遂薄焉。

刘宝还豚断恩情

【原文】

刘道真少时①，常鱼草泽②，善歌啸，闻者莫不留连。有一老妪，识其

【译文】

刘宝年轻的时候，常常在湖沼中捕鱼。他善于歌吟长啸，但凡听到的人无不流连

非常人,甚乐其歌啸,乃杀豚进之,了不谢。妪见不饱又进一豚。食半余半,乃还之。后为吏部郎,妪儿为小令史,道真超用之,不知所由,问母,母告之,于是赍牛酒诣道真③。道真曰:"去,去!无可复用相报。"

【注释】

①刘道真:即刘宝。晋高平人,曾是苦役犯,后来被司马骏赎出,官从侍中郎。②鱼:捕鱼、捉鱼。③赍(jī):携带。

忘返。有一个老妇人,看出了他的与众不同,也非常喜欢他高声吟唱,于是就杀了一只小猪给他吃。刘宝吃完后,连谢意都没有。老妇人看他没有吃饱的样子,于是就又杀了一只小猪给他吃。刘宝这次是吃完了一半,剩了一半,于是就把剩下的还给了老妇人。后来,刘宝做了吏部郎,老妇人的儿子做了小令史,刘宝就破格任用他。老妇的儿子不知道是什么原因,因此就回家问母亲,母亲告诉他原因,于是老妇人的儿子就带着牛肉和酒去拜访刘宝。刘宝却说道:"走开,走开,我没有什么可以再用来回报你的了。"

【评析】

从老妇人热情招待他,他连谢谢都不说,到老妇人的儿子知道自己被破格任用,是因为母亲曾经有恩于自己的上司刘宝,便带着礼物去感谢刘宝,而刘宝却误会他是索要回报,不耐烦地把他轰走了。这些只能说明刘宝为人坦率任性,做事毫不考虑别人的感受,"直率"得有点让人接受不了。

【历代评点】

无名氏云:"高达夫诗'怎可狂歌草泽中',本此。"
刘辰翁云:"市井笑语。"

今朝有酒今朝醉

【原文】

张季鹰纵任不拘①,时人号为"江东步兵"。或谓之曰:"卿乃可纵适一时②,独不为身后名邪?"答曰:"使我有身后名,不如即时一杯酒!"

【译文】

张季鹰生性任情适性,放诞不羁,当时的人们称他为"江东步兵"。有人对他说:"你怎么可以总是放纵欢快一时,难道你就不考虑一下自己身后的名声吗?"张说:"与其让我身后有好名声,还不如现在有一杯酒。"

【注释】

①张季鹰:即张翰,字季鹰,江东吴郡人,曾任大司马东曹橼,不久弃官。②乃可:同"那可",岂可,怎么能。纵适一时:放纵欢快一时。

【评析】

张季鹰纵情嗜酒,放任不羁,所以当时的人就把他和阮籍相提并论,所谓的"江东步兵"就是指他们两个人,他所说的"使我有身后名,不如即时一杯酒!"被后世人们经常引用,大有"今朝有酒今朝醉"的意思。

【历代评点】

刘盼遂云:"以季鹰拟阮嗣宗也。"

王世懋云:"季鹰此意甚远,欲破世间啖名客耳。渠亦那能尽忘?本为忘名,乃令此言千载。"

李贽云:"正身后名也。"(《初谭集·师友·酒人》)

袁中道云:"真名言。"(《舌华录》卷五《韵语》)

陆树声云:"张季鹰因秋风起,思吴中莼菜鲈鱼,幡然曰:'人生贵适志,安能羁宦数千里,以要名爵?'观其语顾荣曰:'天下纷纷,祸难未已。夫有四海之名者,求退良难。吾本志山林,无望于时。'故托言以去,而或者乃谓之曰:'子独不为身后名?'不知翰方逃名当世,何暇计身后名耶?"(《长水日抄》)

张季鹰闻琴遇贺循

【原文】

贺司空入洛赴命①,为太孙舍人,经吴阊门,在船中弹琴。张季鹰本不相识,先在金阊亭,闻弦甚清,下船就贺,因共语,便大相知说②。问贺:"卿欲何之?"贺曰:"入洛赴命,正尔进路。"张曰:"吾亦有事北京,因路寄载。"便与贺同发。初不告家,家追问,乃知③。

【译文】

司空贺循奔赴洛阳,接受任命,做太孙舍人。路过吴地的阊门时,他在船上弹琴。张季鹰本来不认识他,这时候正在金阊亭上,听见琴声非常清纯悦耳,于是就下船同贺循相见。因此在一起交谈,彼此意气相投。张季鹰问贺循:"您要到哪里去呢?"贺循说:"到洛阳任职,正赶路呢。"张季鹰说:"我也有事要去京城,就顺路搭您的船吧。"于是就与贺循一同起程,没有同家里人说,直到家里追寻才知道。

【注释】

①司空:即贺循。会稽郡山阴人,死后赠司空。曾任武康县令,后召补太子舍人,才进京。太子死后,其子立为皇太孙,贺循可能转为太孙舍人。②大相知说:意气相投。③乃:副词,才,仅仅。

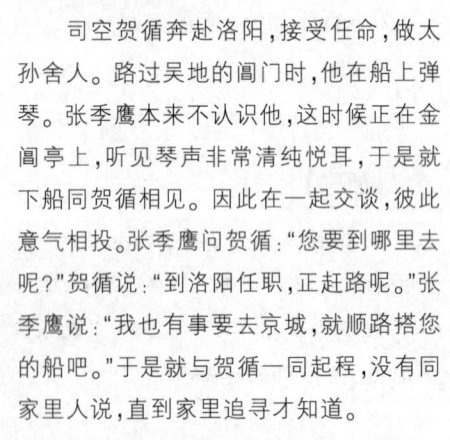

【评析】

张翰为贺循的琴声所吸引,两人通过进一步交流,发现原来是意气相投的知音,张翰就跟随要去上任的贺循一路北上,谁也没告诉,连家里也没有通知一声,确实是相当任性。

【历代评点】

王世懋云:"此故有致。"

方苞云:"素昧平生,闻琴相就,达哉翰也!不告家而去,尤达。"

祖逖敢作敢言

【原文】

祖车骑过江时①,公私俭薄②,无好服玩。王、庾诸公共就祖,忽见袈裟重叠,珍饰盈列。诸公怪问之,祖曰:"昨夜复南塘一出。"祖于时恒自使健儿鼓行劫钞③,在事之人,亦容而不问④。

【译文】

祖逖刚过江时,公家和个人都不怎么宽裕,没有什么名贵的衣服和玩赏物品。王导、庾亮这些名流一起去看望祖逖,忽然发现他的皮衣一件又一件,珍宝服饰到处都是。大家都感到非常惊讶,就问他,祖逖说:"昨天夜里又到淮河南岸去了一趟。"祖逖当时总是派一些武士去公开进行抢劫,当权者也容忍他,从不追究这些事情。

【注释】

①祖车骑:即祖逖。 ②公私俭薄:于公于私都不是很富裕。 ③劫钞:同"劫抄",类同于现在的拦路抢劫。 ④容而不问:容忍其行为而不去责问。

【评析】

祖逖刚过江的时候,公家和私人都比较拮据,所以吃穿用度都没有什么太好的,为了改善这样的环境,他公然派自己的武士们进行抢劫,但是那时候祖逖的名声大,被抢劫那一带的管辖者碍于他的声威,也只好作罢了。

【历代评点】

王世懋云:"未闻嵇、阮作贼。"

李贽云:"击楫渡江,誓清中原,使石勒畏避者,此盗也。俗儒岂知!"(《初潭集·师友·豪客》)

袁中道云:"能作能言,必非凡盗。"(《舌华录》卷二《豪语》)

余嘉锡云："宾客攻剽，而邀拥护之者，此古人使贪使诈之术也。孟尝君以鸡鸣狗盗之徒为食客，亦是此意。谈者少之，遂归罪于邀，以为自使健儿劫钞矣。"

孔群好饮酒

【原文】

鸿胪卿孔群好饮酒①，王丞相语云②："卿何为恒饮酒？不见酒家覆瓿布③，日月糜烂？"群曰："不尔，不见糟肉④，乃更堪久？"群尝书与亲旧："今年得七百斛秫米⑤，不了曲糵事⑥。"

【译文】

鸿胪卿孔群酷爱饮酒，丞相王导对他说道："你怎么总是喝酒呢？难道没有见过酒店里用来盖酒坛子的布，时间久了就腐烂了吗？"孔群却说："不是这样。难道您没有见过糟肉反而更长久吗？"孔群曾写信给亲戚故友说："今年田里收成有七百觥高粱，还不够酿酒用。"

【注释】

①孔群：字敬休，东晋时官至御史中丞。按：这里说孔群是鸿胪卿，实是大鸿胪（隋代以后改称鸿胪寺卿），掌管朝祭礼仪等；东晋时有事则临时设置，无事则省。②王丞相：即王导。③瓿(bù)：圆口、深腹、圆足的器物，用来盛酒或水。④糟肉：用酒或酒糟腌制的肉。⑤秫(shú)米：高粱。⑥曲糵(niè)：酒曲，这里指用酒曲酿酒。

【评析】

孔群是个嗜酒如命的人。丞相王导耐心劝导，他不但不听劝告，反而在听到田里收成不多的时候首先想到的不是够不够吃饭用，而是酿酒的粮食不够。

【历代评点】

袁中道云："韵极！"(《舌华录》卷八《辩语》)

吾若万里长江

【原文】

有人讥周仆射①："与亲友言戏秽杂无检节②。"周曰："吾若万里长江，何能不千里一曲！"

【译文】

有人嘲笑左仆射周顗在同亲友谈笑时言语粗野，不检点，且不知自我约束。周说："我就好比是万里长江，怎么能一泻千里也不拐一个弯儿！"

【注释】

①周仆射：即周顗，周伯仁。②秽杂无检节：行为言语不检点，不自我约束。

【历代评点】

方苞云:"'颁于众中欲通其妾,露其丑秽',如此之人不杀何待?岂但免官而已哉!原之何为?"

王世懋云:"达人先须去欲,周须、谢鲲何乃以色为达?"

李慈铭云:"伯仁之在洛时,名德已重,及手晚节,大义凛然,人推国士之风,世有断山之目,王敦见之而面热,贲泰叹以为振衰,《晋阳秋》谓其'正情疑然,一时侪类,无敢蝶近'。虽渡江以后,忧伤时事,多醉少醒,盖亦信陵之遗意,何至如邓粲所记'大众之中,欲通人妾,露其丑秽',此乃盗贼所不敢,禽兽所不为,诬妄不经,悖谬斯甚。或由王敦、王导之徒,衔其强直,造此诐辞。自好之士,所不道也。"

温峤逢赌必输

【原文】

温太真位未高时[1],屡与扬州、淮中估客樗蒱[2],与辄不竞。尝一过,大输物,戏屈,无因得反。与庾亮善,于舫中大唤亮曰:"卿可赎我!"庾即送值[3],然后得还。经此数四。

【注释】

①温太真:即温峤。②樗(chū)蒱(pú):一种赌博游戏。估:同"贾",客商。③送值:送钱。

【译文】

温太真(温峤)在其官职还不高时,常同扬州和淮中的客商赌博,总是逢赌必输。曾经有一次,他下了很大的赌注,结果赌输了,因此无法脱身。他和庾亮交情很好,于是就在船中大叫庾亮,说道:"你应该来赎我啊!"庾亮于是立即把钱送了去,然后温峤方得以返回。这样的事情发生了好几次。

【历代评点】

刘辰翁云:"太真赌身奴价。"

庾冰酬恩羞以酒

【原文】

苏峻乱,诸庾逃散。庾冰时为吴郡,单身奔亡。民吏皆去,唯郡卒独以小船载冰出钱塘口,蘧篨覆之[1]。时峻赏募觅冰[2],属所在搜检甚急[3]。卒舍船市渚，因饮酒醉还，舞棹向船曰："何处觅庾吴郡，此中便是！"冰大惶怖，然不敢动。监司见船小装狭④，谓卒狂醉，都不复疑。自送过荆江⑤，寄山阴魏家，得免。后事平，冰欲报卒，适其所顾⑥。卒曰："出自厮下⑦，不愿名器。少苦执鞭⑧，恒患不得快饮酒；使其酒足余年毕矣。无所复须。"冰为起大舍，市奴婢，使门内有百斛酒，终其身。时谓此卒非唯有智，且亦达生⑨。

江口，然后用粗制的竹席把庾冰盖住。当时苏峻悬赏捉拿庾冰，吩咐当地官员四处搜索，催得非常紧急。那个差役把船停在市镇码头上到沙洲上去买东西，并顺便喝得大醉才回到船上，他挥舞着船桨，并指着船说："去哪里找庾内史啊，这里面就是。"庾冰害怕极了，但是也不敢动。负责监察的官员见船舱窄小，以为是差役喝醉了耍酒疯，因此一点都不怀疑。庾冰被差役送过浙江后，寄居在会稽山阴的魏家，才得以脱险。后来叛乱被平定，庾冰想报答差役，给他想要的回报。差役说："我出身卑贱，不想做官。不过从小因苦于被人差遣，从来都没有痛痛快快地喝过酒，倘若能允许我后半辈子总是有酒喝，就足够了。其他再也不需要什么。"于是庾冰就为他盖了一所大宅院，还买了几个奴婢，并让他的屋子里经常有上百斛的酒，一直到老。当时的人们认为这个差役不但智谋超群，而且为人豁达。

【注释】

①籧(qú)篨(chú)：粗竹席。②赏募觅冰：悬赏捉拿庾冰。③属所在：吩咐当地官员。④监司：负责监察的官员。⑤荆江：浙江的古名。⑥适其所顾：给他想要的回报。⑦厮下：仆役之类。⑧执鞭：驾车。⑨达生：指看透人生的豁达的处世态度。

【评析】

庾冰侥幸大难不死，正在为生命担忧之际，幸好被好心的差役护送，不过在停靠钱塘江口的时候，差役却因为要下去买东西而把庾冰放在船上，因为差役的酒瘾犯了，酩酊大醉的他却也巧妙的让庾冰逃过了追兵的检查。事后庾冰要报答他的时候，差役并不贪图富贵，只是要求满足他的酒瘾。当时喝酒已经成了一种风尚，是豁达的表现，这个差役也因此得到了人们的赞扬。

【历代评点】

王世懋云："为卒计，诚无逾此。"

李贽云："此卒有大人相，名亦不肯传也。"(《初谭集·君臣·忠臣》)

方苞云："籧篨覆冰，醉而舞棹，自送过江？卒亦谲甚矣，而实智甚。不愿作官，但愿饮酒，以此终身，何其达也。"

殷羡沉函水中

【原文】

殷洪乔①作豫章郡,临去,都下人因附百许函书②。既至石头,悉掷水中,因祝曰:"沉者自沉,浮者自浮,殷洪乔不能作致书邮③。"

【注释】

①殷洪乔:即殷羡,晋陈郡长平人。殷浩的父亲。历任豫章太守、光禄勋。有贪残的名声。②都下人:都城人、都城里的亲友。③致书邮:送信的邮差。

【译文】

殷羡担任豫章郡的太守,即将赴任时,都城里的人托他带了上百封信件。到达石头渚后,他把那些信全都扔到了水里。并祝祷道:"该沉的就自己沉下去吧,该浮的就自己浮上来。我殷羡可不能做那种送信的邮差。"

【评析】

俗话说"受人所托,忠人之事",这一直都被人们奉为判定品行的重要标准,而殷羡赴任豫章太守时,答应了别人托信的请求,但是在途中却把所有信件全部扔进了河里,因为觉得太烦扰了。这要是放在现在实在是被人鄙夷的行为,但是在当时也是任性所为,并不会造成太大影响,因为人们都追求个性、崇尚自由。

【历代评点】

王世懋云:"大亡赖。"(按:一作太无赖。)

袁中道云:"既受人寄而复掷,殊无味,但语可诵耳。"(《舌华录》卷二《狂语》)

袁耽居丧豪赌

【原文】

桓宣武少家贫①,戏大轮②,债主敦求甚切,思自振之方③,莫知所出。陈郡袁耽俊迈多能④。宣武欲求救于耽。耽时居艰⑤,恐致疑,试以告焉,应声便许,略无嫌吝。遂变服怀布帽随温去,与债主戏。耽素有艺名,债主就局,曰:"汝故当不办作袁彦道邪⑥?"

【译文】

桓温年轻的时候,家境困窘,他因赌博输了很大一笔钱,被债主催得很紧,他绞尽脑汁都没能想出自救的办法。陈郡的袁耽豪爽出众,多才多艺。桓温想求助于他。袁耽当时正居丧,桓温担心他会犹豫,因此就试探性地告诉了袁耽,想不到袁耽满口应下,一点儿都没有感到为难。于是他脱去孝服,把布帽子揣在怀里,同桓温遂共戏。十万一掷,直上百万数,投马绝叫⑦,傍若无人,探布帽掷对人曰:"汝竟识袁彦道不⑧？"

【注释】

①桓宣武：即桓温。②戏：赌博。③自振：自救。④袁耽：字彦道,陈郡阳夏人,魁梧爽朗。官司徒从事中郎。⑤居艰：居丧。⑥不办作：不会是。⑦马：筹码或骰子类赌博器具。⑧竟：究竟。

一起去与债主博戏。袁耽的赌技向来享有盛名,债主走近赌局,说道："你应该不会是袁耽吧。"于是两人开赌,一次下赌注就达十万元,然后一直上升到百万元。袁耽每次投掷骰子都要大声地呼叫,旁若无人,他还从怀里把布帽子取出来,扔给对手,并说道："你究竟认不认识袁耽啊？"

【评析】

袁耽不但性格豪迈,并且是个赌博高手,他还在服丧期间,一听说桓温想请他去帮忙赌博还债,连想都没想就答应了,赌博的时候全神贯注,如入无人之境,以致在赌场大呼小叫,对方听说过他的名字,但是不认识他本人,在当时的名流之列,他这样的行为是大为失态的,没想到他却反问一句,"你究竟认识袁耽吗？"显示了他所崇尚的任性、率真,亦表现了他豪放的性格。

【历代评点】

吴承仕云："投马之马,当即今所谓筹马欤？"

谢安赌博输车牛

【原文】

谢安始出西戏,失车牛①,便杖策步归。道逢刘尹②,语曰："安石将无伤③？"谢乃同载而归。

【译文】

谢安第一次去城西赌博,把车以及驾车的牛都输掉了,于是就拄着手杖徒步往家赶。路上遇到刘惔,刘惔对他说道："你应该没有丧气吧？"谢安就搭刘惔的车一起回来了。

【注释】

①失：输掉了。②刘尹：即刘惔刘真长。③将：应该,恐怕。伤：丧气。

罗友好乞食

【原文】

襄阳罗友有大韵①,少时多谓之痴。尝伺人祠,欲乞食②,注太

【译文】

襄阳的罗友非常有风度,但是年轻的时候总是被别人说傻。他曾探听到有户人家要

早,门未开。主人迎神出见③,问以非时,何得在此?答曰:"闻卿祠,欲乞一顿食耳。"遂隐门侧,至晓,得食便退,了无怍容。为人有记功,从桓宣武平蜀④,按行蜀城阙观宇,内外道陌广狭,植种果竹多少,皆默记之。后宣武溧洲与简文集⑤,友亦预焉。共道蜀中事,亦有遗忘,友皆名列,曾无错漏。宣武验以蜀城阙簿⑥,皆如其言。坐者叹服。谢公云⑦:"罗友讵减魏阳元⑧。"后为广州刺史,当之镇,刺史桓豁语令莫来宿,答曰:"民已有前期,主人贫,或有酒馔之费,见与甚有旧。请别日奉命。"征西密遣人察之,至日,乃往荆州门下书佐家,处之怡然,不异胜达。在益州语儿云:"我有五百人食器。"家中大惊,其由来清,而忽有此物,定是二百五十沓乌樏⑨。

祭祀神灵,于是就想去讨顿饭吃,可是去得太早了,人家的门都还没有开。等主人出来迎接神灵时见到他,就问:"时候还不到呢,你怎么就待在这儿了?"他说:"我是听说你们家里祭神,我只是想讨一顿饭而已。"说完就躲在门边,直到天色大亮,吃完就走,脸上毫无羞愧之色。罗友的记忆力非常好,他跟随桓温将蜀地平定后,又巡视了城墙、宫殿、楼观、庙宇,以及城内外的道路宽窄,栽种果树、竹林的多少,全都默默地记在心中。后来,桓温在溧洲同简文帝会面,罗友也参加了。在一起谈论蜀地的事情时往往会有遗忘,罗友却能够将它们的名目一一说出,丝毫没有错漏。桓温拿出蜀地城阙簿册来检验,同罗友说的一样。在座的人都为之赞叹佩服。谢安说:"罗友难道会不如魏阳元吗?"后来,罗友被任命为广州刺史,即将前往就职的时候,荆州刺史桓豁嘱咐他夜间来住宿,他说:"我已经有约会在先了,主人贫穷,也许已经颇费备办了酒宴,他与我有着很深的交情。请允许我改日再遵从您的命令吧。"桓豁暗中使人察看,到了晚上,他居然是去荆州刺史的属官、掌管文书的书佐家,两个人相处得非常愉快,与名流贤士相处也不过如此。担任益州刺史的时候,对他的儿子说:"我有五百人的餐具。"家里的人都非常惊讶,他向来清廉,却突然说有这么多餐具,必定是二百五十套黑色的食盒了。

【注释】

①罗友:字宅人,襄阳人,好学好喝酒,官历襄阳太守与广、益二州刺史。②乞食:乞讨食物。③迎神:迎接神灵。④桓宣武:即桓温。⑤漂洲:应为"溧洲"。⑥蜀城阙(què)簿:蜀地城阙簿册。⑦谢公:即谢安。⑧魏阳元:即魏舒,字阳元,任城樊人,官至司徒。⑨乌樏(luǒ):食具,贫家所用粗制食盒,一具供两个人用。

【评析】

罗友是个极具风度的人,记忆力也很惊人,但是他从小就喜欢到处去乞讨食物,小时候是因为家里穷,但是长大成为名士后,还是改不了这个习惯,和下层官吏们相处得怡然自得,甚至为了赴一个小吏的约会,推辞了征西将军桓豁的邀请,完全把世俗的眼光置之度外。

【历代评点】

刘应登云:"功字作初,属下句。"

刘辰翁云:"乌㰖(luǒ)不知何物,当是猥语。"

凌濛初云:"乞祠直齐人之俦,然对桓语自别。"

袁中道云:"妙极。"(《舌华录》卷六《讽语》)

钟惺云:"有此一段,乃可解'非治民才'之疑。"

李贽云:"桓竟不识罗也。"(《初谭集·师友·达者》)

罗友喜食白羊肉

【原文】

罗友作荆州从事①,桓宣武为王车骑集别②,友进,坐良久,辞出,宣武曰:卿向欲咨事③,何以便去。答曰:"友闻白羊肉美,一生未曾得吃,故冒求前耳,无事可咨。今已饱,不复须驻。"了无惭色。

【译文】

罗友担任荆州从事的时候,桓温为王洽举行送别宴会。罗友进来坐了很久,告辞出去。桓温说:"你刚才想商讨政事,为什么就走呢?"罗友说:"我听说白羊肉的味道十分鲜美,就是一直都没有吃过,所以冒昧地请求进来,其实并没有什么政事要商讨。现在我吃饱了,就不必再待在这里了。"说这些话的时候,他脸上丝毫没有羞愧之意。

【注释】

①罗友:东晋襄阳人。博学能文,嗜酒放达。桓温非常看重他,历任襄阳太守、广州、益州刺史。②桓宣武:即桓温。集别:举行宴会送别。③咨事:商讨、咨议政事。

【评析】

罗友因为有才学而得到桓温的赏识,投奔到大司马桓温手下,但是他生性放诞不受约束。他在桓温给别人送行的时候,因为闻见白羊肉的味道而坐下来吃饭,吃完饭后就走,桓温问他原因,他就直说是因为想吃白羊肉了。虽然是在桓温的面前,也丝毫没有觉得难为情。

王徽之爱竹

【原文】

王子猷尝暂寄人空宅住①，便令种竹。或问："暂住何烦尔？"王啸咏良久，直指竹曰："何可一日无此君？"

【注释】

①王子猷：即王徽之。

【译文】

王徽之曾经在别人的空房子里借住过短时间，他让人种上竹子。有人问他说："只是临时借住，何必如此麻烦呢？"王徽之大声咏诵了很长时间，才指着竹子说："怎么可以一天没有它呢！"

王徽之夜访戴逵

【原文】

王子猷居山阴①，夜大雪，眠觉，开室，命酌酒。四望皎然，因起彷徨②，咏左思《招隐》诗③。忽忆戴安道④，时戴在剡⑤，即便夜乘小船就之。经宿方至，造门不前而返。人问其故，王曰："吾本乘兴而行，兴尽而返，何必见戴？"

【译文】

王徽之住在山阴时，有天晚上下起大雪，他一觉醒来，打开房门，叫人斟酒。往四处眺望，天地一片洁白，于是起身徘徊，吟咏起左思的《招隐》诗。忽然想起了戴逵，当时戴逵在剡县，王徽之立即乘上小船连夜去找戴逵。船行了一夜才到，王徽之来到戴逵家门口却不进去而又返回山阴。有人问他缘由，王徽之说："我本是因为兴致来而去的，现在兴尽后回来，为何一定要见到戴逵呢？"

【注释】

①王子猷：即王徽之。②彷徨：徘徊；走来走去。③左思：晋人，外貌丑陋，但博学能文，曾花十年时间写成《三都赋》（分别描写三国时蜀都益州、吴都建业、魏都邺的山川风物、政治经济等情况），世人竞相传写，一时洛阳纸贵。《招隐诗》：内容主要写招人归隐，并抒发隐居的乐趣。④戴安道：即戴逵。⑤剡(yǎn)：县名，治所在今浙江嵊县，有水路可通山阴。

【评析】

王子猷去的时候兴致勃勃地要去找戴逵，但兴致尽了的时候，却没有去见戴逵就回去了，可以看出他的任性随意、豪放不羁。后来他的这句话成了经典，人们就借用他的这句"乘兴而来，兴尽而返"，来比喻随兴趣决定自己行为爱好的做法。

【历代评点】

王世懋云:"大是佳境。"

凌濛初云:"读此每令人飘飘欲飞。"

陈继儒云:"予喜赏雪,每戏曰:古今二钝汉,袁安闭户,子猷返棹,应事避寒,作许题目。"

钱穆云:"至如子猷之访戴,其来也,不畏经宿之远,其返也,不惜经宿之劳,一任其意兴之所至,而无所于屈。其尊内心而轻外物,洒落之高致,不羁之远韵,皆晋人之所企求而向往也。"

钱穆又云:"夫所为'我'者,或羁轭于外物,或牢锢于宿习,于是而有环境,于是而有趋向,而自我之表现,常为其所摧抑而窒绝。若阮遥集之蜡屐自若,庶乎可以忘人;王子猷之到门即返,庶乎可以忘我。忘人是无环境也,忘我是无趋向也,若是而见其自我之真焉。此晋人之意也。"(《国学概论·魏晋清谈》)

宗白华云:"这截然地寄兴趣于生活过程的本身价值而不拘泥于目的,显示了晋人唯美生活的典型。"

桓伊为王徽之吹笛

【原文】

王子猷出都①,尚在渚下。旧闻桓子野善吹笛②,而不相识。遇桓于岸上过,王在船中,客有识之者,云是桓子野。王便令人与相闻云③:"闻君善吹笛,试为我一奏。"桓时已贵显,素闻王名,即便回下车,踞胡床④,为作三调⑤。弄毕⑥,便上车去。客主不交一言。

【译文】

王徽之到京都去,船还停泊在小洲边。以前他就听说桓伊擅长吹笛子,但没有见过面。恰好这时桓伊从岸上经过,王徽之在船上,有个认识桓伊的客人说,那就是桓伊。王徽之就让人传话给桓伊说:"听说你笛子吹得很好,可否为我演奏一曲呢?"桓伊当时已经是地位显贵了,也久闻王徽之的大名,就回身下车,坐在胡床上,为王徽之吹了三支曲子。演奏完毕,就上车走了,主客双方一句话也没有说。

【注释】

①王子猷:即王徽之。②桓子野:即桓伊。③相闻:传话;通讯息。④胡床:一种从胡地传入可以折叠的轻便坐具。⑤调:曲子;曲调。⑥弄:演奏。

【评析】

主客双方互不相识,只是因为王徽之很早就听说过桓伊笛子吹得很好,这次刚好碰上了,于是就请桓伊为他演奏一曲;而桓伊为他演奏,没有问任何原因,只是他知道这肯定是一个能听懂他笛音的知音。于是在桓伊把笛子吹奏完毕之后,大家便各自离开了,谁也没有说话。他们互相尊重,了解对方的心意,感激对方的盛情。只是这样直率的表现让旁人大惑不解。

【历代评点】

王世懋云:"佳境乃在末语。"

王忱犯桓玄家讳

【原文】

桓南郡被召作太子洗马①,船泊荻渚,王大服散后已小醉②,注看桓。桓为设酒,不能冷饮,频语左右:"令温酒来!"桓乃流涕鸣咽,王便欲去。桓以手巾掩泪,因谓王曰:"犯我家讳,何预卿事!"王叹曰:"灵宝故自达③。"

【译文】

桓玄被朝廷任命为太子洗马,前去赴任的途中,把船停泊在荻渚。王忱服食了五石散后已经有了几分醉意,前去探望桓玄。桓玄为他摆酒。但是王忱服完散剂后无法喝冷酒,多次吩咐随从道:"让他们温酒来。"桓玄于是就低声哭了起来,王忱就想走,桓玄用手帕擦了擦眼泪,然后对王忱说道:"犯的是我的家讳,跟你有什么关系呢?"王忱赞叹道:"灵宝实在是旷达啊!"

【注释】

①桓南郡:即桓玄。②王大:即王忱。服散:服用散剂。③达:通达、旷达。

【评析】

五石散是魏晋时期流行的一种毒品。但是魏晋时期的人在吟诗清谈时,都习惯服散饮酒,且服食完五石散之后,不能喝冷酒。文中的王忱因为服了五石散加上精神恍惚,所以在桓玄家里叫下人一次次的"温酒",而"温"字无意中触犯了桓玄的父亲桓温的名讳,桓玄一听就痛哭起来。六朝时重视家讳,如果外人触犯了,孝子贤孙就要像桓玄那般"流涕鸣咽",才符合当时礼节。但是当王忱准备要走时,桓玄并没有计较王忱的不是。

【历代评点】

王世懋云:"道得灵宝哀乐情状。"

胸中垒块

【原文】

王孝伯问王大①："阮籍何如司马相如②？"王大曰："阮籍胸中垒块，故须酒浇之③。"

【译文】

王恭问王忱："阮籍和司马相如相比怎么样？"王忱说："阮籍胸中郁结着不平之气，所以需要酒来浇灌。"

【注释】

①王孝伯：即王恭。②司马相如：字长卿，汉代著名辞赋家。③"阮籍胸中垒块，故须酒浇之"：意思是阮籍和司马相如都任性放达，不同的只是阮籍好酒。垒块，土疙瘩，比喻心中郁结的不平之气。

【历代评点】

[日]秦士铉云："言胸中不平之气，如石块之积压也。"

李贽云："是贬？是赏？"（按：《初谭集·师友·论人》亦收录此条，评语全同。）

形神不复相亲

【原文】

王佛大叹言①："三日不饮酒，觉形神不复相亲②。"

【译文】

王忱叹息说："三天不喝酒，就觉得精神无所寄托。"

【注释】

①王佛大：即王忱。②"觉形"句：比喻不喝酒后精神无所寄托。

【历代评点】

陶珽云："按《文选》嵇康《养生论》曰：'呼吸吐纳，服食养身，便形神相亲，表里俱济。'"

名士不必须奇才

【原文】

王孝伯言①："名士不必须奇才，但使常得无事，痛饮酒，熟读《离骚》，便可称名士。"

【译文】

王恭说："名士并不是一定有什么特殊的才能，只要他经常闲着无事，尽情畅饮，熟读《离骚》，这就可以称得上为名士了。"

【注释】

①王孝伯:即王恭。

【评析】

名士哪能只是闲着没事尽情畅饮,熟读《离骚》就可以了。这句话指出了当时的名士们,差不多个个都有着显赫的身家背景,而且名士,最好是逍遥自在,喝酒最能表现他们不问世事的态度了。

【历代评点】

袁中道云:"但恐再扩天地,不能贮名士耳。"(《舌华录》卷五《韵语》)

余嘉锡云:"《赏誉篇》云:'王恭有清辞简旨,而读书少。'此言不必须奇才,但读《离骚》,皆所以自饰其短也。恭之败,正在不读书。故虽有忧国之心,而卒为祸国之首,由其不学无术也。自恭有此说,而世之轻薄少年,略识之无,附庸风雅者,皆高自位置,纷纷自称名士。致使此辈车载斗量,亦复何益于天下哉?"

简傲第二十四

【题解】

本门表现了士人们对权势或者在处理人际关系时候的一些傲慢或者轻蔑以及对功名利禄之徒的鄙视,也从一个侧面展现了魏晋士人不屑名利、清高自洁的精神。

阮籍箕踞啸歌

【原文】

晋文王功德盛大①,坐席严敬,拟于王者。唯阮籍在坐,箕踞啸歌②,酣放自若。

【译文】

晋文王司马昭德高望重,他出席宴会时,席座之间严肃恭敬,可以和君王相比拟。只有阮籍伸开双腿坐着,开怀畅饮,泰然自若。

【注释】

①晋文王:即司马昭,死后谥为文王,当时只是晋公。②箕踞:伸开双腿坐着。

【评析】

众人皆知阮籍的旷达与任性,但是在那样一个危险的政治环境中,阮籍却懂得自保,在政治上,他既没有把掌握政权的司马氏当作对手,也不主动参与他们的政事,再加上阮籍的名气,尽管他能在众臣宴席间放浪形骸,任性不羁,而且他的行为也属违背儒家礼法的事情,但当着司马昭的面还是能泰然置之。

【历代评点】

《汉晋春秋》曰:文王进爵为王,司徒何曾与朝臣皆尽礼,唯王祥长揖不拜。

嵇康轻慢钟会

【原文】

钟士季精有才理①,先不识嵇康。钟要于时贤俊之士②,俱往寻康。

【译文】

钟会非常聪明,擅长玄理,早先他并不认识嵇康,后来钟会邀请当时的名流,一起康方大树下锻,向子期为佐鼓排③。康扬槌不辍,傍若无人,移时不交一言④。钟起去,康曰:"何所闻而来?何所见而去?"钟曰:"闻所闻而来,见所见而去。"

去拜访嵇康。嵇康正在大树下打铁,向秀帮他拉风箱。见钟会来了,嵇康依旧挥槌打铁,旁若无人,很长时间也不和钟会说话。钟会起身离去时,嵇康说:"你听到了什么才来的?见到了什么才走的呢?"钟会说:"听到所听到的才来,见到所见到的才走。"

【注释】

①钟士季:即钟会,字士季。《世说新语》原注引《魏氏春秋》说,他寻访嵇康受到冷遇,因而怀恨在心,后来藉其他的事诬陷嵇康。②要:同"邀"。③向子期:即向秀,字子期,和嵇康等人为好友,是"竹林七贤"之一。嵇康被害后,他开始出仕,曾任黄门侍郎、散骑常侍。鼓排:拉风箱。排,风箱。④移时:时隔许久。

【评析】

嵇康家道清贫,所以经常和向秀在树阴下打铁,并不是为谋生,而是顺从自己的意愿罢了。司马昭的心腹钟会仰慕嵇康的才学,有意带人去拜访,这更招来嵇康的冷眼相待,他向来都反感这样的场面。于是就自顾自地干活,无视他们的存在。想必钟会最后回答嵇康那句话的时候,已被嵇康桀骜的性格和对自己的轻视弄得恼羞成怒了。

【历代评点】

袁中道云:"有禅意。"(《舌华录》卷一《慧语》)

吕安讥嵇喜

【原文】

嵇康与吕安善①,每一相思,千里命驾。安后来,值康不在,喜出户延之②,不入,题门上作"凤"字而去。喜不觉,犹以为欣,故作。"凤"字,凡鸟也③。

【译文】

嵇康和吕安很友好,吕安每当想念嵇康时,就不顾路途的遥远,驾车前往相会。吕安有一次到嵇康家,正好嵇康不在,嵇喜出门来接待他,吕安没有进去,只是在门上写个"凤"字就走了。嵇喜不明白什么意思,还以为是吕安高兴写上去的。"凤"这个字,指的是平凡的鸟。

【注释】

①吕安:字仲悌(tì),东平人,冀州刺史吕招的第二个儿子。志向高远,轻视权贵,和嵇康交情很深。②喜:即嵇喜,字公穆,嵇康的哥哥,历任扬州刺史、太仆、宗正。③"凤"字二句:"凤"字由"凡"、"鸟"二字组成。凡鸟,比喻凡俗的人,吕安意在表达对嵇喜的轻蔑。

【评析】

"每一相思,千里命驾",这是吕安对待好友嵇康的态度,但是面对迎接他的嵇康的哥哥嵇喜,却连谢字也不说一个,走之前还要嘲笑人家一番。试问人家嵇喜并不曾得罪吕安,而且还是去迎他进门的,何错之有?吕安还真是把魏晋名士的狂放傲慢表露无遗了。

【历代评点】

凌濛初云:"本无谓,适助后人谈资。"

高坐和尚见卞壸而改容

【原文】

高坐道人于丞相坐①,恒偃卧其侧②。见卞令③,肃然改容,云:"彼是礼法人。"

【译文】

高坐和尚到丞相王导家做客,常常是仰卧在丞相身旁。见了尚书令卞壸,神态就变得严肃起来,说:"他是讲究礼法的人。"

【注释】

①高坐道人:晋高僧帛尸黎密多罗的别称。丞相:指王导。②偃(yǎn)卧:仰卧。③卞令:即卞壸,字望之。

【评析】

高坐和尚能在丞相王导旁边表现得不拘礼法,肆意仰卧。可是对于一个在丞相手下任职的卞壸,高坐和尚却忌惮他的威严,卞壸的出现就让他变得严肃起来。可见卞壸对待世俗礼教的态度绝对是严格谨慎,不容侵犯的,并且他也有着足够的魄力让别人信服。所以才让平时不拘一格、不守礼法的高坐和尚见到他便正襟危坐。

【历代评点】

《高坐传》曰:王公曾诣和上,和上解带偃伏,悟言神解。见尚书令卞望之,便敛衿饰容。时叹皆得其所。

谢万轻慢岳父

【原文】

谢中郎是王蓝田女婿①。尝着白

【译文】

谢万是王述的女婿。他曾经戴着用丝

纶巾,肩舆径至扬州听事见王②,直言曰:"人言君侯痴,君侯信自痴③。"蓝田曰:"非无此论,但晚令耳④。"

带做的白色头巾,坐着轿子直接来到扬州刺史的衙署,见了王述后,便直言不讳道:"别人说你痴傻,你确实是痴傻。"王述说道:"并非没有这种说法,不过后来我就显得聪明了。"

【注释】

①谢中郎:即谢万。王蓝田:即王述。②肩舆(yú):轻便轿子。由于是人用肩抬而行的,所以称为肩舆。听事:办公的地方。③君侯:大人,尊称。信自:的确。王述少有痴名,不过在这里女婿当面说岳父痴,可见其狂傲。④令:美好。

【评析】

虽然是兄弟,但是谢万的气度远不如哥哥谢安。谢万因为有才气,不但喜欢自我炫耀,而且总是以名士自居,让人感觉盛气凌人,就算在岳父这样的长辈面前也没有应有的礼貌,一见到岳父就直言不讳地说他傻。真是狂妄得可以,对待别人就更不用说了。

【历代评点】

《述别传》曰:述少真独退静,人未尝知,故有晚令之言。

王徽之责桓冲

【原文】

王子猷作桓车骑骑兵参军①。桓问曰:"卿何署?"答曰:"不知何署,时见牵马来,似是马曹②。"桓又问:"官有几马③?"答曰:"'不问马④',何由知其数?"又问:"马比死多少⑤?"答曰:"'未知生,焉知死⑥。'"

【译文】

王徽之担任桓冲的骑兵参军。桓冲问他:"你是哪个部门的?"王徽之答说:"不知道是哪个部门的,不过时时看见牵着马过来,好像是马槽吧。"桓冲又问:"官署中有多少马?" 王徽之说:"'不问马',我怎么能知道马的数量呢?"桓冲又问道:"近来马死了多少?"王徽之说:"活着的还不知道,哪能知道死的!"

【注释】

①王子猷:即王徽之。桓车骑:即桓冲。②马曹:掌管马匹的官员,本来该叫骑槽,在这里称马槽,有戏谑之意。③官:官署。④不问马:语出《论语·乡党》,孔子得知马棚失火后,曰:"'伤人乎?'不问马。"孔子是以人为本的思想,而王徽之在这里则是表示自己向来不关心养马之官事。⑤比:最近,近来。⑥未知生,焉知死:语出《论语·先进》,孔子看重现实人事,而不问死后鬼神之事。而这里王徽之用这个典故是说:我连活马都不知道有多少,又怎么会知道马死了多少呢?一方面显示他超脱世务,另一方面也说明他为官却不理公事。

【评析】

王徽之当了骑兵参军后,有人问他的时候,他竟然连自己是什么官都不知道,只是回答见有人牵马走来走去,而问他职责范围内最基本的问题,他也只是用孔子的话"未知生,焉知死"来搪塞过去,只不过话说得振振有词,让人感觉漠视一切。

【历代评点】

刘辰翁云:"亦似(一作是)小说书袋子。"

王世懋云:"子猷秽行,然风流。多为后世口实,语亦自佳。"

方苞云:"不知归署,复不知其数,不知其死,焉用是马曹为哉?"

王恬轻慢谢万

【原文】

谢公尝与谢万共出西①,过吴郡。阿万欲相与共萃王恬许②,太傅云:"恐伊不必酬汝③,意不足尔!"万犹苦要,太傅坚不回④,万乃独往。坐少时,王便入门内,谢殊有欣色,以为厚待己。良久,乃沐头散发而出,亦不坐,仍据胡床,在中庭晒头,神气傲迈,了无相酬对意。谢于是乃还,未至船,逆呼太傅⑤。安曰:"阿螭不作尔⑥!"

【译文】

谢安和谢万一起去建康,经过吴郡时,谢万想和谢安一块儿去王恬那里,谢安说:"恐怕他不会招待你,我认为不值得这样做。"谢万还是极力邀谢安同去,谢安坚决不肯答应,谢万就自己去了。谢万在王恬那里坐了一会儿,王恬就进屋了,谢万非常高兴,认为王恬会好好招待自己。过了很久,王恬洗了头,竟披散着头发就出来了,也不就座,只是靠在胡床上,在院子里晒头发,神情高傲而放纵,丝毫没有招待谢万的意思。于是谢万就回来了,还没上船,就迎面叫谢安,谢安说:"阿螭是不会假装热情接待你的。"

【注释】

①出西:谢安、谢万住在建康东面的会稽,因此到建康去叫做出西。②萃:聚。聚集。王恬:字敬豫,小名螭虎,或做阿螭。当时担任吴郡太守。他是王导的儿子,出身名门,所以对新兴的谢氏家族轻视而没有礼貌。③酬:答理;应对。④回:改变。⑤逆:预先。⑥不作:不做作,这里指王恬不会假装热情接待谢万。

【历代评点】

刘辰翁云:"'故作尔'三字极得情态,何必尔。"(凌漆初按:旧本"阿螭故作尔",故刘云然也。)

王世懋云:"此语犹今谚云:他不作准你。"(按:一说不作准尔。)

李贽云："不作尔,肯准尔也。故作尔,故如此也。"(《初谭集·师友·知人》)

王徽之作桓充参军

【原文】

王子猷作桓车骑参军①。桓谓王曰："卿在府久,比当相料理②。"初不答,直高视③,以手版拄颊云："西山朝来④,致有爽气。"

【注释】

①王子猷:即王徽之。桓车骑:即桓冲。②比:近来,最近。相:表示动作偏向一方。料理:处理政务。③直:通"只",只是,不过。④朝来:早晨。来,是名词词缀,同"夜来"的"来"。

【译文】

王徽之担任桓冲的参军时,桓冲对王徽之说："你进府里已经很长时间了,最近应该处理政务。"王徽之不作答,只是抬头仰望,用手撑着脸说："西山早晨很有一股清爽的空气呀。"

【评析】

王徽之只是一个参军,但是作为桓冲的下属,他对桓冲的话却置之不理,还在细细品味着西山的空气,足见他的傲慢,同时也流露出他潇洒自如的本性。

谢万北征

【原文】

谢万北征①,常以啸咏自高,未尝抚慰众士。谢公甚器爱万,而审其必败,乃俱行。从容谓万曰："汝为元帅②,宜数唤诸将宴会,以说众心。"万从之。因召集诸将,都无所说,直以如意指四座云："诸君皆是劲卒③。"诸将甚忿恨之④。谢公欲深着恩信,自队主将帅以下⑤,无不身造,厚相逊谢。及万事败,军中因欲除之。复云："当为隐士⑥。"故幸而得免。

【译文】

谢万北征前燕时,常常长啸歌咏显示自己的高贵,从不体恤将士。谢安器重爱护谢万,但也明白他必定会失败,于是和他一起随军出征,他找机会对谢万说："你作为元帅,应该经常召集将领们宴会,以便让大家能心情愉快。"谢万听从他的建议。于是就召集将领们聚会,可是什么也不说,只是用如意指着满座的人说："你们都是勇猛的士兵。"众将听了更加怨恨他。谢安对众将领想多加恩惠,多讲信用,自主帅以下的大小将领,他都亲自去拜访,诚恳地表示道歉。等到谢万兵败,军中的人想乘机除掉谢万。谢安又说："看看隐士(指谢安)的面子吧!"谢万这才得以侥幸免掉一死。

【注释】

①谢万：字万石，即谢中郎。谢安的弟弟。②元帅：这里指全军的主帅。③劲卒：精悍的士卒。谢万称诸将为劲卒，引起了反感，一则因为卒有死亡义，军中忌讳它；二则诸将已是将领，再称为卒，更使他们不快。④甚忿恨之：更加仇恨。⑤队主：一队之主，即"队长"。古代军队中以一百人为一队。⑥隐士：这里指谢安。当时谢安还隐居东山，尚未出仕。

【评析】

谢万的性格是属于纨绔子弟类型的，他一直都是以一种傲人的姿态对待别人。更不会懂得去体恤兵士们的辛苦，去提高大家的士气，最终把他们给激怒了，幸好谢安陪在他左右，才幸免一死。

【历代评点】

刘盼遂云："按：《通鉴·晋纪》胡注，凡奋身行伍者以兵（按谐声病）与卒（用为歹卒））为讳，既为将矣，而称之为卒，所以益恨也。"

刘辰翁云："甚得骏悲。"（按：悲，一作态。）

刘应登云："隐士指安，时未出仕。"

胡三省云："如意，铁如意也。凡奋身行伍者，以兵与卒为讳。既为将矣，而称之为卒，所以益恨也。"（《资治通鉴》一百胡注）

李贽云："可以见谢公矣。"（《初谭集·兄弟下》）

王献之兄弟见郗愔

【原文】

王子敬兄弟见郗公①，蹑履问讯②，甚修外生礼③。及嘉宾死④，皆着高屐⑤，仪容轻慢。命坐，皆云"有事，不暇坐。"既去，郗公慨然曰："使嘉宾不死，鼠辈敢尔⑥！"

【译文】

王子敬兄弟去见舅舅郗愔时，恭恭敬敬，非常注意做外甥的礼节。等郗超死后，去见郗愔却都穿着高跟木屐，神色傲慢。郗愔叫他们坐，都说："还有事情，没时间坐。"他们走后，郗愔感叹道："如果郗超不死，你们这些鼠辈胆敢这样！"

【注释】

①王子敬：即王献之。郗公：郗愔，字方回，王子敬兄弟的舅舅。②履：一种单底鞋子，可供正式场合穿着。③外生：同"外甥"。④嘉宾：即郗超，字嘉宾，郗愔的儿子，因深受征西大将军桓温的宠幸而权重一时，王子敬兄弟也很推重他。⑤屐：当时的屐主要用来登山，或在家中不见宾客时穿着，由于不是正服，外出或见长辈时穿着木屐是不礼貌的。⑥鼠辈：骂人的话，等于说老鼠一类的东西。

【历代评点】

王世懋云:"慢意可掬。"

凌濛初云:"应未见通桓密谋耳。"

刘辰翁云:"备极世情,只'儿辈'是,别本作'鼠辈',非。"(凌濛初云:"鼠,刘本作'儿'。")姚鼐(nài)云:"《晋书·郗超传》言王献之兄弟于超死后简敬于郗愔,此本《世说》,吾谓其诬也。子敬佳士,岂慢舅若此?且超权重,为人所畏,乃简文时。乃孝武时,桓温丧,超失势矣。岂存没尚足轻重于其父哉?"(《惜抱轩笔记》五)

王徽之看竹不问主人

【原文】

王子猷尝行过吴中①,见一士大夫家极有好竹,主已知子猷当往,乃洒埽施设②,在听事坐相待。王肩舆径造竹下,讽咏良久,主已失望,犹冀还当通③。遂直欲出门。主人大不堪④,便令左右闭门,不听出⑤。王更以此赏主人,乃留坐,尽欢而去。

【译文】

王徽之有一次去外地,路过吴地,他看到有一位士大夫家里有片好竹林。竹林的主人已经知道了王徽之会去,于是就吩咐家人打扫门庭,准备好酒食,坐在大厅等候。王徽之坐着轿子直接到了竹林,在那里吟诗吹口哨,待了很长一段时间。主人已经感到失望了,可是依然希望客人会转来通报。谁知道王徽之看完竹林后就想直接出门走了。这时候主人实在是无法忍受了,于是就命家人把门关上,不让王徽之出去。王徽之因此更加赏识这家主人,于是就留坐,尽情尽兴了一番才走。

【注释】

①王子猷:即王徽之。②施设:准备饮食。③犹冀还当通:还希望王献之能打个招呼。④大不堪:实在不能忍受。⑤听:听任。

【评析】

竹林的主人本是对王徽之有赞赏欢迎之意,所以打扫门庭,准备好酒食,坐在大厅等候。谁想到王徽之却并不曾理会主人的一片好意,自己看完竹林就准备走,这让等候已久的主人终于按捺不住那股怨气了。于是便强行把王徽之留下了,而王徽之却为此而更加赏识主人,认为他们这样才是"豁达"的表现。

【历代评点】

王乾开:"管马不知马槽,看竹宁问主人?风流亦多,猖狂太甚。"

钱穆云:"此亦可见晋人风度。洒扫请坐,则走而不顾。闭门强制,乃以此见赏。要之一任内心,不为外物屈抑,凡清谈家行径,均可以此意求之。若夫圣贤之礼法,家国之业务,固非晋人之所重也。"(《国学概论·魏晋清谈》)

王献之傲主人遭驱逐

【原文】

王子敬自会稽经吴①,闻顾辟疆有名园②。先不识主人,径注其家,值顾方集宾友酣燕③。而王游历既毕,指麾好恶④,傍若无人。顾勃然不堪曰:"傲主人,非礼也;以贵骄人,非道也。失此二者,不足齿之伧耳⑤!"便驱其左右出门。王独在舆上,回转顾望,左右移时不至,然后令送着门外,怡然不屑⑥。

【译文】

王献之从会稽出来,经过吴郡,听说顾辟疆家有很好的园林。王献之先前并不认识主人,也没打声招呼,就直接来到他家。此时正赶上顾家在大会宾客,王献之游览完毕,对园林指指点点地加以评价,旁若无人。顾辟疆受不了他的行为,勃然大怒说:"对主人傲慢,是无礼的行为;因为地位高贵而盛气凌人,是不道义的。失去这两点,只是一个不足挂齿的北方佬罢了!"于是就把他的随从赶出大门。王献之独自坐在轿上,左顾右盼,顾辟疆见他的随从很久也不来,就让人把他送到门外,对他淡然自若,置之不理。

【注释】

①王子敬:即王献之。②顾辟疆:吴郡人,曾任郡功曹、平北参军。他的花园,池馆林泉之盛,号吴中第一。③燕:通"宴"。④指麾(huī):指点;评析。麾,通"挥"。⑤伧:六朝时南方人对北方人的蔑称。⑥不屑:置之不理。

【评析】

王献之这样无视别人的傲慢态,恣意的评价别人的好坏,自然也只能换来园林主人顾辟疆对他大发雷霆,最后遭到主人的轰赶。

【历代评点】

刘辰翁云:"兄弟所遭不同,达故自堪。"

排调第二十五

【题解】

本门记载了士人间相互调侃的逗趣内容,人们在高谈阔论阐述某些庄重的大问题时,往往情绪非常紧张,嘲戏使人们的心情弛缓。同时,嘲戏也是一种机智深蕴的语言游戏,从一个方面显示了清谈家们的辩才。从中可以看出他们非凡的才华和气度。而且它与清谈之风是密切相关的。

咄咄郎君

【原文】

诸葛瑾为豫州①,遣别驾到台②,语云:"小儿知谈,卿可与语。"连注诣恪③,恪不与相见。后于张辅吴坐中相遇④,别驾唤恪:"咄咄郎君⑤!"恪因嘲之曰:"豫州乱矣,何咄咄之有?"答曰:"君明臣贤,未闻其乱。"恪曰:"昔唐尧在上⑥,四凶在下⑦。"答曰:"非唯四凶,亦有丹朱⑧。"于是一坐大笑。

【译文】

诸葛瑾担任豫州牧时,派遣一名别驾到朝廷去,他对别驾说:"我儿子擅长言谈,你见了他可以和他聊聊。"到京都后,别驾几次去拜访诸葛恪,诸葛恪都不见他。后来他们在辅吴将军张昭座间相遇了,别驾对诸葛恪喊道:"哎呀,公子!"诸葛恪趁机嘲笑他说:"豫州都乱了,有什么好哎呀的?"别驾答道:"君明臣贤,我没听说豫州乱了。"诸葛恪说:"从前贤明的唐尧在位时,他下面不是也有四个凶人吗?"别驾说道:"不只有四个凶人,他还有一个不肖的儿子丹朱呢。"于是在座的人都大笑起来。

【注释】

①诸葛瑾:字子瑜,仕吴官至豫州牧。②别驾:官名,州刺史的属官。到台:等于说入朝。魏晋时期称朝廷内宫为"台"。③恪:即诸葛恪,字符逊,诸葛瑾的长子,仕吴官至太傅,后受诬陷被孙峻杀害。④张辅吴:即张昭,字子布,仕吴任辅吴将军。⑤咄咄:吆喝声,相当于"哎呀"。郎君:门生故吏称呼长官或师门的子弟为"郎君"。⑥唐尧:尧,封于唐,称唐尧,是传说中远古时的贤君。⑦四凶:传说中尧时的四个恶人,指浑敦、穷奇、梼杌、饕餮,一说指舜时的共工、讙兜、三苗、鲧。这里用四凶来影射诸葛瑾手下的别驾。⑧丹朱:尧的儿子,名朱,因为居住在丹水所以得名。为人傲慢无理。

因他不成器，所以尧禅位于舜。这里别驾反唇相讥，用丹朱来影射诸葛恪。

【评析】

诸葛恪是诸葛瑾的长子，从小就以才思敏捷、善于应对著称，曾任丹杨太守，为吴国征得大量兵源。孙亮继位后，诸葛恪掌握了吴国大权，率军抵挡了魏国三路进攻，在东兴大胜魏军。此后，诸葛恪开始轻敌，率大军伐魏，围攻新城不下，士卒因疾病死伤惨重，回军后为掩饰过失，更加独断专权。不久，诸葛恪被孙峻联合吴主孙亮设计杀害，并夷灭其三族。此处文中讲的是，诸葛恪的父亲诸葛瑾向来以儿子为骄傲，向他的别驾称赞他。但是诸葛恪凭借自身的才智和地位恃才傲物，并不因为是父亲的别驾而对他以礼相待，不但不予理睬，反倒在大众之前假借玩笑而嘲讽他。别驾也同样借势反唇相讥。两个聪明绝顶的人在玩笑中针尖对麦芒，反应灵敏，熟悉掌故。最后，诸葛恪还是被别驾讽刺为像唐尧的不孝子丹朱而引得在场众人大笑不已。

【历代评点】

王世懋云："恪发端殊未见致。"

阮籍讥王戎为俗物

【原文】

嵇、阮、山、刘在竹林酣饮①，王戎后注。步兵曰②："俗物已复来败人意③！"王笑曰："卿辈意，亦复可败邪？"

【译文】

嵇康、阮籍、山涛和刘伶在竹林开怀畅饮，王戎后到。阮籍说："俗人竟然来败坏人的兴致。"王戎笑着说："你们这类人的兴致也可以败坏吗？"

【注释】

①嵇、阮、山、刘：即嵇康、阮籍、山涛、刘伶。②步兵：即阮籍。③俗物：俗人。败人意：败坏别人的兴致。

【评析】

这几人同为"七贤"中的人物。王戎，生在门阀世家，有深厚的家庭背景，自幼被视为神童的他，有官宦之志，很自然的便走入官场。在文中，可以得知，王戎比起这几位前辈，王戎少了他们的思想家、文学家的气质风度，相反，却充满了世俗的官宦之志，所以阮籍讥讽他为俗物。可是王戎也反驳说像你们这样的人，还有谁可以扫你们的兴呢？

【历代评点】

袁中道云："妙甚！"(《舌华录》卷七《讥语》)

晋武帝调笑吴主

【原文】

晋武帝问孙皓①："闻南人好作《尔汝歌》②，颇能为不③？"皓正饮酒，因举觞劝帝而言曰："昔与汝为邻，今与汝为臣。上汝一杯酒，令汝寿万春！"帝悔之。

【译文】

晋武帝问孙皓："听说南方人喜欢写《尔汝歌》，你会做吗？"孙皓正在喝酒，于是就举起酒杯向晋武帝敬酒，并说道："昔与汝为邻，今与汝为臣，上汝一杯酒，令汝寿万春！"晋武帝为自己的调笑追悔莫及。

【注释】

①晋武帝：即司马炎。孙皓：三国时，吴国末代国主。②尔汝歌：三国魏晋时盛行于南方的民歌。歌中经常以"尔"、"汝"等称谓来表示亲昵。③颇：疑问副词，可。

【评析】

孙皓是孙权被废去皇太子地位的三子，孙和的长子，也是东吴的最后一位皇帝。他初立时，下令抚恤人民，又开仓赈贫、减省宫女和放生宫内多余的珍禽异兽，一时被誉为令主。但很快他便变得粗暴骄盈、暴虐治国，从而民心丧尽。后来臣子陆凯、陆抗相继去世。吴国失去了两位重臣，政局转坏。不久，西晋内部达成了伐吴的一致意见，挥军南下。吴军毫无抵抗之力。吴国灭亡，孙皓本人也成了晋武帝的俘虏。君臣之间讲究是很多的，尤其是不能你我相称，就算你功绩再多，资格再老的老臣相就是在小皇帝面前也不敢造次。晋武帝这一问，本想为难孙皓，因为那样的诗歌里面肯定会带"你"字。孙皓一身才气，肯定不会连这样的诗歌也不会做，但是没想到这竟给了孙皓一个出气的机会，反倒让晋武帝来了个自讨没趣。

【历代评点】

《吴录》曰：皓字元宗，一名彭祖，大皇帝孙也。景帝崩，皓嗣位，为晋所灭，封归命侯。

漱石枕流

【原文】

孙子荆年少时欲隐①，语王武子"当枕石漱流"②，误曰"漱石枕流"。王曰："流可枕，石可漱乎？"孙曰："所以枕流，欲洗其耳③；所以漱石，欲砺其齿④。"

【译文】

孙子荆年轻时想隐居，他本来要对王武子说"要枕石漱流"，却误说成"漱石枕流"。王武子说："流水可以枕，石头能漱口吗？"孙子荆说："枕流，是为了洗净耳朵；漱石，是为了磨砺牙齿。"

【注释】

①孙子荆：即孙楚，字子荆，四十多岁才开始做官，官至冯翊太守。②王武子：即王济。枕石漱流：用石块作枕头，用流水漱口。指隐居山林的生活。③洗其耳：尧让天下给许由，许由以尧这话玷污了耳朵，便到河边洗耳朵。这里暗用传说中许由洗耳的故事，来表示不愿意了解、参与世俗之事。④砺：磨砺。

【评析】

孙子荆出身于官宦世家，祖父孙资任魏骠骑将军，史称其"才藻卓绝；爽迈不群"。魏末，孙楚已四十多岁，才入仕为镇东将军石苞的参军，后为晋扶风王司马骏征西参军，晋惠帝初为冯翊太守。王武子是他的好朋友，孙子荆想隐居，就对王武子说要"枕石漱流"，一时口误，说成了"漱石枕流"。王武子就问如何用石头漱口，如何枕着流水，孙子荆就说用流水洗耳，石头磨牙之辩，孙子荆来个掉包变换，只把四字颠倒对换一下，果然神妙天成，有了经典古奥的修身养性格言，属于自圆其说。

【历代评点】

王世懋云："误语乃得佳，遂为口实，此王子敬画蝇也。"

李详云："《蜀志·秦宓传》：'枕石漱流，吟咏韫袍。'"

钟氏谐谑

【原文】

王浑与妇钟氏共坐①,见武子从庭过②,浑欣然谓妇曰:"生儿如此,足慰人意。"妇笑曰:"若使新妇得配参军③,生儿故可不啻如此④!"

【译文】

王浑同妻子钟氏坐在一起,看见儿子王济从庭院中走过,王浑就很高兴地对妻子说:"生一个这样的儿子,我已经心满意足了。妻子笑着说:"倘若让我和王伦匹配,那么生出的儿子就一定还不止这样。"

【注释】

①王浑:即王戎、王安丰的父亲。②武子:王济。③参军:即王伦,字太冲,王浑的弟弟。饱读诗书,大将军王敦任为参军。④不啻:不止。

【评析】

对于丈夫的慨叹,"生儿如此,足慰人意",王浑的妻子便开始笑谑夫君说,当初我要是和你的弟弟王伦结婚了,恐怕我们生的儿子说不定还要优秀呢。这样的话在古代一个讲究世俗礼教和女子三从四德的年代里,要是别人的话结果可想而知。但是王浑事后并没有怎么样,这样一来可见他们两个是感情深厚,也可见王浑待人的宽容。相必这就是魏晋名士的雅量吧。

【历代评点】

刘应登云:"不啻,言不但如此。"

王世懋云:"此岂妇人所宜言,宁不启疑,恐贤媛不宜有此。"

袁中道云:"太戏。"(《舌华录》卷四《谑语》)

李慈铭云:"案闺房之内,夫妇之私,事有难言,人无由测。然未有显对其夫,欲配其叔者。此即倡家荡妇,市里淫蚶,尚亦惭于出言,赧其颜颊。岂有京陵盛阀,太傅名家,夫人以礼著称,乃复出斯秽语?齐东妄言,何足取也!'伦'当作'沦'。"

荀隐、陆云互戏

【原文】

荀鸣鹤、陆士龙二人未相识①,俱会张茂先坐②。张令共语,以其并有大才,

【译文】

荀隐和陆云两人原先并不认识,后来在张华席间相遇。张华让他们俩一块

可勿作常语。"陆举手曰:"云间陆士龙③。"荀答曰:"日下荀鸣鹤④。"陆曰:"既开青云睹白雉⑤,何不张尔弓,布尔矢?"荀答曰:"本谓云龙骙骙⑥,定是山鹿野麋⑦。兽微弩强,是以发迟。"张乃抚掌大笑。

儿交谈,因为二人都有杰出的才学,所以不必像常人那样说些平常的话。陆云举手说道:"我是云间陆云。"荀鸣鹤答道:"我是日下荀隐。"陆云说:"既然乌云已经散开,见到了白雉,为什么不拉开弓,搭上箭?"荀隐答道:"本以为是矫捷的云龙,没想到是山间的麋鹿,兽弱弓强,所以箭就发得迟缓。"张华于是拍手大笑。

【注释】

①荀鸣鹤:即荀隐,字鸣鹤,颍川人,曾任太子舍人、廷尉平。陆士龙:即陆云,字士龙。②张茂先:即张华,字茂先。③云间:云彩之间。因为陆云名云,字又叫士龙,所以这样说。后世就把陆云家乡所在地华亭(今上海松江西)称为"云间"。④日下:太阳之下。因为荀隐的家乡颍川(治所在今河南许昌)靠近京都洛阳,所以这样说。后世就把京都称为"日下"。⑤白雉:银雉,一种色白而像野鸡的鸟。"雉"和"日"音相近,陆云取"白雉"谐音"白日"嘲弄荀隐,暗指荀隐算不上鹤。⑥骙骙(kuí):强壮的样子。⑦麋(mí):驼鹿,俗称"四不像",这是暗指陆云算不上龙。

【评析】

陆云和荀隐两个人学识的较量,都用各自的姓名调笑。话中既不失风度,又展现了各自的学识水平和善辩的才能,具有相当高的文学修养。"云间陆士龙和日下荀鸣鹤"两句对偶工整,平仄协调,并且又针锋相对,各有互不相让的劲头。难怪引来张华的一阵大笑。这一则发生在文学家张华家中的文坛轶事,也成了中国对联史上重要的一笔。

【历代评点】

刘应登云:"'云间日下'者,荀字从日,陆名曰云。"
袁中道云:"前狂后谑。"(《舌华录》卷四《谑语》)

几为伧鬼

【原文】

陆太尉诣王丞相①。王公食以酪②。陆还,遂病。明日③,与王笺云④:"昨食酪小过⑤,通夜委顿。民虽吴人,几为伧鬼⑥。"

【译文】

太尉陆玩去拜访王导丞相。王导请他吃奶酪。陆玩回家后就病了。第二天,他就写信给王导说:"那天多吃了些奶酪,难受了整个晚上。我虽然是个南方人,但是却差一点儿成为北方的死鬼。"

【注释】

①陆太尉:即陆玩。王丞相:即王导。②食:让……吃。③明日:明天。④笺:短信。⑤过:差池、不舒服。⑥伧鬼:北方的鬼。

【评析】

当时在南北士族之间仍然界限分明,矛盾很深。王导在政治上的主要措施是"绥抚新旧",也就是善于调剂新来的北方士族和旧居的南方士族之间的矛盾。北方的"亡官失守之士""多居显位",而南方士族,只是虚名具位,并无实权,难免使"吴人颇怨"。王导为了联络南方士族,调剂南北士族矛盾,争取相对平衡,分别给他们以经济利益。太尉陆玩是个南方人,他去拜访了王导,事后回家就病了,便写信告诉王导,自己虽然是个南方人,但是差一点就成了北方人的死鬼。"伧鬼"是当时南方人对北方人的蔑称,陆玩的信中虽然大有调侃的意思,但是也不乏对北方积累起来的种种矛盾的发泄。

晋元帝得子赐群臣

【原文】

元帝皇子生①,普赐群臣。殷洪乔谢曰②:"皇子诞育,普天同庆。臣无勋焉,而猥颁厚赉③。"中宗笑曰:"此事岂可使卿有勋邪?"

【译文】

元帝司马睿的儿子降生后,遍赏群臣。殷羡谢恩道:"皇子诞生,普天同庆。我对此没有什么功劳,却蒙受厚赏。"元帝笑着说:"这样的事怎么能让你有功劳呢?"

【注释】

①元帝:指晋元帝司马睿,下文"中宗"是他的庙号。②殷洪乔:即殷羡,字洪乔,官至光禄勋。③猥(wěi):谦词,表示受之有愧。赉(lài):赏赐。

【评析】

元帝诞生龙子,大宴群臣,以示恩泽。殷洪乔谢恩时说自己无功受禄。这是他作为臣子的感恩的话。但是元帝却笑他:"这件事情难道能让你有功嘛?"这让殷洪乔大为尴尬。但是可以看出天子对待朝臣们不是每天死板的上朝下朝,有事请奏,无事退朝了。闲暇之余也会偶尔开开玩笑,调侃一下臣子们,活跃下气氛。

刘惔讥王导说吴语

【原文】

刘真长始见王丞相①，时盛暑之月，丞相以腹熨弹棋局②，曰："何乃渹③？"刘既出，人问王公云何④。刘曰："未见他异，唯闻作吴语耳。"

【译文】

刘惔初次去见王丞相，当时正是炎热的夏天，王丞相将腹部贴在弹棋的棋盘上，说道："怎么这么冰凉啊！"刘惔出来后，有人问他王丞相怎么样，答说："没有看到他有什么特殊的地方，只是听到他说吴语而已。"

【注释】

①刘真长：即刘惔。②熨：贴住、压着。③乃：代词，这样，如此。渹（hóng）：意思为冰凉、凉爽。为当时的吴人语。④云何：怎么样。

【评析】

因为当时改金陵成为六朝政治文化中心，所以这造成两方面的影响：一是汉人人口大量增加，他们努力学习土话，增强了当地汉语方言对非汉语的同化作用，二是中原南迁人士大量聚集于新都城，又使都城形成双方言制，即士族阶层与庶民的双重语言制。而王导为了联络南方士族，常常学说吴语。但是以说洛阳话为正统的北方士族，曾讥讽他没有什么特长，只会说些吴语罢了。

【历代评点】

俞正燮云："乃渹即宁馨、尔馨、如馨。《南史·宋前废帝纪》：太后曰：'那得生宁馨儿！'《宋书》作'那得生如此宁馨儿'。如此即宁馨，重叠言之。其作尔者，《世说》刘惔云'作尔馨语'，王导云'正自尔馨'。作如者，刘惔云'如馨地'，桓温云'如生母狗馨'，王蕴云'冷如鬼手馨'。马永嫩真子谓：'馨音亨。'是也。"（《癸巳类稿》卷七）

王世懋云："真长故不喜丞相。"

陈寅恪云："王导、刘惔本北人，而又皆士族，导何故用吴语接之？盖东晋之初，基业未固，导欲笼络江东人心，作吴语者，亦其开济政策之一端也。"（见《世说新语笺疏》）又云："吴语者当时统治阶级之北人及江左吴人士族所同羞用之方言，王导乃不惜屈尊为之，故宜为北人名士所笑，而导之苦心可以推见矣。"

李贽云："正此是其奇异。"（《初谭集·君臣·贤相》）

王导嘲周侯

【原文】

王公与朝士共饮酒①，举琉璃碗谓伯仁曰②："此碗腹殊空③，谓之宝器，何邪？"答曰："此碗英英④，诚为清澈⑤，所以为宝耳⑥。"

【译文】

王导同朝中的名士一起喝酒，他举起玛瑙碗对周顗说："这碗中空空，反而说它是宝贝，你说这是什么原因呢？"周顗回答道："这碗异常精美清亮，因此说是宝贝。"

【注释】

①王公：即王导。②伯仁：即周顗。又称周侯。③腹：器物中空的部分。④英英：明亮。⑤诚：确实，实在。⑥耳：语气词，表示肯定。

【评析】

王导拿着碗便开始调侃周顗道："人家都说这碗是宝贝，它里面什么也没有，你说宝贝在哪呢？"周顗不紧不慢地回答他道："这个碗本身就很漂亮，所以说它是宝贝。"

【历代评点】

刘辰翁云："伯仁空洞见嘲。"

王导父子下棋

【原文】

王长豫幼便和令①，丞相爱恣甚笃②。每共围棋，丞相欲举行③，长豫按指不听。丞相曰："讵得尔④？相与似有瓜葛⑤。"

【译文】

王悦从小就温顺伶俐，王导对他非常疼爱娇惯。常常一起下围棋，王导拈起棋子要下的时候，(一旦发现自己下错了棋或者棋势不利于自己) 王悦就按住父亲的手指不让动。王丞相笑着说："怎么能这样呢？我和你好像还有些关系吧！"

【注释】

①王长豫：即王悦，王导的长子。②丞相：即王导。③行：下(棋)。④得：能。尔：如此，这样。⑤相与：相互，彼此。

【评析】

此处记叙了王导父子两人在下棋时的小插曲。王导的儿子王悦在下棋的时候,总是喜欢和父亲耍赖。于是王导就和儿子开玩笑说:"你怎么能这样对我呢?我和你还有关系呢。"父子之间的一种亲情对话,既增加了两人的感情,也不失为一种亲情调节的手段。

【历代评点】

蔡邕曰:"瓜葛,疏亲也。"

王导枕周顗之膝

【原文】

王丞相枕周伯仁膝①,指其腹曰:"卿此中何所有②?"答曰:"此中空洞无物,然容卿辈数百人。"

【译文】

丞相王导枕在周顗的腿上,指着他的肚子说:"你这里有什么东西呢?"周顗答道:"这里空洞无物,不过可以容下几百个像你这样的人。"

【注释】

①周伯仁:即周顗,又称周侯。膝:这里指腿。②何所有:有什么。

【评析】

王导指着周顗的腹借开玩笑讥他腹中空无所有,于是周顗就借"空洞无物"表明自己胸怀宽阔,大肚能容,这样巧妙地回答王导,就显得很有韵味。

许玚讥顾和

【原文】

许思文注顾和许①,顾先在帐中眠,许至,便径就床角枕共语②。既而唤顾共行。顾乃命左右取枕上新衣③,易己体上所着。许笑曰:"卿乃复有行来衣乎④?"

【译文】

许玚到顾和的处所,顾和原先正在帐中睡觉,许玚来了以后就径直走进,然后到床上枕着角枕一起聊天。过了一会儿,许玚又请顾和一起去散步,顾和就命人取下衣架上的新衣服来替换自己身上所穿的衣服。许玚就笑着说:"你怎么还有出门专用的衣服啊?"

【注释】

①许思文:即许玚(chēn)。许:同"所",表示处所。②角枕:用兽角作装饰的枕头。③枕:此处应为"杬",同"桁",指衣架。④行来:外出,出行。乎:表疑问语气。

【评析】

一个不待主人招呼就进入内室,一个不整理衣冠迎客,依旧躺在床上。见而后两人还在床角相见而语,关系比较亲密。他们两人之间自然也会互相调侃而不介怀,像顾和出门的时候去换衣服就被许琛取笑道:"出门还要专门换衣服吗?"

【历代评点】

王世懋云:"意似讥其欠真率。"

康僧渊目深鼻高

【原文】

康僧渊目深而鼻高①,王丞相每调之②。僧渊曰:"鼻者面之山,目者面之渊③。山不高则不灵④,渊不深则不清。"

【译文】

康僧渊眼睛深凹,鼻子高挺,丞相王导常常因此笑话他,康僧渊说:"鼻子,是脸上的山;眼睛,是脸上的潭。山不高就没有灵气,潭不深就不会清亮。"

【注释】

①康僧渊:晋代高僧,西域人,生在长安。②调:调笑;戏弄。③渊:深潭。④灵:灵秀。

【评析】

康僧渊是西域人,眼睛深凹,鼻子坚挺,是典型的胡人面相。王导常常就拿这个来调侃他,而康僧渊就用"山不高则不灵,水不深则不清"来比喻自己的面相。不仅没有损害自己的形象,反而又比别人高了一个级别。

【历代评点】

《管辂别传》曰:鼻者天中之山。《相书》曰:鼻之所在为天中,鼻有山象,故曰山。

何充拜佛

【原文】

何次道往瓦官寺礼拜甚勤①,阮思旷语之曰②:"卿志大宇宙③,勇迈终古。"何曰:"卿今日何故忽见推?"阮曰:"我图数千户郡,尚不能得;卿乃图作佛④,不亦大乎?"

【译文】

何充经常去瓦官寺拜佛,很虔诚。阮裕对他说:"你的志向比宇宙大,你的勇气超越往古。"何充说:"你今天怎么突然推崇起我来了?"阮裕答:"我想当个几千户的小郡守都还未能实现;你居然想成佛,难道志向还不够大吗?"

【注释】

①何次道：即何充。②阮思旷：即阮裕阮光禄。③大：在这里为动词，比……大。④乃：竟，竟然。

【评析】

因为崇尚佛家学识和儒家学说有很大的分歧。所以何充潜心理佛就遭到了崇尚儒家学说的阮欲的取笑，面前那么多的实际情况都解决不了，还去求什么那些无法实现的东西呢？儒家的生活态度是要尊重现实。

【历代评点】

凌濛初云："排调可取，思旷亦陋。"

桓温乘雪欲猎

【原文】

桓大司马乘雪欲猎①，先过王、刘诸人许②。真长见其装束单急③，问："老贼欲持此何作？"桓曰："我若不为此，卿辈亦那得坐谈？"

【译文】

桓温想趁着下雪去打猎，先到王濛、刘惔等人的处所。刘惔见桓温装束单薄紧扎，就问道："你这个老东西，这样装扮想去做什么？"桓温说："倘若我不穿成这样，你们这帮人有谁还能坐下来清谈呢？"

【注释】

①桓大司马：即桓温。②王、刘：即王濛、刘惔。③单急：紧身短打扮，也就是古时候的运动装。

【历代评点】

刘辰翁云："此贼终健。"

李贽云："此答无味，因代刘答一转语云：'坐则谈清言，行则建事功。'"（《初谭集·君臣·能言之臣》）

王世懋云："此各不妨两出。"

谢安隐居东山

【原文】

谢公在东山①，朝命屡降而不动②。后出为桓宣武司马③，将发新亭④，朝士咸出瞻送⑤。高灵时为中丞，亦往相祖⑥。

【译文】

谢安在东山隐居，朝廷一再下诏书征召他入朝做官，都不从命。后来，他担任桓温的司马，即将从新亭出发的时候，满朝文武官员都来为他送行。高灵当时担任御先时,多所饮酒,因倚如醉⑦,戏曰:"卿屡违朝旨,高卧东山,诸人每相与言:'安石不肯出,将如苍生何!'今亦苍生将如卿何?"谢笑而不答。

史中丞,也来为他饯行。来之前,他已经喝了些酒,于是就站立出一副醉态,并开玩笑地说道:"你一再违背朝廷的命令,隐居在东山,众人总是相互议论说:'安石不肯出山,百姓怎么办呢?'如今百姓对你将该怎么办呢?"谢安听后笑了笑,没有回答。

【注释】

①谢公:即谢安。②朝命:诏书。③桓宣武:即桓温。④发:赴任、出公干。⑤瞻送:送行,多指送人远行时看着他离去。⑥祖:原意为古时候人们出行时祭祀路神,在这里引申为饯行。⑦倚:立,站立。

【评析】

谢安在隐居的时候,他的极大志向就是绝不出仕,但是最后还是禁不住时局动荡而出仕做官了,这和他当初的志向相悖。作为一个众人推崇的名士说出去的话居然自己反悔了,难免就会有人拿这个来作文章取笑谢安。但是谢安面对这些取笑他的话只是笑而置之,不曾辩解。

【历代评点】

王世懋云:"似醉不醉,语绝妙。"

李贽云:"高崧自谓极得意语,孰知只赢得谢公一笑。"(《初谭集·君臣·铨选诸臣》)

谢安捉鼻

【原文】

初,谢安在东山居,布衣,时兄弟已有富贵者,翕集家门①,倾动人物②。刘夫人戏谓安曰:"大丈夫不当如此乎?"谢乃捉鼻曰③:"但恐不免耳④!"

【译文】

当初,谢安在东山隐居,他还是个平头百姓,那时候他的兄弟中就已经有做官富贵的了。一旦聚集在家门,都会引起当时当地的轰动。谢安的妻子刘夫人和谢安开玩笑说:"大丈夫难道不应当像这样吗?"谢安就捏着鼻子说:"只怕我想免都无法免呢!"

【注释】

①翕(xī)集:聚集。②倾动:震动、倾倒。③捉鼻:捏着鼻子。④但恐不免:还担心避免不掉这些呢。耳:语气词,表示感叹。

【历代评点】

凌濛初云:"妇人心实羡此,刘犹能涉戏,知己和己。"

刘辰翁云:"此捉鼻,似臭。"

凌濛初又云："远志哉？"

余嘉锡云："安意盖谓己本无心于富贵,故屡辞征召而不出。但时势逼人,政恐终不得免耳。安少有鼻疾,语音重浊(见《雅量篇》注)。所以捉鼻者,欲使其声轻细以示鄙夷不屑之意也。《能改斋漫录》三乃谓'安所以不仕,政畏桓温。其答妻之言,盖畏温知之而不免其祸,非为不免富贵也'。以文义考之,其说非是。"

王濛、刘惔轻蔡谟

【原文】

王、刘每不重蔡公①。二人尝诣蔡,语良久,乃问蔡曰："公自言何如夷甫②？"答曰："身不如夷甫③。"王、刘相目而笑曰："公何处不如？"答曰："夷甫无君辈客。"

【译文】

王濛和刘惔二人总是看不起蔡谟。有一次,他俩去拜访蔡谟,一起讨论了很久后,王濛和刘惔就问蔡谟："你自己觉得同王衍相比如何？"蔡谟答道："我比不上王衍。"王濛和刘惔听后相视一笑,然后又接着问："你认为自己什么地方不如王衍？"蔡谟说："王衍没有像你们这样的客人。"

【注释】

①王、刘：即王濛、刘惔。蔡公：即蔡谟。②夷甫：即王衍。③身：我。

【评析】

因为看不起蔡谟。王濛、刘惔就总想找机会让蔡谟难堪,让他下不来台。而蔡谟则巧妙地语含讥讽,利用王、刘的嘲笑讽刺他们,称自己不如王衍是由于王衍身边没有王濛、刘惔这样的人的缘故,而暗含的意思就是自己因为身边有了王濛和刘惔,所以就阻碍了他进步,让王濛和刘惔自讨没趣。

【历代评点】

刘辰翁云："不深不浅许。"

袁中道云："妙甚！"(《舌华录》卷九《浇语》)

张玄之亏齿

【原文】

张吴兴年八岁①,亏齿②,先达知其不常③,故戏之曰："君口中何

【译文】

张玄之八岁的时候缺了个牙齿,当时那些前辈贤达知道这孩子不平常,因而戏谑他道："你

为开狗窦?"张应声答曰:"正使君辈从此出入!"

的嘴里怎么开了个狗洞呢?"张玄之立即回答道:"正是为了让你们从这里进出啊!"

【注释】

①张吴兴:即张玄之,曾经担任吴兴太守。②亏齿:缺牙。③先达:前辈贤达。

【评析】

那些前辈故意跟他开玩笑,想看看他到底有多聪明,本来平常的一个八岁的孩子根本就想不到能有什么话来反驳,但是张玄之却能很敏捷地回应他们的戏谑,而且把话又丢回到他们的口中,这样既维护了自己的尊严,也向众人证明了他的聪明。

郝隆晒书

【原文】

郝隆七月七日出日中仰卧①。人问其故,答曰:"我晒书②。"

【译文】

郝隆七月七日这天到太阳底下仰卧着。有人问他为什么要这样,他答道:"我在晒书呢。"

【注释】

①郝隆:字佐治,晋汲郡人,官至征西参军。②晒书:当时的民间风俗,七月七日要晒经书和衣裳。郝隆戏称也要晒晒腹中的经书。

【历代评点】

《征西寮属名》曰:"隆字佐治,汲郡人。仕吴至征西参军。"

远志与小草

【原文】

谢公始有东山之志①,后严命屡臻,势不获已②,始就桓公司马③。于时人有饷桓公药草④,中有"远志⑤"。公取以问谢:"此药又名'小草',何一物而有二称?"谢未即答。时郝隆在坐,应声答曰:"此甚易解:处则为远志,出则为小草⑥。"谢甚有愧色。桓公目谢而笑曰:"郝参军此过

【译文】

谢安在最初的时候有隐居东山的意向,后来皇帝的诏令不断地下达,无奈就担任桓温的司马一职。这时候,有人送给桓温一些草药,其中有一味是远志。桓温拿过来这种草药问谢安:"这药又名小草,为什么一种东西却有两个名称呢?"谢安没有立即回答。当时郝隆也在座,他随声说道:"这非常好解释:隐藏就叫远志,露出就叫小草。"谢安听

乃不恶⑦,亦极有会。"后一脸羞愧。桓温看着谢安笑了笑说:"郝参军这次表现相当不错,话也说得很有意趣。"

【注释】

①谢公:即谢安。东山之志:隐居东山的志向。②获已:隐居的事得以实现。③桓公:即桓温。④饷:馈赠。⑤远志:中药名。根名为远志,叶名为小草。⑥处则为远志,出则为小草:此为双关语,是嘲讽谢安的出仕。处:明指隐于地下,暗指谢安隐居山中;出:明指露出地面,暗指谢安出山做官。⑦过:量词,次,回。乃:甚,很,非常。不恶:不错,不坏。

【评析】

名为远志的药草,它的根称为远志,但是叶子就叫小草。也不知道桓温是不是故意拿出这味药草去问谢安,谢安也没有马上回答出来,但是一旁的郝隆却应声而答,把远志和小草立即和眼前的人联系起来了,用隐藏来比喻远志,出仕比喻小草,来暗讽谢安的隐居和出仕,让谢安顿时羞愧难当。

【历代评点】

凌濛初云:"《博物志》曰:远志苗曰'小草',根曰'远志',故以出处为风。"

王世懋云:"机锋偶到,故不可忍,然足称终身大隙。"

袁中道云:"谢公为一出,受许多苦。"(《吾华录》卷七《讥语》)

余嘉锡云:"据此,则远志之与小草,虽一物而有根与叶之不同。叶名小草,根不可名小草也。郝隆之答,谓出与处异名,亦是分根与叶言之。根埋土中为处,叶生地上为出。既协物情,又因以讥谢公,语意双关,故为妙对也。"

郝隆作蛮语

【原文】

郝隆为桓公南蛮参军①。三月三日会,作诗。不能者,罚酒三升。隆初以不能受罚,既饮,揽笔便作一句云:"娵隅跃清池②。"桓问:"娵隅是何物?"答曰:"蛮名鱼为娵隅。"桓公曰:"作诗何以作蛮语?"隆曰:"千里投公,始得蛮府参军,那得不作蛮语也?"

【译文】

郝隆担任桓温的南蛮校尉参军。三月三日那天举行聚会,每个人都要作诗,作不出诗的就得被罚喝三升酒。郝隆刚开始因为做不出诗而被罚,喝完酒后,他就提笔写了一句:"娵隅跃清池。"桓温问到:"娵隅是什么啊?"答说:"蛮人把鱼称作娵隅"桓温说:"作诗为什么还要用蛮语呢?"郝隆说:"我不远千里前来投奔您,才得到了个蛮府参军的职位,怎么能不用蛮语呢?"

【注释】

①桓公:即桓温。②娵(jū)隅(yú):古代西南的少数民族把鱼称为"娵隅"。

【评析】

郝隆胸怀大志,但是投靠了桓温之后,桓温表达只给了他一个参军的职位,他心有不甘,于是趁着聚会的时候用南蛮话作了句诗,桓温不解,便问他原因,他就借题发挥跟桓温了他的不满。

袁羊作诗调侃刘惔

【原文】

袁羊尝诣刘惔①,惔在内眠未起。袁因作诗调之曰:"角枕粲文茵,锦衾烂长筵②。"刘尚晋明帝女③,主见诗不平④,曰:"袁羊,古之遗狂!"

【译文】

袁羊有一次去拜访刘惔。刘惔正在帐内睡觉,还没有起来。袁羊便作诗嘲笑刘惔道:"角枕粲文茵,锦衾烂长筵。"刘惔娶的是晋明帝司马绍的女儿庐陵公主,公主看了这诗后很不高兴地说道:"袁羊是古代狂人的子孙。"

【注释】

①袁羊:即袁乔。刘惔:即刘真长。②角枕粲文茵,锦衾烂长筵:语出《诗·唐风·葛生》,是一首悼亡诗。大意是:华丽的褥子配上角枕有多么鲜艳;长长的竹席铺着丝被会更加灿烂。粲:鲜艳。烂:闪闪发光。文茵:绣花的丝褥。长筵:棉被。③尚:娶公主为妻称为尚。④主:公主,指刘惔的妻子庐陵公主。

【评析】

袁羊作诗只是因为一时兴起,看见睡懒觉的刘惔,就借用古人的文章拿他开玩笑,没想到惹得刘惔的妻子庐陵公主十分不满,还直骂袁羊太过狂妄。

【历代评点】

《唐诗》曰:"晋献公好攻战,国人多丧,其诗曰:'角枕粲兮,锦衾烂兮;予美亡此,谁与独旦?'"

刘惔嘲殷融语拙

【原文】

殷洪远答孙兴公诗云①:"聊复放一曲。"刘真长笑其语拙②,问曰:"君欲云那放?"殷曰:"馺腊亦放③,何必其枪铃邪④?"

【译文】

殷融答孙绰的诗说:"聊复放一曲。"刘惔就嘲笑他的语句拙劣,问道:"你想要怎么放?"殷说:"达拉达拉的鼓声也是放,何必一定要是钟声和铃声才叫做放呢?"

【注释】

①殷洪远:即殷融。孙兴公:即孙绰。②刘真长:即刘惔。③阘(tà)腊:叠韵联绵词,状鼓声。④枪铃:钟声和铃声。

【历代评点】

余嘉锡云:"'放一曲',谓放声长歌也。"

王世懋云:"方言难解。"

刘辰翁云:"何物语?取笑。"

朱铸禹云:"案:榆同榻。今人于物之不整齐修洁者,称之为'腊榆'。则此或谓诗虽不工整亦不妨放言,不必求其清新响亮也。此出臆解,故志以待高明。"

余嘉锡又云:"此云'榆腊亦放,何必枪铃'者,谓己诗虽不工,亦足以达意,何必雕章绘句,然后为诗?犹之鼓虽无当于五声,亦足以应节,何必金石铿枪,然后为乐也?"

汝有佳儿

【原文】

张苍梧是张凭①之祖,尝语凭父曰:"我不如汝。"凭父未解所以,苍梧曰:"汝有佳儿。"凭时年数岁,敛手曰:"阿翁②,讵宜以子戏父③?"

【译文】

张镇是张凭的祖父,他曾对张凭的父亲说:"我比不上你啊!"张凭的父亲不明白他说的是什么意思,张镇就说:"因为你有一个好儿子啊!"张凭当时才几岁,就拱着手对张镇说道:"爷爷,难道可以用儿子来戏弄他的父亲吗?"

【注释】

①张苍梧:即张镇,字义远,三国时候吴国吴郡人。他曾担任苍梧太守。张凭,才华横溢,举孝廉,官至御史中丞。②阿翁:爷爷。③讵(jù)宜:难道合适吗?

【历代评点】

《张苍梧碑》曰:君讳镇,字义远,吴国吴人。忠恕宽明,简正贞粹。太安中,除苍梧太守。讨王含有功,封兴道县侯。

桓嗣形似其舅

【原文】

桓豹奴是王丹阳外生①,形似其舅,桓甚讳之②。宣武云:"不恒相似③。"

【译文】

桓嗣是王混的外甥,长得很像他的舅舅。桓嗣非常忌讳这一点。桓温说:"你也不是总是像你的舅舅,只是偶尔像而已。"

时似耳。恒似是形,时似是神。"桓逾不说④。 | 经常像的是相貌,偶尔像的是神情。"于是桓嗣就更加不高兴了。

【注释】

①桓豹奴:即桓嗣。王丹阳:即王混。②桓:即桓温。讳:忌讳。③恒:常常、一直。④逾不说:更加不高兴。说,同"悦"。

【评析】

魏晋时期,人们都注重精神意念,比如清谈、作诗、作画、隐居,都是需要达到一种精神境界,才能被世人所欣赏。从桓豹奴忌讳形似其舅舅的这件事情可以看出,当时的人不喜欢跟别人"形似",都喜欢能有自己的"神、态"。而桓玄认为桓豹奴与他舅舅王丹阳在"形"的方面"恒似",在"神"上"时似",如此便击中了桓豹奴的要害,因而使他更加不高兴。

【历代评点】

王世懋云:"观此知王混不为风流所与。"

朱熹云:"因说外甥似舅,以其似母故也。问:'形似母,情性须别?'曰:'情性也似,大抵形是个重浊底,占得地步较阔。情性是个轻清底,易得走作。'"(《朱子语类》百三十八)

余嘉锡云:"《语类》所谓情性之似,即神似也。如朱子说,则人之似其母,形似处多,而神似处少。桓嗣方以似其舅为讳,而温谓其神似,故逾不说。但人生似舅,世所常有,不晓豹奴何故讳之也?"

王徽之访谢万

【原文】

王子猷诣谢万①,林公先在坐②,瞻瞩甚高③。王曰:"若林公须发并全,神情当复胜此不?"谢曰:"唇齿相须,不可以偏亡。须发何关于神明!"林公意甚恶,曰:"七尺之躯,今日委君二贤。"

【译文】

王徽之去拜访谢万,支道林早就已经在座了,他神情傲慢,眼光也很高。王徽之说:"倘若林公的头发和胡须都齐全的话,神态应当会比现在好吗?"谢万说:"唇齿相依,缺一不可。胡须和头发同精神又有什么关系呢?"支道林心里很不受用,他说:"我这七尺之躯,今天完全交给你们这两位贤达了。"

【注释】

①王子猷:即王徽之。谢万:即谢中郎。②林公:即支遁支道林。③瞻瞩甚高:看上去非常高大。

【评析】

支道林虽被大多数的名士所激赏,享有很高的声誉。但他为人自负,且行事率情任性。他和王徽之在谢万家中做客,三人均为名流贤士,但是支道林在场却表现得很高傲,这让生性"卓荦不羁"的王徽之感觉不舒服,于是便开始借机调侃他。最后说得支道林非常不高兴,但是鉴于在人家做客,且都是有身份的人,又不能发火,只好任由他们二人去议论了。

【历代评点】

袁中道云:"绌。"(《舌华录》卷九《浇语》)

余嘉锡云:"《容止篇》'王长史'条注言:'林公之形,信当丑异。'疑道林有(齿只)唇历齿之病。谢万恶其神情高傲,故言正复有发无关神明;但唇亡齿寒,为不可缺耳。其言谑而近虐,宜林之怫然不悦也。"

应变将略,非其所长

【原文】

郗司空拜北府①,王黄门诣郗门拜②,云:"应变将略,非其所长③。"骤咏之不已④。郗仓谓嘉宾曰⑤:"公今日拜,子猷言语殊不逊⑥,深不可容⑦!"嘉宾曰:"此是陈寿作诸葛评,人以汝家比武侯⑧,复何所言?"

【译文】

郗司空被任命为徐州军政长官,他的外甥王徽之来登门祝贺,说:"应变将略,非其所长。"他反复地、不停地吟诵着这句话。郗司空的二儿子郗仓对他的哥哥郗超说:"父亲今天上任,王徽之太无礼了,实在无法容忍。"郗超说:"这是陈寿对诸葛亮的评价,人家把你父亲比作诸葛武侯,你还有什么可说的呢?"

【注释】

①郗司空:即郗愔。拜北府:指郗愔就任徐州军政长官。②王黄门:即王徽之。③应变将略,非其所长:随机应变的用兵谋略,并非此人所擅长。④骤咏:反复说。⑤郗仓:即郗融。郗愔的儿子郗超的弟弟。嘉宾:即郗超。⑥不逊:不谦逊,无礼。⑦深不可容:绝对不可原谅。⑧汝家:你的父亲。

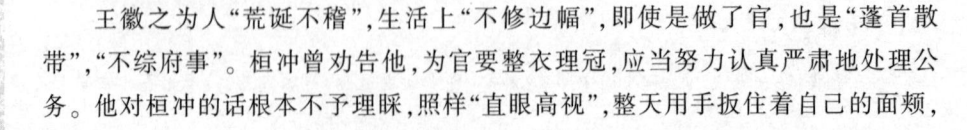

【评析】

王徽之为人"荒诞不稽",生活上"不修边幅",即使是做了官,也是"蓬首散带","不综府事"。桓冲曾劝告他,为官要整衣理冠,应当努力认真严肃地处理公务。他对桓冲的话根本不予理睬,照样"直眼高视",整天用手扳住着自己的面颊,东游西逛。他去了刚升官的舅舅郗司空家里，却没有像别人一样大说贺词，却反复念着"应变将略，非其所长。"这让郗司空的二儿子很不高兴，但是大儿子郗超却巧妙的转用了王徽之的话，说"这是人们赞誉诸葛亮的话，这不是把父亲抬高了嘛？还有什么值得生气的。"

【历代评点】

袁中道云："一咏已不佳，何至骤咏？"（《舌华录》卷八《辩语》）

簸之扬之，糠秕在前

【原文】

王文度、范荣期俱为简文所要①。范年大而位小，王年小而位大。将前②，更相推在前，既移久③，王遂在范后。王因谓曰："簸之扬之，糠秕在前④。"范曰："洮之汰之，砂砾在后⑤。"

【译文】

王坦之和范启共同被简文帝邀请。范启年长却官位低，王坦之年龄小却官位高。即将向前走时，两人相互推让，都请对方走在前。推让了好一会儿，王坦之就走在了范启的后边。王坦之于是就对范启说道："簸扬谷子，糠秕都浮在前面。"而范启却说："洮洗米粒，砂砾都沉在后面。"

【注释】

①王文度：即王坦之。范荣期：即范启。简文：即东晋简文帝。所要：同"所邀"，被邀请。②将前：将要前行时。③移久：过了很久。④簸(bò)之扬之，糠秕在前：簸扬轻浮之物。这是王坦之在以糠秕嘲弄范启。⑤洮(táo)之汰之，砂砾在后：陶洗杂质。这是范启在以砂砾来嘲笑王坦之。

【评析】

范启是年岁大却官职小，和王坦之相反，两个人在进门的时候都互相退让一番不肯走前面，最后王坦之把范启推到前面，然后又在后面开玩笑说："用簸箕扬米，米糠总是被扬在前面。"范启也开玩笑回复说："用河水淘米，沙砾总是被淘在后面。"后来，王坦之当上了朝中的中书令，封为蓝天侯。在简文帝临终的时候，他和谢安同时封为顾命大臣，而范启则始终默默无闻。后来人们就用"簸之扬之，糠秕在前"来形容位卑而居前列。

【历代评点】

刘辰翁云："二语易位，乃可。"

余嘉锡云："文度之言，全出孔传。释慧琳《一切经音义》二十八引《通俗文》云：'淅米谓之洮汰。'荣期因文度比之为糠秕，故亦取义于淅米。米经洮汰，则沙砾留于最后也。"

羊公鹤

【原文】

刘遵祖少为殷中军所知①,称之于庾公。庾公甚忻然②,便取为佐。既见,坐之独榻上与语。刘尔日殊不称③,庾小失望,遂名之为"羊公鹤"。昔羊叔子有鹤善舞,尝向客称之,客试使趋来,氄氋而不肯舞④,故称比之。

【译文】

刘爱之年轻的时候很受殷浩的器重,因此被推荐给庾亮,庾亮非常高兴,就任命他为属吏。接见的时候,让他坐在独榻上同他谈话。可是刘爱之当天的表现却特别不合人的心意。这使得庾亮感到很失望,于是称刘爱之为"羊公鹤"。从前,羊叔子养了一只鹤,这只鹤会舞蹈,羊叔子曾经向人夸奖它,于是客人试着让他把鹤赶来时,鹤身上的羽毛蓬松凌乱,怎么都不肯起舞,所以人们称他为"羊公鹤"来相比拟。

【注释】

①刘遵祖:即刘爱之,子遵祖,沛郡人。官历中书郎、宣城太守等职。殷中军:即殷浩。②庾公:即庾亮。忻然:喜悦。③殊不称:特别不合人的心意。④氄(tóng)氋(méng):羽毛松散,精神不振。

【历代评点】

刘辰翁云:"羊公鹤可称,甚多甚多。"

魏颢雅有体量

【原文】

魏长齐雅有体量①,而才学非所经。初宦当出,虞存嘲之曰②:"与卿约法三章:谈者死,文笔者刑③,商略抵罪④。"魏恰然而笑,无忤于色⑤。

【译文】

魏颢很有度量,但是才学不是他的长处。初次做官将要外出时,虞存嘲笑他说:"和你约法三章,谈论的人处死,写诗文的人判刑,品评人物就要治罪。"魏颢高兴地笑着,没有一点不满的神色。

【注释】

①魏长齐:即魏颢,字长齐,会稽人,官至山阴令。体量:度量。②虞存:字道长,官至尚书吏部郎。③文笔:这里指写文章。④商略:品评,评析。⑤忤:抵触、不满。

【评析】

魏颢、虞球、虞存、谢奉并为四族之俊。魏颢有着旷达的胸怀,但是才学一类的

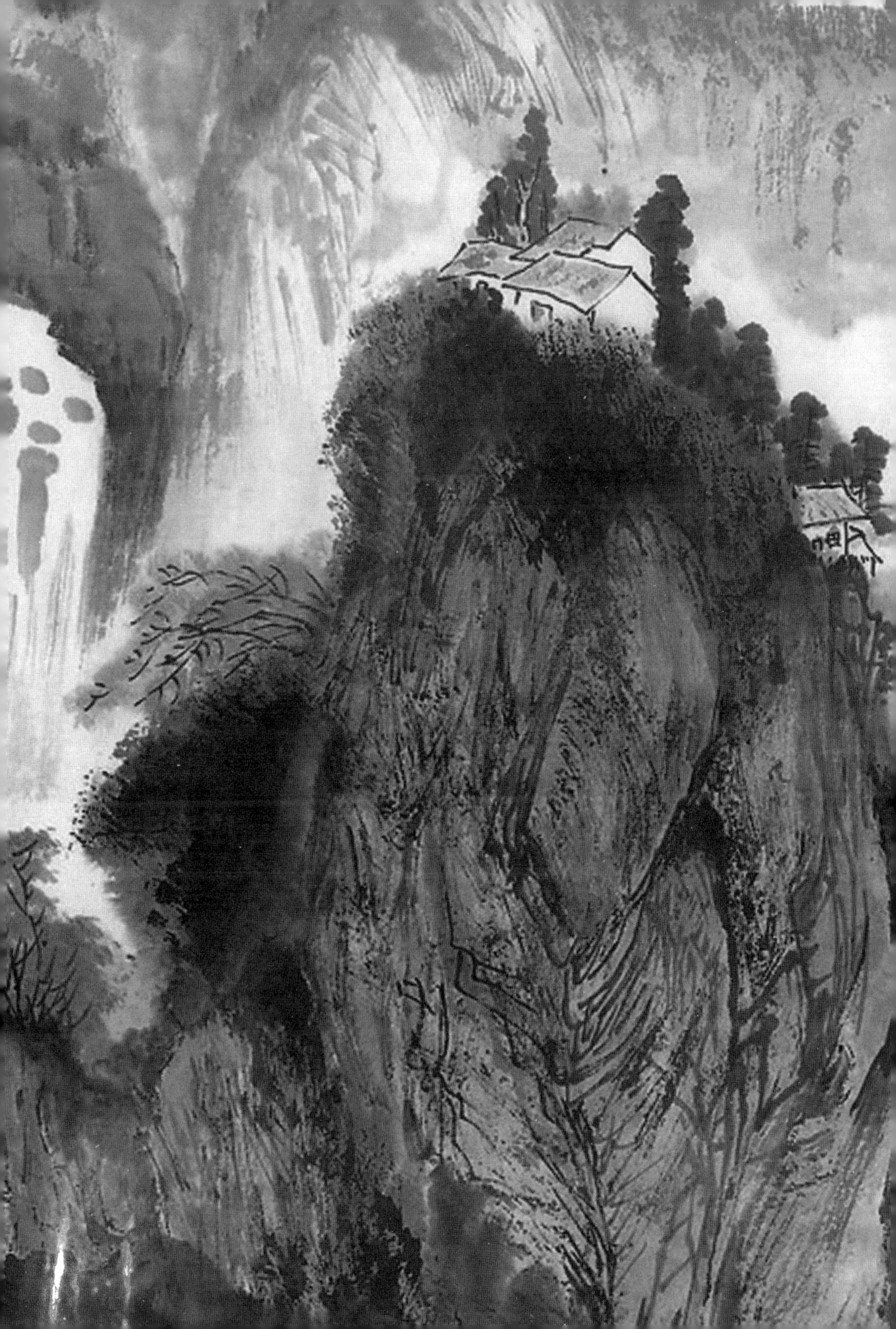

不是他所擅长的。在初做官的时候，虞存便借此嘲笑他，说："清谈之人、写文章的人和进行学术研讨的人都应受到惩罚。"而他所说的这三方面的事情都不是魏顗擅长的，而虞存的嘲戏之意也正在于此。魏顗当然也知道虞存就是要嘲笑他，但是并不和他计较，反而一脸微笑着，这正表现了他的度量之大。

【历代评点】

《魏氏谱》曰：顗字长齐，会稽人。祖胤，处士。父说，大鸿胪卿。顗仕至山阴令。《汉书》曰：沛公入咸阳，召诸父老曰："天下苦秦(可)[苛]法久矣，今与父老约法三章耳：杀人者死，伤人及盗抵罪。"应劭《注》曰："抵，至也。但至于罪。"

郗超讥范启

【原文】

范启与郗嘉宾书曰①："子敬举体无饶纵，掇皮无余润②。"郗答曰："举体无余润，何如举体非真者？"范性矜假多烦③，故嘲之。

【译文】

范启在给郗超的信中说："王献之全身一点也不丰满，即使去了皮也没有多余的肌肉。"郗超回答说："浑身没有多余的肌肉，和全身都是假的相比，哪一样更好呢？"范启生性虚假做作，所以郗超如此嘲笑他。

【注释】

①范启：即范荣期。郗嘉宾：即郗超。②"子敬举体无饶纵，掇皮无余润"：意思是王献之的性情率真，无所掩饰。无饶纵，没有丰满的肌肉，这里指没有掩饰率真本性的东西。掇皮，剥去皮。无余润，没有丰润的肌肉，这里也是指没掩饰率真的本性。子敬：即王献之。③矜假：矜持做作。

【评析】

范启写信给郗超谈及王献之，便谈论起王献之的胖瘦，郗超便借机讥讽范启，拿浑身没有肌肉来和全身都是假的相比，哪样好？范启平时为人处世总是虚伪做作，郗超就巧借王献之一事点破了范启的本性。

谄道与佞佛

【原文】

二郗奉道①，二何奉佛②，皆以财贿③。谢中郎云："二郗谄于道④，二何佞于佛⑤。"

【译文】

郗愔和郗昙兄弟俩人都信奉道教，何充和何准兄弟俩人都信奉佛教。他们为此都用了很多财物。谢中郎说："二郗谄媚道教，二何巴结佛教。"

【注释】

①二郗:即郗愔与郗昙。 ②二何:即何充与何准。 ③财贿:布施、供奉资财给寺院道观。④谄(chǎn):谄媚。⑤佞:巴结。

【历代评点】

《中兴书》曰:郗愔及弟昙奉天师道。《晋阳秋》曰:何充性好佛道,崇修佛寺,供给沙门以百数。久在扬州,征役吏民,功赏万计,是以为遐迩所讥。充弟准,亦精勤,读佛经,营治寺庙而已。

天下自有利齿儿

【原文】

简文在殿上行①,右军与孙兴公在后②。右军指简文语孙曰:"此啖名客③!"简文顾曰:"天下自有利齿儿④。"后王光禄作会稽⑤,谢车骑出曲阿祖之⑥,王孝伯罢秘书丞⑦,在坐,谢言及此事,因视孝伯曰:"王丞齿似不钝⑧。"王曰:"不钝,颇亦验⑨。"

【译文】

简文帝走在大殿上,王羲之和孙绰二人跟在后面。王羲之指着简文帝对孙绰说:"这一位是喜欢好名声的人。"简文帝回过头说道:"世上本来就有能说会道的人。"后来王光禄出任会稽内史,谢玄到曲阿为他送行,王蕴的儿子王恭被罢免了秘书丞一职,他当时也在座,谢玄说到这件事情,于是就看着王恭说:"王丞相的牙齿好像并不钝啊!"王恭说:"的确不钝,这些已经多次被证明了。"

【注释】

①简文:即东晋简文帝。②右军:即王羲之。孙兴公:即孙绰。③啖名客:喜欢名声、对求声名不厌倦的人。④利齿儿:能说会道的人。⑤王光禄:即王蕴。⑥谢车骑:即谢玄。曲阿:今江苏丹阳境内。祖:送别的隆重仪式。⑦王孝伯:即王恭。罢:罢免。⑧齿:牙齿。⑨验:灵光、好使。

【评析】

这里王羲之肯定不会是想讽刺会稽王司马昱,而是讽刺孙绰。王羲之嘲笑孙绰重视名利,并且知道怎么在大家面前去展现自己。走在前面的会稽王司马昱听到王羲之说的这话,也看出了王羲之的意思,便说孙绰牙齿锋利很能"啖名"。当然司马昱这一句话,也只是玩笑话,只不过随机而出,说得含蓄幽默。而谢玄说王恭"齿似不钝",则把他连同他父亲会稽内史王蕴一起讽刺了,而王恭对此并不生气,也不辩解,只是顺着他坦承自己的牙齿确实"不钝",还说这是经过证明的,他的大度化解了尴尬,没有破坏大家的兴致了。

前倨而后恭

【原文】

谢遏夏月尝仰卧①,谢公清晨卒来②,不暇着衣,跣出屋外,方蹑履问讯③。公曰:"汝可谓前倨而后恭④。"

【译文】

夏天的时候,谢玄正仰面大睡,谢安于早晨突然来到,谢玄来不及穿衣服,光着脚跑到外屋,正要穿上鞋子问候。谢安说:"你可以说是前倨而后恭啊。"

【注释】

①谢遏:即谢玄,字幼度,小字遏。②谢公:即谢安。卒,通"猝",突然。③履(lǚ):一种单底鞋子,可供正式场合穿着。④前倨(jù)而后恭:语出《战国策·秦策》,是说苏秦在秦国游说失败后回到家中,嫂子不给他做饭;后来他在赵国做了大官,回家时嫂子见了他就跪拜在地。苏秦问:"嫂何前倨而后恭也?"倨,傲慢;怠慢。恭:五体投地、恭敬。

【评析】

谢玄幼年由谢安抚养长大,两人感情深厚,叔侄两人之间也经常会开些小玩笑。在这里,谢玄因为睡得正香而没感觉到谢安的到来,醒来后匆忙不迭地准备请安,跟他肆无忌惮的睡姿形成鲜明对比,谢安就借"前倨而后恭"的历史典故来取笑谢玄的行为滑稽,格外幽默风趣。

【历代评点】

《战国策》曰:苏秦说惠王而不见用,黑貂之裘弊,黄金百斤尽,大困而归。父母不与言,妻不为下机,嫂不为炊。后为从长,行过洛阳,车骑辎重甚众,秦之昆弟妻嫂侧目不敢视。秦笑谓其嫂曰:"何先倨而后恭?"嫂谢曰:"见季子位高而金多。"秦叹曰:"一人之身,富贵则亲戚畏惧,贫贱则轻易之,而况于他人哉!"

东府客馆西戎屋

【原文】

东府客馆是版屋①。谢景重诣太傅②,时宾客满中,初不交言,直仰视云③:"王乃复西戎其屋④。"

【译文】

东府的客馆全都是木板房。谢景重去那里拜会太傅司马道子,当时客馆里坐满了客人,他不和别人交谈,只是仰视说道:"会稽王居然让客馆成了西戎人的房舍。"

【注释】

①东府:原为晋简文帝府第,后来就成为他儿子会稽王司马道子的宅子。②太傅:即司马道

子。③直:通"只",只是,不过。④王:会稽王,指司马道子。乃复:竟然。复为词缀,没有实义。西戎其屋:板屋,西部少数民族(犬戎)所住的房子。在这里是名词用作动词,使他的屋子西戎化。

【历代评点】

《秦诗叙》曰:"襄公备其兵甲,以讨西戎,妇人闵其君子,故作诗曰:'在其版屋,乱我心曲。'毛公《注》曰:'西戎之版屋也。'"

咄咄逼人

【原文】

桓南郡与殷荆州语次①,因共作了语②。顾恺之曰:"火烧平原无遗燎③。"桓曰:"白布缠棺竖旐旗④。"殷曰:"投鱼深渊放飞鸟。"次作危语⑤。桓曰:"矛头淅米剑头炊⑥。"殷曰:"百岁老翁攀枯枝。"顾曰:"井上辘轳卧婴儿。"殷有一参军在坐,云:"盲人骑瞎马,夜半临深池。"殷曰:"咄咄逼人⑦!"仲堪眇目故也⑧。

【译文】

桓玄和殷仲堪在说话的时候,顺着话题一起试作"了语"。顾恺之说:"火烧平原无遗燎。"桓玄说:"白布缠棺竖旐旗。"殷仲堪说:"投鱼深渊放飞鸟。"紧接着,他们又一起作"危语"。桓玄说:"矛头淅米剑头炊。"殷仲堪说:"百岁老翁攀枯枝。"顾恺之说:"井上辘轳卧婴儿。"殷仲堪的一个参军也在座,说道:"盲人骑瞎马,夜半临深池。"殷仲堪说:"实在是说话鲁莽啊!"因为殷仲堪有一只眼睛是瞎的。

【注释】

①桓南郡:即桓玄。殷荆州:即殷仲堪。②了语:有关"终了"一词的事物。③遗燎:余火,剩下的火种。文中意思是野火烧了平原,没有留下任何东西。④旐(liú)旗(zhào):是招魂幡,出殡的时候在棺材前面引路的旗子。⑤危语:有关"危险"一词的事物。⑥淅:淘洗。炊:做饭的意思。⑦咄咄逼人:说话鲁莽,揭人短处。⑧眇目:一只眼失明。

【评析】

名士们之间经常进行清谈,好比一个学术交流会,但是他们这个就比较随性,自由发挥,属于一种纯粹的"戏谈"。但是结尾的时候殷仲堪的参军参与了交流,只是句子里无意中把殷仲堪的毛病给放进去了,便让殷仲堪觉得甚是难堪。

【历代评点】

凌濛初云:"如此,乃不妨于眇。"

余嘉锡云:"'咄咄',惊叹之辞。'咄咄逼人',亦晋人口头常语。"

顾名思义

【原文】

桓南郡与道曜讲《老子》①，王侍中为主簿②，在坐。桓曰："王主簿可顾名思义③。"王未答，且大笑。桓曰："王思道能作大家儿笑④。"

【译文】

南郡公桓玄和道曜讨论《老子》，侍中王桢之当时担任桓玄手下的主簿，也在座。桓玄说："王主簿可以见到自己的名字就想到道的含义。"王桢之没有回答，只是大笑。桓玄说："王思道能发出名门子弟的笑声。"

【注释】

①桓南郡：即桓玄。道曜（yào）：晋人，生平不详。②王侍中：即王桢之，字公干，小字思道，王羲之的孙子，曾任侍中、御史中丞。③顾名思义：《老子》重"道"，桢之小字思道，所以桓玄说可以顾名思义。④大家儿：名门大族的子弟。

【评析】

王桢之小名叫思道，而桓玄和道曜正好讨论的是《老子》，《老子》是一本专以讲"道"为主的书，桓玄让他"顾名思义"，是拿了王桢之的名字开了个玩笑。

祖参军如从屋漏中来

【原文】

祖广行恒缩头①，诣桓南郡②，始下车，桓曰："天甚晴朗，祖参军如从屋漏中来③。"

【译文】

祖广走路总是缩着脑袋。一次去拜访桓南郡公桓玄，刚下车，桓玄说："天气明明很晴朗，祖参军却像是从漏雨的屋子里来的。"

【注释】

①祖广：字渊度，范阳人，曾任桓玄手下的参军，官至护军长史。②桓南郡：即桓玄。③屋漏：此一语双关。本来是指屋子的西北角，因为西北角上开有天窗，日光由此照射到屋里。这里是指漏水的房屋，调侃祖广走路时缩头缩脑的滑稽模样。

【评析】

桓玄的"祖参军如从屋漏中来"就是从侧面描述了祖广的形象——在走路的时候缩头缩脑的，让人看上去觉得很滑稽。但是桓玄的话说得很幽默，既形容出来他的样子，也没有得罪祖广。

【历代评点】

袁中道云:"善譬。"(《舌华录》卷四《谑语》)

篱壁间物不可得

【原文】

桓玄素轻桓崖①,崖在京下有好桃,玄连就求之,遂不得佳者。玄与殷仲文书,以为嗤笑曰②:"德之休明③,肃慎贡其楛矢④;如其不尔,篱壁间物,亦不可得也⑤。"

【译文】

桓玄一向瞧不起桓崖,桓崖在京城有良种桃树,桓玄屡次向他索取树种,始终没有要到好的品种。桓玄在给殷仲文的信中,拿这件事自嘲道:"如果德行美好,连远方的肃慎族也会进贡楛矢;如果不是这样,就连庭院里的一般物品也得不到呀。"

【注释】

①桓崖:即桓修,字承祖,崖是他的小名,桓玄的堂兄弟。②以为嗤笑:自嘲。③休明:美好清明。④肃慎:古代民族的名字。商周时东北北部一个以狩猎为生的少数民族。周武王灭商后,各方前来进贡,他们送来了楛矢。楛矢:用楛木作箭杆的箭。⑤篱壁间物:家园中生产的东西,这里泛指平常的物品。

【历代评点】

《国语》曰:仲尼在陈,有隼集陈侯之庭而死,楛矢贯之,石砮尺有咫。问于仲尼。对曰:"隼之来远矣。此肃慎之矢也。昔武王克商,通道于九夷、百蛮,使各以方贿贡,于是肃慎氏贡楛矢。古者分异姓之职,使不忘服也,故分陈以肃慎之贡;若求之故府,其可得。"使求得之,金椟如初。

轻诋第二十六

【题解】

本门是关于士人交往时的评析或言谈,但是(轻诋)和(排调)不同的是,前者所表现的是因为嫉妒或者不满等原因而引发的含有贬低对方的意思,就是用含蓄或者直接的讽刺言辞去蔑视对方。

王玄轻诋乃叔

【原文】

王太尉问眉子①:"汝叔名士②,何以不相推重?"眉子曰:"何有名士终日妄语!"

【译文】

太尉王衍问他的儿子眉子:"你的叔叔是名士,为什么你不推崇他呢?"眉子回答:"哪有名士一天到晚说狂妄的话?"

【注释】

①王太尉:即王衍。眉子:即王玄,字眉子,王衍的儿子。他的叔叔王澄,字平子。②汝叔:即王澄王平子。

【评析】

王澄是个十分自负的人,很少去推崇别人,所以生活中他说话也显得很难与人沟通。他侄子王玄,深受名流思想的影响,看不惯自己叔叔的高傲,所以直言不讳地说自己认为叔叔很狂妄,不符合做名士的准则,因此对他没有什么好看法。

【历代评点】

刘辰翁云:"两可之辞。"

胸中柴棘三斗许

【原文】

深公云①:"人谓庾元规名士②,胸中柴棘三斗许③。"

【译文】

深公说:"世人都认为庾亮是名士,可是他胸中所藏的荆棘就有两三斗。"

【注释】

①深公:竺道潜,字法深。②庾元规:即庾亮。③柴棘:木柴与荆棘,喻指其人不坦荡。许:同"所",概数词,大约,左右。

【历代评点】

王世懋云:"此言得其深。"

庾亮权重

【原文】

庾公权重①,足倾王公②。庾在石头③,王在冶城坐④。大风扬尘,王以扇拂尘曰:"元规尘污人!"

【译文】

庾亮权力很大,足以压倒王导。庾亮在石头城,王导驻守在冶城,大风刮起尘土,王导用扇子拂去尘土说:"庾亮刮来的尘土把我都弄脏了。"

【注释】

①庾公:即庾亮。②王公:即王导。③石头:地名,故址在今江苏南京市西南。一说即石首县(今属湖北),晋代置(据杨勇《世说新语校笺》)。④冶城:故址在今南京市朝天宫一带。当时王导以丹阳太守居冶城。坐:驻守。

【评析】

因为庾亮的权利对王导造成了威胁,所以王导多少有点忌恨的意思,他的话中便表现出了对庾亮的鄙夷。

【历代评点】

王隐《晋书·戴洋传》曰:丹阳太守王导,问洋得病七年。洋曰:"君侯命在申,为土地之主,而于申上冶,火光照天,此为金火相铄,水火相炒,以故相害。"导呼冶令奕逊,使启镇东徙,今东冶是也。《丹阳记》曰:丹阳冶城,去宫三里,吴时鼓(跨)[铸]之所,吴平犹不废。又云:孙权筑冶城,为鼓铸之所。既立石头大坞,不容近立此小城,当是徙县(冶)正治],空城而置冶尔。冶城疑是金陵本(冶)[治]。汉高六年,令天下县邑,秣陵不应独无。

党同伐异

【原文】

谢镇西书与殷扬州①，为真长求会稽②。殷答曰："真长标同伐异③，狭之大者④。常谓使君降阶为甚⑤，乃复为之驱驰邪⑥？"

【译文】

谢尚给殷浩写信，信中推荐刘惔担任会稽内史。殷浩给他回信道："刘惔党同伐异，实在是个心胸狭窄的人。我常常认为你降低身份来同他交往就已经很过分了，怎么还要为他奔走效劳呢？"

【注释】

①谢镇西：即谢尚谢仁祖。殷扬州：即殷浩。②真长：即刘惔。③标同伐异：党同伐异。④狭：通"狭"，狭隘，气量小。⑤降阶为甚：使身份降低很多。⑥乃复：那么。

【历代评点】

刘辰翁云："又有谓真长如此者，为人自难。"
王世懋云："此语亦有情。"

桓温慨神州陆沉

【原文】

桓公入洛①，过淮、泗，践北境，与诸僚属登平乘楼②，眺瞩中原，慨然曰："遂使神州陆沉③，百年丘墟，王夷甫诸人不得不任其责④！"袁虎率尔对曰⑤："运自有废兴，岂必诸人之过？"桓公懔然作色，顾谓四坐曰："诸君颇闻刘景升不⑥？有大牛重千斤，啖刍豆十倍于常牛⑦，负重致远，曾不若一羸牸⑧。魏武入荆州，烹以飨士卒，于时莫不称快。"意以况袁。四坐既骇，袁亦失色。

【注释】

①桓公：即桓温。入洛：指桓温在晋废帝太和四年（公元369年）伐燕一事，后因粮运不济，受

挫而还。②平乘楼：大船的船楼。③陆沉：失陷，指国土沦丧。④王夷甫：即王衍，字夷甫，虽居宰辅之位，却爱好清谈而不以国事为重，最后被石勒俘虏杀害。任：负。⑤袁虎：即袁宏袁彦伯。⑥刘景升：即刘表，字景升，汉末曾任荆州牧。在曹操、袁绍相争的官渡之战前，袁绍向他求助，他暗中保持中立；袁绍失败后，曹操讨伐他，曹兵未至就因病而死。⑦刍豆：喂牲口的草料和豆料。⑧羸牸(zì)：瘦弱不堪的母牛。

【评析】

桓温进军洛阳，眺望中原的时候正在感叹国家的沦丧，而袁虎却轻率的回复了他的话，将国运兴衰理解为天命。志在恢复中原的桓温当然听不得这样的话，所以他就用那头只能吃不能干活的牛来比喻袁虎。当袁虎听明白之后，吓得脸色都变了，在座的人也都吓坏了。

【历代评点】

凌濛初云："老贼太狠。"

方苞云："景升之才，大而无用，只能啖刍豆耳。举以况袁，宜其失色也。"

高柔不为王濛、刘惔所知

【原文】

高柔在东①，甚为谢仁祖所重②。既出，不为王、刘所知。仁祖曰："近见高柔，大自敷奏③，然未有所得。"真长云④："故不可在偏地居，轻在角（角弱）中，为人作议论。"高柔闻之，云："我就伊无所求。"人有向真长学此言者⑤，真长曰："我实亦无可与伊者。"然游燕犹与诸人书："可要安固⑥。"安固者，高柔也。

【译文】

高柔在会稽，受到谢尚的推崇。到了京城建康后，却并没有得到王濛和刘惔的赏识。谢尚说："最近看到高柔频繁给皇上写奏章，可是却毫无成效。"刘惔说："所以不能住在边远地区，随便待在某一个角落里，不过是被人当作议论的对象。"高柔听了这些话后，说道："我对他并无所求。"有人把这话说给刘惔听，刘惔说："我也实在没有什么东西可以给他。"不过每每遇到游乐宴饮，刘惔还是会给各位写信说："可以邀请安固。"安固就是高柔。

【注释】

①高柔：字世远，乐安县人，曾官历司空参军、安固县令、冠军参军等职。②谢仁祖：即谢尚。③大自敷奏：频繁上书。④真长：即刘惔。⑤学：学舌。⑥安固：即高柔，因其做过安固令，所以又被人称安固。

【评析】

王濛和刘惔对高柔没有过高的评价，认为他从会稽那样的小地方出来，没有什么名气。所以当他在给皇上献策之后什么奖励也没有得到，便遭到刘惔取笑，说他的出身寒微。只是在取笑过后，刘惔还是会承认他的学识和正直，因为每次的宴饮，刘惔也总是会想到写信让别人邀请高柔。

【历代评点】

刘辰翁云："真长对仁祖语，大是有情，谓偏处言轻，不足为高重耳。高柔误认。别本爱玩贤妻、隐而不遂，极可观。"

江虨、王叔虎互相轻视

【原文】

刘尹、江虨、王叔虎、孙兴公同坐①，江、王有相轻色。虨以手歙叔虎云②："酷吏！"词色甚强。刘尹顾谓："此是瞋邪？非特是丑言声，拙视瞻③。"

【译文】

刘尹、江虨、王叔虎和孙绰同坐，江虨和王叔虎脸上显出互相轻视的神色。江虨用手击打王叔虎说道："残暴的官吏！"言辞音调都很严厉。刘尹回过头来说道："你这是发怒啊，不只是说话尖刻，眼神拙劣。"

【注释】

①刘尹：即刘惔刘真长。江虨：即江仆射。孙兴公：即孙绰。②歙(xī)：用力击打的意思。③特：只是。丑言声，拙视瞻：说话尖刻，眼神拙劣。

【历代评点】

刘辰翁云："谓真长酷。"

何物真猪

【原文】

孙绰作《列仙商丘子赞》曰："所牧何物①？殆非真猪。倘遇风云，为我龙摅②。"时人多以为能。王蓝田语人云③："近见孙家儿作文，道'何物真猪'也。"

【译文】

孙绰作《列仙商丘子赞》说："所放牧的是什么，大概不会是真的猪。倘若能够遇上风起云涌，助我腾飞好似蛟龙舞。"世人大多认为写得非常好。王述对别人说："近几天看到了孙家那个小子写的文章，说什么'何物'、'真猪'。"

【注释】

①何物:什么。②为:动词,助。龙摅:像蛟龙一样腾飞。③王蓝田:即王述。

【评析】

孙绰早年博学善文,放旷山水,写了《列仙商丘子赞》,但凡见识过的人都认为写得很好,没有不称赞他的。只有王述因为曾经和孙绰有过节,便对他露出鄙夷的神色还不以为然的用"小子"直呼他,而且也表现出了对他所作的文章不屑一顾。

【历代评点】

《列仙传》曰:商丘子晋者,商邑人。好吹竽牧豕,年七十,不娶妻而不老。问其道要,言:"但食术、昌蒲根、饮水,如此便不饥不老耳。"贵戚富室,闻而服之,不能终岁辄止,吁将有匿术。孙绰为赞曰:"商丘卓荦,执策吹竽。渴饮寒泉,饥食菖蒲。所牧何物?殆非真猪。倘逢风云,为我龙摅。"

王坦之与支道林不睦

【原文】

王中郎与林公绝不相得①。王谓林公诡辩,林公道王云:"着腻颜帢②,纻布单衣③,挟《左传》,逐郑康成车后④,问是何物尘垢囊⑤!"

【译文】

北中郎将王坦之和支道林不和。王坦之认为支道林诡辩,林公评价王坦之说:"戴着油腻的老式帽子,穿着粗布单衣,挟着《左传》,追随在郑康成的车子后面跑,请问这是什么样的污秽皮囊啊!"

【注释】

①王中郎:即王坦之。林公:即支遁支道林。绝不相得:相处不好。②颜帢(qià):三国魏时流行的一种模仿古代皮弁而制成的丝帛便帽,帽前有一横缝,可以区别前部和后部;到西晋末年,渐渐去掉横缝,称为"无颜帢"。东晋时期戴颜帢,犹同今天戴古人的冠巾,已不合时宜。③布:古代的一种粗葛布。④郑康成:即郑玄,字康成,东汉著名经学家,曾聚徒讲学,遍注群经。⑤尘垢囊:装尘土和污垢的皮囊。

【评析】

名士之间有了矛盾的时候就往往忘记了他们平时所大力提倡的那种旷达的情怀,而是喜欢互相对抗,甚至用尽自己的文才以及可以使用的一切鄙视的语句去诋毁对方。

【历代评点】

凌濛初云:"林公禅伯,不怕口业。"

孙绰为王濛作诔文

【原文】

孙长乐作王长史诔云①:"余与夫子,交非势利,心犹澄水,同此玄味②。"王孝伯见曰③:"才士不逊④,亡祖何至与此人周旋⑤!"

【译文】

长乐侯孙绰在为左长史王濛撰写的诔文中说:"我和先生,非势利之交,心如澄清的水,有共同的意趣。"王恭看了以后说:"孙绰太不自量力了,我已故的祖父怎么会和这样的人交往!"

【注释】

①孙长乐:即孙绰。王长史:即王濛。②"余与"四句:意思是我和他的交往,并不是势利之交;我们的心里像是清水一样,都有这种玄奥美妙的旨趣。夫子,对文人的尊称。③王孝伯:即王恭。王濛的孙子。④才士:有才华的人,这里指孙绰。

【评析】

王恭瞧不起孙绰,可是孙绰偏偏却在纪念王濛的诔文中写到自己曾经和王濛相交,而且相交甚欢,这结果便可想而知了。

【历代评点】

刘辰翁云:"兴公到处为死人所摈。"
王世懋云:"兴公一生受此苦,至死犹烦人。"

谢玄轻诋谢万

【原文】

谢太傅谓子侄曰①:"中郎始是独有千载②!"车骑曰③:"中郎衿抱未虚④,复那得独有⑤?"

【译文】

谢安对子侄们说道:"谢万才是千百年来独一无二的。"谢玄说:"谢万的胸襟不开阔,又怎么可以称得上是独一无二呢?"

【注释】

①谢太傅:即谢安。②中郎:即谢万,谢安的弟弟,谢玄的叔叔。③车骑:即谢玄。④衿(jīn)抱:胸怀。⑤那得:怎么能。

【评析】

谢安本想向大家推崇出一个榜样来,让大家学习学习的,但是谢玄马上就表现出了对谢万的极度不满。

王坦之作《沙门不得为高士论》

【原文】

王北中郎不为林公所知①,乃著论《沙门不得为高士论》②。大略云:"高士必在于纵心调畅③,沙门虽云俗外④,反更束于教⑤,非情性自得之谓也。"

【注释】

①王北中郎:即王坦之。林公:即支遁支道林。②著:著。③高士:超越世俗的人。纵心调畅:随心所欲以致心境协调舒畅。④沙门:依照戒律出家修行的佛教徒,即和尚。俗外:俗世之外。⑤束于教:被教义所束缚。

【译文】

北中郎将王坦之不被支道林看重,他就写了《沙门不得为高士论》,大概意思是说:"超越世俗的人一定是随心所欲、闲适舒畅的人。和尚虽然在世俗之外,但更容易受到教律的约束,并不能说是他们的本性悠然自适。"

【评析】

王坦之把对支道林的不满全寄情于诗文中,文中既为自己塑造了一个正面形象,以改善影响,同时也从侧面向众人说明像支道林这样的人之所以会让人感觉悠然自适,只是因为他们被教条所禁锢了,而并不是本性使然,意在指出他们的多种做作,暗含着对支道林的极为不满。

【历代评点】

凌濛初云:"是'尘垢囊'业报。"(按:谓王中郎(坦之)报复支公"尘垢囊"之讥。)

洛生咏

【原文】

人问顾长康①:"何以不作洛生咏②?"答曰:"何至作老婢声③!"

【译文】

有人问顾恺之道:"您为何不效仿洛阳的书生那样吟诵诗歌呢?"顾恺之说:"何至于效仿老年妇女的声音啊?"

【注释】

①顾长康:即顾恺之。②作:效仿,模仿。洛生咏:洛阳的书生吟诵诗文的腔调。③老婢:老年妇女。

【评析】

文中可见顾恺之对于洛阳书生的鄙视。

【历代评点】

洛下书生咏,音重浊,故云老婢声。

庾恒不推许殷觊

【原文】

殷觊、庾恒并是谢镇西外孙①。殷少而率悟,庾每不推。尝俱诣谢公,谢公熟视殷,曰:"阿巢故似镇西②。"于是庾下声语曰③:"定何似④?"谢公续复云:"巢颇似镇西。"庾复云:"颊似⑤,足作健不⑥?"

【译文】

殷觊和庾恒都是谢尚的外孙。殷觊自幼聪明直率,但是庾恒却总不赞许他。有一次,他们一起去拜访谢安,谢安仔细打量了殷觊一番,说:"殷觊确实像谢尚。"这时候,庾恒低声说道:"哪里像?"谢安接着说:"殷觊的脸颊长得像谢尚。"庾恒就又说:"脸颊像,难道就能够成为强者吗?"

【注释】

①谢镇西:即谢尚。②阿巢:即殷觊,字伯通,小名阿巢。阿在前作辅助语词,没有实义。③下声:压低声音。下,低。④定何似:哪里像。⑤颊:脸蛋。⑥健:强壮,或为强者。

【评析】

殷觊和庾恒是表兄弟,殷觊从小就很聪明,而且大人们也都很喜欢他,但是庾恒就是不愿意承认,偏偏那次谢安却一再的称赞殷觊的样子长得跟他的外祖父很像,也就是说他将来也会很有出息的,这就让本来心里就觉得不平衡的庾恒更加反感了,所以就反驳到"样子长得像就能判定将来能成为强者吗?"

【历代评点】

《庾氏谱》曰:恒字敬则。祖亮,父铄。恒仕至尚书仆射。

韩伯无风骨

【原文】

旧目韩康伯①:捋肘无风骨②。

【译文】

过去的人们评价韩豫章说:"用力握捏胳膊肘,也摸不着他的骨头。"

【注释】

①韩康伯:即韩伯韩豫章。②将(lǔ)肘:握住胳膊肘用力地滑动。

【评析】

说明韩豫章体型肥胖,一身肥肉,使劲捏握也感觉不到骨头的存在。

【历代评点】

余嘉锡云:"康伯为人肥大,故范启以肉鸭比之。凡人肥则肘壮。此云将肘者,江北伧楚人语也。《品藻篇》云:'韩康伯虽无骨干,然亦肤立。'同讥其无骨,而毁誉不同,爱憎之见异耳。观注语知康伯甚肥,故时人讥其有肉无骨。"

支道林讥王氏兄弟说吴语

【原文】

支道林入东,见王子猷兄弟①。还,人问:"见诸王何如?"答曰:"见一群白颈乌②,但闻唤哑哑声③。"

【译文】

支道林到会稽,见到了王徽之兄弟,回来后,有人问他:"看了王氏兄弟觉得怎么样?"支道林回答:"如同看见一群白脖子的乌鸦,只听见哑哑的叫声。"

【注释】

①王子猷:即王徽之。②白颈乌:乌鸦的一种,颈部有一圈白羽毛。王氏兄弟多穿白衣领的服装,所以这样讥讽他们。③唤哑哑声:丞相王导虽是北方人,但很喜爱说吴地方言,王子弟多学他的做法。这里是在讥讽他们说话像乌鸦叫。

【评析】

支道林在这里是讥笑王氏兄弟说的吴语,因为那时候王丞相主要措施是在于化解南北方的矛盾,他自身是北方人,但是为了缓和矛盾,增进交流,也开始学说吴语,而支道林去了刚好也听见了,便用话语来讥讽他们兄弟。

【历代评点】

陆游云:"古所谓揖,但举手而已。今所谓喏,乃始于江左诸王。方其时,惟王氏子弟为之,故支道林见王子猷兄弟曰:'见一群白项乌,但闻唤哑哑声。'即今喏也。"(《老学庵笔记》八)

余嘉锡云:"道林之言,讥王氏兄弟作吴音耳。哑哑之声与唱喏殊不相似,放翁之说,近于傅会。"

刘盼遂云:"王丞相北人,喜吴语,其弟子多规效之。白颈乌,本读鱼韵,径唤作哑,读入麻韵,以取媚当时。"

王坦之荐许玄度

【原文】

王中郎举许玄度为吏部郎①，郗重熙曰②："相王好事③，不可使阿讷在坐头④。"

【译文】

王坦之推荐许询担任吏部郎，郗昙说："简文帝爱多事，不能让许玄度在他的身边。"

【注释】

①王中郎：即王坦之。许玄度：即许询。②郗重熙：即郗昙，字重熙。简文帝为抚军时，召他为司马。③相王：即简文帝。④阿讷(nè)：许玄度的小字。头：放在名词的后边，表示处所，相当于"旁边""前边"等等。

【历代评点】

刘辰翁云："甚恶之之辞。"

桓玄讥愚钝者

【原文】

桓南郡每见人不快①，辄嗔云："君得哀家梨②，当复不蒸食不③？"

【译文】

桓玄每次看到别人办事能力差的时候都会生气地说："你得到哀仲家的梨子，该不会蒸着吃了吧？"

【注释】

①桓南郡：即桓玄。快：技艺高超。②哀家梨：秣(mò)陵哀仲家，产大梨，味道甜美。③蒸：同"蒸"，同"食：吃。

【评析】

拿哀家梨来打比方，哀家梨的特点是又大又好吃，所以桓玄就借这个意思去讽刺愚蠢的人不会去辨别，却总是自以为是，就这样把好的东西给浪费掉了。

【历代评点】

凌濛初云："蒸哀家梨者，甚多甚多。"

刘辰翁云："说得甚近人意。"

假谲第二十七

【题解】

本门里的欺骗大多是为了解决当下难题,以作假去达到某种目的,有的是说假话,有的是做假事,显示了作假者机警的一面。虽然出于玩弄权术而伤害他人的事例为少数,但是可取比较少。

曹操好为游侠

【原文】

魏武少时①,尝与袁绍好为游侠②,观人新婚,因潜入主人园中,夜叫呼云:"有偷儿贼!"青庐中人皆出观③,魏武乃入,抽刃劫新妇,与绍还出。失道,坠枳棘中④,绍不能得动,复大叫云:"偷儿在此!"绍遑迫自掷出⑤,遂以俱免。

【译文】

魏武帝曹操年轻时,曾经喜欢和袁绍一起四处做些游侠的事。有一次看到别人家结婚,就潜入主人的院子里,夜里叫喊道:"有贼!"新房里的人都跑出来看,曹操乘机进入屋内,拔刀将新娘子劫出,和袁绍一道返回。途中迷路了,掉进了荆棘丛中,袁绍动弹不得。曹操又大嚷道:"小偷在此!"袁绍惊慌得自己跳了出来,二人才得以逃脱。

【注释】

①魏武:即曹操。②游侠:重义轻生又好招惹是非的人。③青庐:古代结婚用的新房。用青布搭成的棚屋。④枳(zhǐ)棘:乔木,果实黄绿色,可入药。⑤遑迫:惊慌。掷:腾跃。

【评析】

因为两个人都有所谓的"游侠"性格,所以成了最亲密的好朋友,也经常做一些违反常理、离经叛道的事情。这里讲述的就是他们劫持别人家新娘子的事情。他们在这里上演了一出调虎离山之计,顺利把新娘子拐出去,这正中了他们下怀。而在逃跑途中不慎掉落荆棘中的袁绍真是让人发急,眼看着只能等着被抓了。情急之下的曹操只好大嚷"小偷在此"便把荆棘中的袁绍吓得跳出来了,从而顺利逃脱。曹操确实有点小伎俩,而且此时用得都很恰当。

【历代评点】

凌濛初云："劫之欲何为？"

刘辰翁云："仓促出此，又难。"

望梅止渴

【原文】

魏武行役，失汲道①，军皆渴，乃令曰："前有大梅林②，饶子，甘酸，可以解渴。"士卒闻之，口皆出水，乘此得及前源。

【译文】

魏武帝曹操行军途中，找不到水源，士兵们都渴得厉害，于是他传令说："前面有一片青梅树林，结了很多果子，又甜又酸，可以解渴。"士兵听说后，嘴里都流出口水，靠这一招才得以赶到前方的水源。

【注释】

①汲(jí)道：通向水源的道路。汲，取水。②梅林：青梅树林。

【评析】

在这样的情况下，曹操只能用欺骗的手段让士兵们心里充满希望，才能渡过眼前的难关继续支撑着找到水源，而士兵们心里也像曹操所预想的那样都期待着曹操所说的那片梅树林，于是他们心里也有了目标有了希望，最终虽然没有什么梅树林，但是找到了他们最需要的水源。

【历代评点】

刘辰翁云："华池解渴之妙，存想有功。"

曹操使诈杀随从

【原文】

魏武常言："人欲危己①，己辄心动。"因语所亲小人曰②："汝怀刃密来我侧③，我必说心动。执汝使行刑，汝但勿言其使，无他，当厚相报！"执者信焉④，不以为惧，遂斩之。此人至死不知也。左右以为实，谋逆者挫气矣⑤。

【译文】

魏武帝曹操曾说："如果有人要加害我，我的心就会跳得厉害。"他随即对他的亲近随从说："你揣着刀，悄悄走到我身边，我一定会说我心跳得厉害，然后就把你抓起来送去受刑。你只要不说是我指使你的，就不会有什么事，我还会重重报答你。"仆人相信了他的话，也没觉得害怕，结果就被杀了。此人到死也不明原因。左右的人也以为这是真的，想要加害曹操的人因此而泄气。

【注释】

①危己:加害自己。 ②小人:亲近随从。 ③密:暗地里,悄悄地。 ④执者:被捉住的人。 ⑤谋逆:想要加害曹操的。挫气:挫伤了勇气。

【评析】

这是由曹操一手导演的戏,而随从只是这个戏的配角,听从他的指挥,还相信曹操真的会重重地报答他,却没有考虑到要演的这出戏中曹操所说的那些情节其实一点都不简单。最后到死也死得不明不白,但是这场戏却收到了他预想的好效果。身边那些想要加害他的人都以为他有能预测别人要祸害他的先知,也都只好放弃了想要谋害他的想法。

【历代评点】

刘辰翁云:"文字中留此,鬼当夜哭。"

李贽云:"不必,甚不必。"

乾开云:"奸雄假谲,至死欺人嗟嗟。败面中风,同患父及叔父矣。尚何军士不在智术簸弄中也。"

李贽又云:"如何至今亦知。"(《初谭集·君臣·谲臣》)

曹操假梦杀人

【原文】

魏武常云:"我眠中不可妄近①,近便斫人,亦不自觉,左右宜深慎此!"后阳眠②,所幸一人窃以被覆之,因便斫杀。自尔每眠,左右莫敢近者。

【译文】

魏武帝曹操曾说:"我睡觉的时候别人不能随便靠近我,靠近了,我就会杀人,自己也不知道。手下的人对此应当特别小心!"后来他假装睡觉,一个他宠爱的随从悄悄给他盖被子,他就趁机杀死了他。从此每当他睡觉时,手下的人没有谁敢靠近。

【注释】

①妄:随便。 ②阳:通"佯",假装。

【评析】

曹操为了证明他的话是说一不二,为了验证他的话的效果以求达到建立在众人心中的威信。他利用杀个随从实现了杀鸡儆猴的效果,这些都是做给别人看的。于是别人再也不敢在他睡觉的时候靠近他,以免丧命。这样也为曹操增加了一份安全感。

【历代评点】

凌濛初云:"所为不良,心亦兢兢,作此多狡。"

李贽云:"谲莫谲于魏武,奸莫奸于司马宣王。自今观之,魏武狡诈百出,虽其所心腹之人,不吝假睡以要除之,而司马宣王竟夺其颔下之珠,不必遭其睡也。故曹公之好杀也已极,而魏之子孙即反噬于司马。司马之啖曹也,亦可谓无留遗矣,而司马氏之子孙又即啖食于犬羊之群,青衣行酒,徒跣执盖,身为天子,反奴虏于鲜卑,戮辱于厥廷之下也。一何惨毒酷裂,令人反袂掩面,含羞而不忍见之欤!然则天之报施善人,竟何如哉!吾是以知天之报施果不爽也。吾又以知谲之无益,奸之受祸也。故作《谲奸论》以垂鉴焉。"(按:李贽《初谭集·君臣》篇有《谲主》《奸臣》之目,此为篇末总评。)

袁绍遣人刺曹操

【原文】

袁绍年少时,曾遣人以剑掷魏武,少下①,不着。魏武揆之②,其后来必高。因帖卧床上③,剑至果高。

【译文】

袁绍年轻的时候,曾经派遣人夜里用剑刺杀魏武帝曹操,剑稍微偏低了些,没有刺中。曹操推测第二剑肯定会高些。于是就贴床紧卧,剑刺下来的时候果真很高。

【注释】

①少下:稍微偏下。②揆(kuí):测量。③帖:贴。

【评析】

刺客们第一次因为刺得低了没有刺中,以为曹操还没有醒,所以刺第二剑的时候便纠正了所犯的错误,抬高了位置;而曹操其实那时候已经醒了,却装作没醒的样子,然后反而行之,躺得更低。于是让他们扑了个空,保全了自己。

【历代评点】

刘辰翁云:"自非露卧,剑至即上,又不如迁以避之。小说多歹丐。"

凌濛初云:"英雄相忌,不必有隙。"

晋明帝遇险

【原文】

王大将军既为逆①，顿军姑孰②。晋明帝以英武之才，犹相猜惮，乃著戎服，骑巴滇马，齎一金马鞭③，阴察军形势。未至十余里，有一客姥，居店卖食，帝过愒之④，谓姥曰："王敦举兵图逆，猜害忠良，朝廷骇惧，社稷是忧。故勤劳晨夕，用相觇察⑤。恐行迹危露，或致狼狈。追迫之日，姥其匿之⑥。"便与客姥马鞭而去，行敦营匝而出⑦。军士觉，曰："此非常人也！"敦卧心动，曰："此必黄须鲜卑奴来⑧！"命骑追之。已觉多许里⑨，追士因问向姥："不见一黄须人骑马度此邪？"姥曰："去已久矣，不可复及。"于是骑人息意而反⑩。

【注释】

①王大将军：即王敦。②姑孰：姑苏。③齎(jī)：携带。④愒(qì)：恐吓，吓唬。⑤用：连词，以，来。相：表示动作偏向一方。⑥匿：匿藏并保全。⑦行：走。⑧此必黄须鲜卑奴来：由于晋明帝的母亲是北燕胡人，因此晋明帝貌似胡人。⑨觉：相差。⑩息意：断了继续追明帝的念头。

【译文】

王敦谋反，军队驻扎在姑苏。晋明帝虽然可谓文韬武略，但依然害怕他，于是穿上军装，随身携带了一根金马鞭，暗自去察看军情。在距离军营还有十多里的地方，有一位客居的老妇人在店里吃东西。晋明帝一进去就先吓唬老妇说："王敦谋反，残害忠良，朝廷为之惊恐，由于担忧国家，我才不辞辛劳，日夜兼程来察看军情。担心暴露行踪，也许会狼狈不堪。他们追赶我的时候，请您掩护我吧。"于是就把金马鞭送给了老妇人，然后离去，在围绕着王敦的军营走了一圈后就又出来了。这时被军士察觉，说："这并非一般人。"王敦正躺在床上，他忽然心跳，就说："肯定是黄胡须的鲜卑奴来了。"于是立刻命令骑兵追赶。这时已经相距好几里路了，追赶的军士于是询问刚才的那位老妇人道："有没有看到刚才有一个黄胡须的人骑着马从这里经过？"老妇人答道："已经走了很长时间了，你们追不上了。"于是骑兵便打消了继续追赶的念头，掉头回营了。

【评析】

明帝害怕王敦，但是又想去打探军情。正在想策略的时候看见了路旁的老妇人，于是灵机一动，想假借老妇人的口，让老妇人帮忙做掩护。于是自己跑去了王敦的军营，但是当军营的人发现明帝去报告给王敦的时候，明帝早就跑了。王敦派人去追赶，老妇人就告诉他们，早就跑了，追不上了。于是那些骑兵们只好放弃了追赶。明帝不但探听了王敦军营的虚实，最后还逃过了王敦骑兵们的追赶。

【历代评点】

王世懋云："愒字无谓,恐是谒字之误耳。"(朱铸禹按:愒,去例切,……是憩之本字,盖帝过而小憩也。王敬美以为是"谒"字之误,似未审。)

凌濛初云："老贼乃灵。"

王羲之诈眠脱险

【原文】

王右军年减十岁时①,大将军甚爱之,恒置帐中眠。大将军尝先出,右军犹未起②。须臾,钱凤入③,屏人论事④,都忘右军在帐中,便言逆节之谋⑤。右军觉,既闻所论,知无活理,乃剔吐污头面被褥⑥,诈孰眠⑦。敦论事造半,方意右军未起,相与大惊曰:"不得不除之!"及开帐,乃见吐唾从横⑧,信其实孰眠,于是得全⑨。于时称其有智。

【译文】

右军王羲之还不到十岁时,大将军王敦很喜欢他,常常让他在自己的床帐里睡觉。有一次大将军先从帐里出来,王羲之还没睡醒,一会儿钱凤来了,王敦屏退手下的人,一起商谈事情,完全忘了王羲之还在帐里,一起密谋叛乱的细节。王羲之醒后,听到了他们密谋的事情,知道自己会遭灭顶之灾,于是吐口水弄脏头脸和被褥,装作自己还在熟睡。王敦事情商量到一半,才想到王羲之还没起床,两人大惊失色,说道:"不能不杀掉他。"等他们掀开帐子,发现王羲之口水流得到处都是,就相信他还在熟睡,于是他的性命才得以保全。当时人们都赞扬王羲之有智谋。

【注释】

①王右军:即王羲之,是王敦的堂侄。②起:睡醒。③钱凤:字世仪,吴嘉兴钱尉的儿子,曾任王敦手下的铠曹参军。王敦失败后被杀。④屏:屏退;使避开。⑤逆节:指叛逆作乱。⑥剔吐:呕吐。剔,一作"阳",通"佯",假装。从,同"纵"。⑨得全:得以保全。⑦孰眠:同"熟眠"。酣睡中。⑧从横:纵横。

【评析】

王敦和手下商议谋反的事情,没注意到正在床上睡觉的王羲之,因为王羲之年幼,再加上心情紧张把房间里还有个人忽略了,此时他们才大惊失色,尽管王敦很喜欢他,但是一旦泄露后果也是不堪设想。聪明的小王羲之,知道这个时候唯有装睡才能保住自己的小命。于是装睡,也就逃过了这一劫。

【历代评点】

李贽云："右军大半无计,王敦大半旧情。"(《初谭集·师友·智人》)

陶侃赴苏峻之难

【原文】

陶公自上流来赴苏峻之难①,令诛庾公②。谓必戮庾,可以谢峻③。庾欲奔窜,则不可;欲会,恐见执④,进退无计。温公劝庾诣陶⑤,曰:"卿但遥拜,必无它。我为卿保之。"庾从温言诣陶。至,便拜。陶自起止之,曰:"庾元规何缘拜陶士行?"毕,又降就下坐。陶又自要起同坐。坐定,庾乃引咎责躬⑥,深相逊谢。陶不觉释然⑦。

【注释】

①陶公:即陶侃,字士行,当时担任征西大将军、荆州刺史。他曾说:"苏峻作乱,衅由诸庾,诛其兄弟,不足以谢天下。"②庾公:即庾亮。③谢峻:谢罪、为苏峻叛乱之事找到台阶下。④见执:被逮捕问罪。⑤温公:温峤,字太真,当时担任江州刺史。⑥引咎责躬:归罪于自己,责备自己。⑦释然:疑惑消除的样子。

【历代评点】

王世懋云:"庾实畏死,逊谢未得云谲。"
刘辰翁云:"陶审自知。"

【译文】

陶侃从上游下来平息苏峻叛乱,他下令杀掉庾亮,说只有杀了庾亮,才能谢罪。庾亮此时想逃跑已经不可能了,想见陶侃又怕被抓起来,进退两难。温峤劝庾亮去拜见陶侃,他说:"你只管远远地跪拜,一定不会有什么事,我替你担保。"庾亮听从了温峤的建议,去拜见陶侃,一见面就下拜。陶侃自己起身阻止,说道:"庾亮为什么要拜我陶侃?"行完礼,庾亮又屈身到下位坐下。陶侃亲自起身邀请他和自己坐在一块儿。落座后,庾亮就引咎自责,诚恳地谢罪,陶侃也渐渐消除了对庾亮的怨恨。

温峤续娶表妹

【原文】

温公丧妇,从姑刘氏①,家值乱离散,唯有一女,甚有姿慧②。姑以属公觅婚。公密有自婚意,答云:"佳婿难得,但如峤比云何?"姑云:"丧败之余③,气粗存活,便足慰吾余年,何敢希汝比④?"却后少日⑤,公报姑云:"已觅得婚处,

【译文】

温峤的妻子死了。他的堂姑母刘氏,遭遇战乱和家人失散了,只有一个女儿,貌美且聪慧。堂姑嘱咐温峤给女儿寻门亲事,温峤私下已有自己娶她的意思,就回答道:"好女婿实在难找,如果是像我这样的怎么样?"堂姑母说:"遭遇战乱后侥幸生存的人,只求能马马虎虎地活下去,就足以告慰我的后半生了,怎

门地粗可,婿身名宦,尽不减峤。"因下玉镜合一枝⑥。姑大喜。既婚,交礼,女以手披纱扇⑦,抚掌大笑曰:"我固疑是老奴⑧,果如所卜!"玉镜台,是公为刘越石长史,北征刘聪所得⑨。

么敢奢求像你这样的人做女婿呢?"事后没几天,温峤报告堂姑母说:"已经找到人家了,门第还算可以,女婿的名声地位都不比我差。"随即送了一个玉镜台作为聘礼,堂姑非常高兴。结婚时行了交拜礼后,新娘用手掀开纱巾,拍手大笑说:"我本来就怀疑是你这老家伙,果然不出我所料!"玉镜台是温峤担任刘越石手下的长史时,北征刘聪所得的战利品。

【注释】

①刘氏:既然是温峤堂姑母,应当称温氏,这里可能是随夫姓而称刘氏。又据《温氏谱》,温峤并未娶刘家女子,所以有人认为这是一篇虚构的文字。②姿慧:貌美且聪慧。③丧败:丧乱败落。④何敢希汝比:怎么敢奢求像你这样的人做女婿呢?⑤却后:过后。⑥玉镜台:一种玉制的梳妆用具,上面可以架镜子。⑦纱扇:新娘用来遮脸的纱巾。⑧老奴:老家伙,含有亲密调侃的意味。⑨刘越石:刘琨,字越石,晋中山魏昌(今河北无极)人,曾任并州刺史、都督并冀幽三州军事,死后追赠侍中、太尉。在西晋衰微之时,有志辅佐帝室,司马睿在建康称晋王,身在北方的刘琨便派温峤南下劝进。刘聪:字玄明,匈奴族,十六国时期汉国国君。其父刘渊死后,他杀兄夺取帝位,后攻破西晋京都,俘虏怀、愍二帝。

【评析】

温峤看上了堂姑母的女儿,但是又羞于启齿,虽然温峤早就有打算娶她的意思,就在堂姑母面前做了一番自荐,只是他这个自荐就属于是试探性的,因为在询问了堂姑母的择婿标准后,并没有明白告诉堂姑母,要娶他女儿的就是自己,只是暗示了一下。当正式行礼后新娘发现原来就是温峤之后竟也是大喜过望,可能她在之前也跟温峤一样,对对方都有好感,只是女子对于这样的事情更是不好意思说出口。到确认之后,才表现出自己的喜悦。

【历代评点】

凌濛初云:"初婚女子,乃有抚掌之笑。"

王世懋云:"觇此明知后人添注。"(按:王世懋所指当为"谷口"注语。)

李慈铭云:"案'谷口'以下,盖宋人校语。既谓其姑,必仍姓温,何得云刘?宋人疏谬,往往如是。"

程炎震云:"温峤三娶,见《晋书·礼志中》,孝标此难是也。'谷口'不知何人。此数语宋本已有之,当考。姑既适刘,其女非姓刘而何?"

诸葛恢诳女改嫁

【原文】

诸葛令女①，庾氏妇，既寡，誓云不复重出②。此女性甚正强③，无有登车理④。恢既许江思玄婚⑤，乃移家近之。初诳女云："宜徙于是。"家人一时去，独留女在后。比其觉，已不复得出。江郎莫来⑥，女哭詈弥甚⑦，积日渐歇。江彪暝入宿，恒在对床上。后观其意转帖⑧，彪乃诈厌⑨，良久不悟，声气转急。女乃呼婢云："唤江郎觉！"江于是跃来就之，曰："我自是天下男子，厌何预卿事而见唤邪？既尔相关，不得不与人语。"女默然而惭，情义遂笃。

【注释】

①诸葛令：即诸葛恢，字道明，官至尚书令。他的大女儿嫁给庾亮的儿子庾会。②重出：改嫁。③正强：正直刚强。④登车：指出嫁时乘车到夫家。⑤江思玄：即江彪，字思玄，博学多才艺，曾任尚书左仆射、护军将军。⑥茣：同"暮"，傍晚。⑦詈(lì)：诟骂。⑧帖：帖服、平静、安定。⑨诈厌：厌同"魇"，假装做恶梦。

【译文】

尚书令诸葛恢的女儿是庾会的妻子，守寡以后，立誓不再改嫁。这个女儿性格非常正直刚强，没有再嫁的可能。诸葛恢答应江彪求婚后，便把家迁到靠近江彪的地方。起初他骗女儿说："应当迁到这里。"后来全家人都走了，唯独把女儿留了下来。等她察觉后，已经无法出去了。江彪傍晚到来，她哭骂得更厉害，好多天才逐渐平静下来。江彪晚上进来就寝，总是在对面床上睡。后来见她的情绪渐渐安定，江彪就假装做恶梦，许久不醒，声音和气息渐渐急促。她就招呼婢女说："把江郎叫醒！"江彪于是跳起来到她身边，说道："我本是世上的一般男人，做恶梦关你什么事，为何要叫醒我呢？你既然这样关心我，就不能不和我说话。"她默默无言，又感到羞愧，此后夫妻的感情才深厚起来。

【评析】

诸葛恢的女儿虽然年纪尚轻便守寡，但是凭着她要强的性格再加上她固守旧社会女人从一而终的操守，诸葛恢知道女儿会坚持守寡，为人父母的哪有不心疼自己的孩子的，在魏晋时期所形成的思想理念对于这样的习俗已经没有那么严格了。诸葛恢瞒着女儿自己答应了江彪的求婚，又怕女儿不依，就把女儿骗到江彪的身边去，让她习惯。但是她根本就不理会江彪，于是江彪在她面前耍了点小伎俩，装作做噩梦，引起她的注意，而且经过了这么多天的相处，也开始互相关心了。江彪抓住了她这个心理，于是在和她倾心交谈后，最终诸葛恢的女儿也明白了江彪的心意，于是两个人从此就相敬如宾了。

【历代评点】

杨慎云："本'声呜转急'，讹为'声气'。"（凌濛初按："刘本作'声呜'。"）

王世懋云："此政不必有头巾气。"

愍度道人立"心无义"说

【原文】

愍度道人始欲过江①，与一伧道人为侣②，谋曰："用旧义在江东，恐不办得食③。"便共立"心无义"。既而此道人不成渡。愍度果讲义积年。后有伧人来，先道人寄语云："为我致意愍度，无义那可立④？治此计，权救饥尔！无为遂负如来也⑤。"

【注释】

①愍(mǐn)：同"敏"。②伧：粗俗，鄙陋。南北朝的时候南人用这个词来蔑称北人。侣：作伴。③不办：不能。④那可：怎么能。⑤无为：同"勿为"，不能，不要。如来：佛祖，这里是概指佛教、佛法。

【译文】

愍度道人起初想要过江，他与一位北方的僧人结伴而行，两人商量道："单靠着原来的教义到江东，恐怕连饭都没得吃。"于是两人共同创立"心无义"说。后来这位北方的僧人没有渡江去南方，而愍度道人却在渡过江后讲了多年的"心无义"说。再后来有个北方人过江来，原先的那位僧人托他捎话说："替我问候愍度道人，'心无义'说怎么能成立呢？想出这个办法，不过是为了暂且解决饿肚子的当务之急罢了。千万不能这样辜负了佛教、佛法啊！"

【评析】

两个想要过江的和尚因为有同样的目的而中途结伴，但是都考虑到渡江最大的问题就是温饱问题，于是为了解决这个问题便商议出"心无义"说，但是北方的僧人没有一块同行了。就只剩下愍度道人自己，而他自己却坚持着过江以后仍然讲多年前，那个当初为了解决温饱而创立的"心无义"说。北方的僧人就托人告诉他，也提醒他，那个所谓的"心无义"只是为了解决温饱问题的幌子，根本不值得继续传扬那样的学说了，还是要回归佛教、佛法的真谛中去。

【历代评点】

刘应登云："二人元知旧义之非，故共谋过江，不用此义。愍度后遂仍用旧义，为人讲以得食，故讥之。"

刘辰翁云："以无救饥。"

王世懋云："刘（指刘应登）强作解事。彼谓旧义不得食，故创新义动人耳，为救饥改义,故曰'负如来'。所谓'那可立'、'心无义',非旧义也。文理尚不通,何妄下雌黄?"

凌濛初云:"刘注似不合。"

王世懋又云:"因悟晋人清谈取义,亦是救饥。"

孙绰使诈嫁恶女

【原文】

王文度弟阿智①,恶乃不翅②,当年长而无人与婚。孙兴公有一女③,亦僻错④,又无嫁娶理。因诣文度,求见阿智。既见,便阳言:"此定可,殊不如人所传,那得至今未有婚处?我有一女,乃不恶⑤,但吾寒士,不宜与卿计,欲令阿智娶之。"文度欣然而启蓝田云⑥:"兴公向来,忽言欲与阿智婚。"蓝田惊喜。既成婚,女之顽嚚,欲过阿智。方知兴公之诈⑦。

【译文】

王坦之的弟弟阿智非常凶恶,年岁大了都还没有人肯与他结亲。孙绰有个女儿,也非常乖僻,一直都嫁不出去。孙绰于是去拜访王坦之,要求见见阿智。见面以后,孙绰假意说道:"这个孩子一定很好,并不像外边流传的那样,怎么至今还没有婚娶呢?我有个女儿,也很不错,不过我是个贫寒之士,本不该与你商量,我想让阿智娶她。"王坦之听后便急忙高兴地去告诉父亲王述,他说:"孙绰刚才来过,忽然提出要把女儿嫁给阿智。"王述听后又惊又喜。结婚后,女方的愚笨嚣张远远超过阿智,这才知道了这是孙绰耍的诈。

【注释】

①王文度:即王坦之。阿智:即王愍之,字文将,小字为阿智。娶太原孙绰的女儿。阿为前辅助语气辞,无实义。②乃:颇,甚。六朝的口语词。不翅:即"不啻(chì)",意思是不只,不止。③孙兴公:即孙绰。④僻错:怪癖、不通情理。⑤不恶:不坏、不错。乃不恶的意思就是说非常不错。⑥蓝田:即王述。⑦诈:耍诈。

【评析】

孙绰利用了王坦之的虚荣心和他着急要替弟弟选亲的心理,先奉承了他半天,然后又降低自己的身份,把自己说成是个贫寒的人,但是因为出身不好所以耽误了自己那个好女儿,又显得因为贫寒而卑微地向王坦之家提亲,如此。王坦之信以为真,告诉父亲王述,王述刚好也为儿子着急,于是便高兴地应下了这门婚事。让自己的弟弟娶了孙绰的女儿,没想到孙绰的女儿比他弟弟还要笨。这时候才知道是孙绰耍的鬼点子。

【历代评点】

凌濛初云:"女顽既无人知,何为定诈欤?阿智那得遂无嫁娶理?"

李贽云:"孙兴公、诸葛诞,爱女之心一也。"(《初谭集·夫妇·合婚》)
方苞云:"阿智恶矣,而阿恒之顽嚚欲过之,可称绝对。"

谢玄少时好着香囊

【原文】

谢遏年少时①,好着紫罗香囊②,垂覆手③,太傅患之,而不欲伤其意。乃谲与赌④,得即烧之。

【译文】

谢玄年轻的时候,喜欢佩戴用紫色的锦罗制成的香囊,还垂挂着手巾之类的服饰。谢安很为此担忧,但是又不想使他伤心。于是骗他以香囊为资本赌博,赢过来后便立即将其烧掉。

【注释】

①谢遏:即谢玄。②着:佩戴。③覆手:手巾之类。④谲(jué)与赌:骗他以香囊为资本赌博。谲:诡诈,设计谋。

【评析】

谢玄自幼聪慧过人,被谢安器重。但是他一个男孩子却总是喜欢佩戴手巾、香囊这些小饰品,谢安不免为侄儿的前途担忧,担心他不务正业,于是就想办法要让他归正,可是又不能明着抢走或责骂他,那样反会起到不好的效果。于是趁着和他做游戏的时候想办法赢了他的那些东西,把他烧了,并劝说他以后不要再戴这些东西,从此以后便听谢安的话不再玩弄这些什物。

【历代评点】

刘辰翁云:"为大人,故难。"
宗白华云:"这态度多么慈祥,而用意又何其严格!谢玄为东晋立大功,救国家于垂危,足见这教育精神和方法的成绩。"

黜免第二十八

【题解】

本门记载了关于黜退而免官的故事,反映出魏晋时期统治阶级内部的明争暗斗以及权力斗争。

诸葛宏遭流放

【原文】

诸葛宏在西朝①,少有清誉,为王夷甫所重②,时论亦以拟王。后为继母族党所谮③,诬之为狂逆④。将远徙⑤,友人王夷甫之徒,诣槛车与别⑥。宏问:"朝廷何以徙我?"王曰:"言卿狂逆。"宏曰:"逆则应杀,狂何所徙?"

【译文】

诸葛宏在西晋时,年纪轻轻就声名远播,深受王衍的器重,当时人们也把他和王衍相比。后来遭到继母家族的陷害,诬告他狂妄且心存谋逆。即将流放时,他的朋友王衍等人,到囚车前和他告别。诸葛宏问:"朝廷为什么要流放我?"王衍说:"有人说你狂妄且心存谋逆。"诸葛宏说:"叛逆该杀头,狂妄有什么要流放的?"

【注释】

①诸葛宏:字茂远,官至司空主簿。西朝:西晋,晋朝廷过江后,称呼前政权。②王夷甫:即王衍。③族党:同族亲属。④狂逆:狂妄且心存谋逆。⑤远徙:流放。⑥槛(jiàn)车:押解犯人的囚车。

【评析】

诸葛宏年轻的时候就有很好的口碑,也因此得到王衍的赏识和器重,但是后来因为继母不怀好心诬陷他,就被以狂妄给他定罪,流放了。只能说他很冤枉,他去质问身边的人,但却没有人能帮他。面对阴险小人勾结权势,并有意陷害的话,便是有理无处说,也没有人能帮你洗脱罪名。

桓温入蜀

【原文】

桓公入蜀①,至三峡中,部伍中有得猿子者②。其母缘岸哀号③,行百余里不去,遂跳上船,至便即绝④。破视其腹中,肠皆寸寸断。公闻之怒,命黜其人。

【译文】

桓温率领部队进入四川,经过三峡时,队伍里有人捉住一只小猿猴,母猿沿岸一直跟着沿着长江岸边哀号鸣叫不已,走了一百多里都不肯离去。最后母猿跳到船上,刚落甲板就气绝身亡。有人剖开母猿的肚子,看到肠子全都断成一寸一寸的。桓公听到此事后大怒,下令罢黜了那个捉猿猴的人。

【注释】

①桓公:即桓温。入蜀:指桓温伐蜀一事。②部伍:部队。③缘岸:沿着江岸。④绝:气绝身亡。

【评析】

母猿因为幼崽被抓,哀鸣不已,最后也因为过度的劳累,再加上认为小猿猴没救了,母猿竟然肝肠寸断,气绝身亡。这样伟大的母子之情,不免让人为之动容。虽然只是一只猿猴,也透露出人性的气息,所以即使是生性狂野的桓温也为母猿的遭遇而叹息。便也毫不留情地将手下那个抓幼猿的人给罢免了。

【历代评点】

刘辰翁云:"此怒亦何可少。"

凌濛初云:"桓公犹有此,大不似阿黑,忍杀石家妓。"

咄咄怪事

【原文】

殷中军被废①,在信安,终日恒书空作字。扬州吏民寻义逐之,窃视,唯作"咄咄怪事"四字而已②。

【译文】

中军将军殷浩被废黜后,居住在信安,整天总是对着空中写字。扬州的官民因为追念他的恩义就跟随他,偷偷查看,发现殷浩只是在写"咄咄怪事"四个字罢了。

【注释】

①殷中军:即殷浩。被废:指殷浩北伐失败被废为庶人一事。②咄咄怪事:使人吃惊的怪事。咄咄,表示惊叹诧异的声音。

【评析】

殷浩被废后,心里感到莫名的怨恨,一心一意的为朝廷办事,最后却落了个这样的结局,他肯定是难以接受的。所以这个时候的他或许脑子里还是因遭受到罢免而转不出来,才导致他精神有些紊乱。

【历代评点】

《晋阳秋》曰:初,浩以中军将军镇寿阳,羌姚襄上书归降。后有罪,浩阴图诛之。会关中有变,(符)[苻]健死,浩伪率军而行,云"修复山陵"。襄前驱,恐,遂反。军至山桑,闻襄将至,弃辎重驰保谯。襄至,据山桑,焚其舟实。至寿阳,略流民而还。浩士卒多叛,征西温乃上表黜浩,抚军大将军奏免浩,除名为民。浩驰还谢罪。既而迁于东阳信安县。

桓温敕令免官

【原文】

桓公坐有参军椅蒸薤不时解①,共食者又不助,而椅终不放,举座皆笑。桓公曰:"同盘②尚不相助,况复危难乎?"敕令免官。

【译文】

桓温举行宴会,席间有一名参军用筷子夹蒸薤,沾在一起夹不开,一起进餐的人都不帮助他,参军就夹住蒸薤不放,在座的人都笑了。桓公说:"同桌吃饭都不肯互相帮助,何况是有危难的时候呢?"于是下令免去在座人的职务。

【注释】

①桓公:即桓温。椅:当据《太平御览》卷九百七十七作"掎",指用筷子夹取食物。蒸薤(xiè):同"蒸薤",把米和薤调上油蒸熟的一种食物。由于蒸熟后凝结得像铁板一样,所以很难夹取。薤,一种多年生草本植物,地下有鳞茎可食用。不时解:不得解。②同盘:同桌吃饭。

【评析】

对于久经沙场,向有不臣之野心的桓温来说,他深知团结互助才能赢得成功。在现代社会里,一个上级最看重的也就是下属同属一心,讲究团体的协作。古代里有谋略的当权者同样也深知这个道理。饮宴的时候在餐桌上,当桓温看见参军需要别人帮助的时候,却没有一个人去帮忙,反倒在一旁取笑。于是桓温便下令罢黜了他们的职务。

【历代评点】

王世懋云:"讥评可耳,何至免官?"
刘辰翁云:"二怒皆可观。"

殷浩怨恨简文帝

【原文】

殷中军废后①,恨简文曰②:"上人着百尺楼上,儋梯将去③。"

【注释】

①殷中军:即殷浩。②恨简文:简文帝司马昱当时以抚军、录尚书事辅佐朝政,殷浩兵败后被罢免,虽然是桓温提议的,但认可这一提议并奏请皇帝的却是司马昱。③儋梯将去(dān):命人将梯子抬去。儋,通"担",扛。

【译文】

中军将军殷浩被废黜为平民后,他抱怨简文帝司马昱说:"让人爬上百尺高的楼上,却把梯子给扛走了。"

【评析】

殷浩被罢免后,心里知道是桓温的主意,但是还是为司马昱的软弱感到怨恨,抱怨自己就好像一个爬到很高的楼上,眼看着能成功,而后面却突然失去支持,也就是暗指司马昱从下面把楼梯给撤了,让他无所适从,表露出他的心有不甘却又无奈之极。

【历代评点】

凌濛初云:"奇恨。"

李贽云:"当哭。"又云:"真!"(均见《初谭集·君臣·痴臣》)

邓遐有愧叔达

【原文】

邓竟陵免官后赴山陵①,过见大司马桓公②。公问之曰:"卿何以更瘦?"邓曰:"有愧于叔达,不能不恨于破甑③!"

【注释】

①邓竟陵:即邓遐(xiá),字应远,陈郡人,曾任桓温手下的参军,官至竟陵太守,后桓温在枋头兵败,迁怒于他,被免官。赴山陵:给皇帝奔丧。②桓公:即桓温。过见:拜访。③"有愧于叔达,不能不恨于破甑(zèng)":意思是自己涵养不够,不能不抱怨被免官的事,因而愧对叔达。叔达,孟敏,字叔达,东汉钜鹿人,他客居太原时,随身携带的饭甑坠地打碎,他认为既已破碎,看也无用,头也不回地走了。当时的名流郭泰为此很欣赏他。甑,一种陶制的炊具。

【评析】

枋头的战败,声望大损,这对桓温的打击不小,于是一恼怒便把手下的参军邓遐的官职给撤了。邓遐在回去给皇帝奔丧的时候又见着桓温了,但是这个时候他对罢官一事还耿耿于怀,于是人形消瘦。桓温问他何以变瘦,邓遐不敢当着桓温的面表现出自己的不满,所以只好拿出了名士叔达来和自己对比,称是因为自己的心态不够豁达,没有他的坚毅果断,委婉地说出是因为对罢官的事情不能理智对待才导致的。

【历代评点】

刘辰翁云:"甚真。"

桓温废太宰父子

【原文】

桓宣武既废太宰父子①,仍上表曰:"应割近情②,以存远计。若除太宰父子,可无后忧。"简文手答表曰:"所不忍言,况过于言。"宣武又重表,辞转苦切③。简文更答曰:"若晋室灵长④,明公便宜奉行此诏。如大运去矣,请避贤路⑤!"桓公读诏,手战流汗,于此乃止。太宰父子,远徙新安。

【译文】

宣武侯桓温废黜太宰司马晞父子后,又上奏说:"应该割舍亲情,确保长远大计。如果除掉太宰父子,就没有后顾之忧了。"简文帝司马昱亲自在奏章上批示说:"这是我不忍心说的,何况所做的已超过所说的。"桓温又再次上奏章,言辞更加急切。简文帝又批示说:"如果晋室国运长久,你就应该执行这道诏令;如果运势已去,就请让开进用贤人的道路!"桓温读罢诏书,双手打颤,脸上流汗,才打消了这个念头。太宰父子于是被流放到遥远的新安郡。

【注释】

①桓宣武:即桓温。太宰父子:指司马晞、司马综父子二人。司马晞,字道升,元帝的第四个儿子。开始封为武陵王,拜太宰。想要杀握重权的桓温。太宗即位后,新蔡王司马晃自首,供出司马晞及其子综谋逆。简文帝不忍杀,流放司马晞于新安。②割:断、舍去。③苦切:急切。④灵长:绵延久长。⑤避贤路:让开贤人得以进用的道路,这里的意思是自己让位给桓温。这是一句言辞很重的话,所桓温才"手战流汗"。

【评析】

桓温仗着自己的势力,把傀儡皇帝司马昱扶上了皇位,但是他还是不敢明目张胆的废除这个皇帝自己登位。因为大部分的人虽然害怕他,不敢说话,但是支持他的人也不多,所以他只有进一步的剪除异己势力。这次居然轮到了司马昱的亲哥哥司马晞,桓温借机把他废除了之后,仍然想斩草除根,司马昱不从他。于是三番两次的奏请司马昱,司马昱只好拉出最后底线就是自己的皇位,去保住自己哥哥的性命。他告诉桓温,如果你执意不服从这道命令,那你就公然取代我的位置好了。桓温一看这个也吓坏了，他想不到司马昱会这样威胁他。但是此时时机还不成熟，于是也就只好作罢，就把他们给流放了。

【历代评点】

刘辰翁云："桓终可告语者，岂唯不忤而已。"

凌濛初云："不得不流汗。"

余嘉锡云："简文虽制于权臣，而能保全海西公及武陵王晞。其人盖长者而短于才。然其言不恶而严，足令桓温骇服。即此一事，以视惠帝之听人提掇，弑母杀子，戮舅废妻，皆懵然不能出一语者，相去何止万万？谢安之言，拟人不于其伦。疑是记者之失，不足以为定评也。"

殷仲文堂前叹槐

【原文】

桓玄败后①，殷仲文还为大司马咨议②，意似二三③，非复往日。大司马府听前，有一老槐④，甚扶疏⑤。殷因月朔⑥，与众在听，视槐良久，叹曰："槐树婆娑⑦，无复生意！"

【译文】

桓玄失败后，殷仲文回来继续担任大司马刘裕的咨议参军，他有些心神不宁，三心二意，不再像从前那样了。大司马府的堂前有一棵老槐树，枝叶很茂盛。殷仲文在每月初一这天和大家到厅堂集会，他凝视槐树良久，感叹说："槐树枝叶颓败，再也没有生机了！"

【注释】

①败：指桓玄篡位遭北府兵将领刘裕起兵声讨，桓兵败被杀。②殷仲文：字也叫仲文，桓玄的姐夫，曾帮助桓玄谋反，用为侍中，后被刘裕所杀。大司马：这里指琅邪王司马德文，即后来的晋恭帝。咨议：即咨议参军，谋议军事要务，位在其他参军之上。③二三：指三心二意，不专注。④听：通"厅"。⑤扶疏：枝叶繁茂而分披下垂的样子。⑥月朔：每月初一。⑦婆娑：这里指枝叶因剥落而显颓败的样子。

【评析】

桓玄是殷仲文的妻弟，攻克建康以后便投奔了殷仲文，后来桓玄叛变失败，刘裕重新把他召回来继续在他手下任职。可是这时候的他心里背负着各种压力，已不能安心在职位上工作。

【历代评点】

《晋安帝纪》曰：桓玄败，殷仲文归京师，高祖以其卫从二后，且以大信宣令，引为镇军长史。自以名辈先达，位遇至重，而后来谢混之徒，皆畴昔之所附也。今比肩同列，常怏然自失，后果徙信安。

俭啬第二十九

【题解】

本门记载了节俭和吝啬两种品德。过度的节俭就成了吝啬。文中反映节俭的有陶侃;反映吝啬的有王戎。

和峤性至俭

【原文】

和峤性至俭①,家有好李,王武子求之②,与不过数十。王武子因其上直③,率将少年能食之者④,持斧诣园,饱共啖毕,伐之,送一车枝与和公。问曰:"何如君李⑤?"和既得,唯笑而已。

【译文】

和峤生性吝啬,家里有非常好的李子树,王济向他要些李子时,他只给了几十个。王济乘他上朝值班的时候,带领年轻体壮能吃的人,手持斧头来到他的果园,一起大吃一顿,然后就把树给砍了,还送了一车树枝给和峤,问他说:"和你们家的李子树相比怎么样?"和峤收下这些树枝后,只有苦笑而已。

【注释】

①和峤:字长舆,生性吝啬,因此受到世人的讥讽。下文王武子是他的妻舅。②王武子:即王济。③上直:入官署值班。④率将:带领。⑤何如君李:跟李子树比,这车树枝怎么样。

【评析】

和峤为官清廉,但是家里很有钱,不过有个毛病就是太吝啬。他家里有一些很好的李子树,他小舅子王济问他要李子,他却只给了几十个给他,于是王济便趁和峤不在的时候带人去他的果园里大吃了一顿,最后连他的树也给砍了。把树枝送还给和峤并讥笑他,和峤也只有苦笑不语了。

【历代评点】

李贽云:"视计核责钱者为何如?世间故自有一种贪夫也。然终胜口谈仁义而心与峤一般者。"(《初潭集·兄弟上》)

王戎俭吝送单衣

【原文】

王戎俭吝①，其从子婚②，与一单衣，后更责之③。

【译文】

王戎十分吝啬，他的侄子结婚，他送了一件单衣，侄子婚后他又去要了回来。

【注释】

①王戎：字濬冲，生性吝啬，极爱聚敛财物，世人常常以此讥笑他。②从子：侄子。③责：索要回来。

【评析】

王戎生来就在大富大贵的家庭里长大，并位高爵显，却一点不像别人那样奢侈享受，反倒是异常的吝啬。他侄子结婚，他小气得就仅仅就送一件单衣，而且还在等侄子结婚之后又把衣服要了回来，等于是什么也没送，真是让人难以接受。

【历代评点】

隐《晋书》曰：戎性至俭，不能自奉养，财不出外，天下人谓为膏肓之疾。

王戎烛下散筹

【原文】

司徒王戎①，既贵且富，区宅、僮牧、寡田、水碓之属②，洛下无比。契疏鞅掌③，每与夫人烛下散筹算计④。

【译文】

司徒王戎，不但地位显贵而且十分富有，家中的宅院、奴仆、田地以及水碓之类的财物，在洛阳无人能和他相比。家里有很多经营的券契账簿，常常和妻子一起在烛光下摆开筹码算账。

【注释】

①王戎：即王安丰。②水碓（duì）：利用水力舂米的工具。③契疏：地契、文书、农具等。这里统指农庄的经营。鞅掌：繁多的样子。④筹：又叫筹马、筹码，计数用的工具。

【评析】

出身显贵的王戎凭借着家族的地位和自己的聪明才智，不但成就了自己的地位，而且也已经成为了洛阳首富，在洛阳无人能比。但是他仍然还是自己亲力亲为，经常和妻子两个人在烛光下算账。一方面不放心把账目交给别人管理，另一方面可以每天清楚地知道自己的进出账目。而且还自我感觉良好并乐此不疲。给人的感觉简直是个典型的守财奴。

【历代评点】

王世懋云:"晦默吾道,何至作此?王戎请田宅,恐不至是。"

余嘉锡云:"观诸书及《世说》所言,戎之鄙吝,盖出于天性。戴逵之言,名士相为护惜,阿私所好,非公论也。"

王戎有好李

【原文】

王戎有好李①,卖之,恐人得其种,恒钻其核②。

【译文】

王戎家有良种李子树,卖李子时他生怕别人会得到李子的树种,就经常把李子核给钻了。

【注释】

①王戎:即王安丰。②"恐人得其种,恒钻其核":钻破果核后就无法再种。恒:经常。

裴氏归家还钱

【原文】

王戎女适裴頠①,贷钱数万。女归②,戎色不说。女遽还钱③,乃怿④。

【译文】

王戎的女儿嫁给了裴頠,向父亲借了几万钱。女儿回娘家时,王戎脸色很不好,女儿就急忙把钱还给他,王戎这才高兴起来。

【注释】

①王戎:即王安丰。适:嫁。②归:已婚妇女回娘家。③遽(jù):急忙;迅速。④怿(yì):释然。

【历代评点】

凌濛初云:"单衣犹责,何疑数万?"

王不留行

【原文】

卫江州在寻阳①,有知旧人投之②,都不料理③,唯饷"王不留行"一斤④。此人得饷,便命驾。李弘范闻之⑤,曰:"家舅刻薄,乃复驱使草木。"

【译文】

江州刺史卫展在寻阳时,有一位老友来投奔他,他一点也不好好招待,只是送了一斤"王不留行"草药给他,老友得到这种馈赠,立即坐车走了。李弘范听说此事后,说:"我舅舅太刻薄了,竟然驱使草木为他送客。"

【注释】

①卫江州:即卫展,字道舒,晋河东安邑人,官历鹰扬将军、南阳太守、江州刺史、廷尉。寻阳:县名,故址在今江西九江西,是江州州治所在地。②知旧:故交;老友。③料理:照顾;安排。④王不留行:一种药草名,也称王不留。卫展送此物,暗示他不留友人。⑤李弘范:即李轨,江夏人,官至尚书郎。当据《晋书》本传作"李弘度"。李充,字弘度,官至中书侍郎。

【评析】

卫展已是江州刺史,本来也该算得上是有名有利了,但是碰上以前的朋友去投奔他,他不但没有以该有的热情去接待他,反倒把"王不留行"的草药给他,虽然名义上是送,但是只要人不傻,谁都知道是什么意思,朋友一见就明白卫展的意思便马上坐车走了。卫展这样的做法也就把他的小气和势利显露无遗。

【历代评点】

袁中道云:"妙!"(《舌华录》卷七《讥语》)

王导扔果

【原文】

王丞相俭节,帐下甘果①,盈溢不散②。涉春烂败,都督白之③,公令舍去。曰:"慎不可令大郎知④。"

【译文】

丞相王导生性节俭,家里的水果堆积如山,也不给别人。到了春天,水果都烂了,管家把这件事告诉他,他下令扔掉,还说:"千万不要让大公子知道。"

【注释】

①帐下:营帐中。②盈溢:非常多。③都督:这里指帐下领兵的人,相当于卫队长。④大郎:大公子,这里指王悦,王导的长子。

庾亮务实

【原文】

苏峻之乱,庾太尉南奔见陶公①。陶公雅相赏重②。陶性俭吝,及食啖薤,庾因留白③。陶问:"用此何为?"庾云:"故可种。"于是大叹庾非唯风流,兼有治实④。

【译文】

苏峻叛乱时,太尉庾亮南逃,去见陶侃,陶侃对他十分赏识器重。陶侃生性节俭,吃饭时,给他吃薤头,庾亮就把根白留下了。陶侃问他:"你要这个有什么用?"庾亮说:"还可以再种。"陶侃因此大加赞叹,说庾亮不仅才华出众,而且具有务实的本领。

【注释】

①"苏峻"二句：参见《假谲》。南奔,此时陶侃在浔阳(今江西九江西),庾亮自建康(今江苏南京)去见他,因浔阳在建康西南,所以说南奔。庾太尉：即庾亮。②陶公：即陶侃。③白：指薤的地下根部分,色白,可以吃,也可以再种。④治实：务实之风。

【评析】

陶侃从小家境贫寒,在那样的环境里养成了节俭勤劳的习惯。苏峻叛乱后,庾亮因为抵抗不过,便逃往浔阳,见到了陶侃。陶侃见庾亮风流儒雅,气度不凡,并对他产生好感,留他做客。吃饭的时候,节俭的陶侃并没有什么好的饭菜招待,就给他吃薤头,庾亮并没有嫌弃,反而在吃完薤头的时候把根部给留下了,陶侃觉得奇怪,便问他原因,他说还可以把根留下来再种。他质朴勤劳的本性,正好符合陶侃的性格。于是便对他大加赞赏。过度的节俭就是吝啬,反之则就成了奢侈,适度的固守那份最质朴的本性才是大德。

【历代评点】

王世懋云："陶公故可以谲取,岂办杀元规者？"

凌濛初云："直揣竹头木屑之心。"

刘辰翁云："小说取笑,陶未易愚。"

余嘉锡云："陶公爱惜物力,竹头木屑,皆得其用。既是性之所长,亦遂以此取人。其因庾亮啖薤留白,而赏其有治实,犹之有一官长取竹连根,而超两阶用之之意也。事见《政事篇》。此之俭吝,正其平生经济所在。与王戎辈守财自封者,固自不同。"

郗愔大聚敛

【原文】

郗公大聚敛①,有钱数千万。嘉宾意甚不同②,常朝旦问讯③,郗家法,子弟不坐,因倚语移时④,遂及财货事。郗公曰："汝正当欲得吾钱耳！"乃开库一日,令任意用。郗公始正谓损数百万许。嘉宾遂一日乞与亲友⑤,周旋略尽。郗公闻之,惊怪不能已已。

【译文】

郗愔大肆聚敛,有几千万钱,郗超非常反感他这样做。有一次早晨去请安,按郗家的家规,子弟们不能坐着,他便站了很长时间,把话题转移到钱财上来。郗愔说："你不过是想要我的钱罢了！"于是就敞开钱库一天,让他随便取用。郗愔原本以为只会损失几百万钱,没想到郗超在一天之内几乎把钱都用来接济亲朋好友。郗愔闻听后,惊诧不已。

【注释】

①郗公：即郗愔。②嘉宾：即郗超。③朝旦：早晨。④倚语：站着说话。移时：过了很长时间。⑤乞与：给予、接济。

【评析】

郗愔就喜欢存钱，越多越好，却不舍得花出去。身为他儿子的郗超却和他截然相反，而且也不赞同父亲这样的做法，他趁着父亲大开钱库的时候几乎把他所有的钱都拿出来接济了别人，这让本来以为只会损失小量钱财的郗愔回家看到后都呆了。

【历代评点】

刘辰翁云："吾见嘉宾，每有可喜。"

汰侈第三十

【题解】

本门描写了魏晋时期豪门贵族的穷奢极侈的本性，纵情挥霍和享受，揭露他们腐朽堕落的生活。

石崇令美人行酒

【原文】

石崇每要客燕集①，常令美人行酒②；客饮酒不尽者，使黄门交斩美人③。王丞相与大将军尝共诣崇。丞相素不善饮，辄自勉强，至于沈醉④。每至大将军，固不饮以观其变⑤，已斩三人，颜色如故，尚不肯饮。丞相让之⑥，大将军曰："自杀伊家人，何预卿事！"

【译文】

石崇每次请客宴饮，总让美女劝酒，客人倘若没有喝完，就要让内侍把劝酒的美女杀掉。王导和王敦曾经一起去拜访他。王导平时不怎么喝酒，这天一再强迫自己喝，结果大醉。每次轮到王敦的时候，他都不喝，以便观察事态的变化，已经有三个人被杀了，王敦依然面不改色，并且还是不肯喝。王导责备他，王敦说："他自己杀自己家里的人，与你有什么关系呢？"

【注释】

①要：通"邀"，邀请。燕：通"宴"。②行酒：劝酒。③黄门：黄门令，多为宦者。④沈醉：大醉。⑤固：坚持，固执。⑥让：责备。

【评析】

仅仅只是因为一个人不肯喝酒，就使陪酒的无辜人被杀，简直令人难以置信。他们竟然拿人命开起了玩笑，大将军王敦，也不动声色，间接的草菅人命，他却出奇的冷漠，视人命如沙尘，这种冷漠体现在一个手握重兵、执掌生杀大权的大将军身上，确实也不足为奇。这也许能说明那个时代的这一切都是理所当然，人一旦在自私心占了上风的时候，这种冷漠就会表现得更加突出。这就是当时的所谓上流贤士人们的生活作风。

【历代评点】

刘辰翁云:"绝无斩人劝饮,血当盈庭矣。"
王世懋云:"无论处仲忍人,观此事,晋那得不乱?"
凌濛初云:"直当使竹林中人诣石,以保荚人首领。"
李贽云:"石崇、王敦,两贤相厄。"(《初谭集·夫妇·勇夫》)
袁中道云:"有此主人,亦有此客。"(《舌华录》卷二《豪语》)
方苞云:"勉强沉醉,人情也。杀三人而不肯饮,且颜色如故,宜其作贼耳。杀人致富,能安享乎?请观其后。"
李慈铭云:"案《晋书·王敦传》,以此为王恺事,非石崇。疑皆传闻过实之辞。崇、恺虽暴,不至是也。"

此客必能作贼

【原文】

石崇厕,常有十余婢侍列,皆丽服藻饰①。置甲煎粉、沉香汁之属②,无不毕备。又与新衣著令出③,客多羞不能如厕。王大将军诣④,脱故衣,著新衣,神色傲然。群婢相谓曰:"此客必能作贼⑤。"

【注释】

①藻饰:打扮。②甲煎粉:把甲煎(一种螺)研磨后加上香料而制成的粉。沉香汁:用沉香木泡制而成的香水。③与新衣著令出:换新衣后才能出去。④王大将军:即王敦。⑤作贼:作出不法的事情。

【译文】

石崇家的厕所里,总有十几个婢女站在一旁侍候着,她们都穿着华丽的服饰。厕所内还放着甲煎粉、沉香汁之类的香料,无不齐备。又让上完厕所的客人换上新衣服后才能出来,有的客人不好意思,就不上厕所了。大将军王敦去时,脱下旧衣服,换上新衣服,神色非常傲慢。婢女们议论说:"这个人一定会造反。"

【评析】

石崇的这些行为,也无非就是为了向客人炫耀他的家财,让大家都敬佩他,连一个厕所也都如此奢华,石崇以这样的行为来满足他自己恃才傲物的虚荣心。虽然来客都是名流,但是奢侈到他这个程度的还是极其的少见,所以都有些拘谨。唯独王敦毫不在乎,对这一切都不以为然,这样的举动难免让婢女们觉得不同寻常,而觉得他是个危险人物。

【历代评点】

凌濛初云:"何物婢子乃知人。"

李贽云:"妆村得好。"(《初谭集·夫妇·贤夫》,按:妆村,犹今之装蠢。)

王济以人乳饮猪

【原文】

武帝尝降王武子家①,武子供馔②,并用琉璃器。婢子百余人,皆绫罗绔裤③,以手擎饮食。蒸独肥美,异于常味。帝怪而问之。答曰:"以人乳饮独④。"帝甚不平,食未毕,便去。王、石所未知作⑤。

【译文】

晋武帝曾经莅临女婿王济家里。王济供献酒食,并且用的都是玻璃器皿。一百多名身穿绫罗衣裤的婢女,用手举着食品。有一道蒸乳猪菜,味道肥嫩鲜美,不同于一般的味道。晋武帝很奇怪,就问王济,王济说:"这是用人奶养的小猪。"晋武帝心中不快,没吃完就走了。王恺和石崇再富裕,都不知道这么做。

【注释】

①武帝:即晋武帝司马炎。降:莅临。王武子:王济,晋武帝司马炎的女婿。②武子:即王济。③绫:薄且有彩纹的丝织品。罗:轻而有眼纹的丝织品。绔:同"裤",裤子。裤:女子的上衣。④独:同"豚",指小猪。⑤王、石:即王恺、石崇。

【评析】

文章中王济竟然忍心拿人奶去喂猪,只为了让自己美食一顿,以满足自己品食的欲望,真是暴殄天物!就连高高在上的皇帝也为他这样的行为感到不快,中途离席,愤慨而去。但是王恺、石崇他们的奢侈,只有自己乐在其中,并不曾考虑旁人的看法和态度。

【历代评点】

刘应登云:"王、石,王恺、石崇。"
李贽云:"是何言欤!"(《初谭集·君臣·佞臣》)

王恺罚人

【原文】

王君夫尝责一人无服余袒①,因直内箸曲阁重闱里②,不听人将出③。遂饥经日④,迷不知何处去。后因缘相

【译文】

王恺曾经惩罚一人,只让他穿着一件内衣,不让多穿。由于要去上朝,因此就把那个人关在深宅内院里,谁都不许将其放

为垂死⑤，乃得出。

出来。就这样饿了好几天，浑浑噩噩找不到出路。后来靠朋友帮助，在快要死了的时候，才被放了出来。

【注释】

①王君夫：即王恺、字君夫，东海人，晋武帝司马炎的舅舅，官后军将军。衵：内衣。②因直内：直接关入内院。著：介词，在。閤：同"阁"。③听：听任，由着。④经日：日复一日，这里指多日。⑤因缘：依据朋友。

【评析】

当人高高在上的时候是体会不到那些站在他下面人的处境。王恺只是为了要惩罚一下一个人，竟然让其穿着一件衣服关在深宅内院，甚至连饭也不给吃，最后如果不是朋友帮忙或许那个人早就死在那个深宅内院里了。

【历代评点】

《晋诸公赞》曰：王恺字君夫，东海人，王肃子也。虽无检行，而少以才力见名，有在军之称。既自以外戚，晋氏政宽，又性至豪。旧制，鸩不得过江，为其羽栎酒中，必杀人。恺为翊军时，得鸩于石崇而养之，其大如鹅，喙长尺馀，纯食蛇虺。司隶奏按恺、崇，诏悉原之，即烧于都街。恺肆其意色，无所忌惮。为后军将军，卒，谥曰丑。

石崇与王恺争豪

【原文】

石崇与王恺争豪，并穷绮丽，以饰舆服①。武帝，恺之甥也，每助恺。尝以一珊瑚树，高二尺许赐恺②。枝柯扶疏③，世罕其比。恺以示崇，崇视讫④，以铁如意击之，应手而碎。恺既惋惜，又以为疾己之宝⑤，声色甚厉。崇曰："不足恨，今还卿。"乃命左右悉取珊瑚树⑥，有三尺、四尺，条干绝世，光彩溢目者六七枚，如恺许比甚众⑦。恺惘然自失⑧。

【译文】

石崇和王恺斗富，二人都极尽奢华地装饰自己的车马服装。晋武帝司马炎是王恺的外甥，他常常帮助王恺。有一次送给王恺一棵二尺多高的珊瑚树，枝叶繁盛，世间少见。王恺拿给石崇看，石崇看完，随手举起铁如意向珊瑚树砸去，珊瑚树应声而碎。王恺非常惋惜，还以为石崇嫉妒自己的珍宝，所以声色俱厉地指责石崇。石崇说："这不值得遗憾，我今天就赔给你。"于是命令手下把珊瑚树都拿了出来，有的三尺高，有的四尺高，枝条都极其漂亮，世上罕见，光彩夺目，这样的珊瑚树石崇有六七棵，像王恺那样的就更多了。王恺顿时觉得无所适从。

【注释】

①绮丽:华美艳丽。舆服:车马服饰。②珊瑚树:由珊瑚虫的分泌物聚结而成的树状物体,有红、白、黑色,可供玩赏。③扶疏:枝条繁茂的样子。④讫:完了、罢了。⑤疾:嫉妒。⑥悉:全部。⑦许:这样;如此。⑧惘然:无所适从,精神恍惚的样子。

【评析】

因为王恺是晋武帝的舅舅,王恺也仗着有武帝这么个关系,便要武帝帮助自己和石崇比富贵。晋武帝送了一棵二尺珊瑚树给王恺,本以为是世间少见的宝贝,而石崇看后竟然毫不看在眼中,随手就拿如意把它砸碎了。之后拿出了比这更好更高的珊瑚树给王恺看,王恺看后也只能甘拜下风。在错乱而又动荡不安的朝代里,晋武帝也只是打着节俭的招牌,暗地里也是在推波助澜,让这样攀比的歪风在恣意生长着。

【历代评点】

王世懋云:"石尚有火浣衫,事尤奇。《世说》不载,岂谓更远情实耶?"
刘辰翁云:"此乃足为戏耳。"

王济为金沟

【原文】

王武子被责①,移第北邙下②。于时人多地贵,济好马射,买地作埒③,编钱匝地竟埒。时人号曰"金沟"。

【译文】

王济遭贬,把家迁到了北邙山下。当时人口多地贵,王济喜欢骑马射箭,就买地修建了跑马场,价格相当于把钱用绳子串起来围着跑马场铺一圈。当时人们称此为"金沟"。

【注释】

①"王武子被责":王济被任命为河南尹,尚未到任,因为经过王宫时鞭打了王府官吏而被免官。责,降黜、处分。王武子:即王济。②北邙(máng):山名,在洛阳东北。③埒(liè):马场围墙,较矮小,这里指骑射场地四周的土围墙。

【评析】

人多地贵的年代,普通老百姓都买不起地,而遭到贬斥后的王济仅仅因为自己喜欢骑马射箭,没有马场,便花了足够铺满整个马场的钱买了地。形成了鲜明的对比,没钱的人为了吃饭睡觉发愁,而有钱的人则每天践踏在钱上面。

【历代评点】

《晋诸公赞》曰：济与从兄恬不平，济为河南尹，未拜，行过王宫，吏不时下道，济于车前鞭之，有司奏免官。论者以济为不长者。寻转太仆，而王恬已见委任，济遂斥外。

石崇对像叹古人

【原文】

石崇每与王敦入太学①，见颜、原象而叹曰②："若与同升孔堂，去人何必有间③！"王曰："不知余人云何④，子贡去卿差近⑤。"石正色云："士当令身名俱泰，何至以瓮牖语人⑥！"

【注释】

①太学：封建社会国家最高学府。②颜、原：颜指颜回，字子渊；原，指原宪，字子思。这二人都是孔子门下。③去人何必有间：跟他们比有什么区别。④云何：怎么样。⑤差：副词，比较。⑥以瓮牖(yǒu)语人：拿贫穷的人作为谈话对象。

【译文】

石崇每次同王敦一起去太学玩，看到颜回和原宪的像，石崇总是叹息说："如果能同他们一起进入孔子的学堂，我们跟那些进去的人比不会有什么区别！"王敦说："不知道别人怎么样，子贡跟你很相似。"石崇严肃地说："读书人应当让自己功名显耀，利禄亨通。怎么能拿子贡那样穷困潦倒的人四处宣扬！"

【评析】

石崇仗着自己的钱财无人能及，整天摆着一副傲人的模样，甚至连备受世人崇敬的古代先人也不放在眼里。王敦还称赞他说子贡和他很像，但是他却不以为然，还责怪王敦的愚蠢，不该把那些圣人们四处宣扬。认为那些圣人们穷困潦倒而把他们全盘否定了。他认为读书就该追求名利钱财，口气之大全然不把那些圣人放在眼中。

【历代评点】

凌漆初云："季伦即当原无村气。"
袁中道云："雄而雅细。"(《舌华录》卷二《豪语》)

王衍比箭赌牛

【原文】

彭城王有快牛①，至爱惜之。王

【译文】

彭城王司马权有一头走得非常快的

太尉与射②,赌得之。彭城王曰:"君欲自乘,则不论;若欲啖者,当以二十代之。既不废啖,又存所爱。"王遂杀啖。

牛,彭城王非常爱惜它。王衍同他比试射箭,赌赢了这头牛。彭城王说:"倘若是您自己想乘骑,那就什么都不用说了,倘若您是想要吃掉它,则我愿意用二十条肥牛来换它。既让您有了吃的,又保全了我的爱物。"王衍最终还是把那头牛杀着吃了。

【注释】

①彭城王:即司马权,字子舆。②王太尉:即王衍。

【评析】

因为在和王衍的比试中输了,所以只能把牛让给他,但是如果王衍要吃了这头牛他愿意用别的二十头肥牛来换这头牛,因为实在是喜欢,王衍最后还是没跟他换,把牛杀了吃掉了。司马权把这头牛视为心爱之物,本想拿他做乘骑好好爱惜的,可是竟然成了别人的食物。

【历代评点】

王世懋云:"南渡后更不能见此汰侈矣。北魏末诸王复相竞为之,魏寻乱。"
刘辰翁云:"与君父遫之同。"

周顗割牛敬右军

【原文】

王右军少时①,在周侯末坐②,割牛心啖之③。于此改观。

【译文】

右军王羲之年轻时,在武城侯周顗举行的宴会上位列末座,周顗把割下的牛心给他吃,从此人们就改变了对他的看法。

【注释】

①王右军:即王羲之。②周侯:即周顗周伯仁。③牛心:当时的习俗认为牛心最珍贵。周顗当时很有声望,他先切牛心给王羲之吃,表明了对王羲之的重视。

【评析】

周顗的举动让王羲之更出名了。

【历代评点】

刘辰翁云:"何足改观?"

忿狷第三十一

【题解】

本门记载了士人急躁易怒、心胸狭窄的个性,其中流传最广的是王蓝田食鸡子的事。

曹操杀歌妓

【原文】

魏武有一妓①,声最清高,而情性酷恶②。欲杀则爱才,欲置则不堪。于是选百人一时俱教。少时果有一人声及之,便杀恶性者③。

【注释】

①魏武:即曹操。妓:歌女、歌妓。②酷:极;非常。③恶性:性情暴躁。

【译文】

魏武帝曹操有一名歌女,声音清丽高亢,可是性情及其恶劣。曹操想杀掉她又怜惜她的才华,要留下她又不能忍受她的脾气。于是选来一百名歌女,同时教她们唱歌。不久,果然就有一个人的声音赶上了她,曹操立即把那个脾气恶劣的歌女杀了。

【评析】

太过于招摇或者骄傲自负的人总是得不到好评,也得不到好结果。从文中我们也能看出,尽管歌女有着足够引以为傲的条件,能得到曹操的好评和宠爱,但是日子长了谁也受不了,尤其面对的还是曹操这样凶狠的枭雄,歌女恶劣的性情就足以掩盖住她的光辉了。怜香惜玉也得是香能醉人,才能惹人怜惜啊。

王蓝田食鸡子

【原文】

王蓝田性急①。尝食鸡子②,以箸刺之③,不得,便大怒,举以掷地。鸡子

【译文】

蓝田侯王述性情急躁。有一次吃鸡蛋,他拿筷子去戳鸡蛋,没戳着,顿时大

于地圆转未止，仍下地以屐齿蹍之④，又不得。瞋甚，复于地取内口中⑤，啮破即吐之。王右军闻而大笑曰："使安期有此性⑥，犹当无一毫可论⑦，况蓝田邪？"

【注释】

①王蓝田：即王述。②鸡子：鸡蛋。③箸：筷子。④屐齿：木板鞋底部的齿状木头。蹍(zhǎn)：踩；踏。⑤内：同"纳"。⑥安期：即王承，字安期，王述的父亲，很有名望。⑦犹当无一毫可论：没有什么可取的地方。

【评析】

由文章中可以看出王蓝田是非常急躁和易怒的，文章的描写也十分形象而且生动有趣。

【历代评点】

王乾开云："欲瀹人忧，赠以丹橘。欲瀹人之忿，赠以青松。第合欢之草，嵇康可种。蓝田食鸡子，性似不可解，故佩韦自缓，佩弦自急，因物憬悟，存乎其人。"

李贽云："状得佳样出。"（《初谭集·师友·诋毁》。按李贽于《标榜》、《诋毁》二目之后评云："以上皆标榜以为贤，诋毁以为极不贤者。夫相为标榜，正所以自抬声价；先期阴诋，正所以杜绝刺讥。好生羽毛，恶生疮疣，孰敢违之？世人多愚，故使此等坐握重权耳。"）

怒，拿起鸡蛋就扔到地上。鸡蛋着地后滴溜溜地转个不停，王述又跳下地去用木屐齿去踩，还没踩中。王述气疯了，把鸡蛋从地上拣起放到嘴里，嚼烂了就吐了出来。右军将军王羲之听说此事大笑说："假使王承（王蓝田父亲）有这个脾气，也没什么值得可取的地方，何况是王述呢！"

王胡之牾逆王恬

【原文】

王司州尝乘雪诣王螭许①。司州言气少有牾逆于螭②，便作色不夷。司州觉恶，便舆床就之③，持其臂曰："汝讵复足与老兄计④？"螭拨其手曰："冷如鬼子手馨⑤，强来捉人臂！"

【译文】

有次王胡之冒着大雪去王恬家，王胡之说话口气有点冲，多少有点冒犯了王恬。于是王恬就表现出不高兴的样子，王胡之觉出他不高兴了，于是就抬起自己的坐床凑到王恬身边，握着他的手臂说："你难道还值得和老兄我计较吗？"王恬把他的手拨开说："跟鬼的手一样冰冷，还硬来拉别人手臂。"

【注释】

①王司州：即王胡之。王螭：即王恬。②牾(wǔ)逆：不合、与之相犯。③舆床：抬起坐床。④讵：难道。老兄：面对弟辈的自称，具有亲昵的意味。⑤鬼：骂人的话。馨：语气词，相当于"样"或者

"般",晋宋时期口语中常用。

【评析】

王胡之自知冒犯到王恬了,便故意跟王恬套近想要缓和尴尬的场面,于是就把他手搭在他肩上跟他开玩笑,王恬却不领情,把他的手拨开,回绝了他的话,想来他还是在气头上,余气未消。可见魏晋的风流名士们虽然讲究风度仪态,但是在亲近的人面前也难免有耍小脾气的时候。

【历代评点】

《王氏谱》曰:胡之是恬从祖兄。

袁彦道掷五木

【原文】

桓宣武与袁彦道樗蒲①,袁彦道齿不合②,遂厉色掷去五木③。温太真云:"见袁生迁怒,知颜子为贵④。"

【译文】

宣武侯桓温和袁彦道赌博,袁彦道掷出的点数不合心意,就火冒三丈地把五个色木都扔了。温峤说:"见袁生把怒气迁移到五色木上面,更知道颜回是值得尊敬的。"

【注释】

①樗(chū)蒲(pú):一种赌博游戏,类似后世的掷骰子。②齿:博齿,指骰子上的点数。③五木:赌博用具,两头尖细,中间扁平,两面分别为黑白二色。因每副五枚,用木头制成,所以叫五木。④颜子:颜回,字子渊,孔子的学生。《论语·雍也》中记载孔子的话说:"有颜回者好学,不迁怒,不贰过。"不迁怒,不把怒气发泄到另一个人的身上。不贰过,不会犯和以前同样的错误。

【评析】

赌博本来只是一种消遣的游戏罢了。可是袁彦道却因为手气不顺,就大发脾气,把色木扔了。为了这么点小事情大发雷霆,在他身边的人可要吃亏了。难怪温峤会用颜回来作对比,颜回的"不迁怒,不贰过"在此处就显得更加难能可贵了。

【历代评点】

刘辰翁云:"于此识彦道。"

王述性急容物

【原文】

谢无奕性粗强①。以事不相得,自注数王蓝田②,肆言极骂。王正色面壁不敢动。半日,谢去,良久,转头问左右小吏曰:"去未?"答云:"已去。"然后复坐。时人叹其性急而能有所容。

【译文】

谢奕性情粗暴蛮横,因为一件事和王蓝田不和,就自己跑到王述那里数落他,破口大骂。王述神情严肃地面对墙壁,一动也不动。骂了半天,谢奕走了。过了很久,王述才掉过头来,问身边的侍从:"走了吗?"侍从回答:"已经走了。"王述这才回到座位上。当时人们赞赏王述虽然性急却能有所容忍。

【注释】

①谢无奕:即谢奕,字无奕,曾任安西司马、安西将军、豫州刺史,死后追赠镇西将军。粗强:粗暴倔强。②数:数落;责备。王蓝田:即王述。

【评析】

谢奕对王蓝田大发脾气,致王蓝田一句话也不敢说,只敢乖乖地坐在一旁,等他走后王蓝田才敢坐回原来的位子,真是很委屈。不过,王蓝田肯定是因为平时熟悉他粗暴脾气,知道顶撞没有什么好果子吃。但正因为熟悉了他的禀性,可知平时的谢奕就很粗暴蛮横。

【历代评点】

方苞云:"性急人能如此容物,真难得。"

王献之对坐习凿齿

【原文】

王令诣谢公①,值习凿齿已在坐②,当与并榻③。王徙倚不坐④,公引之与对榻。去后,语胡儿曰⑤:"子敬实自清立,但人为尔,多矜咳⑥,殊足损其自然。"

【译文】

尚书令王子敬去拜访谢安,恰巧习凿齿也在,按道理王献之应该和习凿齿坐同一张榻。王献之却走来走去地不肯坐下,谢安于是让他和习凿齿对坐。王献之走后,谢安对谢朗说:"王献之确实清高特立,不过显得做作,这样过分地矜持拘泥,尤其伤害了他的自然本性。"

【注释】

①王令:即王献之,字子敬,官至尚书令。谢公:即谢安。②习凿齿:字彦威,官至荥阳太守。③并榻:合坐一榻。下文"对榻"指坐在对面的榻上。④徙倚:来回走动,徘徊。⑤胡儿:即谢朗,字

长度,小字胡儿,谢安的侄儿。⑥矜咳:矜持固执。据徐震堮《世说新语校笺》说:"晋人讲门地,士庶不同坐,书中屡见,谢安见献之不肯与习同榻,故以拘于习俗讥之。"

【评析】

王献之才华横溢,生性潇洒,不受礼法的约束,很少听从别人的吩咐去办事,而且向来很自负。他去谢安家做客,同为客人的还有习凿齿,按主客之分,谢安邀请王献之和习凿齿坐一起,可是王献之却在那走来走去地不愿意坐下。这个举动不免引得众人的不满,谢安委婉的责怪他过于矜持拘泥有损他的潇洒自然的本性。但是王献之的这一做法,既没有考虑到习凿齿的面子也同样驳了主人谢安的面子,让人觉得他自命清高,太过自我,难免会引发众怒。

【历代评点】

刘辰翁云:"矜咳二字,极不成语,然极有似。"(按:据朱铸禹考释,矜咳,即谓故作咳,以示庄矜,晋俗语所谓"装腔作势"也。)

李贽云:"子敬清立,故多人为;谢公夷粹,岂皆自然?"(《初谭集·师友·论人》)

余嘉锡云:"习凿齿人才学问独当冠时,而子敬不与之并榻,鄙其出身寒士,且有足疾耳。所谓'不交非类'者如此。非孔子'无友不如己者'之谓也。"

势利之交

【原文】

王大、王恭尝俱在何仆射坐①。恭时为丹阳尹,大始拜荆州。讫将乖之际②,大劝恭酒。恭不为饮,大强逼之,转苦③,便各以裙带绕手④。恭府近千人,悉呼入斋,大左右虽少,亦命前,意便欲相杀。何仆射无计,因起排坐二人之间,方得分散。所谓势利之交,古人羞之。

【译文】

王忱、王恭曾一块在尚书左仆射何澄家作客。王恭当时任丹阳尹,王忱出任荆州刺史。到快分别的时候,王忱向王恭劝酒,王恭不喝,王忱就逼着他喝,一直僵持不下,最后双方都撩起衣服,准备动武了。王恭府上有近千人,全都叫进屋里。王忱手下人数虽少,也都奉命前来,双方摆开阵势,准备厮杀。何澄万般无奈,便站起来坐在两人的中间,这才使得双方人马散去。这种势利之交,古人都认为是羞耻的。

【注释】

①王大:即王忱,字符达,小字佛大。王恭:字孝伯,他是王忱的族侄,但两人感情不和。何仆射:即何澄,字季玄,为人清正有名望,曾任尚书左仆射。②讫:等到。乖:分离、分别。③转苦:僵持的时候。④裙:下衣。

【评析】

其实一开始王忱是为了尽兴好意劝酒,但是却遭到王恭委婉拒绝,这让王忱觉得王恭不给他面子,不尊敬他。于是,他的怒火就上来了,便继续接着逼王恭喝酒。而王恭这方面本来也是客套的谦虚一下而已,没想到,王忱居然当真了,而且为此而生气,于是两个不相让的人顿时都怒气丛生把自己带来的随从都叫来,准备厮杀,以挽回面子。最后何澄作为主人,出来劝架,才平息这场尴尬的争斗。仅仅因为一个小小的误会而大动干戈,不免有失礼仪风度。

【历代评点】

刘辰翁云:"何物俗状。"

桓玄斗鹅

【原文】

桓南郡小儿时①,与诸从兄弟各养鹅共斗。南郡鹅每不如,甚以为忿。乃夜往鹅栏间,取诸兄弟鹅悉杀之。既晓,家人咸以惊骇,云是变怪,以白车骑②。车骑曰:"无所致怪,当是南郡戏耳③!"问,果如之。

【译文】

南郡公桓玄小时候,和堂兄弟们一起养鹅,然后互相斗着玩。桓玄养的鹅常常斗败,他非常气愤,于是夜里跑到鹅栏里,把堂兄弟们的鹅全都给杀了。天亮后,家人发现此事都非常惊恐,以为是什么灾害,就把这件事告诉了车骑将军桓冲。桓冲说:"不是什么怪事,一定是桓玄搞的鬼!"一问,果然如此。

【注释】

①桓南郡:即桓玄。②车骑:指桓冲,字幼子,桓玄的叔叔,曾任车骑将军。③南郡:桓温死时,桓玄才四岁,袭爵南郡公,所以这里直接称他为南郡。

【评析】

桓玄小小年纪就有这种举动,让人为他的心态感到惊悚,也难怪后来成了野心勃勃想要谋朝篡位的乱臣贼子。仅仅因为斗鹅输了,就在晚上把堂兄弟们家的鹅全部杀光,因为一己私欲,而做出如此歹毒的报复行为。

【历代评点】

刘辰翁云:"不闻斗鹅何如。"

吴承仕曰:"车骑口中,何云南郡?此记事不中律令处。"

谗险第三十二

【题解】

本门记述进谗者为了自己的利益而极力诋毁他人的事情，反映了当时政治环境的险恶，人们急功近利，为了确保自己的地位或者利益而不择手段的心理。

王澄其人

【原文】

王平子形甚散朗①，内实劲侠②。

【译文】

王澄外表看来非常闲适爽朗，但内心却是刚劲狭隘。

【注释】

①王平子：即王澄，字平子。散朗：闲适爽朗。②劲侠：刚劲狭隘。

【评析】

此句说的是王澄做人表里不一。他的外表看上去清高脱俗，潇洒自然。其实他这个人性格刚强，做人办事很有自己的主见，不喜欢征询别人的意见，意气用事，总是让旁边的人觉得他很武断，很难相处，所以他这种刚硬的态度，最终使得自己被王敦所害。

【历代评点】

凌濛初云："何与'谗险'。"

袁悦能短长说

【原文】

袁悦有口才①，能短长说②，亦有精理。始作谢玄参军，颇被礼遇。后丁艰③，服除还都，唯赍《战国策》而已④。

【译文】

袁悦很有口才，擅长纵横家的游说之术，说理很深刻。开始他担任了谢玄的参军，很受器重。后来回家守丧，丧期过语人曰:"少年时读《论语》、《老子》,又看《庄》、《易》,此皆是病痛事⑤,当何所益邪?天下要物⑥,正有《战国策》。"既下,说司马孝文王⑦,大见亲待,几乱机轴⑧。俄而见诛。

后回到京都,只携带了《战国策》。他对人说:"年轻时读《论语》、《老子》,还读了《庄子》、《周易》,这些说的都是些不痛不痒的小事,读了能有什么收获呢?天底下最重要的书,只有《战国策》。"到了京都后,游说孝文王司马道子,很受宠信和款待,几乎搅乱了朝纲,不久就被杀了。

【注释】

①袁悦:字符礼,官至骠骑咨议。晋孝武帝太元年间,他深受会稽王司马道子的信任,经常劝道子专揽朝政。王恭知道这事后,报告了孝武帝,孝武帝借其他罪名杀死了他。袁悦曾离间王忱、王恭。②短长说:战国纵横家所用的游说之辞。短长,《战国策》的书名曾称为《短长》,主要记述战国时纵横家的言论和行动,由汉代刘向根据先秦史料编订而成。③丁艰:遭遇父亲或母亲的丧事。④赍(jī):携带。⑤病痛:小病,比喻小事。⑥要物:最重要的典籍。⑦司马孝文王:会稽王司马道子,字也叫道子,晋孝武帝的胞弟,死后谥为孝文。⑧机轴:比喻国家的重要部门。机,弩牙。轴,车轴。

【评析】

袁悦觉得《老子》、《庄子》以及《周易》这些书上写的东西很繁琐,没有什么用处,便无心赏阅,只钟爱《战国策》。虽然他因此而在战略战术上获益匪浅,也因为这方面的才能取得了司马文孝王的优厚待遇,可是最后还是落了个被杀的命运。其实也正是因为他所摒弃的那些他认为繁琐的书里面讲的都是一些为人处世的方法和基本的做人的道理,是我们必须具备的道德基础,他连这些都没有学会,而在那个时局动荡的年代里,仅仅具备一技之长,可以得到重用,但有的时候也会因此而丧命。

【历代评点】

《袁氏谱》曰:悦字元礼,陈郡阳夏人。父朗,给事中。仕至骠骑咨议。太元中,悦有宠于会稽王,每劝专览朝权,王颇纳其言。王(粲)[恭]闻其说,言于孝武。乃托以它罪,杀悦于市中。既而朋党同异之声,播于朝野矣。

王雅荐王珣

【原文】

孝武甚亲敬王国宝及王雅①。雅荐王珣于帝,帝欲见之。尝夜与国宝及雅相对,帝微有酒色,令唤珣。垂

【译文】

孝武帝司马曜非常信任王国宝和王雅。王雅向孝武帝举荐王珣,孝武帝想见见他。一天晚上,孝武帝和王国宝、王雅在

至②,已闻卒传声,国宝自知才出珣下,恐倾夺其宠③,因曰:"王珣当今名流,陛下不宜有酒色见之,自可别诏召也。"帝然其言,心以为忠,遂不见珣。

一起,孝武帝略有醉意,他下令召王珣晋见。王珣快要到了,已经听到士兵传唤的声音。王国宝自知才华在王珣之下,害怕他会夺了自己的宠幸,就对孝武帝说:"王珣是当今的名流,陛下不该在酒后召见他,可以改日再下令召见他。"孝武帝觉得他说的很对,认为他忠心耿耿,就没有召见王珣。

【注释】

①王国宝:字也叫国宝,王绪的从祖兄,因和司马道子有姻亲,也深受信任。会稽王司马道子辅政时,重用王绪、王国宝,两王互相勾结,扰乱朝政,后来王恭、殷仲堪联合起兵声讨,王绪被杀,王国宝被赐死。王雅:字茂建,曾任太子少傅、尚书左仆射。②垂至:即到,就要到。③倾夺:争夺。

【评析】

历史上的王国宝一直就是一个奸险的形象。这种人总是为了自己的名利、地位而处处动用心机,把自己修饰得冠冕堂皇,把理由说得天衣无缝,只为了达到巩固自己势力的目的,挖空心思去巴结上司来保住自己的地位,因此而不择手段。这里说的就是他装出忠心的样子,怕王珣夺去他在皇帝面前的宠信,而找借口把王珣觐见表现的机会给剥夺了,他的巧言反倒让司马曜更加相信他的忠心。古代多少的贤臣就是被这样的人陷害,甚至性命也不保。使得真正有才能的人无法施展自己的才华。这样的人就是太过自私,为了自己的利益不被侵犯而不惜做出让人鄙夷的种种行径。

【历代评点】

刘辰翁云:"情理具是具是。"

李贽云:"总是不急,若是召幸,肯中止乎?"(《初谭集·君臣·痴臣》)

王绪谗殷仲堪

【原文】

王绪数谗殷荆州于王国宝①,殷甚患之,求术于王东亭②。曰:"卿但数诣王绪,往辄屏人,因论它事,如此,则二王之好离矣。"殷从之。国宝见王绪,问曰:"比与仲堪屏人何所道③?"绪云:"故是常往来,无它所论。"国宝谓绪于己有隐,果情好日疏,谗言以息。

【注释】

①王绪:字仲业,王国宝的堂弟,曾任会稽王司马道子从事中郎,深受宠幸。②术:对策。王东亭:即王珣。③比:近来。屏人:不使他人在场。

【译文】

王绪屡次在王国宝面前说荆州刺史殷仲堪的坏话,殷仲堪因此很烦恼,他向东亭侯王珣求对策。王珣说:"你只要频繁地去拜访王绪,到了以后就叫身边的人退下,然后说些不相干的事。这样,就会离间他和王国宝的关系。"殷仲堪按王东亭说的去做了。后来王国宝见到王绪,问道:"最近你和殷仲堪在一起时总要赶走侍从,你们都说些什么呢?"王绪说:"我们只是一般的来往,没有谈其他的事情。"王国宝觉得王绪对自己有所隐瞒,两人感情开始一天比一天疏远,谗言也因此平息了。

【评析】

王绪为了要取得王国宝的信任而陷害殷仲堪,聪明的殷仲堪觉察后便去向王珣求教,王珣教了他一招,最后让王绪不仅没有达到目的,却反而害了自己。

【历代评点】

刘辰翁云:"小人奸态殊未易绝畏哉。"

李贽云:"好不济王绪,非东亭能也。"(《初谭集·君臣·奸臣》)

尤悔第三十三

【题解】

本门记载了人们对于自己过失所引发的悔恨，涉及面极广，大到政治斗争，小至生活琐事，表现出人们对于自我行为的自省能力。

魏文帝忌弟

【原文】

魏文帝忌弟任城王骁壮①。因在卞太后阁共围棋②，并啖枣，文帝以毒置诸枣蒂中，自选可食者而进，王弗悟，遂杂进之。既中毒，太后索水救之。帝预敕左右毁瓶罐③，太后徒跣趋井④，无以汲，须臾遂卒。复欲害东阿⑤，太后曰："汝已杀我任城，不得复杀我东阿！"

【注释】

①魏文帝：即曹丕。任城王：即曹彰，字子文，曹操的第二个儿子，和曹丕、曹植都是卞夫人所生，曹丕即位后，封任城王。②卞太后：曹丕的母亲，曹丕即位时尊为太后。③预敕：提早下命令。④徒跣(xiǎn)：光着脚。⑤东阿：指曹植，字子建，封东阿王。

【译文】

魏文帝曹丕嫉恨弟弟任城王曹彰的骁勇强壮。他趁着在卞太后屋里，一块儿下围棋吃枣的机会，把毒放在枣蒂里，他自己挑没有毒的吃，任城王不知道，就把有毒没毒的都一起吃了。中毒后，卞太后找水救他。魏文帝早预先命令手下把瓶子瓦罐都砸了，太后光着脚跑到井边，却没法打水。不久，任城王死了。随后魏文帝又要加害东阿王曹植，卞太后对他说："你已经杀了我的任城王，不要再杀我的东阿王了。"

【评析】

魏文帝曹丕在登基之前动用各种手段和谋略联合各士族为其谋夺了世子的位置，之后又以卑劣的手段当上了皇帝，但是仍然不罢休，为了让自己的帝位不受威胁，甚至不惜用毒加害骁勇善战、战功赫赫的二弟曹彰。可怜为人之母的卞太后看着自己的儿子在面前死去，却无能为力。曹丕之后又想加害那个曾经深得曹操喜爱，差点抢夺了他太子之位的三弟曹植，被卞太后苦苦训斥。只是这时候的曹丕已经大权在握,根本不会手下留情。

【历代评点】

刘辰翁云:"丕安得为人?太后所以不哭也。"

李贽云:"好个兄,真好个兄!兄弟犹然,何况他人?其后曹丕子孙尽为司马氏屠戮,天之报施不爽矣。"(《初谭集·兄弟下》)

吴承仕云:"须水岂必须井边汲?岂无豫储之水耶?想见古时生具之拙。"

余嘉锡云:"井水解毒,不见于本草,然古人相传有之。"

陆机临刑闻鹤唳

【原文】

陆平原河桥败①,为卢志所谮②,被诛。临刑叹曰:"欲闻华亭鹤唳③,可复得乎?"

【译文】

平原内史陆机河桥兵败后,遭到卢志的陷害,被杀。临刑前,陆机感叹道:"想听听故乡华亭的鹤鸣,还有可能吗?"

【注释】

①陆平原:即陆机。八王之乱,陆机为成都王司马颖麾下平原内史。司马颖讨伐长沙王司马乂,任命陆机为河北大都督。陆机进兵洛阳,在河桥大败。后来,司马颖左长史卢志诬陷陆机谋反,陆机被杀。②卢志:字子道,当时为司马颖手下的左长史。③华亭:地名,属吴郡华亭县华亭谷周围,故址在今上海松江,是陆机的家乡。

【评析】

陆机是西晋最有声誉的文学家,本来他可以过着读书写赋、吟诗作对这样逍遥自在的生活。但是后来在西晋的八王之乱中,应诏进洛阳的陆机因为表现出色而担任了平原内史。陆机进兵洛阳的时候,兵败,在回城以后,又被小人卢志陷害,终于被杀害。陆机在来洛阳之前,经常和弟弟陆云在华亭的别墅里游玩。难怪不由得他在临行前仍然在为自己走上的这条不归路而叹息,后悔当初出仕做官,落到今天这样的结局。后来人们也就用"华亭鹤唳"去感慨生平的美好、后悔进入仕途。

【历代评点】

凌濛初云:"犹是'鬼子'馀恨。"(按:盖指《方正》记条陆机、卢志事。)

刘辰翁云:"三世将忌如此。"

李贽云:"早那里去,如天道何!"(《初谭集·君臣·愚臣》)

周侯之死

【原文】

王大将军起事①,丞相兄弟诣阙谢②。周侯深忧诸王,始入,甚有忧色。丞相呼周侯曰:"百口委卿!"周直过不应。既入,苦相存救。既释,周大说③,饮酒。及出,诸王故在门。周曰:"今年杀诸贼奴④,当取金印如斗大系肘后。"大将军至石头,问丞相曰:"周侯可为三公⑤不?"丞相不答。又问:"可为尚书令不?"又不应。因云:"如此,唯当杀之耳!"复默然。逮周侯被害,丞相后知周侯救己,叹曰:"我不杀周侯,周侯由我而死。幽冥中负此人⑥!"

【译文】

大将军王敦起兵谋反,丞相王导兄弟一起到朝廷谢罪。武城侯周顗也很担心王家的安危,刚进宫时,神色忧郁。王导对周顗喊道:"我们一家老少都托付给你了!"周顗径直从他们面前走过,没有答话。进了宫里,周顗竭尽全力,救助王家。王导等人被赦免后,周顗非常高兴,还喝了酒。等他出来时,王家的人还在门口。周顗说:"今年杀了那些叛贼,我会把斗大的金印挂在胳膊肘后。"不久大将军王敦到了石头城,问王导说:"周侯能作三公吗?"王导没有作答。又问:"能作尚书令吗?"王导还是没有作答。王敦于是说道:"既然如此,那只有杀了他啦!"王导依旧沉默。周顗被杀后,王导才知道是周顗救了自己,他慨叹道:"我没有杀周侯,周侯却因我而死,我糊涂中辜负了这个人!"

【注释】

①"王大"句:指晋元帝永昌元年(公元322年)王敦起兵以诛刘隗为名准备攻入建康一事。②诣阙(què)谢:王导是王敦的堂弟,当时担任司空、录尚书事。王敦起兵,刘隗劝晋元帝诛杀王氏宗族,因而王导兄弟整天到朝廷谢罪。阙,这里指皇宫。③说:通"悦"。④贼奴:对坏人的蔑称,这里指王敦等人。⑤三公:晋代以太尉、司徒、司空为三公,是掌握军政大权的中央最高官员。⑥幽冥:糊涂、昏暗。

【评析】

周顗不仅没有正面回应王导的请求,而且一副漠不关心的样子,对此王导一直耿耿于怀。但实际上周顗不仅一直在替王氏兄弟的安危而操心,也在想方设法地去解救他们,只是他觉得要顾及到君臣之义,怕引起别人的非议,于是没有显露出自己的真实意思。但是这却让王导误会极深,所以在最后关头没有对周顗做出中肯的评价而使周顗丧命。但是从王导说的话中,我们看出了王导内心对周顗最深的歉意和懊悔。只是这样的事情已经成了永远无法挽回的遗憾了。

【历代评点】

刘辰翁云:"不任受德可也,尔时当以取金印语为怨,非不幸也。"
杨慎云:"是借剑于敦而杀颛也,非敦反,乃导反也。"又云:"此为漏网逆臣无疑。"
刘辰翁云:"非茂弘不闻此言。"
王世懋云:"注似为丞相解纷。"

晋明帝问得天下之由

【原文】

王导、温峤俱见明帝①,帝问温前世所以得天下之由。温未答顷,王曰:"温峤年少未谙,臣为陛下陈之。"王乃具叙宣王创业之始②,诛夷名族③,宠树同己④。及文王之末高贵乡公事⑤。明帝闻之,覆面着床曰:"若如公言,祚安得长⑥!"

【译文】

王导、温峤一起去见晋明帝司马绍,明帝问温峤前代君王获得天下的原因。温峤没有马上回答,过了一会儿,王导说:"温峤年轻,不熟悉以前的事情,我来说给陛下听吧。"王导就详细叙述了晋宣王司马懿开始创业时,诛杀名门望族,培植亲信,以及文王司马昭晚年除掉高贵乡公曹髦的事情。明帝听后,掩面倒在坐榻上说:"如果像您说的,晋室的国运怎么会长久呢!"

【注释】

①明帝:即东晋明帝。②宣王:即司马懿。③诛夷名族:指晋宣王司马懿在创业过程中杀害魏王室曹爽、吏部尚书何晏、太尉王凌等人,以及逮捕了当朝的一批王公。名族,有名望的家族。④宠树同己:指提拔追随自己的太尉蒋济等人,司马懿曾封蒋济为都乡侯。宠树,宠爱提拔。同己,指赞同自己的人。⑤高贵乡公事:高贵乡公即曹髦,字彦士,曹丕的孙子。初封为高贵乡公,齐王曹芳嘉平六年(公元254年)大将军司马师废曹芳,立他为帝。高贵乡公甘露五年(公元260年)大将军司马昭又杀曹髦,立曹奂为帝。⑥祚(zuò):国运。

【评析】

王导和温峤面见司马绍,对于司马绍的问话。温峤在想如何作答,而王导却直言不讳的把司马氏诛杀名门望族,培植亲信以及杀害高贵乡公等那些不光彩之事一一道破,只能说王导太过豪爽了。但是司马绍听了这些话后,觉得是羞愧万分,无地自容。好像自己做了那些事情之后被人给当面指出来一样。可以说明帝这人很有觉悟。

王敦乱世遇周侯

【原文】

王大将军于众坐中曰①："诸周由来未有作三公者②。"有人答曰："唯周侯邑五马领头而不克③。"大将军曰："我与周洛下相遇，一面顿尽④。值世纷纭⑤，遂至于此⑥！"因为流涕。

【注释】

①王大将军：即王敦。②由来：历来。③"诸周由来未有作三公者"：指周顗官至尚书左仆射，但最终也未能做到三公。邑五马，指赌博时得了五个筹码。邑，通"挹"，取。马，筹码。领头，领先。④顿尽：倾心相谈，指真诚相待。⑤值世纷纭：偏偏遇上如此纷乱的时世。⑥此：指周顗被王敦所杀一事。

【评析】

时隔很久了，当提到周顗的时候，王敦就想到当初和周顗在洛阳的时候，两人一见如故，也为当初轻易将周顗杀害而感到后悔。

【历代评点】

刘辰翁云："虽无有益，可以得人。"

王世懋云："非注几不知'马头'作何语。"

凌濛初云："偶同耳。'五马领头'，恐正不似此解。敬美何见？"

阮裕奉大法

【原文】

阮思旷奉大法①，敬信甚至。大儿年未弱冠，忽被笃疾②。儿既是偏所爱重，为之祈请三宝③，昼夜不懈。谓至诚有感者，必当蒙佑④。而儿遂不济⑤。于是结恨释氏，宿命都除⑥。

【注释】

①阮思旷：即阮裕。大法：指佛教大成之法，

【译文】

大将军王敦在聚会时对在座的人说："周家从来没有人担任过三公的。"有人答道："只有周侯取得五个筹码，处于领先的地位。"大将军王敦说："我与周顗在洛阳相遇，一见如故。没想到偏偏遇上如此纷乱的时世，所以就到了今天这样的地步！"于是为他流下了眼泪。

【译文】

阮裕信奉佛法，虔诚至极。他的大儿子年龄还不满二十岁，却忽然身染重病。这个孩子是阮裕最疼爱的一个孩子，他于是就为儿子祈求佛教三宝显灵，不论白天还是晚上都不敢懈怠。他认为用自己的虔诚来感动佛祖，就一定会蒙受佛祖的保佑。但是儿子最终还是死了。从此以后，阮裕开始怨恨佛教，把素来的虔诚信仰全都抛掉了。

这里泛指佛教。②被:遭受。笃疾:恶病、突发病。③三宝:指佛、法、僧。④蒙佑:庇护、保佑。⑤不济:没有救了,即死去。⑥宿命:佛教因果报应等宿命论、唯心论。

【评析】

阮裕信奉佛法,虔诚之至,相信佛祖神明的保佑。最疼爱的孩子重病在身的时候,虔诚的他还是想到了佛祖的庇佑,于是整天的为儿子祈福。但是最终儿子还是没能救活,此时的阮裕已是无力回天,或许当时花点心思带儿子去治病求医或许还有一丝希望。以前一直信奉的佛法是救不回儿子的,虔诚有什么用呢?从那以后,他便再也不讲什么信仰和虔诚了。

【历代评点】

刘辰翁云:"思旷如此,复何足道?"
凌濛初云:"祈请既惑,结十艮尤僻。"
李贽云:"阮太俗物,刘太道理。"(《初谭集·父子·俗父》)
方苞云:"始而敬信,继而结恨;人皆笑其后,吾尤鄙其初。"
王世懋云:"注理高,但人情未可必。"

桓温骇世英雄语

【原文】

桓公卧语曰①:"作此寂寂②,将为文、景所笑③!"既而屈起坐曰④:"既不能流芳后世,亦不足复遗臭万载邪?"

【译文】

桓温躺着说道:"像这样默默无闻地度过一生,将会被晋文帝和晋景帝所耻笑。"说完,他就一下子坐起来说:"既然无法流芳百世,难道不可以遗臭万年吗?"

【注释】

①桓公:即桓温。②作:像。寂寂:冷落、平淡。③文、景:指晋文帝司马昭和晋景帝司马师。这两个人都曾经废旧主立新主,为后人执掌天下铺路。④屈起:屈,同"崛"。意思是一下子坐起来。

【历代评点】

王世懋云:"文、景,司马师兄弟也。"又云:"曲尽奸雄语态,然自非常人语。"

刘辰翁云:"此等较有俯仰,大胜史笔。"
王世贞云:"至今为书生骂端,然直是大英雄语。"
袁中道云:"英雄语,自当骇世。"(《舌华录》卷七《愤语》)

谢安失态

【原文】

谢太傅于东船行,小人引船①,或迟或速,或停或待,又放船从横,撞人触岸。公初不呵谴②。人谓公常无嗔喜。曾送兄征西葬还③,日莫雨驶④,小人皆醉,不可处分⑤。公乃于车中手取车柱撞驭人⑥,声色甚厉。夫以水性沈柔⑦,入隘奔激。方之人情,固知迫隘之地⑧,无得保其夷粹⑨。

【译文】

太傅谢安在东边会稽乘船出行,船夫驾着船,有时慢有时快,有时停下有时等候,有时还任船四处飘游,冲撞别人的船或者撞到岸上,谢安从不指责,有人说谢安为人无怒无喜。一次为哥哥谢奕送葬回来,傍晚雨下得很急,车夫们都醉了,无法顺利地驾驭马车。谢安就在车上拿起垫车的木柱击打车夫,声色俱厉。水性沉静柔和,可是进入险要处却奔腾激荡。用来比喻人的性情,自然就知道,当处于紧急危难的时刻,是无法保持那份平和美好的心境的。

【注释】

①小人:对士族阶层之外的平民百姓的蔑称。②呵谴:呵斥责备。③征西:即谢奕,字无奕,死后追赠镇西将军。据《晋书·谢奕传》,他并未被任命为"征西"的官职,这里称为"征西",不知何据。④驶:迅疾。⑤处分:处理。⑥车柱:垫车的圆木。(据张万起《世说新语词典》说)。⑦沈:沉。⑧迫隘:狭隘之处、山隘之间,喻指危险的场合。⑨夷粹:平和纯美的气质。

【评析】

人们通常都认为谢安是喜怒不形于色的,比如他乘船出行,船夫划船时慢时快,他可以放任不管,听凭船只横冲直撞,他都不对他们呵斥责怪。但他也有失态的时候,曾经对醉酒的车夫声色俱厉,甚至还拿起车柱撞击车夫。这就好比,水性是深沉柔和的,流入险要之地,水流就会奔腾激荡,相比人的性情,自然知道身处于狭窄紧迫之地,就不能保持平和纯粹之态了。

【历代评点】

凌濛初云:"独此则忽入议论,跌宕可喜。"(按:盖指"夫以水性沉柔"五句而言。)
李贽云:"至言至言!"(《初谭集·师友·道学》)

简文帝不识田稻

【原文】

简文见田稻①,不识,问是何草?左右答是稻。简文还,三日不出,云:"宁有赖其末而不识其本②?"

【译文】

简文帝司马昱见到田里的稻子,不认识,问是什么草?身边的人告诉他说是稻子。简文帝回来后,三天没有出门,说:"哪有依靠其果实生存,却不认识水稻苗的本来面目呢?"

【注释】

①简文:即东晋简文帝。②赖其末而不识其本:依靠稻米生活却不知道水稻长什么样子。末:这里指稻穗。本:这里指稻苗。

【评析】

身为一国之君,管着天下苍生的生存大计,却连自己每天吃的粮食,赖以生存的稻谷长什么样子也不认识,所以值得他好好去反思。

【历代评点】

王世懋云:"简文生富贵,不知稼穑艰难。此愧大是良心,而注驳之何居?"又云:"二语出《说苑》。"

纰漏第三十四

【题解】

本门记录了士人们的差错和失误，以及造成这些失误的原因。有嘲讽也有感慨，例如王国宝误以为自己即将升官，是因为求官心切而未能分析形势；而任瞻不辨茶或茗，则是因为失意后的精神恍惚，显示当时失意知识分子的处境。

王敦初尚主

【原文】

王敦初尚主①，如厕，见漆箱盛干枣，本以塞鼻，王谓厕上亦下果②，食遂至尽。既还，婢擎金澡盘盛水，琉璃碗盛澡豆③，因倒着水中而饮之，谓是干饭。群婢莫不掩口而笑之。

【译文】

王敦刚娶舞阳公主为妻时，有一次上厕所，看到漆盒里装着干枣，这本来是上厕所用来塞鼻子的，王敦却以为是厕所里摆的果品，就都给吃光了。出来后，婢女手端着金澡盘盛水，琉璃碗里装着澡豆，王敦还以为是干粮，就把它倒在水里给吃了。婢女们看到后都掩口而笑。

【注释】

①尚主：娶公主为妻，主，指晋武帝的女儿舞阳公主。②下果：摆设果品供食用。③澡豆：用豌豆末和香药制成的丸剂，可以用来洗手洗脸。

【评析】

王敦位极人臣，自然是经常出入宫廷，享尽荣华富贵。但他竟然把上厕所用来堵鼻子和洗手用的枣给吃了，这难免会遭到婢女们的暗自窃笑，堂堂一个大将军居然也会出现这样的笑话。王敦这样位高权重的人都会犯错误，就别说别的人了。

【历代评点】

刘辰翁云："'干饭'语赘。"

蔡谟不识彭蜞

【原文】

蔡司徒渡江①,见彭蜞②,大喜曰:"蟹有八足,加以二螯。"令烹之。既食,吐下委顿③,方知非蟹。后向谢仁祖说此事④,谢曰:"卿读《尔雅》不熟⑤,几为《劝学》死⑥。"

【译文】

司徒蔡谟到了江南后,看见彭蜞非常高兴,说道:"螃蟹有八只脚,加上两只螯。"就让人把彭蜞煮了。吃了以后,上吐下泻,疲惫不堪,这才知道吃的不是螃蟹。后来他向谢尚说起这件事,谢尚说:"你《尔雅》没读熟,还差一点被《劝学》害死。"

【注释】

①蔡司徒:即蔡谟,字道明,曾任司徒。②彭蜞:外形像螃蟹,但较小,螯与足无毛。③吐下委顿:因呕吐而精神萎靡。④谢仁祖:即谢尚。⑤《尔雅》:我国最早一部解释词义的专书,也是第一部按照词义系统与事物分类来编纂的词典。其中〈释鱼〉篇讲到八足二螯的动物有三种,并非都是螃蟹。⑥《劝学》:指汉末蔡邕取《荀子·劝学》文意写成的《劝学篇》文,其中有"蟹有八足,加以二螯"两句。

【评析】

这个故事讲的是因为读书不精而出现的纰漏。蔡谟渡江以后看见彭蜞而误认为那是螃蟹,便很高兴地叫人煮给他吃。他没有细看他们的区别,只看了个大概,就以为彭蜞就是螃蟹。所以最后害得自己疲惫不堪。所以不管读什么书,都要把它读精读懂,并且能转化为实践上对我们有用的东西。

【历代评点】

王世懋云:"彭蜞食之乃不吐,此便非实录。"

凌濛初云:"《埤雅》曰:'彭蜞有毛,海人亦食之。'《本草会编》曰:'彭蜞处处有之,即村间取为常食。'《蝉史》曰:'味腥膏薄,食之令人泄泻。'合诸说,则食彭蜞不吐明矣。"

刘应登云:"言几为《劝学》所误而死。"

谢据上屋熏鼠

【原文】

谢虎子尝上屋熏鼠①。胡儿既无由知父为此事②,闻人道痴人有作此者,戏笑之,时道此,非复一过③。太傅既了己之不知,因其言次④,语胡儿曰:"世人以此谤中郎⑤,亦言我共作

【译文】

谢据曾经跑到房顶上去熏老鼠,谢郎不知道他父亲做过这样的事,听人说只有傻子才这样做,就一起跟着嘲笑,不时地和人说起这件事,而且不止说过一次。太傅谢安知道谢郎并不知道事情的

此。"胡儿懊热⑥,一月日闭斋不出⑦。太傅虚托引己之过,以相开悟,可谓德教⑧。

【注释】

①谢虎子:即谢据,字玄道,尚书谢裒的第二个儿子,小字虎子,谢安的二哥。②胡儿:即谢朗。③一过:一遍。④因其言次:乘着与他聊天时。⑤中郎:指谢据。⑥懊热:懊恼,羞惭。⑦一月日:一个月。⑧德教:用德行来感化教育人。

原委,就趁着和他聊天的时候,对谢郎说:"社会上的人拿这件事诋毁中郎,还说我和他一块儿干的。"谢郎听后羞愧懊恼,一个月都躲在书房没有出去。太傅假托事情是自己干的,以此来开导谢郎,使他醒悟,可以说是以德教人。

【评析】

谢据曾经爬上屋顶熏老鼠,成为人们街谈巷议的笑料。其子谢朗不知道这件事是自己父亲做的,也跟着一再予以戏笑。谢安得知后,假托自己也受这个笑话的牵连,让谢朗明白其中牵涉到他自己的父亲,堪称德教之经典,足为今取鉴。

孝武帝抚掌笑虞父

【原文】

虞啸父为孝武侍中①,帝从容问曰:"卿在门下②,初不闻有所献替③。"虞家富春④,近海,谓帝望其意气⑤,对曰:"天时尚煖⑥,鲎鱼虾未可致⑦,寻当有所上献⑧。"帝抚掌大笑。

【译文】

虞啸的父亲担任孝武帝司马曜的侍中时,有一次孝武帝不经意地问他说:"你在门下省,可是我从来没听说你有过什么贡献呀。"虞啸家在富春,靠着大海,他以为皇上是希望他进贡,就答道:"现在天气还暖和,鱼类海产还得不到,过不了多久就会进献给你。"孝武帝听后拍手大笑。

【注释】

①虞啸父:晋会稽余姚(今属浙江)人,右将军虞纯的儿子。年少得志,历任侍中、尚书、会稽内史。②门下:官署名,即门下省,是直属于皇帝的顾问机构。③献替:进贡、进献礼物,意思是直言进谏,提出正确可行的建议,否定错误不当的政令。④富春:县名,东晋时改称富阳,在今浙江杭州西南。⑤意气:进奉;奉献。⑥煖:暖。⑦鲎:一种可制成酱的鱼。⑧寻:不久后。

【评析】

孝武帝原本是想问问他怎么没有为门下省做出一些实际贡献,而虞啸的父亲却以为是孝武帝怪他家里住在海边也没有进贡过什么东西上来,于是就趁势说不久就给您进供海产。他这一番曲解难免让人觉出他迂腐的气息来。

【历代评点】

王世懋云:"'意气'二字,新甚。"

刘辰翁云:"如此谬,子孙之羞也。"

李贽云:"此过不恶。"(《初谭集·君臣·痴臣》)

惑溺第三十五

【题解】

本门主要描写男女之间因为感情无法得到寄托，或者因为受到重大的挫伤，而感到迷惑和沉溺，以及因此表现出来的失态。

曹丕横刀夺爱

【原文】

魏甄后惠而有色①，先为袁熙妻②，甚获宠。曹公之屠邺也③，令疾召甄，左右白："五官中郎已将去④。"公曰："今年破贼正为奴⑤。"

【译文】

魏甄后聪明貌美，原先是袁熙的妻子，很受宠爱。曹操攻破邺城后，立即下令召见甄氏，身边的人禀告说："五官中郎将曹丕已经把她带走了。"曹操说："今年击败敌人正是为了这小子！"

【注释】

①甄后：魏文帝曹丕的皇后甄氏，是明帝曹叡的生母。惠：通"慧"，聪明。②袁熙：字显奕，袁绍的次子，汉末曾任幽州刺史。袁绍死后，袁熙出任幽州刺史。袁熙娶甄女。公元204年，曹操打败袁尚，夺取邺城。甄后在这里被曹丕掠走。③曹公：即曹操。邺：县名，汉末魏郡郡治所在地，故址在今河北临漳西南邺镇东。袁熙出任幽州刺史，甄氏留在邺城。建安九年（公元204年），曹军攻破邺城后获得甄氏。④五官中郎：官名，主管皇帝侍卫，因曹丕曾任此职，这里代指曹丕。⑤奴：尊长者对卑幼者的昵称，这里指曹丕。

【评析】

甄氏因为容貌俊美，让曹丕为之倾慕，一心想要得到她，那时候因为甄氏还是袁熙的妻子，深得宠爱，于是曹操便把邺城给攻下来了，为的却是满足儿子的欲望。

【历代评点】

杨慎云："何物一女子致曹氏父子三人争之？"

荀粲夫妻至笃

【原文】

荀奉倩与妇至笃①,冬月妇病热②,乃出中庭自取冷,还以身熨之。妇亡,奉倩后少时亦卒。以是获讥于世。奉倩曰:"妇人德不足称,当以色为主③。"裴令闻之,曰:"此乃是兴到之事④,非盛德言,冀后人未昧此语⑤。"

【译文】

荀粲和妻子的感情很深,冬天妻子生病发烧,荀粲就到院子里把自己冻冷,然后回到屋子,用自己的身体贴着妻子给她退烧。妻子去世后,荀粲没过多久也死了,因此受到世人的嘲笑。荀粲曾说:"女人的德行并不值得称道,应当以姿色为主。"中书令裴楷听到此言后说:"这是一时兴起所说的话,并不是有美德的人应当之言,希望后人不要被这话所蒙昧了。"

【注释】

①荀奉倩:即荀粲,字奉倩,三国时魏国人,年二十九而死。笃:感情深厚。②病热:发热、发烧。③色:姿色、容颜。④兴到:一时兴致所致才说的话,指一时兴起。⑤未昧此语:不会被这话所蒙蔽。

【评析】

荀粲因为妻子高烧不退而用自己的身体"取冷",以致病死,他没有注重封建的那些伦理道德,只是一心想着生病的妻子能好起来,可见他对妻子的感情已经不是一般恩爱情深能表达的。只是在古代这样的行为并不被世人所接受,反倒是认为有"惑溺"的嫌疑。

【历代评点】

李贽云:"曹公痛子,逆知其子必欲有妇;荀子痛妇,逆知其妇之必欲以身为殉,体悉人情,一至此哉!然苟之葬也,送者无多人,而人人皆知名士,哭苟至于感动路人,则苟真人世可惜之人矣!虽无多人,人实无多。"(《初谭集·夫妇·丧偶》)

敦氏酷妒杀奶娘

【原文】

贾公闾后妻郭氏酷妒①,有男儿名黎民,生载周②,充自外还,乳母抱儿在中庭,儿见充喜踊,充就乳母手中呜之③。郭遥望见,谓充爱乳母,即杀之。儿悲思啼泣,不

【译文】

贾充的后妻郭氏心胸非常狭隘。有个儿子名叫黎民,刚满周岁时,贾充从外面回来,奶娘抱着他在院子里,儿子看见贾充兴奋异常,贾充就到奶娘跟前,在她手中逗弄孩子。郭氏老远看见了,以为贾充爱上奶娘,就把奶

饮它乳,遂死。郭后终无子。 | 娘杀了。儿子思念奶娘,忧伤得啼哭,别人的奶不喝,最后死了。郭氏从此再也没有子嗣。

【注释】

①贾公闾:即贾充,字公闾,曹魏时任司马氏属下右长史,指使成济杀害高贵乡公曹髦。入晋后,和裴楷共同制定晋律,官至太尉。②载周:满一周岁。③呜:逗弄孩子,亲昵的样子。

【评析】

郭氏是个典型的"妒妇",仅仅因为自己的丈夫在奶娘的跟前逗弄自己的儿子被她看见了,就以为是丈夫爱上了奶娘而把奶娘给杀了。为了一己私欲而达到杀人的地步,真是丧尽天良。最终导致自己的孩子因为没奶而夭折,这是她作为一个母亲的失败。

【历代评点】

刘辰翁云:"周岁也。"

李慈铭云:"赵充华,赵粲,武帝充华也。贾谧(mì)母,贾午,韩寿妻也。"

王世懋云:"此亦非孝标注,然犹近古。"

孙秀降晋

【原文】

孙秀降晋①,晋武帝厚存宠之②,妻以姨妹蒯氏,室家甚笃③。妻尝妒,乃骂秀为"貉子"④。秀大不平,遂不复入。蒯氏大自悔责⑤,请救于帝。时大赦,群臣咸见。既出,帝独留秀,从容谓曰:"天下旷荡⑥,蒯夫人可得从其例不⑦?"秀免冠而谢,遂为夫妇如初。

【译文】

孙秀降服晋后,晋武帝司马炎对他厚爱有加,把姨家的表妹蒯氏嫁给了他,夫妻二人感情很深。有一次妻子生气,就骂孙秀是"貉子",孙秀大怒,从此就不再进蒯氏的屋子。此事发生后蒯氏非常后悔也很自责,她向晋武帝求助。当时正在大赦天下,大臣们都来谒见皇上。散朝后,晋武帝单独留下孙秀,不经意地对孙秀说:"国家对有罪之人都宽大为怀,蒯夫人也能按照这个标准宽恕她吗?"孙秀摘掉帽子向武帝谢罪,从此夫妻二人和好如初。

【注释】

①孙秀:字彦才,吴郡吴人,原任吴国前将军,降晋后拜骠骑将军,封会稽公。②晋武帝:即司马炎。存宠:抚慰、宠爱。③室家:夫妇。④貉子:北方人对南方人的蔑称。⑤悔责:后悔自责。⑥旷荡:宽大为怀。⑦从其例:照例。

【评析】

孙秀是小气之人,自然容不得别人这么贬低他,于是两个情深的人便分开了,最后还是他妻子蒯氏忍不住自责,便向晋武帝倾诉,最后还是由晋武帝出面劝说,两个人才和好如初。

【历代评点】

《太原郭氏录》曰:秀字彦才,吴郡吴人,为下口督,甚有威恩。孙皓悍欲除之,遣将军何定溯江而上,辞以捕鹿三千口供厨。秀豫知谋,遂来归化。

《晋阳秋》曰:蒯氏襄阳人,祖良,吏部尚书。父钧,南阳太守。

韩寿美姿容

【原文】

韩寿美姿容①。贾充辟以为掾。充每聚会,贾女于青琐中看②,见寿,说之。恒怀存想,发于吟咏。后婢注寿家,具述如此,并言女光丽。寿闻之心动,遂请婢潜修音问,及期往宿。寿蹻捷绝人③,踰墙而入,家中莫知。自是充觉女盛自拂拭④,说畅有异于常⑤。后会诸吏,闻寿有奇香之气,是外国所贡,一着人,则历月不歇。充计武帝唯赐己及陈骞⑥,余家无此香,疑寿与女通,而垣墙重密,门阁急峻⑦,何由得尔?乃托言有盗,令人修墙。使反曰:"其余无异,唯东北角如有人迹,而墙高,非人所踰。"充乃取女左右婢考问⑧,即以状对。充秘之,以女妻寿。

【注释】

①韩寿:字德真,南阳堵阳,历任散骑常侍、河南尹,死后追赠骠骑将军。②青琐:即"青锁",刻镂成格子并涂上青色的窗户。③蹻捷(qiāo):行动轻灵敏捷。④盛自拂拭:热衷于梳妆打扮。⑤说畅:同"悦"畅。⑥陈骞:字休渊,官至大司马。⑦门阁急峻:门户

【译文】

韩寿相貌出众,贾充召他作属官。贾充每次召集聚会时,他女儿就透过窗格朝里观望,见到韩寿,很喜欢他,总对他朝思暮想,还把自己的思念之情抒发到诗文里。后来她的婢女到韩寿家,把贾充女儿对他的爱慕之情说了,还告诉韩寿贾充的女儿非常漂亮。韩寿听罢心动了,让婢女暗中为他传递消息,并约定时间去女子那里过夜。韩寿身手矫健,晚上翻墙而入,贾充家里没人知道。从此以后,贾充发现女儿总是尽心竭力的梳妆打扮自己,心情也比以往愉快多了。后来和官吏们聚会,他闻到韩寿身上有一种奇异的香味,这种香料是国外的贡品,涂到身上,香味几个月都不会消失。贾充心想,这种香料晋武帝只赐给了自己和陈骞,别人家没有这种香料,于是就怀疑韩寿和女儿私通,不过家中院墙看管得很严密,门户高大,韩寿怎么能够进来呢?于是借口发现盗贼,让人修整围墙。派遣的人回来说:"别的地方没什么异常,只有东北角好象有翻越的痕迹,不过墙那么高,人是翻不过去的。"贾充就把女儿身边的婢女叫来审问,婢女把实情告诉了他。贾充把此事隐瞒下来,让女儿嫁给了韩寿。

高大。⑧考问：审问。

【评析】

韩寿与贾女互相倾慕向往，终成眷属，是一篇动人的爱情故事。脍炙人口的《西厢记》中张生逾墙的情节或即借鉴于此。贾女主动、大胆地追求自己的至爱，这在现代不足为奇，但是在古代就必然被列入"惑溺"之列了。

【历代评点】

冯梦龙云："充女已及笄矣。充既才寿而辟之舍，寿将谁婿乎？亦何俟其女自择也。虽然，贾午既胜南风（充长女，即贾后——引者注），韩寿亦强正度（晋惠帝字也）。使充择婿，不如女自择耳。"（《情史》卷三《情私类》）

李贽云："贾充贼奴，以女妻寿，是亦可也。温之诈，寿之偷，等耳。寿以高材捷足，故偷；温以有扇遮面，故诈。"（《初谭集·夫妇·合婚》）

王氏称丈夫为卿

【原文】

王安丰妇常卿安丰①。安丰曰："妇人卿婿，于礼为不敬，后勿复尔。"妇曰："亲卿爱卿，是以卿卿②；我不卿卿，谁当卿卿？"遂恒听之。

【注释】

①王安丰：即王戎。卿安丰：用卿来称呼安丰。卿，相当于"你"，常用来称呼地位、辈分低于自己的人；用于平辈之间，显得亲昵而不拘礼节。②是以卿卿：所以以"卿"称呼你，前一个"卿"为动词，后一个为名词。

【译文】

安丰侯王戎的妻子常称他为卿。王戎说："妻子称丈夫为卿是不礼貌的，以后不要再这样了。"妻子说："我亲你爱你，所以才称你为卿。我不称你为卿，谁该称你为卿？"从此王戎就任凭她这样称呼了。

【评析】

魏晋之"卿"，其应用范围有一定限制，专门用在平辈以下的称呼，对年爵高于自己的人不得称"卿"，否则就是违礼失敬。再者就是平辈之间表示一种亲昵关系的称呼。妇人是顺从的人，出嫁后就顺从丈夫，夫与妻乃主从关系，因此王戎批评妻子称己为"卿"是"与礼为不敬"。但妻子"亲卿爱卿"的坦荡的情意令王戎无法拒绝，"遂恒听之"。王戎对妻子的回应，虽被列为"惑溺"，但他们至少在情感上是平等的。

【历代评点】

凌濛初云:"长舌妇耳,然故令人溺。"

陶珽云:"此是亲近卿法。如庾子嵩'卿自君我,我自卿卿'云云,是疏远卿法。"(按:今有成语"卿卿我我",盖本乎此。)

刘盼遂云:"按束晳《近游赋》云:'妇皆卿夫,子呼父字。'以嘲其不迪检柙。故知卿卿之言非如宾之效也。"

仇隙第三十六

【题解】

本门记载了人和人之间因为某些矛盾而产生的仇恨，久久也不能放下，最终因为心中的仇恨而产生恶意报复的仇杀事件，而导致最终的悲剧。而这些大部分都和权力或者利益斗争相关。

石崇挺身救刘玙

【原文】

刘玙兄弟少时为王恺所憎①，尝召二人宿，欲默除之。令作坑，坑毕，垂加害矣②。石崇素与玙、琨善，闻就恺宿，知当有变，便夜注诣恺，问二刘所在。恺卒迫不得讳③，答云："在后斋中眠。"石便径入，自牵出，同车而去。语曰："少年何以轻就人宿！"

【译文】

刘玙兄弟年轻时被王恺憎恨，有一次王恺让兄弟二人在自己家住宿，想悄悄除掉他们。王恺让人挖坑，坑挖好后，就要加害他们。石崇一向和刘玙、刘琨兄弟关系不错，听说他们在王恺家留宿，知道会发生变故，就连夜来到王恺家，问刘玙兄弟在哪里。王恺仓促之间没有隐瞒，回答说："在后面的屋里睡觉。"石崇就径直去了后屋，把他们兄弟拉出来，一起坐车走了。他对他们说："年轻人怎么能随随便便到别人家住宿！"

【注释】

①刘玙兄弟：指刘玙、刘琨兄弟二人。刘玙，《晋书》本传作"刘舆"，字庆孙，刘琨的哥哥。②垂：将要。③卒迫：猝迫，仓促急迫。卒，通"猝"。讳：隐藏、说假话。

【评析】

王恺因为以前对刘玙有过节而要加害他们，于是让他们住在自己家，但是刘玙兄弟却浑然不知。另外从这点还能知道他们结的仇并不深。可能是他们无意中侵犯到王恺而被王恺怀恨在心，以致动了杀机，幸好石崇的挺身相救，才让他们幸免于难，石崇的大义之举让人深为敬佩。

【历代评点】

李贽云："石大可人。"(《初谭集·师友·豪客》)

杀父之仇

【原文】

王大将军执司马愍王①,夜遣世将戟王于车而杀之②,当时不尽知也。虽愍王家亦未之皆悉,而无忌兄弟皆稚③。王胡之与无忌,长甚相昵,胡之尝共游,无忌入告母,请为馔。母流涕曰："王敦昔肆酷汝父④,假手世将。吾所以积年不告汝者,王氏门强,汝兄弟尚幼,不欲使此声著⑤,盖以避祸耳!"无忌惊号,抽刃而出,胡之去已远。

【译文】

大将军王敦抓了愍王司马丞,夜里派王世将在车里把愍王给杀了,当时人们并不知道事情的真相。即使愍王的家人也不是全都知道,司马无忌兄弟年纪还小。王胡之(王世将子)和无忌长大后关系很要好,有一次王胡之和他一起玩,无忌回家告诉母亲,请她准备饭食。母亲流着眼泪说："王敦以前肆意残害你的父亲,借王世将的手把你父亲杀了。我之所以这么多年不告诉你,是因为王氏家族势力庞大,你们兄弟年纪还小,我不想把这件事声张出去,是为了避祸啊!"无忌听罢大叫,拔刀往外跑,此时王胡之已经走得很远了。

【注释】

①王大将军:即王敦。司马愍王:即司马丞,字符敬,袭父爵封为谯王,曾任湘州刺史。王敦起兵时,他兴兵讨伐,后被王敦所害,死后谥为愍王。②世将:即王廙,字世将,王胡之的父亲。他又是王敦的堂兄弟,曾追随王敦叛乱,担任平南将军、荆州刺史。③无忌:即司马无忌,字公寿,司马丞的儿子。袭封谯王,官卫军将军。④肆酷:肆意欺压、残害。⑤声著:声张、张扬。

【评析】

王胡之和司马无忌两人总角情深,但是当司马无忌知道了杀父之仇后,两个人便开始仇恨起来。这其实是很悲哀的,上一代的恩怨并没有因为时间而淡化,反而注定要影响孩子们的一生。

【历代评点】

李贽云："仁杰之姊,世俗所夸;无忌之母,卓老所叹。"(按:仁杰,东汉李固少子李燮字,其姊文姬贤,故云。见《初谭集·夫妇·苦海诸媪》。)

王修载投水幸免一死

【原文】

应镇南作荆州①,王修载、谯王子无忌同至新亭与别②,坐上宾甚多,不悟二人俱到。有一客道:"谯王丞致祸,非大将军意,正是平南所为耳③。"无忌因夺直兵参军刀④,便欲斲⑤。修载走投水,舸上人接取,得免。

【译文】

镇南大将军应詹出任荆州刺史时,王修载和谯王司马丞的儿子司马无忌一起到新亭为他送别。当时在座的人很多,没料到这两人一块儿来了。有一个客人说:"谯王司马丞遇难,不是大将军王敦的意思,正是平南将军王廙做的。"无忌听了立即夺过值班参军的刀,就要砍杀王修载(王世将子)。王修载急忙逃走,跳入水中,幸亏船上的人搭救,这才得以幸免。

【注释】

①应镇南:应詹,字思远,汝南南顿人,曾任荆州刺史,死后追赠镇南大将军。②王修载:王耆之,字修载,王廙的儿子,王胡之的弟弟。谯王子无忌:即司马无忌。③平南:指王廙,字世将,曾任平南将军。④直兵参军:值班的参军。⑤斲(zhuó):砍杀。

【历代评点】

王世懋云:"(注)是。"

王羲之愤慨致终

【原文】

王右军素轻蓝田①,蓝田晚节论誉转重②,右军尤不平。蓝田于会稽丁艰③,停山阴治丧。右军代为郡,屡言出吊④,连日不果。后诣门自通,主人既哭,不前而去,以陵辱之。于是波此嫌隙大构⑤。后蓝田临扬州⑥,右军尚在郡,初得消息,遣一参军诣朝廷,求分会稽为越州⑦。使人受意失旨,大为时贤所笑。蓝田密令从事数其郡诸不法,以先有隙,令自为其宜⑧。右军遂

【译文】

右军王羲之一向看不起蓝田侯王述。王述晚年声誉越来越高,王羲之为此忿忿不平。王述在会稽遭遇母亲的丧事,留在山阴办理丧事。王羲之代为会稽郡守,他屡次说要前去吊丧,却接连多日都没有去。后来去了王述家,自己通报要进去吊丧,主人哭起来以后,王羲之却没进去哭吊就走了,以此来侮辱王述,于是两人之间的矛盾就更深。后来王述出任扬州刺史,王羲之还在会稽郡。刚得到这个消息,他就派一名参军到朝廷去,要求把会稽分出去,成立越州。没想到使者未能领会他的意思,此事成了名流们的一大笑柄。王述也暗地里命令下属挑剔会稽郡的诸多不法行为,因为先前的结

称疾去郡,以愤慨致终。 怨,王述让他自己看着办。王羲之就称病辞职,因愤恨而死。

【注释】

①王右军:即王羲之。②蓝田:即王述。晚节:晚年。③丁艰:服丧。据《晋书·王述传》记载,这里指王述在担任会稽内史时遭遇母亲的丧事。④吊:吊丧。⑤嫌隙大构:矛盾更深。⑥临扬州:指王述守孝期满后出任扬州刺史。临,出任。⑦"求分"句:会稽郡本属扬州,王羲之要求把会稽郡从扬州划出来新建越州,目的是避开王述的管辖。⑧自为其宜:自己采用适宜的办法去处理。

【评析】

王羲之一向瞧不起蓝田侯王述。王述晚年的声望逐渐提高,王羲之就更加耿耿于怀。王述之母过世时,王羲之登门吊唁,但主人哭了以后,他却不进去哭吊就走了,以此凌辱王述。这样一来,双方的仇怨就更深了。后来王述出任扬州刺史,王羲之就派一名参军到朝廷去,请求把会稽郡从扬州分出来,另外设置越州。没料到这位使者接受了他的差遣却违背了他的意图,结果为时贤所讥笑。而王述则暗中命令属官列举王羲之的多种不法行为,逼迫王羲之称病离职。最后王羲之竟因愤激而死。

【历代评点】

刘辰翁云:"右军审尔,非令德。"又云:"右军为郡有不法耶?"
凌濛初云:"果苦否?然右军风流正不须一仕。"

王珣克终云何

【原文】

王东亭与孝伯语①,后渐异②。孝伯谓东亭曰:"卿便不可复测!"答曰:"王陵廷争,陈平从默③,但问克终云何耳④。"

【译文】

东亭侯王珣和王孝伯原本志趣相投,后来渐渐出现分歧。王孝伯对王珣说:"你真让人难以捉摸!"王珣答道:"王陵在朝廷和吕后抗争,陈平却保持沉默,只是要看看事情最后的结果如何啊。"

【注释】

①王东亭:即王珣。孝伯:即王恭。语:谈论、讨论。②渐异:指意见不一致。这里指王恭因中

书令王国宝专擅朝政，便想杀掉他。王珣就以时机没到劝他打消念头。后来王珣又劝王国宝辞职，以缓和矛盾。③"王陵廷争，陈平从默"：西汉惠帝死后，吕后想封吕氏诸人为王，问右丞相王陵，王陵认为不可；又问左丞相陈平，陈平就顺从吕后的意思就说可以。后来陈平却和周勃一道消灭诸吕，安定了天下。从默，顺从沉默。④克终云何：这里指最终结果。

【历代评点】

《汉书》曰：吕后欲王诸吕，问右相王陵，以为不可。问左丞相陈平，平曰："可。"陵出让平，平曰："面折廷争，臣不如君；全社稷，定刘氏，君不如臣。"

《晋安帝纪》曰：初，王恭赴山陵，欲斩国宝。王均固谏之，乃止。既而恭谓珣曰："此日视君，一似胡广。"珣曰："王陵廷争，陈平从默，但问克终如何也。"

王恭悬首朱雀桥

【原文】

王孝伯死①，悬其首于大桁②。司马太傅命驾出至标所③，孰视首④，曰："卿何故趣欲杀我邪⑤？"

【评析】

王恭被杀后，他的头颅被挂在朱雀桥上示众。太傅司马道子乘车来到悬首的柱子前，他仔细看着王恭的脑袋，说道："你为什么要急着杀我呢？"

【注释】

①"王孝"句：晋安帝隆安二年（公元398年），王恭联合殷仲堪再次起兵，讨伐专擅国政的太傅司马道子，兵败后被部将刘牢之杀死。王孝伯：即王恭。②大桁：即朱雀桥，这里指建康秦淮河上的朱雀桥。③标所：斩首示众的地方。④孰：仔细。⑤趣：通"促"，急忙。

【评析】

大将军王恭是孝武帝元配王皇后的兄长，安弟的舅舅，"少有美誉，清操过人"，加上世为高门，为人清正不阿。而司马道子是安帝的叔叔，一个庸识暗劣的人，曾与王宝国、王绪等小人为伍。而王恭为人也过于死板，不懂得应酬手段，所以经常得罪司马道子，引得其怀恨在心，二人的权利都与日俱增，成为对方的眼中钉。最后还是王恭棋差一着，选人不当，误用刘牢之，最终自取灭亡，被司马道子逮住，先斩后奏，以泻心头之恨。

【历代评点】

《续晋阳秋》曰：王恭深惧祸难，抗表起兵。于是遣左将军谢琰讨恭，恭败，走曲阿，为湖浦尉所擒。初，道子与恭善，欲载出都，面相折数。闻西军之逼，乃令于儿塘斩之，枭首于东桁也。